정정호 鄭正浩

1949년 서울에서 출생하여, 인천중학교와 제물포고등학교를 졸업하였다. 서울대학교 영어교육과 및 같은 대학원 영어영문학과를 졸업하였으며, 미국 위스컨신(밀워키) 대학교에서 영문학 박사 학위를 취득하였다. 국제 PEN클럽 한국본부 전무이사, 중앙대학교 문과대학장 및 중앙도서관장, 2008년 서울 아시아 인문학자대회 준비위원장, 2010년 서울 국제비교문학회 세계대회 조직위원장, 한국 영어영문학회장, 한국 비평이론학회장 등을 역임하였다.

현재 중앙대학교 인문대학 영어영문학과 교수, 한국 영미문화학회 회장으로 활동 중이다.

대표 저서로 『탈근대 인식론과 생태학적 상상력』『현대 영미 비평론』『문화의 타작』『탈근대와 영문학』『공감의 상상력과 통섭의 인문학』『이론의 문화정치학과 비판적 페다고지』 등이 있으며 역서로는 『현대 문학이론 용어사전』(제레미 호손 원저, 공역) 『현대 문학이론』(라만 셀던 외, 제5판, 공역) 등이 있다.

영미문학비평론
— 이론, 주제, 실제

인쇄 · 2014년 6월 20일 | 발행 · 2014년 6월 30일

지은이 · 정정호
펴낸이 · 한봉숙
펴낸곳 · 푸른사상
주간 · 맹문재 | 편집, 교정 · 김선도, 김소영

등록 · 1999년 7월 8일 제2-2876호
주소 · 서울시 중구 충무로 29(초동) 아시아미디어타워 502호
대표전화 · 02) 2268-8706(7) | 팩시밀리 · 02) 2268-8708
이메일 · prun21c@hanmail.net / prunsasang@naver.com
홈페이지 · http://www.prun21c.com

ⓒ 정정호, 2014

ISBN 979-11-308-0245-9 93840

값 39,500원

영미문학비평론

— 이론, 주제, 실제

British and American Literary Criticism:
Theory, Topics, Practice

이론과
비평 총서

7

정정호

영미문학비평론

British and American Literary
Criticism

이론, 주제, 실제
Theory, Topics, Practice

푸른사상
PRUNSASANG

잘못된 창작이나 잘못된 비평 중에서
어느 쪽에 더 큰 기술의 부족이 있는지 말하기 어렵다.
그러나 둘 중 우리의 비평력을 오도하는 것이
나쁜 창작으로 인내심을 시험하는 잘못보다 더 위험하다.
창작에서 실수는 적으나 비평에서 잘못은 많다.
서투르게 창작하는 한 사람에 대해 잘못 비평하는 사람은 열이다.
잘못 창작하는 자는 한 번만 어리석다고 고백하면 된다.
창작에 어리석은 사람이 한 명이라면 비평에는 더 많은 사람이 있다.
　…

시인들 중에 진정한 천재는 매우 드물듯이
비평가에게 진정한 비평력도 흔하지 않다
시인, 비평가 모두 하늘에서 그들의 빛을 가져와야 하고
시인은 창작하기 위해, 비평가는 가치판단을 위해 태어났다.
　　　　　　　　　— 알렉산더 포우프, 『비평론』, 1~8행, 11~14행

상상력과 판단력은 가끔 서로 다툰다.
서로를 돕기 위해 합쳐진 남편과 아내처럼
시신(詩神) 뮤즈의 속도에 박차를 가하기보다 유도하는 것이 좋다.
날개 달린 천마(天馬)는 힘 좋은 말과 같이
가는 길을 제어할 때 가장 진정한 힘을 보여준다.

　　　　　　　　　　　　—『비평론』, 82~87행

머리말, 서문을 겸한

—주체적 영미 문학비평 연구를 위하여

그러나 언제나 기쁜 마음으로 가르치고

충고를 줄 수 있으면서도 잘난체 하지 않는 사람이 어디 있을까?

호의나 원한으로 편견에 빠지지 않고

지루한 선입견에 빠지거나 맹목적인 의(義)에 빠지지 않고

학식을 가졌고 교양을 지니고, 교양을 지녔고 진지하고

적당하게 용기를 가지고 인간적으로 엄격하고

친구에게도 자유롭게 잘못들을 지적해 줄 수 있고

그리고 적의 장점도 기꺼이 칭찬할 수 있는 사람이 어디 있을까?

정확하면서도 거침이 없는 감식안을 가지고

책을 통해서 그리고 사람들과 교류하며 얻은 지식으로

넓은 교류를 가지고 있으나 교만한 마음을 가지지 않고

자신의 논리를 가지고 칭찬하기를 좋아하는 사람이 어디 있을까?

— 알렉산더 포우프, 『비평론』, 631~642행

1. 들어가며: 하나의 이야기의 시작

문학비평에 대한 필자의 관심은 학부에 다닐 때부터 시작되었다. 학부 졸업 논문은 고(故) 장왕록 교수님을 지도교수로 미국 소설가인 헨리 제임스의 소설이론에 관한 것으로 기억한다. 대학원 재학 때 어느 교수님께 비

평을 주 전공삼아 공부하고 싶다고 말씀드렸더니 못미더운 표정으로 비평 전공을 하기 위해서는 철학(미학), 비교문학, 역사, 사회과학 등 많은 분야를 공부하고 섭렵해야 하므로 매우 어렵다고 간접적으로 만류(?)하셨으나 포기하지 않았다. 이렇게 볼 때 비평 공부는 어리석은 나의 숙명적인(?) 선택이었다. 노스롭 프라이가 T. S. 엘리엇에 관한 작은 책에서 현대문학을 이해하기 위해서는 T. S. 엘리엇 공부가 필수라고 추천한 것이 계기가 되어 필자는 엘리엇 비평의 변증법적 양상에 대해 백낙청 교수님의 지도로 석사 논문을 제출했다.

박사과정에서는 강대건 교수님을 지도교수로 사무엘 존슨에 의해 "영국 비평의 아버지"라고 불린 존 드라이든에 관해 쓰고자 학위계획서까지 제출했었으나 그 후 미국에 가서 공부하느라 완성하지 못했다. 미국에서 공부하는 과정에서 필자는 본격적으로 읽기 시작한 사무엘 존슨에 매료되었다. 18세기 계몽주의 시대의 중심에 있었던 존슨 박사가 제시한 다양한 주제들에 대한 이론과 작가들에 관한 비평들은 내 일생을 걸고 연구해도 결코 소진될 수 없는 무진장의 광맥처럼 느껴졌다. 존슨 학자인 제임스 키스트 교수의 지도로 존슨 박사와 20세기 비평이론과의 관계에 관한 박사학위 논문을 쓰면서 진정한 의미에서 영국 근대 문학비평의 창시자는 18세기 후반의 사무엘 존슨이라는 것을 알게 되었다.

1980년대에 필자는 강대건 교수와 함께 국내에서 거의 최초로 16세기 필립 시드니 경에서 20세기 노스롭 프라이에 이르는 영미 문학비평의 대표적인 글들을 모아 해설과 각주를 붙여 교재용으로 *Major English Critical Essays*(민음사, 1983)을 출간하였다. 그 후 장경렬, 박거용 교수와 함께 현대 비평의 주요 유파에 관한 선집인 『현대 영미 비평의 이해』(문학과 비평사,

1989)를 펴냈다. 그 후 1991년 여름에 장경렬 교수 등과 함께 문학비평 이론 전문지인 『현대비평과 이론』(한신문화사)을 창간하였다.

이듬해 1992년 10월 경주에서 박찬부, 장경렬 교수 등과 함께 한국 비평이론학회를 창립하였다. 2000년에 접어들어 김우창 교수를 모시고 여건종 교수 등과 함께 인문사회 종합 교양지 『비평』(생각의 나무)을 창간하였다. 지나간 나의 비평 공부와 활동을 되돌아보니 감회가 새롭다.

필자가 학부와 대학원에서 비평과 이론을 30여 년간 공부하고 가르치면서 필자의 주요 관심사는 "영미 문학비평의 정체성", 특히 "유럽의 다른 나라 문학비평과의 변별적 특징은 무엇인가"였다. 1980년대 초 필자가 공부하던 미국에서는 한창 "프랑스 이론"의 광풍이 불어 포스트구조주의자들인 롤랑 바르트, 루이 알튀세, 자크 라캉, 미셸 푸코, 자크 데리다, 질 들뢰즈 등의 이론이 거의 전부였다. 20세기 초부터 엘리엇, 리차즈, 리비스 등이 이끌었던 영미 비평 주도의 "비평의 시대"는 역사의 뒤안길로 사라진 듯 보였다. 필자도 시류에 편승해서 소위 이론 공부를 열심히 하고 그 일부를 국내에 소개도 하였다. 그러나 잠복되어 있던 나의 관심사는 여전히 "영미 문학비평이란 과연 무엇인가"였다. 구체적인 논의에 앞서 출발점으로 문학비평(Literary Criticism)에 관해 우선 논의해보자.

문학비평이란 무엇인가? 문학비평에 대한 정의는 시대와 지역, 유파와 개인에 따라 달라질 수밖에 없다. 그러나 그것이 기본적으로 문학 텍스트/작품의 이해, 감상, 해명, 가치평가 하기라는 것을 부정할 사람은 없다. 위와 같은 기본적 작업 외에도 문학비평은 문학에 대한 다양한 사유들인 문학의 발생과 기원, 문학의 본질, 구조, 기능에 관해 일반적·총론적 논의를 포함할 수 있다. 또한 문학작품을 분석, 해석, 평가하는 철학적 또는 이론적 토대와 방법론에 관한 심도 있는 논의도 포함될 수 있을 것이다. 문학을 좀 더 넓고 다양한 맥락인 시학, 수사학, 서사학, 언어학, 해석학, 기호학, 번역학, 비교학, 매체학, 인지과학 등과 연계시키는 문학 연구 또는 앞으로 문학학(文學學, Literary Studies)의 영역까지 확대될 수도 있다.

필자는 이제부터 문학 연구와 비평을 위한 기본모형을 모색해보기로 하겠다. 지금까지 널리 알려진 문학 연구와 접근에 관해 널리 알려진 이론은 M. H. 에이브럼즈의 모형이다.

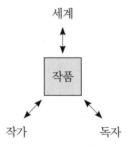

이 그림은 에이브럼즈가 그의 중요한 낭만주의 문학이론서이며 비평서인 『거울과 램프』(1957)의 서론에서 제시한 것이다. 에이브럼즈는 이 도표에서 작품과 세계의 관계의 모방이론(mimetic theory), 작품이 독자에게 끼치는 영향을 논하는 효용이론(pragmatic or affective theory), 작품을 직접 창작하는 작가의 표현의 문제를 논하는 표현이론(expressive theory), 끝으로 작품 자체의 구조나 기능에 집중한 이론인 존재론 또는 대상이론(objective theory)을 설명했다. 이 모형은 여전히 유용하기는 하지만 아직도 영미 형식주의인 작품 중심의 신비평(New Criticism)의 이념을 크게 벗어나지 못한 것이다.

이에 필자는 18세기 신고전주의에서 19세기 낭만주의로 바뀌는 위대한 전환기를 살았던 대표적인 문학비평가인 사무엘 존슨의 비평을 포괄적으로 논하는 자리(본서 제2부. 제3장)에서 에이브럼즈의 모형을 약간 변형시키고 도널드 키시(Donald Keesey)의 도표(Keesey 3)를 참조하여 다음과 같이 작품, 작가, 세계, 독자의 4대 요소의 상호관련성을 중심으로 9개의 관점을 제시한 바 있다.

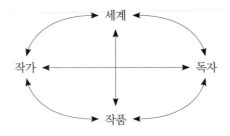

① 모방적(mimetic) 사실주의적(realistic) 관점

② 영향론적(affective) 실용적(pragmatic) 관점

③ 표현적(expressive) 심리학적(psychological) 관점

④ 협동적(combinatory) 해석학적(hermeneutic) 관점

⑤ 수사적(rhetorical) 소통적(communicative) 관점

⑥ 역사적(historical) 전기적(biographical) 관점

⑦ 사회적(sociological) 정치적(political) 관점

⑧ 도덕적(moralist) 종교적(religious) 관점

⑨ 텍스트 상호적(intertextual) 비교학적(comparative) 관점

이 그림에서는 우선 문학비평에서 작품이 가장 중요한 요소이기는 하지만 특권적 위치를 차지하지는 않았다. 9가지의 관점을 제시하는 이 비평적 준거들은 어떤 의미에서 필자가 1980~90년대의 소위 프랑스 "이론"을 공부한 결과에서 나온 것일 수도 있다. 그러나 이 그림에서 분명한 것은 문학비평 작업의 여러 가지 요소들이 다원적, 역동적, 대화적으로 전개될 수 있다는 점일 것이다. 이 비평적 모형은 오랫동안 영미 문학비평과 이론을 공부해온 필자의 모든 비평적 사유와 실천의 모태라고 할 수 있다.

2. 영미 문학비평을 작동시키는 원리에 관한 사유

1990년대 중후반부터 필자의 주 관심사는 "프랑스의 이론에 종속되어 버린 1980, 90년대 미국 학계(그에 따라 한국 학계도 어느 정도는)에서 소강 상태에 있던 영미 문학비평을 어떻게 다시 부활시킬 것인가?"였다. 억압된 것은 언젠가 돌아온다고 하지 않았던가? 서구 문학 정전의 쟁점에 있는 윌리엄 셰익스피어의 독창적인 힘과 견고한 경험주의 전통 위에 있는 영미 문학비평을 어떻게 되찾아 지난 20세기 초·중반까지 세계의 "비평의 시대"를 주도했던 영미 비평의 가능성을 21세기에 어떻게 다시 부활시킬 것인가?

필자는 영미 문학비평을 작동시키는 내적인 원리와 구조 즉 인식론적 토대는 무엇인가부터 사유를 시작하였다. 이러한 문제의식을 다룬 것이 본서 제1부의 작업들이다. 우선 필자는 지난 30여 년간의 공부와 다른 유럽 국가들의 비교와 대조를 통해 영미 문학비평의 핵심적 인식소를 "경험"(experience)으로 보았다. 그것은 미국의 서양 문학비평사가의 권위자인 르네 웰렉의 다음과 같은 언명에서도 확실해 보인다.

> 비평은 총체적인 문화사의 일부이며 따라서 하나의 역사적이고 사회적인 맥락에 놓여 있다. 비평은 분명하게도 지적 풍토의 전반적인 변화들과 사상의 역사, 길고 심지어 확고한 철학에 의해서 영향을 받는다. … 우리는 이러한 연계관계들을 끊임없이 염두에 두어야 한다. 데카르트적인 합리주의, 로크적인 경험주의 그리고 라이프니츠적인 관념주의의 특징들이 선도적인 세 나라의 비평에 각인되어 있다. 또한 (이 세 가지 철학 전통은) 큰 맥락에서 프랑스, 영국 그리고 독일 비평의 차이를 설명해 주고 있다.[1]

---

1) Wellek, René. *A History of Modern Criticism: 1750~1950* Vol. I, New Haven: Yale UP, 1955,

이러한 경험주의적 토대 위에 나오는 또 다른 특징은 "비교"(comparison)와 "대화"(conversation, dialogue)이다. 영어권의 주요 비평가들의 비평이론이나 실제비평을 공부해보면 그들은 대부분 비교방법과 대화원리의 방법을 자주 원용하는 것을 볼 수 있었다. 이에 따라 필자는 영미 문학비평의 이론적 토대를 경험, 비교, 대화라는 3대 인식소로 결정하고 영미 문학비평사 전체를 훑어보았다. 물론 이 3대 인식소 중 특히 비교와 대화는 영미 문학비평만의 고유한 특징이라고 보기는 어렵겠지만 상대적으로 매우 빈번

---

8. 르네 웰렉보다 훨씬 이전인 지난 세기 초 1902년에 출간된 *The Varieties of Religious Experience: A Study in Human Nature*에서 미국의 심리철학자 윌리엄 제임스는 "영국과 스코틀랜드 사상가들의 주요한 영광"과 "영국 철학의 주도적 원리"를 경험주의로 보았다. 경험은 "실질적인 차이"를 가져오는 것으로 문제를 제기하는 영국적인 방식의 특징으로 간주했다. 제임스는 영국 경험주의 철학의 3대 계보인 존 로크의 "기억"들, 조지 버클리의 "질료", 데이비드 흄("인과관계")을 언급하면서 철학에 "비판적 방법"을 도입한 것은 독일의 칸트가 아니라 이 세명의 철학자들이라고 언명하고 철학을 진지한 인간연구의 가치 있는 방법으로 만들었다고 주장하였다. 이 자리에서 제임스는 처음으로 미국 철학자이며 최초의 기호학자인 찰스 샌더스 퍼스(Charles Sanders Peirce)의 새로운 철학을 "실용주의의 원리"라 불렀다 (382~384). 웰렉보다 훨씬 이후인 20세기 후반 미국의 문학이론가인 해롤드 블룸은 그의 저서 *Agon: Toward a Theory of Revisionism*(1982)에서 영국과 미국의 문학비평의 차이를 구별하였다. 블룸은 진정한 미국적 사유를 시작한 19세기 사상가이며 문인인 랠프 월도 에머슨과 20세기 비평가 케네스 버크에 이르는 미국의 비평 전통은 사무엘 존슨에서 윌리엄 엠프슨에 이르는 영국의 경험주의 전통과 다르다고 주장하였다. 미국 비평은 헤겔과 하이데거에 이르는 유럽 대륙의 변증법이나 데리다 폴 드 만의 해체론과는 구별되는 그가 미국 문학정전의 중심으로 보고 있는 휘트먼의 전통과 연결된 반명제비평(Antithetical criticism)이라고 주장하였다. 그러나 필자는 이런 요소들이 모두 넓은 의미에서 영미권의 경험론적 입장에서 논의될 수 있다고 믿는다. 블룸은 그 후 셰익스피어 문학의 보편성을 논하는 자리에서 구체적 "문학" 자체보다 추상적 "이론"에 지나치게 경도된 포스트구조주의자들의 소위 "프랑스식 셰익스피어"에 반대하고 지각과 감각을 중시하는 미학적인 것으로 돌아가는 것이 중요하다고 주장한다. 블룸은 "셰익스피어는 월터 페이터, 오스카 와일드를 교육시켰으며 미학적인 것 속에서 나머지 우리들을 교육시켰고 … 이 미학은 지각(미적 감식력)과 감각과 관계된다. 셰익스피어는 우리에게 어떻게 그리고 무엇을 지각해야 하는가를 가르치고 또한 어떻게 감각함으로써 감각으로서 경험하는 법을 가르친다"(*Shakespeare: Invention of the Human* 9)고 지적하여 미적 활동으로서의 독서와 비평의 토대로 경험주의 미학론을 강조하고 있다.

히 그리고 꾸준히 지속적으로 사용되고 있음은 사실이다.

1970년대 후반부터 영미 문학비평계는 유럽 대륙 특히 1960년 이후 프랑스의 "이론"(Theory)에 의해 거의 점령되어 영국의 전통적인 경험주의적 비평은 급격히 쇠퇴한 듯 보였다. 그러나 1960년대, 70년대 구조주의의 뒤를 이은 포스트구조주의, 해체론 등 언어와 텍스트 중심의 비평이론은 1980년대 중반에 들어가면서 신역사주의, 문화유물론, 문화 연구 등 다시 역사와 맥락에 대한 새로운 관심이 고조되었다.

영국의 국민철학인 경험주의는 영국 문화와 문학의 인식론적 토대이다. 특히 영문학 비평은 영국적 경험주의의 특징을 가장 잘 드러내고 있다. 이러한 점은 비평사적으로 볼 때 영국의 비평가들이 이론을 중시하는 유럽 대륙의 비평가들과 달리 창작이라는 실제 경험을 중시하는 전통에서도 잘 드러난다. 다시 말해 16세기 르네상스 시대의 필립 시드니 경으로부터 20세기 T. S. 엘리엇에 이르는 주요한 문학비평가들이 모두 시인 겸 비평가(poet-critic)들이었다. 영국의 문학비평가들은 이론을 위한 이론을 개진하기보다는 실제 문학 창작활동에서 제기되는 여러 가지 구체적인 문제들을 이론과 연계하여 논의하고 있다. "균형과 견제"(balance and check)를 중시하는 영국의 경험주의적 사유 전통은 문학의 이론과 창작의 실제의 "비교"와 "대화"에서 생성되는 것이고, 바로 이런 점이 영국 문학비평의 장점이다.

이제 "경험"(experience)이 새로 부상하고 있다. 지난 세기 후반 2~30년 동안 소위 포스트구조주의 시대에 경험은 "현존"(presence)의 잔재가 아직도 남아 있는 철학이나 비평담론에서 탕자로 여겨졌다. 그러나 이제 이 탕자가 돌아오고 있었다. 구조, 이론, 기호에 대한 담론의 홍수 속에서 경험에 대한 관심이 높아지고 있다. 해체론 이후 신역사주의, 신실용주의, 페미니즘, 인류학, 정치학, 문화 연구, 종교학 등 다양한 분야에서 인간의 경험, 주체성, 행위, 역사, 영성(靈性) 등에 관한 담론이 이미 엄청나게 생산되고 있다. 지금까지 논의한 영미 문학비평의 작동원리를 경험을 토대로 비교와 대화와의 관계를 그림으로 표시하면 다음과 같다.

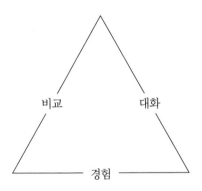

　　이런 맥락에서 필자는 영문학 비평사의 대표적 비평가들인 필립 시드니 경, 존 드라이든, 사무엘 존슨, S. T. 콜리지, 매슈 아놀드의 실제비평을 살펴서 경험주의에 토대를 둔 이들의 비평 작업 안에 나타난 비교 또는 대화적 구조를 밝혀내고자 한다. 그동안 문학비평 작업은 소쉬르의 구조주의 언어학과 데리다의 해체론에 의존하여 지나칠 정도로 언어와 텍스트 중심으로 수행되었다. 우리는 이제 영국 문학비평의 건강한 "비교"와 "대화" 정신을 소생시켜 문학비평과 이론의 연구와 교육에서 역사, 현실, 맥락을 다시 가치화함으로써 프랑스식 포스트구조주의 비평의 자아반영성(self-reflexivity)과 언어의 유희성을 어느 정도 광정(匡正)할 때가 되었다. 21세기 새로운 비평담론의 생성과 창출을 위해 시공간을 아우르는 "비교적 상상력"과 "대화적 원리"가 절실히 필요하다.

제1부의 첫 글에서 필자는 영국 비평사에서 언제나 첫 번째로 언급되는 시인-비평가인 필립 시드니 경(Sir Philip Sidney)의 르네상스 시대 영국의 대표적인 문학 옹호론인 『시의 옹호』를 다루었다. 이 글은 어떤 의미에서 영국 문학비평의 창시자인 시드니 경의 문학 옹호론을 경험, 비교, 대화의 인식소로 시론적(試論的)으로나마 분석한 것이다. 그 후의 글들은 영미 비평사에서 주요 이론가들인 드라이든, 사무엘 존슨, 데이비드 흄, S. T. 콜리지, 매슈 아놀드의 비평을 이런 맥락에서 논의해 보았다.

제2부는 "영미 문학비평의 몇 가지 주제들"이라고 제목을 달았지만 논의한 주제들이 포괄적이지 못하고 매우 제한되어 있다. 그러나 영미 문학비평사에서 필자가 개인적으로 지난 30여 년간 관심을 가졌던 주제들 중 몇 가지만을 골라 논의하였다.

제3부는 주요 영미 작품들에 관한 필자의 실제비평 작업이다. 여기서도 다양한 텍스트 분석이나 해석은 제시하지 못했고 몇 개의 작품들의 예를 든 것으로 만족할까 한다. 부록으로 대화 두편을 실었다. 첫 번째 것은 1994년 가을 한국영어영문학회 초청으로 한국에 온 캘리포니아(어바인) 대학교의 J. 힐리스 밀러 교수와의 대담으로 당시 비평적 쟁점이었던 해체(구성)론과 힐리스 밀러 교수의 "읽기의 윤리학"에 관한 논의를 했다. 두 번째는 2006년 봄 한국영어영문학회 초청으로 한국을 방문한 호주의 문학이론 및 문화 연구학자인 멜버른 대학교의 존 프로우 교수와의 대담이다. 필자는 항상 비평적 담론으로서 대화 형식에 관심을 가지고 있다.

༄༅

지난 30여 년간 중앙대학교에서 문학비평, 비평사, 문학이론을 공부하며 가르치는 동안 필자와 같이했던 많은 학부와 대학원생들과, 언제나 따뜻한 격려를 보내주신 동료 교수들에게 이 자리를 빌려 고마움을 전한다. 미련한 필자를 언제나 지적으로 자극하면서, 학문적으로 나태할 수 없게 만들어 주신 서울대, 위스콘신(밀워키)대, 리즈대(영국), 그리피스대(호주)의 여러 교수님들의 가르침에 머리 숙여 감사드린다. 그리고 필자가 몸담았던 한국영어영문학회, 비평이론학회, 비교문학회, 문화연구학회 등에서 함께 활동했던 여러 선배, 동료, 후배 교수님들에게 그동안의 비평적 고담준론(高談峻論)을 함께 해주셨음을 감사드리며 즐거운 지적 추억으로 간직하고 싶다.

그리고 무엇보다도 지난 40여 년 동안 이 부족하고 못난 자를 위해 한결같이 비판과 격려를 아끼지 않은 나의 믿음의 도반(道伴) 이소영에게 이 자리를 빌려 감사를 보낸다. 끝으로 필자의 난삽한 글을 읽고 고쳐준 중앙대 대학원의 제자들에게 이제야 고마움을 전한다. 또한 이 무질서한 원고들을 잘 다듬어 책으로 꾸며준 푸른사상사 편집부에 감사드린다. 본서의 아쉬운 점이 한두 가지가 아니다. 필자의 후일을 기약하기보다 이제는 좀 더 능력 있는 동료, 후학들에게 좀 더 포괄적이고 심도 있는 영미 비평연구를 미루고자 한다. 이 책의 모든 오류는 모두 지은이의 잘못이다. 독자들의 너그러운 질정을 부탁드린다.

2014년 6월 25일
지은이 씀

차례

제2부 영미 문학비평의 몇 가지 주제들

— "숭고미"에서 "탈식민주의"까지

제3부 실제 비평의 현장
— 텍스트 분석과 해석

제1부

영미 문학비평의 "이론"
― 경험, 비교, 대화의 인식소

자연에서처럼 상상력에서 우리의 가슴에 감동을 주는 것은
여러 부분들에 대한 정확성은 아니다.
우리가 미인이라고 부르는 것은 입술이나 눈이 아니라
모든 것이 합쳐진 힘이고 모든 것의 온전한 결과이다.
이렇게 우리가 조화와 균형을 이룬 첨탑 건축물을 볼 때
…

어떤 한 부분이 특별히 우리를 놀라게 하지 않고
모든 것이 연합하여 우리를 경탄하게 한다.
기괴할 정도의 높은 것, 넓은 것, 긴 것이 우리를 끄는 것이 아니라
모든 것을 아우르는 전체는 대담하고 동시에 규칙적이다.

— 알렉산더 포우프, 『비평론』, 243~252행

그러나 비평론은 주로 프랑스에서 일어났다.
복종하는 국민성을 가진 그 나라는 규칙들을 잘 따르고
브왈로는 호라티우스의 권리로 지배한다.
그러나 우리 용감한 영국인들은 외국의 법칙을 무시하고
정복당하지 않았으며 문명화도 되지 못했다.
상상력의 자유를 강력하게 믿으며 대담한
우리들은 옛날처럼 언제나 로마인들에게 저항했다.
…

그러나 상상력의 근본 법칙들을 회복시킨 사람들이 있었다.

— 『비평론』, 712~718, 720, 722행

1장　영국 최초의 문학이론가, 시드니 경의 『시의 옹호』에 나타나는 경험, 비교, 대화

— 영문학 비평의 3대 인식소

1. 서론: 영국 문학비평의 3대 인식소

지난 30여 년간 영문학과의 학부와 대학원에서 영미 문학비평을 공부하고 가르치면서 필자가 항상 생각해왔던 문제는 영미 문학비평의 중심적인 작동원리(Prima mobile) 또는 대동인(大動因)은 무엇인가였다. 그것은 비교문학 일반론의 견지에서(또는 동서 비교비평적 시각에서) 유럽의 다른 나라들과 나아가 동양의 여러 나라들과 구별되는 영문학 비평의 변별적 특징(distinctive feature)은 무엇인가였다. 영미 비평은 분명히 다른 나라 문학비평과 차이를 드러내는 독특한 요소들이 있지 않을까 하는 지적 호기심이었다. 물론 이를 찾아내거나 이론으로 수립하기 위해서는 영국의 기후, 풍토, 역사, 철학, 문화에서 오랫동안 형성된 소위 영미국민의 일반적 기질 즉 "국민성"의 문제가 먼저 논의되어야 할 것이다. 우선 몇 가지만을 상식적 차원에서 생각해보자. 영국의 기후는 온화하다. 대서양을 타고 올라오는 따뜻한 멕시코 만류와 북해에서 오는 한류가 만나는 지점이다. 일 년 내

내 영국의 기후는 극심한 더위나 혹독한 추위는 없다. 영국 국토의 지형도 북쪽 스코틀랜드 일부 지방을 제외하고는 큰 산맥은 없고 대부분 평지이고 구릉밭으로 대체로 완만하다. 영국의 대지를 뒤덮고 있는 녹색 잔디를 생각해보면 알 수 있다.

영어라는 언어는 어떠한가? 앵글로 색슨족의 언어는 원래 게르만 계통의 고대독일어에서 온 것이지만 1066년의 프랑스의 노르망디 지역에서 살던 북쪽 바이킹족들이 영국을 침략하여 정복한 후 고대영어의 원류인 앵글로-색슨어는 라틴 계통 프랑스어의 영향으로 일종의 혼합어인 중세영어가 생겨나 지금의 현대영어로 발전해나갔다. 영어의 특징은 프랑스어나 독일어와 달리 어휘의 강세와 문장의 억양(intonation)의 역동적 체계가 확실하다는 것이다. 또한 조어(造語) 능력, 즉 숙어도 탁월하여 다양하고 복잡한 의미를 가질 수 있다.

영국의 종교는 어떠한가? 전통적으로 영국의 국교는 성공회(Anglican)이다. 15세기 말 유럽 대륙 종교개혁으로 개신교(Protestantism)가 시작되었는바 영국인들은 기존의 가톨릭교와 이 개신교를 융합하는 식으로 새로운 종교적 대화를 이루었다. 정치는 또한 어떠한가? 영국의 정치체계는 입헌군주제이다. 1215년 국왕이 서명한「마그나 카르타」처럼 왕권과 신권이 서로 균형을 이루고 조화를 목표로 하고 있다. 그래서 의회민주주의가 세계 역사상 처음으로 수립되어 지금에 이르고 있다. 영국에서는 전통적으로 1789년의 프랑스 대혁명과 같은 혁명은 없었고 항상 타협과 대화로 정치를 풀어가려고 노력했다. 또한 관찰과 실험을 강조한 프란시스 베이컨을 시작으로 존 로크 등이 경험주의 철학이론을 전개했다. 영국인들은 인간의 내적인 사유능력을 먼저 인정하지 않고 외적인 감각을 통해 즉 경험을 통해 사물을 인식하는 방식 중심으로 지식체계를 수립해왔다. 이러한 영국인들의 중도사상은 "균형과 견제"(Balance and check)의 원리를 만들었다. 이러한 풍토 위에서 자연과학은 아이작 뉴턴(Isaac Newton)이라는 근대의 대과학자를 배출했다. 이를 토대로 과학기술은 개발과 산업혁명을 세계 어느 나라보다 먼저 이룩하였고 이를 물적 토대로 해서 서구 제국들과의 경쟁에서 승리하고 세계 곳곳에 최대의 식민지를 소유하는 국가가 되기도 하였다.

영국 문학비평은 어떠한가? 위와 같은 자연, 지리, 문화, 사유, 풍토에서 자라온 영문학의 특징도 이와 크게 다르지 않을 것이다. 이 중에서 영미 비평의 가장 큰 특징은 "시인-비평가"(poet-critic)일 것이다. 유럽 대륙의 문학비평과 비교하여 영국 문학비평의 가장 두드러진 점은 16세기 르네상스 시대 이래 대부분의 문학비평은 시인이든 작가든 창작자가 주로 써왔다는 점이다. 주로 작가 자신의 작품을 옹호하거나 해명하는 데서 출발하였다. 영국인들은 문학에 관한 한 이론을 위한 추상적인 논의를 거부하였고 창작과정이나 배경 또는 방식에 대한 창작가로서의 구체적이고 현실적으로 부닥치는 문제를 중심으로 실제비평을 전개시켰다. 영국에서 최초로 본격적인 문학론을 쓴 사람은 필립 시드니 경(Sir Philip Sidney, 1554~1586)으로, 『시의 옹호』(The Apology of Poetry, 1580년경에 쓰여졌으나 1595년 출간)도 처음부터 시론 또는 문학론을 이론적 · 논리적으로 전개하려고 한 것은 아니었다. 스티븐 고슨(Stephen Gosson, 1554~1624)이란 사람이 청교도적 입장에서 쓴 문학 비판론인 『오용의 무리』(The School of Abuse, 1579)를 당해 최고의 시인 중에 한 사람인 시드니 경에게 헌정한 것에서 비롯되었다.

시드니 경은 당대 궁정인, 군인, 시인으로서 르네상스 정신을 두루 갖춘 "르네상스 인간"이었다. 시인으로서 그리고 로맨스 작가로 그는 고슨의 책에 자극을 받아 문학을 비난하는 사람들에게 반론으로 문학을 변호하고 옹호하는 글을 쓰고자 했다. 그는 작가의 경험을 토대로 문학 옹호론을 전개시켰고 르네상스 시대의 유럽 문학들을 영국 시인의 입장에서 감동적으로 종합하고 있으며 영미 비평사상 최초로 당시 막 시작한 영국 문학에 관한 소중한 비평 작업도 남겼다. 그 이후의 중요한 영국 문학비평가들인 존 드라이든, 알렉산더 포우프, 사무엘 존슨, 윌리엄 워즈워스, S. T. 콜리지, P. B. 셸리, 랠프 월도 에머슨, 애드거 앨런 포, 매슈 아놀드, 헨리 제임스, T. S. 엘리엇 등 대부분 작가와 비평가를 겸하였다. 이것은 아무도 부정할 수 없는 영국 문학비평의 확고한 전통이다.

그렇다면 이러한 전통은 어디서 어떻게 연유된 것일까? 필자의 생각으로는 영국 특유의 경험주의적 사유에서 온 것이다. 여기에 대해서는 많은 영국 문학비평사가들이 동의하고 있다. 현재 살아있는 영미권의 최고의 문학비평가인 해롤드 블룸은 영미문학 비평을 경험적이고 실용적이라고 다음과 같이 언명하고 있다.

> 문학비평이란 내가 이해해온 바로는 이론적이기보다는 경험적이고 실용적이다. 내 스승들 특히 사무엘 존슨 박사나 윌리엄 해즐릿 같은 비평가들은 작품 속에 숨겨져 있는 것을 섬세하게 드러내 보이기 위해 그들의 기술을 실천한다. (해롤드 블룸, 『어떻게 왜 읽는가』, 19)

이렇게 볼 때 영국 문학비평을 작동시키는 인식소의 하나는 "경험주의"(empiricism)임이 분명해 보인다.(여기에서 영국 경험주의 철학에 대해서 상론할 필요는 없을 것 같다.) 경험주의를 받쳐주는 두 개의 또 다른 원리가 "비교"(Comparison)와 "대화"(dialogue)이다. 따라서 필자는 영국 문학비평을 작동시키며 각 시대와 각 비평가를 넘어온 대동력(Prima mobile)은 경험, 비교, 대화라는 가설을 세우고 영국 문학비평의 인식소(épistème)의 삼각형을 다음과 같이 제시하고자 한다.

비교　　　대화

경험

　영국 문학비평의 이러한 실천적 특징은 영국 비평의 장점으로 발전된다고 볼 수 있다. 영국의 비평가들은 거의 대부분 시인 작가 출신이다. 창작을 하기 위해 비평적 문제를 논의하고 비평문은 창작에서 파생되는 구체적인 문제들을 논의한 결과물들이다. 여기가 영국 비평의 3대 인식소인 경험, 비교, 대화가 한 자리에서 만나는 지점이다. 자신의 창작과 비평의 대화, 다른 작가들과 자신과의 비교, 구체적 보편으로서의 문학을 실제생활에서의 작가로서의 경험, 이전 시대와 자신의 시대, 이전 작가들과 자신, 외국의 시인 작가들과 영국적 전통을 가진 자신들과의 경험, 비교, 대화 속에서 그들은 항상 균형과 중용의 역동적인 중간 지대를 구성하였다. 필자는 영국 비평의 이 3가지 인식소를 하나로 묶어내는 통섭적 원리로 "대화" 또는 "대화적 상상력"이라고 부르고자 한다. 그래서 다음 장에서 이 "대화"의 통섭적 원리를 중심으로 영국 비평의 창시자인 시드니 경을 논의할 것이다. 이러한 작업을 통해 사상사적 또는 학문사적 견지에서 영국 비평사를 하나로 묶어낼 수 있다고 본다. 좀 과장한다면 영국 비평사 전체를 일관성 있게 거시적으로 볼 수 있는 망원경을 마련하는 셈은 아닐까?

　이와 같은 이론적 틀을 토대로 필자는 앞서 언급한 본격적인 의미에서 영국 최초의 비평문인 필립 시드니 경의 『시의 옹호』를 중심으로 여기에서 가설로 제시한 영국 문학비평 작동의 토대인 3개의 인식소, 경험, 비교, 대화의 원리가 어떻게 실제로 구현되는가를 살피고자 한다. 유럽 대륙 서쪽의 섬나라에 사는 영국인들은 대륙에 사는 사람들보다 실물적이고 의심이 많다. 프랑스의 이성주의(rationalism)나 독일의 관념주의(idealism)와는 대조적이다. 경험론자 작업의 큰 특징은 인식주체와 대상 간의 "대화"라고 볼 수 있다. 세상을 인식하고 지식체계를 수립하는 과정에서 인간이나 사물 어느 곳에 기울지 않고 중간적, 상보적인 관계를 중시하는 균형감각을 중시하였다. 소크라테스에 있어서와 같이 이때 대화는 가장 믿을 수 있는 행동강령이다. 경험론적 사유양식에는 비교도 있다. 비교는 대화의 당사자 간에 미리 정해놓은 것이 아니라 서로를 견주고 빗대어서 같음과 다름을 찾아내는 방식이다. 대상들 간의 비교의 방법은 경험론적 지식 구축에 주요한 토대가 된다. 경험주의자들은 비교와 대화를 통해 진리에 접근하고 지식을 얻는다.

2. 본론:『시의 옹호』에서 나타난 경험, 비교, 대화의 원리

『시의 옹호』의 전문을 경험, 비교, 대화의 인식소로 논의하기에 앞서 시작 도입 부분인 짧은 서론의 2문단을 중심으로 살펴보기로 하자. 우리는 이 도입 부분에 3가지 인식소가 모두 작용됨을 명쾌히 알 수 있기 때문이다. 우선 길지만 전문을 인용한다.

> 덕 있는 친구 에드워드 워튼(Edward Wottron)과 함께 황제의 궁에 있을 때 우리는 존 피에트로 푸그리아노(John Pietro Pugliano)에게 마술(馬術)을 열심히 배운 적이 있었다. 그는 궁정에서 크게 칭찬을 받으며 말 관리인의 지위를 가지고 있었다. 그리고 그는 이탈리아인의 풍부한 기지로 자신의 말 관리 시범을 보였을 뿐 아니라 자신이 가장 소중하다고 생각하는 말에 관한 이론으로 우리의 마음을 풍요롭게 만들어주고자 애썼다. 그러나 나는 자신의 능력을 자랑하는 그의 말투가 그 어느 때보다 (우리의

느린 찬사에 화가 났던지 아니면 초심자인 우리들의 경탄에 감동해서인지) 나의 귀를 부담스럽게 만들었음을 기억한다. 그는 군인들이 인류 중 가장 고상한 지위를 가지고 있고 특히 기마병들이 군인들 중에서 가장 고상하다고 말했다. 그는 기마병들은 전장터의 달인들이고 평화 시의 장식이며, 발이 재빠르고 강인한 인내자들이고 병영뿐 아니라 궁정에서도 승리자라고 말했다. 아니, 그는 이 세상에서 어느 것도 훌륭한 기마병이 되는 것보다 군주에게 더 큰 경이감을 가져다주는 것은 없다고 믿을 수 없는 정도까지 말하였다. 마술에 비하면 통치술은 하나의 사소한 현학에 불과했다. 그리고 나서 그는 말이란 비교할 상대가 없는 짐승이며, 아첨하지 않고 봉사하는 유일한 궁정인이며, 가장 아름답고, 성실하며 용기 있다는 등 칭찬을 아끼지 않았다. 그래서 만일 내가 그에게 오기 전에 논리학 기술을 배우지 않았다면 그는 나 자신이 말이 되고 싶다고 말하게까지 설득했을 것이다. (3)

모든 글쓰기의 시작이 가장 어렵다. 글쓴이의 입장에서 "어떻게 하면 읽는 이의 관심을 끌 것인가?" "계속 흥미를 가지고 자신의 글을 끝까지 읽게 만들 것인가?"이다. 르네상스 시대의 지식인들은 수사학에 관한 지식과 기술이 상당한 수준이었다. 남과 대화하고 글을 쓸 때 가장 중요한 것은 이해를 넘어 설득과 감동이기 때문이다. 수사학 과목은 교육과정에서 그들에게 필수과목이었다. 시드니 경도 『시의 옹호』를 고전수사학의 7대 구성요소를 따라 이 글을 짜임새 있고, 논리정연하게, 그리고 감동적으로 구성했다. (1) 서론 (2) 서술 (3) 주제 제시 (4) 분할 (5) 입증 (6) 반박 (7) 결론이 바로 그것이다. 시드니 경은 이 글을 독자들을 상대로 한 하나의 웅변술로 무장한 연설문으로 접근했다. 시인으로서 그도 어떻게 하면 개인적으로 시대적으로 중차대한 시(문학) 옹호론을 어떻게 시작할까 매우 고심했을 것이다. 그가 선택한 것은 자신이 경험담으로 시작하는 것으로 매우 효과적인 전략이었다. 궁정의 조신이었던 시드니 경은 엘리자베스 1세(1533~1606)의 허락을 받아 유럽 신성로마제국의 막시밀리안 2세(1564~1576 재위)의 궁정을 방문하였다. 동행한 사람은 시드니 경의 가까운 친구인 에드워드 워튼(1548~1626)으로 엘리자베스 여왕의 신임이 두터운 외교관이었다. 그들은 1574년 가을부터 그 다음해 봄까지 이 궁정에 머물렀다. 그런데 그들은 이 궁정에서 궁정 마부(馬府)를 총괄하던 이탈리아인 존 피에트로 푸그리아노(John Pietro Pugliano)를 만나, 마술(馬術)의 달인이었던 푸그리아노가 당대 문명에서 말의 소중함과 마술의 중요성에 대해 역설하는 것을 듣게 된다.

자신의 겪은 구체적인 "경험"을 이야기하며 시작하는 것은 대개의 경우 독자나 청중들에게 매우 효과적이다. 처음부터 그들의 흥미를 유발시키고 주의를 집중시킬 수 있기 때문이다. 왕궁의 말 관리책임자인 푸그리아노가 우리가 흔히 대수롭지 않게 생각하는 말과 마술에 대해 극찬하여 당대 문명의 꽃이라고까지 말하는 것은 낯설기 때문에 일단 강한 흥미를 끈다. 그의 말에 관한 찬사를 들으면서 시드니 경은 말과 시(詩), 마술과 시학, 마술사와 시인 등의 관계에 대해 마음속으로 "비교"하기 시작한다. 우선 당대 아이들의 웃음거리로 전락한 시의 처지와 최고의 위치까지 부상하는 말의 위치가 비교된다. 마술을 문명사회를 이끄는 최고의 예술과 기술로 여기는 말 관리인과 시를 쓰고 시론을 논의하는 시인으로서 자신을 비교하게 된다. 그 시와 시 기술에 종사하고 있는 자신은 지금까지 무엇을 했단 말인가 하는 자괴감을 느끼고 책임감을 통감한다. 이에 독자들도 고개를 끄덕이며 시드니 경의 처지를 이해하고 동정하게 될지도 모른다. 잘하면 독자들이 이 글을 끝까지 읽어 그가 시도하는 시의 옹호론을 그들에게 전달시키고 이해시키고 나아가 작동시킬 수까지 있지 않을까?

서론 부분의 두 번째 문단에서 시드니 경은 자신이 푸그리아노의 말과 마술에 관한 열변을 듣고 시를 쓰는 시인으로서 도저히 가만히 있을 수 없음을 독자들에게 하소연하고 있다.

> 자기 일에 대한 애정이 제일 좋다는 이러한 이론에서 만일 푸그리아노의 강한 애정과 약한 주장이 여러분을 만족시키지 못한다면 바로 나 자신의 예를 들겠다. 왜냐하면 나는 나이가 그리 많지 않고 아주 한가한 때에 (나도 모르게 우연히) 시인이란 지위를 가지게 되었으며 나 자신이 선택하지 않은 일을 여러분에게 옹호하기 위해 몇 마디 하도록 자극 받았기 때문이다. 만일 내가 정당한 이유보다는 호의로 이 문제를 다룬다고 해도 참아주시기를 바란다. 학자는 스승의 발자취를 따라가기만 하면 용서를 받을 수 있다. (3~4)

푸그리아노의 예를 따라 자신이 시와 시론에 관해 이야기하는 것을 양해하고 이해해달라고 독자들에게 간청하고 있다. 아마도 많은 독자들이 이런 간청을 거부하지는 않을 것이다.

1) 경험의 인식소

16세기 후반 영국의 소네트 서정시인이며 산문 로만스(Romance) 작가였던 시드니 경은 처음부터 본격적인 문학비평가는 아니었다. 그 당시에는 수사학 전통에 기대어 작품을 분석하고 해명하는 경우는 있었지만 오늘날과 같은 전문 문학비평가는 없었다고 볼 수 있다. 『시의 옹호』에서 시드니 경은 당대 최고의 영국 시인 작가로서 초점을 추상적 "이론"에 두지 않고 자신의 창작의 경험에 맞추었다. 시드니 경의 문학비평의 목적은 추상적, 이론적, 사변적인 것이 아니라 언제나 역사적, 구체적, 현실적이었다. 이런 의미에서 그는 영국 문학비평사의 첫 번째 인식소인 경험주의에 토대를 둔 "시인–비평가"(poet-critic)의 전통 속에 있었다. 영국의 "국민철학"인 경험주의 전통에서 보면 시드니 경은 영국적인 "균형과 절제"(balance and check) 정신으로 문학적 논의에서 결코 논리와 사변만을 강조하지 않았고 언제나 현실과 경험을 중시하였다. 다른 말로 하면 유럽 대륙의 이성주의나 관념주의 철학에 비해 영국적 전통에 따르는 경험주의의 아들이었다. 관찰과 실험을 강조했던 영국 경험주의의 철학적 토대를 세웠던 시드니 경과 거의 동시대 인물이었던 프란시스 베이컨(1561~1626)의 뒤를 따라 존 로크(John Locke, 1632~1704)는 지식 습득과 지식체계 수립에 있어 물론 이성 또한 결코 포기하지 않았지만 감각(sense)을 최우선시 하였다. 경험주의자는 첫 번째 임무는 우선 구체적인 감각으로 대상을 구체적으로 인식하고 파악하여 궁극적 진리에 도달하고자 하는 것이다.

여기에서 잠시 영국의 경험주의에 경도되어 20세기 후반에 자신의 생성 철학의 토대를 마련하였고 영미 문학 애호가였던 프랑스의 철학자 질 들뢰즈(Gilles Deleuze, 1925~1995)의 말을 들어보자. 현대 유럽 대륙의 철학자의 말을 빌려 좀 더 객관적으로 데이비드 흄을 중심으로 한 영국 경험주의를 다시 보자.

들뢰즈는 영미 문학에 관심을 가지기 전에 무엇보다도 프랑스의 이성주의(rationalism)와 대립되는 영국의 경험주의(empiricism)에 애정을 가졌고 특히 18세기 스코틀랜드 출신 회의주의 철학자 데이비드 흄((David Hume, 1711~1776)에 주목했다. 들뢰즈는 흄을 학사 논문의 주제로 삼았고 그 후 1953년에 이 논문을 보완해 첫 번째 저서인 『경험주의와 주체성―흄의 인간 본성에 관한 에세이』를 상재한 바 있다. 흄이 들뢰즈의 사상 형성에 중요한 자리를 차지하고 있다는 것은 확실하다. 들뢰즈는 이 책의 영어 번역판 서문(1989)에서 "우리는 때때로 한 위대한 철학자에 의해 창조된 새로운 개념들만을 목록으로 보여주는 철학사를 꿈꾼다"고 전제한 후 흄의 가장 핵심적이고 창조적인 기여로, 첫째 신념(belief)에 대한 개념을 새로 수립해 지식의 위치에 가져와 놓은 점을 들었고, 둘째 관념(idea)들의 "연상"(association)에 새로운 의미를 부여한 점을 들고 있다. 마지막으로 들뢰즈는 철학사에서 흄의 독창적인 기여는 "관계들"(relations)에 대한 위대한 논리를 개발한 것이라고 지적한다: "모든 관계들은 그들 용어들의 외부에 존재한다. 그 결과 흄은 관계들의 외재성의 원리에 토대를 둔 경험의 복합적인 세계를 구축하였다"(*Empiricism and Subjectivity*, x). 이러한 복합적이고 학제적인 사유의 이미지는 들뢰즈가 흄을 통해 구축하려 했던 "초월적 경험주의"이다. 여기에서 생성되는 과정은 다양한 부분들을 기능적인 이론 기계로의 "배치"이다.

들뢰즈는 흄이 제시하는 진정으로 경험적인 세계를 다음과 같이 설명한다.

> 진정으로 경험적인 세계는 외재성의 세계, 즉 사유 자체가 외부와의 근본적인 관계 속에서 존재하는 세계이며, 용어들이 진정한 원자들이며 관계들이 진정한 외부와의 통로인 세계, 접속사 "그리고"가 동사 "이다(있다)"의 내면성의 왕좌를 찬탈하는 세계이며, 의사소통이 외부와의 관계들을 통해 일어나는 다양한 색깔의 문양들과 총체화할 수 없는 단편들의 다채로운 세계이다. 흄의 사유는 이중으로 세워졌다. 즉, 관념들과 감각적 인상들이 어떻게 시간과 공간을 생산하는 꼼꼼한 최소한도를 지시하는가를 보여주는 원자주의(atomism)를 통해 그리고 관계들이 어떻게 … 이러한 용어들 사이사이에서 수립되고 다른 원리들이 의존하는가를 보여주는 연상주의(associationism)를 통해 세워졌다. 다시 말해 전자는 마음의 물리학이고 후자는 관계들의 논리이다. 따라서 서술적 판단의 제한적인 형태를 처음으로 깨뜨리고 원자들과 관계들의 접속적 세계를 발견하여 관계들의 자율적인 논리를 가능하게 만든 것은 바로 흄이다. (*Pure Immanence*, 38)

18세기의 주류철학에서 벗어나 미래의 철학을 예견한 흄을 통해 들뢰즈는 생성철학의 토대를 마련하였다. 『경험주의와 주체성』의 영어 번역판 서문에서 콘스탄틴 바운다스는 들뢰즈가 흄의 경험주의 철학을 통해 모든 종류의 초월철학에 대항하였고, 흄의 차이의 경험주의적 원리, 즉 모든 관계의 외재성 이론을 통해 소수자 담론을 구성했으며, 병렬적 나열물의 문제틀을 수립하였고, 초월의 장에 바로 주체적인 동격자들을 부여하는 모든 이론들의 미해결의 전체에 기초를 두고 입론하는 오류에 반대했다(*Empiricism and Subjectivity*, 2)고 말한다. 들뢰즈는 『대화들』(*Dialogues*)의 영어판 머리말에서 경험주의를 다음과 같이 명쾌하게 규정한다.[1]

영국 경험주의에 대한 논의가 좀 난삽해지기는 했지만 여기서 다음에서 논의할 시드니 경의 『시의 옹호』에 대해 경험론적으로 접근할 수 있는 몇 개의 개념을 찾을 수 있다. 우선 "관계들의 외재성의 원리에 토대를 둔 경험의 복합적인 세계"와 "총체적으로 되기 또는 주체 되기 대신에 다양체 되기"라는 개념이다. 구체적인 예를 들어보자. 시드니 경은 창작시인으로서의 경험에서 시인만이 특정 주제에 얽매여 있는 다른 학문들인 천문학자, 수학자, 자연철학자, 도덕철학자, 법률가, 역사가, 의사, 문법학자 등과 달리 어느 곳에도 구속되지 않고 시인의 영감이나 상상력을 통해 자연에 없

---

1) 들뢰즈는 또한 『차이와 반복』에서 경험론의 토대가 되는 감성론에 대해 다음과 같이 논한다: "예술작품은 재현의 영역을 떠나고 있다. "체험"이 되기 위해서 초월론적 경험론이나 감성적인 것에 대한 학문이 되기 위해서 떠난다. … . 우리는 감성적인 것 안에서도 오로지 감각밖에 할 수 없는 것, 곧 감성적인 것의 존재 자체를 직접적으로 포착할 수 있다. 그때 경험론은 실로 초월론적인 성격을 띠게 되고, 감성론은 절대적으로 확실한 분과학문이 된다. 여기서 감성적인 것의 존재는 차이, 누승적 잠재력을 띤 차이, 질적 잡다의 충족 이유인 강도적 차이 등을 뜻한다. 현상이 기호로서 섬광을 발하고 바깥으로 주름을 펼치는 것은 차이 안에서이다. 바로 차이 안에서 운동은 "효과"로서 산출된다. 차이들로 가득한 강렬한 세계, 거기서 질(質)들은 자신의 이유를 발견하고 감성적인 것은 자신의 존재를 발견한다. 그러한 강렬한 세계야말로 우월한 경험론의 대상이다. 이 경험론을 통해 우리가 배우는 것은 어떤 낯선 "이유" 다양체, 그리고 차이의 카오스(유물적 분배들, 왕관 쓴 무정부 상태들) 등이다. 차이들은 언제나 닮게 된다. 차이들은 항상 서로 유비적이며, 서로 대립적이거나 동일하다."(145).

는 것, 나아가 자연보다 더 훌륭한 것들도 창조해낼 수 있다고 다음과 같이
말한다.

> "시인만이 위와 같은 속박에 매어 있기를 경멸하고 자신만의 창조물에
> 대한 영감이 일어나서 실제로 자연 속에 들어가 변형시켜 사물을 자연이
> 가져온 것보다 더 좋은 것으로 만들거나 … 자연에는 이전에 결코 존재하
> 지 않았던 것을 전혀 새롭게 만들어낸다. 이렇게 해서 시인은 자연과 손
> 에 손을 맞잡고 자연이 준 선물이 보장하는 협소한 범위 안에 갇히지 않
> 고 시인 자신의 상상력의 12궁도(宮圖) 안에서 자유롭게 소유한다. 자연
> 은 다양한 시인들이 이루어놓은 그토록 화려하게 무늬 새겨진 직물로 지
> 구를 장식하지 못했으며, 시인보다 지구를 유쾌한 강과, 열매 맺는 나무
> 들, 달콤한 향기 나는 꽃들로 장식하지 못했고, 사랑받는 지구를 더욱 사
> 랑스럽게 만들 수 없었다. <u>자연세계는 청동의 세계이고 시인들만의 세계
> 는 황금의 세계이다.</u>" (6. 밑줄 필자)

시드니 경은 시에 대한 4가지 비난 중 두 번째인 "시는 거짓말의 어머니
이다"라는 주장에 대해 자신의 시와 로맨스의 창작자로서의 경험에 비추어
다음과 같이 역설적으로 설득력 있게 반박하고 있다.

> 진실로 (나는 진실하다고 생각한다) 태양 아래에서 글 쓰는 모든 사람
> 중에서 시인이 거짓말을 가장 하지 않는 사람이며 그리고 비록 시인이 시
> 인으로써 그렇게 하기를 바란다 해도 거짓말쟁이가 될 수 없다고 생각한
> 다. 천문학자는 사촌인 기하학자와 더불어 별들의 높이를 측정하기 위해
> 서는 거짓말을 피할 수가 없다. 의사들이 건강한 것을 병이라고 단언하여
> 서, 저승 가는 배를 타기 훨씬 이전에 미리 약물에 익사한 많은 사람들이
> 카론(Charon)에게 보내지는 경우가 얼마나 자주 있는가를 생각해보라. 그
> 리고 의사들을 확신하게 만드는 일들은 나머지 일에서도 결코 적지 않다.
> 시인의 경우 그는 아무것도 확신하지 않는다. 따라서 그는 결코 거짓말하

지 않는다. 왜냐하면 내가 이해하기로는 거짓말하는 것은 허위를 진실이라고 단언하는 것이다. 그래서 다른 예술가들, 특히 역사가는 인류에 대한 애매모호한 정보 속에서 많은 것을 확언함으로써 많은 거짓말로부터 피하기가 거의 불가능하다. 그러나 시인은 내가 앞서 말했듯이 결코 단언하지 않는다. 시인은 당신의 상상력에 관한 어떤 범위도 만들지 않아 그가 쓴 것을 사실이라고 믿게끔 당신에게 마술도 걸지 않는다. … 따라서 시인은 사실이 아닌 것을 말하기는 하지만 시인이 그것들을 사실이 아니라고 말하기 때문에 시인은 거짓말을 하지 않는 것이다. … 아무리 단순 소박한 사람이라도 이솝이 동물 이야기에서 거짓말을 한다고 말하지는 않을 것이다. (13)

시인이 만들어낸 허구의 세계는 단언이나 확언하지 않은 것이며 시인의 상상력 속에서 만들어낸 오직 개연성(probability)의 세계이며 있음직함(verisimilitude)의 세계일 뿐이다. 따라서 시인이 허구를 창조해낸다고 해서 거짓말을 지어내는 것은 아닌 것이다.

시드니 경은 무엇보다도 일상생활에서 구체적이며 개인적인 경험담으로부터 시작한다는 것을 앞서 이 옹호론의 첫 부분에서 이미 보았다. 시드니 경은 자신이 시를 직접 창작하는 시인으로서 개인적 경험뿐 아니라 서양의 그리스, 로마 고전, 그리고 당대 르네상스 유럽의 여러 나라의 작품들도 섭렵하여 수많은 간접 경험을 한 독자이기도 하다. 시드니 경의 이 옹호론을 읽으면서 놀라는 것은 이러한 방대한 독서 경험이 풍부하게 본문에 드러난다는 사실이다. 여기에서 시드니 경은 모든 학문들이 제자리를 잡기 전인 무지의 시대에서부터 최초의 빛을 주었으며 각 학문이 갓 태어났을 때 젖을 먹인 유모들 역할을 했다고 주장한다. 문학은 운문시로서 가장 오래 되었을 뿐 아니라 초기에 개화 기능을 가졌기 때문이다. 플라톤, 헤로도토스 등 그리스 초기의 철학자들과 역사가들도 모두 운문을 사용한 시인들이었다. 그밖에 터키, 아일랜드, 웨일즈 등에서도 일찍이 시가가 가장 인기가 있었다는 점을 시드니 경은 지적하면서 시드니 경은 "진실로 철학자나 역사학자는 만일 시라는 위대한 통행증을 가지지 않았다면 처음부터 일반 대중들이 쉽게 이해할 수 있는 문으로 들어갈 수 없었을 것이다"(37)라고 결론 짓는다.

시드니 경은 영국 문학의 독자로서 영국 문학의 특징을 설명하는 부분에서 영국 문학에 대한 최초의 비평을 써냈다. 시드니 경은 창작시인으로 자국 문학을 꼼꼼히 읽은 경험을 통해 문학이 16세기 말 영국에서 별로 융성하지 못하고 시에 대해 호의적이지 않은 이유를 제시하였다. 첫째 과학정신과 상업정신에 비해 역동적인 문학정신의 부족을 들었고 둘째로 재능 있는 작가들의 부족을 들었다. 작가가 성공하기 위해서는 3개의 날개인 기술(Art), 모방(Imitation), 연습(Exercise)이 필요한데 영국 작가들은 이 3가지가 모두 부족하다는 것이다. 중세 시대의 제프리 초서 이래 시문학이 활성화되지 못했고(아직 에드먼드 스펜서가 본격적으로 활동하지 않았다.) 특별히 극문학 분야에서 토마스 노튼(Thomas Norton, 1532~1584)과 토마스 색빌(Thomas Sackville, 1536~1605)의 공동작품인『고브보던』(*Gorboduc*) 이외에도 보잘것없었다고 지적한다.(아직 셰익스피어가 본격적으로 작품을 발표하지 않았다.)

시드니 경은 극의 경우도 극의 3일치 법칙(행동의 법칙, 장소의 법칙, 시간의 법칙)도 잘 지켜지지 않았고 특히 희극과 비극이 섞여 있는 희비극(trage-comedy)에 대한 강한 비판을 제기했다. 나아가 그는 영국 극이 야비한 즐거움을 주려고 하여 도덕적 기능을 무시하고 있다고 보고 영국 서정시도 자연스럽지 못하고 영국의 산문도 지나치게 인위적이라고 비난하였다. 시드니 경의 이러한 영국 문학에 대한 부정적인 평가는 당대 이태리와 프랑스의 세련되고 수준 높은 문학작품들과 비교해볼 때 아직 수준 미달이라는 자기성찰이 크게 작용하였다.

그러나 시드니 경은 시어로서의 영어의 우수성에 주목하였다. 영어가 가진, 시에서 수사학적 효과를 높일 수 있는 복합성(complexity)과 자유(freedom)를 높이 평가하며 다음과 같이 그 우수성을 논하고 있다.

> 나는 어떤 사람이 그것을 혼합어라고 말하리라는 것을 알고 있다. 다른 두 언어(라틴어와 희랍어 또는 프랑스어와 독일어)의 가장 좋은 점들을 받아들였으니, 왜 그만큼 더 좋지 않겠느냐? 또 어떤 사람은 그것이 문법이 없다고 말할 것이다. 아니, 사실 그것은 저 문법이 없지 않다는 찬사를 받고 있으니, 문법이 있는지 모르겠으나 … 언어의 목적인, 마음속의 생각들을 아름답고 적절하게 표현하는 것으로 말하면, 그것은 세계의 어떤 다른 언어와 대등하게 그것을 지니고 있으며, 그리고 두세 마디의 어휘들을 함께 구성하는 데 특히 적절하며 라틴어를 훨씬 능가하여 희랍어에 가까우니, 그것은 한 언어에 있을 수 있는 최대의 장점 가운데 하나이다. (116~117. 전홍실 역)

시드니 경은 시에서 중요한 운(rhyme) 문제에 있어서도 영어의 우수성을 강조하였다. 운문에는 그리스 로마 시 등의 고대시에서처럼 음량을 주로 다루거나 이태리, 네덜란드, 스페인, 프랑스 시 등의 현대시에서 강세를 다루는 데 있어서 영어는 두 가지 모두에 적합함을 지적하며 시 언어로서 영어의 탁월성을 지적했다. 시 창작에서 문법, 구문, 음율 등의 구체적인 문제들을 이렇게 상세히 논의할 수 있는 것은 시드니 경 자신이 당시 활발한 창작시인이었기에 가능한 일일 것이다. 이와 같은 시드니 경의 지적은 후일 위와 같은 영어를 사용한 스펜서, 셰익스피어, 밀턴 등의 능력 있는 시인들의 등장과 더불어 영시가 세계 문학사상 가장 탁월한 위치를 마련하는 데 토대를 놓을 수 있었다.

2) 비교의 인식소

영국 문학비평에서 방법으로서의 "비교"는 가장 오래된 것 중 하나이다. 비교방법이 영국 문학비평에서만 나타나는 것은 물론 아니다. 그러나 영국 문학비평사를 일별해볼 때 16세기의 시드니 경으로부터 20세기 T. S. 엘리엇에 이르기까지 주요 비평가들은 비교방법을 비평에서 가장 중요한 해석 도구로 사용하고 있다. 그렇다면 영국 문학비평에서 비교의 인식론적 의미는 무엇일까? 비교는 우열의 문제가 아니라 차이의 문제이다. 비교는 억압이나 비판을 위한 것이 아니라 대화와 협상을 위한 것이다. 비교는 또한 단순화(단성적)가 아니라 복합화(다성적)이다. 비교는 영향관계 문제만이 아니라 가치 창조의 문제이다. 비교는 결코 정태적인 것이 아니라 과정이며 위계가 아니라 평등이다. 비교는 정착과 정주가 아니라 이동과 유목이다. 따라서 비교는 집중이나 정체가 아니라 소통이며 교류이다. 무엇보다도 비교는 순수의 선언이 아니라 혼종의 선언이다. 문학은 삶의 총체성을 담보해내는 구체적 보편으로서의 혼종의 담론이다. 비교에 대한 새로운 개념 구성과 특별한 의미 부여는 경계선 가로지르기와 방법적 세로지르기로 문학비평의 혼종성과 다양성의 가치를 담보해내는 것이다. 시드니 경의 『시의 옹호』에서 비교방법은 16세기 말 르네상스 시대의 영국 문학비평의 정체성을 세우려는 종합적 제설통합주의로 향한 전략이다.

커든(J. A. Cuddon)은 『문학용어와 문학이론사전』에서 문학비평을 문학 작품의 "비교", "분석", "해석"과 "가치평가"라고 정의내리면서 "비교"를 문학비평의 4가지 요소 중 첫 단계의 작업으로 간주하고 있다.(196) "문학 텍스트 해석을 위한 안내서"라는 부제가 붙은 『비평적 사유』(Critical Thinking)라는 저서에서 콜린 맨러브(Colin Manlove)도 "비교"를 문학비평의 가장 핵심적인 작업이라고 다음과 같이 상세하게 주장하고 있다.

비교의 유용성은 무엇인가? 유사하거나 상이한 작품을 나란히 놓고 보면 우리에게 어떤 이익이 있을까? 단독으로 한 작품만을 지나치게 자세히 들여다봄으로써 커다란 조망을 가지지 못하는 한 작가의 특성이나 개성에 대한 이해도를 우리는 비교를 통해 높일 수 있을 것이다. 만일 한 작품이 다른 작품을 번안하거나 개작하거나 아니면 심하게 의존한 경우라면 각 작품에서 동일한 구절이나 부분들을 빼내어 둘을 함께 놓고 살펴봄으로써 각 작품에 대한 통찰력을 획득할 수 있을 것이다. 그리고 좀 더 폭넓은 수준에서 우리는 한 텍스트를 그것의 문학적 원천과 비교하여 … 두 작품이 얼마나 유사한지 상이한지 알 수 있을 뿐만 아니라 각 작품의 특별한 관심사나 주제에 대한 통찰력을 얻을 수 있다. 또는 유사한 형식, 주제나 장르의 작품들끼리 비교할 수도 있다. … 차이에 관한 좀 더 분명한 생각을 얻기 위해 우리는 어떤 면에서 서로 유사하지 않은 작가들을 비교할 수도 있다. … 이러한 마지막 방법을 통해 우리는 반대 성향의 것으로 서로 짝지어져 하나의 전체를 이루는 사물을 보는 두 가지 방식으로 함께 묶일 수 있는 작가나 작품에 대한 의미를 획득할 수 있다. … 총체적인 문학 분석 작업에 비교가 포함된다. (밑줄 필자)

그것은 영국적인 철학 전통인 경험주의에서 온 것으로 볼 수 있다. 경험주의는 진리를 찾아 수립하는 길로 관찰(observation)과 실험(experiment)의 방법을 강조한다. 관찰과 실험의 방법에서 적용되는 원리는 "비교"이다. 존슨과 동시대의 대표적인 경험주의 철학자인 데이비드 흄은 「심미적 취향의 기준에 관하여」("Of the Standard of Taste", 1757)란 유명한 논문에서 "예술의 모든 일반적인 규칙들은 인간 본성의 공통적인 감정에 관한 경험과 관찰의 토대를 둔다"(Hume, 321)고 주장하며 미(美)의 논의에 있어서 비교방법에 대해 다음과 같이 설명하고 있다.

미(美)의 어떤 등급을 결정하는 작업에서 탁월성의 여러 종류들과 정도들의 사이에서 비교작업을 번번이 수행하지 않고 또 그들 각각의 비례를 측정하지 않고는 계속 수행하는 것은 불가능하다. 서로 다른 종류의 미를 비교할 기회를 가지지 못한 사람은 그에게 제시된 어떤 대상과도 관련하여 의견을 표명할 자격을 결코 정말로 가질 수 없다. 비교에 의해서만 우리는 칭찬이나 비난의 형용사를 쓸 수 있으며 각각에 합당한 등급을 배당하는 방법을 배울 수 있다. (Hume, 318. 밑줄 필자)

흄은 미적 논의와 작품의 평가에서 비교방법을 사용하지 않고는 결코 합당한 결과를 얻을 수 없다고까지 언명하고 있다. 미적 경험은 기본적으로 주체와 대상(객체)과의 관계 설정에서부터 시작된다. 이들 간의 주체의 대상에 대한 관찰로부터 교환 구성과 상호작용에서 어떤 현상학적 관계가 형성된다. 경험의 구체적인 행동강령은 다른 선행 작품, 작가, 비평과의 비교와 대화이다. 비교는 대상과 대상들 간의 새로운 관계 구축이다. 그러나 그 목적이 우열관계 설정이 아니며 차이의 가치 정립을 위한 대화이다. 대화는 둘 또는 그 이상의 주체들, 주체와 대상, 대상들 간의 비교이다.

우리는 비교를 통해 둘 또는 그 이상의 대상들 간의 대조와 차이를 알 수 있다. 여기서 비교하는 행위는 차별화하기보다는 유사성과 차이를 드러내기 위해서이다. 한자에서 어원적으로 이교(以較)는 크기나 길이 등을 서로 견주어본다는 뜻이며 영어의 compare도 함께(com(with)) 동등하게(par) 놓아본다는 뜻이다. 여기에서 사물들 간의 차이나 특징이 드러나게 된다. 각각의 차이는 서로 다른 의미를 만들어내고 나아가 각각 독특한 정체성을 구성하는 토대를 마련한다. 비교는 또한 공간적으로 인식주체로서의 인간과 관찰의 대상인 사물 "사이", 그리고 사람과 사람 "사이", 사물과 사물 "사이"에 대화와 소통을 가능케 한다. 이러한 대화적 소통의 관계들 속에서 자기정체성과 타자의식이 생겨난다. 나아가 대화의식은 "사이"(in-between)의 인식론과 윤리학을 만들어낼 수 있다. 대화는 끊임없이 열린 공간과 역동적인 긴장을 조성하기도 한다. 비교를 통해 형성된 대화적 시공간 속에서 우리의 삶은 지속되며 역사는 진행된다.

흄은 경험주의자로서 개인들의 다양한 "취미"(taste)라는 것도 개인마다 모두 다른 무질서한 상태가 아니라 그것을 하나로 묶을 수 있는 어떤 보편성을 가질 수 있다고 믿었다. 그렇다면 이렇게 다양한 개인적 편차를 보이는 취미 또는 취향과 관련하여 설득력 있는 비평은 가능한가? 흥미롭게도 한국 문학도이며 평론가인 조강석은 이 지점에서 데이비드 흄의 가능성을 다음과 같이 요약하고 있다.

> 그(흄)에게 취미의 문제는 식별력의 문제가 된다. 중요한 것은 이 분별력이 어떻게 형성되는가에 대해 그가 단서 조항들을 달았다는 것이다. 흄은 강한 분별력은 섬세한 정서(감수성)와 결합되고 실천에 의해 도야된 것이어야 하며 <u>비교</u>에 의해 완성되고 모든 편견을 벗어버린 것이어야 한다고 강조했다. 흄의 말마따나 경험의 시학에서 중요한 것은 선험적 관념이 아니라 강한 분별력이다. 다시 말해 작품을 동기와 발생의 시계(視界)에 포섭시키는 것이 아니라 내적 특질에 대한 해명과 비교의 시계 속에서 관찰하는 것이 중요하다는 것이다. 취미의 기준을 설명함에 있어 궁극적으로는 <u>경험적 비교</u>에 의해 생성되는 분별력이 중요하며 더군다나 그것이 끊임없는 실천에 의해 도야되는 것이라는 흄의 지적도 흥미롭다. (6. 밑줄 필자)

『시의 옹호』에서 비교의 구체적인 예를 찾아보자. 시드니 경은 그리스인과 로마인이 사용하는 "시인"(poet)에 대한 어원을 비교, 대비시킴으로써 시인의 의미를 규명하고 있다.

> 로마인들은 시인을 합성어인 "예언가"(vaticinum)와 "예언하다"(vaticinari)라는 말에서 알 수 있듯이 점쟁이, 예언자 또는 예견자와 같은 의미인 "시인-예언가"(vates)로 불렀다. 훌륭한 국민인 로마인들은 가슴을 황홀케 하는 시에 대해 아름다운 이름을 부여하였다. 그리고 그들은 시에

칭송의 경지까지 담아 그들이 우연히 좋은 시를 만날 때는 그 이후의 문명에 대한 예언이 주어진 것으로까지 생각하게 되었다. … 희랍인들은 시인을 모든 언어를 통해 가장 훌륭한 이름인 "poet"라고 불렀다. 이 말은 "만든다"는 뜻인 "poein"에서 왔다. 행운인지 지혜인지 모르겠으나 우리 영국인들은 시인을 창조하는 사람이라고 부름으로써 희랍인들과 의견을 같이하고 있다. (4~5)

시드니 경은 여기에서 시인의 의미를 "예언가"와 "창조자"라는 로마인과 그리스인들의 의미를 비교하고 있을 뿐 아니라 시인의 의미를 이 두 가지 의미를 모두 통합하는 것으로 제시하고 있다. 시인에게 부여한 명칭은 미래를 예언하고 무엇인가를 창조해내는 사람이라는 뜻에서 인간의 문명과 역사에서 가장 중요하고 고귀한 임무를 가진 사람이 되었다.[2]

시드니 경은 시의 종류를 3가지로 나누어 비교 설명한다. 첫 번째 종류는 형용할 수 없는 하나님의 우수성을 모방했던 시편들로 구약의 『시편』, 「노래 중의 노래」, 「전도시」, 「잠언」, 「욥기」 등이 있고 오르페우스, 호메로스의 시편들 등이 여기에 속한다. 두 번째 종류는 철학적 문제를 다룬 시가들이다. 카토, 루크레티우스, 베르길리우스, 루칸 등의 도덕적이거나 자연적이거나 천문학적이거나 역사적인 시편들이 여기에 속한다. 세 번째 종류로는 상상력을 가진 진짜 시인들이 쓴 것으로 시를 가장 적절하게 실천하는 가르치고 즐겁게 만들기 위해 모방하는 시인들이다. 여기에는 영웅시, 서정시, 비극시, 희극시, 풍자시, 애가시, 전원시 등이 속한다.(이에 대한 자

---

2) 시드니 경은 우주만물을 창조한 기독교의 신 하나님과도 비교하기까지 한다. "인간 기지의 최고지점과 자연의 효율성에 균형을 맞추는 것을 지나치게 건방지다고 생각하지 말고 오히려 하나님 자신의 협상에 따라 인간을 만들었기 때문에 그 질료적인 자연의 작용을 뛰어넘어 버린 시인이라는 하늘의 창조자에게 합당한 명예를 부여하다. 입김의 힘으로(영감의 힘으로) 시인은 … 자연이 만든 것을 훨씬 능가하는 것들을 만들게 될 때 어디에서보다 시 속에서 가장 많은 것을 보여준다"(6).

세한 비교는 생략한다.) 여기에서 시드니 경의 주요 관심사는 물론 세 번째 종류의 상상적 시 작품들이다. 시드니 경은 이러한 본격적인 시인은 독자들로 하여금 자신의 작품들을 이해시키고, 설득시키고, 가르치고, 감동시키고, 선을 실천시키기 위해 "인상적인 이미지"를 만들기 위해 영감은 물론 그것을 넘어서는 숭고미의 경지까지 다다라야 한다고 말하고 있다(7~8).

다음에 시드니 경은 시, 철학, 역사를 비교 검토한다. 이에 앞서 그는 모든 학문의 목적인 "우리의 타락한 영혼은 흙으로 만든 집인 신체에 의해 더욱 타락하여 최고의 완벽함을 성취할 수 없기 때문에 최종적인 목적은 우리를 최상의 완벽한 경지로 인도하는 것"(8)이라고 전제하며 학문의 도덕적 기능을 최고의 목표라고 선언한다. 이렇게 "덕 있는 행동"으로 이끄는 학문을 하는 사람들 중에서는 시인이 으뜸이다. 그러나 주요한 도전자로 도덕철학자와 역사가들이 있다. 시드니 경은 시인과 이들을 비교하며 자신의 논지를 펼쳐 나간다. 좀 길지만 그의 핵심적인 주장을 들어보자.

> 철학자는 교훈에 의해서, 역사가는 실례에 의해서 그들의 목적을 달성하는 사람들이다. 그러나 이들은 교훈과 실례를 모두 가지고 있지 않기 때문에 결점이 있다. 철학자는 까다로운 주장으로 적나라한 준칙을 규정하지만 표현하기도 어렵고 이해하기도 애매해서 철학자 이외의 안내자를 가지지 않는 사람은 그가 정직해야 하는 충분한 이유를 찾아내기 전 나이가 들 때까지 제자리걸음을 할 것이다. 철학자의 지식이 추상적이고 일반적인 것에 토대를 두기 때문에 그를 이해하는 사람은 행복하고 그가 이해한 것을 행동에 적용할 수 있는 사람은 더 행복하다. 반면에 역사가는 교훈이 부족하여 존재해야 하는 것이 아닌 현재 존재하는 것에 매어 있어서, 그리고 사물의 총체적인 합리성이 아닌 사물의 특수한 진실에만 매어 있어서, 역사가의 실례는 필요한 결과를 이끌어 내지 못하므로 결실 있는 가르침을 가져다주기 어렵다. 이제 적수를 불허하는 시인은 교훈과 실례 두 가지를 모두 가지고 실천한다. …

결론적으로 나는 철학자는 가르치지만 애매모호하게 가르친다고 말하고 싶다. 그래서 이미 지식이 있는 사람만이 철학자를 이해할 수 있다. 다시 말해 철학자는 이미 배운 사람을 가르치는 것이다. 그러나 시인은 가장 연약한 위장을 가진 사람을 위한 음식이다. 시인은 진정으로 올바른 대중철학자이다. 이와 관련하여 이솝 이야기는 좋은 증거가 된다. 이솝의 아름다운 우화들은 외형은 동물의 이야기 안에 숨어서 동물보다 더 짐승 같은 많은 인간들에게 말없는 동물로부터 미덕의 소리를 듣게 만든다. (16, 19)

시드니 경에 궁극적으로 중요한 것은 독자를 어떻게 감동시켜서 교훈에까지 이르게 하여 결국 그것을 실천하여 "덕 있는 사람"으로 변화시키는가이다. 그에게는 시가 이런 면에서 역사와 철학은 물론 여타 여러 학문들 중에서도 가장 탁월하다고 인정하며 "모든 학문 중에서 시인이 군주이다"(11)라고 선언한다. 시드니 경은 최고의 월계관을 개선하는 장군에게 주듯 시인에게 부여한다. 『시의 옹호』에서 시드니 경은 3가지 인식소 중에서 비교를 가장 자주 사용하고 있다.[3]

3) 대화의 인식소

모든 글쓰기는 "대화"이다. 우선 글 쓰는 이는 자신과의 대화로부터 시작한다. 글쓴이가 읽어 알고 있는 선배 작가들과의 대화도 있다. 어떤 이는 자신만의 목소리를 내기 위해 선배들과의 치열한 싸움이나 경쟁에 빠지기도 한다. 또 다른 어떤 이는 선배 작가들을 그냥 모방하거나 약간의 번안 작업을 하기도 한다. 이것이 이른바 창조적 모방이다. 그러나 분명한 것은 바보가 아닌 한 선배 작가들을 그대로 베끼는 사람은 없을 것이다. 대화는

---

[3] 비교는 경험주의적 가치관이라는 취지의 주장에 대해서는 이상섭, 『르네상스와 신고전주의 비평: 1530~1800』, 261~263 참조.

이전 시대의 선배 작가뿐 아니라 동시대 작가들과의 대화가 될 수 있다. 특별히 글 쓰는 이는 자신의 글을 읽을 독자들과의 직접 대화는 아니더라도 가상의 대화를 계속한다. 대화는 타자를 이해하고 교류를 통해 자신을 확장 심화시키는 기술이다. 문학비평에서 대화는 필수적인 과정이다. 작가들과의 교류뿐 아니라 비평가들 사이의 의견 교환을 통해 한 시대의 비평가는 자신의 비평적 위상을 결정한다.

필자가 앞서 이미 지적하였듯이 영문학 비평의 3번째 인식소는 "대화"(dialogue, conversation)이다. 영국 문학의 전통이 그 철학적 배경인 "경험론"과 정치적 배경인 "타협"(compromise)임을 전제로 한다면 "대화"라는 인식소의 가설이 가능하다. 여기에서 영국 민족의 특성인 "균형과 견제"의 개념이 파생되어 프랑스식 극단적 이성주의와 독일식의 사변적인 관념주의와는 확연히 구별되는 "대화주의"를 만들어냈다. 대화주의란 대립(動) 속에서 조화(靜)의 순간을 경험하는 끊임없는 역동적 긴장으로 러시아의 문학이론가 미하일 바흐친의 "대화적 상상력"의 개념을 원용한 것이다. 바흐친의 대화적 상상력에서 "대화"(dialogue)는 단순히 이질적인 또 다른 결합을 가져오는 "변증법"이나 "절충법"이 아니다. 대화는 각각 그 자신의 통일성과 열린 총체성을 가지고 하나로 통합되거나 통일되지 않고 서로를 풍요롭게 하며 상호 침투적이면서 상호 보완적이고 상호 연계적이다. 각자는 타자성을 언제나 자신 속에 내포하고 있고 그것을 지배하거나 무시하지 않으면서 적극적으로 역동적 상호관계를 유지하려고 끊임없이 노력한다. "대화"란 결합의 결과가 아니고 시작이며 계속 지속되는 것으로, 독단주의는 물론 상대주의도 대화를 가로막는다. 진정한 역동적 대화를 위해서는 여러 견해들을 혼합하는 "종합"도 거부해야 한다. 왜냐하면 대화란 자기 스스로 소진하는 작업이 아니며 "변증법적"인 것도 아니기 때문이다. 헤겔이나 마르크스의 변증법은 통합이나 동합이라는 형이상학적 미망 속에서 하나의 단일한 의식 속에 봉쇄되어 있고 하나의 단성적 견해 속에서 모순들을 극복한다. 그러나 시드니의 경우는 이러한 억압적인 변증법이 아니라 균형을 위한 열려 있는 대화법이다.

시드니 경의 글에서 대화의 구체적인 예를 들어보자. 본질적으로 『시의 옹호』는 시를 비방한 스티븐 고슨의 『오용의 무리』에 대한 답변으로서의 대화이다. 다시 말해 고슨의 질문에 대해 답변하는 대화형식을 취하고 있다는 것이다. 더욱이 이에 앞서 지적했지만 이 글의 첫 문단이 일상생활의 말(馬)에 대한 경험을 중심으로 한 대화로 시작되고 있다. 필자는 앞에서 『시의 옹호』는 전체가 청중을 상정한 연설문 형식으로 쓰여졌다고 지적했지만 그것은 이 옹호론 전체가 독자들을 상정하고 쓰여진 것이라고도 볼 수 있다. 여기서 상정된 독자란 "내포독자"(implied reader)이다. 시드니 경은 수시로 "그대", "당신들"("you")을 소환하면서 질문하듯 대화체를 유지하고 있다.

시드니 경의 시에 대한 정의를 살펴보자.

> 시는 모방예술이다. 왜냐하면 아리스토텔레스가 미메시스(Mimesis)라는 말로 설명하듯이, 그것은 재현하기, 모방하기, 그려내기의 뜻이다. 은유적으로 말한다면 시는 가르치고 즐거움을 주는 목적을 가진 말하는 그림이다. (6)

시를 모방예술이라고 정의내린 것은 본질적으로 문학을 미메시스로 보았던 아리스토텔레스뿐 아니라 플라톤의 영향이다. 시가 자연의 모방이라고 생각한 점은 같으나 플라톤, 아리스토텔레스와 다른 점은 "시적 정의"를 요구하며 호라티우스를 따라 시에서 가르치는 힘과 즐거움을 주는 것을 동시에 강조하고 있다. 시드니 경은 시가 가르치고 즐거움을 주는 힘이 개인의 도덕적 함양과 사려의 개신을 가져다 줄 수 있다고 믿는다. 그는 나아가 이 정의에서 나타나지 않지만 감동시키는 힘도 강조하였는데 그것은 플라톤의 영향을 받아 "영감론"을 수용한 것이다. 나아가 교훈과 즐거움과 영감을 넘어 "숭고미"를 강조한 롱기누스의 영향도 보인다. 따라서 시드니 경의 시의 정의에서 출발하는 시의 옹호론은 결국 플라톤, 아리스토텔레스, 호라티우스 나아가 롱기누스의 다자간의 "대화"의 결과라고 볼 수 있다. 또한 시를 "말하는 그림"(speaking picture)이라고 부른 것은 모든 예술은 자연의 모방이라는 관점에서 르네상스 시대의 대표적인 문학관이다. 즉 시는 "글자로 말하는/그리는 그림"이라는 뜻이다. 이밖에 시의 정의에는 분명히 나타나지 않지만 시에 관한 전반적인 논의에서 개신교였던 시드니 경의 기독교 사상도 확실히 엿보인다. 그는 예수도 "문학의 꽃을 사용하는 것을 허락했다"고 말했고 인류에 대한 기독교 하나님의 비전과 구원에 관한 비전과 계시문학으로서의 『성경』(The Bible)을 자주 언급함을 볼 수 있다. 이렇게 볼 때 16세기 말 영국에서 기독교인으로 살았던 시드니 경은 유럽 문명의 2대 지주인 그리스, 로마의 헬레니즘과 고대 중동과 소아시아의 헤브라이즘의 넓고도 깊은 "대화"를 통해 대화적 상상력의 관점에서 자신의 원대한 시(문학)론을 전개시켰다.

『시의 옹호』에서 핵심 부분은 시에 대한 4가지 비난에 대한 답변이다. 각각의 비난에 대해 조목조목 논리적으로 반론을 펴는 것은 대화형식임이 분명하다. 첫째 비난은 시는 무익, 무용하므로 다른 많은 더 유익한 것에 시간을 투자해야 한다는 시의 인식론적 무용론이다. 두 번째 비난은 시는 거짓말의 모태이며 모방(그림자)의 모방이라는 플라톤의 이데아론에 의거한 것이다. 세 번째 비난은 시는 폐습의 유모(乳母)로 해로운 욕망과 죄악의 공상으로 인도한다는 도덕적 유해론이다. 네 번째 비난은 서양 철학의 시조인 대철학자 플라톤이 그의 이상국가(공화국)에서 시인을 추방했다는 것이다. 시드니는 이 마지막 비난에 대해 플라톤이 시 자체를 부정한 것이 아니라 시의 오용과 남용을 경계한 것이라고 대답했다. 플라톤 자신은 젊었을 때 직접 시를 쓰기도 했던 가장 시적인 철학자였으며 이것은 역설적으로 플라톤이 시의 힘을 두려워했고 오히려 높이 평가한 것이라고도 볼 수 있다. 시드니 경의 비난에 대한 대화로서의 답변을 직접 들어보자.

> 이렇게 플라톤은 시의 오용을 경고한 것이지 시 자체를 경고한 것은 아니다. 플라톤은 당대 시인들이 세상을 오점 하나 없는 … 신들에 대한 잘못된 견해로 채웠다는 사실을 찾아냈고 따라서 젊은이들이 그러한 견해로 인해 타락되기를 원하지 않았다. …
> 그러므로 플라톤은 (그의 권위를 나는 부당하게 저항하기보다 오히려 정당하게 설명하고 싶다) 시인들을 총체적으로 의도한 것은 아니었다. … 그리고 우리는 그의 의미를 알기 위해 플라톤을 벗어날 필요가 없다. 「이온」이란 제목이 붙은 책의 대화 속에서 플라톤은 시에 대해 높고 올바르고 신성한 칭찬을 하고 있다. 이렇게 플라톤은 시의 오용을 추방하고자 했지 시 그 자체를 추방한 것은 아니다. 플라톤은 시에 응당 주어져야 할 명예를 주고 있으므로 우리의 후원자이지 적이 아니다. (14)

『시의 옹호』의 결론 부분은 전적으로 독자들과의 대화형식으로 끝나고 있다. 우선 시드니 경은 독자들에게 "여러분", "독자 여러분"이라고 부르면서 권유, 요청, 간청, 제안하는 대화형식으로 진행한다.

> 나의 글을 읽는 불운한 여러분 모두에게 간청하나니, 더 이상 시의 성스러운 신비를 경멸하지 말고, … 시인들이 자신들의 시를 통해 여러분을 영혼 불멸의 존재로 만든다고 말할 때 그들을 믿어주기 바란다.
> 이렇게 하면 여러분의 이름은 인쇄소에서 영원히 융성할 것이고 이렇게 하면 여러분은 많은 시의 서문에 이웃이 될 것이다. 이렇게 하면 여러분은 가장 아름답고, 가장 풍요롭고, 가장 현명하며 가장 전인적인 존재가 될 것이고, 여러분은 최상의 상태에서 살 것이다. … 이렇게 하면 여러분의 영혼은 단체의 베아트리체(Beatrice)나 베르길리우스의 안키세스(Anchises)와 함께 할 것이다. (15~16, 밑줄 필자)

만일 여러분으로 불리는 독자들이 긍정적인 태도로 시를 인정하고 따른다면 행복과 축복을 보장받을 수 있다는 것이다.

그러나 만일 그렇지 못하다면 어떻게 될 것인가? 시드니 경은 놀랍게도 『시의 옹호』의 마지막 문단에서 갑작스럽게 협박과 저주로 끝내고 있다.

> 그러나 만일 (제길할 놈의 그 만일!) 여러분이 나일강의 엄청난 폭포소리 아주 가까이에 태어나서도 시의 천상계의 최고음을 만들어내지 못한다면, 만일 여러분의 마음이 너무 땅을 기어서 시라는 하늘을 올려다 볼 수 있도록 마음에 감흥이 일어나지 못한다면, 또는 오히려 어떤 촌스러운 경멸감에서 시를 흠잡는 모무스(Momus) 신이 될 정도로 바보가 된다면, 그때에 나는 미다스(Midas)의 당나귀 귀가 되기를 바라지 않거나 부보낙스(Bubonax)처럼 시인의 시행으로 목을 매지는 않겠지만 아일랜드에서 있었다고 전해지는 대로 압운의 걸려 죽음에 이르게 되지는 않겠지만 그러나 모든 시인들을 대신해서 나는 여러분에게 다음의 저주를 보내야겠다. 여러분이 살아가는 동안 사랑에 빠지더라도 소네트를 쓸 기술이 없어서 결코 사랑을 얻지 못하게 저주할 것이고, 여러분이 죽으면 묘비명이 없어서 여러분에 대한 기억이 이 지구에서 모두 사라져 버리라고 저주를 하리라. (16)

과연 이 결론 부분을 읽는 청중이나 독자들이 시를 계속 무시하면서 시드니 경의 저주를 받을 것인가? 아니면 그의 권유, 요청에 따라 시를 옹호하면서 시의 향연에 함께 참석할 것인가? 이 옹호론 전체를 통해 은밀하면서도 강하게 느낄 수 있는 기운을 상상력이라고 볼 수 있다.[4]

---

4) 대화론에 관해 좀 더 설득력 있는 논의를 위해서는 질 들뢰즈의 글 "A Conversation: What is it? What is it for?"를 참조 (Deleuze, Gilles and Claire Parnet, *Dialogues* 1~35).

3. 결론

시드니 경은 영문학 비평사상 처음으로 본격적인 문학론을 내놓은 영국 비평의 비조(鼻祖)이다. 그는 서구의 르네상스 시대 말기이면서 근대로 진입하는 시기인 16세기 말에 서구 문학 전통의 뿌리인 그리스 로마 문학과 유대인 문학의 보고인 성서를 통합하고 이탈리아에서 시작된 14세기 서구 르네상스에 제기된 많은 문학적 논제들을 모두 정리 종합하여 문학을 옹호했다. 더욱이 당시 활발하게 부상하기 시작했던 영국 근대문학의 상황을 점검하고 앞으로 영국 문학이 나아갈 이정표를 제시하고자 했다.

따라서 이런 영국 문학비평사적 맥락에서 볼 때 시드니 경의『시의 옹호』는 중대한 의미를 가진다고 볼 수 있다. 더욱이 필자가 앞에서 영국 문학비평에서 3가지 작동원리를 경험, 비교, 대화로 제시하였다. 필자가 이 3가지 기본 인식소의 전범을 영국 문학비평의 비조인 시드니 경의 첫 비평문에서 당연하며 필자는 지금까지 영국 문학비평사 연구에서 별로 논의된 바 없는 경험, 비교, 대화의 3가지 핵심어(주제어)로 분석하였다. 또한 여기서 짚고 넘어가야 할 것은 시드니 경이 그의 비평문에서 경험, 비교, 대화의 3가지 인식소를 균등하게 사용하지는 않았다는 점이다. 그는 시인으로서 창작 경험과 애독서가로서의 독서 경험을 토대로 하여 크게 보아 청중을 염두에 둔 수사학적 연설문 형식을 채택하고 있으며 표면적으로는 비교의 방식을 가장 많이 사용하였다. 그러나『시의 옹호』의 텍스트를 자세히 들여다보면 볼수록 경험, 비교, 대화가 내면적으로 보이지 않는 균형을 유지하고 있음을 알 수 있다.

시드니 경은 고대, 중세, 르네상스 시대와 근대와 현대를 이어주는 다리 역할을 하였을 뿐 아니라 영문학 비평사에서 하나의 타작마당이다. 그를 타작(打作)한다면 후일 영국 문학비평을 위한 귀중한 알곡들을 얻을 수 있기 때문이다. 그는 영문학 비평사의 맨 앞자리에서 뒤에 올 많은 시인-비평가들에게 영국 문학비평의 방법과 방향을 제시했다고 볼 수 있다. 우선 각 시대마다 끊임없이 재발될 문학 무용론이나 문학 유해론을 대비해 설득력 있고 감동적인 문학 옹호론을 남겼다. 그 다음으로 시드니 경은 자신의『시의 옹호』에서 영국적인 인식체계의 방식으로 경험, 비교, 대화를 주요기법으로 사용하는 전례를 남겼다. 끝으로 시드니 경은 시인으로서 16세기 말 당시 영국 문학에 대한 예리한 관찰과 분석으로 후일 영문학의 발전 방향을 제시했다고 볼 수 있다. 이런 맥락에서 볼 때 필립 시드니 경은 영문학 비평사에서 깔때기의 역할을 하였다. 그는 그 이전의 서구의 모든 문학 전통을 제설통합주의(Syncretisim)의 입장에서 종합적으로 정의하여 후세로 전해 내려주었을 뿐 아니라 영국 최초의 비평문인『시의 옹호』에서 경험, 비교, 대화의 방식을 통해 미래 세대에게 영국적인 문학비평을 쓰는 하나의 전범을 보여주었다고 볼 수 있다.

앞으로의 작업은 영국 문학이론의 창시자인 시드니 경의 이러한 비평 전통이 후대 영국의 시인-비평가에게 어떻게 전수되어 계속 이어지는가를 시대별, 비평가 별로 심도 있게 연구되는 것이어야 할 것이다.

2장 "영문학 비평의 아버지", 드라이든의 비교방법론

> 드라이든의 비평은 시인의 비평이다. 그의 비평은 이론들을 재미없게 모아놓은 것도 아니고, 작품의 단점을 거칠게 찾지도 않고 … 즐겁고 역동적인 담론이다. 그곳에는 즐거움이 가르침과 섞여 있고 작가들도 드라이든의 수행에 의한 올바른 평가를 인정한다.
>
> ― 사무엘 존슨, 『드라이든 평전』(Bronson, 215)

1. 들어가며: 영국 문학비평의 경험주의 전통과 비교방법

존 드라이든(1631~1700)은 많은 후세 학자들이나 문인들에 의해 영국 산문의 비조이자 영국 문학비평의 아버지로 여겨진다. 이런 의견을 가진 사람 중 대표적인 사람이 18세기 중·후반부의 비평가인 사무엘 존슨(1709~1784)이다. 존슨은 드라이든을 "창작의 원리를 결정하고 가르쳐준 첫 번째 은인이며 영국 비평의 아버지"(Stock, 231)라고 불렀다. 20세기 영국 비평사가인 해리 블래마이어즈(Harry Blamires)도 드라이든이 본격적인 의미에서 영국 문학비평을 처음으로 본궤도에 올린 사람이라고 선언하였다(102). 드라이든은 처음부터 모든 비평활동과 작업을 추상적 "이론"에 두지 않고 자신의 "창작"의 경험에 초점을 맞췄다. 시인이면서 극작가였던 드라이든의 문학비평 목적은 추상적, 이론적, 사변적인 것이 아니라 언제나 실용적, 현실적, 실제적이었으며, 이런 의미에서 그는 영국 문학비평사의 최대 특징인 경험주의에 토대를 둔 "시인-비평가"(poet-critic)의 전통에 속한 사람이었다(Kinsley, viii). 그의 실천에 토대를 둔 비평적 논의는 언제나 잠정적(임시적)이고 절충적이어서 어떤 논의에서는 모순과 불일치가 드러나기도 한다. 그러나 이러한 불일치는 결점이 되기보단 종합적인 시각을 위한 건전한 양식과 통찰력을 보여주는 경우가 많다. 드라이든을 위한 18세기 최고의 평전을 쓴 사무엘 존슨은 이러한 드라이든 비평의 특징을 경험주의에서 찾고 있다(Stock, 230). 이 평전에서 존슨은 드라이든이 영국적 경험주의 전통에 놓여 있음을 분명하게 밝히고 있다(이상섭, 135~140, 258~262 참조).

영국의 "국민철학"인 경험주의 전통에서 보자면 드라이든은 역동적 대화주의자이며 온건한 회의주의자이다. 드라이든은 경험과 현실을 다루는데 있어서 결코 논리만을 강조하지 않았고 모순을 두려워하지 않았다. T. S. 엘리엇을 비롯한 많은 학자들은 드라이든의 이러한 면모를 높이 평가하며 "위대한 비평가"라고 칭하였다. 비평가로서 드라이든은, 어떤 이론에 경도된 전문주의 또는 이론이나 법칙 중심의 비평이 아니라 구체적 읽기과정에서 나오는 믿음을 중심으로 하는 비전문가주의(amateurism) 비평 작업을 수행하였다(Kinsley, xv). 드라이든의 문학비평은 작가의 입장에서 문학을 읽고 작동시켜 삶과 연계시키는 것을 강조하는, 일반 독자들과의 소통에 주안점을 두었다. 물론 드라이든에게 있어서 이성을 제치고 경험만을 중시했다고 말하는 것은 강조의 오류가 될 것이다. 오히려 그는 대륙의 합리주의나 관념주의 철학에 비해 영국적 전통에 따라 경험을 더 강조했다고 말해야 할 것이다. 드라이든은 프란시스 베이컨에 의해 시작된 영국 경험론의 토대를 마련했던 존 로크(John Locke, 1632~1704)와 같이 지식 습득에 있어 감각(sense)만을 강조한 것이 아니라 이성 또한 결코 포기하지 않았다. 이런 면에서 볼 때 드라이든은 모든 사물들을 판단하는 데 있어 상보적 관계를 깊이 인식했던 대화주의자라고 볼 수도 있다(정정호, 23~45, Manley, 296).

섬나라에 사는 영국인들은 유럽 대륙에 사는 사람들보다 실용적이고 의심이 많다. 대륙의 추상적인 합리주의(이성주의) 시인, 작가로서 드라이든은 문학의 창작이나 비평에 있어서 어떤 추상적인 원리(principle)나 법칙(law) 또는 선언(pronouncement)에 따르지 않고 실제 글 쓰는 과정 속에서 끊임없이 반추하고 사색한다. 이러한 치열한 과정은 앞서 지적했듯이 영국 문학비평의 강한 특징인 시인-비평가의 전통에서 비롯된 것이다. 드라이든 숭배자이며 20세기 시인, 극작가, 비평가이기도 한 T. S. 엘리엇은 1932~1933년 겨울에 하버드 대학에서 행한 노턴(Charles Eliot Norton) 강연을 토대로 간행된 그의 짧은 영국 비평사에서 이 점을 잘 설명하고 있다 (*The Use of Poetry and the Use of Criticism*, 29~30). 그에 따르면, 드라이든은 "창작정신과 비평정신의 친화성"이 강하며, 그 결과 최고의 시와 최고의 비평 간의 중요한 관계 성립이 증명되므로, 위대한 시인이 위대한 비평가가 될 수 있다는 것이다. 이것이 바로 T. S. 엘리엇이 선언한 영국 문학비평 전통의 핵심이다.

존 드라이든의 비평 작업은 이렇게 영국적 철학 전통인 경험주의에서 시작한다. 경험주의 작업의 큰 특징은 인식주체와 대상 간의 대화(dialogue, conversation)이다. 대화는 다양한 방식으로 전개될 수 있는데 그중 하나가 "비교"(comparison, 比較)이다. 비교는 대화의 당사자 간에 미리 정해놓은 것이 아니라 서로를 견주고 빗대어서 같음과 다름을 찾아내는 방식이다. 우리에게 잘 알려진 드라이든의 대표적인 본격 비평문인『극시론』(*An Essay of Dramatic Poesy* v, 1668)에서도 대화법을 토대로 한 비교방법이 적절하게 잘 사용되고 있다. 이 비평문에서 드라이든은 런던 템즈 강가에 배를 띄우고 4명의 화자를 등장시켜 당시 영국 문단의 중요화두였던 고전극과 현대극의 장단점, 영국 극과 프랑스 극의 비교, 극에서 각운(rhyme)과 무운시(blank verse) 사용의 문제 등을 역동적으로 논의하고 있다. 4명의 화자들이 각자의 대화를 듣고 다시 반박하는 과정에서 우리는 비교를 통해 각각의 차이를 분명히 알게 되고 장단점을 깨닫게 된다. 어떤 의미에서 비교는 드라이든에게 있어서 가장 기본적이고 중요한 비평적 사유다. 그러나『극시론』에 나타난 드라이든의 "비교" 전략은 단순히 역사적이거나 작가들 사이의 차이라기보다는 문학의 기준, 수단, 방법에 관한 좀 더 철학적인 원리라고까지 말할 수 있다(Manley, 300).

우선 한 예를 들어보자. 고전작가들인 호라티우스, 주브날리우스, 페르시우스의 풍자시의 특징을 논하는 글인『풍자시론』(*Discourse on Satire*, 1693)에서, 드라이든은 시인 각각의 독립적인 논의보다 서로를 비교하는 방법이 훨씬 우수하고 탁월하여 이를 "새로운" 방법이라고 언명하면서, 기법, 주제, 영향의 범주에서 세 작가의 차이와 특징을 다음과 같이 밝히고 있다.

> 호라티우스, 주브날리우스, 페르시우스 사이의 비교에는 아직도 고려해야 할 점이 남아 있지만 나는 그들에 속하는 특별한 양심에 관한 새로운 비교방법을 적용하였다. 페르시우스는 네로 황제의 궁정에서 악이 횡행하던 때에 풍자시를 출간하였는데 특히 외설성에 진중하게 반대하는 시를 썼다. … 호라티우스는 아우구스투스의 온화한 시대에 걸맞는 부드러운 충고자이며 궁정의 풍자가였다. … 주브날리우스는 위 두 사람이 자

신들의 시대에 어울렸던 것처럼 자신의 시대에 어울리는 사람이었으며, 그 시대는 좀 더 신랄한 비판이 필요한 때이기도 했다. 한 독재자의 전범에 따라 악덕은 더 추악하고 포악했으며, 더 부추겨졌을 뿐만 아니라 독재자의 권위에 의해 보호받았다. (Kinsley, 261~262)

드라이든은 대조적인 둘 또는 세 작가의 비교를 통해 각 작가들의 특징을 이해하고 장단점을 변별해내고자 한다. 이런 비교 작업을 통해 드라이든은 자신의 창작과 비평에 도움을 받고자 했다. 드라이든은 영국 문학비평사에서 본격적으로는 거의 처음으로 "비교방법"을 사용하기 시작하였고, 문학 창작과 비평의 방식 가운데 어떤 하나만이 최선이고 유일한 것이 아니라 여러 가지 다른 방식도 가능하다는 것을 비교방법을 통해 보여주고자 했다. 드라이든은 자신보다 앞선 시대인 16세기 후반 르네상스 시대의 선배 극작가이자 대시인인 셰익스피어에 대해서도 17세기 후반의 극작을 하는 자신과는 다를 뿐 아니라 자신이 더 새롭다고 강조하고 싶었다. 극작가인 드라이든은 셰익스피어의 권위나 천재성에 쉽게 굴복하지 않고 자신의 시대에 맞는 극작을 하는 것에 의미를 부여하고 싶어 했다. 또한 그는 영국 내의 서로 다른 전통들뿐 아니라 다른 나라, 특히 당시 문학계를 장악하고 있던 프랑스식 극작법에 대해서도 영국 극작과의 차별화를 시도했고 주장하였다. 다시 말해 드라이든은 "비교방법"을 통하여 영국이나 자신의 극작방식이 더 우수하다고 주장하는 것이다.

르네 웰렉과 W. K. 윔젯 등 지금까지의 영미 비평사가들은 드라이든 비평의 주요방법인 "비교방법"에 대해 크게 주목하지 않았다. 이 논문에서 필자는 영국 경험극의 전통을 바탕으로 한 드라이든의 문학비평을 비교학적 그리고 비교비평적 시각에서 접근하고자 한다. 필자에 앞서 찰스 홈스(Charles Holmes)는 드라이든 비평에서의 "비교방법"에 대한 의미를 논한 바 있다.

드라이든의 비평은 영문학에 대한 자의식의 발현을 반영하며, 비교방법 안에서 자연스러운 형식을 찾는다. 처음으로 이전 "시대"가 있었다. 국내 문제들로 지친 영국 사람들은 당시에 기이할 정도로 세계시민주의적이었다. … 만일 비교방법이 나라마다, 시대마다 나타나는 다른 점들을 인식하게 만든다면, 최고의 문학방식이 단일한 것만은 아니며, 어느 시대나 지역을 위한 올바른 비평의 틀은 바로 그 자체의 틀임을 주장할 수 있게 된다. (88~89)

영국 비평사 전체를 "기술비평"(descriptive criticism)의 시각으로 연구한 바 있는 조지 왓슨(George Watson)도 『문학비평가들』(*The Literary Critics*)에서 드라이든 비교비평에 대해 다음과 같이 지적하였다.

비평적 연구의 주요한 장점은 프랑스 극과 영국 극의 특질 간의 균형을 맞추는 데 비교비평이 시도되었다는 데 있다. 이는 영어뿐만 아니라 어떠한 현대어로 쓰인 초창기 비평 중에서도 가장 최초의 본보기라는 것이다. … 새로운 차원이 비교분석에 첨가되었다. (Watson, 46~47)

왓슨도 비교비평 방법은 영국 문학에서 거의 첫 번째 예일 뿐 아니라 서구의 현대언어로 된 문학비평에서도 거의 최초의 것 중의 하나라고 주장하고 있다. 왓슨은 이것을 비평의 새로운 차원인 "비교분석"(comparative analysis)(47)이라 불렀다. 다음에서 필자는 드라이든의 문학비평에서 제시된 비교방법 또는 비교비평의 사례들을 구체적으로 살펴보고 그 의의를 논의하고자 한다.

2. 드라이든 실제비평에서 비교방법의 사례들

드라이든은 그의 시 「기적의 해」 서문(Preface to Annus Mirabilis)에서 시

인의 상상력의 3가지 축복(happiness)으로 "발명"(invention), "공상"(fancy, variation), "웅변"(elocution)을 들고 있다. "발명"은 사상을 발견하는 것이고, "공상"은 그 사실을 변형시켜 주제에 알맞게 하는 것이며, "웅변"은 그 사상을 장식하는 것이다. 상상력의 신속한 힘은 발명에서, 풍요성은 공상에서, 그리고 정확성은 표현(웅변)에서 찾을 수 있다(Kinsley, 10). 드라이든은 이러한 상상력의 3가지 특징에 관한 자신의 이론을 쉽게 설명하기 위해 로마의 고전작가 오비디우스(Ovid, BC 43~AD 17)와 베르길리우스(Virgil, BC 70~19)를 비교하며 설명하고 있다. 대서사시『일리어드』와『오디세이』를 쓴 그리스의 호메로스와 같이, 베르길리우스는 로마제국의 기원과 발전을 노래하고 찬미한 국민서사시인 전 12권의『아이네이스』(Aeneid)를 써서 그리스에 버금가는 로마 문학을 탄생시킨 장본인이었다. 오비디우스는『사랑의 기술』(Art Amantorra)과『변형송』(Metamorphoses) 등을 써 고대신화에 대한 상상력 넘치는 해석과 그 탁월한 기교적 성취로 유명한 로마 시인이었다. 이 시인들은 르네상스 시대부터 영국에서 많이 읽혔다.

시인들 중에서 오비디우스가 세 가지 축복 가운데 "발명"과 "공상"적 면에서 뛰어나고, "웅변"에 있어서는 베르길리우스가 잘 알려져 있다. 오비디우스는 서로 상반되는 두 감정 사이에서 고뇌하거나 한 감정에 극단적으로 취함으로서, 심리 변화와 감정 상태를 더 자주 그려내었다. 또한 그는 어휘에 관심을 거의 두지 않았다. 왜냐하면 그는 어휘에 대한 선택과 연구가 일관성 있지 않은 무질서 속의 본성을 그리기 때문이다. ··· 반면에 베르길리우스는 오비디우스와 같이 다른 화자를 내세우기보단, 자신이 직접 우리에게 이야기한다. 그는 거의 모든 것들이 자신에게서 비롯된 것처럼 말하며, 웅변의 모든 우아함을 통해 그의 생각을 표현하고 비유적으로 글을 쓰는 것에 다른 이들보다 더 자유롭고, 그의 상상력의 힘뿐 아니라 노력까지도 자유롭게 고백한다. ··· 오비디우스는 베르길리우스보다 부드러운 표현들을 더 섬세하게 다루었다. (Kinsley, 10~11)

이 글에서 드라이든은, 시인의 세 가지 능력 중 이미지를 주로 사용하는 "발명"과 "환상"에 있어서는 오비디우스가, 말을 주로 사용하는 "웅변"에 관해서는 베르길리우스가 앞선다고 비교하고 있다. 이런 맥락에서 볼 때 드라이든이 오비디우스를 시인으로서는 베르길리우스보다 더 높이 평가하고 있음이 분명하다. 물론 어떤 시인도 상상력의 세 가지 능력을 모두 가질 수는 없을 것이다. 즉 자신의 기질이나 훈련에 따라 서로 다른 능력들을 가질 수밖에 없는 것이다.

1) 로마 고전시인들 비교

드라이든은 가톨릭교도였던 제임스 2세가 명예혁명(1688)으로 물러나자 계관시인 등 모든 공직에서 물러났다. 그 후 드라이든은 주로 고전 번역 작업에 몰두하며 번역이론과 실제에서 영문학사상 커다란 업적을 남겼다. 1680년에 이미 드라이든은 오비디우스의 서간시를 2편 번역하고 서문을 붙였고 1685년에는 베르길리우스, 루크레티우스, 테오크리투스 등을 번역, 출간하였다. 그 후 1693년에 로마의 풍자시인인 주브날리우스와 페르시우스의 풍자시를 번역하면서 그 해설을 위한 서문으로 장문의 『풍자시론』(Discourse on Satire)을 출간하였고, 1697년에는 베르길리우스를 번역해서 작품집을 출간했다. 드라이든이 번역한 『아이네이스』는 오늘날까지 읽힐 정도로 탁월하다. 그가 죽던 해인 1700년에는 제프리 초서, 보카치오, 호메로스와 오비디우스의 번역이 실린 『우화들: 고전과 현대』를 간하기도 했다.

연대순으로 후에 쓴 『우화들』에서 우선 서양 문학의 선조인 그리스의 호메로스와 로마의 베르길리우스에 대한 드라이든의 유명한 비교를 살펴보자.

두 작가의 작품에서 우리는 전적으로 다른 그들만의 양식과 천성적인 기질을 읽을 수 있다. 베르길리우스는 조용하고 안정된 기질을 가지고 있으나, 호메로스는 격렬하고 성급하며, 열정으로 가득 차 있다. 또한 베르길리우스는 사고의 적합성과 어휘의 화려함에 뛰어난 재능을 보였으며, 호메로스는 사고의 흐름이 빠르고 운율과 표현에 있어서 그의 언어와 그가 살았던 시대가 그에게 허용한 자유를 맘껏 누렸다. 호메로스의 창작력은 좀 더 풍부하고, 베르길리우스의 창작력은 좀 더 제한적이다. 따라서 호메로스가 그 길을 인도하지 않았다면, 베르길리우스는 영웅시를 시작하지 않았을 것이다. (Kinsley, 287~288)

여기에서 드라이든은 호메로스와 베르길리우스의 성격적 기질과 문학적 특징 등 가장 단순 명료하게 비교·대조시키고 있다. 이러한 극명한 비교는 인간 능력의 보편적인 두 개의 특질로도 볼 수 있으며 나아가 어느 시대, 어느 나라의 작가들에게 나타날 수 있는 대비되는 문학적 특징이라고 볼 수 있을 것이다.

드라이든은 『풍자시론』에서 고대 로마의 3대 풍자시인들인 페르시우스(Persius, AD 34~62), 주브날리우스(Juvenal, AD 60~130), 호라티우스(Horace, BC 65~8)에 대한 비교를 시작한다.

따라서 이러한 점에 있어서는 페르시우스가 주브날리우스와 호라티우스를 능가했다. 그는 자신의 철학을 고수한다. 그는, 호라티우스가 자신의 현재 기분에 따라 어떤 때는 쾌락주의자로 어떤 때는 금욕주의자로 어떤 때는 절충주의자가 되는 것처럼 태도를 바꾸지 않거니와 주브날리우스가 철학자이기보단 웅변가로서 악덕들을 비난하듯이 열변을 토하진 않는다. 페르시우스는 어디서나 같은 모습을 보인다. 그는 자기 스승의 가르침을 따르며, 자신이 배우고 실천하는 바를 열심히 가르친다. 또한 그의 말에는 성실한 정신이 있다. 우리는 그가 언제나 진지하고 자신이 가르치는 진리를 믿고 있다는 것을 쉽게 알 수 있다. 이런 점에서 그는, 주로 농담을 하고 가르치면서 웃는 호라티우스보다 우수하고 페르시우스만큼 정직하고 진지한 주브날리우스와 어깨를 견준다고 볼 수 있다. (Kinsley, 251~252)

드라이든은 3명의 대표적인 풍자가 중에서 페르시우스를 가장 높이 평가하고 있다. 언제나 모순은 보이지 않고 배운 대로 가르치고 실천하며 진지하고 정직하다는 것이다. 베르길리우스의 친구였던 호라티우스는 로마의 대표적인 서정시인이자 풍자시인이었으며, 아우구스투스가 권력을 잡아 황제가 되는 내란이 끝난 뒤의 로마 문학을 그리스 문학의 수준까지 올려놓았다. 호라티우스는 풍자시에서 당대 로마 사회에 대한 격렬한 비판보다는 부드럽고 세련된 풍자를 추구했다. 그의 풍자시는 후에 프랑스의 브왈로, 영국의 드라이든과 포우프에게 영향을 끼쳤다. 6편의 풍자시를 출간한 페르시우스는 세네카풍의 스토아파의 입장에서 당시의 퇴폐적인 도덕을 풍자하였는데 그의 시 속 문장들은 난해하였다. 그리하여 드라이든은 1692년에 그의 전 작품을 영어로 번역하였다. 주브날리우스는 엄격한 도덕주의자로서 로마 사회의 부패를 신랄하고 생생하게 비판한 로마 최고의 풍자시인이었다. 그의 풍자시는 호라티우스의 풍자시와 대비되었고 후대의 보카치오, 브왈로, 사무엘 존슨, 바이런 등에 의해 모방되었다. 드라이든은 로마의 풍자시인 3인에 대한 총 결론을 다음과 같이 내린다.

세 시인들 간의 논쟁에 결론을 내리기 위해, 나는 『아이네이드』제5권에서 세 사람에게 제일 먼저 목표물에 다다르는 사람에게 상을 주는 도보 경주를 아이네아스가 제안케 하는 베르길리우스의 어휘를 사용할 것이다. … 모든 현대작가들보다 먼저 목표물에 도착한 이 세 고전작가들을 택하자. 이 세 시인들이 풍자에 적절하게 속하는 화환을 승리자에 씌우자. 그러나 그 다음에는 그들 사이를 구별하여 … 주브날리우스를 승리의 첫 주자가 되게 하자. … 호라티우스는 그 다음이 되게 하자. 그의 풍자시

훈장으로써 화살통과 화살들을 주어라. 그리고 페르시우스를 세 시인 중에서 마지막으로 하자. 이 희랍 방패로 만족하게 하고 로마식 풍자를 모르는 그리스인들뿐 아니라 그 이후 시대들의 모든 세대의 근대인들에 대한 승리로 만족케 하라. (Kinsley, 266~267)

드라이든은 우리에게 많이 알려진 주브날리우스와 호라티우스를 1, 2위로 순위 매기고, 28세로 젊은 나이에 죽은, 우리에게 별로 알려지지 않은 페르시우스에게 3위를 주고 있으나 문맥상으로 보면 3위를 가장 영광스럽게 여기고 있는 듯 보인다. 드라이든이 페르시우스의 풍자시 6편을 모두 번역한 것만 보더라도 그를 좋아하고 높이 평가하고 있음을 알 수 있다.

2) 제프리 초서와 로마 시인 그리고 당대 이태리 시인과 비교

드라이든은 영국 문학의 시조인 제프리 초서(Geoffrey Chaucer, 1340~1400)의 중세영어로 쓰여진『캔터베리 이야기』를 17세기 후반 영어로 번역하면서, 영문학 사상 최초로 초서 문학의 특징과 의미를 상세히 설명하였다.『드라이든론』(1950)에서 데이비드 니콜 스미스(David Nichol Smith)는『우화들』에서 초서에 관한 드라이든의 논의를 "영국 비평의 위대한 선언 중의 하나"(83)라고 평가하였다. 드라이든은 로마의 고전시인 오비디우스가 자신의 기질과 가장 잘 맞는다고 보고 그의 저서의 상당 부분을 번역했다. 그의 다음 관심은 조국의 고전시인 제프리 초서였다. 우선 드라이든은 오비디우스와 초서를 비교한다.

이제 오비디우스에 관한 이야기를 마치고 돌아가서 내가 그와 우리 영국의 고대 시인 초서를 비교할 때 증명하고자 한바, 초서는 많은 점에서 오비디우스를 닮았을 뿐만 아니라 현대작가적 측면에서도 초서는 오비디우스에 비해 불리한 점이 없다는 생각이 들었다. 그리고 나의 조국의 영예를 높이기 위해 노력해왔듯이 나는 곧 이제는 많이 세련된 『캔터베리 이야기』를 우리 시대 영어로 번역함으로서 그들의 장점을 비교하기로 마음먹었다. 왜냐하면 이러한 방법을 통해 두 시인들에게 똑같은 영어의 관습의 옷을 입히고 이야기와 이야기를 비교함으로서 같은 견지에 놓아 그 두 시인에 대한 판단을 초서에 대한 나의 견해로 인해 방해받지 않고 독자들 스스로 내릴 수 있을 것이다. (Kinsley, 285)

여기에서 드라이든은 자국 시인 제프리 초서가 로마의 대표적인 시인인 오비디우스와 비교해보아도 결코 손색이 없으며 두 사람이 대등하다고 강조하고 있다. 여기에서 드라이든이 조국 영국에 대한 강한 근대적 민족의식이나 국가의식을 지니고 있음이 분명히 드러난다. 드라이든은 다음으로 초서와 초서의 문학스승이었던 당대의 이태리 시인 지오바니 보카치오(Giovanni Boccacio, 1313~1375)를 본격적으로 비교 설명한다.

나는 초서에서부터 보카치오를 생각하기에까지 이르렀다. 보카치오는 초서와 동시대인이었을 뿐 아니라 동일한 목적을 추구하였다. 산문으로 소설을 썼고 운문으로 많은 작품들을 썼다. 특히 8행의 각운시를 처음으로 시작했다고 알려져 있고, 그 시 형식은 이후로 적어도 영웅시인들이라는 명칭을 가지는 모든 이태리 작가들에 의해 실천되었다. 보카치오와 초서는 무엇보다도 다음과 같은 공통점을 가지고 있었다. 그들은 자신들의 모국어를 세련되게 다듬었다. … 보카치오 스스로가 … 아직도 이태리 언어 순수성의 표준이다. … 초서는 … 당시 모든 현대어들 중에서 가장 세련되었던 프로방스어로부터 온 우리들의 황폐한 언어(중세영어)를 최초로 장식하고 확장시켰다. … 초서와 보카치오의 시대적 이유와 기질의 유사성 때문에 나는 내 현재 작업에 그들을 함께 포함시키기로 결정했다. (Kinsley, 285~286)

드라이든은 14세기 유럽의 르네상스 문예부흥기를 선도하며 『데카메론』

(1349~1351)을 쓴 이태리 작가 보카치오와 그에게 크게 영향을 받아『캔터베리 이야기』(1387)를 쓴 영국의 제프리 초서를 병치시키고 있다. 드라이든은 이 두 사람 각자가 조국의 문학 발전에 끼친 기여를 비교하면서 그 유사성을 강조하고 있다. 여기에서 드라이든은 서쪽 섬나라 출신의 초서를 문학의 중심지에 있었던 보카치오와 대등하게 놓으려 하고 있으며 이는 자국 문학에 큰 자부심을 가진 드라이든의 문화민족주의(cultural nationalism) 전략이라고까지 말할 수 있겠다. 드라이든은 위와 같은 다양한 비교를 통해 영국 문학사에서 초서 문학의 가치와 의미에 대한 최종결론을 다음과 같이 내린다.

> 우선, 초서가 영국 시의 아버지이기에, 나는 그리스인들이 호메로스를 존경하고 로마인들이 베르길리우스를 존경하듯이 초서를 존경한다. 그는 양식(良識)의 마를 줄 모르는 샘이며 모든 학문을 배웠기 때문에 모든 주제들을 적절히 다룰 줄 안다. 그는 무엇을 말해야 할지 알았던 것처럼 언제 멈추어야 하는지도 알고 있다. 그는 베르길리우스와 호라티우스를 제외한 대부분의 고전작가들조차 지니지 못한 자제력 또한 가지고 있다. … 초서는 가장 놀라운 종합적 인간성을 가진 사람이었던 것이 틀림없다. 왜냐하면 그는 자기 시대의 전 영국의 다양한 관습들과 인간 기질들을 모두 『캔터베리 이야기』의 범주 안에서 표현하고 있기 때문이다. 어떤 한 등장인물도 초서는 빠뜨리지 않았다. 모든 순례자들은 그들의 기질에 있어서뿐 아니라 인상학과 성품에 있어서도 서로 다른 특징들을 가지고 있다. … 등장인물들의 일반적인 성격은 아직도 인류에게 그리고 영국에도 남아 있다. … 비록 모든 것이 바뀐다 해도 인류는 언제나 동일하다. 초서는 거친 다이아몬드이다. (Kinsley, 295~296)

그뿐만 아니라 드라이든은 14세기 제프리 초서를 영문학의 비조인 그리스의 호메로스와 로마의 베르길리우스에 견줄 만한, 영원히 변치 않는 인간성을 재현하는 보편성을 가진 작가로까지 평가하고 있다. 또한 그는 초서를 "영국 시의 아버지"로 부르며 유럽 고전작가들을 포함한 당대 모든 대륙작가들이 한결같이 지녔던 인간의 보편적인 특질들을 재현한 위대한 작가, 고전과 현대를 통틀어 세계문학의 반열에 들어선 고전작가로 자리매김하고 있다. 이런 의미에서 영국 문학도 그리스 문학 이래로 하나의 통일체를 이룬 연속체인 서구 문학의 한 단위가 되는 것이다(Wellek and Warren, 49).

3) 영국 시인들 상호비교

연대기적으로 보면 뒤에 쓴 것이지만 드라이든은『풍자시론』에서『선녀여왕』(*Faerie Queene*, 1590~1596)을 쓴 에드먼드 스펜서(Edmund Spenser, 1552~1599)와『실낙원』(*Paradise Lost*, 1667)을 쓴 존 밀턴(John Milton, 1608~1674)을 비교하였다. 드라이든은 여기서 한 걸음 더 나아가 흥미롭게도 스펜서를 로마 시인 베르길리우스와 견주고 밀턴을 그리스 시인 호메로스와 비교하고 있다.

> 그 후 나는 더 위대한 천재인 밀턴을 염두에 두었다. 그러나 밀턴이 어느 곳에서나 호메로스를 표현하고자 노력하는 모습에서 … 나는 경탄할 만한 그리스 사조로 표현된 진정한 숭고성과 고상한 사색, 그리고 초서와 스펜서의 광산에서 발굴해왔던 오래된 어휘들을 발견할 수 있었다. … 그러나 나는 밀턴에게서 내가 찾고 있었던 것을 발견할 수는 없었다. 결국에 나는 밀턴의 스승이자 영원한 시인인,『선녀여왕』의 저자 스펜서에게 의지했다. 그리고 이 작품들에서 나는 내가 오랫동안 찾을 수 없었던 것을 만날 수 있었다. 스펜서는 밀턴이 호메로스에게서 배웠듯이 베르길리우스를 연구하여 배웠다. (Kinsley, 274)

영국 문학사의 최고 시인이자 극작가인 윌리엄 셰익스피어(1564~1616)

를 앞세워, 드라이든은 후배 시인이며 극작가인 존 플레처(John Fletcher, 1579~1625)와 벤 존슨(Ben Jonson, 1572~1637)을 그의 극 『태풍, 마법에 걸린 섬』(1670)의 영웅2행시로 쓴 「서시」("Prologue")에서 다음과 같이 비교하고 있다.

> 한 그루의 나무가 베어지면 숨겨진 뿌리는
> 지하에서 살아남고 거기에서 새로운 가지들이 돋아나네.
> 오래된 셰익스피어의 명예로운 유해에서 오늘날
> 새롭게 살아나는 희곡이 솟아나와 봉우리를 피고 있네.
> 셰익스피어는 (아무에게도 배우지 않은) 처음으로 부여했네.
> 플레처에게는 기지를 노력하는 존슨에게는 기술을.
> 셰익스피어는 군주와 같이 그의 신하들에게 법칙을 주었고
> 그들은 색칠하고 자연을 그리네.
> 플레처는 자라나 높은 곳까지 이르렀고
> 존슨은 기어서 낮은 데서 거두어 들였네.
> 플레처는 셰익스피어의 사상을 이룩했고 존슨은 즐거움을 소화했고
> 플레처는 셰익스피어를 가장 많이 모방했고 존슨은 최고로 모방했네
> 만일 그들이 그 이래로 다른 작가들보다 뛰어난 작가가 되었다면
> 그것은 셰익스피어의 펜에서 떨어진 잉크방울 덕이라네. (Kinsley, 94,
> 1~14행)

드라이든은 윌리엄 셰익스피어를 영문학에서 제프리 초서 이후의 최고의 시인, 극작가로 꼽고 있다. 그는 이 「서시」에서 자신이 좋아했던 극작가 플레처와 존슨에게 셰익스피어가 큰 영향을 끼쳤으며 그 두 작가가 각각 서로 다른 영역에서 두각을 나타냈음을 보여주고 있다.

드라이든은 자신의 극 『트로이러스와 크레시다』(*Troilus and Cressida*, 1679) 서문의 부록으로 붙인 글 「비극의 비평적 토대」("The Grounds of Criticism in Tragedy")에서 영국의 세 시인들의 플롯 구성 차이를 다음과 같

이 명쾌하게 비교하고 있다.

> 플롯 구성면에 있어서 셰익스피어와 플레처의 차이점은 다음과 같다.
> 셰익스피어는 일반적으로 공포를 더 형성하는 반면, 플레처는 공감을 더
> 일으킨다. 셰익스피어는 좀 더 남성적이고 대담하며 정열적인 기질을 가
> 지고 있고, 플레처는 좀 더 부드럽고 여성적인 기질을 가지고 있다. 3일
> 치 법칙인 시간, 장소, 행동을 준수하는, 플롯의 기계적인 아름다움에서
> 는 두 사람 모두 부족하다. 그중 셰익스피어가 특히 더 부족하다. 벤 존슨
> 은 자신의 희극에서 이러한 잘못들을 고쳤다. (Kinsley, 166)

드라이든은 우선 플롯 구성에서 셰익스피어와 플레처를 비교한 뒤 3일
치 법칙 준수에 있어서는 벤 존슨이 가장 잘 지키고 셰익스피어가 가장 잘
못 지키는 것으로 평가하고 있다.

드라이든은 자신의 대표적 비평인 『극시론』(1668)에서, 극작가로 자신이
가장 사랑했던 셰익스피어와 가장 존경했던 벤 존슨을 다음과 같이 길고도
상세하게 비교하고 있다.

> 그러면 셰익스피어부터 시작해보자. 셰익스피어는 모두 현대시인들 아
> 마도 고전시인들 중에서 가장 크고 포용력 있는 영혼을 가진 사람이었다.
> 또한 셰익스피어는 무엇을 묘사할 때 독자로 하여금 그것을 보는 것뿐 아
> 니라 느낄 수 있게 하였다. 그는 언제나 자연의 모든 이미지들을 담고 있
> 었으며, 그 이미지를 노력이 아니라 운으로 그려내는 것이다. 그를 학식
> 이 결여됐다고 비난하는 사람들은 그에게 더 큰 칭찬을 하는 셈이다. 셰
> 익스피어는 태어날 때부터 학식이 있었기 때문이다. 그는 자연을 읽기 위
> 해서 서적이라는 안경을 필요로 하지 않았다. 그는 내면을 들여다보았고
> 그곳에서 자연을 발견했다. 나는 그가 모든 곳에서 똑같이 훌륭하다고 말
> 할 수 없다. … 그러나 셰익스피어는 위대한 계기가 그에게 제시될 때 언
> 제나 위대하다. … 존슨에 관해서 … 그는, 어느 극장이던지 지금껏 소유

할 수 있었던 작가 중 가장 학식이 많고 판단력이 탁월한 사람이라고 나는 생각한다. 존슨은 다른 작가들에게뿐 아니라 그 자신에게도 가장 엄격한 재판관이었다. 우리는 그에게 기지가 부족하다고 말할 수 없다. 오히려 기지를 발휘하기보단 아꼈다고 말하는 것이 좋을 것이다. 그의 작품에서 우리는 삭제하거나 변형시킬 것을 찾을 수 없다. 우리는 존슨 이전에도 기지, 언어 그리고 기질(유머)을 어느 정도 찾을 수 있다. 그러나 극에서 기술은 존슨이 오기 전까지 부족했다. 그는 자신의 힘을 그를 앞선 어떤 누구보다도 유리하게 잘 사용하였다. (Kinsley, 56~58)

영국 문학사상, 거의 동시에 서로 대조적인 극작활동을 하였던 셰익스피어와 벤 존슨의 차이를 드라이든처럼 이렇게 명쾌히 비교한 적은 없었다. 이후로 이 두 사람은 영국 극문학에서 대륙의 다른 나라에서는 예를 찾기 어려운 가장 바람직한 두 개의 전범이 되었다.

드라이든은 영국의 극작가로서 개인적으로 가장 높이 평가했던 셰익스피어와 벤 존슨에 대해 다음의 유명한 비교비평을 남겼다.

만일 내가 존슨과 셰익스피어를 비교한다면 나는 존슨이 더 정확한 시인이고 셰익스피어는 더 위대한 기지를 가졌다고 인정할 수밖에 없다. 셰익스피어는 우리 모든 극시인들의 아버지인 호메로스였고, 존슨은 정교한 극작의 전범인 베르길리우스였다. 나는 존슨을 존경하나 셰익스피어는 사랑한다. (58)

신고전주의 시대 초기에 실제 작품활동을 하는 극작가로서 드라이든은 3일치 법칙을 잘 지키는 극을 완벽하게 써낸 벤 존슨을 존경하고 모방하고 싶었을 것이다. 그러나 3일치 법칙이 잘 지켜지지 않았어도, 셰익스피어의 역동적인 활력과 충만한 상상력을 드라이든은 부러워하고 사랑하지 않을 수 없었다.

3. 비교방법의 비평적 계승—사무엘 존슨과 T. S. 엘리엇

드라이든 문학비평의 비교방법은 18세기 영국 최고의 비평가인 사무엘 존슨에게 그대로 계승되어 꽃을 피웠다. 그의 유명한 『드라이든 평전』(*Life of Dryden*, 1779~1781)에서 존슨은 이미 드라이든을 "영국 비평의 아버지"로 칭송한 바 있다. 존슨은 무엇보다도 자신이 편집한 셰익스피어 전집 서문에서 셰익스피어 문학의 위대성을 논하면서 문학 평가에서 비교방법의 필연성을 다음과 같이 언명하고 있다.

> 작품의 탁월성은 절대적이거나 확정적인 것이 아니라 점진적이고 비교적인 것이다. 실증적이고 과학적인 원리들에 의해 세워지지 않고 관찰과 경험에만 전적으로 호소하는 작품들에게 지속의 길이와 존경의 지속이 아닌 다른 어떤 시험대도 적용할 수 없다. 인간은 오랫동안 소유했던 것을 간혹 검사하고 비교해왔다. 누군가 어떤 소유물의 가치가 있다고 주장한다면 그것은 빈번한 비교가 그 가치를 확정해주기 때문이다. … 천재성을 만들어 내는 데에도 같은 종류의 다른 작품들과 비교하기 전까지는 어떤 것도 탁월하다고 결정할 수 없다. 증명은 즉각적으로 그 힘을 발휘하여 세월의 흐름으로부터 희망을 가지거나 두려워하지 않는다. 그러나 잠정적이고 실험적인 작품들은 인간의 총체적이고 집단적인 능력과 비례하여 평가되어야 한다. (Stock, 139~140)

사무엘 존슨은 경험주의적 관점에서 문학작품은 언제나 잠정적이고 비교적이기 때문에 그 작품 자체의 본질적인 가치보다는 다른 작품들을 면밀히 검토하고 비교해야 그 가치를 결정할 수 있다고 보았다. 비교에서 가장 필요한 것은 작품이 읽혀온 시간의 길이와 존경을 얼마나 오랫동안 받는가이다. 존슨은 셰익스피어 문학의 위대성을 논하는 데 이러한 비교의 잣대를 사용하여, 셰익스피어가 다른 어떤 현대작가들보다 가장 오랫동안 읽혀

왔고 높은 존경을 지속적으로 받아온 사실을 통해 그가 위대한 작가라고 평가될 수 있는 근거를 마련하였다.

드라이든의 탁월한 후계자로서 존슨은, 자신의 『드라이든 평전』에서 드라이든 당대의 비평가였던 대륙의 프랑스식 문학비평에서의 법칙을 강조했던 교조비평가 토마스 라이머(Thomas Rymer, 1641~1713)와 드라이든을 비교하고 있다.

> 비평적 지식이 전달될 수 있는 서로 다른 양태와 효과가 아마도 라이머와 드라이든의 활동에서보다 더 분명하게 증명되는 일은 결코 없을 것이다. 이는 두 수학자들 사이의 분쟁과 같은 것이다. … 우리가 드라이든 서문들과 라이머의 논설을 정독한다면 같은 종류의 경향을 느낄 것이다. 드라이든과 더불어 우리는 진리를 추구하고 찾는다. 그 진리를 우리가 발견한다면 그것은 우아함의 은총으로 옷을 입고 있을 것이고, 만일 우리가 발견하지 못하더라도 추구의 노고 자체가 보상을 줄 것이다. 우리는 향기와 꽃들을 통해서만 진리에 다다르기 때문이다. 라이머는 좀 더 거친 방법을 택한다. 모든 단계에서 우리는 가시들과 가시나무들 사이를 통과해야 한다. 만일 우리가 진리를 마주하게 된다면, 그것은 그만의 태도로 인해 불쾌하거나, 진리의 관습으로 인해 볼품없이 드러날 것이다. 드라이든의 비평은 여왕의 위엄을 가지고 있으나 라이머의 비평은 독재자의 잔인함을 가지고 있다. (Stock, 233)

존슨은 이 글에서 유연하고 우아하게 비평하는 드라이든과 경직된 극의 법칙들을 사용하여 비평하는 동시대인 라이머를 적절하게 비교하고 있다. 같은 글에서 존슨은 드라이든의 비평적 마음을 "호기심이 있고" "역동적"이고 "생생하"다고 설명한다(Stock, 236). 존슨은 『애디슨 평전』(*Life of Addison*)에서 비평가로서 조셉 애디슨(Joseph Addison, 1672~1719)과 드라이든을 재미있게 비교하기도 하고(Stock, 246) 『포우프 평전』(*Life of Pope*)에서 시인으로서 알렉산더 포우프(Alexander Pope, 1688~1744)와 드라이든을 설득력 있게 비교하기도 했다(251~252).

20세기에는 T. S. 엘리엇이 그 대표적인 후계 비평가였다. 엘리엇은 자신의 시, 희곡, 비평 작업에 있어서 거의 스승(멘토)으로 여길 정도로 드라이든을 존경하였다. 가장 유명하고 영향력 있던 초기 비평문인 「전통과 개인의 재능」("Tradition and Individual Talents", 1919)에서 20세기를 위한 새로운 비평방법을 전개시킨 T. S. 엘리엇은 문학비평 작업을 위한 "비교"의 의미를 다음과 같이 강조하고 있다.

> 어떤 시인, 어느 분야의 예술가이건 간에 홀로 자신만의 완전한 의미를 가지지 않는다. 그의 중요성과 그에 대한 평가는 죽은 시인들과 예술가들과의 관계 속에서 이루어진다. 우리는 그를 홀로 가치평가 할 수 없다. 대조와 비교를 위해 우리는 그를 죽은 사람들 사이에 두어야만 한다. 나는 이것을 단순한 역사적 비평만이 아니라 미학의 원리로 생각한다. (The Sacred Wood, 49)

작가에 대한 가치평가는 홀로 이루어질 수 없으며, 그러한 평가는 선배 작가들과 비교한 후에만 가능하다고 엘리엇은 주장한다. 그는 "비교"와 "대조"방법을 단순한 역사비평만이 아니라 "미학의 원리"라고까지 격상시키며, 1920년에 발간된 자신의 첫 비평집 『성림』(The Sacred Wood)에서부터 이미 다양한 비교방법을 선보이고 있다(17~46; 104~143).

T. S. 엘리엇은 드라이든 시의 영국 시문학사적인 의미를 논하는 자리에서 드라이든의 동시대 시인들부터 19세기 시인들에 이르기까지 일일이 "비교"하면서 논하고 있다(Selected Essays, 305~306). 이것은 드라이든 자신이 여러 편의 글에서 사용하던 논의방식과 아주 흡사하다. 이 글에서 다음의 예가 가장 적절할 것이다. 엘리엇은 드라이든의 시적 능력의 특성을 17세

기 중반의 존 밀턴과 18세기 초반 포우프를 대상으로 하여 다음과 같이 비교한다.

> 드라이든의 독특한 장점은 대부분 작은 것을 큰 것으로, 산문적인 것을 시적인 것으로, 사소한 것을 장대한 것으로 만드는 능력 속에 있다. 이런 점에서 드라이든은 가장 큰 캔버스를 필요로 했던 밀턴과 다를 뿐만 아니라, 가장 작은 캔버스를 원했던 포우프와도 다르다. 만일 우리가 포우프와 드라이든의 풍자적 성격을 비교해본다면, 우리는 방법과 의도가 아주 다르다는 것을 알게 될 것이다. 포우프는 세밀화의 대가로서, 대상을 변화시키고자 할 때 그것을 축소시키곤 한다. … 반면 드라이든의 묘사 효과는 어떤 대상을 좀 더 확대시키는 것이다. (Selected Essays, 310)

엘리엇에 따르면 밀턴은 무조건 큰 것만을 고집하고, 포우프는 작은 것만을 추구하나, 드라이든은 두 사람의 극단을 피해가면서 적절하게 변형시키는 능력이 있다는 것이다.

4. 나가며: 비교비평의 가능성과 비교문학의 필요성

지금까지 살펴본 존 드라이든 문학비평에서의 "비교방법"에서 "비교"에 대한 방법론적 재인식과 재평가가 논의될 수 있다. 드라이든은 다양한 비교방법을 통해 서양 문학의 두 중심축을 이루는 그리스의 시인 호메로스와 로마의 시인 베르길리우스의 비교, 로마의 대표적인 3대 풍자시인인 호라티우스, 주브날리우스, 페르시우스를 비교하면서 자신의 창작에 원용함으로써 영국 신고전주의 시대를 위대한 풍자문학의 시대로 만들었다. 또한 드라이든은 17세기 후반 유럽 문학의 서쪽 변방에 머물러 있던 영국 문학에 셰익스피어, 플레처, 존슨을 중심으로 새로운 국가적 주체성과 토착성을 부여하여 민족문학으로서의 영국 문학을 수립하고자 했다. 동시에 그는 영문학을 그리스와 로마의 고전문학과도 연계시키고 나아가 이태리 근대문학과 프랑스 근대문학도 연계시켜 국민문학으로서의 영국 문학의 경계를 넘어 세계문학으로 편입시키고자 했던 세계주의자였다.

문학비평에서 비교방법을 자리매김하는 데 있어서 앞으로 많은 후속 작업들이 필요하다. 드라이든에 의해 본격적으로 시작된 비교비평이 영국 문학비평사에서 좀 더 다양하고 포괄적으로 연구되어야 한다. 드라이든 자신의 비교방법에 대한 논의가 더 철저하게 이루어져야 할 것이고 드라이든 이전의 필립 시드니 경을 비롯하여, 18세기에서 19세기와 20세기에 이르는 시대의 주요 비평가들의 작업도 점검하여 영국 문학비평사에서 경험주의와 대화론과 연계된 "비교방법"이 가지는 의미와 역할을 더욱 천착해야 하리라 믿는다.

21세기에서 비교는 어떤 의미를 가질 것인가? 문학비평은 비교방법을 통해 대화적 상상력을 촉진시킬 수 있다. 대화를 통한 비교방법에 의해 같음과 다름을 분명히 해서 각각의 시인의 특징, 개성, 장점을 부각시키며 나아가 이것들이 모여 복잡하고 다양한 세계와 극단이 아닌 균형 잡히고 역동적인 세계를 구축할 수 있다. 비교는 오늘날과 같은 세계화 시대와 복합문화 시대에 새로운 인식소가 될 수 있다. "비교"는 오늘날의 다문화 세계화 시대의 핵심어이다. 비교비평, 비교사상, 비교한국학, 문예 비교시학, 동서 비교문학, 동아시아 비교문학, 비교시학, 비교문화 연구, 비교인문학 등 비교라는 말은 문화와 학문의 영역에서 다양하게 사용되고 있다. 21세기의 새로운 지구윤리학으로서 비교연구 또는 비교학(comparative studies)은 "세방화"(世方化, glocalization)의 문화정치학적 전략이다. 비교에 대한 새로운 개념 구성과 특별한 의미 부여의 목적은 결국 경계선 가로지르기와 방법적 세로지르기를 통한 전 지구화 문화의 복잡성과 다양성의 가치를 담보해내는 것이다. 진리나 진실은 단순 명쾌하기보다 언제나 복합적이고 잡종적이다. 세계화 시대의 문학비평가나 연구자들은 이제 모두 비교론자 또는 비교학자(comparativist)가 되어야 한다.

궁극적으로 서구의 것을 중심에 놓고 비서구의 것들을 대비시키며 서구의 권위와 전통을 강조하기 위한 전략이 "비교"가 되어서는 안 된다. 비교는 우열을 가리고 줄 세우고 분류하는 것이 아니라 둘 또는 둘 이상 다수의 주체들을 서로 대비시켜 유사점과 차이점을 밝혀서 각 주체들의 정체성을 분명히 하는 것이다. 나아가 각 주체들 간의 공존을 위한 상호 이해 그리고 상호 보완의 경지까지 나아가야 하는 것이다. 비교의 의미는 이런 의미에서 "세계적인"(전 지구적인), "초국가적", "통문화적", "국제적"의 뜻을 가질 수 있다. 비교학의 근본 목적은 따라서 지금까지 드라이든의 예에서 볼수 있듯이 문학 연구를 각 나라나 지역 내에 국한시키지 않고 전 지구적 또는 세계화의 국제적 입장에서의 문학 연구를 수행하는 데 있다. 오늘날과 같은 다문화 시대와 세계화 시대에는 국제적 협업을 통해 국민문학의 경계를 넘어서 민족, 성, 계급, 환경의 측면에서 다양하게 논할 뿐 아니라 보편성을 토대로 한 일반문학 또는 세계문학의 가능성까지 논의하는 데 있다(Wellek and Warren, 53).

3장 드라이든의 본격 비평
『극시론』에 나타난 대화적 구조

1. 드라이든의 비평적 사유의 대화적 구조

20세기 영미권의 최고 비평가인 T. S. 엘리엇은 영국 신고전주의 시대의 실제비평가인 존 드라이든 비평의 핵심적 인식소를 "대화" "균형" "타협"이라고 말한다. 엘리엇은 드라이든을 "상식"(common sense)을 강조하는 "정상적인 비평가"(normal critic)라고 평했다. 비평의 과잉과 극단적인 이론의 시대였던 20세기에 필요한 것은 정상성과 건강성이다. 우리 시대가 "문학 활동의 근본적인 성격이나 시의 사회적 기능이 아직도 문학비평의 주제가 되지 않았던 시대"의 "비평가인 드라이든을 가지게 된 것은 다행"(『엘리엇 비평에세이』(*Essays by T. S. Eliot*), 198)이라고 엘리엇은 말하고 있다. 드라이든 비평의 커다란 장점은 바로 "시 비평이 다른 어떤 것이 되는 선을 결코 넘지 않는다"(199)는 점이다. 이런 의미에서 시에 관한 비평과 이론이 지나치게 정교해지고 복잡해졌으며 시 자체에 대해 소홀해지는 경향마저 보이는 우리 시대의 비평적 맹목성에 드라이든과 같은 비평가는 새로운 비평적 균형감각을 가진 통찰력을 줄 수 있다. 여기에서 필자는 영국 신고전주의 시대에 최초의 본격적인 문학비평가였던 존 드라이든의 본격 비평문『극시론』(*An Essay of Dramatic Poesy*, 1688)을 중심으로 그 비평의 핵심적 인식소인 "대화주의" 또는 "대화적 구조"를 밝혀내는 것이다.

존 드라이든은 규범비평가 또는 법칙비평가가 아니었다. 드라이든은 무엇보다도 시인, 극작가인 동시에 비평가였다. 비평에서 그는 언제나 작가로서의 자신의 입장이나 창작 현장에서의 경험을 논의한다. 드라이든은 영국 비평의 위대한 전통이라고 할 수 있는 "시인-비평가"(poet-critic)이다. 이제 우리가 주로 논의할『극시론』도 작시법이나 극작법에 대한 이론적 논의가 아니라 당시 창작의 주요한 문제들을 다루고 있다. 드라이든의 비평은 비평의 철학적 논구나 이론적인 성찰이기보다 창작과정에서 제기되는 구체적인 문제들을 논하거나 자신의 창작원칙들을 설명한다고 말할 수 있다. 여기에 드라이든의 실제비평의 잠정성, 구체성, 유연성이 나타난다. 드라이든은 어떤 문제에 대해 확정적으로 단언하기보다는 항상 여러 가지 상황들을 고려한다. 이것은 드라이든이 변하지 않고 지속되는 문학 전통이나 관습뿐만 아니라 변화하는 새로운 상황까지도 동시에 고려하는 균형적이고 역동적인 과정을 중시하는 사유방식을 견지했기 때문일 것이다. 여기서는 자세히 언급할 수 없지만 문학비평이나 이론에 관한 논의를 대화적으로 구성하는 방식은 드라이든이 처음 사용한 것은 아니었다. 예를 들어 드라이든 이전 시대에 활동한 형이상학파 시인들도 시에서 대화방식을 많이 사용하였다. 드라이든의 비평적 사유의 특징은 항상 중재적이고 보완적 성격을 가진다고 볼 수 있으며 독단주의보다는 언제나 대화주의가 지배적 사유방식이다.

드라이든은 강조의 오류를 범하지 않으려고 노력하였다. 즉, 그는 하나의 진리만을 지나치게 강조하지 않았다. 이런 의미에서 그는 비교문학자 또는 상대론자라고 볼 수 있다. 드라이든은 다양한 견해와 입장들을 비교 대조하였고, 일방적인 양극단론을 피했기 때문에 하나를 희생시켜 다른 하나를 지지하지 않았다. 드라이든의 소위 회의론은 화합할 수 없는 양극의 구도 속으로 자신을 끊임없이 끌어들이려고 한다. 그의 텍스트의 위대함은 단순한 화합이나 하나의 극을 다른 극에 복종시켜버리는 독단론을 피하고 양극의 구도들이 활발히 작동하도록 유도하는 점이다. 그러므로 드라이든의 화합하는 상상력은 단지 정태적인 중도론적이거나 회의적인 입장이 아니고 각기 다르고 상반되는 가치들 속에서 역동적이고 대화적인 비전이다. 대화적 비전은 드라이든의 사고방식과 태도의 특징적인 양상이다. 드라이든이 사용한 방법은 어떤 의미에서 발견적 학습법이라고 할 수 있다. 드라이든은 그저 우리에게 보여주기만 할 뿐 강요하지는 않는다.

드라이든은 단순한 회의론자가 아니었다. 그는 본질적으로 호기심이 많고 탐구적인 성격이 강해서 선입견으로부터 자유로웠고 문학에 대한 다양한 견해들을 받아들일 수 있었다. 드라이든은 과학자, 철학자 또는 역사가가 아니라 시인이고 극작가이며 비평가였다. 드라이든은 합리주의자라기보다 상상력이 풍부한 작가였다. 사무엘 존슨은 "드라이든의 비평은 시인이 수행하는 비평이다. 그것은 어리석은 논리적 명제의 집합도 아니고 결함을 감추는 것이 아니다―하지만 쾌활하고 정확한 평론이다. … 작가가 … 판단의 정확성을 입증하고 있다"(Smith, 464)고 말했다. 드라이든을 단순히 회의론자로 여기는 것은 드라이든에 대한 중요한 사실을 간과하는 것이다. 드라이든은 대화적 틀 안에서 수많은 경험주의적인 개념과 용어를 사용하고 있으며 드라이든 비평의 기본체계는 다원적이며 역동적이다.

드라이든은 대화체 모형을 사용함으로써 성급함을 자제하고 일차원적인 것과 그가 싫어하는 것을 피하려고 노력하였다. 드라이든은 강조의 핵심을 바꿔서 보다 큰 동적이고 대화적인 비전 내에서 상반되는 가치들을 조합시킬 수 있었다. 그래서 우리는 드라이든을 우아한 산문들을 썼던 아마추어 작가로 평가절하하거나 철학적 회의론에 입각하여 자신을 부정했던 회의론자라고 성급히 규정하려는 것을 삼가야 한다. 드라이든은 철학적 회의론자도, 더욱이 아마추어 작가도 아니었다. 그는 실제로 위대한 문학비평가였다. 우리는 드라이든 비평 논의의 중심이 되었던 『극시론』에서 대화적 구조를 찾아내어 앞으로 드라이든의 사상과 비평에서 더 많은 연구를 할 수 있는 커다란 통찰력을 얻고자 노력해야 할 것이다. 그런 과정을 통하여 드라이든으로부터 시작되는 영미 문학비평사에 대한 새로운 접근도 가능할 것이다.

드라이든은 독단적 방식이 진리 전체를 탐구하는 데 적절한 방식이 되지 못한다고 믿었다. 상반되는 원리들을 논의 속으로 가져오는 방식은 알기 쉽게 보여주는 것이기에 대화는 진리를 찾기 위한 하나의 방식이 될 수 있다. 용어 선택과 논증과정에서 사용되는 대화법은 진술이나 명제, 주장들을 비교, 대조 또는 조화시키거나 법칙들을 이동시킴으로써 의미를 통합하거나 중첩되도록 표현하는 방식이다. 비교(comparison)는 대화법이 작용하는 방식이고 드라이든은 그것이야말로 비평에 가장 기본적인 것이라고 생각하였다. 진리는 본래 역동적이다. 판단은 고정되어 있지 않고 일시적이며 원리들은 시험적이다. 우리는 지혜(wisdom)와 이단(heresy)의 방식을 구별해야 한다. 지혜를 사용하면 연구에 개입되는 역동적인 과정을 인지하게 되지만 이단을 사용하면 한 부분을 전체로서 받아들이게 된다. 우리는 갈등과 대립이 있을 때 자가당착적인 면을 없앤다든지 아니면 반대편을 아예 부인하거나 무시함으로써 해결하려고 한다. 그러나 전혀 다른 두 원리를 동시에 수용하려는 노력은 오래전부터 있었던 것으로 인간의 본성 내에서 상반된 것을 조화시키려는 노력이다.

18세기의 영국 비평가 사무엘 존슨은 처음으로 드라이든의 대화적 비전을 이해한 비평가였다. 드라이든에게 존슨은 작시법과 작문법을 영국인들에게 가르친 "영국 비평의 아버지"라는 칭호를 붙여주었다. 드라이든은 역동적인 조화라는 내적 원리를 가지고 타협하는 위대한 천재였다. 존슨은 이를 두고 이렇게 말한다.

> 드라이든은 항시 다르거나 같은 사람이다. 그의 스타일은 진지하건 우스꽝스럽건 간에 쉽게 모방할 수 없다. 왜냐하면 항상 동일하거나 다양화되기 때문에 특수하거나 일반화되는 특성이 없다. (『영국시인평전』(*Lives of the English Poets*), 464)

존슨은 여기에서 드라이든의 고유한 사유체계를 지적하고 있다.

저명한 18세기 영문학자인 마틴 프라이스(Martin Price)는 드라이든의 시, 영웅극, 정치 풍자, 종교시에 나타난 대화적 성격을 처음으로 논의했다. 그러나 이상하게도 그는 드라이든의 비평과 산문에 드러난 대화적 양상에 대해서는 논하지 않았다. 프라이스는 자신의 논의를 시에 한정하여 드라이든의 시들이 대화적 과정을 통하여 부자연스러운 상반성을 드러내는 방식을 채택하고 있음을 지적하였다. 프라이스는 또한 드라이든이 정치 풍자시와 종교시에서도 대화법을 유용하게 사용하고 있다고 주장하였다. 드라이든의 정치풍자시에서는 집단과 개인의 의지가 대화적 과정을 통해 질서를 이루었고, 종교시의 경우에는 신권과 왕권 사이에 대화법이 작동하고 있다고 프라이스는 지적하였다.

또 다른 18세기 영문학자인 호이트 트로우브릿지(Hoyt C. Trowbridge)도 드라이든이 다음과 같은 사실을 믿었다고 말한다. "개인의 가치관과 독단적인 법 사이에는 중도가 존재하는데 이것이 올바른 비평이 지향해야 하는 영역이다. … 가치관과 논증 모두를 거부함으로써 반대가 가능한 영역 안에서 양극구도 사이에 중도를 발견하는 것이다"(20). 드라이든은 중도론적 입장을 취하지만 이는 역동적 의미에서일 뿐이고 서로 다른 종류의 가치들에 대하여 안정된 반응을 나타내는 것이다. 그것은 서로 다르지만 정반대가 아니라 오히려 상호 보완적이며, 부정적인 개념이 아니라 양극단을 피하는 입장에 근거한 것이다. 드라이든 속에서 역동적이고 긍정적인 중도의 양상들이 강조되었던 것이다. 중도는 긴장 상태가 부재하거나 열정이 부족한 것을 의미하는 것이 아니라 진실하고 새로운 지식을 말하기 위한 정당한 긴장이다. 중도는 언제나 양극으로 치달을 수 있는 가능성을 지닌 자질들 속에서 긍정적으로 작동한다.

에드워드 페흐터(Edward Pechter)는 "드라이든 문학이론의 중심에는 이중성이 존재한다. 이중성은 자가당착이나 대조법, 역설, 양극화의 존재를 의미하는 것이 아니다. 이 모두는 일관된 공존성을 배제함에 따라 두 가지 가치 이상의 것들의 긴장 상태를 시사하는 것"(11)이라고 지적하였다. 드라이든의 중도는 다른 종류의 가치들 간에 동적 조화를 추구하는 것이다. 이러한 "중간"의 강점이 바로 영미 문학의 특징일 수가 있다. 이런 맥락에서 20세기에 차이와 생성의 철학적인 질 들뢰즈의 "중간론"은 드라이든의 대화론과 접근해 있다. 프랑스 철학자임에도 불구하고 영미 문학에 매료되어 영미 문학의 우수성에 대한 놀라운 논문을 써낸 바 있는 들뢰즈의 중간론을 『천 개의 고원』에서 들어보자.

> 미국 문학은 그리고 이미 영국 문학은 이러한 리좀적인 방향을 더 확장시키고 있다. 영미 문학은 사물들의 사이에서 움직이고 "그리고"(AND)의 논리를 수립하고 본체론을 전복시키고 토대를 폐기 처분하고 끝과 시작을 무효화시키는 방법을 알고 있다. 영미 문학은 화용론(실용학)을 실천할 줄 안다. 중간(the middle)은 결코 평균적인 것이 아니다. 반대로 그것은 사물들이 속도를 내는 곳이다. 사물들 사이에서는 하나에서 다른 것으로 오가는 지점을 파악하는 관계가 나타나지 않고 수직적인 방향이고 한 사물과 다른 것을 동시에 움직이는 횡단하는 운동이 나타난다. (25)

중간은 탈영토화하고 재영토화하는 생성의 지대이다. 중간 지대는 "관계들"이 서로 만나고 부딪치며 차이와 반복이 계속되는 역동적인 대화의 장이다. 드라이든의 비평에서 대화론의 요체는 바로 정체나 고정이 아니라 끊임없는 움직임과 생성이다. 이러한 가치는 개개의 독자성을 잃어버리는 것이 아니다. 그들은 중도에 의해 이해되지만 초월적인 단위로 종합화되지 않는다. 이는 해결될 수 없는 이원론이지만 놀라운 점은 해결할 수 없다는 사실을 편안하게 받아들인다는 것이다. 이런 의미에서 드라이든의 체계는 결코 헤겔적인 것이 아니다. 지금까지 소개한 선행 연구를 수행한 학자들이 지적한 것처럼 드라이든의 비평적 사유의 핵심은 실제로 중도, 타협, 차이인정, 대조, 비교 등 대화적 구조임이 확연하다.

드라이든의 『극시론』을 정독해보면 그가 변증법의 핵심개념인 "정반합"(正反合)의 과정을 밟은 것이 아니라는 것을 알 수 있다. 드라이든은 각 문제에 대해 자신의 견해를 제시하도록 하는 의견 교환식의 대화적 구조를 전개시킨다. 합(合)의 과정을 도출하기 위한 변증법적 과정이기보다는 역동적 차이를 드러내기 위한 대화적 과정이다. 모든 대화적 과정을 통하여 어떤 합의된 의견이 도출될 수는 있지만 그것이 반드시 정반합의 과정은 아니다. 변증법적 과정은 무리한 종합을 위해 억압과 폭력이 개입될 수도 있다. 여기에서 "변증법"과 "대화법"을 혼동하지 않기 위해 그 둘을 비교해보자. 변증법은 두 개의 대립적인 요소들을 상정하지만 그들은 결국 또 다른 "통합체"가 되어버린다. 그러나 대화법은 통합을 꿈꾸기보다 지속적인 긴장과 과정을 이끌어가는 것이다.

드라이든의 『극시론』을 대화주의 용어로 좀 더 설명하기 위해서 "대화주의 비평"(Dialogic Criticism)을 주창하던 비아로스토스키(Don C. Bialostosky)의 이론을 원용하는 것도 좋을 듯싶다.

대화적 읽기는 일반적으로 다른 읽기들을 지속적인 변증법적 상태로 내몰거나 그 입장들에 노정된 불일치들을 자세히 살피거나 상위의 종합 속에서 그들을 초월하지 않는다. … 그 대신 대화적 읽기는 그들이 서로 예상했거나 인정한 용어 안에서 다른 읽기들을 재현할 수 있는 권리를 인정한다. … 대화적 비평은 서로 경쟁하는 견해들 중에서 어떤 것을 결정하거나 그들의 대적하는 명제를 종합하려고 시도하지 않고 실현되지 않은 대화들을 상상하고 시작하려고 노력한다. … 진정으로 대화적이라면 차이를 인정하고 그 특징을 밝혀내려고 노력할 것이다. (790~791, 794~795)

드라이든이 『극시론』에서 서로 의견이 다른 네 명의 화자로 하여금 차례로 대화를 나누게 하는 것은 그들이 당대의 비평적 문제들에 대한 어떤 견해를 정반합의 과정을 통해 종합하려는 것이 아니라 차이와 갈등을 노정시키면서 논의를 서로 공유하기 위해 긴 대화의 여정을 보여주는 것이다. 나아가 각 화자들은 독자들과의 대화를 시도하고 있는 듯하다. 이에 대해 보나미 드브레(Bonamy Dobrée)는 『극시론』이 "아주 아름다운 대화체로 쓰였고 … (드라이든)은 『극시론』을 듣는 사람들에게 말하는 것 같다"(18)고까지 말한다.

드브레의 말이 아니더라도 『극시론』을 읽을 때 가장 인상적인 것은 런던 템즈 강가에 나룻배를 띄워놓고 서로 다른 견해를 지닌 네 명의 화자가 서로 의견을 교환하는 그 대화적 구조이다. 어떤 한 화자가 여러 가지 비평적 논의를 지배하고 주도하는 것이 아니다. 『극시론』에 나타나는 형식과 구조상의 대화적 구조는 17세기 말 당시 영국 최고의 극작가이며 시인이었던 드라이든이 영국과 유럽 대륙에서 논쟁거리였던 현안 문제들을 하나의 목소리로 전개시키기보다 여러 개의 목소리로 병치시켜 많은 독자들의 참여를 유도했던 것이다.

이런 맥락에서 또 다른 대화주의자인 제임스 엔젤(James Engell)은 드라이든의 수많은 작품들과 서문을 포함하는 비평에서 나타나는 대화적 구조를 다음과 같이 설득력 있게 언급하고 있다.

> 드라이든은 함께 나누는 비평가이다. 그는 한 지점에서 다른 지점으로 옮겨가면서 독자에게 마치 친구를 위해서 하듯이 예의를 갖추어 가능한 분명하게 자신의 지점들을 분명하게 드러낸다. 함께 나누면서 드라이든은 입장을 바꾸어가며 독자로서 말하고 작가로서 반응한다. … 드라이든의 비평 서문들에서 관객과 작가, 독자와 비평가, 비평가와 학자들이 대화 속에서 서로 섞인다. 이것은 훈련받은 대화이다. 그리고 이런 점에서 그것은 대화주의적 비평이다. (20~21)

이제부터 『극시론』을 좀 더 구체적으로 살피면서 그 대화적 구조를 규명해보기로 하자.

2. 『극시론』에 나타난 대화적 구조들

『극시론』에서 드라이든은 우리를 주요 문제로 이끌어간다. 이 비평문은 런던 템즈 강가에서 여름휴가를 보내고 있는 네 명의 신사들의 담론으로 구성되어 있다. 4명의 신사들은 고전작가들과 현대시인의 업적에 관한 논쟁, 프랑스 극과 영국 극의 장단점, 그리고 비극에서 압운(rhyme)을 사용하는 경우와 무운시(blank verse)를 사용하는 경우의 상대적 이점과 같은 당대의 문학적 관심사에 대해 오랫동안 논쟁을 벌인다. 고전작가를 옹호하는 논의로 시작한 담론은 압운 사용에 관한 토론으로 끝나도록 논쟁의 주제가 배열되어 있다.

논의에 들어가기 전에 그들은 당시 경멸할 만한 두 시인들에 대한 불만을 토로한다. 『극시론』의 서문에서 두 부류의 저질시인들을 소개하는 것은 중요하다. 이 시인들은 바로 로버트 와일드(Robert Wild)와 플렉노 (Flecknoe)를 가리킨다. 와일드는 격렬한 은유와 지나친 말장난(pun), 공상 (fancy), 비유의 남용(catachresis)을 일삼았고, 플렉노는 상상력과 감정이 부족한 단어들을 사용하였다. 그들은 양극단을 대표하고 있었는데, 지나친 생동감이 특징인 와일드가 판단력(judgment) 부족이라는 위험을 표상한다면, 상상력 빈곤이라는 위험을 극명하게 보여주는 플렉노는 기존 법칙을 준수하는 동시에 기교를 가지고 있었다고 말할 수 있다. 와일드의 경우는 건전한 판단력과 결합한 법칙성과 명확함 자체가 시의 본질적인 요소라는 사실을 경고하고 있다. 이 두 가지가 함께 받아들여진다면 이 양극단은 대조와 부정이라는 방식에 의해 적절한 위트(wit)에 대한 포괄적인 개념을 기대할 수 있다. 만약 공상과 판단력 사이의 적절한 조화로 진실한 위트가 된다면, 두 시인 모두 자질이 부족하다는 것을 지적해야 한다. 왜냐하면 훌륭한 시인은 한 가지 자질만을 지녀서는 안 되기 때문이다.

이 두 양극단은 실패라는 측면에서 거의 똑같다. 시적 능력이나 문학적 가치에 대하여 거론하기 위해, 그리고 반대되는 시인들에 대하여 이야기하기 위해 드라이든의 비평에서 얻는 유익한 교훈은 판단력과 공상이라는 개념이다. 판단력은 완벽함과 정확함의 재현인 모방만을 성취하고자 하고, 공상은 생생하고도 우아한 면을 완성하고자 한다. 드라이든은 판단력과 공상이 자연의 순수물질들이 예술이라는 내용으로 변형되는 과정에서 상호의존적인 실체라고 설명한다. 이 두 능력은 결코 통합되거나 새로운 것으로 융합될 수가 없다. 그들은 별개의 다른 것으로 남아 있게 된다. 문학비평의 과정은 각각의 능력이 고요한 조화 속에서 인식될 수 있다는 측면에서 단순하고 완전하다는 성격을 지닌다. 『극시론』에 등장하는 네 명의 참석자들 모두 양극단론에 대해서는 거부한다. 한 세대 후에 포우프(Alexander

Pope) 역시 "wit"와 "judgment"는 비록 그것이 부부처럼 서로를 도와주어야 함에도 불구하고 사이가 좋지 않다고 이야기한다(『비평론』(*An Essay on Criticism*) II, 82~83). 드라이든이 포괄적인 의미에서 위트를 말할 때 그것은 공상과 판단력을 포함하고 있었다.

『극시론』은 세 쌍으로 배열한 여섯 종류의 담화(speech)로 구성되어 있다. 크리테스(Crites)는 고대인의 극을, 유게니우스(Eugenius)는 현대인의 극을 지지하고, 리시데이우스(Lisideius)는 프랑스식 방법을 추켜세웠고 니앤더(Neander)는 영국 극을 지원한다. 그리고 크리테스는 무운시를 주장하고 니앤더는 압운시를 논한다. 여기서 주의를 끄는 것은 드라이든이 여러 개의 다른 관점을 고수하고 있다는 점이다. 네 명의 인물들의 견해를 통해 다양한 문학 장르들의 장점들을 설명하면서 드라이든은 대체로 전통주의적인 방식을 배제하고 있다. 네 명의 인물들 가운데 니앤더의 견해가 드라이든의 신념에 가장 근접하게 그려지고 있긴 하지만 드라이든은 『극시론』에 제시된 모든 관점들을 존중하는 태도를 견지한다. 리시데이우스가 극을 매우 프랑스적인 방식으로 정의내린 것처럼 드라이든은 일찍부터 자기 자신의 견해를 지니고 있었다. 드라이든은 추론적이고 비교학적 목적으로 여러 관점들을 사려 깊게 따로 배열하였을 것이라는 주장이 설득력이 있다. 드라이든은 문제점들을 주장하거나 여러 관점들이 어디에 내재해 있는지 알려고 하지 않았으며 자신의 입장을 강력하게 내세우지도 않았다. 대신에 그는 각자의 주장에 대해 설명하고 논의를 계속 진행시켜 나가면서 대립되는 논지들을 밝히는 것에 만족했다. 그것은 타협 없는 태도가 아니라 독백적 사고의 전형을 보이고 있지만 그는 넓은 의미의 대화라고 인식하였다. 드라이든은 개인적 확신에 대해 진술하기보다는 하나의 관점에 대해 설명하고 있다.

우선 필자는 고대인과 현대인, 프랑스 극과 영국 극, 그리고 극에 있어서 무운시와 압운시를 둘러싼 논쟁에 대해 논의하고자 한다. 그런 다음 그것들을 각각 드라이든의 비평적 사고의 기본구조와 연관 지어 비교하면서 논의하겠다.

고대인을 대변하고 있는 크리테스는 철저하게 자연을 이용할 수 있는 이러한 고대인들을 자신들이 모방할 수 있을 것이라고 말한다. 모든 극의 규칙들은 아리스토텔레스와 호라티우스가 법칙을 만들기 위해 고대시인들을 관찰한 결과이다. 고대인들은 시간의 일치(unity of time)를 주장했는데, 즉 극의 상연 시간을 실제 행동으로 재현되는 시간에 근접시켰다. 고대인들은 장소의 일치(unity of place)에 대해서도 관찰했는데, 그것은 극의 장면(scene)이 처음에 시작했던 장소와 가까운 곳에서 진행되어야 한다는 것이다. 그들은 또한 플롯의 일치(unity of plot)를 지키기 위해 내레이션(narration)을 사용했다. 즉 극에서 모든 작은 행동들이 주 행동에 종속되어야 하기 때문이다. 그러나 현대인들은 이런 법칙들을 따르지 않으며 인간의 본성을 잘못 모방하고 있다. 크리테스는 전 시대의 가장 위대한 극작가인 벤 존슨(Ben Jonson)조차도 고대인들로부터 차용했다고 언급한다. 고대인들이 자연을 충실히 모방했다는 크리테스의 삼단논법에 가까운 주장에 따르면 현대인들은 고대인들을 모방하지 않기 때문에 현대인들은 자연을 서투르게 모방한다. 자연은 그저 실험과 관찰에 의한 것처럼 경험상으로 온 것이 아니라 전통과 역사에 의해 중재를 받기 때문에 "핍진성"(verisimilitude)은 전통에서 파생한 법칙들로부터 획득할 수 있다고 말한다.

크리테스의 주장에 대해 유게니우스는 "그렇다. 현대인들이 고대인들의 법칙으로부터 도움을 얻었다는 것은 사실이지만, 그것이 "단순한 모방"을 통해서만은 아니다"라고 말한다. 현대인들은 "그들의 방식을 따르는 것이 아니라 자연의 방식을 따르고 있다"는 것이다. 현대인은 이전의 삶을 가지고 있다. 그와 더불어 고대인들의 지식의 경험도 가지고 있다. 과학처럼 시와 예술도 역사의 발전과정 안에서 완벽한 방향으로 완성되어간다. 그렇기 때문에 현대인은 고대인들을 능가할 수 있다. 게다가 고대인들은 극을 4막으로 나누지도 않았다. 플롯에 있어서 고대인들은 옛 시대의 오래전 이야기들을 그대로 사용함으로써 관객을 지루하게 만들었다. 로마 희극을 그리스인들로부터 차용했고 그런 플롯으로 인해서 로마 희극의 등장인물들은 틀에 박힌 진부한 인물들로 가득 차 있었다. 그러므로 고대인들의 모방은 틀에 박힌 것이다. 3일치 법칙에 관해서 말하자면 극작가 테렌스(Terence)조차도 시간의 일치를 지키지 않았다. 장소의 일치는 여하튼 프랑스인들이 무대 법칙으로 만들어낸 것인데, 그것은 프랑스 극의 플롯 범위가 협소하기 때문에 가능한 것이었다. 이러한 일치의 법칙을 준수하는 것은 때때로 현실성을 떨어뜨리게 한다. 그러나 영국의 현대극 어디에서도 그런 것은 없다. 고대인들은 비극과 희극을 혼합하여 쓰는 일이 없었을 정도로 융통성이 없었다. 그런 다음 유게니우스는 위트를 강조했고 위트가 심상을 인지하고 착상해내며 효과적이고 적절한 말과 인물로 옷을 입힌다고 주장하였다. 고대인들에게서는 부드러운 감정이나 애정을 표현하는 장면 같은 것을 찾아볼 수 없지만 셰익스피어나 플레처(Fletcher) 극에서는 많이 발견된다. 고대인들은 정욕, 갈망, 복수, 야망, 혈투로 사랑을 표현했다.

유게니우스는 크리테스의 극작법에 대해 결코 체계적으로 논박하지 않았다. 그는 단지 통일성을 간과한 것에 대해서만 언급하였고 어떠한 직접적인 이론방식에 대해서도 크리테스에 도전하지 않았다. 그는 법칙으로서 통일성의 형성이 고대인으로부터 유래했다는 주장은 역사적으로 잘못된 인식이며, 고대인들은 사실 그런 통일성을 종종 무시하기도 했다고 지적하였다. 원리보다는 사실이 문제시되었다. 바꾸어 말하면 크리테스는 기준을 예술품과 자연의 관계에 두었다. 그리하여 크리테스는 단순한 모방으로서 행동의 일치를 인정하였다. 그렇지만 유게니우스는 기뻐하는 것과 같은 보다 다양한 행동을 인정하였다. 유게니우스는 크리테스를 굴복시킨 것이 아니라 그의 전제를 반박하지 못한 채 오히려 강조의 변환을 통해 그것을 더 보충하고 발전시켰다. 이 대화의 주요 의의는 종합성과 상호 보완성이다. 드라이든은 평가하고 선택하기보다 단지 정의하고 요약하기만 하였다. 물론 드라이든 자신이 타당성이 있다고 생각하는 부분이 있었지만 그런 자신의 생각을 주장하기보다는 양쪽에 대한 가치의 정확한 의미를 중요시하였다. 달리 말하자면, 그것은 대조법이라기보다는 점층(반복)법이고 이것이 드라이든 대화론의 요체이다.

이제 프랑스 극과 영국 극을 논하여 보자. 리시데이우스는 프랑스 시인들을 가장 훌륭한 현대시인이라고 칭찬하면서 다음과 같이 내용을 정리하였다. 40년 전에는 영국 극이 프랑스 극보다 훌륭했다. 영국의 시인들은 찰스 1세를 처단한 내란(1649)의 공포로 인해 프랑스로 피해갔다. 리슐리외(Richelieu) 추기경은 그 시인들을 그의 보호하에 두었다. 프랑스인들은 3일치 법칙을 잘 지켜서 프랑스 극은 30시간을 넘지 않았고, 장소의 일치 면에서도 한 마을 이상을 벗어나지 않는다는 법칙을 준수하였으며, 행동의 일치에서도 하위 플롯(sub-plot)을 두지 않았다. 영국의 희비극(tragi-comedy)만큼 터무니없는 극은 존재하지 않았다. 그것은 영국이 만들어낸 장르이다. 환희와 연민은 양립할 수 없다. 프랑스 극의 플롯은 기존에 잘 알려진 역사에 토대를 두고 있다는 이점이 있는데 이것은 허구에 개연성을 덧입힌 것이다. 이것은 역사의 가혹함을 없애버리고 역사 속에서 비운의 사건들을 광정한다. 셰익스피어의 역사극은 오히려 수많은 왕의 연대기나 3~40년 동안에 걸쳐 발생한 일들이 두 시간 반 동안의 재현 속에서 집약적으로 이루어진다. 프랑스 극은 너무 많은 플롯으로 인해 방해를 받지 않는다. 프랑스인들은 한 극에서 주인공을 한 사람만으로 설정하고 그동안 나머지 배역들은 내레이션 처리에 의해 도움이 되는 동작만을 할 뿐이다. 프랑스 극에서는 모든 사건의 자연스러움과 개연성이 극을 연출하게 되는 이유가 될 수 있음을 알 수 있다. 아름다운 압운시로 이루어져 있는 프랑스 극들은 무운시로 되어 있는 영국 극보다 훨씬 더 뛰어난 것이다.

니앤더는 프랑스 극이 영국 극보다 규칙적이라는 것을 인정했다. 그렇다고 영국 극이 잘못된 것이라고 생각하지 않았고 프랑스 극이 영국 극보다 우위에 놓을 만큼 충분히 가치가 있는 것이라고 보지도 않았다. 프랑스 극은 조각상(statue)의 아름다움은 있지만 인간에 대한 아름다움은 없다. 영국 극에는 시적 영감이 들어 있고 유머와 열정을 생생하게 모방하고 있다. 니앤더는 어떤 종류의 프랑스의 영향력이 극의 우열을 가르는 기준은 아니라고 생각하였다. 그는 유쾌한 소동으로 뒤섞인 영국의 흥미로운 창작방식인 희비극을 옹호하였다. 니앤더는 무엇 때문에 리시데이우스와 같은 사람들이 영국 무대의 다양성과 대비되는 단조로운 프랑스 극의 플롯을 훨씬 유쾌한 것이라고 한결같이 치켜세우는지 의아하게 여겼다. 프랑스 극의 시는 차갑고 연설이 길게 이어진다. 열정적인 사랑의 장면에서는 짧은 대사가 훨씬 더 자연스럽다. 니앤더에 의하면, 자연스러운 것일수록 플롯의 다양성이 커진다. 영국인들에게도 법칙을 준수한 극들이 있다. 그러나 법칙을 따르지 않는 극이 일정한 법칙을 따르는 극보다 창작하는 데 훨씬 더 어렵다. 니앤더는 3일치 법칙을 맹목적으로 따르고 있는 프랑스 극의 상상력의 편협함과 플롯의 결핍을 비난했다.

영국 극의 플롯은 다양하고 대체적으로 남성적인 상상력과 웅대한 기상이 들어 있다. 니앤더는 자신의 관점을 설명하기 위해 프랑스 극과 영국 극의 장점을 모두 갖추고 있는 벤 존슨의 극 『말 없는 여인』(The Silent Woman)에 대한 실제비평을 제시하였다. 이 비평의 주요한 성과는 프랑스 극에 견주어 영국 극의 자질을 평가하는 "비교비평"(comparative criticism)을 시도하였다는 점이다. 그리고 그것은 "기술비평(descriptive criticism)을 시도한 실질적인 최초의 사례"라고 할 수 있다(Watson, 44).

드라이든은 영국 극과 프랑스 극에 대한 두 가지 태도에서 중립을 유지하려고 노력했다. 그는 문화쇼비니즘의 구심적 오류나 문화사대주의(Flunkeyism)의 원심적 오류와 같은 잘못을 범하지 않으려고 노력했다. 에드워드 페흐터는 이에 대해 다음과 같이 말하고 있다.

> 드라이든은 둘 다(both) 그리고(and)와 같은 상보적 용어로 문학의 자질들을 인식하고 있다. 이것이냐 저것이냐(either/or)와 같은 배타적인 의미를 담고 있는 진술을 드라이든은 만들고 싶어 하지 않는다. … 프랑스인들은 영국인들의 극의 영역을 확장시키려는 열의를 배워야 한다. 그리고 영국인은 프랑스인의 정확성으로부터 더 많은 다양성을 유지하는 것을 배울 수 있을 것이다. (12~13)

영국 극과 프랑스 극의 차이점은 다양한 범위의 대조관계라는 점을 설명해주고 있다. 여기에서 드라이든의 목적은 추가하는 것이지 비방하려는 것이 아니고 보완하는 것이지 굴복시키려는 것이 아니며 없애려는 것이 아니라 비교하고 대조하는 것이다.

『극시론』은 무대 대사에 대한 적절한 매개체로서 무운시와 압운 2행 대구를 사용하는 각운시의 장단점을 논하는 것으로 결론짓고 있다. 니앤더는 주제와 인물이 훌륭하고 플롯이 유희로 혼합되지 않은 진지한 극에서는 압운시가 무운시보다 훨씬 더 자연스럽고 효과적이라고 역설하였다. 비극은 "보다 더 높은 정점으로 솟아오르는 특성"을 지니고 있다. 시적 자유와 압운을 동시에 성취하기 위해 드라이든은 예술적 고양이 필요하다고 보는 주장이나 상상력을 한정시키는 것에 경의를 표할 것을 모두 강조하였다. 압운시를 쓰는 것은 길들여지지 않고 넘쳐흐르는 상상력을 한정시키면서 시인의 판단력에도 도움이 된다.

그러나 드라이든은 후에 마음을 바꾸어 압운이 없는 무운시 작품을 썼다. 1675년에 그는 "사실대로 말하자면 나는 오래된 연인인 압운을 쓰는 데 지쳤다"라고 『아우렝자브』(*Aurengzebe*) 서문에서 밝히고 있다. 비극 『사랑을 위해 모든 것을』(*All for Love*)의 서문에서 드라이든은 또한 "나는 보다 더 자유롭게 극을 쓸 수 있게 하도록 그리고 압운시로부터 자신을 해방시키기 위해 훌륭한 셰익스피어 작품을 모방하는 것을 찬성한다. 지금까지의 방식을 비난하는 것은 아니다. 그러나 이것은 나의 현재의 목적을 위해서 보다 더 적절한 것이다"라고 말했다.

3. 드라이든의 대화적 구조와 그 이후 영국 비평

『극시론』의 대화방식은 드라이든이 생각하는 당시 영국 문단의 문제점에 대한 이론적 접근을 적합하게 만든다. 네 명의 화자들 사이에서 이루어진 논쟁방식에서 표현된 바와 같이, 『극시론』은 다양하고 때로는 반대되는 입장을 논구하면서 결국에는 간접적으로나마 옳은 방식을 발견하게 된 드라이든 자신의 경험으로 읽혀질 수 있다. 『극시론』에서는 이론적인 추론과 정보다 소수의 특정 의견을 강조하였다. 사실상, 과정이 결론이라고 말할 수도 있겠다. 『극시론』이 지향하는 목표는 종합성과 상보성, 그리고 역동적 긴장과 대화론이며, 다른 종류의 문학 가치에 대한 입장 및 타당한 이론을 판단할 수 있어야 한다는 생각을 관철시키는 것이다. 드라이든의 대표적 비평문인 『극시론』에서 드러난 바와 같이 양쪽의 논의들 사이에서 중용 또는 중간에 대한 추구는 단순히 균형을 맞추려고 애쓰는 것이 아니라 치열한 대화정신의 추구이다. 드라이든의 대화의 목적은 평온한 조화가 아니라 모순적인 또는 역동적인 대립과 차이들의 공존이며 그런 가운데 끊임없는 재창조를 이루는 것이다.

앞으로 본 연구를 토대로 하여 우리에게 남은 과제는 다음과 같다. 첫째 드라이든의 다른 많은 비평문들, 특히 극에 붙어 있는 서문들 그리고 번역론에 관한 글들을 포함한 글에서 좀 더 포괄적으로 대화적 구조를 살펴보는 것이다. 둘째 드라이든이 열어놓은 대화적 구조의 문이 그 이후 영국 비평사에서 어떻게 전개되는가를 연구하는 일이다. 이것은 드라이든의 비평사적 위상을 확실히 하는 길이 될 것이고, 나아가 애디슨, 사무엘 존슨, 워즈워스, 콜리지, 아놀드, 리차즈, 엘리엇 등 영국 문학비평사의 흐름과 특성을 논의하는 데 있어서 필수불가결한 선행과제라고 할 수 있다. 세 번째 과제는 20세기의 대표적인 대화주의 이론가인 러시아의 문학이론가 미하일 바흐친의 대화이론과 드라이든의 대화적 비평을 비교하여 그 보편성을 좀 더 제고하는 일이다. 끝으로 21세기를 위해 20세기 유럽대륙의 극단적인 비평과 이론을 광정하고 정상적이고 상식적이고 건강한 문학비평의 영역을 재구성하기 위해 영국의 경험주의적 그리고 미국의 실용주의적 맥락에서 영미 문학비평을 좀 더 깊이 있고 포괄적으로 연구하는 작업이 뒤따라야 할 것이다.

4장   서구 정전 비평가, 사무엘 존슨
문학비평의 비교방법론

　　과거의 모든 영원한 작품들의 동시적 질서를 의식한다는 것은, 어떤 시인이 작품을 만들어낼 때에, 그 작품과 과거의 여러 작품과의 관계를 의식한다는 결과가 된다. 동시적이라 함은 곧 과거와 현재의 대립을 일단 부정하고 본다는 뜻이니까, 살아있는 시인의 작품을 같은 시대에 살고 있는 사람의 작품과 비교할 뿐 아니라, 동시에 과거의 모든 작품과 (될 수 있으면) 비교하는 것을 적어도 기준으로 삼으려는 생각이다.

　　…

　　어떤 시인도, 그리고 어떤 예술분야의 어떤 예술가도 스스로 효과만으로는 자신의 의의를 완전히 가지지 못한다. 그의 의의와 그가 받는 가치평가는 그가 작고한 시인들이나 예술가에게 대하여 가지는 관계가 받는 평가다. 그를 외톨로 떼어놓고 가치를 재어볼 수는 없으리라. 대조와 비교를 위하여, 그를 고인들 사이에 놓고 보아야 할 것이다. 나는 이것이 역사적 비평뿐 아니라 미학적 비평의 원리라고 생각한다.

— 송욱, 『시학평전』, 12. 밑줄 필자

1. 들어가며: "비교"의 지평을 넓히기

문학비평에서 비교방법(comparative method)은 비평 작업만큼이나 오래된 것이다. 비교(比較)는 이런 의미에서 문학비평에서 본질적인 한 부분이라 할 수 있다. 그렇다면 21세기에 비교란 어떤 의미를 가지는가? "비교"는 세계화 시대의 중요한 화두가 되었다. 비교한문학, 문예비교시학, 동서 비교문학, 동아시아 비교문학, 비교시학, 비교비평, 비교인문학 등 비교라는 말은 문화와 학문의 영역에서 많이 사용되고 있다. 21세기의 새로운 지구윤리학으로서 비교학(comparative studies)은 "세방화"(世方化, globalization)의 문화정치학적 전략이다. 우선 비교는 우열의 문제가 아니라 차이의 문제이다. 비교는 억압이나 비판을 위한 것이 아니라 대화와 협상을 위한 것이다. 비교는 또한 단순화(단성적)가 아니라 복합화(다성적)이다. 비교는 영향관계 문제만이 아닌 가치창조의 문제이다. 비교는 결코 정태적인 것이 아니라 역동적인 것이다. 비교는 중심이나 주변부 지대가 아니라 "중간 지대"에 속해 있다. 비교는 처음이나 끝이 아니라 과정이다. 비교는 점(点)이 아니라 선(線)이다. 비교는 위계적이 아니라 평등적이다. 비교는 정착과 정주가 아니라 이동과 이주(유목)이다. 비교는 정체가 아니라 소통이다. 비교는 집중이 아니라 교류이다. 그러나 무엇보다도 비교는 순수의 선언이 아니라 잡종(혼종)의 선언이다. 비교(문학)의 문화정치학은 잡종성을 문학에 접속시키는 일이다. 문학은 삶의 총체성을 담보해내는 잡종의 담론이다. 비교에 대한 새로운 개념 구성과 특별한 의미 부여의 목적은 결국 경계선 가로지르기와 방법적 세로지르기를 통한 전 지구화 문화의 잡종성과 다양성의 가치를 담보해내는 것이다. 세계화 시대의 인문지식인들은 이제 모두 비교학자(comparativist)가 되어야 한다.

영국 문학비평사에서 "비교"의 방법을 가장 빈번하게 그리고 탁월하게 사용한 비평가는 사무엘 존슨이다. 존슨의 사유구조는 그의 초기의 신문에세이(periodical essay)의 문체부터 잘 나타나 있듯이 기본적으로 대립(antithesis)관계와 균형(balance)의 설정이다. 이러한 대립관계 설정은 비교의 첫 단계이며 존슨은 사물을 관찰하고 사유하는 데 있어서 어떤 한 면만을 보는 것이 아니라 거의 본능적으로 이미 언제나 양면 또는 대립적으로 병치시키고 대조시킨 다음 조화와 균형을 유지할 수 있는 역동적인 중용을 지향한다. 그의 인식구조는 언제나 시계추처럼 "균형과 견제"(balance and check)의 방식으로 작동된다. 그러나 지금까지 이 주제만으로 연구한 선례는 거의 없는 듯하다. 따라서 이 글의 목적은 우선 존슨의 비교방법에 관한 견해를 좀 더 면밀히 살펴보고 그런 다음 존스의 실제비평에서 비교의 방법에 대해 구체적으로 예시하는 것이다. 나아가 존슨의 이러한 비교비평 방법이 21세기인 오늘날에 어떤 비평적 의미를 가질 수 있는가를 점검해 보는 것이 이 논문의 세 번째 목적이다.

2. 비교방법의 구체적 사례

사무엘 존슨은 자신의 문학적 생애에서 본격적인 문학비평 작업에 들어가기 전에 1747년에 「드루리-레인 극장의 개장에 부치는 서시」("Prologue Spoken at the Opening of the Theatre in Drury-Lane")를 발표하였다. 존슨은 이 「서시」에서 영국 문학사에서 16, 17세기의 최대시인이었던 윌리엄 셰익스피어와 벤 존슨(Ben Jonson)을 다음과 같이 비교하고 있다.

> 야만적인 적들에 대한 학문의 승리가
> 처음으로 무대를 키웠을 때 영원불멸한 셰익스피어 일어났네.
> 수많은 색깔의 삶들의 변화를 셰익스피어는 그려냈고
> 여러 세상들을 섭렵하고 나서는 새롭게 상상했네.

삶은 셰익스피어가 그 지배하는 한계를 조종하고
시간은 헐떡이며 그를 뒤쫓으나 헛된 일일세.

......

그리고 나서 학교에서 배운 벤 존슨이 나타나
방법 속에서 즐겁게 해주고 규칙에 따라 창작하네.
존슨의 학구적인 인내와 노력하는 기술은
규칙적인 접근법으로 마음을 시험했네.
냉담한 찬동이 머뭇거리며 월계관을 주었고
감히 비난도 못하지만 사람들이 칭찬도 별로 하지 않았네.

......

찰스 2세 시대의 극작가들이 명성으로 가는 쉬운 길을 찾아
존슨의 기술이나 셰익스피어 정열을 바라지도 않았네.

(1~6행, 9~14행, 17~18행)

When Learning's Triumph o'er her barb'rous Foes
First rear'd the Stage, immortal SHAKESPEARE rose;
Each Change of many-colour'd Life he drew,
Exhausted Worlds, and then imagin'd new:
Existence saw him spurn her bounded Reign,
And panting Time toil'd after him in vain:

......

　　Then JOHNSON(Ben Jonsom) came, instructed from the School,
To please in Method, and invent by Rule;
His studious Patience, and laborious Art,
By regular Approach essay'd the Heart;

Cold Approbation gave the ling'ring Bays,

For those who durst not censure, scarce cou'd praise.

  The Wits of Charles found easier Ways to Fame,

Nor wish'd for JOHNSON's Art, or SHAKESPEARE's flame;

(Bronson, 45)

이 시에서 사무엘 존슨은 우리에게 영국 문학사에서 서로 대비되는 두 개의 극 전통을 비교방법을 통해 가장 극명하고 효과적으로 보여주고 있다. 셰익스피어는 극의 3일치 법칙도 무시할 수 있는 희랍의 호메로스와 같은 자연의 시인이며 벤 존슨은 극의 법칙을 정확하게 따르는 로마의 베르길리우스와 같은 기술의 시인이다.

존슨은 1765년에 출판된 총 13권짜리 셰익스피어 전집의 서문에서 비교학적 상상력을 본격적으로 작동시키고 있다. 존슨은 셰익스피어 문학의 위대성의 비밀을 비교의 방법을 제시함으로써 풀고 있다.

그러나 탁월성이 절대적이며 확정적이 아니라 점진적이고 비교적인 작품들의 경우와 또 논증적이며 과학적 원리에 의지하여 제작된 것이 아니라 전적으로 관찰과 경험에 호소된 작품들의 경우에는 명성의 지속기간의 길이와 명성의 계속성 외에는 그것들을 평가할 기준이 없다. 인류는 그들이 오래 소유해온 것들을 자주 검토하고 비교해왔다. 그리고 그들이 그 소유물이 가치 있는 것으로 계속 주장한다면, 그 이유는 빈번한 비교로 그에 대한 긍정적인 여론을 확인했기 때문이다. 자연의 창조물 중에 많은 산과 강에 대한 지식 없이 그 누구도 어느 강이 길고 또 어느 산이 높다고 잘라 말할 수 없듯이 천재적 작품의 경우에도 그와 같은 종류의 다른 작품들과 비교하기 전에는 그것을 탁월하다고 규정지을 수가 없는 것이다. 확실한 논증은 즉각적으로 그 힘을 나타내어 수 년의 시간이 경과한다고 해서 더 바랄 것도 두려워 할 것도 없다. 그러나 잠정적이고 실험적인 작품들은 인간의 일반적, 집단적 능력이 오랜 기간의 연속적인 노력을 통하여 발견되기 때문에 이러한 인간능력에 대한 비례에 따라 (비교를 통해) 평가되어야 한다. (Bronson, 239~240, 밑줄 필자)

여기에서 존슨은 모든 작품의 탁월성은 절대적이고 확정적이지 않고 점진적이고 비교적이라고 지적하며 "관찰"과 "경험"의 중요성을 다시 한 번 강조한다. 이러한 관찰의 경험을 통한 비교방법으로만이 "명성의 지속기간의 길이"와 "존경의 지속"을 알 수 있다고 말한다.

존슨은 셰익스피어의 우수성을 셰익스피어를 다른 작가들과의 비교를 통하지 않고는 상상할 수 없다고까지 말한다. 존슨은 이러한 비교방법의 구체적인 예로 그리스 서사시인인 호메로스를 들고 있다.

호머의 시의 경우에는 여러 나라와 여러 세기를 거치는 동안에 작가들이 할 수 있었다는 것이 그의 작중사건을 바꾸어 놓거나, 등장인물에 새 이름을 붙이거나, 그의 감정을 의역하는 정도 외에는 더 이상 할 수 없었다는 사실을 알고 나서야 우리는 비로소 인간의 통상적 한계를 초월하는 고전이라는 것을 알게 된다. (Bronson, 240)

존슨은 호메로스의 작품을 그 이후의 작품들과 비교해 보았을 때 호메로스의 고전작가로서의 위대성과 탁월성이 명백히 드러날 수 있다는 것이다. 존슨은 문학의 목적에서 장대한 일반성(grandeur of generality)인 인간의 본성(human nature)을 가장 중요한 것이라고 다음과 같이 언명하였다.

일반적 자연본성의 올바른 재현 말고는 그 아무것도 다수를 오랫동안 만족시킬 수 없다. 특정한 행동 양태는 소수만이 알고 있는 것이므로 그것이 얼마나 가깝게 모사되었는가는 소수만이 판단할 수 있다. 변칙적인 배합에 의한 기발한 창작은 우리가 생활에 싫증이 났을 때 찾게 되는 신기함 때문에 잠시 우리를 즐겁게 할 수는 있다. 그러나 갑작스러운 경이가 주는 즐거움은 곧 소진되어 우리의 마음은 진리라는 안정 속에서만 편히 쉴 수 있다. (Bronson, 241)

이렇게 전제하고 존슨은 셰익스피어를 고전작가뿐만 아니라 현대작가들을 모두 비교하여 셰익스피어 문학의 "일반문학"(general literature) 또는 나아가 "세계문학"(world literature)적인 견지에서 장점을 다음과 같이 지적하고 있다.

셰익스피어는 모든 작가들, 적어도 모든 현대작가들 중 그 어느 누구보다도 독자들에게 인생의 성실한 거울을 제시해주는 자연 본성의 시인이다. 그의 인물들은 그 외의 다른 세계에서는 실천되지 않고 있는, 특정한 장소의 풍습에 의해 제한되고 있으며 소수인에게만 작용할 수 있는 학문이나 전문직의 특이성에 의해 또는 순간적 유행이나 일시적 여론에 따라 일어나게 되는 우연한 사건에 의해서도 제한되지도 않는다. 그들은 세계가 늘 공급하며 관찰을 통해 늘 발견할 수 있는 보편적 인간성을 지닌 인간의 참된 후손들이다. 그의 인물들은 모든 사람의 마음을 자극시키고 삶의 모든 분야를 역동적으로 작동시키는 그러한 보편적인 정열과 원리의 토대 위에서 행동하고 말한다. 다른 시인들의 작품에서는 등장인물이 흔히 한 개인에 불과하지만, 셰익스피어의 경우에는 보통 한 종(種)이다. (Bronson, 241)

셰익스피어 문학의 위대성의 핵심을 찌른 이 유명한 선언에서 존슨은 셰익스피어를 서구 문학 전통에서 고전작가와 현대작가들을 통틀어서 인간의 보편성을 가장 잘 재현해낸 최고 최대의 작가라고 언명한다. 셰익스피어에게는 모든 극중 인물들은 하나의 인간 유형 또는 전형성을 극명하게 보여주고 있다. 바로 이 점이 셰익스피어 문학이 400년이나 지난 21세기에도 우리들을 열광시키는 이유가 아니겠는가?

3. 셰익스피어 비평에 나타난 비교방법

존슨은 "셰익스피어가 그의 감정을 실제 생활에 적용시키는 데 얼마나 뛰어났는가를 다른 작가들과 비교해보지 않고는 쉽게 상상할 수 없을 것이다"(30)라고 전제하며 셰익스피어를 계속 논평한다.

> 다른 극작가들은 마치 야만적인 로맨스 작가들이 거인과 난장이를 가지고 독자를 흥분시키듯이, 단지 과장적이거나 극단적인 성격의 인물로서, 그리고 황당하고 전례 없는 탁월성이나 타락성으로서나 주목을 끌 수 있을 뿐이다. 따라서 연극이나 이야기로부터 인간사에 대한 기대를 품고자 하는 자는 똑같이 기만당하게 될 것이다. 셰익스피어의 인물에는 영웅이 없다. 그의 극중 장면들은 독자가 그와 같은 경우에 처했을 때 그 자신이 말하고 행동했으리라고 생각하는 것과 똑같이 행동하고 일하는 사람들만이 차지한다. 다른 작가들은 가장 자연스러운 감정과 가장 자주 일어나는 사건들을 위장시킨다. 따라서 그것들을 책에서만 보고 생각하는 독자는 실제 세상에서는 모르게 될 것이다. 셰익스피어는 먼 것을 근접시키고 기이한 것을 친밀하게 만든다. (243~244)

따라서 존슨의 셰익스피어 비평은 다른 작가들과의 관계 속에서 비교방법에 토대를 두고 있다. 존슨은 셰익스피어 문학에 대한 다음과 같은 찬사를 보낸다. 셰익스피어는 다른 작가들과는 달리 "장대한 일반성"을 재현함으로써 공감을 통해 독자들의 동의와 관객의 감동을 불러올 수 있다는 것이다.

> 셰익스피어의 연극은 인생이 거울이라는 또 다른 작가들이 보여주는 상상을 따르다가 혼란에 빠진 관객이 셰익스피어의 인간적 언어로 씌어진 인간적 감정을 읽음으로서, 그리고 은둔자로 하여금 세상사의 일들을 평가할 수 있게 하고 또 고해성사 신부로 하여금 감정의 움직임을 예언케 할 정도로 자연스러운 셰익스피어의 무대장면을 봄으로써 광란적인 도취

상태에서 치유될 수 있는 것이다. (Bronson, 244)

그러나 존슨은 연극의 "3일치 법칙"(Three Unities)을 준수하지 않는 셰익스피어의 결점을 논하는 자리에서는 다른 작가들과 별로 비교하지 않고 자신의 신고전주의 문학관과 영국의 경험주의의 관점에서 셰익스피어 극을 비판적으로 자세히 비평하고 있다. 그러나 시간의 일치 법칙과 장소의 일치 법칙에 대해서는 관대하고 다만 행위의 일치의 법칙에서는 문제 제기를 한다.

> 이야기의 줄거리에는 행위의 일치 외에 어떠한 것도 더 중요한 것은 없기 때문에, 그리고 시간과 장소의 일치는 분명히 허구적 가정에서 생기는 것이고 극의 범위를 제한함에 따라 다양성이 감소되기 때문에, 나는 그가 법칙을 잘 몰랐다거나 또는 지키지 않았다는 것이 그리 애석해 할 일이라고 생각하지 않을 뿐더러 … 그를 심하게 비난하지도 않을 것이다. 그와 같이 단지 인위적인 규칙의 위반은 셰익스피어와 같은 종합적인 천재에게 어울리는 것이며 그러한 비난은 볼테르의 미세하고 세심한 비평에나 적합할 것이다. (Bronson, 257)

존슨은 프랑스의 신고전주의자 볼테르를 개입시켜서 극의 3일치 법칙에 엄격한 프랑스 신고전주의를 영국의 전통과 비교하고 있다. 셰익스피어 같은 종합적이고 보편적인 천재에게는 3일치 법칙과 같은 프랑스식의 "미세하고 세심한 비평"이 적용될 수 없다고 다음과 같이 결론짓는다.

> 나의 연구의 결과는 시간과 장소의 일치 법칙이 정합(整合)의 연극에 필수적은 아니라는 것, 또 그 원칙이 때로 만족을 가져올 수는 있으나 그것은 항상 다양성과 교훈성이라는 좀 더 고상한 장점을 위해 양보되어야 한다는 것이다. 그리고 또 비평 법칙들을 잘 준수하여 씌여진 연극은 하나의 정교하게 다듬어진 진기품으로 또는 불필요하고 허식적인 예술기술

의 산물로 간주되어야 하며, 그것은 필수적인 것보다는 가능한 것을 보여준다. (Bronson, 257)

왜냐하면 연극이란 얼마나 극의 법칙을 잘 지키는 것이 중요한 것이 아니라 현실을 얼마나 정확하게 재현(모방)하며 독자의 삶을 얼마나 교화시키는 데 있기 때문이다. 3일치 법칙에 정확한 시인과 정확하지 못한 셰익스피어를 비교하는 자리에서 볼테르는 1785년에 셰익스피어 극에 대해 논하면서 조셉 에디슨(Joseph Addison)이 3일치 법칙에 맞추어 쓴 비극 『케이토』(Cato)를 읽은 연극 관객들이 어떻게 셰익스피어의 3일치 법칙을 지키지 않은 난잡한 극을 참고 견디었는지 의아하다고 말하였다. 이에 대해 존슨은 애디슨은 "시인의 언어"로 말하고 셰익스피어가 "보통사람의 언어"로 말한다며 다음과 같이 명쾌하게 대답하였다.

우리는 『케이토』에서 우리가 작가에게 매혹당하는 수많은 아름다운 구절들을 찾지만 우리가 인간의 감정이나 인간 행위에 대해 배울 어떤 것도 볼 수 없다. 우리는 그 작품을 학문과 관련지어 판단이 퍼트리는 가장 아름답고 고상한 작품들과 함께 위치시킨다. 그러나 『오셀로』는 천재에 의해 배태된 관찰의 힘차고 쾌활한 샘물이다. 『케이토』는 인위적이고 허구적인 관습을 화려하게 보여주고 쉽고 고양되고 조화로운 시어(詩語)로 올바르고 고상한 감정을 전달하지만 그 작품이 주는 희망과 두려움은 가슴에 진동을 가져다주지는 않는다. (Bronson, 261)

존슨은 한 걸음 더 나아가 3일치 법칙을 준수한 애디슨의 비극을 "정원"에 비유하고 셰익스피어의 극은 "숲"에 비유하면서 그 두 작가를 비교하고 있다.

정확하고 규칙적인 작가의 작품은 정확하게 구성되고 꼼꼼하게 심어지고 음영이 다양하고 꽃들로 향기가 넘치는 정원이다. 셰익스피어의 구성은 숲이다. 그 숲에는 오크 나무들이 가지들을 펼치고 있다. 소나무들이 공중으로 솟아 있고 잡초나 덤불들이 널려져 있고 때때로 도금양들과 장미들도 피어 있다. 또한 그 숲은 우리의 눈을 놀라운 화려함으로 채우고 우리의 마음을 끊임없는 다양함으로 만족시킨다. 다른 시인들은 미세하게 마감질하고 공들여 모양을 만들고 광채 나게 닦은 귀중한 진귀품들의 진열장들을 보여준다. 셰익스피어는 엄청난 양의 황금과 다이아몬드가 매장되어 있는 광산을 연다. 비록 그 광산이 찌꺼기 때로 덮여 있고, 불순물로 더럽혀지고 하찮은 광물들의 덩어리들이 섞여 있기는 하지만 말이다. (Bronson, 261)

존슨은 황금과 다이아몬드로 가득 찬 "광산"이라고까지 셰익스피어를 높이고 있다.

존슨의 문학비평에서 이러한 비교방법은 궁극적으로는 "역사감각"(historical sense)이나 "역사적 상상력"으로까지 발전된다. 존슨은 "모든 인간의 성취들을 올바르게 평가하기 위해서는 작가가 살았던 시대의 상황과 작가 자신의 특수한 상황들과 비교되어야만 한다"(Bronson, 258)고 언명하고 있다.

4.『영국 시인 평전』에서의 비교방법

존슨의 비교방법은 셰익스피어 비평에만 나타나는 것이 아니다. 그의 전 비평저작에 드러난다. 후기 비평문에서 한두 가지만 예를 들어보자. 존슨의 비교 비평방법이 정점에 달하는 지점은 그의 비평적 생애의 기념비적인 거작인『영국 시인 평전』(*Lives of the English Poets*, 1779~1781)에서이다. 존슨은 문학과 비평의 전범으로 알렉산더 포우프와 존 드라이든을 꼽았다. 존슨은 가장 많은 지면을 할애하며 이 두 위대한 문인들을 논하였다. 다음

인용문에서 볼 수 있듯이 존슨은 드라이든과 포우프와 기질적으로 가장 가깝게 느꼈다. 인용이 좀 길지만 제시한다.

> 드라이든의 마음은 더 큰 범주를 가지고 더 광대한 학문의 지경에서 이미지들과 예들을 수집한다. 드라이든은 일반적 자연에서 인간에 대해 더 잘 알았다. 포우프는 국부적 관습 속에 인간을 더 잘 알고 있었다. 드라이든의 생각들은 종합적인 사유에 의해 형성되었고 포우프의 생각들은 미세한 관심에 의해 형성되었다. 드라이든의 지식에는 좀 더 위엄이 있고 포우프의 지식에는 좀 더 확신이 있다. (Bronson, 385)

또 다른 드라이든과 포우프의 비교이다. 존슨의 비교는 자연스러운 대화와 같다. 대화를 통해 우리는 서로를 이해하고 배우게 된다. 대화는 경험에서 나온 것이기도 하지만 항상 대비시키며 균형을 유지하며 극단으로 가지 않는 중도의 방식이 될 수 있다. 대화는 정과 반이 합에 이르는 억압적인 변증법과는 다르다. 대화의식은 역동적이며 서로 우열을 가리기보다는 차이를 존중하며 상보적 관계를 추천한다.

> 드라이든의 행동은 어떤 외부적인 상황에 의해 격앙되거나 내부적 필요에 의해 강요당하여 언제나 서두른다. 그리고 그는 사려 없이 글을 쓰고 교정도 없이 출판했다. 그의 마음이 부르는 대로 제공하고 일탈하여 쓰는 것은 그가 추구하고 주었던 것이었다. 포우프의 느린 경계심은 그의 감정들을 응축하고 그의 이미지를 확장시키고 연구가 제시하거나 우연이 제공할 수 있는 모든 것을 쌓을 수 있게 만들었다. 그러므로 드라이든이 더 높게 날고 포우프는 더 오래 날개를 펼 수 있다. 드라이든의 글은 그 화염이 더욱 밝으나 포우프의 불은 그 열이 좀 더 규칙적이고 오래 간다. 드라이든은 때때로 기대를 넘치나 포우프는 결코 기대를 저버리지 않는다. 드라이든은 자주 놀라움으로 읽히나 포우프는 계속적인 즐거움으로 읽힌다. (Bronson, 386)

존슨의 문학비평의 장에는 위와 같은 눈부신 비교들이 많이 등장한다. 존슨이 보여주는 비교는 비교되는 주체나 대상들의 차이와 대조를 명민하게 감식해내고 각 주체의 정체성을 논리화함으로써 서로의 가치를 부각시키고 상호 작용 기능을 활성화한다. 이 과정은 융합과 통섭의 기초가 된다. 비교의 목표는 궁극적으로 가로질러 함께 가는 것이다. 우리는 앞으로 사무엘 존슨의 문학비평에서 이와 같은 비교적 상상력(comparative imagination)을 배워야 한다. 존슨의 다양한 실제비평의 거대한 저수지에서 우리는 좀 더 체계적으로 비교비평의 방법들을 퍼올려야 할 것이다.

존슨의 문학비평에서 비교방법은 후대 영국 비평가들에게도 그대로 이어진다. 20세기 초 또 다른 위대한 비평가였던 T. S. 엘리엇도 그의 유명한 논문 「전통과 개인의 재능」("Tradition and Individual Talent", 1919)에서 존슨과 유사한 비교방법의 필요성을 역설하고 있다.

> 어떠한 시인도 어떤 예술의 어떤 예술가도 자신의 완전한 의미만을 가지지 않는다. 한 시인의 풍요성과 그 평가는 죽은 시인들과 예술가들과의 관계 속에서 판단된다. 우리는 그 시인을 홀로 평가할 수 없다. 우리는 그 시인을 대조와 비교를 통해 죽은 시인들 사이에 놓아야 한다. 나에게 이것은 단순한 역사비평이 아닌 미학의 원리를 의미한다. … 두 개의 사물들이 각각 서로 재는 것은 하나의 판단 즉 하나의 비교이다. (49~50. 밑줄 필자)

엘리엇은 여기에서 비평적 가치판단 자체를 "비교"라고까지 언명하고 있다.

결국 "비교"란 무엇인가? 존슨이 문학비평에 사용한 비교방법에 관한 논의에서 우리는 무엇을 배울 것인가? 비교방법은 오늘날과 같은 세계화 시대에 새로운 문화윤리학으로 확산되어야 한다. 영국 비평사는 경험주의에 토대를 둔 비교방법의 역사라고 볼 수도 있다. 비교는 우열을 가리고 줄 세우고 분류하는 것이 아니라 둘 또는 그 이상의 다수의 주체들을 서로 대비시켜 유사점과 차이점을 밝혀서 각 주체들의 주체성을 분명히 하는 것이다. 나아가 각 주체들간의 공존을 위한 상호 이해 그리고 상호 침투의 경지까지 나아가야 한다. 비교의 의미는 "세계적인"(전 지구적인), "초국가적", "통문화적", "국제적"의 뜻을 가질 수 있다. 비교는 시간적으로 과거와 미래, 현재와 미래와의 소통이며 교류이다 또한 비교는 과거를 다시 보고 새로운 의미를 찾아내어 현재를 반성하고 새로운 기준을 마련하여 미래를 예측하고 새로운 창조를 작동시키는 원리이다. 따라서 비교학 또는 비교연구(Comparative Studies)는 전 지구적인 세계화와 세계시민주의 시대에는 다음과 같은 작업들을 고려해야 한다.

(1) 서구 중심 문학이론의 한계 인식
(2) 전 지구적 다양성의 인정과 각 지역의 문학이론 연구 활성화
(3) 유사성과 차이점을 인식하고 나아가 보편적이고 일반적인 (세계)문학이론의 가능성 탐구와 논의.

"인문학의 위기" 시대에 "비교학"은 새로운 돌파구를 마련할 수 있다. 인문학의 학문 간 경계를 허물고 상호 침투하는 횡방법적 접근은 정신없이 날아가는 현실상황에 대한 복합적인 분석틀을 제공해줄 수 있다. 위기는 급변하는 문물상황에 대한 분석과 대응책을 적시에 제시하지 못하는 데에서 온다. 학문공동체로서 비교학은 새로운 문제틀과 분석도구를 제시할 수 있다. "비교"적 상상력 또는 비교방법을 통해 우리는 시공간을 초월하여 우리 삶의 깊이(내면성), 높이(초월성), 길이(외연성), 두께(풍부성)를 더할 수 있다. 한국 최초의 탁월한 비교문학자이며 영문학자였던 송욱(1925~1980)의 말을 인용하며 이 글을 맺는다.

내가 사용한 여러 가지 비평방법 중에는 또 한 가지가 있다. 그것은 동양과 서양, 문학과 사상의 전통, 정치와 사회의 차이, 이런 측면에서 비교(比較)해보는 방법이다. 이는 한국의 문화나 문학이 흔히 빠지기 쉬운 〈닫힌 상황〉을, 공간상으로는 동양으로 서양으로 그리고 시간상으로는 과거와 현재, 그리고 미래를 지향하여, 훤칠하게 〈열어 보자〉는 노력이다. 이 나라의 문화나 문학에 대한 사랑을 나는 오직 이렇게밖에는 표현할 수 없었던 것이다. (「서문」, 『문학평전』, 4)

5장 사무엘 존슨 문학비평의 대화주의와 그 비평적 전화

1. 들어가며

1930년대 부터 시작된 신비평(New Criticism) 이후의 현대 영미 문학비평은 대부분 프랑스와 독일 등 유럽 대륙의 소위 "이론"(Theory)에 커다란 영향을 받았다. 특히 1960년대 이후의 프랑스 구조주의와 1970년대 포스트구조주의 "언어로의 대전환"(Linguistic Turn)에 의해 영미 문학비평계는 그 특유의 실천적·역사적 특성을 상실하고 추상화된 프랑스 이론(가)들에 압도당하는 듯 했다. 그럼에도 불구하고 영미 비평사가들은 영미의 문학비평 전통에서 다시 말해 18세기 말의 사무엘 존슨과 20세기의 I. A. 리차즈와 W. 엠프슨의 비평 작업에서 프랑스식 포스트구조주의 이론과 해체이론의 원류를 찾아내려고 노력한 바도 있다. 따라서 본 연구는 영국 문학비평 전통 내에서 재정립하려는 것이 그 목적 중의 하나다.

필자는 이를 성취하기 위해 영미 문학비평의 토대인 신고전주의 비평 전통에서 경험주의와 실용주의의 근원을 체계적으로 찾아내어 과거의 전통과 현재의 영미 비평 사이에 끊이지 않고 연결되고 있는 영국 특유의 인식론적 흐름을 짚어내야 할 필요성을 느낀다. 필자는 이를 "대화주의"(Dialogism)라고 이름 짓고 그것이 영국 문학비평의 역사와 실제비평을 이해하는 데 기본적 인식소임을 주장하고자 한다. 그 대화주의적 접근의 대상으로 필자는 사무엘 존슨(1709~1784)을 택하였다. 존슨은 신고전주의 시대와 낭만주의 시대의 중간 지대이며 영문학사상 대전환기인 18세기 말의 대표적인 문인, 비평가이다.

필자가 존슨을 선택한 이유는 1994년에 발간된 해롤드 블룸(Harold Bloom)의 저서『서구의 정전』(*The Western Canon*)에서 존슨이 서구 문학사상 가장 탁월하고 대표적인 비평가로 지목되었기 때문이다. 또한 영국의 유력 신문인『가디언』지가 1999년 말에 존슨을 두 번째 천년대(1000~1999)에서 가장 훌륭한 문필가로 선정했다. 그러나 무엇보다도 중요한 것은 20세기 최고의 시인이며 최대의 비평가였던 T. S. 엘리엇이 존슨을 17세기 존 드라이든과 19세기의 S. T. 콜리지와 더불어 영국의 3대 비평가로 선언한 사실이다. 이러한 대비평가인 존슨을 이 시점에서 "다시" 읽음으로써 영국 비평사를 새롭게 재조정하는 것이 본 연구의 또 다른 목적이다.

영국 비평의 주류는 어떤 의미에서 영국 비평문학의 본격적인 태동기였던 르네상스 시대의 작가였던 윌리엄 셰익스피어(William Shakespeare)와 벤 존슨(Ben Jonson)에 대한 두 개의 대립적인 것처럼 보이는 문학 전통에서 시작되었다. 예를 들어 셰익스피어는 극의 3일치 법칙을 어겨가면서 자신의 천재성과 사실주의에 따라 당시 고전문학의 법칙을 엄격히 따랐던 프랑스식 신고전주의를 극복하는 역동적인 문학을 창조했다. 이와 동시에 존슨은 극의 법칙을 엄격히 따른 프랑스 신고전주의를 능가하는 정확한 극작가였다. 그 후의 영국 작가들과 비평가들은 셰익스피어와 존슨 모두를 포용하는 비평적 대화주의를 견지했다.

이렇게 영국의 비평사는 대립적 요소를 서로 상호 보완의 역동적 관계로 향하게 하는 대화주의를 인식론의 하부구조로 발전시켰다. 영국 문학비평사의 또 다른 특징은 필립 시드니 경, 존 드라이든, 사무엘 존슨, 윌리엄 워즈워스, S. T. 콜리지, 매슈 아놀드, 헨리 제임스, T. S. 엘리엇 등 문학이론가나 비평가들이 거의 모두 작가나 시인을 겸하고 있다는 사실이다. 바로이 점이 영국 문학비평이 서구의 여러 나라와도 다른 독특한 대화적 맥락을 가지게 한다. 따라서 필자는 여기에서 이론과 실천, 현실(역사)과 텍스트의 긴장관계에서 생성되는 "대화주의"를 가장 전형적인 영국 비평가인 사무엘 존슨의 실제비평과 문학이론에서 추적해 찾아낼 것이다.

사무엘 존슨은 위대한 문학비평가가 될 수 있는 자격을 골고루 갖추었다. 어려서부터 아버지의 서점에서 시작된 엄청난 독서를 통한 고전문학과 현대문학에 관한 해박한 지식, 당대 최고의 영어사전 편찬자로 언어에 대한 역사적 안목과 예리한 감식력, 감정이입을 위한 강력한 상상력과 공감력을 지니고 있었다. 그러나 우리는 존슨에 대해 가지고 있는 통념 즉 18세기 영국 신고전주의 시대의 문학 독재자(Literary Dictator)와 거인 또는 원로문인(Great Cham)으로서 규범적 고전주의 문학 법칙 준수자, 엄격한 비평적 취향의 조정자, 보편성, 정확성, 정합성(整合性)의 보호자로만 존슨을 생각하고 있다. 전환기적 문학지식인인 존슨에 대한 이러한 오해와 편견은 일단 우리가 그에 대한 위와 같은 소문을 뒤로 하고 그의 글을 직접 읽기 시작하면 쉽게 사라진다. 또한 우리는 작가로서의 존슨뿐 아니라 독자나 비평가로서의 존슨의 엄청난 다양성, 복합성, 역동성을 만나게 되면 일종의 인식적 충격을 받게 된다. 우리는 때때로 다양한 존슨의 사유와 글 속에서 심지어 불일치나 모순성까지 느낀다.

그러나 이 모든 것은 "다양성은 모순성이 아니다"라고 언명한 존슨의 말처럼 그의 치열한 대화적 원리에서 비롯된 것임을 알게 된다. 그동안 존슨 학자들은 존슨의 이러한 대화적 인식구조에 본격적으로 관심을 가지기보다는 주제별, 작품별, 장르별 연구만을 수행하였다. 여기에 필자는 종합적 비전을 가진 존슨의 비평적 실천 작업의 토대를 이루는 인식소가 바로 두 가지 이상의 여러 가지 대립되는 요소들을 대화시키는 힘이라고 가정하였다. 그의 작품이나 비평문 어디를 보아도 예를 들어 예술과 도덕, 상상력과 이성, 전통과 쇄신 등과 같은 문제에서 그의 다성적 목소리들(polyphonic voices)을 들을 수 있다. 언제나 "시인의 꿈"을 꾼 존슨의 실제비평은 비평적 산문이 아니라 재미있는 비평적 놀이터 즉 생동하는 예술작품과 같다. 대화적 상상력이 존슨의 전 비평체계를 가로질러 가면서 존슨 자신의 비평을 잘 정리된 "정원"이 아니라 풍요로운 "숲"으로 만든다.

2. 위대한 대화주의자 존슨

18세기 영국에서 "대화"(conversation)는 하나의 말하는 기술이고, 사회적 예의이며 나아가 인식론적 행위였다. 대화는 오늘날과 같이 의미가 많이 축소된 기능적인 의사소통의 양식만은 아니었다. 여기서 대화는 dialogue와 같은 말이다. 낭만주의 시대 이래로 지나친 개인주의는 대화를 진지하고도 논쟁적이고 창조적인 지식과 사상의 즐거운 교환으로 생각하지 않고 사소하고 개인적인 담소나 잡담 정도로 전락시켰다. 존슨 시대의 대화 정신은 타자의식에 다름 아니다. 대화는 나와 타자 사이 즉 주체와 객체를 연결시키는 상호 주체적 교량이다. 대화는 개인 간의 정감이나 교분뿐 아니라 지식, 정보, 사유의 교환 장치로서 인간 문명의 사회화 과정의 기본 단위이며 "시민사회"(civil society)를 구성하는 "시민담론"(civil discourse)의 초석이다. 대화 없는 사회는 유령들의 사회이다. 대화는 공동체의 의미와 가치를 정립하는 첫 단계이다. 그러나 무엇보다도 대화는 개인들 사이에 유대를 강화하고 고단한 삶의 무게를 견디어 더 잘살 수 있게 만드는 즐거운 활력소이다. 활기차고 폭넓은 대화는 우리의 삶을 더욱 풍요롭게 만들고 대화정신은 우리 사회를 유지하고 창조하는 생성의 원리가 될 수 있다.

사무엘 존슨은 위대한 대화가(conversationalist)였다. 그는 대화만큼 인간의 행복을 가져다주는 것은 없다고 단언하였다. 제아무리 박식하고 재능이 뛰어나다 해도 대화할 수 없다면 아무런 소용이 없는 사람이라고 선언했다. 어느 날 영국의 초대 예술원 원장이며 화가였던 조수아 레놀즈 경(Sir Joshua Reynolds)이 존슨에게 어떻게 정확하고도 박력 있는 언어능력을 터득했느냐고 물었다. 존슨은 자신은 어려서부터 어떤 경우, 어떤 모임에서건 말하기와 글쓰기에 최선을 다한다는 것을 원칙으로 삼았고 자신이 아는 것을 가장 활기찬 언어로 전달하려고 노력했으며 꾸준한 연습을 통해 잘못된 표현을 쓰지 않고 자신의 생각을 아주 조리 있게 말하는 훈련을 쌓음으로써 그것이 하나의 습관이 되었다고 대답했다. 어떤 사람은 존슨이 여러 사람들과 대화할 때 들으면 마치 음악과 같았다고 말하기도 했다. 이렇게 존슨은 꾸준한 노력과 연습을 통해 훌륭한 대화가가 된 것이다. 존슨은 말하기(talk)와 대화하기(conversation)를 구별하였다. 존슨은 상대방과의 단순한 이야기가 아니라 어떤 주제를 함께 때로는 거의 논쟁적으로 토론하는 대화행위에 비중을 두었다. 여러 사람들과 함께 대화를 나누는 것은 하나의 대화의 마당을 만드는 것이다. 이를 통해 대화자들 사이에 공통기준이나 목표가 수립되기도 하고 어떤 사건이나 사안에 대해 평가나 비판을 가하기도 했다.

존슨 자신은 레놀즈 경의 제의에 따라 1764년에 런던시 소호지역의 게라드가에서 작가 올리버 골드스미스, 철학자 에드먼드 버크 등 9명을 모아 그유명한 "문학클럽" 또는 "존슨클럽"을 결성하였다. 그들은 매주 어느 날 오후 7시에 만나서 음식과 차를 들면서 아주 늦게까지 대화를 했다. 이 모임의 중요 기능은 형식에 구애받지 않고 어떤 주제를 놓고 토론하는 것이었다. 이 모임은 신입회원 가입이 엄격했지만 어떤 특정 이익집단은 아니었다. 이 대화클럽은 존슨이 죽은 1784년 이후까지 계속되었고 역사가 에드워드 기번, 정치경제학자 애덤 스미스, 연극배우 데이비드 개릭, 전기작가 제임스 보스웰 등 각 분야에서 당대 런던 최고의 논객들이 모였다. 한때는 회원이 35명에까지 이르기도 했다. 18세기에는 런던의 수많은 커피하우스에 이러한 모임들이 상당수 있었다. 이 모임들은 기본적으로 학제적이고 사적인 친교모임이기는 해도 지식, 정보, 견해를 교환하면서 당대의 다양한 문제들을 공동으로 토론하는 지식인들의 "공 영역"(public sphere)이었다.

이들은 넓은 의미에서 일종의 계몽적 작가 지식인들이였으며 당시 크게 부상하던 중산층 보통 사람의 시대를 창조한 문화의 파수꾼들이기도 했다. 이들은 급속한 도시화 과정 속에서 상업주의와 산업주의로 세속화되어 가는 보통 사람들을 도덕적으로 하나의 공동체 속에서 통합시켜 공 영역과 사 영역이 어우러지는 위대한 "시민사회"를 건설하려는 꿈을 가지고 있었다. 공적 지식인들이었던 이들은 대화를 통해 "시민담론" 창출에 일익을 담당하였다고 볼 수 있다. 이 시대의 대화란 개인들간의 교환이기도 하였지만 동시에 이를 통한 문학지식인들의 하나의 사회적 책임을 수행하는 것이었다. 이 위대한 대화의 시대에 "에세이" 장르가 크게 번성한 것도 우연이 아니다. 당시 처음으로 발간되었던 다양한 종류의 신문, 잡지, 정기간행물 등에서 중심 장르는 신문 에세이(periodical essay)였다. 에세이는 공적 지식인들은 서로 간 그리고 일반 독자들과 대화하고 교환하는 가장 탁월한 장르였다.

존슨은 한때 "글쓰기"와 "대화하기"의 차이를 다음과 같이 구별한 바 있다. "대화에서 우리는 우리의 생각들을 자연스럽게 확산시키고 글쓰기에서 우리는 생각들을 축약시킨다. 글쓰기의 우수성은 논리적인 방법에서 오고 대화의 우아성은 절제를 벗어나는 데서 나온다." 대화는 절제와 논리의 글쓰기와는 달리 대화는 훨씬 자연스럽게 우리의 생각과 지식을 제약 없이 확산시키는 데 있다. 존슨은 대화를 "지적인 활력과 기술의 시험대"로 생각하며 대화의 네 가지 요소를 지식, 어휘 구사력, 상상력 그리고 결단력으로 보았다. 특히 실패에 굴하지 않는 결단력이 없으면 대화를 잘 해낼 수 없다고 존슨은 대화에서의 역동성을 강조하였다. 존슨은 인간 경험의 중요성을 강조하고 특히 여러 사람들의 견해에 토대를 둔 지식이 한 사람의 것보다 언제나 튼실하다고 지적하였다. 잘못된 판단의 주요 원인은 사물을 부분적으로 오직 한 면만을 바라보는 데서 나온다는 것이다. 존슨은 대화의 다양한 관점을 강조하면서 지식이나 경험의 습득으로 대화적인 구조를 가지게 된다고 말한다. 존슨은 "지식의 씨앗은 고독 속에서 뿌려질 수 있으나 공적으로 경작되어야 하고 … 그 열매는 총체적인 대화에 의해서만 얻을 수 있다"고 말하고 "고독한 근면에 의해 결코 얻어질 수 없는 경험은 … 일반적 대화와 삶의 세계에 대한 정확한 관찰에서 나와야 한다"고 지적했다.

존슨은 "인간은 자신의 욕망을 외부의 사물 속에 고정시켜야 하고 타자들의 즐거움과 고통을 받아들이고 자신의 마음속에서 사회적 즐거움과 유쾌한 교환을 자극시켜야 한다"고 말하면서 자신을 개인적인 욕망에 함몰시키지 않고 건전하게 유지하기 위해서는 상호 주관적 대화를 위한 타자의 필요성을 강조한다. 이런 의미에서 존슨은 앞서 지적한 대로 대화를 타자와의 사회적 활동과 시민적 실천으로까지 발전시키고 있다. 그렇다면 존슨의 대화방법은 구체적으로 어떤 것인가? 이와 관련하여 문학클럽의 회원이면서 존슨에 대한 세계 최고의 전기인『존슨 전기』(The Life of Samuel Johnson, 1791)를 쓴 제임스 보스웰(James Boswell)의 설명을 들어보자.

존슨 박사의 대화방법은 같이 대화하는 사람들을 피곤하게 하거나 혼란을 주지 않으면서 주의력을 집중시키고 즐겁게 하거나 가르치는 것을 확실히 하는 것이다. 그는 언제나 완벽하게 분명하고 확실했다. 그리고 그의 언어는 너무 정확하고 그의 문장들은 너무나 정연하게 구성되어 있어서 그의 대화는 하나의 수정도 없이 모두 활자로 옮겨도 될 정도이다. 동시에 그의 대화는 편안하고 자연스럽다. 대화의 정확성은 노력의 흔적이나 억압이나 경직됨이 없다. 존슨은 습관의 힘과 강력한 정신의 정기적인 훈련에 의해 다른 사람들보다 좀 더 정확했다. (Brady, 604~605)

존슨의 위대한 대화술은 꾸준한 훈련과 연습, 그리고 자신을 끊임없이 자기 밖의 타자들과의 관계를 맺으려는 "대화적 상상력"에 의해 만들어진 것이다.

사무엘 존슨은 자신이 만든 사전에서 대화(dialogue)를 (1) 토론모임(conference) (2) 두 사람 또는 그 이상 사이의 실제 또는 상상적인 대화(conversation)라고 정의 내리고 있다. 존슨은 conference를 다시 (1) 형식적 담론: 어떤 문제에 대한 구두 토론 (2) 개인적 논쟁에 의해 어떤 주제를 토론한 모임 (3) 비교라고 정의 내린다. 결과적으로 존슨은 대화를 담론(discourse)으로 보고 비교로 본다. 존슨은 dialogue를 conversation과 거의 같은 뜻으로 쓰고 있다. 그렇다면 존슨은 conversation을 어떻게 규정하는가? (1) 친숙한 담론, 가벼운 대화, 쉬운 이야기 (2) 어떤 주제에 대해 담론하는 특별한 행위 (3) 교환, 교류, 친근성 (4) 행위: 공동생활에서 행동하는 양식 (5) 실천적 습관: 오랜 교류에 의해 얻은 지식으로 규정한다. 존슨 자신의 논의에서 우리는 대화주의의 특성을 정리할 수 있다. 대화주의는 우선 어떤 문제에 대해 개인적인 논쟁을 통해 토론하는 것이다. 다시 말해 두 사람 또는 그 이상 간의 대화이다. 이 과정에서 자연스럽게 "비교" "교환" "교류"가 이루어지며 이것은 결국 공동체적 삶에서 행동하는 양식이 된다. 존슨의 "대화"에는 개인적인 논쟁이지만 어디에도 정–반–합이라는 통합을 유도하는 변증법적 충동은 없다. 합(合)이라는 일종의 폐쇄과정이 삭제된 의견 불일치의 과정을 그대로 열어두는 것이어서 의견 불일치, 의견 대립, 양립 불가능성은 역동적이고 생산적인 대화의 기본요건이 될 수도 있다. 존슨은 어느 날 문학클럽의 모임에서 "나는 적극적으로 주장하며 내 자신이 모순에 빠진다. 그리고 이때 나는 다양한 의견들과 감정들의 갈등 속에서 즐거움을 발견한다"고 말한 바 있다. 존슨은 심지어 대화와 논쟁의 활성화를 위해 일부러 반대를 위한 반대를 하는 경우도 있었다. 이것은 존슨이 얼마나 다양한 논쟁과 격렬한 갈등으로 가득 찬 대화를 즐겼는가를 알 수 있으며 그의 치열한 대화적 원리가 일상생활에서 잘 드러나고 있음을 알 수 있다.

후에 『옥스퍼드 영어사전』(*OED*)의 모체가 된 기념비적인 『영어사전』(1755)을 존슨이 편찬하던 작업에서도 존슨의 대화주의가 잘 드러난다. 존슨은 표제어의 정의와 의미만을 제시하지 않았다. 정의 바로 뒤에 존슨은 작가, 철학자, 과학자들의 훌륭한 글에서 수많은 예(example)를 찾아 표제어의 구체적 용례(illustration)로 제시하였다. 존슨은 "예가 개념보다 언제나 더 효과적이다"라고 굳게 믿었다. 이러한 "인용"은 존슨 영어사전의 최대의 특징이다. 존슨은 이러한 용례의 구체적 인용을 통해 어휘사전을 표제어의 정의나 의미풀이에 그치지 않고 그 표제어에 관련된 문학, 철학, 과학 등 그 맥락을 구체적으로 제시함으로써 사전은 문학백과사전으로 만들었다. 이 종합사전을 통해 독자들은 그 표제어가 인용된 문장과 작가를 통해 새로운 "대화의 장"을 마련하는 것이 된다. 존슨은 철학자들로부터 학문의 원리를, 역사들로부터 놀라운 사실들, 과학자들부터 완벽한 과정들, 신학자들로부터는 효과적인 충고들, 시인들로부터는 아름다운 묘사를 가져왔다. 이렇게 볼 때 사전 편찬 자체가 거대한 대화적 작업이다.

3. 철학소설『라슬러스』에 나타난 대화적 상상력

존슨은 사전을 편찬한 후 본격적인 비평 작업을 위한 셰익스피어 전집을 편집하기 전에 일종의 철학소설인『라슬러스』(*Rasselas*, 1759)를 썼다. 기이하게도 프랑스의 계몽주의자 볼테르의 소설『깡디드』와 같은 해에 출간된 이 소설은 어머니의 장례비용을 충당하기 위해 1주일 만에 쓰여졌다. 이 소설은 묘사와 서술보다는 등장인물들이 돌아가면서 수행하는 "대화" 중심으로 진행된다. 전체적인 이 소설의 줄거리는 라슬러스 왕자가 행복의 계곡에 있는 왕국에서 스승 임락(Imlac)과 여동생 공주 페쿠아(Pekuah)와 함께 빠져나와 인간의 진정한 행복은 무엇인가를 추구하여 여행하는 내용으로, 결국 왕자는 부, 명예, 권력, 지식 어떤 것도 우리의 행복을 담보해주는 것은 없고 우리는 우리의 삶을 선택하여 그 범위 내에서 본분을 지키면서 겸손하게 살아가는 것이 최선의 삶이라는 사실을 깨닫는다.

시에 관해 논의하는 자리에서 현자 임락은 시인의 자격에 대해 말하고 있다. 시인은 사물의 다양하고도 보편적인 양상에 골고루 깊은 관심을 가져야 한다고 역설한다. 어떤 한 면만을 보는 것이 아니라 여러 면을 바라보아야 한다. 그렇지 않으면 인간의 인식은 로켓처럼 하늘로 솟아올랐다가 결국은 추락해 버린다는 것이다. 시인은 사물들의 다양한 양상들을 열린 마음으로 대화를 통해 좀 더 보편적이고 전체적인 조망을 가질 수 있다.

> 나는 이제 시인이 되기로 결심했기 때문에 새로운 목적을 가지고 모든 것을 보았다. 나의 관심의 영역은 갑자기 확대되었다. 어떠한 종류의 지식도 무시되어서는 안 되었다. … 시인에게는 유용하지 않는 것이란 없다. 아름다운 어떤 것도 그리고 무서운 어떤 것도 시인의 상상력 속에서 친근한 것이어야 한다. 시인은 엄청나게 거대하거나 우아하게 작은 것 모든 것에 대해 잘 알고 있어야 하기 때문이다. … 그리고 많은 것을 알고

있는 시인은 자신의 장면들을 다양하게 묘사하고 분명치 않은 인유나 기대치 않은 가르침으로 독자들을 즐겁게 하는 커다란 힘을 가지게 될 것이다. (Bronson, 527)

여기에서 대화적 비전은 시인의 상상력으로 이끈다. 아름다운 것과 무서운 것, 거대한 것과 미세한 것 사이의 대화를 통해 시인은 독자들에게 다양한 즐거움과 예기치 않은 가르침을 준다.

그러나 자연에 대한 지식이 시인이 지녀야 할 것의 전부는 아니다. 시는 "모든 양태의 삶들"에 익숙해 있어야 한다. 나아가서 시인은 치열한 대화적 의식을 통해 자신의 시대와 국가에 대한 편견에서 벗어나 현재의 관습이나 견해를 넘어서서 변치 않는 일반적이고 초월적인 진리를 찾아내야 한다. 이러한 시인의 장대한 보편성의 힘은 대화적 상상력에 다름 아니다. 이렇게 해야만 시인은 여기와 저기, 과거와 현재의 대화를 통해 자연의 해석자가 되고 인간의 입법자가 되어 시공간을 초월하여 미래 세대의 사상과 관습들을 주관할 수 있게 되는 것이다. 시인이 이러한 대화적 소임을 다할 때 문학은 "어디를 가나 많이 참아야 하고 즐길 것은 별로 없는" 고단한 인간의 삶을 지탱시켜 줄 수 있을 것이다.

우리의 삶은 너무나 다양하고 복합적이고 모순적이다. 이것이 이 소설의 철학적 주제이다. 선악의 원인에 대해 현자 임락은 다음과 같이 말한다.

선과 악의 원인들은 너무 다양하고 불확실해서 그리고 서로 너무나 엉켜 있고 … 다양한 관계들에 의해 다변화되어 있고 예측할 수 없는 사건들에 노출되어 있어서 선악 선택의 확실한 이유를 확정시키기를 원하는 사람은 논구하고 사유하면서 살다가 죽어야만 한다. (Bronson, 385)

이렇게 다양하고 불확실하고 복합적인 삶 속에서 선과 악을 선택하기 위해서는 끊임없이 "논구하고 사유하는" 다시 말해 치열하게 대화할 수밖에 없다. 삶은 고정된 것이 아니라 끊임없이 변화하는 과정 속에 있다. 우리 앞의 세계는 이미 주어져서 확정된 것이 아니라 우리의 자유의지와 노력에 의해 새로운 것을 기대할 수 있다. 이것이 실존적 삶의 상황이다. 여기에서 대화적 원리는 생존전략이다. 무한한 다양성과 불확실성 속에서 선택하지 못하는 자유란 저주에 다름 아니다. 현재의 불확정성과 열린 미래에서 자신만의 어떤 길을 찾는다는 것은 생성적인 대화를 끊임없이 수행시켜야 하는 우리의 숙명이다.

존슨은 문학에서뿐 아니라 인상적 삶 속에서 "공상"(fancy)이 지나치게 이성을 지배하는 상황의 위험성을 지적한다. 인간의 마음은 언제나 올바른 균형 상태에 있지 못하고 항상 불안한 상태에 놓여 있다. 왜냐하면 인간은 그대로 내버려두면 공상이 이성을 지배하는 경우가 흔하기 때문이다. 존슨은 설명할 수 없는 끈질기고 끊임없는 인간의 욕망에 의해 조정되고 있는 공상은 이성에 의해 억제되어 균형을 유지시켜야 한다고 주장한다. 다시 말해 공상은 이성과의 끊임없는 대화를 통해 몸과 마음의 평정을 견지해야 한다. 공상의 힘이 지나치면 광기로 변할 것이다. 현자 임락의 말을 다시 들어보자.

> 허구의 힘에 탐닉하고 상상력을 날개를 달아주는 것은 침묵의 사색 속에서 지나치게 즐기는 사람들의 유희이다. 우리가 혼자 있을 때 우리는 항상 바쁜 것은 아니다. 사유 작업은 너무 격렬해서 오래 가지 못한다. 탐구의 열성은 게으름과 만족감으로 바뀐다. 자신을 즐겁게 해줄 외부적인 어떤 것을 가지지 못하는 사람은 자신만의 생각 속에서 즐거움을 발견하고 자신 이외의 것이 되는 속임수에 빠지는 것이 확실하다. 현재의 자신에 즐거워하는 사람은 누구인가? 그는 따라서 끝이 없는 미래 속에서 자유롭게 방황하고 현재 순간에 그가 가장 욕망하는 것을 상상할 수 있는

모든 상태에서 골라 모으고 불가능한 즐거움으로 자신의 욕망을 채우고, 자신의 자만심에 얻을 수 없는 지배력을 부여한다. 마음은 이곳에서 저곳으로 춤추고 모든 쾌락들은 조합하여 선심을 최대로 써서 자연과 행운이 결코 줄 수 없는 쾌락 속에서 광분하게 된다. (Bronson, 596)

인간은 이성적인 힘이 약화되면 언제나 욕망의 노리갯감이 되어버린다. 뱀의 혀처럼 날름거리며 우리 마음속으로 파고드는 욕망이라는 공상을 억제하기 위해서 이성과의 끊임없는 대화가 필수적이다. 잠시 이성과 공상이 불안한 균형을 이루었다 해도 그 균형과 조화는 언제 또 깨어질지 모르는 일이다.

4. 존슨의 셰익스피어 비평에 나타난 대화주의

존슨은 자신이 주석을 붙여 편집한 『윌리엄 셰익스피어 전집』(1765)의 서문에서 많은 지면을 할애하여 자신보다 앞서 전집을 편집했던 학자들의 작업을 논평하였다. 이 자리에서 존슨은 자신이 행한 작업의 특성을 드러내기 위해 그들과 "대화"하는 방식을 통해 비교하고 있다.

존슨은 서문 시작 부분에서 셰익스피어 문학의 우수성의 기준에 대해 논한다. 문학작품의 우수성은 절대적이고 확정적인 것이 아니라 점진적이고 비교적이며, 증명할 수 있고 논리적인 원칙을 따른 것이 아니라 관찰과 경험을 따른 작품이 우수하다고 전제하였다. 존슨이 제시한 두 가지 기준은 "지속기간의 길이"(length of duration)와 "존경의 지속"(continuance of esteem)이다. 셰익스피어의 극은 이 두 가지 기준에 모두 해당되기 때문에 우수하고 위대하다. 그의 극은 르네상스 시대 이래로 신고전주의, 낭만주의를 거쳐 20세기의 모더니즘을 지닌 지금까지 400여 년간 끊임없이 열렬한 존경과 애호의 대상이 되었다. 존슨은 또한 "비교"의 중요성을 강조한다.

어떤 강이 길고 어떤 산이 높다는 것은 그 자체만으로 결정될 수 있는 것이 아니라 다른 강이나 다른 산들과 "비교"하여야 비로소 그 길이와 크기의 규모가 결정된다. 그런데 여기서 "비교"의 개념은 앞서 존슨이 제시한 사전적 의미의 대비에서 밝혔듯이 결국 "대화"와 연결된다. 다시 말해 비교는 곧 대화에 다름 아니다.

존슨은 셰익스피어 극의 위대성을 인간의 일반적 본성을 재현하는 "장대한 일반성"(grandeur of generality)과 "구체적 보편성"(concrete universal)에서 찾았다. 셰익스피어는 변하지 않는 공통적인 인간의 본성을 그리면서도 구체적인 삶의 모습을 생생하게 드러내는 두 가지 위대함을 모두 지니고 있다. 셰익스피어 극의 핵심은 존슨에 따르면 일반성과 구체성의 대화적 관계 속에 있다. 존슨은 이 서문에서 "인간의 정신은 전진하지 않고 계속 움직인다. 따라서 진리와 오류가 … 상호적인 침투에 의해 서로 자리를 바꾸기도 한다"(Bronson 274)고 천명하였다. 여기서 "전진하지 않고 계속 움직인다"나 "상호적인 침투"란 표현은 인간정신이 정태적인 종합이나 통일을 거부하고 끊임없이 논쟁적이고 역동적인 대화적 구조를 가지고 있음을 존슨이 다시 한 번 강조한 것이다. 셰익스피어 극에 포함된 두 가지 대립적인 요소들이 서로 혼합되고 대립하는 일종의 대화적 긴장관계가 삶의 본질에 더 부합되는 것으로 존슨은 판단한다. 대립적인 요소들이 정태적인 조화의 상태를 이루는 것이 아니라 서로 다투면서 공존하는 역동적인 상태가 대화적 구조의 특성이다. 존슨은 셰익스피어 극이 희극과 비극이 혼합된 것으로 파악하고 이러한 혼합이야말로 고전주의의 장르 법칙에 따르지 않고 우리 삶의 진정한 모습을 재현하는 것이라고 생각하였다.

> 셰익스피어의 극들은 엄격한 비평적 의미에서 비극들이거나 희극들이 아니라 독특한 종류의 작품들이다. 무한히 다양하고 무수한 조합의 양태

로 혼합된 선과 악, 기쁨과 슬픔에 모두 관여되는 지상의 자연의 실제 상태를 보여준다. (Bronson, 245)

우리네 삶의 진정한 모습은 단순하고 직선적인 것이 아니라 복잡하고 복선적인 것이어서 희극, 비극 등으로 단순하게 장르를 나누는 것은 인간 본성이나 삶과 일치하지 않는다. 인간의 희로애락은 시시각각으로 진행되는 삶의 과정 속에 있다. 존슨은 희랍이나 로마의 대작가들 누구도 셰익스피어만큼 두 장르 모두를 완벽하게 써내지 못했으며 한 작품에서도 희극적 요소와 비극적 요소를 셰익스피어만큼 효과적으로 배합한 작가가 없었다고 주장한다. 이렇게 셰익스피어 극의 진수는 희극과 비극의 대화구조 속에서 생성되는 것이다. 셰익스피어는 극에서 희비극을 혼합시켜 웃음과 슬픔을 동시에 보여준다. 여기서 웃음과 슬픔은 상호 배타적이 아니고 상호 침투적이 되어 극의 효과를 높일 수 있다. 이러한 셰익스피어의 혼합극의 장르적 잡종성은 그의 대화적 원리에서 생성된 것이라고 볼 수 있다.

존슨은 또한 호라티우스가 제시한 문학의 두 가지 기능인 "가르치기"와 "즐겁게 하기"가 셰익스피어의 혼합극에 잘 실현되고 있다고 지적하였다.

글쓰기의 목적은 가르치는 것이다. 시의 목적은 즐겁게 하여 가르치는 것이다. 혼합극이 비극이나 희극의 모든 가르침을 전달할 수 있다는 견해는 부정될 수 없다. 왜냐하면 혼합극이 재현의 여러 가지 변종들 안에서 비극과 희극 모두를 포함하고, 삶의 모습에 더 가깝게 접근하기 때문이다. (Bronson, 245)

극의 즐거움과 교훈은 서로 떨어질 수 없는 필수적인 양면이다. 즐거움과 교훈 중 어느 하나만 성공한다면 그 작품은 실패작이다. 즐거움과 교훈이 서로 대화적 관계를 유지하는 문학이 위대한 문학이다. 혼합극을 통해 즐거움과 교훈을 관객이나 독자들에게 동시에 주는 셰익스피어 극은 위대한 문학이다.

셰익스피어에 대한 존슨의 비평에서 지금까지 논의한 부분은 18세기 극비평의 정점을 이루는 백미(白眉) 편이다. 인용된 존슨의 구절들은 셰익스피어 문학의 정수를 경험주의적 전통에서 이루어낸 비평적 성과이다. 경험론은 결국 지각주체인 내가 주위 대상과의 관계에서 경험한 인상들을 재구성하는 대화의 작업이 아닌가? 이제 셰익스피어의 위대성은 18세기 신고전주의라는 문예사조의 맥락을 벗어나 대화주의자인 사무엘 존슨에 의해 인간 본성론과 보편주의에 따라 명쾌하게 규명되었다고 하겠다.

5. 『영국 시인 평전』의 대화적 구조

이제는 존슨 문학비평의 최고봉이라고 할 수 있는 『영국 시인 평전』(*Lives of the English Poets*, 1779~1781)에서 논의된 시인들 중 몇몇을 중심으로 존슨의 대화주의를 논의해보자.

1) 존 밀턴

존슨은 기질적으로나 정치적으로 존 밀턴(1608~1674)을 좋아할 수는 없었지만 밀턴 문학의 위대성을 흔쾌히 인정하였다. 물론 약간의 유보사항은 있었다. 밀턴의 짧은 시 중에서 지금까지 가장 널리 알려져 있는 친구의 죽음을 애도한 전원풍의 애가인 『리시더스』(*Lycidas*)에 대해 존슨은 "시어가 거칠고, 음운은 불확실하고 음악성은 귀에 거슬린다"고 혹평하였다. 게다가 존슨은 이 시가 인간적 진실성과 현실성이 결여된 허구로 가득 차 있다고 힐난하였다. 존슨은 셰익스피어의 경우에서와 같이 제 아무리 국민적 대시인으로 추앙 받는 작가라 해도 자신의 문학적 신념에 따라 대담하고도 가혹하게 비평하였다. 그러나 밀턴의 대표적인 기독교 서사시『실낙원』(*Paradise Lost*, 1667)에 대한 존슨의 평가는 사뭇 다르다. 존슨은 한 작가의 장단점을 편견 없이 골고루 논의하는 것이 공정한 비평가의 과업이라고 믿었다. 이러한 비평가로서의 공정성은 대화적 원리 없이는 성취하기 어렵다. 비평적 독백은 독단과 편견에 빠지기 쉽고 비평적 대화는 공정성과 보편성으로 이끌 수 있다.

존슨은『실낙원』의 위대성이 무엇보다도 즐거움과 진리, 상상력과 이성이 효과적으로 결합된 서사시라는 점에 있다고 지적하였다.

> 시란 상상력을 불러내 이성을 도와줌으로써 즐거움과 진리를 결합하는 예술이다. 서사시는 가장 즐거운 개념들로 가장 중요한 진리들을 가르치는 작업을 수행하며 그 결과 가장 감동적인 방식으로 어떤 위대한 사건에 관해 이야기하는 것이다. … 이러한 (역사적인 사건들을) 시적으로 사용하는 것은 자연을 그리고 허구를 인식할 수 있는 상상력이 필요하다.
> (Bronson, 453~454)

동시에 무엇보다도『실낙원』의 특징적인 장점은 거대한 고상함 즉 숭고미(sublimity)이다. 시인으로서 밀턴의 장점은 경이감을 주는 독특한 능력이며 힘이다. 거대한 것을 보여주고 화려한 것을 비추어주고 무서운 것을 제시하고 암울한 것을 더욱 어둡게 만들 수 있는 상상력의 힘은『실낙원』에서 밀턴이 타고난 독창적 능력을 발휘하는 부분이다. 밀턴이 이 서사시에서 하는 일은 무엇이나 장대하고 위대하다.

그러나『실낙원』도 결점이 없는 것은 물론 아니다. 존슨은 이 서사시의 최대의 약점을 인간적 요소가 배제된 점이라고 지적한다. 대화주의자 존슨에게 결점 없는 작품이 어디 있겠는가? 비평가의 임무는 한 작품의 장점뿐 아니라 반드시 결점도 지적하여 균형 잡힌 평가를 통한 대화적 비평 작업을 수행하는 것이다.

> 『실낙원』의 계획은 불편한 점이 있다. 즉 인간적인 행동과 인간적인 양
> 태가 없다는 점이다. 행동하고 고통 받는 남자와 여자는 다른 남자나 여
> 자가 일찍이 알 수 없는 상태 속에 놓여 있다. 독자는 자신이 참여할 수
> 있는 거래를 발견하지 못하고 어떤 상상력의 작동에 의해 자신을 찾을 수
> 있는 상황을 보지 못한다. 따라서 이 시에서 독자는 자연스러운 호기심이
> 나 공감을 거의 가지지 못한다. (Bronson, 462)

인간적인 요소가 결여된 이 서사시는 독자가 참여할 수 있는 여지가 없
다. 『실낙원』에서 제시된 진리들은 이미 성경에서 어려서부터 잘 알고 있는
것들이기 때문에 독자들에게 새로운 것이 될 수 없다. 왜냐하면 "우리가 이
전에 알고 있는 것에서 우리는 배울 수 없고, 예상할 수 있는 것은 우리에
게 경이감을 줄 수 없기" 때문이다(Bronson, 463). 『실낙원』에는 밀턴의 꾸
준한 연구와 독창적 천재성을 통한 방대한 지식들로 가득 차 있지만 인간
적인 관심과 흥미가 결여되어 있어서 독자들은 시적 즐거움이나 두려움을
느끼지 못한다. 따라서 이 기독교 서사시를 "독자들이 존경하지만 내려놓
고 다시 잡기를 잊어버린다. …『실낙원』을 읽는 것은 즐거움보다 의무감에
서 수행된다. 우리는 교훈을 얻기 위해 밀턴을 읽고 당혹감을 가지고 부담
을 느끼기 때문에 재미를 위해서는 다른 곳을 찾는다. 우리는 우리의 스승
인 밀턴을 버리고 다른 친구들을 찾는다"(Bronson, 464)라고 존슨은 지적한
다. 존슨은 18세기 당시에 영국의 문화영웅 밀턴을 과감하게 비판함으로써
밀턴 비평사에서 새로운 대화비평의 초석을 놓았다.

2) 드라이든과 포우프

존슨은 존 드라이든을 "영국 비평의 아버지"라고 받들고 드라이든의 비

평을 시인-비평가 전통으로 특징지어지는 영국 비평의 전범으로 보았다. 드라이든의 비평에는 이론과 실제, 즐거움과 가르침이 공존한다고 말한다.

> 드라이든의 비평도 시인의 비평이다. 공리들의 지루한 모음집이 아니
> 고 약점들을 예외 없이 들춰내지도 않고 … 명랑하고 힘찬 논문이면서 즐
> 거움이 가르침과 함께하고 작가는 자신의 능력에 따라 올바른 평가를 받
> 는다. (Bronson, 474)

존슨에 따르면 드라이든 비평의 대화적 구조는 여기에만 머무르지 않는다. 그의 비평에는 원리(이성)와 관찰(경험)이 섞여 있고 보편성과 특수성이 함께 어우러지고 있다.

> 드라이든은 아주 열심히 시의 기술을 공부하고 끊임없이 확장되는 경
> 험에 의해 자기의 개념들을 넓히고 광정해 나갔기 때문에 드라이든은 자
> 신의 마음을 원리들과 관찰들로 쌓았다. 그는 별로 힘들이지 않고 자신의
> 지식을 쏟아냈다. …
> 드라이든의 비평은 일반적이거나 특수하다고 간주될 수 있다. 그의 일
> 반적인 개념은 사물의 본질과 인간정신 구조에 토대를 두고 있어서 독자
> 의 신뢰를 받을 만하다고 그를 안전하게 추천할 수 있다는 것은 의심할
> 바 없다. 그러나 그의 특수한 입장들은 때로는 공평무사하지 못하고 때로
> 는 부주의하고 때로는 변덕스럽다. (Bronson, 475)

드라이든은 호기심 많고 활발한 지성과 감성을 가진 영국 비평 전통의 대화적 구조의 선구자이다. 존슨은 드라이든의『극시론』을 글쓰기 기술에 관한 가치 있는 논문으로 높이 평가하였다. 이 비평문에서 드라이든은 네 명의 화자들의 서로 다른 견해들을 어느 한쪽에 치우치지 않게 병치시켜 놓음으로써 역동적인 대화의 구조를 만들었다.

존슨은 드라이든이 "시 어법"(poetic diction) 문제에 있어서 대화주의를

개입시켜 새로운 전통을 수립했다고 평가했다. 드라이든은 지나치게 친숙한 어휘도 배제하고 지나치게 생소한 어휘도 회피하는 세련된 시어법의 원칙을 실천했다. 존슨의 말을 들어보자.

> 문명화된 국가의 모든 언어는 필연적으로 어법이 학문적인 것과 대중적인 것, 장중한 것과 친밀한 것, 우아한 것과 거친 것으로 분류된다. 이러한 상이한 여러 부분에 대한 세심한 구별로부터 문체의 아름다움이 생겨난다. …
>
> 드라이든 시대 이전에는 시 어법이 없었다. 왜냐하면 어떤 어휘도 일상적인 사용의 거칠음으로부터 벗어나 세련되지 않았을 뿐 아니라 경직성으로부터 자유로울 수 없었기 때문이다. 지나치게 친근한 어휘나 지나치게 생소한 어휘는 시인의 목적에 어울리지 않는다. (Bronson, 479~480)

비평에 있어서 드라이든의 균형감각은 번역이론에 있어서도 대화주의를 채택하게 만든다. 드라이든에게 "번역은 큰 뜻에서 유사한 의역(paraphrase)도 아니고 축어적으로 하는 직역(metaphrase)도 아니며" 의역과 직역의 중간 형태인 모방(imitation)의 방법이 가장 접합하다는 것이다(Bronson, 481).

존슨의 알렉산더 포우프(1688~1744)에 관한 논의는 드라이든과의 비교 대조를 통하여 이루어진다. 포우프는 자신의 문학적 스승인 드라이든에게 영향을 받았고 그를 존경하였다. 영국 신고전주의 시대의 대표적인 작가들인 드라이든과 포우프의 비교와 대조 작업은 존슨의 대화적 상상력의 정점을 이룬다.

> 드라이든 정신의 공평성은 시적 편견을 무시하고 부자연스러운 생각과 거친 음률을 거부하는 데 잘 나타난다. 그러나 드라이든은 결코 그가 지닌 모든 판단력을 적용시키기를 원하지 않았다. 그는 다른 사람들을 즐겁게 하는 것으로 그는 만족했다. …

포우프는 독자들을 만족시키는 데 만족하지 않았다. 그는 뛰어나기를 원했으므로 언제나 최선을 다했다. 그는 솔직함을 구하지 않았고 독자들의 판단을 요구했다. 다른 사람들의 관대함을 기대하지 않았다. 그는 세심하고도 꼼꼼한 관찰로 시행과 어휘를 점검했고 나무랄 데가 하나도 없을 때까지 시의 각 부분을 끊임없이 다듬고 또 다듬었다. (Bronson, 384~385)

드라이든은 독자들을 위해 문학의 법칙을 벗어나 자유롭게 썼지만 포우프는 자신을 위해 법칙에 매달려 엄격하게 썼다.

존슨의 비교를 계속 들어보자: "드라이든은 일반적 본성 속의 인간을 더 잘 알고 있었고 포우프는 특수한 풍습 속의 인간을 더 잘 알고 있었다. 드라이든의 생각은 포괄적 사유에 의해 형성되었고 포우프의 생각은 미세한 주의력에 의해 만들어졌다. 드라이든의 지식에는 위엄이 보이고 포우프의 지식에는 확실성이 있다"(Bronson, 385). 드라이든과 포우프에 대한 존슨의 비교는 그들의 작품을 읽어보지 않은 사람들에게도 아주 생생하고도 구체적인 인상을 남긴다. 앞서 이미 지적했듯이 존슨에게 비교는 대화에 다름 아니다. 아마도 존슨은 선배 문인들에 대한 이러한 비교를 통해 드라이든과 포우프의 대립적인 모든 면을 자신에게 내면화시키려 했을 것이다.

존슨의 드라이든과 포우프의 비교와 대조가 의미하는 바는 각각의 가치가 다른 사람에 의해 결정된다는 점에서 대화적이다. 포우프의 "오래 가는 비상"은 드라이든의 "더 높은 비상"에 의존한다. 이러한 비교의 요소들은 상호 배타적이 아니고 상호 의존적이고 상호 침투적이다. 하나를 통해 다른 것을 이해한다는 점에서 존슨의 방식은 언제나 상대적, 비교적, 대화적이다.

존슨의 『포우프 평전』은 드라이든과의 비교로만 이루어진 것은 물론 아니다. 존슨은 포우프의 유명한 시 「머리타래의 강탈」("The Rape of the Lock")에 관한 논의에서 새로운 것과 익숙한 것에 대한 논의를 대화적으로 진행시켜 나간다. "이 작품에서는 포우프의 가장 매력적인 두 가지 능력이 강도 높게 제시되고 있다: 새로운 것을 친근하게 만들고, 친근한 것은 새로운 것으로 만든다"(Bronson, 394). 이 구절은 낭만주의 시대의 윌리엄 워즈워스나 20세기 초 러시아 형식주의자인 빅토르 스크로프스키를 연상케 할 정도로 현대적이다. 존슨 비평의 이러한 현대적인 요소들은 앞서 셰익스피어나 밀턴의 비평에서도 잘 나타나 있었다. 이것은 법칙이나 전통에 매달리지 않고 인간본성과 현실에 뿌리 박은 힘차게 살아 있는 비평을 실천하는 전환기적 문인이었던 존슨의 역동적인 "대화적 상상력"에서 기인하는 것이 아니겠는가?

5. 나가며―존슨 비평의 현대적 의미

비평가로서 존슨의 위대성은 어디서 오는 것일까? 그것은 비평적 공정성, 대담성, 독립성으로 사물의 핵심을 찌르는 존슨의 탁월한 "대화적 상상력" 때문이다. 18세기 당시 영국은 모든 방면에서 유럽 대륙(특히 프랑스)과 경쟁관계에 있었다. 영국인들은 소위 신고전주의 시대였음에도 불구하고 자국의 문인 셰익스피어와 밀턴을 끊임없이 읽고 좋아하였다. 그 이유는 이들 작가들이 무엇보다도 영국적 기질에 부합되는 면이 있었기 때문이기도 하지만 문화민족주의적 입장에서였다. 섬나라 영국인들은 대륙 국가들이 가지지 못한 셰익스피어와 밀턴을 거의 문화영웅으로 생각하였다. 그러나 존슨은 이러한 시대의 조류를 거슬러서 아니 당시 영국인들의 맹목적인 문화적 국수주의에 저항하여 문학적으로 신격화되어 있던 셰익스피어와 밀턴에 대한 맹목적이고도 편협한 과대평가에 대해 도전하였다. 존슨이 제아무리 셰익스피어와 밀턴의 진정한 위대성과 가치를 찾아냈다 하더라도 존슨의 비판행위는 당시 분위기로 보아 위험한 일이었다. 영웅 숭배에 빠져 있던 영국인들 앞에서 국보급 인간문화재인 셰익스피어와 밀턴의 문학에서 단점을 찾아내어 공개하고 비판한다는 것은 용기 없는 문인으로서는 감당할 수 없는 일이었다.

그러나 존슨은 결코 동시대인들의 편협성과 맹목성을 묵과할 수 없었다. 존슨은 셰익스피어 문학의 단점을 도덕성의 결여, 구조상의 허점, 말장난 등 10가지 이상으로 나열하면서 공박하였다. 이것은 당시로는 거의 추문 폭로에 가까운 비평적 사건이었다. 이것은 또한 일종의 비평 바로 세우기였다. 존슨은 셰익스피어의 천재성과 위대성의 비밀을 명쾌하게 밝혀내면서 동시에 치명적인 약점을 공개함으로써 우상 숭배의 대상이었던 셰익스피어 문학에 대한 공정하고 정당한 평가를 내린 것이다.

자기비판과 자기조롱은 치열한 대화적 상상력에서 출발하는 것이다. 이러한 공정하고도 대담한 셰익스피어 문학의 재평가는 셰익스피어를 영국문학의 경계를 벗어나 세계문학의 정상에 올려놓을 수 있는 객관적인 계기를 마련해줄 수 있었던 것이다. 맹목과 편견에서 벗어난 공정성만이 한 작가나 작품의 평가의 객관성을 확보할 수 있다. 이러한 맥락에서 대화는 다시 한 번 논의될 수 있다. 대화란 쌍방의 대립적인 견해들의 교류뿐 아니라 충돌하는 다양한 견해들을 편견 없이 관계를 맺는 작업이다. 거듭 강조하거니와 대화법은 변증법과는 달리 어떤 통일이나 통합을 통해 정태적인 결과물을 만들어내는 것이 아니다. 즉 이질적인 요소들을 제거하는 것이 아니라 그러한 상이한 요소들이 역동적으로 공존하게 하는 과정이다. 대화주의는 손쉬운 조화를 거부하고 언제나 불안한 균형을 유지시킨다.

그렇다면 이러한 대화적 맥락에서 수행되는 존슨의 비평 작업이 오늘날 우리에게 어떤 의미를 줄 수 있는가? 오늘날 국내외의 비평 작업은 건전한 상식과 구체성에 바탕을 두기보다는 지나치게 사변적이고 이론적이거나 추상적이고 이념적인 것을 기반으로 하는 경우가 많다. 특히 특정 비평유파, 파당, 족벌에 따른 불공정하고 타락한 문학비평은 문학 자체를 고사시키는 역기능을 수행하고 있다. 이는 모두 대화적 상상력의 결여에서 비롯된 것이다. 대부분의 비평가들은 진정한 대화를 거부하고 맹목적인 국수주의나 비겁한 조무래기 비평가들의 눈치 보기에 빠져 문학비평의 본래 기능이 사라지고 있다.

21세기에는 사무엘 존슨과 같이 공정하고, 대담하게 어떤 작가나 작품에게 솔직하게 온몸을 던져 느끼고 분석할 수 있는 비평적 거인이 또다시 나타날 것인가? 우리가 현 시점에서 18세기 위대한 문인이며 대비평가인 사무엘 존슨을 운위하는 이유는 문학 위기 시대에 바로 이러한 비평의 타락을 치유해 살아 있는 비평을 부활시키고 생성시키기 위한 것이다. 물론 존슨을 신비화해서 우상화하자는 말이 아니다. 이것은 우상 파괴자인 존슨 자신이 실천한 탈신비화 작업에도 배치되는 일이다.

우리는 21세기에서 대화적 상상력을 발휘하여 존슨과 대화를 "시작"해야 한다. 존슨의 실제비평의 장점과 단점을 우리의 입장에서 타작하여야 한다. 이러한 작업을 위하여 앞으로 어떤 일을 해야 하는가? 우선 존슨을 18세기 유럽의 지성사적 맥락에서(특히 영국의 경험론의 맥락에서) 계보학적인 자리매김을 다시 해야 한다. 존슨의 거대한 문학적 그리고 대화주의적인 비평적 업적을 다시 읽고 새로 쓰는 작업을 수반하여 존슨의 대화주의를 19세기, 20세기 비평을 탈영토화하는 탈주의 선으로서 정립하고 21세기의 맥락에서 재영토화해야 할 것이다. 이러한 연구가 성공적으로 수행된다면 우리는 커다란 역사적 맥락에서 영미 문학비평을 고찰할 수 있게 될뿐만 아니라 영미 문학비평 자체의 구조적인 특징인 대화주의를 파악할 수 있을 것이다. 이 논의는 또한 낭만주의 비평, 빅토리아조 비평, 20세기 영미 형식주의 비평(신비평)등의 영역으로 확대되는 장기적 연구의 "시작"이 될 것이다. 그 후에 우리는 르네상스 시대로부터 20세기 후반에 이르는 역동적이고 대화적인 영미 문학비평의 역사를 새롭게 쓸 수 있을 것이다.

6장 계몽주의 시대의 철학자, 데이비드 흄의 경험주의 미학론

― 심미적 취향의 기준

흄이 자신의 극히 난해하고 섬세한 저서속에서 가장 중요하게 문제삼
으며 명확히 밝히고 있는 것이 바로 이 경험주의의 비밀이다. 흄은 또한
매우 독특한 경험주의의 입장을 보여준다. … 관념이 감각되는 인상 속에
담겨있는 것과는 다른 그 어떤 것도 지니지 않으며 또 그 이상의 그 어떤
것도 지니지 않는 이유는 바로 관계가 자신의 항들인 인상들 또는 관념들
에 대한 외적이고 이질적이기 때문이다. 따라서 차이는 이제 관념과 인상
사이에 있는 것이 아니라, 두 종류의 인상 또는 관념 사이에 즉, 항들에
대한 인상 또는 관념과 관계에 대한 인상 또는 관념 사이에 있게 된다. 그
리고 바로 이 점에서부터 경험주의의 전 영역에 걸쳐 비로소 처음으로 참
된 경험주의적 세계가 전개되기 시작한다.

― 들뢰즈, 「흄」, 『들뢰즈가 만든 철학사』(박정태 역),
129~130, 132~134

1. 서론: 예술작품 판단의 3가지 태도

예술에서 제기되는 질문 중 중요한 것의 하나는 예술작품의 아름다움을
판단하는 기준이 객관적인가 아니면 주관적인가 하는 것이다. 여기에는 일

단 세 가지 접근태도가 있을 수 있는데, 우선 예술작품의 가치 기준은 그 예술작품이 수용자에 따라 달라질 수 있다는 것이 있다. 반면에 예술적 가치는 예술작품 속에 내재해 있다고 믿는 사람들이 있다. 이 경우 수용자의 역할은 약화된다. 또한 작품 내의 미에 대한 인식에 대하여 어떤 주어진 상황에서 대상(작품)과 수용자 사이에 역동적인 상호관계가 있다고 주장하는 사람들도 있다.

다음은 18세기 영국의 경험주의 철학자 데이비드 흄(David Hume, 1711~1776)의 「심미적 취향의 기준에 관하여」("Of the Standard of Taste", 1757)에서 인용한 글로 심미적 취향 기준 확립의 어려움을 토로하고 있다. 글 (A)에서 흄은 개인마다 각각 지니고 있는 심미적 취향의 다양성으로 인해서 그 객관적 기준 설정이 거의 불가능하다고 진술한다. 그러나 흄은 또한 글 (B)에서는 심미적 취향의 기준을 객관적으로 제시할 수 있다고 주장한다. 그리고 글 (C)에서 흄은 객관적 근거에 따라 주관적인 심미적 취향의 기준 설정을 성공적으로 마련할 수 있는 진정한 비평가의 자격요건에 관해 논의한다. 우선 매우 길지만 그의 글을 직접 읽어보자.

(A) 견해의 다양성뿐 아니라 심미적 취향(taste)의 다양성은 이 세계를 풍미하고 있다. … 비슷한 교육을 받았고 서로 알고 지내는 한정된 사람들 사이에서도 심미적 취향의 차이를 지적할 수 있다. … 심미적 취향의 이러한 다양성은 가장 부주의한 질문자에게도 분명하듯이 자세히 살펴보면 겉보기보다 더욱 더 두드러진다. 인간의 정감(情感, sentiment)은 그들의 일반 담론이 동일할 때에도 여러 종류의 아름다움과 추함에 관련하여 종종 다르게 나타난다. 같은 언어를 사용하는 모든 사람들은 그 적용에 있어서 어떤 기준에 동의해야만 한다. 각각의 목소리들은 글쓰기의 우아함, 적합성, 단순미, 영혼을 칭찬하고 거칠음, 가장, 냉정함 그리고 잘못된 부분을 비난하는 데 일치점을 보인다. 그러나 비평가들은 세부 문제를 다루게 될 때에 이러한 외양상의 의견

일치는 사라져 버리고 자신들의 표현에 아주 다른 의미를 부여한다. (그러나 심미적 취향과는 달리) 견해의 경우에는 정반대이다. 왜냐하면 사람들 사이의 차이는 세부적인 것에서보다 전체적인 것에서 더 자주 드러나기 때문이다. 그리고 그 차이도 겉보기보다 실제로는 많지 않다. (번역은 모두 필자의 것임)

모든 정감은 옳다. 왜냐하면 정감은 그 자체를 넘어서는 어떤 것도 지시하지 않기 때문이다. 그리고 모든 정감은 언제나 실제적이다. ··· 같은 대상물에 의해 자극되는 수많은 정감들은 모두 옳다. 왜냐하면 어떤 정감은 대상물 속에 실제로 존재하는 것을 재현하지 않기 때문이다. 정감은 대상물과 마음의 감각기관들이나 능력들 사이에 어떤 공통성이나 관계들을 가리킬 따름이다. ··· 아름다움은 사물 자체 속에 내재한 특질이 아니고 사물들을 관조하는 마음속에서만 존재할 뿐이다. 그리고 각각의 마음은 서로 다른 아름다움을 인식한다. 어떤 사람이 아름다움을 느끼는 곳에서 다른 사람은 추함을 인식할 수도 있다. 개인은 다른 사람의 정감을 규제하는 허세를 부리지 말고 자신만의 정감을 받아들여야 한다. 진정한 아름다움이나 추함을 추구하는 것은 진정으로 달콤한 것이나 쓴 것을 확신하고자 하는 것만큼 소용없는 일이다. 각 개인의 감각기관에 따라 같은 대상물이 달콤하거나 동시에 쓰디쓸 수도 있다. 각자의 심미적 취향에 대해서는 논쟁할 수 없다는 격언은 적절하다.

그러나 심미적 취향의 기준을 고정시키고 인간들의 서로 다른 해석을 화해시키려는 우리의 노력에도 불구하고 다양성을 가져다주는 두 가지 요인들은 그대로 남는다. 이 요인들은 아름다움과 추함의 모든 경계를 무너뜨리지 않지만 우리들의 동의 또는 비난의 정도의 차이를 보여주는 원인이 된다. 첫 번째 요인은 인간들의 서로 다른 기질이다. 두 번째 요인은 어떤 시대와 나라의 특수한 풍습과 견해들이다. ··· (따라서) 내적인 성질이나 외적인 상황에 의해서 미적 가치판단의 다양성이 발생됨에도 불구하고 양쪽 모두 전적으로 잘못이 없을 경우 가치판단의 다양성은 피할 수 없게 되고 서로 상반되는 정감들을 화해시킬 수 있는 심미적 가치판단의 기준을 찾는 것은 허사가 되어버린다.

(B) 만일 어떤 사람이 오길비와 같은 형편없는 작가와 밀턴과 같은 위대한 작가의 천재성과 우아성을 같은 것이라고 주장한다면 그것은 작은 언덕을 알프스 산과 같이 높은 산이라고 주장하고 작은 호수를 대양과 같이 광활하다고 주장하는 것을 옹호하는 것만큼 해괴한 일이다. 이렇게 수준 낮은 작가들을 선호하는 사람들이 있다 하더라도 우리는 그러한 사람들의 심미적 취향에 주의를 기울이지 않는다. 그리고 우리는 이러한 잘못된 비평가들을 불합리하고 우스꽝스럽다고 주저하지 않고 선언한다. 우리가 심미적 취향의 기준 즉 사람들의 다양한 정감들이 화해할 수 있는 규칙을 찾는 것은 자연스럽다. 우리는 적어도 어떤 정감을 칭찬하고 다른 정감은 비난하는 것을 결정할 수 있는 기준을 제공할 수 있다.

심미적 취향의 다양성과 변덕 속에서도 동의나 비난에 대한 어떤 일반적인 원칙들이 있다. 주의 깊은 눈은 마음의 모든 작동 속에서 그 동의나 비난에 내재한 일반적인 원칙들을 감지할 수 있다. 내면구조의 원래의 조직으로부터 어떤 특정한 형태나 성질들은 사람들을 즐겁게 만들도록 그리고 다른 형태나 성질들은 사람들을 불쾌하게 만들도록 구성되어 있다. 그러나 즐거움이나 불쾌감을 느끼지 못한다면 그것은 수용자의 감각기관에 명백한 결함이나 불완전성에서 기인하는 것이다. 감각기관이 아무것도 놓치지 않도록 정교하고 동시에 작품에서 모든 요소들을 감지할 만큼 엄밀하다면 … 우리는 이것을 섬세하고 정교한 심미적 취향이라고 부른다. 그리고 여기에서 아름다움에 대한 일반 법칙들이 유용하게 된다. 이러한 법칙들은 이미 수립된 모형으로부터 그리고 즐겁게 만들거나 불쾌하게 만든 것에 대한 관찰로부터 추출될 수 있다.

상상력이나 아름다움에 대한 섬세한 심미적 취향은 언제나 바람직한 특질이다. 왜냐하면 그것은 인간 본성이 감응할 수 있는 모든 최상의 그리고 최대로 사심이 없고 공평무사한 즐거움의 원천이기 때문이다. 이러한 결정을 할 때 모든 인간의 정감은 일치된다. 우리가 섬세한 심미적 취향을 확실하게 만든다면 그것은 분명 동의를 얻을 것이다. 그리고 그것을 확실하게 만드는 최선의 방법은 나라와 시대가 지닌 통합된 동의와 경험에 의해 수립된 그러한 모형들과 원칙들에 의존하는 것이다.

심미적 취향의 일반 원칙들은 인간 본성 속에서 단일하다. 인간들이 다양하게 그 심미적 가치판단을 수행할 때 능력의 어떤 결점이나 왜곡은 흔히 지적될 수 있다. 이러한 결점이나 왜곡은 수용자의 편견에서, 훈련과 연습의 부족, 또는 정교함과 섬세함의 부족에서 온다.

(C) 그러나 예술의 모든 일반 법칙이 인간 본성의 공통된 정감에 대한 경험과 관찰에 토대를 둔다 해도 우리는 모든 경우에 인간의 감수성이 이러한 법칙들과 일치될 수 있다고 생각해서는 안 된다. 마음이 지닌 섬세한 감정들은 아주 부드럽고 미묘한 본성에 속하는 것이며 많은 우호적인 상황이 동시에 일어나게 만들어서 감정들이 일반적이고 확립된 원칙들에 따라서 용이하고 정확하게 작동될 수 있게 만들 필요가 있다.

우리가 어떤 예술작품에서의 아름다움이나 추함의 힘을 실험하려고 할 때 우리는 세심하게 적절한 시간과 장소를 선택하고 우리의 상상력을 적절한 상황과 기질에 개입시켜야 한다. 마음의 완전한 평정, 사상의 기억, 대상에 대한 응분의 관심 집중이 그것이다. 그런데 만일 이러한 조건 중 어떤 것 하나라도 부족하다면 우리의 실험은 실패할 것이고 보편적인 아름다움에 대한 가치판단을 할 수 없게 될 것이다.

심미적 취향의 원칙들은 모든 인간들에게 전적으로 동일하지는 않지만 보편적이다. 그러나 어떤 예술작품에 대한 평가를 내리고 아름다움의 기준으로서의 자신의 정감을 수립할 수 있는 자격을 가진 사람은 그렇게 많지 않다. 우리의 내면적 감각기관은 일반 원칙들이 충분히 역할을 하도록 만들어주고 그러한 원칙들과 일치할 수 있는 느낌을 보여줄 만큼 그렇게 완벽하지 못하다. 감각기관들은 어떤 결점 속에서 작동되거나 어떤 혼란에 의해 오염되기도 한다. 이러한 경우 잘못된 정감을 일으키기도 한다. 비평가가 섬세함을 가지지 못한다면 예술작품을 정교하게 구별하지 못하고 거칠게 겉으로 드러나는 특질들에 영향을 받아 미적 가치평가를 내릴 것이다. 이렇게 되면 섬세한 부분은 밝혀지지 못하고 지나가버려 무시된다. 비평가가 미적 훈련과 연습을 하지 않는다면 그의 미적 가치판단은 명쾌하지 못할 것이다. 어떤 작품이 다른 작품과 비교되지 않는다면 약점이 될 수 있는 가장 경박한 아름다움이 높이 평가되기도 할 것이다. 또 비평가가 편견에 사로잡히면 모든 자연스러운 정감들은 왜곡된다. 나아가 비평가가 건전한 상식을 가지지 못한다면 작품이 지닌 최고 최상의 의도와 추론의 아름다움을 구별할 자격이 상실된다. 위와 같은 불완전한 상태에서 인간의 보편성은 훼손될 것이다. 따라서 문화적으로 가장 세련된 시대에도 예술에서 다음과 같은 특기를 가진 진정한 재판관은 흔치 않다: 섬세한 정감을 가지고 훈련과 연습에 의해 감수성이 세련되고 다른 작품들과의 비교에 의해 완전하게 되고 모든 편견에서 벗어난 건전한 양식(良識)은 가치 있는 비평가의 자격요건이 된다. 위와 같은 통합적인 미적 평가를 수행할 수 있는 비평가만이 심미적 취향과 아름다움의 진정한 기준을 세울 수 있다. (314~323)

2. 본론: 경험주의자 흄의 심미적 취향의 기준

흄은 위에 인용한 글에서 심미적 취향의 기준에 대한 주관적인 다양성을 지적하면서도 어떤 공통적인 기준의 가능성을 논하고 있다. 특히 흄은 취향의 공통 기준을 마련할 수 있는 진정한 평가자(비평가)의 자격에 관해 여러 가지로 제시한다. 글 (A)에서 흄은 일단 "취미에 관해서는 논쟁할 수 없다"는 서양 격언에 따라 심미적 취향의 일반적 기준을 마련하는 것은 거의 불가능하다고 진술한다. 예술의 미적 가치판단은 순전히 개인적인 것이고 각 개인들은 서로 다른 해석의 기준들을 가지고 있으며 각각의 기준들은 모두 타당하다고 믿는다. 이들 중 어느 하나만을 올바른 기준이라고 내세우기는 쉽지 않다는 것이다. 이것은 가령 우리 각자가 서로 다른 음악가나 작가의 예술작품을 좋아하는 것만 보아도 쉽게 알 수 있다. 우리는 모차르트 음악을 좋아하는 사람과 차이콥스키 음악을 좋아하는 사람의 심미적 취향의 차이를 지적해낼 수 있지만 어떤 취향이 더 올바르고 더 우수한지를 가늠하기란 지극히 어렵다.

예술작품에서 아름다움에 대한 감각을 촉발시켜 그들로 하여금 즐거움을 느끼게 만드는 마음의 과정이 복잡하고 특이하기 때문에 흄의 말대로 정감을 일으키는 미적 감각은 작품 자체 속에 있는 것이 아니라 감상자 마음의 반응 속에 있다고 주장할 수 있다. 그러므로 각 개인의 서로 다른 정감은 모두 그 나름대로 옳은 것이다. 어떤 동일한 음식물에 대해서 어떤 사람은 맛있다고 하고 다른 사람은 맛없다고 말할 수 있는 것이다. 흄은 이러한 심미적 취향의 차이가 나타나는 요인을 두 가지로 본다. 그 하나는 인간들의 서로 다른 기질이고, 다른 하나는 시대나 지역적인 차이에서 오는 풍습과 견해들이다. 따라서 미적 가치판단의 다양성은 불가피하게 되고 심미적 취향의 일반적인 기준을 마련하는 것은 거의 불가능하게 된다.

그러나 여기에 문제가 있다. 우리는 어떤 특정한 작가나 예술가에 대해 공통적으로 그 미적 가치를 높이 평가하고 모두 함께 감동을 받는 데 대해 이의를 제기하지 않는 경우가 있다. 가령 우리가 베토벤이나 세잔느 같은 예술가에 대해서는 아무리 개인적 취향이 다르다 하더라도 많은 사람들이 모두 그들의 예술에서 감동과 즐거움을 느낀다. 또한 어떤 사람이 별로 큰 감동을 주지 못하는 보통의 시인을 김소월이나 서정주와 같은 탁월한 시인들만큼 훌륭하고 우수한 시인이라고 옹호한다면 우리는 그렇게 주장하는 사람을 무시하거나 비웃을 것이다. 이런 맥락에서 볼 때 심미적 취향은 개인적으로 차이가 있다 해도 어떤 공감적 기준이 가능하다는 생각을 할 수 있게 된다. 이렇게 시대나 장소를 초월하여 미적 판단에 대한 변하지 않는 절대적 예술의 기준이나 법칙이 있다고 생각하는 사람들이 있다. 그들은 미적 가치의 문화적 차이를 인정하기를 거부하고 인간 본성에 토대를 둔 보편적으로 타당한 원칙들이 가능하다고 믿는다. 글 (B)에서 흄은 개인들의 다양한 심미적 취향의 기준들과 다양한 정감들을 함께 논의할 수 있는 일반적 규칙을 추구하는 작업이 자연스럽다고 천명한다.

흄은 우선 개인적 취향의 다양성 속에서도 어떤 미적 가치에 대한 칭찬이나 비난을 가져오게 하는 일반적인 원칙들에 관심을 가진다. 인간의 본성 속에 외부의 어떤 것에 대해서 즐거움을 느끼게 하고 다른 어떤 것에 대해서 불쾌감을 느끼게 만드는 아름다움의 일반 법칙들을 가능하게 하는 보편적 조직이나 구조가 내재되어 있다는 것이다. 흄은 어떤 대상에 대해 "아무것도 놓치지 않는 정교하면서도 동시에 작품에서 모든 요소들을 감지할 만큼 엄밀한" 감각기관의 작동 기능을 섬세한 "심미적 취향"이라고 불렀다. 이러한 인간의 심미적 취향은 바람직한 섬세한 특질이며 인간으로 하여금 최상의 즐거움을 향유하게 하는 인간의 내부에서 작동하는 기계장치와 같은 것이어서, 인간의 본성 속에 있는 심미적 취향의 일반 원칙들은 인간 모두에게 단일하게 나타날 수 있다는 것이다. 나아가 이러한 예민한 취향은 시공간을 초월하는 인간 경험과 합의에 토대를 두고 생성된 예술작품의 모형들과 창작원칙들에게서 만들어질 수 있다.

그러나 유감스럽게도 미적 가치를 올바르게 판단할 수 있는 이러한 섬세한 심미적 취향을 가진 사람은 많지 않다. 왜냐하면 많은 사람들이 심미적 가치판단을 수행할 때 그렇지 않아도 완벽하지 않은 우리의 감각기관에 올바른 판단을 방해하는 크고 작은 요인들이 개입되기 때문이다. 글

(C)에서 흄은 우리가 어떻게 이러한 방해를 피해가며 예술에 대한 일반 법칙이나 모형과 일치되게 심미적 취향을 올바르게 작동시킬 것인가를 논의한다. 제아무리 작은 방해요소가 개입된다 하더라도, 그것은 섬세한 취향에 영향을 미쳐 미적 대상에 대한 의미와 가치부여는 물론 즐거움의 생성 작업 과정에 혼란을 준다는 것이다. 흄은 어떤 예술작품이 아름다운가 아니면 추한가를 실험하는 데 꽤 까다로운 조건을 제시한다. 우선 적절한 시기와 장소를 선택하여야 하고 예술작품에 상상력을 적절하게 개입시켜야 한다. 그런 다음 마음을 완전히 평정한 상태로 만들고 여러 가지 사상들을 기억에서 되살려내고 미적 대상에 관심을 집중해야 한다. 이것이 예술작품의 미적 감상과 가치평가를 위한 기본 단계이다.

흄은 예술작품의 섬세한 부분까지 총체적인 미적 가치평가를 내리려면 다음의 5가지 자격을 모두 갖추어야 한다고 주장한다. (1) 섬세한 심미적 정감 (2) 예술작품을 많이 경험하는 미적 훈련과 연습 (3) 시간과 공간을 초월한 다른 많은 예술작품들과의 비교 (4) 다양한 편견으로부터의 해방 (5) 건전한 상식 즉 양식(良識)의 소유가 그것이다. 그러나 흄이 주장하는 예술적 감식을 위한 진정한 비평가는 지나치게 엘리트적이다. 이러한 요건을 완비한 평가자는 그리 많지 않을 것이다. 그러나 흄이 이러한 이상적 기준을 마련한 것은 우리가 진정한 심미적 취향을 가지고 올바른 미적 가치판단을 하고자 한다면 위와 같은 자격을 갖추어야 한다는 말일 것이다. 우리가 앞서 지적한 대로 흄은 취향의 기준설정이 거의 불가능하다고 하면서도 공통적인 기준설정이 가능하고 바람직하다고 말함으로써 일종의 모순되는 발언을 한 셈이다. 흄은 여기에서 이러한 모순, 즉 극단적인 주관주의와 극단적인 객관주의의 갈등을 해결하기 위한 이상형으로 위와 같은 자격요건을 갖춘 진정한 비평가상을 수립한 것이다. 이러한 사람만이 심미적 취향의 다양성의 문제와 예술 가치평가의 일반적 기준의 수립 문제를 동시에 절충적, 상대적, 대화적으로 해결할 수 있을 것이다. 우리 모두가 학문적인 미학자나 전문적인 예술비평가가 될 수는 없다 하더라도, 흄이 제시한 자격요건은 심미적 취향의 기준 설정과 예술의 올바른 감상을 위해서 우리가 항상 염두에 두고 노력해야 할 요소이다.

오늘날과 같은 세계화 시대에 복합적이고 다양한 문화적 상황에서 "아름다움"(美)에 대한 통일된 일반론을 수립하는 것은 쉬운 일이 아니다. 더욱이 엄청난 과학기술의 발전으로 컴퓨터 등 고도 전자매체가 가져다주는 새로운 아름다움을 전통적 의미의 미학 범주에서 다루기는 더욱 어려워졌다. 이런 상황에서 각 개인은 세대 차이나 지역 차이에 따라 아름다움에 대하여 서로 다른 감각을 가지고 있다. 그러나 우리는 예술적 아름다움이 어떤 것인지에 대하여 어떤 개념을 가지고 있다. 비록 우리는 그러한 생각을 논리적으로 손쉽게 표현할 수 없다 하더라도 말이다. 우리는 단지 느끼기만 하는 것이 아니라 사유한다. 그렇기에 시대가 바뀌어도 아직도 아름다움에 대한 논의의 여지가 있을 것이다. 그것은 "새로운" 미에 대한 "다른" 접근일까 아니면 "보편적" 미에 대한 "새로운" 접근일까?

문제는 어떤 예술작품에서 우리가 만나고 느끼는 이러한 "미"의 특성이 어디에서 나오는가이다. 어떤 사람들은 미의 원천이 예술작품에 내재한다고 믿는다. 다른 사람들은 아름다움이 그 수용자의 눈과 마음속에 있다고 선언한다. 나머지 사람들은 작품의 미에 대한 인식이 어떤 주어진 순간에 작품과 수용자 사이에 역동적 관계 속에 있다고 주장한다. 그러나 이들 모두가 예술에 특이한 미학적 특질이 있다는 점에는 동의한다. 그렇다면 이제 남는 문제는 무엇인가? 그러한 심미적 특질이나 취향(taste)에 어떤 일반적 기준이 있는가이다. 이러한 문제들을 본격적으로 다룬 철학자는 18세기 영국의 경험주의 철학자 데이비드 흄이다. 이제는 예술적 가치판단을 위한 심미적 취향의 기준 설정에 관한 흄의 논의를 소개한다.

흄은 모든 탐구의 토대가 인간 자신의 본성에 대한 연구라고 믿었다. 그는 인간 본성이 이성보다는 감성에 의해 통제되고 그 동기가 유발된다고 생각했다. 우리의 모든 개념은 경험에서 파생되는 것이며 그 경험을 해석하는 능력은 지극히 다양하다는 것이다. 따라서 우리는 인간행동을 지나치게 지성화해서는 안 되며 어떤 확신보다 개연성을 강조할 수밖에 없다. 이런 의미에서 흄은 회의주의적이며 불가지론적인 경험주의자이다.

감각주의자이자 경험주의자인 흄은 모든 지식의 원천이 "관념들"(ideas)과 "인상들"(impressions)에 대한 주관적 경험에 있다고 보면서 경험을 현실(실재)과 동일시한다. 그에 의하면 경험은 인상(감각, 체험, 감정)들의 흐름이다. 영국의 경험주의자들은 인간정신이 내재적 논리에 따라 작동된다는 고대 희랍 철학의 전통적 형이상학을 거부하고, 우리가 보고, 듣고, 만지고, 맛보고, 냄새 맡는 사물들에 대한 우리의 과거 경험이 제공하는 우연한 연상들의 결과로 생각하고 느낀다고 주장한다. 예를 들어 사람들이 길거리에 놓여 있는 막대기를 본다고 하자. 어느 누구도 처음부터 그 막대기라는 물체를 객관적 탐구대상으로 보고 논리적 추론에 의해 그 막대기의 본질을 따지려고 하지 않을 것이다. 어떤 이는 어린 시절 아버지로부터 매를 맞았던 생생한 기억 때문에 괴로워할 것이고, 어떤 이는 어린 시절 동네 친구들과 자치기 놀이를 했던 즐거운 추억을 떠올릴 것이며, 또 다른 이는 땔감을 위해 산에서 나무하던 척박했던 삶의 기억을 떠올릴 것이다.

이밖에도 다른 다양한 연상들이 가능하다. 흄은 인식과정에서 감각적 단계가 수행하는 역할을 절대화하고 사유는 "감각과 경험이 우리에게 전달해주는 소재를 결합, 변화, 증가, 축소하는 능력"만을 가진다고 말하면서, 형이상학의 핵심인 "본래적 의미에서 추상적이고 보편적인 관념"을 거부한다. 인식론적 회의주의자이며 종교적 불가지론자였던 흄의 미학사상은 아름다움의 객관적 기초가 실재한다는 점을 부정한다. "아름다움이란 사물 자체가 가지는 속성이 아니라 관찰자의 의식 속에만 있으며, 모든 의식은 각각의 특수한 아름다움을 지각한다." 다른 곳에서 흄은 "취향들과 색깔들 그리고 다른 모든 감각적 특질들은 실체 안에 있는 것이 아니라 감각 속에 있을 뿐이다. 아름다움과 추함은 여기에 해당된다"고도 말한다. 미적으로 좋아하고 싫어하는 것의 단순한 실존적 행위가 선행된 다음 우리는 즐거움-불쾌감을 설명하는 합리적 추론을 생각해낸다는 것이다. 흄은 이렇게 사물의 본질 속에 내재적이며 절대적인 아름다움을 설정하는 미학이론을 거부하고 우리의 심미적 감각을 보편적인 인간 경험의 역사 속에서 찾아낸다.

흄은 『인간 본성론』에서는 "아름다움"이 즐거운 "정감"(sentiment)을 일으키는 대상물 속에 있는 규정할 수 없는 어떤 "힘"이라고 주장한다. "아름다움"은 어떤 찾아낼 수 있는 속성들을 가진 대상들이 특별한 상황하에서 어떤 속성을 가진 마음과 상호 작용할 때에 그 존재를 느낄 수 있는 "특별히 지시되지 않은 어떤 특질들"(certain unspecified qualities)이다. 아름다움이란 추론적으로 규정할 수 없고 오로지 심미적 취향이나 감각(sensation)에 의해서만 구별될 수 있다. 흄은 이와 같이 예술의 심리적 원천에 대해 관심을 가지고 그 본질을 이성적 사유 없이 작동하는 어떤 내적인 감각과 느낌으로 지칭하면서 "미와 가치는 기분 좋은 정감 속에 있다"고 전제한다. 흄은 아름다움을 즐거움과 동일시하고 즐거움을 인간 존재와 활동의 중요한 원천이라고 생각한다. 즉 심미적 취향은 우리의 동물적 몸의 구조의 자연발생적이며 감정적인 부분인 것이다. 결국 우리가 아름다움을 느끼는 것은 합리적 이성 때문이 아니라 감정과 정감이 있기 때문이다. 흄은 이런 맥락에서 합리적 이성과 심미적 취향을 다음과 같이 대조시킨다.

이성은 진리와 허위에 관한 지식을 전달한다. 심미적 취향은 아름다움과 추함, 선과 악에 대한 정감을 준다. 이성은 대상물을 가감 없이 자연 속에 있는 그대로의 상태를 발견하는 것이고, 취향은 생산적인 능력을 가지고 내적인 정감으로 가져온 색깔들로 모든 자연의 대상물을 색칠하면서 새로운 창조물을 만들어낸다. 이성은 매사에 냉철하고 개입하지 않기 때문에 행위에 동기를 유발하지 않으나, 취향은 즐거움과 고통을 주고 나아가 행복과 불행을 만들어내기 때문에 행동에 대한 동기를 부여한다. (121)

이성의 기준은 사물의 본질에 토대를 두기 때문에 항구적이고 불변적이다. 취향의 기준은 이와는 정반대이다. 이성은 단일하고 객관적이나 취향은 그 맹목성 때문에 복합적이고 주관적이다. 흄은 『도덕의 원리에 관한 연구』에서 진리와 심미적 취향을 다음과 같이 구별한다.

> 진리는 논쟁거리가 될 수 있으나 심미적 취향은 논쟁거리가 될 수 없다. 사물의 본성 속에 존재하는 것은 우리의 가치판단의 기준이다. 반면에 각 개인이 자신의 내부에서 느끼는 것은 정감의 기준이다. 기하학에서의 가정들은 증명될 수 있고 물리학에서의 체계는 논증될 수 있으나 시의 조화, 감성의 부드러움, 상상력의 번뜩임은 즉각적인 즐거움을 준다. 어떤 사람도 다른 사람의 아름다움에 대해서는 이성적으로 논구할 수 없다. (160)

이렇게 흄은 심미적 취향이 주로 객관적 이성보다 주관적 정감에 의해 활동한다고 보았다.

그러나 흄은 여기에서 주관주의적 정감에만 빠지지 않는다. 18세기라는 합리주의 시대를 살았던 흄은 결코 이성을 내버릴 수 없었다. 이것이 흄의 한계이며 동시에 강점이다. 그는 심미적 가치판단 문제에 있어서, 심미적 취향이 제아무리 복합적이고 주관적이라 해도 어느 정도 이성에 의해 합리적으로 기준을 정할 수 있다고 생각한다. 흄은 "어떤 종류의 미는 처음부터 우리의 애정과 동의를 요구한다. 그러나 미의 여러 가지 층위 속에서 특히 예술적 미에서 취향은 적절한 정감을 느끼기 위해서 많은 합리화 작업을 필수적으로 수행해야 한다. 그리고 잘못된 감상은 추론화를 통해 교정될 수 있다"고 말했다. 따라서 아름다움은 우리의 정감이나 열정뿐 아니라 지적인 능력의 도움을 받아야 한다. 왜냐하면 우리가 예술작품을 이해할 때에만 그로부터 지속적인 즐거움을 얻을 수 있고 이성은 우리에게 영향을 끼친 예술작품의 특징들을 선별해냄으로써 정감이 내릴 판결을 정당화하는 역할을 하기 때문이다. 「심미적 취향의 기준에 관하여」에서 흄의 말을 직접 들어보자.

> 이성과 정감은 거의 모든 도덕적 결정과 결론에서 동시에 나타난다. 열정에 길을 열어주고 그 대상에 대한 적절한 구별을 위해 많은 추론이 선행되어야 할 필요가 있다. 그래야만 미세한 구분이 이루어지고 올바른 결론이 도출되며, 거리가 떨어져 있는 것들 사이에 비교가 형성되고, 복합적인 관계들이 점검되며, 일반적 사실들이 확정되고 확인된다. (317)

흄은 심미적 취향에 대한 가치판단이 맹목적이고 방어할 수 없는 것이지만 그 비평은 사실에 의거하고 합리적이고 이해할 수 있는 일반적 기준을 가진 담론 내에서 통합이 가능한 사회적 활동이 될 수 있음을 보여주고자 한다.

그러나 미적 가치판단에서 취향과 이성을 동시에 개입시키는 작업은 모순적이다. "심미적 가치판단"이란 이제 정감이나 정서가 토대가 되는 "심미적"이라는 요소와 이성과 논리를 토대로 하는 "가치판단"이라는 작업이 함께 이루어지는 과정에서 갈등을 일으킬 수밖에 없기 때문이다. 흄을 포함한 영국의 경험주의자들은 이처럼 처음에는 이성을 거부하면서 출발하지만 서서히 그리고 다양한 방식으로 본능적 속성에까지 이성을 다시 포섭하는 작업을 한다. 정감이나 본능, 열정이나 상상력이 미친 말처럼 날뛰어 극단적 주관주의에 빠지는 것을 막기 위해서는 이성이라는 재갈을 물리는 수밖에 없다. 그래야만 그 말은 의미 없이 힘을 낭비하는 고삐 없는 야생마가 아니라 결집된 자신의 힘을 유용하게 발휘할 수 있는 종마가 된다. 이것은 영국의 전형적 가치관인 "균형과 통제"라는 중용의 원리에서 오는 것이다.

이제 미적 가치판단을 규정하는 작업은 본능적인 내적 감각에 토대를 둔 취향과 합리주의적 이성과 추론의 애매한 중간 지대에서 일어날 수밖에 없다. 그러나 이 중간 지대에서 심미적 판단의 기준을 정하기란 쉽지 않다. 그것은 철저하게 주관적이 되어서도 안 되고 완벽하게 객관적이 될 수도 없다. 그렇다면 어떻게 해야 할까? 흄은 이러한 딜레마에서 경험론자답게 새로운 처방을 내놓는다. 즉 개인적으로 섬세한 심미적 취향을 가진 사람이 많은 사람들이 공유할 수 있는 미적인 공통적 특질을 찾아내는 것이다. 이성적 감식가인 이 사람은 태어날 때부터 명민한 감각과 풍부한 정감을 지닌 사적인 개인이지만 오랜 미적 훈련과 노력 끝에 건전한 상식과 예술 분석기술을 소유함으로써 많은 사람들이 함께 즐거움이나 고통을 느낄 수 있는 공통 기준을 만들어내는 공적 인간이다. 이러한 진정한 비평가에 대한 개념은 다소 애매하기도 하지만 흄이 극단적인 상대주의나 어설픈 절충주의에 빠지지 않으면서 이끌어낼 수 있는 절묘한 타협점이다. 그렇다면 대화적 상상력과 균형감각을 가진 이러한 역동적인 심미적 가치판단자의 자격요건을 갖추는 기본전제는 어디에서 오는가?

우선 흄은 미적 가치판단의 객관성을 확보해주는 세 가지 기본요소로 (1) 언어라는 관습, (2) 인간의 보편적 심리, (3) 공유할 수 있는 견해의 가능성을 꼽는다. 이와 함께 흄은 "공감"(sympathy)을 제안한다. 도덕과 사회적 통합의 토대인 공감이란 "다른 사람들과 같이 느끼고 의사소통에 의해 다른 사람들의 기질과 감정들을 받아들이는 성향"이다. 흄은 이제 가능한 문학예술 가치판단의 보편성을 다음과 같이 지적한다.

아테네와 로마에서 이천 년 전 즐거움을 주었던 호머는 아직도 파리와 런던에서 열광적으로 받아들여지고 있다. 기후, 정부, 종교, 언어의 큰 변화도 호머의 영광을 퇴색시킬 수 없었다. 권위와 편견은 열등한 시인이나 웅변가에게 일시적 인기를 가져다 줄 수도 있으나 그 시인의 명성은 결코 지속적이 되지는 않을 것이다. (앞의 책, 318)

이러한 가능성은 시공을 초월하여 애호를 받고 있는 영국의 대문호 셰익스피어에서도 찾을 수 있다. 왜냐하면 인간의 본성을 가장 탁월하게 예술적으로 형상화시켜 고금을 통해 전 세계의 수많은 사람들에게 엄청난 즐거움과 감동을 주고 있다는 점에서 셰익스피어의 문학예술의 "장대한 일반성"은 다수가 인정하는 예술적 가치이기 때문이다.

감성과 이성을 모두 겸비한 이상적 비평가가 되기 위한 자격요건을 구체적으로 살펴보자. 흄에 의하면, 올바른 심미적 가치판단은 비평가의 마음속에 존재하는 여러 가지 결점들에 의해 방해를 받는다. 아름다움은 예술작품 자체의 속성은 아니지만 아름다움의 효과를 생산하는 것으로 간주되는 요소들이 작품 속에 있기 때문이다. 흄은 이러한 요소들을 효과적으로 찾아내기 위한 예비단계로, 첫째 비평가는 의식적으로 예술작품에 몰입하는 감정이입에 가까운 상태로 준비시킬 것, 둘째 자신의 마음을 평정한 마음으로 만들어두어야 한다고 했다. 그러나 이것만으로 충분하지 못하고 진정한 비평가가 되려면 다음의 몇 가지 자격요건이 또한 필요하다. 우선 피상적인 첫인상을 극복하고 성급한 판단을 피하기 위해서 반복적인 감수성 훈련이 필요하다. 많은 작품을 다룬 사람일수록 원숙한 평가를 할 수 있기 때문이다.

그리고 비교의 방법도 아주 유용하여, 이전 시대의 위대한 예술작품에 대한 풍부한 경험과 지식을 가지고 새로운 작품을 감상함으로써 그 작품을 적절하게 자리매김할 수 있을 뿐 아니라 예술성의 우열 문제도 논의할 수 있다. 이러한 비교방법은 또한 작품의 경계뿐 아니라 다른 작품과의 유사성과 차이를 결정하는 데 필요하다. 훌륭한 비평가는 또한 모든 편견과 선입관념에서 벗어나 공평무사해야 한다. 어떤 특정이념이나 파당의식에 따라 예술작품의 가치를 평가하게 되면 편파적이고 부당한 평가를 가져와 궁극적으로 작품을 왜곡하게 된다. 게다가 모든 예술작품의 합리적 요소를 전혀 무시할 수 없다. 작품의 의도, 구성을 고려해야 하고 작품의 목적이 얼마나 잘 수행되었는지 살펴야 한다. 이런 맥락에서 흄은 정당한 심미적 취향에 양식(良識)과 오성(悟性)이 필요하다고 했다. 이런 자격을 모두 갖춘 비평가가 예술작품에 내린 "가치평가는 심미적 취향과 아름다움의 진정한 기준이 된다."

흄의 비평가 개념은 다소 엘리트주의적이기는 하지만 심미적 취향의 기준을 정하는 난해한 문제를 풀기 위한 효과적인 타결책이다. 그는 예리한 통찰력과 조망으로 예술비평의 과정을 새롭게 열어놓았다. 올바른 심미적 취향은 불확정적인 능력이 아니다. 그것은 고전이론가들로부터 전수된 어떤 규칙에 의존하지도 않으며 단순히 개인적인 인상이나 심지어 막연한 상식의 결과도 아니다. 좋은 심미적 취향은 역사적이고 비교적인 방법들을 사용하여 분명하고 일관성 있는 목적을 건전한 기준으로 인식하는 이성과 감성의 통합체이다. 진정한 비평가의 개념을 통해 흄은 판단의 영역과 정감의 영역을 분명하게 구별하는 단순한 이론을 제시하지 않는다. 객관적인 사실에 대한 동의는 단지 신뢰성의 기준이며, 동일한 대상물에 대한 다양한 주관적인 정감들이 가능한 것이다. 다른 한편으로 만일 아름다움이 대상물에 속하지 않고 관조하는 마음에 속한다면 모든 사람들의 정감은 다른 사람에게는 적용될 수 없는 개인적인 반응이 된다.

그러나 흄은 이러한 극단적 상대주의에 빠지지 않는다. 그는 각 개인 간의 심미적인 가치평가의 다양한 차이에도 불구하고 동시에 위대한 예술가들에 대해 누구나 인정하고 공감할 수 있는 어떤 공통적인 가치 기준이 가능하다고 말한다. 어떤 의미에서 흄은 경험주의적 시각에서 심미적 취향의 기준을 위한 주관주의와 객관주의의 접점을 대화적으로 찾고자 노력한다. 흄에게 궁극적 미적 가치판단은 보통 독자들의 직관적인 반응 즉 집단무의식에 다름 아니다. 흄의 진정한 비평가상은 올바른 예술적 가치평가를 위하여 우리 모두에게 제시한 하나의 상호 주관적인 이상적 모형이다. 우리가 이러한 이상적 모형에 가까이 다가갈수록 심미적 취향의 기준에서 사적 자아와 공적 자아가 상호 침투하는 기회가 더 많아진다고 할 수 있다.

3. 결론: 경험주의 미학의 가능성

반복해서 말하거니와 흄의 심미적 가치판단 기준은 강제적인 예술 법칙이나 원칙만을 따르는 것도 아니고 수용자의 자유분방한 환상만을 받아들이는 것도 아니다. 흄의 대화적 상상력은 위험하고 불안한 균형 속에서 그저 절충적이고 중립적이고 조화적이고 정태적인 작동의 원리가 아니라 관계적, 상호 주관적, 역동적인 작동과정이다. 이렇게 함으로써 흄은 수용자로 하여금 예술의 일반성, 보편성, 규칙성에 개인의 감수성을 적극적으로 개입시켜 각자 예술작품의 의미를 발견하고 가치를 창조하는 과정에 참여시킨다. 흄은 심미적 취향의 기준 설정을 합리적으로 해결하기 위해 억압적인 객관주의와 혼란스러운 주관주의를 모두 피해가면서 예술 수용자로서의 인간을 고정적, 수동적, 반복적으로 만들지 않으면서 역동적, 능동적, 창조적으로 만드는 예술적 미의 판단 기준을 수립하고자 노력했다. 예술작품이란 우리가 단순히 그 속에 있는 고정적인 특질들을 찾아내어 항구적 의미와 가치를 즐기는 곳일 뿐만 아니라 그 특질들과 우리 마음이 언제나 새롭게 부딪치는 과정에서 우리에게 어떤 쇄신과 생성의 가능성을 부여하는 시공간이다.

이런 의미에서 흄의 미학사적 위치는 독특하다. 그는 18세기 중 후반, 서양 문예사조사의 고전주의와 낭만주의가 교차하던 중간 지대에서 소위 신고전주의 또는 감수성의 시대에 전환기적 역사의식을 지니고 살았던 철학자로, 고전주의적 객관주의 미학의 토대를 경험주의적 주관주의로 접맥시킨 최초의 해체론적 미학이론가이다. 해체란 이미 언제나 파괴와 전복만이 아니라 새로운 구축과 건설이라는 궁극적 목표를 가진다. 흄의 이러한 이론적 작업은 18세기 말과 19세기 초 낭만주의 미학의 문을 열어 서양 철학에서 새로운 "미학"이라는 분과학문의 수립을 도와 칸트와 헤겔에 이르는 근대 미학담론의 창시자가 되었다.

역사는 부메랑이다. 미학 역사는 한 번 크게 회전하여 이제 다시 제자리로 돌아왔다. 우리는 아직도 포스트낭만주의가 지배하는 감각의 과잉 시대를 살고 있다. 객관주의적 고전주의의 황혼기에 살았던 흄의 시대와 정반대되는 상황이다. 흄에게는 객관주의에 균형추를 달 새로운 주관주의가 필요했지만, 우리는 지금 주관주의에 재갈을 물릴 새로운 객관주의가 필요한지도 모른다. 역사의 교차점에서 우리는 필연적으로 흄을 만날 수밖에 없다. 바로 이 지점에서 우리는 흄의 유령을 다시 불러내어 그의 지혜에 의지해야 하지 않을까? 심미적 취향의 기준 설정에서 흄이 제시한 3가지 접근 방법 즉, 심미적 취향의 개인적인 차이와 다양성을 인정하는 주관주의, 예술적 가치판단에서 일반적 원칙과 공통적 기준을 설정하는 객관주의, 그리고 이 둘의 극단적인 절대주의와 상대주의를 변증법적으로 매개하여 다양성과 동일성이 동시에 가능하다고 생각하는 대화주의 중 해체론의 현 시점에서 우리가 어떤 방법을 택할 것인가는 우리 각자의 선택에 달려 있다. 그러나 모든 문학감상과 비평은 독자 개인의 확고한 경험에서 출발한다는 것은 부정할 수 없는 사실이다.

7장 낭만주의 최고 문학이론가,
S. T. 콜리지 비평의 대화적 상상력

1. 콜리지의 영국 비평사적 위상과 문제제기

21세기에 사무엘 콜리지는 다시 다재다능한 문인으로 우리에게 등장한다. 콜리지는 시인, 비평가, 저널리즘, 철학자, 종교사상가 등 다양하게 불릴 수도 있다. 그러나 우리에게 가장 두드러진 면모는 역시 『문학평전』(*Biographia Literaria*, 1817)을 쓴 문학이론가 또는 비평가로서이다. 오늘날 같이 영미 문학비평이 프랑스 이론에 눌려 제 몫을 해내지 못하고 있는 시점에서 우리는 콜리지 같은 대비평가의 모습이 더 커보인다. 20세기 초 1906년에 다시 출간된 『문학평전』의 서문을 쓴 아서 사이먼즈(Arthur Symons)는 "문학평전은 영어로 된 가장 위대한 비평서이며 지금까지 언어로 쓰여진 가장 당혹스러운 책의 하나이다"라고 지적했다. 비평사가인 세인츠베리(George Saintsbury)는 자신의 비평사 3권에서 아리스토텔레스, 롱기누스 그리고 콜리지를 3대 비평가로 손꼽았다. T. S. 엘리엇은 1920년대 콜리지를 "가장 위대한 영국 문학비평가"(Coburn, 1에서 재인용)라고 불렀고 또 다른 비평가는 그를 "진정으로 위대한 근대 비평가"(Coburn, viii에서 재인용)라고 부르기도 한다.

콜리지의 비평문은 출판을 목적으로 하지 않은 것이 많고 더욱이 여러 곳에 산재해 있다. 우선 셰익스피어와 밀턴 그리고 유럽 작가들에 관해서 많은 비평적 견제를 들을 수 있다. 그러나 그것은 1808년에서 1819년까지 8회에 걸쳐 공개 문학 강연을 위해 쓰여진 메모, 노트 등이 대부분이며 콜리지가 개인적으로 쓴 노트북과 셰익스피어를 비롯한 그가 읽던 여러 책들의 여백에 남겨진 촌평들이다. 비평에 대한 좀 더 체계적인 견해는 1817년에 단행본으로 출간된『문학평전』이다. 필자는 그의 비평이론(critical theory)과 실제비평(practical criticism)을 다시 읽으면서 몇 가지 의문을 가지게 되었다. 첫째 과연 콜리지는 영국적 전통을 버리고 독일의 관념철학에 경도된 철학적 비평가인가? 콜리지가 한때 찬양했다가 포기한다고 선언한 경험론의 한 가닥인 연상론(associationism)은 그의 비평에서 어떤 위치를 차지하는 것인가? 둘째 콜리지의 소위 서로 이질적인 것을 대립시키는 대극의 원리와 동적 철학이 흔히 말하는 정반합의 통합을 꾀하는 변증법의 결과인가?

이 글의 목적은 이 두 가지 의문을 새로운 시각에서 보기 위해 그의 주저『문학평전』을 다시 읽는 것이다. 첫째 콜리지가 칸트를 비롯한 독일 철학의 영향을 받은 것은 사실이지만 그는 역시 온건한 영국적 전통인 경험주의 미학 전통에 서 있다는 것을 보여주는 것이다. 둘째 콜리지는 대극의 원리, 동적 철학 그리고 유기체적 통합을 변증법이 아닌 경험론과 연계하며 대화론으로 보는 것이 더 타당하다는 점이다. 콜리지를 이렇게 다시 또는 새롭게 보는 접근은 국내외에서 단편적으로 이외에는 그리 활발하지 못하다. 전반적인 연구 동향은 콜리지 비평과 독일 철학과의 관계, 콜리지 비평과 20세기 현대비평(특히 신비평)과의 관계에 관한 논의가 적지 않은 것은 사실이다. 여기에서의 논의는 앞으로의 더 큰 연구의 첫발을 내디디는 시론적인 연구이다.

콜리지는 과연 그 이전 시대인 18세기와는 전혀 다른, 새로운 낭만주의 비평가인가? 콜리지를 이전 시대와 단절시키는 대표적인 학자는 허버트 리드(Herbert Read)이다. 그에 따르면 콜리지는 비평에서 철학적 방법을 도입하여 그 이전의 존 드라이든이나 사무엘 존슨같이 일반적이고 기술적이고 기계적인 비평적 논의를 하는 비평가들과는 전혀 다른 비평가라고 주장하고 "콜리지가 그 모든 것을 바꾸었다"(Coburn, 101)고 선언하였다. 그러나 콜리지를 18세기 비평과는 단절된 낭만주의를 창도한 비평가로만 보는 것은 문제가 있다. 많은 학자들이 지적하는 것처럼 콜리지의 비평사적 업적으로는 "심리비평"을 꼽을 수 있다. 가장 최근에 에스터하머(Esterhammer)는 비평가로서 콜리지의 업적으로 심리비평, 철학비평, 실제비평, 공감비평의 네 가지로 다루면서 첫 번째로 심리비평을 들고 있다(Newlyn *Companion*, 153~154에서 재인용). 그러나 심리비평의 방법은 이미 18세기 후반부터 영국의 경험주의 미학에서는 일반화된 방법론이었다. 18세기 심리비평의 특징은 장르적 구조나 특징 또는 문학의 법칙에 관심을 가지기보다 감정이입 등 독자반응을 고려하는 요소를 강하게 띤다. 독일의 철학자 에른스트 카시러(Ernst Cassirer)는 일찍이 18세기의 경험론적 미학을 다음과 같이 규정한 바 있다.

경험론 미학은 예술작품, 그 분류에 직접적으로 관심을 가지지 않는다. 이 미학 유파는 오히려 예술을 감상하는 주체에 관심을 가지고 그 주체의 내적 상태에 대한 지식을 얻고 경험주의라는 도구로 그 상태를 기술하려는 노력을 한다. 여기에서 그 주요 관심사는 예술작품 자체를 창조, 단순한 해석이 아니라 예술작품이 경험되고 내적으로 동화되는 총체적인 심리적 과정들이다. (315~316)

콜리지의 심리주의 비평방법은 물론 18세기 때보다 훨씬 정교한 체계적이긴 해도 카시러가 규정하는 18세기의 미학적 방법과 크게 다르지 않다.

이렇게 볼 때 콜리지는 철학과 예술비평이 만나 새로운 미학의 시대를 열었던 18세기 전통을 크게 벗어났다고 보기는 어렵다. 콜리지를 영국 문학비평사에서 우리가 그 이전 시대와 단절적인 시각으로 보아 낭만주의 시인 비평가로만 보려는 끈질긴 유혹을 물리쳐야 한다. 물론 콜리지는 독자에 대한 영향이나 반응, 그리고 독서과정에서의 적극적인 기여 등을 고려하였지만 작가의 입장에서 상상력 이론과 유기론적 통합이론을 중심으로 특히 창작과정에 대한 새로운 이론을 수립한 것도 사실이다. 이것은 낭만주의자로서 콜리지의 업적과 입장을 축소시키자는 뜻은 아니고 오히려 그의 비평사적 위상을 정확하고 공정하게 평가해주어야 한다는 뜻이다. 이런 맥락에서 비평가로서 콜리지는 철저하게 대립적이고 모순적인 항들의 양쪽을 바라보는 대화주의자였다. 에스터하머는 이미 콜리지가 철저하게 영국적 전통과 대륙 전통을 통합하려 했음을 다음과 같이 두 가지 면에서 지적하고 있다. 첫째 철학비평의 측면에서 콜리지는 문학과 비평의 원리를 일부는 칸트와 독일의 관념주의에서 가져왔다고 주장했다(153). 둘째 콜리지가 언어이론에 토대를 두고 언어비평 작업을 수행한 것은 20세기의 "언어적 대전환"(linguistic turn)과 견줄 만하나 이것도 18세기 영국 전통에서는 언어이론과 독일의 관념주의 전통에서 본 언어이론을 모두 사용하였다는 것이다(154). 따라서 콜리지는 시간적으로도 그가 비판했던 그 이전 시대인 18세기와의 관계뿐 아니라 공간적으로도 제아무리 대륙인 독일 관념철학에 경도되었다 해도 영국의 경험주의 전통을 결코 버리지 못했다. 그는 시공간적으로 위대한 대화주의자였다.

대화론으로서의 경험주의 맥락에서 허버트 리드도 「비평가로서의 콜리지」라는 글에서 콜리지 비평이 "성취한 위대성"을 "경험"에 토대를 둔 비평이라고 다음과 같이 천명하고 있다.

그는 비평을 과학으로 만들었다. 그리고 그 자신의 경험들과 동료 시인들의 경험들을 그들의 연구와 재료로 사용하여 처음으로 세상에 예술의 보편적이고 영속적인 중요성과 신비를 보여주었다. (Coburn, 111에서 재인용)

이 진술에서 볼 수 있듯이 콜리지는 독일 식의 초월적 관념철학을 원용하여 체계적인 비평(logosophia)의 원리를 세워 비평을 과학(학문)의 수준까지 끌어 올리려 했다. 리드의 진술 중 더 중요한 것은 그 자신과 다른 사람들의 "경험론"을 이용하여 그 위대한 비평적 업적을 이루었다는 점이다.

경험론은 자각의 주체와 자각의 대상인 사물과의 사이에서 끊임없이 벌어지는 상호관계 즉 대화관계를 주목한다. 내적 사유능력이 외부의 사물이나 감각적 자극에 관계없이 모든 진리와 체계를 만들어내는 것이 합리론이나 관념론이다. 그러나 경험론은 내적인 사유능력보다는 외부의 감각을 더 중요시한다. 여기에서 우리의 마음이 외부의 자극에 의해서만 수동적으로 움직인다고 부정적으로만 볼 수 없다. 오히려 마음(주체)와 감각(대상) 사이의 끊임없는 교류와 교환을 통해 하나의 역동적인 대화관계가 형성된다. 바로 이것이 경험론과 대화론이 만나는 지점이다. 영국적인 전통의 경험론에서는 균형, 견제, 화해, 중재, 타협이 그 핵심적 동력이다. 따라서 영국 경험론은 대화론으로 이어지고 이 대화론은 특히 콜리지에서 서로 다양한 것들(opposites)을 하나로 조화시키고 결합시키기 위해서 필요한 다양한 힘들을 중재하는 "상상력" 이론으로 발전되는 것이다. 이렇게 되면 상상력은 영국 경험론에서 온다는 추론이 가능하다. 그래서 프랑스의 철학자 질 들뢰즈가 "경험론은 감각의 철학이 아니라 상상력의 철학이다"(*Empiricism*, 110)라고 선언하지 않았던가? 흄에게는 "세계는 언제나 상상력이 만들어낸 허구이다. … 세계와 더불어 허구는 모순에도 불구하고 다른 원리들과 공존해야만 하는 인간 본성의 원리인 경험의 지평이 된다"(18). 이렇게 볼 때 필자의 견해로는 콜리지는 경험에 토대를 둔 급진적인 대화주의자이다. 그는 경험을 다양하고 잡다한 이질적인 요소들을 모두 불러모아 병치시키고 균형을 이루려는 "과정"(process)으로 보고 있다.

2. 대극의 원리와 동적 철학

콜리지 사유의 근본방식은 "대극(對極)의 원리"(principles of polarity)이다. 콜리지는 양극의 필요성을 다음과 같이 말한다. "모든 지식은 말하자면 양극을 서로 필요로 하고 있고, 또 전제하고 있다면 모든 과학은 어느 한쪽으로부터 출발하지 않으면 안 되고 또 양극이 융합하여 일치를 이루게 하는 균등점에 이르기까지 반대 방향으로 진행되지 않으면 안 되기 때문이다"(『문학평전』 제12권 416, 앞으로 이 책의 인용은 김정근 교수의 번역본에 의거함). 콜리지가 "극의 논리"와 "동적 철학"(Dynamic Philosophy)에 접하게 된 것은 16세기 이태리 철학자 브루노(Giordano Bruno, 1548?~1600)를 통해서였다. 브루노는 자연 및 정신의 현현 현상으로서의 대극을 포함하고 재통합할 것을 주장하였다. 브루노의 동적 철학은 임마누엘 칸트와 셸링에 전달되어 콜리지가 "물질의 영역과 정신의 영역을 결합하며 자기 자신의 동적 철학을 형식화하는 데 도움을 주었다"(제8장 305, 주 33). 콜리지가 독일의 관념철학으로부터 진정으로 배운 것은 효율성이 아니라 내재성이었다. 피터 토르스레프(Peter Thorslev)는 이 점을 다음과 같이 지적하였다. "『문학평전』에서 콜리지의 용어 '동적 철학'은 보다 적절해 보인다. 낭만주의 철학자들에게 위대한 관념들은 초월적 존재의 어떠한 추상적 영역에서 존재하는 것이 아니라 개인의 정신과정, 그리고 인류의 역사 속에 내재한다"(78). 콜리지는 진리에 다다르기 위해서는 무엇이든지 대립적인 관계를 만들어야 한다고 생각했다. 이 대극의 논리 속에서만 역동적인 힘이 생겨난다. 『문학평전』에 나타나는 대극의 원리는 다양하다. 공상과 상상력, 천재와 재인(才人), 영국적 경험주의와 독일의 관념주의, 이성(reason)과 오성(悟性, understanding), 육체와 정신, 객체와 주체, 선배 시인과 당대 시인, 모방과 모사, 워즈워스와 콜리지 자신 등이다. 그러나 콜리지는 차이를 극단화시키는 대극의 원리만을 고집한 것이 아니다. 그 원리는 조화와 융합을 향한 하나의 역동적 과정을 얻기 위한 것이다.

콜리지의 비평을 논하면서 포글(Richard Fogle)은 그의 방법이 "변증법적"(dialectic)이라고 여러 곳에서 규정한다(Coburn, 4~6, 9, 16에서 재인용). 그러나 포글의 견해 최대의 문제점은 콜리지의 비평방법론을 정반합의 변증법적으로만 파악하고 있다는 점이다. 다시 말해 포글은 변증법과 대화론(dialogics)을 오해하거나 혼돈하고 있다. 실제로 포글이 상상력, 유기적 방법 등에 대해 공들여 설명하고 있는 것은 그가 인용하고 있는 콜리지 자신의 말을 자세히 살펴보면 변증법적이 아니라 대화적이다. 한 예를 들어보자. 콜리지는 보수와 개혁의 근본적인 대립이 월터 스콧(Walter Scott) 소설의 핵심적인 원리라고 다음과 같이 지적한다.

> 주체의 본질적 지혜와 행복은 다음과 같이 사실—왕당파와 그 반대파 사이의 대결은 결코 소멸되지 않는다. 왜냐하면 그것은 사회적 인간성의 두 개의 커다란 동력의 원칙 사이의 대결이기 때문이다—에 있다. 한편으로 과거와 고대에 대한 종교적인 고착, 영원을 바라고 존중하는 태도가 있고 다른 한편으로는 이성의 결과로서 지식과 진리의 증가에 대한 열정—"진보와 자유의지"에 대한 강력한 본능이 그것이다. 심원하고도 지속적인 흥미를 가진 모든 주체 안에서 우리는 두 개의 대립적인 힘들 사이의 투쟁—이들은 모두 인간의 안녕에 필수적인 것이다—을 찾아낼 수 있을 것이다. (Coburn, 5에서 재인용)

이 인용에서 두 개의 대립적인 힘들은 서로 지양되어 다른 것으로 통합되는 힘이 아니라 서로 대화적으로 공존하는 힘들이다. 또 다른 예를 콜리지의『문학평전』에서 들어보자.

> 철학적 연구의 임무는 올바른 식별에 있다. 한편 그 식별이라고 하는 것이 분류가 아니라는 것을 항상 염두에 두는 것이 철학자의 특권이다. 어떠한 진리이든 그 진리를 충분히 알기 위해서는 식별할 수 있는 각 부분을 지적(知的)으로 분리해 보아야 한다. 이것이 철학의 기술적 과정이다. 그러나 일단 분리해본 다음에는 그것들을 우리들의 개념 속에서 각 부분이 실제로 그 안에 공존해 있는 전체적 통일체로 다시 환원시켜 보지 않으면 안 된다. 그런데 이것이 바로 철학의 결과인 것이다. (제13장, 461. 김정근 역, 이하 동일)

따라서 서로 분리된 새로운 것이 아니라 그대로 서로 공존하는 것이라는 의미에서 모든 것을 합치는 상상력은 변증법이 아니라 대화법이다. 구별은 분리가 아니라 공존이기 때문이다. 대극적인 두 개의 힘은 언제나 서로를 중화(中和)하는 힘이 있다. 콜리지의 말을 직접 들어보자.

> 대립되는 방향으로 작용하고 다 같이 유한하며 서로 방향에서만 차이가 나는 이 동등한 두 개의 힘은 반드시 서로를 중화하거나 또는 힘을 줄여서 정지 상태로 된다는 것은 명백하다. … 본질적으로 서로를 중화하는 두 가지 힘을 생각해야 한다. … 두 힘의 도식이나 윤곽을 만들었을 때 우리에게 남는 문제는 본질적으로 파괴할 수 없으나 서로 반대로 작용하는 두 가지 세력을 구비하고 있는 하나의 힘과 그 두 세력이 상호 침투하게 되어 생기는 결과, 즉 생성은 우리들 자신의 자기의식의 살아 있는 원리와 과정 속에서, 즉각적으로 관조함으로써 이 명제를 관념적인 것으로부터 현실적인 것으로 끌어올리는 일이다. … 이렇게 추출되는 두 세력의 반작용은 대립되는 방향에서 만나는 것으로 결말이 나는 것은 아니다. 두 힘이 작용하는 힘은 불멸이다. 그렇기 때문에 그 힘은 무진장 분출된다. 또 다 같이 무한하고 다 같이 불멸한 두 세력의 결과는 어떤 것으로 되어

야 하며 정지(靜止)나 또는 중화(中和)는 그 결과가 될 수 없다. 그래서 그 결과는 제3의 것이거나 또는 유일한 생성과 같은 것이어야 한다는 것 이외에 다른 어떤 생각도 할 수 없다. 결국 이런 생각은 필연적인 것이다. 이 제3의 것은 서로 반작용을 하는 두 세력이 상호 침투하는 것에 불과하고 그렇기 때문에 두 세력을 공유하는 것이다. (제13장, 447~448)

여기서 제3의 것이라는 것은 헤겔 식의 변증법적 과정의 마지막 단계의 합(合)은 아니다. 겉보기에는 헤겔 식 변증법의 과정 같지만 좀 더 직접적이고 매개적이라는 의미에서 그것보다 훨씬 잠정적이고 자유롭다. 헤겔 식 변증법은 과정이 너무 규칙적이고 그 결과인 정반합(正反合)의 결과가 지나치게 억압적이기 때문이다. 토머스 맥파랜드(Thomas McFarland)는 콜리지의 대극의 원리를 "복잡한 대화"(complex dialogue)라고 부른다. 프레더릭 러프는 이것을 "혼합된 목소리"(mixed voice)라고 부른다. 그러나 위와 같은 예를 제외하고는 콜리지의 실제 문학비평에서 수행되고 있는 "대화적 상상력"에 대한 논의는 거의 없다. 여기에서 필자는 콜리지의 비평방법론을 대화적 상상력으로 규명하고자 한다. 특히 콜리지의 문학적 사유의 핵심인 상상력 이론도 대화적 "상상력"에 다름 아니라는 것을 밝힐 것이다.

콜리지의 "복잡한 대화"는 "동일성"(정체성)만을 강조하지 않고 오히려 "차이"의 중요성을 강조한다. 그리하여 폴 해밀턴(Paul Hamilton)과 같은 학자는 콜리지가 동일시를 부정하고 나아가 변증법적 총체성을 거부한다고 주장하면서 콜리지의 철학을 차이의 철학으로 파악하기도 한다(Hamilton, 178~181). 콜리지는 어떤 대상의 동일성을 의식하기 위해서 "타자"가 필요하다고 믿는다. 그는 이것을 "자기이중화"(self-duplication)라고 불렀다.

객체는 그 대립물인 주체 없이는 생각할 수 없다. 지각되는 모든 것은 지각자를 가정한다. … 이 원리는 단지 주체 안에서나 단지 객체 안에서 찾을 수 없고 양자(주체와 객체)의 합일에서 찾아야 한다. … 이런 일은 서로를 전제로 하고 대립물로서만이 존재할 수 있는 객체와 주체 안으로 들어가는 동일한 힘의 영원한 자기이중화로 설명될 수 있다. … 다시 말하면 정신(본질적으로 주체와 객체의 동일성을 말함)은 그 동일성을 의식하기 위해 어떤 의미에서는 이 동일성을 와해시키지 않으면 안 된다. 왜냐하면 이 동일성은 타자와 자기로 형성되어지기 때문이다. (제2장, 426~430)

콜리지는 독자의 독서과정에서도 통일체라는 결과(product)나 궁극적 해결(final solution)이 아니라 과정(process) 또는 이행(journey)을 중요시한다. 정신의 자유란 전체를 향해 나아가는 것이기도 하지만 부분들이 이행하는 과정 속에서 실현될 수 있는 것이다. 그러므로 콜리지의 사유방식의 핵심은 대극, 차이, 대화이다.

콜리지가 영국의 경험주의를 비판하고 독일의 관념철학을 받아들인 것에서 예를 들어보자. 콜리지와 동시대에 유명한 정치가이며 경험주의 철학가였던 제임스 매킨토쉬 경(Sir James MacKintosh, 1765~1832)은 한 강연에서 "최초의 인상과 동시에 발생하는 관념연합 법칙은 모든 진실한 심리학의 기초를 형성하며 그와 같은 (즉 경험적인) 심리학을 포함하지 않은 어떤 존재론적 또는 형이상학적 과학은 추상개념과 일반개념론으로 된 거미줄에 불과하다고 단언"하였다(제5장 255~267). 그러나 콜리지는 토머스 홉스에서 데이비드 하틀리에 이르는 영국의 경험주의적 연상주의(associationism)를 철저히 거부하였다. 콜리지는 매킨토쉬의 "철학이 편협한 실증주의적, 유사 상업주의적, 입법에 사로잡힌 영국의 경험철학이었으므로 대륙의 좀 더 시야가 넓은 철학의 입장, 특히 독일 철학의 입장에서 수정될 필요가 있는 것으로 생각했다"(266 주8). 콜리지는 경험이 연속적으로 이어지는 관념의 연합이론보다 "공간과 시간의 형식들에 대한 초월적 해명"을 보여주는 칸트의 『순수이성비판』의 초월적 미학을 더 좋아하였다. 그러나 앞서 지적했듯이 콜리지는 칸트에게서 경험주의에 대한 단순한 초월을 배웠지만 삶에 대한 좀 더 역동적 관점을 제시함으로써 칸트를 넘어섰다.

이렇게 볼 때 콜리지는 영국의 경험주의를 버린 것이 아니다. 오히려 편협한 경험주의를 광정하기 위하여 그것의 대극으로써 독일의 관념철학과의 "복잡한 대화"를 시도했다. 콜리지는 다양한 경험과 선험적 진리의 대화 관계를 수립하고자 했던 것이다.

> 짚이 없이 어떻게 벽돌을 구워낼 수 있는가? 시멘트 없이 어떻게 벽돌을 쌓을 수 있는가? 사실 우리는 모든 사실을 경험이라는 기회를 통해 안다. 그러나 그렇게 얻은 사실은 경험 자체를 가능하게 하기 위해 전제되지 않으면 안 되는 경험보다 먼저 있는 사실이 자신 내부에 존재하고 있다는 것을 어쩔 수 없이 가정하게 된다. (제2장, 423)

콜리지는 위와 같이 경험적인 것만이 아니라 선험적인 것의 필요성을 강조하고 나서 다음과 같이 제1명제로 "진리는 존재와 상관관계에 있다. 현실에 대응되지 않는 지식은 지식이 아니다"(423)라고 제시한다. 여기에서 볼 수 있듯이 콜리지는 경험주의와 관념주의를 대극의 원리에 따라 배치시키고 그 사이의 중간 지대에서 일어나는 대화과정을 통해 무엇인가 새로운 것을 만들어낼 수 있는 역동적인 힘을 얻어내려 한다. 여기에서 "역동적인 힘"이란 후에 콜리지의 유명한 이론인 "상상력"과 연계된다.

3. 콜리지의 비평적 전략: 독자와의 대화적 관계 구축

영문학사상 가장 생산적이고 중요한 우정은 윌리엄 워즈워스와 S. T. 콜리지의 협업(collabolation)과 대화(conversation)로 만들어낸 1798년에 간행된 『서정가요집』이다. 콜리지는 「문학 강연」에서 비평을 성급한 판단보다는 의지의 훈련과 판단의 자발적인 수행을 통해 시와 희곡과 같은 작품의 의미를 작가와 독자가 함께 만들어 가는 것으로 생각했다. 이러한 생각은 『문학평전』에 와서도 "잠깐 동안이라도 시적 믿음을 구성하는 불신에 대한 자발적인 연기"라는 유명한 문구로 발전된다. 다시 말해 작품은 "공동체적인"(communitarian) 것이지 작가의 것만이 아니고 또한 독자의 것만도 아니다. 이 점을 루시 뉴린(Lucy Newlyn)은 다음과 같이 잘 지적해내고 있다.

> 콜리지의 독서 그룹의 모형들은 ··· 정신이 ··· 그의 작품 『친구』(Friend) 자체를 포함하는 그의 문학적 대화들에서··· 콜리지가 계획했던 만민평등사회(Pantisocracy)까지 그 기원을 거슬러 올라갈 수 있다. 쉽고 친근한 교환의 이상이 "대화"시편들의 언어 속에서 주체화되고 있듯이 친구에서 그 교환은 공적 취향을 변형시키기 위한 문체로 승화된다. 만민평등사회에서 콜리지가 추구했던 정신적 커뮤니티는 후에 헌신하는 작가—독자들의 지식계급(Clerisy)의 관념으로 발전되었다. (6)

어떤 의미에서 콜리지는 자신의 문학적, 사회적, 정치적, 종교적 목표의 달성을 위해 비슷한 마음을 가진 "해석의 공동체"를 수립하려 했는지도 모른다. 루시 뉴린은 콜리지가 전혀 출판을 고려하지 않고 사적으로 써넣은 노트북과 읽은 책의 여백에 써놓은 글들에서조차 "상상된 독자"(imagined reader)를 만들어 대화하고자 하는 "대화적 요소"(dialogic ingredient)를 찾아냈다고 밝히고 있다(8). 그렇다면 출판을 염두에 둔 다른 공적인 글들에서는 더 말할 나위가 없지 않겠는가?

콜리지는 "불신에 대한 자발적인 연기"가 왜 독자에게 필요한 것이라고 생각하였을까? 그것은 한마디로 독자도 작가 못지않게 작품에 대한 성급한 판단보다는 진지한 사유를 통해 감정이입이나 공감을 형성하려 하기 위함이다. 1806년에 행한 첫 번째 문학 강연에서 콜리지는 독자를 다음과 같이

4종류로 나누었다.

1. 스폰지 독자: 모든 것을 일단 다 빨아먹었다가 부담을 느끼면 똑같은
   상태로 아마도 좀 더 더러운 것으로 뱉어 버리는 유형

2. 모래시계 독자: 모래시계의 윗부분 같이 받은 것을 짧은 시간에 내버
   리는 유형. 이들의 독서는 유익이 없는 계산적이며 시간을 낭비하는
   독서이다

3. 변형되는 가방 독자: 좋고 순수한 것은 모두 제거해버리고 찌꺼기만을
   가진다. 이런 독자는 다시 자신들의 천박한 상상의 만족을 위해 악을
   취하는 독자의 단점만을 가지고 평가하는 중상모략 하는 독자로 나눌
   수 있다.

4. 거물급 다이아몬드 체 독자: 좋은 것은 가지고 피상적이거나 순수하지
   못한 것은 버리고 그 흔적을 남기지 않는 독자들만이 좋은 독자들이나
   유감스럽게도 그 수가 극히 소수이다. (Esterhammer, 151에서 재인용)

콜리지는 독자들이 훌륭하고 순수한 것만을 취하기를 바란다. 그러나 이
것은 결코 쉬운 일이 아니다. 지적으로 활동적이며 판단력이 깨어 있는 이
러한 독자는 많지 않다. 콜리지는 천박하고 감각적인 것만을 추구하고 진
정한 가치를 모르는 많은 독자들을 불신한다. 콜리지는 19세기 초 당시 수
많은 일반 독자, 서평자, 비평가들의 무지와 횡포를 보아왔기에 더욱 그러
했다. 콜리지는 독자들과의 대화를 위해 그리고 그들과의 연대 나아가 그
들의 역할을 중요시한 만큼 독자들에 대한 제한도 많이 가해야 한다고 생
각했다. 콜리지는 무엇보다도 독자들에게만 모든 것을 맡겨버리지 않았다.
20세기 후반의 일부 "독자반응비평"에서처럼 독자의 해석권을 전적으로 의
탁하지도 않았다.

독자는 작가에 달려 있다. 이상적인 작가란 콜리지에게는 작가와 독자

사이에 대화의 공간을 만들어주는 작가이다. 이 범주에 드는 작가는 콜리지에 따르면 셰익스피어와 밀턴이다. 이들은 독자들에게 상상력을 작동시키도록 자유를 주되 독자 자신들로 작품의 의도와 의미에 대해 진지하게 사유하도록 만든다. 콜리지는 개인적으로 이야기(talk)할 때보다는 강연하거나 설교할 때 그리고 작품을 쓸 때 더 연사와 청중, 설교자와 회중, 그리고 작가와 독자 사이에 생산적인 공감관계에 대해 관심을 가졌다. 이러한 공감관계는 작가와 독자 "사이"에 "중간 지대"를 만들어낸다. 이 중간 지대에서는 작자나 독자 어느 누구도 일방적인 자유나 권리를 행사하지 못하고 "대화"를 통해서만 화해, 타협, 균형을 이룩할 수 있다. 그의 시 「늙은 수부의 노래」에서 수부는 "뼈만 앙상한 손"과 "번뜩이는 눈"을 가지고 말하는 기이한 이야기를 듣는 결혼식 하객은 수부의 "말하는 이상한 힘"뿐 아니라 자신의 "불신을 자발적으로 연기시키는" 감정이입을 통해 공감의 중간 지대가 생겨 "들을 수밖에 없게" 된다. 이러한 하객 같은 독자라면 작가와 작품에 대해 함부로 성급하게 판단해버리지 않고 진정으로 교감관계가 이루어져 문학의 좋은 것과 순수한 것을 받아들이고 합당한 평가를 내릴 수 있고 진정으로 그 작품을 통해 도덕적 변화를 경험할 수 있게 되는 것이 아닐까?

작가는 독자와의 진정한 대화를 위해 게으르고 "수동적인" 독자가 쉽게 문제 해결을 하도록 놓아두지 않고 명민한 독자를 애매한 상태로 인도하거나 혼란스럽게 만들어 "적극적인" 독자로 만든다. 이런 어려운 시험 또는 시련의 과정을 통해 독자는 신중하고 진지하게 시간을 가지고 작품과 작가를 대하게 된다. 콜리지가 『문학평전』을 구조적으로 혼란스럽고 주제적으로 어렵게 이끌어가는 것도 그의 고도의 독자 훈련과정을 위한 것이 아닐까? 루시 뉴린은 콜리지가 제시하는 독서과정에서 독자의 능동성과 수동성 사이의 대극성 사이를 중재하는 틀을 제2권에서 "뱀"의 비유를 들고 있다.

독자는 다만 주로 호기심의 기계적 충동이나 혹은 마지막 해결에 도달하고자 하는 희망에서만이 아니라 여정 자체의 매력에 의해 일어나는 마음의 유쾌한 활동에 의해 (작품에) 끌려 들어가지 않으면 안된다. 이집트 사람들이 지력의 상징으로 삼았던 뱀의 운동처럼, … 독자는 한 걸음마다 멈춰 서서 반걸음 뒤로 물러섰다가 뒤로 물러나는 그 운동을 이용하여 다시 전진하는 힘을 모은다. (『문학평전』, 465)

뉴린은 나아가 이러한 독서과정에서 밀고 잡아당기는 수동-능동관계를 20세기 현상학 독서이론가인 조르지 플레(Georges Poulet)와 볼프강 이저(Wolfgang Iser)에까지 연결시키고 있다(84). 그러나 특히 『문학평전』을 읽는 것은 움베르토 에코(Umberto Eco)의 "열린 텍스트" 이론이나 포스트구조주의 문학이론가 롤랑 바르트(Roland Barthes)의 "쓸 수 있는 텍스트" 이론에서처럼 독자의 창조적인 독법을 주장하는 것은 확실히 아니다(86). 콜리지에게 독자는 "동료 작업자"(fellow-labourer)에 불과하기 때문이다. 작가와 독자와의 관계는 권위와 평등관계 그리고 공감과 우정의 관계가 잘 균형을 이루어야만 해석의 자유와 작가의 권위가 생산적으로 작동하는 이상적인 관계가 될 수 있다.

이러한 관계의 궁극적인 목적은 작가와 독자 사이에 진정한 대화를 촉구하기 위한 것이다. 콜리지는 일단 작가가 독자를 작품으로 초대하면 독자에게 무한한 자유를 주고 방치해두는 것이 아니라 독자가 쉽게 작품의 의미를 결정하지 못하도록 어려움을 주고 자극을 주어 결국은 독자가 적극적으로 작품에 개입하여 작가-텍스트-독자 사이의 진정한 "생산적 대화"의 관계를 수립시키는 것이다. 여기서 대화란 실제로 둘 사이에 대화하는 것도 있겠지만 문학에 있어서 대화란 당연히 암묵적으로 독자와의 대화를 상상하는 것이다. 그러기 위해서는 상대방 아니 어떤 대상에 대한 불신하는 마음으로 의사소통을 단절하거나 일방적인 단성적(monologic)이 되는 것이 아니라 열린 마음으로 대화적 또는 다성적(polyphonic)이 되는 것이다.

4. 상상력 이론: 이성과 오성의 중간 지대

상상력(imagination) 이론은 콜리지 문학사상의 핵심이다. 상상력은 "조형적이고 마술적인 능력"이며 시에서 가장 잘 구현된다. 콜리지는 마음의 건강이 양극단의 중간 상태에 있다고 믿는다. "마음의 건강은 한편에 광신을 수반한 미신, 다른 한편에 무슨 일에도 관심을 두지 않으려는 열정과 행동에 대한 병적인 우둔함이 있는 그 중간 위치에 있다. … 절대적 천재는 사고(思考)와 현실 사이에서 만족한다. 그는 살아 있는 그의 정신에 실체를 부여하고 그의 상상력이 끊임없이 변화하는 형식을 부여하는 것처럼 말하자면 중간 상태에 있다"(제2장, 211~212). 콜리지는 상상력을 "비밀행위"라고 전제하고 두 극단 시이의 대화의 공간에서 생성되는 힘으로 본다. 이런 의미에서 콜리지의 상상력은 "대화적 상상력"에 다름 아니다. 상상력이라는 이름의 중간 지대에는 다양한 경험들이 자제되고 통합되고 새롭게 형성된다.

> 이 상상력은 본능적으로 또 그런 일이 우리가 주목하지 않게 하고서 중간에 개입하는 공간을 채울 뿐 아니라 또 모든 것에 공통되는 제도의 통일을 종합적으로 부여하는 하나의 연속적인 환(環, cycle)(A)으로 (B, C, D, E, F 등의) 환을 생각할 뿐 아니라 어떤 보족적(補足的) 해석에 의해서 조화로운 주기적 운동을 나타내는 하나의 중심이 되는 힘을 제공하기도 한다. (제2장, 424)

여기서 "중간에 개입하는 공간"은 시작이나 끝이 아니기 때문에 연속적인 환을 그리며 주기적으로 움직이는 역동적이고 가장 창조적인 지대이다.

콜리지의 상상력은 이런 중간 지대에 존재한다.

콜리지는 또 상상력을 "이성"(理性)과 "오성"(五性) 사이에 개입하여 화해자나 중재자 역할을 하는 중간자적 성격을 가진 것으로 설명한다. 이성은 "사변적 능력과 지력, 다시 말하면 선험적 원리에 의해 모든 지식 안에 통일이나 필연성이나 보편성을 만들어내거나 아니면 만들어내려고 하는 능력 또는 의지 즉 실천적 이성, 선택능력"이다. 여기서 이성은 하나의 직관력으로 감각이나 현상을 넘어 초감각적 실재인 이데아에 이르는 능력이다. 이성은 오늘날 우리가 흔히 알고 있는 합리주의적 이성이 아니라 "정신적 실재를 내면적으로 파악하는 마음의 눈"이다. 이에 반해 오성은 "규제하고 실체화하고 구체화하는 능력"으로 우리가 오늘날 흔히 말하는 이성과 같은 것이다. 오성은 추론적 지성이며 추상적인 지식이다. 여기서 이성과 오성은 서로 대립적인 성격을 지니지만 서로 보완적인 관계에 있다. 상상력의 개입지점이 바로 이 지점이다. 이성은 인간의 최고능력이지만 이성과 오성의 화해자로서 상상력의 역할은 중요하다. 상상력은 이성과 오성의 능력을 극대화시켜 형성하고 변용시키는 중간에서 매개하는 힘이기 때문이다.

콜리지는 다른 곳에서 상상력의 수동-능동의 이중적 성질을 가진 중간적 능력에 대해 언급하였다. 대상과의 관계에서 인간은 일차적으로 수동적으로 반응하고 그 의미를 지식으로 환원하려는 성향이 있다. 여기에서 상상력은 사물 자체와 주관적 자아의 중간자의 특질을 지니게 되고 다양한 창조와 생성을 가능케 한다. 콜리지는 이를 설명하기 위해 다음과 같은 아름다운 비유를 들고 있다.

대부분의 나의 독자들은 작은 개천물 위에 떠 있는 소금쟁이가 햇빛이
잘 드는 개천 밑에 무지갯빛으로 테를 두른 다섯 개의 반점상(斑點狀)의

그림자를 드리우고 있는 것을 보았을 것이다. 그리고 이 작은 생물이 때로는 흐름을 거슬러 올라가든가 때로는 힘을 모아 좀 더 앞으로 나아가게 하기 위한 순간의 발판을 마련하려고 몸을 흐름에 맡기면서 수동과 능동의 운동을 교대로 반복하는 것을 보았을 것이다. 이런 모습은 바로 사고 행위에 있어서 마음의 자기체험을 아주 적절하게 표상하고 있다. 여기에는 확실히 수동과 능동의 두 힘이 상대적으로 작용한다. 그리고 이것은 수동적이고 동시에 능동적인 어떤 중간능력이 없다면 불가능하다. (철학적으로 말해보면, 모든 정도와 한계에 있어서 우리는 이 중간능력을 상상력이라고 한다. 그러나 보통 언어의 경우 특히 시의 문제에 관한 경우에서는 이 상상력이라는 명칭을 어떤 우세한 자발적인 통제력과 결부된 어떤 뛰어난 능력에 적용시킨다.) (제7장, 300)

상상력 이론은 콜리지 문학사상과 실제비평의 토대이다. 콜리지의 상상력 이론의 핵심을 살펴보자. 콜리지는 "제1상상력"과 "제2상상력"으로 나누어 설명한다.

제1상상력은 모든 인간의 살아 있는 힘이고 또 인간 지각의 최초의 작동자라고 주장한다. 그것은 또 무한한 신(I AM) 안에서 영원한 창조행위를 유한한 마음속에서 반복하는 것이기도 하다. 제2상상력은 전자의 반향이고 의식적인 의지와 공존하고 있으나 그 작용의 종류에 있어서는 제1상상력과 동일하고 단지 그 활동에 정도와 양식에 있어서만 다르다고 생각한다. 그것은 재창조하기 위해 녹이고 퍼뜨리고 흐트러뜨리며 또한 그 과정이 불가능할 때에도 여하튼 간에 늘 이상화하고 통일하기 위해 노력한다. 모든 객체가 (객체로서) 본질적으로 고정되어 있고 또 죽어 있을 때에도 그것은 본질적으로 살아 있는 것이다. (제13장, 453)

제1상상력은 자연 발생적이고 무의식적인 것으로 감각적 자료를 종합하는 능력이다. 이것은 유한한 마음속에서 반복하고 수동적인 기억과 협력하여 작용한다. 이에 반해 제2상상력은 일반적인 능력이 아니라 창조적인 능력이며 시적 상상력이다. 이것은 또한 자연을 재창조하고 이상화하고 조화롭게 하기 위해 모사가 아닌 참된 창조적인 힘이다.

콜리지의 상상력 이론은 그가 내린 "시인"의 정의에서 더 극명하게 밝혀진다.

> 이상적으로 완전하게 설명해보면 시인은 각 정신의 상대적 가치와 위엄에 따라 정신능력은 서로 종속시키면서 인간의 모든 정신을 활동시키는 사람이다. 시인은 우리가 오로지 상상력이라는 명칭을 붙인, 종합적이고 마술적인 힘으로 하나하나의 정신능력을 서로 혼합하고 (말하자면) 그것을 서로 융합(녹여서)시키는 조화적 통일의 어조와 정신을 널리 널리 퍼뜨린다. 이 힘, 즉 처음에는 의지와 오성에 의해 활동을 시작하고, 조용해서 남의 눈에 띄지는 않지만 결코 경감되지 않는 통제하에 언제나 보유되는 바로 이 힘은, 서로 대립되는 성질의 것이나 부조화의 성질을 갖는 것, 즉 통일과 차이, 일반과 구상, 관념과 이미지, 개체와 전형, 신기 및 신선감과 진부한 일상의 사물, 감성의 이상한 상태와 이상한 질서, 빈틈없는 판단력이나 끈기 있는 침착성과 심원하거나 격렬한 정열과 감정 등이 둘 사이의 균형이나 조화로 나타난다. 그리고 다른 한편, 이 힘은 자연적인 것과 인위적인 것을 혼합 조화시키면서 계속 기교를 자연에 종속시키고 문체를 내용에 그리고 시인에 대한 존경을 시에 대한 동감에 종속시킨다. (제14장, 467~468)

여기에서 콜리지가 말하는 이상적인 상상력을 가진 시인은 모든 대극적인 차이들에 균형을 잡고 조화시키는 중간적인 또는 중재적인 능력인 치열한 대화적 상상력을 가진 사람이다. 콜리지는 이상적인 상상력을 가진 시인으로서 셰익스피어와 밀턴을 꼽고 있다. 우선 셰익스피어를 "독창적인 시적 천재"라 부르면서 천재성의 특징으로 첫째 운율의 아름다움, 둘째, 비개성적 주제, 셋째 효과적인 이미지, 넷째 사상의 깊이와 힘을 들고 있다.

"셰익스피어는 단순한 자연아는 아니다. 또 천재라는 자동인형도 아니다. 영을 갖지 않은, 영에 홀린 영감 전달의 수동적 도구도 아니다. 그는 습관이 되고 직관이 된 지식이 습관이 된 감정과 결합하여 그 결과 어떤 사람의 추종도 허용치 않는 엄청난 힘이 생길 때까지 끈질기게 연구하고 깊이 사색하고 자세하게 파악했다. … 셰익스피어는 스스로 앞으로 나아가 인간성이나 정열의 모든 형상이 되고 불이되기도 하고 홍수도 되는 프로티우스이고 … 셰익스피어는 만물로 자신을 변형시키면서 그러나 동시에 언제나 자신으로 남아 있다"(제15장, 480). 콜리지에 따르면 셰익스피어야말로 천 개의 마음을 가진 가장 탁월한 "대화적" "상상력"을 지닌 예술가이다.

5. 『문학평전』에 나타나는 대화적 구조들

콜리지의 비평적 방법인 대화적 상상력은 『문학평전』의 실제비평에서 다양하게 나타나고 있다. 콜리지는 『문학평전』 제1장에서 선배 시인들(형이상학파 시인들)과 당대 시인들의 "대화"를 통해 그 둘을 비교 대조하며 그 중간 지대의 새로운 이상적인 시인을 찾아낸다. 콜리지는 선배 시인들이 "일반적인 규칙을 벗어난 정말로 터무니없는 사상"을 보여주고 있고 "가장 명백한 사상이 너무나도 이상한 언어"로 당대 시인들에 의해 표현되고 있다고 비난한다. 선배들은 지나친 기지(conceit) 때문에 정열을 희생시켰고 당대 시인들은 현란한 이미지와 언어의 우아한 장식으로 지성도 정열도 모두 희생시켰다고 지적한다(제1장, 204). 콜리지는 당대의 시인 중 윌리엄 보울즈(William L. Bowles, 1762~1850)를 지성과 열정을 대화로 균형 유지한 최고 시인으로 꼽고 있다. "한층 더 지속적인 숭고한 문체를 가지고 자연스런 사상과 자연스런 용어를 결합시킨 최초의 시인 즉 열정과 지성을 조화시킨 최초의 시인은 내가 아는 한에 있어서는 그 당시의 시인들 중에서 보울즈와 쿠퍼였다"(제1장, 205~206). 콜리지는 당대 시인들의 논의가 중요하다고 전제하며 보울즈의 시를 좋아하였고 영향을 받기도 하였다. 이런 문학적 평가는 비평가 콜리지가 선배 시인과 당대 시인을 대화시키는 과정에서 나온 결과였다. 콜리지 자신은 시인으로뿐만 아니라 비평가로서도 대화적 상상력이 탁월하였다.

『문학평전』 제1장에서 콜리지가 밝힌 이 책의 목적은 "정치, 종교 및 철학에 관한 나의 근본원리를 설명하고 그와 같은 철학적 원리에서 연역된 법칙을 시나 비평에 적용해보기 위한 서론"으로 삼고자 함이었다. 이밖에도 콜리지의 의도는 1798년에 『서정가요집』을 함께 출간한 윌리엄 워즈워스 시의 우수성을 재평가하고 나아가 시창작과 비평에서 자신과의 차이를 규명하는 데 있었다. 이 작업을 수행하는 데 있어서도 콜리지는 대극의 원리와 동적 철학 원리들을 통한 대화주의를 실천하고 있다. 콜리지는 워즈워스와 처음으로 공동시집을 내고자 할 때 당대 시의 두 가지 커다란 근본 문제를 놓고 대화하였다. 그 하나는 "자연의 진실을 충실하게 파악함으로써 독자의 공감을 불러일으키는 힘"을 지닌 시이고 다른 하나는 "상상력이 꾸미는 색채에 의해 독자에게 신기(新奇)함에 대한 흥미를 가져다주는 힘"을 지닌 시였다. 워즈워스와 콜리지는 이 두 가지 근본 문제에 따라 시가 두 종류로 쓰일 수 있을지 모른다는 생각을 가지게 되었다. 그리하여 전자의 시는 콜리지가 쓰기로 하고 후자의 시는 워즈워스가 맡았다. 콜리지는 초자연적인 주제를 택하였다. 당시 콜리지가 쓰려고 했던 시 창작의 전략은 다음과 같다.

> 사건이나 주인공이 적어도 어딘가 초자연적인 요소를 지니고 있게 만드는 일이었다. 그래서 최상의 목표는 그런 장면을 진실하다고 생각하면 그런 장면에 자연스럽게 따라오는 감정의 극적 진실성에 의해서 인간이 감동을 일으키게 하는 데 있다. … 초자연적인 것에 지배되는 모든 인

간에게는, 있음직하지 않은 초자연적인 것일지라도 그것에 의해 감동을 받게 되면 그것이 진실한 것이 될 수 있다. … 이것은 상상력이 만들어 낸 환영 때문에 (독자가) 일시적으로 불신을 갖는 일을 기꺼이 중단할 만큼 인간적인 흥미와 진실의 유사성을 우리 마음의 내적 본성으로부터 전달하기 위한 것인데 이것이 바로 시적 신앙을 구성하는 것이다. (제14장, 456~457)

그리하여 콜리지는 「늙은 수부의 노래」와 또 다른 몇 편의 시를 썼다. 이 시들은 콜리지가 "초자연적인 것을 자연스럽게 만들기" 전략에서 나온 것들이다. 초자연적인 것에 대한 극적 감동은 우리 감정의 극적 진실성과 결부되어 우리로 하여금 일시적으로나마 "불신을 자발적으로 중단"(willing suspension of disbelief)하고 우리가 시에 몰입할 수 있게 만들며 진실(의 유사성)을 느끼게 한다. 콜리지는 이렇게 초자연적인 소재를 택함으로써 독자들의 시를 불신하는 마음을 떨쳐버리고 "시적 신앙"을 가지게 만들고자 하였다. 그러나 콜리지의 경우 워즈워스와는 달리 『서정가요집』에 많은 시를 싣지 못했다. 그는 「크리스타벨」, 「쿠블라 칸」 등 장시를 시도했으나 완성시키지 못했다. 그리하여 콜리지의 시작품은 『서정가요집』에서 워즈워스의 시편에 비해 수적으로 절대 열세를 가져와 대등한 관계보다는 콜리지가 끼어든 인상을 주게 되었다. 이렇게 되어 워즈워스와 콜리지의 위대한 시적 대화는 불균형을 이루어 깨어질 위기에 빠지게 되었다.

그러나 워즈워스는 『서정가요집』에 많은 시를 실었을 뿐만 아니라 "주로 강한 감수성과 명상적인 마음을 가진 젊은" 독자들의 호의적인 반응을 얻었다. 워즈워스는 우리 주위의 일상적인 소재와 보통 사람의 평범한 언어를 사용하면서도 상상력으로 인해 오히려 독자들에게 놀라움과 신기함을 가져다주는 이른 바 "자연스러운 것의 초자연화" 전략을 구사하였다. 콜리지는 이런 워즈워스의 창작 전략과 특징을 다음과 같이 잘 지적해내었다.

주제는 평범한 생활에서 선택하는 일이었다. 즉 인물이나 사건은 어느 마을에서나, 또는 그 마을 근처에서 발견되는 것으로 하였고 시골 마을이나 그 근처에서 그와 같은 인물이나 사건을 찾거나 또는 그것들이 실제로 눈앞에 현실로 나타났을 때에는 곧 그것들을 알아차리고 명상적인 마음, 감동되기 쉬운 마음을 가진 사람이 있게 되어 있는 것이다. … 워즈워스 씨는 습관이라는 무기력한 상태로부터 마음(의 주의력)을 일깨워 우리 앞에 전개되고 있는 세상의 아름다움과 경이로움에 주의를 향하게 함으로써, 일상적으로 보는 평범한 사물에 신기의 미를 부여하고 초자연적인 것에 유사한 느낌을 일으키는 것 같은 시를 그의 목표로 세울 작정이었다. 사람들은 눈이 있어도 보지 못하고 귀가 있어도 들리지 않으며, 마음이 있어도 느끼지도 이해하지도 못하는 것이다. (제14장, 457)

콜리지는 여기에서 20세기 초 러시아의 형식주의자들이 문학언어의 지배적 특질로 내세웠던 "낯설게 하기"(defamiliarization) 전략을 이미 논의하고 있다. 인간의 인식작용이 반복을 통해 습관화되고 급기야는 자동인형처럼 되어버린다. 이런 인식의 자동화를 깨트리고 인간이 항상 사람과 사물에 대해 새롭고도 신선한 인식과정을 유지하게 만드는 것이 바로 시적 언어이며 문학이 되어야 한다는 것이다. 워즈워스의 시는 문학의 이런 "낯설게 하기" 전략을 잘 수행하고 있다. 그는 아주 작고 사소한 인물이나 사건을 시에 등장시키고 고정되어 있는 시어(poetic diction)를 전혀 사용하지 않고도 독자인 우리들이 신기함으로 인식의 눈을 열게 만드는 것이다. 콜리지는 시인으로서 워즈워스의 천재성의 특징을『문학평전』제14장과 17장에서 잘 지적해내고 있다. 워즈워스는 1800년에 출간된『서정가요집』재판에 자신의 시론과 창작원리를 자세히 밝힌「서문」을 달았다. 이것이 낭만주의 문학이론의 경전으로까지 불리는 획기적이고도 중요한 비평문이 되었다.

콜리지는 워즈워스의 이론과 자신의 이론의 차이를 분명히 밝히며 자신의 시론을 구체적으로 설명한다. 여기에서 콜리지는 당대 최고의 문학적 우정을 지닌 워즈워스와 비평사상 가장 치열한 "대화"를 시도한 것이다. 그는 워즈워스의 시론인 일상적인 언어, 실제로 소박한 감성으로 사람들이 자연스럽게 말하는 언어의 문제를 반박한다. 첫째 워즈워스의 이런 시론은 보편적이 아니라 특정한 경우에 해당한다는 점, 둘째 시가 일상언어로 쓰여야 한다는 특수한 법칙은 적용되지 않는다는 점, 끝으로 이 법칙은 시 창작에 실천되어서는 안 된다고 주장한다. 콜리지는 예술이 자연을 모방하는 수준을 넘어 자연재료를 가공해서 전혀 다른 허구적 세계를 창조해내는 것이라고 말한다. 워즈워스가 전원생활의 소박한 언어를 시어로 선택했더라도 그와 같은 단순한 모방의 쾌락을 추구한 것은 아니라는 것이다.

워즈워스처럼 성공한다 할지라도 대상이 되는 시골 사람들은 일종의 독립된 삶을 살고 교양은 없어도 일정한 종교적 교육을 받은 사람들로서 제시된 것뿐이라는 것이다. 워즈워스 시의 인물들은 자연스러운 산물이 아니라 "오히려 판단과는 절연된 본능을 대표하는 의인화"일 뿐이라고 콜리지는 주장한다. 시골 사람들의 언어는 보편문법이 아니라 특정한 문법을 보여줄 뿐이다. 그러므로 콜리지는 워즈워스가 내놓은 시골 사람들의 언어가 "사물에서 언어의 가장 좋은 부분이 형성된다는 주장"에 반대한다. 진정한 언어는 특수한 상황에 있는 것이 아니라 보편적으로 구성되어야 하고 정신 자체의 행위들에 대한 반성에서 비롯되어야만 한다고 콜리지는 주장한다.

콜리지의 비평방식은 끊임없이 대화적 상황을 연출한다. 『문학평전』에서는 언제나 서로 대립적이고 다른 목소리들을 등장시켜 대화적 담론이 역동적으로 진행된다. 콜리지가 먼저 씨름했던 문제는 영국의 경험주의 철학과 독일의 관념주의 철학과의 대결이었다. 대결방식은 변증법적 방향이 아니라 역동적 대화의식을 통해 새로운 지평을 열고자 하였다. 여기서 새로운 지평은 경험론과 관념론의 일부가 참여하는 합(合)의 지대는 아니다. 대화로 만들어진 공간은 상호 침투적, 상호 활성적이며 양극간의 차이를 소멸시키지 않는다. 콜리지는 워즈워스와 함께 『서정가요집』(1798)을 출간했지만 워즈워스가 2년 후에 「서론」을 추가한 이후로는 자신의 이론과 워즈워스 이론의 "차이"를 부각시키고자 노력하였다. 『문학평전』의 부제인 "나의 문학적 삶과 견해들의 전기적 소묘들"에서 볼 수 있듯이 콜리지의 주 관심사는 한때 친구였고 당대 최고시인 워즈워스의 위대성을 규명하는 동시에 그의 이론과 창작의 잘못된 부분을 지적하는 것이었다. 더욱이 자신의 이론과 워즈워스 이론의 차이를 밝혀 자신의 이론을 대화를 통해 독자적으로 구축하는 것이 그의 목적이었다. 콜리지는 이 작업을 위한 대전제로 "상상력 이론"을 수립하였다. 앞서 필자가 규명하려 했던 바와 같이 이질적인 것을 화해시키고 혼합시켜 통일체를 이룩하려는 콜리지의 상상력은 대상과의 동일성과 차이를 그대로 유지시키려는 과정을 중시하는 대화적 상상력이다. 그러나 필자는 여기서 이런 가설의 일부만을 증명하려 했다. 앞으로 계속되어야 할 필자의 작업은 『문학평전』에서 좀 더 많은 구체적인 실제비평을 이론적으로 점검하는 일이고 콜리지의 다른 비평문들 즉 셰익스피어론과 밀턴론까지 포괄적으로 논의하는 것이다.

6. 콜리지 비평의 재평가

셰익스피어처럼 "수만의 마음을 가진"(myriad-minded) 콜리지에 의해 우리에게 남겨진 이 위대한 책 『문학평전』은 왜 계속 우리의 관심을 끄는가? 제임스 엔젤(James Engell) 같은 학자는 『문학평전』이 19세기 소위 낭만주의 시대에 쓰여진 것이긴 하지만 근대성의 문제를 깊이 천착하고 있기 때문이라고 지적한다. 우리 시대가 아직도 낭만주의 시대의 연속인 포스트낭만주의 시대이기 때문일까? 엔젤의 견해에 따르면 콜리지는 근대성뿐 아니라 탈근대성까지 포용하고 있다. 탈근대의 인식론적 입장을 지지하는 필자의

『문학평전』을 읽은 경험에 비추어 볼 때도 콜리지가 "최초의" 탈근대론자가 아닌가 하는 생각이 인상적으로나마 들었기 때문이다. 물론 이런 견해를 함부로 일반화하는 위험을 줄이기 위해서는 『문학평전』을 좀 더 꼼꼼히 읽어내고 다양한 탈근대이론들과 비교 대조해보아야 할 것이다.

그러나 콜리지가 살던 19세기 초반은 식민주의와 제국주의의 최전방에 있던 영국이 이미 산업화와 도시화를 통한 자본주의화의 과정이 정착되던 시기였다. 1789년의 프랑스 혁명의 열렬한 구체적 개혁운동은 나폴레옹의 등장으로 환멸과 또 다른 전쟁만을 낳았고 세속적 물질주의와 결정론, 과학주의와 진화론, 낙관론 등이 득세하고 인문교양과 기독교 정신은 쇠퇴하고 자연을 파괴하고 농촌은 도시와 유리되고 있었다. 이런 역사적 맥락 속에서 문학지식인 콜리지는 무엇을 꿈꾸었을까? 그는 이미 근대 극복 또는 근대 초극의 열망과 필요성을 어렴풋이나마 틀림없이 감지하고 있었을 것이다. 그가 『문학평전』에서 한 작업은 근대 기획 아닌 탈근대 기획을 위한 치열한 실천의 장이 아니었을까? 콜리지는 분열되고 다투고 무너지는 근대 사회의 초기 징후들을 대면하면서 일종의 분열증적인 불안감과 위협을 느꼈을 것이다. 자본 재분배의 실패로 인한 사회의 분열과 인간관계의 소외 등을 치유할 수 있는 것은 유기적 사상, 초월적 사상, 그리고 통합적 사상이었다. 그것은 콜리지에게는 "상상력 이론"으로 종합된다. 모든 이질적인 갈등, 분열 등은 기계적으로 결합하지 않고 유기적으로 햇빛, 공기, 물을 통해 신비로운 광합성 작용을 하고 지상 모든 동물이 섭취하는 먹이의 토대인 녹말을 만들어내며 살아가는 녹색식물처럼 생성과 되기(becoming)로 성장하는 창조력의 원천이 바로 상상력이다.

콜리지는 왜 종합하는 힘은 선호했는가? 서로 분열되고 다투는 요소들—주관과 객관, 자연과 인간, 새것과 오래된 것, 개인과 사회, 자본과 인간, 도시와 농촌, 특수와 보편, 부분과 전체, 주체와 대상, 작가와 독자, 이론과 실제, 진보와 보수, 과거와 현재, 과학과 시, 능동과 수동, 세속과 거룩 등이 불안한 동거를 하는 것보다 하나로 결합되는 것을 꿈꾸었다. 그러나 결합만이 능사가 아니다. 결합은 합(合)이 되어 또 다른 정(正)이 되고 하나의 억압의 기제가 되는 것이 아닌가? 콜리지가 꿈꾼 것은 정과 반(反)의 합이라는 또다른 폭력이 아니라 균형, 공존, 화해, 타협이라는 평화였을 것이다. 이것은 대화정신에 다름 아니다. 대립적인 것들 사이에 개입하여 서로 공존할 수 있는 어떤 제3의 중간 지대이다. 여기서는 서로 차이를 인정하며 균형을 이루는 것이지 서로 공존할 수 있는 어떤 하나가 다른 하나를 억압적으로 포섭하거나 폭력적으로 병합하는 것이 아니다.

따라서 콜리지의 상상력은 또 다른 힘인 공상력(fancy)을 상정하는 것이다. 공상력이 콜리지의 말처럼 상상력보다 열등한 것이기는 해도 이것이 없으면 통일된 상태만 계속될 것이다. 콜리지가 바라는 동적인 힘과 그리고 역동적인 원리는 공상력이 계속 제공해주는 이질적 요소들 사이에서 건강하게 작동될 수 없다. 이런 의미에서 상상력과 공상력은 상호 배제의 원리가 아니라 상호 보완의 대화적 관계를 형성할 수밖에 없게 된다. 여기에서 많은 콜리지 학자들이 빠지는 실수와 오류가 생겨난다. 상상력은 식민주의적이며 제국주의적으로 통합하는 패권주의가 아니라 공상력을 원용하여 이질적인 요소들이 끊임없이 상호 견제하고 균형을 이루며 역동적이고 생성적인 창조적인 관계들을 만들어내는 상호 보완적인 대화주의를 견지하는 것이다. 서양인들은 본능적으로 생득적으로 두 개의 요소들이 서로 대립하는 이분법에서 출발하는 변증론적인 헤겔주의자들이다. 러시아의 이론가 미하일 바흐친이 20세기 들어서 본격적으로 변증법이 아닌 대화주의를 주장하기 전까지는 말이다. 바로 이 점이 필자가 콜리지의 인식론에서 찾을 수 있는 핵심적인 살아 있는 힘, 인간의 모든 인식에 작동되는 근본 동인(動因, prime mobile)이다.

콜리지는 위대한 대화주의자이다. 그의 비평은 아리스토텔레스뿐 아니라 플라톤의 통찰력이 번뜩이며 과거 고전주의를 받아들여 새로 변형시키면서 낭만주의 비평과 대립적으로 상호 배제하고 있지 않는다. 그는 단순히 "거울"도 아니고 그렇다고 "등불"만도 아니다. 엔젤의 비유처럼 스스로 빛나면서 서로를 통해 더욱 빛나는 "크리스찬 샹들리에"인지도 모른다. 실용적인, 실질적인, 실천적인, 실제적인이라는 뜻을 가진 "practical"(69)을 criticism에 붙여 "practical criticism"(실제비평)이란 말을 처음 사용했던 콜리지는 언제나 양쪽을 바라보며 역동적인 대화의 중간 지대를 철학적 담론 안에서만 머물지 않고 문학의 장에서 행동한 실제비평가이다. 콜리지는 이미 언제나 균형을 추구하는 대화주의자였다.

우리는 흔히 콜리지를 극단적이고 급진적인 낭만주의의 화신으로 보고 있다. 그러나 사실 콜리지는 언제나 "균형"을 유지하기를 좋아했다. 콜리지는 1808년 1월에 처음 시작한 문학 강연에서 비평에 "고정된 원리"를 적용하는 것이 중요하다고 주장하면서 "취향"(taste)을 미학이론의 출발점으로 보았다. 그런데 이 용어는 18세기에 가장 일반적인 비평용어였다. 콜리지는 취향에는 적극적/인식적인 면과 수동적/반응적인 면이 모두 있다고 보았다. 취향의 문제는 18세기의 경험주의 철학자 데이비드 흄의 이론을 거의 그대로 가져온 듯한 느낌이다. 흄은 미학적 반응에는 객관적 요소와 주관적 요소가 있으며 취향은 개인마다 모두 다룰 수 있으나 다른 상상의 측면을 이해하고 묵인할 수 있는 보편적인 원리 즉 "기준"(standard)을 수립할 수 있다고 설명하였다.

또한 콜리지는 18세기의 보편적인 비평 틀인 개념 아름다움(beauty), 상상력(imagination), 공상력(fancy) 등의 용어들을 사용하였다. 그러나 물론 그 용어의 정의를 철학적으로 미학적으로 좀 더 엄밀하게 규정지으려고 노력한 것은 사실이다. 특히 시어(poetic diction) 문제에 있어서도 신고전주의 방식을 완전히 버리지 않았다. 워즈워스가 자신의 서문에서 시어로 지나치게 "소박한"(rustic) 것을 강조한 것과 무조건 "사람들이 실제로 쓰는 언어"를 순수한 것으로 보는 모방적 관념을 반대하면서 시어는 좀 더 일반적이고 보편적 경험과 본질적 감정이 시어선택의 기준임을 강조했다. 시의 도덕성 문제도 16세기 르네상스 시대의 필립 시드니 경 이후 18세기 신고전주의 시대의 영국전통을 그대로 따르고 있다. 콜리지는 자신의 문학 강연의 주요 목적을 정당한 취향과 순수한 도덕이 상호 밀접한 연결이 모든 시대와 여러 경우에 적용되어야 함을 역설하는 것이라고 생각했다(Esterhammer, 144).

콜리지가 18세기 신고전주의 시대의 목적을 가차 없이 비판하고 있으면서 동시에 신고전주의 시대 문학과 낭만주의 시대 문학의 극단적인 면을 모두 피하려고 노력하고 있다. 신고전주의 시대 시인들은 관습, 엄격한 장르, 사실성, 시적 정의에 지나치게 강조하였으며 자신과 동시대인 낭만주의 시인들은 모방과 운율적 실험을 거의 하지 않고 시인의 개성에 너무 의존하고 좀 더 근거 있는 독창성보다는 단순히 표층적인 신기함만을 추구한다는 것이다. 콜리지는 18세기를 무조건 비판하고 19세기 초를 무조건 찬성하는 극단을 피하고 균형, 타협을 원하며 대화를 시도하고 있다(Engell, 73). 또한 동시대 동료 시인인 워즈워스를 평가함에 있어서도 칭찬과 비판이 적절히 균형을 유지하고 있다. 워즈워스가 살아 있는 젊은 시인임에도 불구하고 그의 장점과 위대성을 사심 없이 칭찬하였고 또한 단점을 가차 없이 혹평하였다.

이러한 전통은 16세기 벤 존슨과 17세기 존 드라이든 이래 18세기의 사무엘 존슨의 비평에 이르는 오래전 영국적 비평 전통이었다. 콜리지는 셰익스피어와 밀턴의 작품을 비평할 때는 특히 존슨의 셰익스피어 전집 서문과 밀턴의 평전에서의 존슨의 비평방식을 대체로 따르기로 했다(Engell,

72). 이렇게 볼 때 콜리지는 결코 극단적인 낭만주의자만이 아니라 견고한 전통주의자라고까지 말할 수 있다. 그러나 사실상 콜리지는 전통과 쇄신, 옛것과 새것 사이의 중간 지대에서 진정한 대화정신을 창조적으로 발휘하고자 했던 결국 영국적인 전통에 충실한 시인 비평가였다고밖에 볼 수 없겠다.

안젤라 에스터하머에 따르면 콜리지는 1815년 나폴레옹 정권이 끝나면서 영국과 유럽 사이에 개방적인 분위기가 새롭게 늘어남에 따라 1818년부터 1819년 행한 문학 강좌에서 비교문학적인 시각에서 유럽 문학에 대한 관심을 많이 가지게 되었다고 지적하였다. 더욱이 콜리지는 당시 프랑스의 영향으로 스타엘 부인의 비평의 사회학적 접근을 시도하였다. 한 나라의 문학을 논의하는 데 있어 지리와, 정치적 가족적 구성, 도덕과 신념의 체계, 여성의 대우 등의 문제 등에 관심을 많이 가졌다는 것이다(152). 어떤 의미에서 필자의 논의는 이러한 콜리지 자신의 방법론적 추구를 따라 너무나 영국적인 비평가인 콜리지를 다시 영국 전통인 철학적 경험철학과 경험론적 미학 그리고 "균형과 견제"(balance and check)를 미덕으로 삼는 대화주의의 범주 속에서 콜리지 자신의 비평의 이론과 실제를 재검토하고자 한 것이다. 연구의 결과는 대략 필자가 제시한 가정이 증명되는 방향으로 나가 다시 말해 콜리지는 실제비평은 관념론보다 경험론의 전통에 서 있고 변증법보다는 대화법에 녹아 있음이 어느 정도 확인됨을 알 수 있다. 이 밖에는 부수적으로 낭만주의 이론가로 치부되고 있는 콜리지가 18세기 신고전주의의 경험론적 미학과의 밀접한 관계가 규정되는 등 비평사적 위치가 새롭게 조명될 수 있다고 본다. 이렇게 볼 때 21세기에 우리는『문학평전』과 그 밖의 비평적 저작들을 다시 읽음으로써 콜리지의 비평가 그리고 이론가로서의 위상도 새롭게 재조명되어야 한다.

8장 빅토리아 시대의 대표 비평가,
매슈 아놀드의 비교방법론

완전과 불완전은 실제로 오직 사유의 양태일 뿐이다. 말하자면 그것은 우리들이 동일한 종(種)이나 유(類)에 속하는 개체를 비교함으로써 습관적으로 형성하는 개념이다. … 그리하여 자연의 개체를 유(類)로 환원하고, 또 서로 비교하여 어떤 것이 다른 것 보다 더 많은 유성(有性)이나 실재성을 가진다는 것을 인정하는 경우에 우리들은 어떤 것이 다른 것보다 완전하다고 말한다. 그리고 그러한 것에 한계, 종말, 무능력등과 같은 부정을 포함하는 어떤 것을 인정하는 경우에 우리들은 그것을 불완전하다고 한다.

— 스피노자, 『에티카』(강영계 역), 209~210

우리는 새로운 것을 위해서 아놀드에게 가고 그리고 제자로서가 아니라 우리 자신의 견해와 유사한 견해를 위해서 그를 찾는다. … 아놀드는 우리에게 지도자라기보다 친구이다.

— T. S. 엘리엇, 「아놀드와 페이터」, *Selected Essays*, 432~433

매슈 아놀드는 1848년 앙페르(Anpére)가 사용한 "비교시학"(histoire

comparative)이란 용어를 번역하면서 이 용어를 최초로 사용한 것이 분명하다.

— 르네 웰렉 외, 『문학의 이론』, 67

1. 들어가며: 시의 역할과 비평의 책무

매슈 아놀드(Matthew Arnold, 1822~1888)는 시인으로 출발하여 생애 초기에 수준급의 시집을 출간하였다. 그러나 후에 장학관 직책을 가지고 죽기 직전까지 유럽 각지를 돌아다니며 교육제도의 정책을 비교 연구하며 30여 년간을 열심히 일했다. 동시에 아놀드는 목사 신분이 아닌 사람으로는 처음으로 모교인 옥스퍼드 대학의 시학 교수 직위를 1857년부터 10년간 유지하면서 문학이론과 문학평론을 발표하였다. 동시에 그는 빅토리아 후기인 1800년대 후반을 살아가는 문학지식인으로 당시 문명과 사회에 관한 깊은 관심을 가지고 정치사회비평서인 『교양과 무질서』(1869)를 출간해서 사회비평가, 문화비평가가 되었고 만년에는 기독교에 관심을 가지고 『문학과 도그마』 등의 문학, 사회, 종교에 관한 글을 많이 써냈다. 이러한 다양한 저술 작업을 했던 아놀드의 관심과 사유의 영역은 그만큼 방대하다. 필자는 여기에서 시인 비평가로서 아놀드의 문학론과 비평론을 살피고 그 당시 유럽에서 시작되었던 비교문학과 세계문학에 관한 논의를 연계시켜 논하고자 한다. 그렇다면 아놀드가 살던 시대를 좀 더 들여다보자.

아놀드가 주로 작가와 문인으로 활동했던 19세기 후반 영국의 빅토리아 사회의 병폐는 놀라우리만치 오늘날과 많이 닮아 있다. 영국은 18세기부터 세계 어떤 나라보다 먼저 산업화와 자본주의 경제체제 수립에 성공한 나라이다. 전 세계에 방대한 식민지를 가지고 있던 영국은 국내의 제조업이 활성화되어 자본가와 노동자의 갈등이 격화되었고 광대한 해외식민지를 중심으로 국외무역이 번창하였다. 1859년에는 찰스 다윈의『종의 기원』이 출간되어 진화론이 확산되고 종교(기독교)의 힘은 더욱 약화되었으며 영국에 망명해 있었던 칼 마르크스는 1867년에『자본론』(제1권)을 내놓았다. 아놀드는 당시 빅토리아 사회를 지나친 물질 중심의 세속주의, 문학과 인문학의 쇠퇴, 종교의 붕괴, 급진적 노동운동에서 볼 수 있는 계급 간의 갈등, 영국제일주의의 편안함과 자족감에 빠진 영국인들의 도덕적 해이와 편협성 등에 대한 환멸을 느꼈다. 아놀드는 이런 무질서한 문명의 상태를 비판하고 새롭게 갱생시키고자 하는 시인, 비평가로서 커다란 책임감을 가졌다. 아놀드의 시, 비평, 사회평론 등 모든 저작들은 자신의 시대와 싸우기 위한 인문지식인으로서의 작업의 일환이었다.

문명, 사회 그리고 인간성에 관한 높은 기준을 가졌던 시인-비평가 아놀드에게 빅토리아 시대 영국 사회는 공동의 목표와 최고의 이상을 상실한 귀족 상류계급과 속물근성에 빠져버린 중산층과 무지하고 거친 노동자 하류층들이 서로 싸우는 이전투구장 같이 보였을 것이다.[1] 아놀드의 시「도버 해변」은 20세기 초 T. S. 엘리엇의 최고의 문명 비판시인『황무지』(1922)의 예고편이었다. 엘리엇은 1차 세계대전이 끝난 20세기 초에 황무지를 소생시키기 위해 후에 성급하게 종교(기독교)로 귀의한 감이 있으나, 선배인 아놀드는 문학, 교육, 사회, 문화 분야에서 비평정신으로 자기 시대와 치열한 싸움을 벌였다.

---

1) 아놀드는 미국 방문 강연집인『미국에 관한 담론』(1887)의「머리말」에서 19세기 후반 당시 영국의 정치상황을 "사기꾼들과 까마귀 떼들의 싸움터"로 규정하였다. 여기서 사기꾼들과 까마귀 떼는 귀족계급인 "야만인들"과 중산계급인 "속물들"을 가리키는 것으로 이들은 자신들의 계급 이익에 눈이 멀어 영국의 국가 발전에 대한 필수적인 필요성과 본능에는 무관심하다고 비판했다. 야만인들은 자신들의 지역공동체가 진정으로 필요한 것이 무엇인지 모르고, 편협한 생각에만 빠져 있다는 것이다. 노동자 계급인 대중들도 노동자 정치운동을 통해 권력을 잡기 위해 혈안이 되어 있다고 보았다(viii~ix). 좀 더 자세한 내용은 교양과 무질서(1869) 제3장「야만인, 속물, 우중」을 참조.

아놀드의 문학적 생애를 살펴보면 1850년대는 주로 시작(詩作)에 몰두했고 1860년대부터 시작을 포기하고 문학비평과 사회비평에 관한 글을 쓰기 시작하였다. 이 무렵에 그는 「현대에 있어 비평의 기능」(1864, 이하 「기능」)이라는 긴 글을 썼다. 이 글은 시에서 산문(비평)으로 관심을 옮긴 아놀드의 향후 자신의 글쓰기 작업에 대한 마스터플랜이라고 볼 수 있다. 따라서 이 글은 앞으로 1870년대와 1880년대 아놀드가 다양하게 써낼 문학비평, 교육비평, 문화사회비평, 종교비평에 관한 기조 발제문이라고 볼 수 있다. 필자가 여기에서 이 글을 맨 먼저 다루는 것도 그 이유 때문이다.

그럼 아놀드의 비평의 정의부터 살펴보자. 아놀드는 비평을 "세상에서 알려지고 생각된 최상의 것을 배우고 퍼트리려는 사심 없는 노력"(윤지관역, 이하 동일)이라고 정의 내렸다. 또한 비평의 직분을 "지식의 모든 갈래인 신학, 철학, 역사, 예술, 과학에서 대상을 실제 있는 그대로 보려는 노력"이라고 지적했다. 나아가 "비평가는 이 기회에 자신의 양심을 시험해보고, 어떤 주어진 순간에 비평의 실제가 자기 자신의 정신과 영혼, 그리고 다른 사람들의 정신과 영혼에 실제를 주고 있고 또 줄 수 있는 진정한 공헌이 무엇인지 자문"해보라 권유했다. 결국 진정한 비평가라면 시인, 작가들을 포함해 인간의 창조력을 적절하게 이용할 수 있는 지적 상황을 만드는 것이고 복잡다기하나 현대 사회에서 시인, 작가들을 위해 새로운 풍토를 만들어주는 비평적 노력을 경주해야 된다고 말했다. 아놀드는 「기능」보다 1년 앞서 쓴 글인 19세기 독일 시인 하인리히 하이네에 관한 유명한 글에서 비평가의 최고의 책무를 다음과 같이 적었다.

> 한 시대의 문학을 관류하는 주류(主流)를 확인하고 모든 작은 조류들과 비교해보는 것이 비평가의 최고 기능이다. 그 주류를 보여줌으로써 자신이 비평가로서의 임무의 가장 필수적인 특질을 얼마나 가지고 있는가를 보여준다. 그것은 다름 아닌 한 시대의 "정신의 정당성"(justness of spirit)

을 밝혀내는 것이다. (Arnold, *Selected Criticism*, 419. 필자 역, 밑줄 필자)

아놀드는 비평가가 한 시대정신을 포착하여 시인, 작가들을 선도하는 계몽적 역할을 한다고 강조한다. 아놀드는 흔히 인간의 "창조적 능력"과 "비평적 능력" 중에서 전자가 더 가치 있고 중요한 것이라는 견해에 반대한다. 후자가 전자보다 더 우위라고 주장할 수는 없겠지만 최소한 상보관계가 있음은 분명하다. 그는 당시 빅토리아 시대 영국이 가장 결핍되어 있는 것이 비평정신이라고 지적하며 올바른 비평정신의 회복이 절실하다고 보았다. 건전한 비평정신이 살아 있어야 새로운 창작정신도 활성화될 수 있다. 건전한 비평정신이란 사실을 있는 그대로 공평무사한 사심 없는 마음으로 바라보는 능력이다. 어떤 정파의 파당의식이나 특정 계급의 이익을 대변한다든지, 어느 특정 종족이나 국가의 이익에 봉사해서는 안 된다. 여기서 그가 강조하는 "사심 없음"(disinterestedness)이란 무엇인가?

> "실제적인 사물관"을 멀리하고, 그것이 건드리는 모든 주제에 대한 정신의 자유로운 활동이라 할 그 자체의 법칙을 단호하게 따르는 것이다. 또한 사상에 관한 그 어떤 이면적인, 정치적인, 실제적인 고려에도 도움 주기를 한사코 거부하는 것이다. (*Selected Criticism*, 426. 윤지관 역, 이하 동일)

그렇다면 사심 없는 객관적인 비평정신은 어떻게 획득할 것인가? 아놀드에게 진정한 비평은 본질적으로 순수한 "호기심"의 발휘이다. "인간 본성의 높고 훌륭한 특성으로서 호기심이란 모든 주제에 대한 정신의 자유로운 활동 그 자체에의 사심 없는 사랑"으로 규정한다. 나아가 비평은 "실제, 정치, 기타 이런 류의 모든 것을 상관하지 않고 세상에 알려지고 생각된 최상의 것을 알려는 노력을 그리고 지식과 사상을 다른 어떤 고려의 개입도 없이 이 최상에 도달하는 데 따라 평가하려는 노력을 촉진하는 본능을 따른다"고 언명하고 있다. 호기심이 고동치고 이에 따라 비평이 작동된다면 비평의 시대가 오고 그 이후에 진정한 창조의 시대가 올 것이다.

2. 비교 대조방법으로서의 시금석(試金石) 이론

아놀드는 만년에 쓴 최고의 비평문인 「시의 연구」(1878)에서 시와 비평에 관한 자신의 원숙한 견해와 문학 연구방법으로 시금석 이론을 전개하였다. 우선 그는 문학의 미래에 대해 시가 철학과 종교를 대체할 수 있다는 원대한 희망을 피력하였다.

> 시의 미래는 막대하다. 왜냐하면 인류는 시 속에서 인류의 드높은 운명에 값하는 시 속에서, 시간이 흐를수록 더욱 더 확실한 기반을 찾을 것이기 때문이다. 신념은 온통 뒤흔들리고, 온갖 공인된 도그마도 의문시되고, 기존의 전통도 모두 외해의 위협에 부딪쳐 있나. … 우리는 시를 가치 있게, 지금까지 습관적으로 그래왔던 것보다 더 높게 보도록 해야 한다. 우리는 시가 지금까지 일반적으로 여겨져 왔던 것 이상으로 보다 높은 목적에 쓰일 수 있고 보다 높은 운명에 부름 받은 것으로 생각해야 한다. 날이 갈수록 인류는 삶을 해석하고 위안을 얻고 스스로를 지탱해 나가기 위해 시에 의존하지 않으면 안 된다는 사실을 알게 될 것이다. 시가 없이는 우리의 과학은 불완전할 것이다. 지금 우리에게 종교와 철학이라고 여겨지는 대부분이 시로 대체될 것이다. (*Selected Criticism*, 171~172)

시에 대해 이렇게 막중한 임무를 부여하고 그것이 그 사회와 독자들 가운데서 임무를 수행하기 위해서는 시에 대한 "기준"을 높여서 "고도로 탁월한 시"를 "엄격한 판단"에 따라 다루어야 한다는 것이다. 다시 말해 우리는 "최상의 시"가 필요하다. "최상의 시"를 읽으면서 우리는 "최상의 것, 진정으로 훌륭한 것에 대한 의식, 또 거기서 끌어낼 수 있는 힘과 기쁨에 대한 의식이 우리 마음속에 현존해야 하고, 읽는 것에 대한 우리의 평가를 통어해야 한다."

시의 평가에는 통상 "역사적 평가"와 "개인적 평가"가 있다. 그러나 이두 가지 평가는 과대평가에 이를 수 있기에 모두 오류에 빠질 수 있다. 이에 반해 우리는 "진정한 평가"가 필요하다. 그렇다면 "진정한 평가"란 무엇인가? 그것은 "시금석 이론"(touchstone theory)을 통해서 가능하다.

> 어떤 시가 진정 훌륭한 부류에 속하는지, 따라서 우리에게 가장 이익을 줄 수 있는지 알아내기 위해서, 마음속에 위대한 대가들의 시구와 표현을 항상 기억하고 있다가 이를 다른 시에 하나의 시금석으로 적용하는 것 이상으로 도움이 되는 것은 없다. 물론 우리는 이 다른 시가 대가의 시구와 표현을 닮아야 한다고 요구할 수는 없다. 사실 판이하게 다를 수도 있는 것이다. 그러나 우리에게 조금이나마 눈치가 있다면, 우리 마음속에 그 구절들을 새겨두었을 경우, 그 옆에 놓일 어떤 다른 시 속에서도 발견할 것이다. 짤막한 구절, 한 줄의 시구조차도 우리의 필요에 충분히 기여하게 된다. (*Selected Criticism*, 178)

아놀드는 호메로스, 단테, 셰익스피어, 밀턴 등 서구 문학에서 몇 가지 시금석이 될 시구들을 제시하고 있다. 호메로스와 셰익스피어의 예를 소개해 보자.

> 아, 불행한 한 쌍이여. 어찌하여 우리는 너희를 펠레우스왕에게
> 한 인간에게 주었던가? 그러나 너희는 노년이 없고 불멸이니라
> 비참하게 태어난 인간들과 더불어 너희도 슬픔을 가진다는 말이었던가?
>
> (『일리어드』, 17장, 443~445행. 헬렌이 오빠들에 관해 한 말)

> 그대 마음에 나를 품은 적이 있었다면.
> 잠시나마 그대에게서는 행복을 비워버리고

이 가혹한 세계로 그대의 숨결을 고통스럽게 내쉬어

나의 이야기를 전해다오.

(『햄릿』, 5막 2장, 357~360행. 죽어가는 햄릿이 친구 호레이쇼에게 한 말)

아놀드는 이 시행들이 가장 높은 시적 특성을 가진다고 보고 "최상의 시의 재료와 내용, 그리고 양식과 문체에는 탁월한 정도의 "진실"(truth)과 "진지성"(seriousness)을 가진다"고 주장한다. 시적 우수성의 2가지 특성인 진실과 진지성은 분리된 것은 아니고 서로 역동적으로 연결되어 있는 것이다. 어떤 시인의 경우 이 두 가지 탁월성의 특성이 모두 나타나기도 하고 또 다른 시인들에게는 이 중 한 가지만이 나타날 수도 있다. 물론 이 2가지 특성이 모두 없는 시인들도 있을 것이다. 아놀드는 중세 시대의 제프리 초서(Geoffrey Chaucer, 1340~1400)를 시작으로 영국 시사를 통괄하여 대표적인 시인들을 "진실"과 "진지성"을 잣대로 비교하여 평가한다.

아놀드는 흔히 "영시의 아버지"로 불리우는 초서의 장시 『캔터베리 이야기』를 가리켜 "기쁨과 힘의 순전한 원천"이라고 부른다. 이 시의 재료의 내용에 대해서 "넓고 자유롭고 단순하고 분명하면서도 관대한 인생관"을 들며 우월성을 인정했고 이 시의 문체와 양식에 대해서는 "어법의 성스러운 유려함, 율동의 성스러운 유동성"을 지적하며 "어법과 율동의 사랑스러운 매력에 의해 한 시대를 만들고 하나의 전통을 세운" "결함이 전혀 없는 영어의 샘"이라고 높이 평가하였다. 그러나 호메로스, 단테, 셰익스피어에는 삶의 비평이 있지만 초서에게는 삶의 비평으로서 시의 고도의 "진지성"이 부족하다고 결론을 내린다. 따라서 아놀드의 탁월성의 기준에 따르면 제프리 초서의 시는 "진실"은 있으나 "진지성"이 없기 때문에 영문학사에서 진정한 "고전" 반열에 들지 못한다고 평가를 내린다.

아놀드는 그러나 호메로스나 단테와 마찬가지로 르네상스 시대 윌리엄 셰익스피어와 17세기 시인 존 밀턴의 시 작품에 대해서는 "진실"과 "진지성"이 모두 들어 있기 때문에 진정한 고전작품의 반열에 들어간다고 판단하였다. 이후 영국 시인들에 대해 아놀드는 자신의 "진실한 평가"에 따라 17세기 말의 신고전주의 시인 존 드라이든, 18세기의 시인 알렉산더 포우프의 시에는 작시술의 대가들이지만 영국 시의 고전이 아니라 영국 산문의 고전임을 인정한다. 흥미롭게도 아놀드는 18세기 시인 토마스 그레이를 "진실"과 "진지성"을 가진 "고전" 반열에 넣었고 당시 인기 있었던 스코틀랜드 시인 로버트 번즈에 대해서는 제프리 초서처럼 삶의 비평으로서의 "진지함"이 부족하다고 다음과 같이 평가를 내렸다.

> 번즈는 고전은 아니며, 위대한 고전의 탁월한 고도의 진지성을 가지지도 않고, 고전 특유의 삶의 비평과 장점에까지 오른 운문을 가지지도 않지만, 내용의 철저한 진실과 이에 부응하는 문체의 진실을 가진, 속속들이 건전한 시를 우리에게 전하는 시인이다. … 나의 목적을 위해서는 분명히 개인적인 평가가 형성되어 있는 첫 시인인 번즈의 경우 하나만을 드는 것으로 충분하다. 또한, <u>위대한 고전들의 시를 일종의 시금석으로 사용하여, 우리가 전에 역사적 평가에 마주쳐서 했던 방식과 똑같은 식으로, 이 평가를 교정해 나갈 만한 정도를 제시하기에 충분하다.</u> … 나는 진정한 평가로 가는 길에서 우리를 도와줄 하나의 방법을 지적하려 했다. 그리고 누구라도 자기만 좋다면 혼자 힘으로 이를 적용해볼 수도 있도록 하려 했다. (*Selected Criticism*, 191~192. 밑줄 필자)

결국 시금석 이론의 작품 평가방식의 목표는 "전체적인 가치—시에서 최상의 것, 진정한 고전을 분명하게 느낄 수 있고 깊이 즐길 수 있다는 이익—에 도달"할 수 있는 "진정한 평가"에 이르는 것이다. 우리가 문학에서 "진실"과 "진지성"을 느끼면서 궁핍한 시대에서 고단하게 살아가는 많은 문학독자들은 결국 거의 무의식적인 "인간성 속의 자기보존 본능"을 따르는 것이 아니겠는가? 아놀드의 시금석 이론을 과연 작품 읽기와 해석에 일반화시켜 적용할 수 있는 것일까? 아놀드의 비평방식은 비평가의 취향에 따른 주관성에 빠질 가능성이 있다. 주관주의가 가장 널리 비판 받는 점이다. 물론 아놀드는 비평가가 인생에 대한 넓은 식견과 경험, 고전작품을 많이 읽고 난 후에 얻은 인류가 지금까지 알아왔고 생각한 것 중 최상의 것일 "교양"(culture)을 통해 공평무사성(사심없음)과 객관성을 유지할 수 있다고 믿고 있다. 아놀드가 요구하는 완벽성을 추구하는 비평가라면 분명 개인적 주관성의 오류에 빠지지 않고 문학작품에서 "진실"과 "진지성"을 찾아낼 수 있을 것이다.

3. 영국 문학 연구를 넘어 비교 세계문학 연구로

아놀드는 「켈트 문학 연구」(1866)란 글에서 18세기 후반부터 제임스 맥퍼슨(James Macpherson, 1736~1789)이 3세기 게일어 시인 오시안(Ossian)의 작품이라고 발표한 시편이 질풍노도처럼 확산되었던 켈트식 요소에 주목하였다. "사실에 대한 격렬한 저항", "감각적인 자연", "역경과 투쟁", "거대한 재앙들"에 의한 회한과 정열의 감정인 "켈트적 감수성"의 마술적 요소가 전 유럽 문학의 하나의 공통의 자산이 되었음을 논의하였다. 또한 낭만주의 운동이 전 유럽으로 확산되어가고 있는 것에 관심을 보이면서 유럽 문학은 "켈트적 감수성"을 통해 각국의 국민문학을 넘어 유럽 문학의 공동자산으로 자리매김하고 있다고 선언하였다. 그런 다음 아놀드는 「문학에서의 현대적 요소에 관해」에서 "비교"의 중요성에 대해 다음과 같이 강조하였다.[2]

---

2) 아놀드는 1878년 간행된 사무엘 존슨(Samuel Johnson, 1709~1784)의 『영국 시인 평전』에 붙인 서문에서 문학을 통한 교육의 진정한 선 즉 "기준점"을 논하면서 존슨의 『포우프 평전』에서 그의 글을 다음과 같이 인용하였다.

현대의 이해를 위해 제시된 광경, 즉 사실들은 사실상 광대하다. 그 사실들은 사건, 제도, 과학, 예술, 문학으로 구성되며, 현재에 이르기까지 인간생활은 이를 통해 표현되었다. 즉 광경은 인류의 집단생활이다. 그리고 어느 곳에나 연결이 있고 어느 곳에나 예증이 있다. 즉 어떤 한 가지 사건, 어떤 한 가지 문학이라도 다른 사건들, 다른 문학들과 관련시켜서 보지 않는다면 적절히 이해되지 않는다. 고대 그리스의 문학과 기독교 중세문학은 두 개의 분리된 문학, 인간정신의 분리된 두 성장으로 여겨지는 한 적절히 이해되지 않는다. 그런데 현대의 요구는 바로 적절한 이해이다. 캠브리지의 저명한 총장(고 콘소트 공작(Prince Consort))은 맨체스터의 청중에게 언젠가 이렇게 말했다. "우리 자신의 시대 및 나라의 작품과 다른 나라의 작품을 비교해야 합니다. 우리는 우리가 소유한 지식과 생산력의 대단한 발전에 자부심을 느끼는 한편으로, 옛 학자들의 작품 속에 표현된 세련된 감정과 힘찬 사고를 명상함으로써 겸손을 배울 수도 있습니다." 다른 사람들이 서 있는 방식을 앎으로써 우리는 우리 자신이 서는 방식을 알 수 있을 것이며, 우리 자신이 서는 방식을 앎으로서 우리는 우리의 잘못을 고치고 구원을 얻을 수 있을 것이다. 그것이 우리의 문제이다. (*Selected Criticism*, 142~143. 밑줄 필자)

아놀드는 같은 글에서 독일의 대문호 괴테(1749~1832)의 시를 논하는 자리에서 중세 이태리의 대시인 단테(1265~1321)와 르네상스 시대 영국의 대시인 셰익스피어를 설득력 있게 비교하였다.

단테의 과업은 중세의 가톨릭주의 견해에 따라 세계에 교훈을 주는 것이었다. 영적 생활의 토대가 주어졌기 때문에 단테는 이것을 새롭게 만들

판단은 경험에 의해 결정되어야 한다. 많은 책을 읽은 사람은 반드시 한 작가의 의견 또는 한 문체를 다른 작가와 비교해야 한다. 비교할 때는 필연적으로 구별하되, (나쁜 것을) 거부하고, (좋은 것을) 선택해야 한다.(345)

여기에서 아놀드는 문학작품이나 시인 작가들이 가치판단을 내릴 때는 우리의 독서나 삶의 그 구체적 방법으로 "비교"를 들고 있다.

필요가 없었다. 셰익스피어의 과업은 인간의 영혼이 르네상스 시대 세계의 집념을 다시 세울 때 세계에 장관을 제공하는 것이었다. 인간 삶의 장관은 그 자체의 중대성을 가지고 그 자체의 이야기를 만들려고 남겨졌으나 충만함, 다양성, 힘 안에서 보여주도록 남겨졌기에 그 당시에는 중요한 문제였다. 그러나 우리가 좀 더 깊이 파악해본다면 영적 생활의 토대가 아직도 기독교의 개혁파건 비개혁파건 전통적 종교였고 셰익스피어는 새로운 토대를 제공할 필요가 없었다. 그러나 괴테의 시대에 유럽은 영적 생활의 토대를 상실하였다. 유럽은 그것을 다시 찾아야 했다. 따라서 괴테의 과업은—이것은 현대시인의 불가피한 과업이다— … 단테와 같이 주어진 텍스트에 관해 숭고한 설교를 하는 것이 아니고, 셰익스피어와 같이 인간생활의 왕국과 왕국의 영광을 보여주는 것이 아니고 인간의 삶을 새롭게 해석하고 그에 관한 새로운 영적 토대를 제공하는 것이다. (*Selected Criticism*, 137)

아놀드는 중세, 르네상스, 현대(18세기와 19세기)의 필요성을 비교하면서 시인들의 역할도 구분되었음을 지적하였다. 다시 말해 단테의 임무는 설교하는 것(preach)이었고, 셰익스피어의 임무는 보여주는 것(exhibit)이었고 괴테의 임무는 해석하는 것(interpret)이었다고 명쾌하게 대비시키고 있다.

아놀드의 비평에서 비교방법은 유럽 고전문학과 유럽 각국의 현대문학을 비교하는 등[3] 다양하다. 아놀드는 「바이런」이란 글에서 19세기 영국 최고의 낭만시인인 워즈워스와 바이런을 논하면서 두 시인의 장단점을 비교하고, 영국 낭만주의의 또 다른 시인들인 콜리지, 셸리, 키츠 등 전체로 비교 대조하고 그들의 문학사적인 위상도 논의하였다.

---

3) 아놀드는 「문학에서의 해석적 요소에 관해」란 글에서 그리스 소포클레스 시대와 영국의 엘리자베스 시대의 영국을 비교하였고, 그리스 작가 메난더와 아리스토파네스를 비교하기도 하였다(*Selected Criticism*, 149~152). 「하인리히 하이네」에서 독일 시인 하이네의 시에서 두 이질적인 특질인 "유대적 요소"와 "그리스적 요소"를 대비시키면서 이상적으로 결합되고 있다고 언명하였다(앞의 책, 440).

워즈워스의 가치는 또 다른 종류의 것이다. 워즈워스는 인류를 위한 기쁨과 위안의 원천들에 대한 통찰을 갖고 있으며, 이는 바이런에게는 볼 수 없는 것이다. 그의 시는 바이런의 시보다 우리가 의지할 더 많은 것을, 즉 우리가 지금 의지할 수도 있고 인간들이 항상 의지해도 좋을 보다 많은 것을 전해준다. 나는 따라서, 비록 몇 가지 점에서 그가 바이런보다 훨씬 못하며 또 바이런의 시가 그의 시보다 항상 많은 독자를 얻을 것이고 보다 쉽게 즐거움을 줄 것이라 해도, 전체적으로 보아 워즈워스의 시를 바이런의 시보다 상위에 둔다. 그러나 이 두 사람, 워즈워스와 바이런은 실제적 성취에서 으뜸이고 탁월한 위치에 서 있으며 금세기의 영국 시인들 가운데서 영광스러운 짝이라고 나는 생각한다. 키츠는 사실상 이 두 사람 어느 누구보다도 견줄 데 없는 시적 재능을 더 가졌다 해도 거의 틀림이 없을 것이다. 그러나 그는 생산량이 너무 적은 상태에서, 이들에 필적할 만큼 성숙하지도 못한 채 죽고 말았다. 나로서는 이들의 당대인 어떤 다른 사람도 이들과 어깨를 나란히 한다고는 생각조차 할 수 없다. 콜리지는 아편의 안개 속에 난파한 시인·철학자이며, 셸리는 허공에서 헛되이 빛나는 날개를 치는 아름답고도 무용한 천사이다. 워즈워스와 바이런은 저절로 두드러진다. 1900년이 다가오는 이 때, 이 나라가 이제 곧 끝나게 될 이 세기의 시적 영광을 이야기하자면 가장 먼저 들어야 할 이름은 이들의 이름이다. (*Selected Criticism*, 408. 밑줄 필자)

아놀드는 「아카데미의 문학적 영향」이란 글에서 영국 작가들과 유럽 작가들의 비교도 다양하게 수행했다. 우선 18세기의 신고전주의 작가 조셉 애디슨과 프랑스의 작가 요셉 주베르(Joseph Joubert, 1754~1824)를 다음과 같이 비교하였다.[4]

---

4) 아놀드는 논문 「바이런」에서 괴테와 바이런을 비교하였고(*Selected Criticism*, 198~400), 「하인리히 하이네」란 글에서 하이네와 바이런을 비교하였다(앞의 책, 137). 아놀드는 바이런은 천재이지만 "최고의 천재가 가져야 하는 지적인 능력"이 부족하고 "천재가 아니었으면 교양도 없고 사상도 없는 19세기 평범한 신사"였을 거라고 평가했다. 반면에 하이네는 프랑스 혁명의 아들이며 "독일의 모든 문화"를 가졌으며 그의 머리에는 "현대 유럽의 사상들로 가

이것이 고전적인 영어이며 명료성, 척도, 균형에 있어 완벽하다고 할
수도 있다. 나는 여기에 대해 이의를 제기하는 것은 아니다. 그렇지만 내
쪽에서 보자면, 표현된 사상이 그야말로 진부하고 황폐하며, 이 위대한
주제에 관한 더 심오하고 현저한 사상을 산출하지 못한 점이 바로 애디슨
에게 있어서의 촌티라고 말하겠다. 비록 그가 한 민족이 그 민족의 위대
한 모랄리스트로 내세우는 인물하기는 하지만, 동일한 주제에 대한 일류
의 진정한 모랄리스트, 사상으로 진정 중심에 위치한 모랄리스트인 주베
르(Joubert)의 다음 말과 비교해보자.

많은 의견을 경험함으로써 정신은 많은 유연성을 얻고, 최상의 것이라
고 믿는 것을 그 의견들을 통해 확인한다.

주제를 건드리는 한 줄기 빛이 있다! 그것이 얼마나 우리를 생각케 하
는가! 도덕학에 대한 얼마나 진정한 기여인가!

한마디로 말해, 아카데미와 같은 중심이 없는 곳에서는 천재와 힘찬 사
상을 겸비하더라도 통용되는 최상의 문체를 갖지 못하기 쉽다. 또 문체의
정확함을 가지고도 천재를 가지지 못하면, 통용되는 최상의 사상을 갖지
못하기 쉽다. (*Selected Criticism*, 82~83)

아놀드는 죽기 5년 전인 1883년에 미국을 방문하여 수차례 강연하였다.
그 결과로 나온 미국 문학의 아버지 랠프 월도 에머슨(Ralph W. Emerson,
1803~1882)에 관한 긴 글에서 에머슨의 시에 대해서는 별로 높이 평가하
지 않았으나 에세이들은 19세기 산문 분야에서 영어권을 통틀어 최고의 걸
작으로 꼽았다. 이 글 말미에서 아놀드는 당대 영국의 대표적인 문필가였
던 토마스 칼라일(Thomas Carlye, 1795~1881)과 에머슨을 비교하고 있다.
칼라일은 노동의 위엄, 정의의 필요성, 진실의 사랑, 거짓에 대한 혐오만을
강조하면서 희망이나 행복을 무시하였다. 그러나 칼라일과 교류가 깊었던

득 찼다"고 말했다. 동시에 그는 "어떤 도덕적인 균형"이 부족하여 "영혼과 성격의 고상함의
결여"로 "절반의 성공"을 거두었다고 지적했다.

에머슨은 반대로 이 지상에서 우리의 최종적인 목표는 행복과 희망이라고 주장하였다. 여기에서 아놀드는 스코틀랜드인 칼라일보다는 미국인 에머슨을 강력하게 지지하였다. 우리가 문학을 읽고 감상하고, 쓰고 발표하는 모든 인문학 작업은 우리의 행복과 희망을 위한 것이다. 우리가 종교를 가지거나 문학을 하면서 삶의 기쁨과 소망을 얻지 못한다면 무슨 가치와 소통이 있겠느냐고 아놀드는 반문하였다(*Selected Criticism*, 449~450).

여기에서 구체적인 비평의 임무가 떠오른다. 아놀드는 "비평의 성과 없는 갈등을 피하고 편협하고 상대적인 개념들만이 가치와 타당성을 독점하는 영역에서 벗어남으로써, … 비평의 임무가 진정으로 의존하는 보다 넓고, 보다 완전한 개념들을 받아들일 수 있는 기회를 갖는다"고 지적한다. 아놀드는 진정한 비평가란 모름지기 잘못된 시대 조류를 거부하고 저항해야 한다고 강조한다.

> 비평가는 조류와 함께 흘러가려는, 당파운동의 하나, 이 대지의 자식들 중 하나가 되려는 잦은 유혹을 느낀다. … 그러나 비평가의 임무는 거부하는 것, 혹은 저항이 헛되다면 적어도 오베르만(Obermann)[5]과 더불어 이렇게 외치는 것이다. "저항하며 죽어가자"라고. (*Selected Criticism*, 108)

아놀드는 비평가는 모든 문학작품들에 일단 의심과 불만을 품고 그 작품들에 높고 완전한 이상이 있는지 그리고 실제적 문제에서 벗어나 있고 파당적인지에 대한 자기점검이 있어야 한다고 지적한다. 동시에 비평가는 교조적이지 않고 유연한 자세를 취해야 한다. 이를 위해서는 자국민족주의의 범위를 벗어나 세계로 눈을 돌려야 한다. 맹목적 민족중심주의(쇼비니즘)에

---

5) 19세기 프랑스 작가 에테엔 피베르 드 세낭쿠르(Étienne Pivert de Senoncour, 1770~1846)의 서한 형식의 소설 『오베르만』(*Overmann*, 1804)이다. 낭만적 우울로 가득 찬 이 소설은 당시 유럽 낭만주의 작가들에게 큰 영향을 끼쳤다.

빠지면 편협해지고 강퍅해져서 사심 없이 객관적이지 못하고 오늘 같은 세계시민주의 시대에 보편성을 지닌 최고를 지향할 수 없다.[6]

유럽에서 매슈 아놀드보다 앞서서 세계문학에 대해 언명한 경우를 살펴보자. 독일의 대문호 괴테는 19세기 초에 이미 "세계문학"에 대해 언급한 것으로 잘 알려져 있다. 이 당시 독일은 단일한 통일국가가 되지 못하고 소공국들로 나누어져 있는 상태였다. 이런 상황에서 괴테는 당시 국민문학으로서 영국 문학이나 프랑스 문학에 비해 많이 뒤쳐져 있었던 현대 독일 문학의 수립을 위해 혼신의 노력을 하였다. 이런 과정에서 괴테는 앞서가고 있는 유럽의 외국 문학들에게서 좋은 면들을 배우면서[7] 나아가 독일 문학을 국민문학의 경계를 넘어 세계문학으로 지향하고자 했을 것이다. 1827년에 처음으로 괴테는 "세계문학"에 관해 언명하였다. 괴테는 같은 해 1월 31일에 에커만과의 대화에서 세계문학 시대의 도래를 선언하면서 독일 문학도 그 편협성에서 탈피하기 위한 이러한 동향에 적극 참여해야 한다고 밝혔다.

> 시는 인류의 공유재산이라는 것, 또한 어느 시대 어디에서도 수없이 많은 인간들이 있는 곳에서 탄생하고 있다는 것을 나는 요사이 더욱더 확실하게 깨닫게 된다네. … 그러나 사실 우리 독일인들은 우리 자신의 환경과 같은 좁은 시야에서 빠져나가지 못하면 아주 쉽게 현학적인 자만에 빠지게 되지. 그러므로 나는 즐겨 다른 나라 국민에게 눈을 돌리고 있고, 또 누구에게나 그렇게 할 것을 권하고 있어. 오늘날에는 국민문학이란 것이 큰 의미가 없어. 이제 세계문학의 시대가 시작되고 있지. 그러므로 우리 각자는 이런 시대의 도래 촉진을 위해 노력을 다하지 않으면 안 되네. (에커만, 233. 곽복록 역)

---

6) 아놀드는 그의 글 「하인리히 하이네」에서 영국 문학의 편협성과 지방성에 대해 맹렬한 비판을 가한 바 있다(*Selected Criticism*, 426~429)

7) 지독한 영문학 애호가였던 괴테는 아직 근대문학으로서 서지 못했던 독일 문학이 영국 문학을 기준으로 삼아 배우고 연구해야 한다고 역설했다. 이에 관해서는 필자의 졸고, 「볼테

괴테는 1830년에 토마스 칼라일이 쓴 『쉴러의 생애』를 위한 서문에서 다시 한 번 "보편적 세계문학"에 관해 논의하였다. 그는 국민문학들 간의 상호 교류를 통해 좀 더 보편성을 띤 모든 국가들의 국민들이 함께 할 수 있는 공동재산으로서의 문학을 염두에 두고 있다.

> 벌써 얼마 전부터 보편적 세계문학이 논의되고 있는데, 이것은 조금도 이상할 것이 없다. 왜냐하면 두렵기 짝이 없는 전쟁의 와중에서 마구 뒤섞이고 온통 뒤흔들렸다가는 다시금 개별적 자기 자신으로 환원된 모든 나라들의 국민들은 그들 자신이 많은 낯선 것을 인지하여 그것을 자신 속에 받아들이게 되었고 이곳저곳에서 지금까지는 느끼지 못하던 정신적 욕구들을 느끼게 된 사실을 새삼 깨닫지 않을 수 없게 되었기 때문이다. 이런 체험으로부터 이웃과의 관계에 대한 감정이 우러났으며, 정신도 지금까지처럼 문을 닫고 지내는 대신에, 다소간의 자유로운 정신적 교류 속에 함께 어울리고 싶은 욕구를 차츰차츰 느끼게 된 것이다. (괴테, 『문학론』, 257. 안삼환 역)

그 이후 18년이 지나 1848년 공산주의 이론가인 칼 마르크스도 "세계문학"에 대한 언급을 하였다. 마르크스와 엥겔스는 『공산당 선언』(1848)에서 이미 자본의 국제화와 노동의 확산을 통해 국가 간 차이들과 민족 간의 대립들이 감소되고 세계화 현상이 일어난다고 선언하였다. 그 이유는 부르주아 계급의 발전과, 상업의 자유화, 세계시장의 확대, 생산양식의 단일화와 이와 부수되는 삶의 조건들이 변하기 때문이다(Marx and Engels, 26). 이에 앞서 마르크스와 엥겔스는 "견고한 모든 것은 녹아 대기로 사라지고 성스러운 모든 것은 세속화된다"(앞의 책, 10)고 선언하고 정치·경제상황뿐 아니라 문화예술 분야에서도 "세계시민주의적 특성"(앞의 책, 10)이 나타난다고

르와 괴테가 본 영문학—영문학 정체성 탐구시론」 참조.

전제하고 급기야 "세계문학"(world literature)의 출현에 대해 다음과 같이 선언하였다.

오래된 지방적이고 국가적인 격리와 자급자족 대신에 우리는 모든 방향에서 상호 교류를 즉 국가들 간의 보편적인 상호 의존성을 경험하고 있다. 개별 국가들의 지적인 창작 작품들은 공동의 재산이 되고 있다. 국가적인 일방성과 편협성은 점점 더 불가능해지고 수많은 국민 문학들 그리고 지방 문학들로부터 세계문학이 부상하고 있다. (Marx and Engels, 11. 밑줄 필자)

아놀드가 괴테와 마르크스/엥겔스의 세계문학에 관한 글을 읽었는지는 확실치 않으나 19세기 초반부터 유럽에서는 세계문학론이 본격적으로 시작되었음을 알 수 있다.

비평가는 외국의 사상을 깊이 연구하고 자신들이 가지지 못한 부분을 배워서 가져와야 한다. 우리 문화의 정체성은 결국 타자인 외국 문학, 세계문학과의 관계 속에서 정립될 수 있다. 국민문학에 안주하지 않고 조선의 식민지 문인 임화(林和)처럼 이식문학론[8]을 넘어서는 넓은 시야를 가지기

---

8) 임화는 「신문학사의 방법」(1940)이란 글에서 "문학적 환경"에 관해 논의하면서 "신문학사"란 "이식문화의 역사"라고 다음과 같이 규정하였다.

문화교류 내지는 문학적 교섭이란 것이 환경 가운데서 연구될 것이다. 이것은 따로 비교문학 혹은 문학사에 있어서의 비교적 방법으로 별개로 성립할 수도 있는 것이다.

그러나 신문학사의 연구에 있어서 문학적 환경의 고구(考究)란 것은, 신문학의 생성과 반전에 있어 부단히 영향을 받아온 외국 문학의 연구다.

신문학이 서구적인 문학 장르를 채용하면서부터 형성되고 문학사의 모든 시대가 외국문학의 자극과 영향과 모방으로 일관되었다 하야 과언이 아닐 만큼 신문학사란 이식문화(移植文化)의 역사다. 그런만치 신문학의 생성과 발전의 각 시대를 통하며 영향받은 제 1외국문학의 연구는 어느 나라의 문학사상의 그러한 연구보다도 중요성을 띄우는 것을, 그 길의 치밀한 연구는 곧 신문학의 태반의 내용을 밝히게 된다. … (조선 문학이) 그러면 직접으로 서구 문학을 배웠느냐 하면 그러지도 아니했다. 그럼에도 불구하고 신문학은 서구 문학의 이식과 모방 가운데서 자랐다. 여기에서 이 환경의 연구가 이미 특히 서구 문학이 조선에 수입된 경로를 따로히 고구하게 된다. 외국 문학을 소개한 역사라든가 번역문학의 역사라든가, 특별히 관심되어야 한다. (485)

위해서 비평가는 우선 비교문학적 시각을 가져야 한다. 아놀드의 말을 다시 들어보자.

　　모든 비평가는 이 기준을 근처에라도 닿기 위해 자기 나라 것 외에도 적어도 하나의 위대한 문학을 가지려 해야 하고 그것이 자기 나라의 것과 다르면 다를수록 더 나을 것이라고 … 그것 하나만으로도 우리의 미래를 크게 도울 수 있다. 유럽에 걸쳐 비평과 비평정신의 중요성이 크게 부각되는 현대에 의미를 띠는 비평이란 유럽을 지적, 정신적 목적을 위해 공동보조를 취하고 공동의 성과를 얻으려고 작업하는 하나의 거대한 연맹체로 보는 것이다. 그 연맹체의 구성원은 <u>합당한 소양을 갖추기 위해 그리스, 로마, 동양의 고대에 대하여 그리고 상호간에 대하여 지식을 갖추고 있어야 한다</u>고 보는 그러한 비평이다. (*Selected Criticism*, 115. 밑줄 필자)

위의 인용에서 아놀드가 "동양의 고대"까지 언급한 것이 이채롭다. 아놀드는 비평가로서 자신의 영국적 편협성을 극복하고 자신의 개성으로부터 벗어나려는 원심적 노력으로 언제나 영국 시인 작가에 대한 연구뿐 아니라 대륙의 특히 프랑스와 독일의 시인 작가를 비교문학적 시각에서 폭넓게 읽고 공부했다. 아놀드는 시인과 비평가로서 독일 근대문학의 설립자인 괴테(*Selected Criticism*, 363~365)를 높이 평가하였고 시인으로는 하이네(*Selected Criticism*, 422~445)를 좋아하였다. 프랑스 문인으로는 어네스트 르낭을 본받고자 했고 당대 최고의 비평가로 샤를 오거스텡 생트-뵈브를 추천하고 흠모하였다. 대서양 건너 미국 문학의 아버지인 당대 미국 최대의 문인인 랠프 월도 에머슨(*Selected Criticism*, 446~450)을 높이 평가하였다. 러시아의 소설가이며 사상가인 레프 톨스토이도 즐겨 읽었고 높이 평가하였다. 아놀드가 이런 외국 시인 작가와 비평가들을 공부하는 이유는 끊임없이 자신을 커다란 유럽 문학공동체적인 나아가 세계문학적인 맥락 속에 놓음으로써 자신을 타자화하여 어떤 민족적 편견과 개인적 취향을 벗어나 끊임없이 새로운 보편성으로 나아가기 위함이다. 이러한 입장은 진정한 비평가로서의 아놀드의 솔직하고도 진지한 태도에서 나온 것이다.

5. 마무리―비평정신의 회복을 향하여

아놀드는 글 쓰는 투사로서 19세기 후반 대영제국의 절정기에 자기 조국의 지독하게 세속적이고 속물적인 문화적 상황에 절망하며 그 시대정신과 문물상황에 문학, 교육, 사회, 다양한 문화, 종교에 관한 "비평활동"을 통해 저항하며 광정하고 치유하고자 일생을 바친 사람이다. 그는 「호메로스 번역에 관하여」(1861)란 장문의 글에서 영국의 약점에 대해 잘 요약하였다. 그에 따르면 영국에서는 옳고 그름, 어떤 한계 내에서 건전과 불건전한 것에 대한 분명한 감각을 가지고 능력과 학식을 가진 사람들을 불러내는 정확한 문학적 의견의 공적 힘이 별로 존재하지 않는다고 지적하였다. 이런 상황에서는 비평에 대한 건전한 규칙이 수립될 수 없다. 진영논리에 갇히다보면 생산적인 대화나 상호 교류 없이 외부 세계와 고립되게 된다. 이렇게 되면 자유로운 사유가 불가능하고 사고체계가 경직된다. 자기 자신을 비판하고 조롱할 수 있는 자기성찰과 비판능력이 사라져 버린다. 이런 상황하에서 공동체 전체를 위해 도움이 되는 건전한 비평정신이 사라지게 되고 이와 더불어 창작정신도 고갈되는 악순환을 겪게 되는 것이다. 우리가 아놀드에게 크게 배울 점은 외부의 총체적인 사상을 세계와의 상호관계 속에서 전 지구적 사유를 해야 한다는 것이다.

아놀드가 말하는 문예공화국(Republic of Letters)에서 문학비평의 기능은 궁극적으로 무엇인가? 그는 스피노자에 관한 글인 「주교와 철학자」(1863)란 글에서 문학비평의 가장 중요한 기능은 한 문학작품이 한 국가나 전 세계의 전체문화(general culture)에 끼친 영향을 따지는 것이라고 말했다. 문학비평은 모름지기 이 전체문화의 자명한 수호자로서 역할을 해야 한다는 것이다. 이 말은 아놀드보다 한 세대 전에 나온 감동적인 『시의 옹호』에서 P. B. 셸리가 시인은 "인정받지 않은(선출되지 않은) 인류의 입법자"라 부른 것과 일맥상통한다. 더 거슬러 올라가면 이것은 16세기에 영국 시인 필립 시드니 경이 시인을 "대중철학자"(Popular Philosopher)라고 언명한 것과도 연결된다고 하겠다. 비평가는 "삶의 비평"인 문학을 통해서 우리 삶과 사회를 전체적인 맥락과 상호 관계시키면서 우리 공동체의 삶과 사회의 전체적이고 보편적인 문제들을 작게는 지역사회나 국가, 크게는 전 지구적으로 치열하게 사유해야 한다. 여기에서 현대문학으로서의 세계문학에 관한 논의가 비로소 시작된다고 볼 수 있다. 아놀드는 각국 문학 간의 상호 연계성에 주목하였는데, 이와 관련된 비교문학적 시각은 결국 세계문학의 비전과도 연결된다. 이러한 국민문학의 범주를 넘어서는 시각과 비교가 우리에게 주는 균형감각은 결국 자국 문학의 잘못을 알게 되어 좀 더 완벽한 문학으로 이끌 수 있다는 것이다.[9]

한국 영문학계를 비롯해 외국 문학계도 19세기 후반 영국에서 매슈 아놀드가 시도한 비교 세계문학적인 노력을 원용할 수 있겠다. 영문학 연구를 수행하는 데 있어 우리는 영문학 내에서 한 시대의 한 장르의 한 작가에만 몰두하기보다 시야를 좀 더 넓혀 다른 유럽 문학들과의 비교문학적 접근과 나아가 비서구권까지 포용하는 세계문학에 이르는 시야를 확장할 필요가 있을 것이다. 어느 시대, 어느 나라의 문학도 홀로 생성되고 고립되어 발전되는 경우는 없을 것이다. 여러 나라의 문학들은 상호 간의 교류와

---

9) 춘원 이광수는 1920년대에 한국 근대문학 수립을 위해 서양 문학 중 특히 영문학의 장점을 열거하면서 당대 조선 문학이 모범으로 따라야 할 문학으로 영국의 문학을 강력히 추천하며 넓고 깊게 배울 것을 강조하였다. 이에 관해서는 필자의 졸고 「이광수와 영문학」 참조.

영향 속에서 차이와 공통점을 만들어 가는 것이다. 물론 국내에서 외국 문학 연구는 외국어라는 특수성 때문에 커다란 한계가 있는 것은 어쩔 수 없는 일이기도 하다. 그렇다고 해서 우리가 영문학 연구에 다른 나라 문학과의 상호관계를 따지는 비교문학적 방법을 무시한다면 그것은 불완전한 연구가 될 수밖에 없을 것이다. 이와 동시에 국내 외국 문학계가 서로 대화와 교류, 나아가 공동 연구가 활성화되는 비교 세계문학적인 접근을 정착시켜야 좀 더 균형 있고 심도 있는 논의와 연구가 가능하리라.

국내의 외국 문학계는 외국 문학들 상호 간의 대화와 교류 이외에도 한국 문학과의 접속도 활발하게 시도해야 한다. 한국에서의 외국 문학 연구는 각각 본국에서의 문학 연구와는 달라져야 하고 달라질 수밖에 없을 것이다. 한국의 모든 외국 문학 연구자들은 궁극적으로는 한국 문학과의 관계를 숙명적으로 맺을 수밖에 없지 않은가? 이것이 국내의 외국 문학 연구자들이 한국 문학에 비교 세계문학적 견지에서 기여할 수 있는 부분일 것이다. 이러한 작업은 세계문학에서 한국 문학의 보편성을 논의할 수 있는 장을 마련할 수도 있고 장기적으로는 한국 문학이 외국 문학들과의 교류를 통해 그들에게도 영향을 줄 수 있는 가능성까지도 타진하는 날이 올 것이다. 이뿐 아니라 역으로 한국 문학계도 균형 잡힌 한국 문학 연구를 위해 언제나 외국 문학과의 비교연구는 물론 세계문학적인 커다란 맥락에서 언제나 논의되어야 할 것이다.[10]

---

10) 국문학자 최원식은 이미 한국 문학 연구에서 비교문학적 접근의 불가피성을 다음과 같이 언명하였다.

그동안 저는, 한국 문학을 한국 문학의 밖에서 접근해 간 비교문학에 반발하면서, 안에서 파악해 들어가는 내재적 발전론의 관점에 되도록 가까워지려고 애써왔습니다. 그런데 요즘 그 안과 밖의 경계란 것이 하나의 형이상학이라는 점을 절감합니다. 안이 밖이고 밖이 안입니다. 물론 안과 밖을 혼동해서는 아니되지만, 안 속에 바깥이 있고 바깥 속에 안이 있다는 복안의 시각을 훈련해야겠다는 다짐을 다시금 하게 됩니다. 이 점에서 비교문학은 비판적으로 복전하는 모험을 감수하고 싶습니다. … 비서구지역의 근대문학의 탄생이란 정도의 차이는 없지 않겠지만 비교문학을 좌표로 설명한다면 국민문학/민족문학에 해당되는 수직선을 가로질러 만남과 동시에 다양한 외국 문학을 나타내는 수평선과 만난다. 이렇게 씨줄(국민문학/민족문학)과 날줄(외국 문학)이 만나면 비교와 대화가 가능해진다. 이를 통해 소통과 교류가 이루어지는 이 교차로는 비교문학적 상상력으로 민족문학과 세계문학이 만나 새로운 차원의 각국의 문학 창작과 연구가 비교 세계문학적으로 가능해지고 활성화될 것이다.

서구 문학과 분리해서 보기는 매우 어렵다는 점을 냉철하게 아니 뼈아프게 접수하지 않을 수 없습니다. 한국 문학은 외국 문학의 이본으로 간주, 마구잡이 또는 번안 사냥에 나섰던 기존 비교문학의 폐해를 똑똑히 기억하면서, 한국 문학과 외국 문학이 관계 맺는 복잡한 절차에 대한 성숙한 주목이 요구됩니다. (257)

제2부

영미 문학비평의
몇 가지 주제들
— "숭고미"에서 "탈식민주의"까지

말이란 나무 잎사귀들과 같아서 풍성한 곳에서는
의미의 많은 열매가 잘 열리지 않는다.
거짓된 웅변은 프리즘 유리와 같이
그 화려한 색깔들이 전면으로 퍼져 나가지만
자연의 얼굴은 더 이상 볼 수 없고
모든 것은 참된 즐거운 구별이 없어 똑같이 번쩍인다.
그러나 참된 표현은 변하지 않는 태양과 같이
그것이 비추는 어디 곳이든 정화시키고 개선시킨다.
참된 표현은 모든 물체들을 빛나게 하나 변색시키지 않는다.
표현은 사상의 의상이며 언제나 좀 더 적절하게 더 점잖게 보인다.
화려한 말로 표현된 이상한 기상(奇想)은
왕의 복장을 한 어릿광대와 같다.
각각의 문체들은 각각의 주제들과 어울린다.
시골, 도시와 궁전에 각각 어울리는 의상들이 있듯이.

― 알렉산더 포우프, 『비평론』, 309~323행

극단을 피하라. 언제나 과소하게 즐거워하거나
과다하게 즐거워하는 잘못을 범하지 말라

―『비평론』, 384~385행

1장 "숭고미"와 18세기 신고전주의 비평

— 데니스, 버크, 영으로 시작하는 영국 근대 비평

그대 대담한 롱기누스! 아홉의 시의 여신들 모두

시인의 열정으로 여신들의 비평가에게 영감을 주고 축복한다.

자신의 믿음에 충실하여 열심인 비평가로

열정적으로 문장을 쓰나 언제나 정당하다.

그 자신의 전범은 그의 모든 법칙을 강화시키고

그 자신이 추구하는 바로 그 위대한 숭고미이다.

— 알렉산더 포우프,『비평론』, 675~680행

1. 들어가며—신고전주의 비평의 "트로이의 목마", 숭고미

18세기는 다른 무엇보다 "이성의 시대", "(부분적으로) 어거스탄 시대", "계몽", "산업혁명의 시대", "(부분적으로) 감수성의 시대", "풍부함의 시대", "호기심의 시대", "(부분적으로) 낭만주의 기" 등으로 특성화된다. 각 용어들은 부분적으로는 맞는 것이다. 이는 그때가, 사회질서를 바꾼 가치들과 더불어 취향과 신념에서의 조류, 사상들에서의 급격한 변동의 시기였기 때문이다. 비평의 역사라는 측면에서, 그것은 또한 비평의 시대 혹은 미학의 시대라고 불릴 수도 있다. 이는 우리가 이 시기에 예술과 문학에서 다양한 종류의 이론들을 볼 수 있기 때문이다(Crane, "English Neo-classical Criticism" 372~388, "On Writing the History" 379~391). 그러나 우리는 비평에서, 능력들(faculties)에 대한 분석과 주체의 반응에 대한 관심을 향한 보완적인 전환이라는 중요한 경향을 관찰할 수 있다. 이러한 경향은 두 가지 방식으로 볼 수 있다. 수용의 측면과 창조의 측면으로. 전자는 그 자체를 취향의 이론에서 후자는 천재성에 대한 논의에서 증명한다.

W. K. 윔젯은 이 점에 대해 "작가와 시에 대한 영감과 독자의 반응 쪽으로 작업할 수 있었던 두 가지의 감정적 방향이 있었다"(284)고 지적해왔다. 허버트 딕만(Dieckmann) 또한 비슷한 견해를 가지고 "18세기 시학과 미학에서의 흥미 있는 자질들 중 하나는 모방으로서의 예술로부터 표현으로서의 예술로의 전환이다"(105)라고 언명하였다. 프라이(Northrop Frye)는 "감수성의 시대"를 이전으로부터 그리고 다소 적은 규모이기는 하지만 어느 정도는 다음에 이어질 시대와 차별화하는 것으로, 그리고 이전 시대를 계승하는 측면은 약한 것으로 정의한다. 그의 목표는 18세기의 후반부를 거칠게 포괄하는 영문학의 시기를 정의하는 것이다. 그의 가정은 "문학의 역사를 볼 때, 시대들뿐 아니라, 문학의 두 가지 견해가 반복적으로 대립하는 것을 우리가 알게 된다"는 것이다. 이 두 가지 견해는 "아리스토텔레스와 롱기누스, 미학과 심리학이며, 문학을 생산물(product)로 보는 견해와 문학을 과정(process)으로 보는 견해이다"(130~131). 그는 감수성의 시대 이전의 문학적 경향을 이 이분법의 아리스토텔레스적 양상에 놓고, 후기의 경향을 롱기누스적 양상으로 간주한다.

미학(aesthetics)이 본격적으로 시작되었던 이 세기에 대한 대부분의 충격적인 문학적 관심들은 숭고미에 대한 흥미였다. 이 새로운 경향에 대한 가장 큰 하나의 추동력은 롱기누스의 『숭고미에 대하여』(*On the Sublime*)라는 유명한 비평에 나타난 사상의 확산으로부터 기인한다. 17세기 동안에는, 논리, 정합성, 그리고 구조 같은 고전적 특성들을 보이는 시와 수사학이 평가되기보다는, 독자와 작가를 감동시키는 독창성과 그 힘에 대해 더 높은 가치를 부여한 이 롱기누스라는 대가를 발견했다. 그래서 롱기누스적 숭고미는 이 시대를 통틀어 다른 많은 것들 중에 가장 의미심장한 것이었다. 숭고미에 대한 관심은 물론 롱기누스가 오래된 것만큼 고전적인 것이나 최초로 숭고미에 대한 복잡한 미학이론이 공급된 것은 놀랍게도 이성이 강조되던 계몽주의 시대, 바로 18세기였다.

S. H. 몽크는 "보편화된 자연에 대한 최근의 이론하에서 신고전주의 이론이 문학에 대한 너무 거대하게 표준화하였다고 하는 잠재적 위험을, 그리고 예술에서 이성의 가치를 지나치게 강조하는 경향"(85)을 경고했다. 그는 계속해서 숭고미가 "예술 내의 더 강력한 감성들과 더욱 비이성적인 요소들에 기반할 수 있다는 정당한 사실을 보여주는 범주로 대두되었다"(85)고 말한다. 몽크의 숭고미 사상에 대한 역사와 주체에 대한 결정적 연구는 17세기의 서양 사상 속으로 다시 인도하는 작업을 시작으로 영국에서의 연상심리미학 학파의 발전에서의 그 역할을 통해서 그 개념의 과정을 추적한다. W. K. 윔젯 또한 이 시대의 "롱기누스주의의 강력한 지역적 특색"을 강조했고, 따라서 "약간의 단순화를 통해, 우리는 롱기누스를 신고전주의 캠프의 트로이의 목마라고 여길 수 있다"(275)고 지적한다. 프라이도 숭고미의 개념 특히, 그 "엄격함, 침울함, 장엄함, 우울함, 혹은 심지어 위협의 특성들에서"(135) 18세기에 일어난 반응의 원천을 발견한다.

18세기 비평의 경쾌하고 복합적이며 풍요로운 특성을 이해하기 위해서, 필자 자신은 이 세기 전체의 문학사를 통해 세 가지 지배적 비평 경향을 볼 수 있다. 여기에서 필자는 M. H. 에이브럼즈의『거울과 램프』(1957)로부터 유명한 비평이론 체계를 이용할 것이다. 에이브럼즈는 우주에 대한 작업에 중심을 둔 비평이론들을 "모방적"(8~14)이라고 하며, 작품과 독자 사이의 영향관계를 논하는 이론을 "실용적"(21~26)이라고 하고, 작품에 작가의 감성과 사상을 재현하는 것으로 "표현주의적"이라고 불렀고 작품 자체를 다루는 이론들을 "목적(객관)"(26~28)이라고 명칭을 부여하였다. 비평의 이 첫 세 가지 경향들 각각은 이 세기의 각 기간에 지배적이었다. 초기 부분에 처음으로, 중기에 두 번째로, 후기에 세 번째로 그러했다. 다른 말로, 이 세 가지 비평적 시각의 발전은 18세기 시작에 우세했던 모방적 기원으로부터 중기의 실용적인 기원으로의 성장으로, 그리고 세기말에 표현적인 근원으로의 증대된 관심에 대한 비평적 강조점의 이동을 드러내는 역사적 맥락에서 논의될 수 있다.

하나의 방향이란 언제나 쉽게 정체화되지는 않는다. 왜냐하면 때때로 사무엘 존슨 같은 한 비평가는 몇 가지 관점을 혼합해서 글을 쓰기 때문이다. 다른 경우에는 그 방향을 따로 떼어놓을 만한 충분한 증거가 있지 않을 수도 있다. 그러나 지나친 단순화의 위험, 그리고 18세기 비평이론에 대한 강조의 오류의 위험에도 불구하고 이 시기의 비평 조류의 다양성과 복합성을 보여주기 위해, 또한 비평적 태도의 연속성을 증거하기 위해, 그리고 그것들 가운데서 어떤 역사적 철학적인 질서를 성립시키기 위해 필자의 이 가설은 수립되었다. 이 논문의 목적은 데니스, 버크, 그리고 영의 작품들에서 숭고미의 개념을 천명하고 역사적 시각에서 18세기 문학비평의 변화하는 세 단계로 그들을 상호 연결시키기 위한 것이다. 세 작가들은 각각, 주요 비평가는 아니지만, 어떤 의미에서는 "숭고미"에 대한 관계에서 세 가지 비평적 방향을 대표하는 비평가들이다.

2. 존 데니스의 모방적 접근

존 데니스(John Dennis, 1657~1734)는 숭고미에 대한 관심을 밝힌 첫 번째 영국 비평가였다. 그의 숭고미에 대한 높은 관심은 그 동시대 사람들에 의해 그가 "굉장한 롱기누스 경"으로 풍자당할 정도가 되었다. 여기에서 우리는 데니스가 롱기누스의『페리 홉소스(숭고미)』(*Peri Hupsous*)에 의해 많은 영향을 받았다는 사실을 알 수 있다.『현대시의 진보와 개혁』(*Advancement and Reformation of Modern Poetry*, 1701)에서 데니스는 우리에게 숭고미란 예술에서 숭고함으로부터 감성을 생산하는 한 요소라고 말한다.

> 우리가 제시해왔듯, 열광은 사상으로부터 흘러나온다. 그리고 결과적으로, 사상의 주체로부터 진행된다. … 이제 어떤 주체도 필연적으로 이 위대하고 강한 열광을 생산하는 사상을 종교적 주체만큼은 우리에게 공급할 수 없다. (218, 223)

몇몇 감정들은 숭고한 주체로부터 발생하여 주어진다. 그리고 이것들은 그들이 열정(passion)이라고 부르는 보통의 감정보다 강력하다. 종교에서 뛰어난 모든 것은 보다 가장 고양되고, 가장 놀랍기 때문이다. 모든 즐거운 것은 황홀함을 준다. 슬픈 모든 것은 음산하다. 참혹한 모든 것은 끔찍하다 (218). 이러한 과정에는 "보통 감정"과 "미학적 감정" 사이에 만들어진 구분이 있다. 열광은 열정, 경외, 열락, 공포, 그리고 경악에서 나온다. 처음에는 고양을 주고, 둘째는 황홀감을 주며, 셋째는 격렬함을 준다. 데니스는 이러한 관점에서 감정적 반응을 일으키는 뭔가가 예술 안에 있다는 사실을 발견하려고 시도했다. 그는 버크가 나중에 했듯이 정신 속에서 일반 원리를 찾기보다는 주제에서 원칙을 찾았다.

그러므로 시는, 데니스가 정의하듯, 단순한 자질인 열정과는 구별된다.

최상의 열정은 종교적인 주제에 의해 생산된다. 그는 종교가 융성하고 시적 열광을 위한 종교적 토대가 마련된 고대인들이 시적인 경지를 성취했다는 것을 보여주려고 했다. 밀턴의 비평가로서, 데니스는 최고의 격찬을 받을 만하다. 그는 숭고미 시인으로서의 밀턴에 대한 최초의 주창자였고 숭고미 시인으로서의 밀턴의 시에 대한 최초의 비평가, 그리고 숭고미라는 비판적 기준에 의해 『실낙원』을 평가한 최초의 비평가였다. 밀턴 시의 원리와 교리의 영향으로 근대시가 그 영감과 그 주제를 종교 안에서 발견할 수 있었으며, 모든 진정한 시적 경험과 비평에서는 열정과 열광이라는 본질적인 지위를 강조했다는 사실을 믿게 되었다. 밀턴의 후기 시는 호머를 연상시키는 문체와 사상의 숭고미에 대한 뛰어난 근대적 묘사였다.

S. H. 몽크가 지적한 바와 같이, 데니스는 인간 본성의 원리에 속한 감정들의 기원의 견지에서 또는 미학적 양태들과 특성의 견지에서, "아름다움"과 "숭고미"를 명확히 구분한 적이 없었다. 숭고미가 실제로 최상의 아름다움이었으며 그것이 바로 최고의 감정을 낳았을 것이다(Monk, 53). 그러나 데니스에게 아름다움은 자연에서 발견되며, 그것은 규칙성 즉, 규칙과 조화(Dennis, 335)에 의해 규정된다. 그것은 자연과 자연 안에 내재된 성스러운 주제들을 관찰함을 통해 찾을 수 있는 예술의 규칙들에 의존한다. 존 데니스는 그 독자들에게 이성적 질서를 환기시킴으로써 자연과 인간의 삶에서 모두 성스런 원리인 시에서의 형식들과 규칙성의 필요성을 선언했다. 데니스는 다음과 같이 언명한다.

> 시가 너무 낮게 타락한 것은 따라야 할 규칙들을 알지 못하는 데서 온다. 그러므로 시를 수립할 수 있는 것은 그러한 규칙들의 토대를 세우는 것에 의해서만 가능한 것이다. … 더욱이 모든 이성적 피조물의 작업은 반드시 규칙성으로부터 그 아름다움을 도출해내야 한다. 이는 이성이 규

칙이고 질서라면, 우리의 관념들이나 우리의 행위들에서 그 어떤 것도 불규칙적일 수 없기 때문이다. 그리고 더 나아가 그것이 규칙으로부터 벗어난다면, 이성으로부터도 벗어나는 것이다. (335)

미학에서 숭고미라는 부상하는 개념은 분명 데니스의 비평에서 상당한 영향을 받았다. 그 숭고미는, 그 느낌과 위대한 감정들이라는 함의 때문에, 정신의 본성과 예술의 영향을 받을 수 있는 능력 쪽으로 비평가의 관심을 이끈다. 시에서 열정의 필수성에 대한 강조와, 시인의 정신적 여정과 위대한 시에서의 표현에 대한 통찰력이 그의 가장 독창적인 사상들 중 일부이며, 그것들은 비평적 사유의 방면에서의 변화를 예견했으며, 그 변화에 도움을 주기도 했다. 데니스 이후의 비평가들은 독자의 반응뿐 아니라 시인의 정신과 감정들을 고찰하는 경향이 있다.

데니스는 그러나 예술의 목적이 자연에 대한 예술가의 개인적 개념들을 반영하는 것이기보다는 순수한 자연을 반영하는 것이라고 하는 고전주의자의 입장을 고수하고 있다. 데니스는 신고전주의 규칙들의 수호자로 남기를 좋아했다. 진정으로 실용적인 비평이라면 예술가가 자연을 변형하는 것을 고려한다. 예술가의 인상들이 그 경험에서 만들어진 연상에 대해서는 특수하기 때문이다. 최소한 데니스는 이성주의자였다. 더 좋게 말하자면 그는 그들이 이성에 기반했다고 주장함으로써 그들의 입장을 지지하는 일종의 독단주의자였다. 데니스는 감정들에 대한 주관적 성격을 강조했지만 예술은 자연의 바꿀 수 없는 원리에 기반한다는 고전주의의 모방적 시각을 가지고 있었다(Monk, 53).

테어도어 E. B. 우드(Wood)는 "데니스는 18세기 숭고미의 역사에서 최고의 중요성을 갖는다. 그럼에도 불구하고 아직은 본격적인 연구의 주제가 되지 않았다. … 몽크는 데니스가 숭고미의 역사에서 중요한 인물이라는

것을 겨우 인정했다. 그것도 마지못해 그렇게 했다"(169)고 주장하며, 다음
과 같이 결론을 맺는다.

> 데니스의 숭고미 미학에 대한 공헌과 이해는 몽크가 기꺼이 인정하는
> 것보다 더 크다. … 현대 연구자는 이 용어의 발전을 보인 18세기의 역사
> 에서 숭고미에 대한 데니스의 논의의 중요성을 보기 시작한다. … 데니스
> 가 문학의 영향에 대해서 전인격을 의미하는 정신과 영혼의 반응에 주의
> 했다는 것은 분명 의심의 여지가 없다. (170)

H. G. 폴(Paul)은 데니스에게서 나타나는 어떤 긴장에 대해 지적했다.
"데니스는 문학을 정적이기보다는 역동적이라고 보았다. … 데니스는 거대
한 … 감정적 본성과 상당한 비평적 통찰력을 소유했다. 그것은 종종 그의
규칙에 대한 존중과 대비된다. 그는 더 나은 문학의 개념을 위한 방법론을
지적했다"(Paul, 201). 데니스가 열정과 숭고미의 중요성을 강조했음에도
불구하고 결국 그는 모방적 관점에 머물렀다. 그에게 그것은 우연이나 열
정에 대한 항복이 아니라 형식과 이성의 정화력을 통해 성취되었다.

3. 에드먼드 버크의 영향론적 접근

18세기 중반까지, 아마도 대부분의 비평가들이 취향의 표준은 신고전주
의 전통—그것들로부터 연역된 특정 시나 규칙들—으로부터가 아니라 자
연과 인간정신의 원리들에서 발견되어야 한다고 확신했다. 데니스 이후,
비평가들은 점진적으로 숭고미를 언어나 수사학, 장엄한 문체의 소유가 아
니라 위압당한 상태, 심지어 속죄의 감정, 혹은 인간에게 있을 수 있는 것
중 가장 강렬한 것으로 즉, 미학적으로 논의하는 경향이었다. 에드먼드 버
크(Edmund Burke, 1729~1797)의 『숭고미와 아름다움에 대한 우리의 사

상에 대한 철학적 연구』는 18세기 중반의 비평가들—예를 들어 흄(David Hume), 제라드(Alexander Gerard), 케임스(Henry Home, Lord Kames), 허드(Richard Hurd)—에 의한 표준에 대한 재설정을 위한 여러 노력 중 하나였다. 버크의 시도는 바바라 C. 올리버에 의하면, 숭고미와 아름다움에 대한 엄격한 분류에 의해 "인간과 그 환경 사이의 감정적 상호작용에 대한 미학이론—도덕적 구속력으로부터 독립적인 원초적 심리학—을 구성하는 것이었다"(166)

버크는 모든 인간적 열정들은 두 가지 기본적 감정들인 공포와 사랑으로 추적할 수 있다고 생각했다. 하나의 대상에 대한 형성화는 관찰자의 마음 속 일련의 연상들에 영향을 주고, 숭고미나 아름다움의 느낌을 일으킨다. 그의 전제는 모든 인간은 쾌락과 고통의 요소에 기반 하는 기계적, 물리적 과정을 통한 동일한 미학적 자극에 유사하게 반응한다는 것이다.

> 각각의 모든 대상물이 한 인간 안에서 자극하는 쾌락들과 고통들은 필수적으로 전 인류에게서 발생할 것이 분명하다. 그 과정에서 그것은 자연적으로 단순하게 그리고 그 적절한 힘만으로 작용한다. 만일 우리가 이것을 거부하기 위해 우리는 이것들이 동일한 방식으로 작용을 일으키고 동일한 종류의 주체에 대해 다른 효과들을 낳을 것이라고 상상해야 한다. 그것은 대단히 이상한 것이기 때문이다. (Burke, 13~34)

버크는 또한 외부 사물들에 대해 우리가 가지고 있는 모든 지식은 감각들, 상상, 그리고 판단을 통해 온다는 사실을 발견했다. 그는 자연스러운 경향이 사상들 중 특정한 대상을 좋아하고 다른 것들은 싫어하는 것이라 썼다. 예컨대 작고 부드러운 형태들은 보통 쾌락의 느낌을 이끌어내고, 그래서 아름다운 것으로 생각된다. 크고 거친 대상들은 불쾌와 고통을 일으키며 따라서 공포감을 일으키기 쉽다. 그것은 예술의 재현 안에서 그리고 멀리 있다는 느낌에서 대리 쾌락을 일으킬 수 있다. 이 느낌이 바로 숭고미이다.

버크 논문의 본론은 숭고미와 아름다움에 관한 개념을 다루고 있다. 여기서 그는 분명 롱기누스에 빚을 지고 있다. 그러나 그의 근본적인 방향은 다르다. 롱기누스는 문학작품에서 숭고미를 성취하는 방법을 쓰고 있는 반면, 버크는 숭고미로서 묘사될 만한 반응을 일으키는 것에 대한 논의를 독자들의 주체적 미학적 경험으로부터 찾고 있다.

> 고통과 위험의 느낌들을 일으키는 어떤 부류가 발견되는 어떤 것, 다시 말해 끔찍한 대상물에 익숙한 또는 공포와 유사한 방식으로 작동하는 것이 어떤 것이건 간에 그것이 숭고미의 근원이다. 즉, 그것은 정신이 느낄 수 있는 가장 강한 감정을 생산하는 것이다. (39)

상상에 의해 유도된 고통은 숭고한 느낌을 유발할 수 있다. 숭고한 사상은 그 고통과 멀리 떨어진 관계 때문에 상상 속에서 대리로 경험된다. 그리고 위안을 줄 수 있는 아름다움보다는 더 큰 궁극적인 쾌락을 준다. 버크의 가치판단은 숭고미의 특성과 느낌이 아름다움에 대한 반응까지 범위를 넓힌다. S. H. 몽크는 다음과 같이 지적하였다.

> 초기의 공포에 대한 취향을 미학적 체계로 변환하고 문학, 회화 그리고 자연 풍경 감상에 사용하고 … 강조한 사람은 바로 버크였다. (87)

버크와 더불어 아름다움과 숭고미 사이의 분리는 완성되었다. 숭고미는 이제 독립적이 되었고 아름다움보다는 약간 더 높은 지위를 달성했다. 토마스 위스켈(Thomas Weiskel)의 말대로, "숭고미가 18세기의 기호학적 경제에서 비판적 역할을 한 게 아니다. 시와 이론에서 숭고미는 분명하고 구분되는 것이 아니라 모호하고 희미한 것으로 연상되었다"(16).

버크의『연구』는 미학적 양식들에 대한 우리 느낌들의 원인에 대해 엄청난 강조를 한다. 그것은 다른 무엇보다 거침, 부드러움, 불분명함, 분명함, 작음, 거대함이라는 대상들의 특성들이다. 그러나 이 취향에 대한 논문은 전체 작업을 조망했으며, 진정으로 실용을 기반으로 한 예술에 대한 버크의 연상주의적 자세를 해명해준다. 버크의 체계는 미학적 경험에 대한 분명하고, 깔끔한 기계적인 설명이다. 그리고 그것은 이 두 미학적 양식과 그 원인들의 최종적 분열이라고 할 수 있다. 그러나 그것은 문제를 내포한다. 이 두 특성들이 사물 안에 존재하는 감정들을 일으키는가 아니면 그것들이 사실은 사상들의 연상들에 의해 정신 내에서 생성되는가 하는 문제다. 버크의 짜임새, 크기, 특성에 대한 경도는 우리가 사물들의 특질들을 사물들의 속성들이라고 결론짓게 한다. 그렇지만「취향에 관하여」("An Essay on Taste")라는 논문은 매우 다른 결론을 도출해낸다. 그 특성들이 정신에서 만들어진다는 것이다. 독자의 어떠한 최종적 판단이라도 바로 이 문제에 대한 버크의 입장이 어떤 것이라도 그의 분석체계는 그것이 사물 내부에 있든 상상에 의해 만들어지든 이 특성들에 대한 정신의 반응에 초점을 맞추고 있다.

그래서 버크는 숭고미의 미학적 중요성을 추정하는 것이며 자연 내 대상과 예술의 재현으로부터 나아가 재현과 자연 사물에 대한 주체의 반응으로 초점이 옮겨간다. 그러므로 버크의 방향은 "수사학적 혹은 실용적이다. 그는 언어가 자족적인 예술을 통해 생명의 모방처럼 자기표현적이기보다는 언어가 그 독자에 주는 영향에 관련된다". 버크의『연구』는 S. H. 몽크에 의하면 "여러 측면에서 그 시기, 신고전주의의 엄격한 사상에서 개인주의와 아름다움 그리고 다른 미학적 사상들에 대한 더 자유로운 해석으로 전환하는 시기의 대표작이다"(101). 문학의 실용적 측면의 수사학은 호라티우스로부터 18세기까지 대부분의 비평의 특징이었다. 아마도 본능적으로 버크는 그의 시대의 공통적인 관점을 가지고 있었던 것이다.

4. 에드워드 영의 표현론적 접근

에드워드 영(Edward Young, 1683~1765) 이전의 대부분의 비평가들은 예술가에 의해 창조되는 것으로서의 예술보다는 관람자에게 영향을 주는 예술에 더 관심이 있었다. 다른 말로 하면 천재성이라는 주제는 예술가의 창조적인 과정이나 그의 연상적 과정보다는 감상적 천재성이라는 측면에서 더 자주 인용되었다. 그러나 표현주의 기반의 비평가는 예술을 완전히 다르게 보았다. 그들에게 예술은 예술가의 감정의 표현이고 성격의 분출과 직관, 창조력 그리고 때로는 도덕적 본성의 표현으로 여겨졌다. 예술에 대한 이러한 태도는 예술을 만들 수 있는 예술가(천재) 안의 특성들에 대해 정의하는 비평적 관심의 결과였다(Abrams, 21). 그래서 영은, 이런 의미에서, 모방적이고 실용적인 해석과 표현적인 해석으로 대치시켰다. 그래서 W. K. 윔젯은 "18세기 영국에서 나타난 독창적 천재에 대한 롱기누스의 철학에서 가장 인용할 만한 표현은 『독창적 작문에 대한 논의들』(*Conjectures on Original Composition*, 1759)이라는 제목의 논문이었다"(288)고 말했다. 이 작업은 18세기 후반에 쓰여진 문학비평 중에서 가장 중요한 것 중 하나다. 이제 주요 관심은 작품과 독자의 관계에서 작가와 그의 작품의 관계로 옮겨갔다.

영은 로크(John Locke)의 연상심리학과 다른 전통을 가져왔다. 그리고 동시에 그는 예술과 창조성에 대한 고전적 해석을 거부했다. 영의 『논의들』에는 애디슨(Joseph Addison)과 섀프츠베리(Earl of Shaftesbury)에게서 받은 영향을 나타내고 동시에 더프(William Duff)와 블레이크(William Blake)를 예시하는 특정한 요소들이 있다. 그의 내부 지향, 자기추구비평에 대해, 영은 다음과 같이 쓰고 있다.

> 사람들이 그 자신들의 능력들에 대해 잘 모른다는 것은 분명하기 때문에 … 나는 『윤리학』에서 두 가지 황금률을 빌리겠다. 그것은 인생에 대해서만큼 글쓰기에도 귀한 규칙이다. 1. 너 자신을 알라 2. 너 자신을 존중하라. (417)

그는 계속해서 "네 안의 이방인과 완전히 친밀하게 소통하라"고 했다. 영의 천재에 대한 논의는 모방과 독창성 사이의 차이에 토대를 두고 있다. 영은 모방이 복사하는 형태이고 그것은 따라서 새로운 독창성보다 못하다고 느꼈다. 독창성은 천재성의 산물이다. 영은 또한 애디슨에 의탁해서, 그의 두 종류의 천재—자연적 천재와 훈련된 천재—론을 더욱 발전시켰고 그 둘을 각각 성인과 유아로 지칭한다. 애디슨의 관찰들은, 실용성에 기초하지만, 영에게서는 표현성에 초점을 맞추게 된다. 왜냐하면 천재에 대한 그의 정의는 독창성, 열광 그리고 창조의 신비를 강조하기 때문이다. 다음의 언명은 어조와 강조점에서 완전한 변화를 보여준다.

> 천재는 명인이다. 배움은 도구에 불과하다. 하나의 도구는 매우 가치 있는 것이지만 언제나 필수 불가결한 것은 아니다. 천국은 몇몇의 뛰어난 영혼들의 업적에 동반자를 허용하지 않을 것이다. 그러나 모든 인간적 수단들을 거절하는 것은, 전체 영광을 천국으로 돌리는 것이다. (414)

영은 과감하게 자연에 직접 다가가기 위해 규칙과 선배, 모델을 배우지도 않고 그 자신의 생득적 힘의 권능에 의해 위대한 것을 수행한, 창조적 천재의 탁월함을 선언한다. 그는 셰익스피어가 근대의 위대한 창조적 천재였다고 선포했다.

S. H. 몽크는 "이 기술의 경계를 넘어서는 이 은총의 본질이 롱기누스의 언어에 의해 밝혀졌다"고 주장한다. 그것은 『논의들』을 쓰게 된 배경을 암시하는 말이다. 몽크는 다음과 같이 계속한다.

영은 규칙들을 노예처럼 준수하는 것은 숭고한 예술을 생산하지 못한다고 말하고 있다. … 영은 단지 규칙을 뛰어넘어서 획득된 아름다움들에 대한 인식을 변호한, 그가 주로 관심을 가진 수사학적 숭고미의 창조를 위한 공식을 언급하기 위해 완벽히 준비된 롱기누스를 넘어선다. … "논의들"의 효과는 숭고성 혹은, 창조성, 자유, 해석의 개성이라는 사상들과 함께 예술에서 획득될 수 있는 최고의 아름다움의 관계를 강화시킨 것이었다. (102)

영은 일반성과 개별성 사상에 대해 두 마디의 짧은 언급을 하였다. 그의 창조성에 대한 정의는 예술과 창조적 상상에서의 특수성을 내포했다. 영은 예술가 내부의 창조적 특성의 표현으로서의 예술에 대한 개념을 가지고 있었다. 영은 예술이 일반성이기보다는 특수성의 표현이라고 느꼈다. 숭고미는 일반성보다는 특수성에 더욱 적합하다. 창조적 천재의 열정, 예술의 개인적 성격, 그리고 표현의 특수성이 보편적으로 받아들여지는 전통적 모방적 해석과 대립되는 그리고 18세기 연상 심리학자들, 실용주의, 미학적 심리학자와 대립되는 사상들.

5. 나가며

"숭고미"는 진정으로 18세기 영국 비평과 미학의 역사에서 으뜸가는 동원(動源)이다. 18세기의 비평적 관심이 주체 안에서 촉발되는 감정으로 옮겨갈 때 숭고미가 18세기 비평의 방향 전환에서 가장 중요한 요인이었다고 필자는 지적했다. 그리고 데니스, 버크, 그리고 영으로부터 숭고미의 의미의 개념들을 설명했다. 신고전주의 비평에 대한 통시적 관찰뿐 아니라 공시적 설명에서, M. H. 에이브람스의 도식이 또 한 번 매우 유용하다. 더 나아가, 무모하고 지나친 단순화에도 불구하고, 필자는 18세기 비평에 대한 접근에서 다음과 같은 일반화의 가능성을 타진하고자 시도했다.

　우주의 궁극적인 이성적인 질서를 믿는 믿음이 18세기에 두드러졌다면 18세기 전반기에는 문체, 형식, 내용에 대한 사상의 고전주의적 문학사상이 반영되었고 후반기는 이러한 고전적 개념들의 저항을 받았다. 인간의 이성적인 능력의 조화, 질서, 규범, 그리고 확실성은 드라이든, 포우프, 그리고 데니스의 비평과 시를 특징 짓는다. 형식과 문체는 고전적인 것과 완벽히 연계되며 형식과 문체는 각각 우주의 규칙성과 다른 것 즉, 이성적인 것의 표현이었다. 존 데니스는 숭고미에 대한 그의 강한 강조에도 불구하고 모방적 관점을 유지했다.

　18세기 중기에는 문학적 취향의 변동이 있었다. 그것은 몇 가지 요소에 의해 추동되었다. 그것들은 새로운 중산층의 생성, 고딕, 민속적 형태, 골동품들, 동양의 예술, 그리고 인간 자신에 대한 가장 특별히 새로운 태도로 인하여 생겨났다. 그리고 이런 요소들은 불규칙성을 미학적으로 즐기는 경향을 낳았다. 버크는 무엇보다도 숭고미의 개념을 소개한 정서적 비평의 선두자였다.

　18세기 중반기와 후반기까지, 영은 동일한 사상들을 체계적으로 표현했다. 18세기 말까지 몇몇 비평가들이 개인, 특수성, 그리고 예술가의 내재적 창조력에 대해 논의했다. 예술가는 숭고미의 개념 안에서 예술적 상징이라는 제한된 도구로 자신의 사상을 표현하기 위해 투쟁을 벌여야 했다. 이렇게 숭고미의 개념은 영국의 18세기 문학이론이 신고전주의에서 낭만주의로 변형시키는 데 핵심적인 역할을 하였다. 숭고미 개념은 18세기 영국의 정치, 사회, 문학적인 측면에서 좀 더 거시적인 안목으로 논의되어야 할 것이다.

2장 헨리 필딩의 초기 소설이론
— 『조셉 앤드루즈』의 균형과 중도의 원리

필딩(1707~1754)은 일반적으로 최고의 독창성을 가진 쇄신의 대가로 여겨지고 있다. 그는 자신이 "새로운 글쓰기의 토대를 세운 사람"으로 믿었고 월터 스콧 경은 필딩이 … 예술의 권위에 대한 높은 이상을 가진 것을 칭송하였다. 필딩이 인정한 대가들은 루시안, 스위프트와 세르반테스였다. 그와 동시대 작가인 리차드슨과 다른 작가들의 서간체 방법으로부터 벗어나 필딩은 "산문으로 된 희극 서사시"라고 명명한 것을 만들어냈다. 이것은 디킨즈와 데케리의 작품으로 직접 이어지는 영어로 쓴 사실상 최초의 소설이다.

— Drabble, 348

필딩으로부터 우리는 희극적 소설의 풍요로운 전통 즉 소설 쓰기의 양식을 물려받았으며 그것은 그 자체로 풍성함과 기지를 즐기게 하고 독자에게 사회풍자, 도덕적 전범과 언어적 정교함을 제공한다. …『조셉 앤드루즈』에게 영국 소설의 역사에서 그 특별한 중요성과 지위를 부여하는 요소 중 하나는 이 장르에서 그 소설이 필딩의 첫 번째 시도였을 뿐 아니라 리차드슨의 소설에 대한 그의 가장 진지한 비판을 보여준다는 점이다. 이 소설은 두 전통 사이의 희극이라는 다리를 만들고 있고 두 전통의 특질들의 가치들을 비교하는 독특한 기회를 제공한다.

— Nokes, 10

1. 서론

영국에서 소설문학이 시민적 장르인 근대소설로 그 기반을 갖추게 된 것은 18세기 중엽이다. 소설은 정확한 현실묘사의 정신을 기반으로 중세 이래 로만스(romance)의 세계에서 소설(novel)이란 새 문학 장르로 발전하여 근대사회의 실재를 표현하는 가장 적합한 수단의 문학형식이다. 민권 신장과 의회제도의 확립과 초기 자본주의에 기반을 둔 상공업의 발흥과 더불어 정치적, 경제적, 사회적 지위가 향상된 신흥 중산계층의 독서층이 생기게 되고 그들의 정서적, 지적 호기심을 위한 문학 장르로서 소설이 등장하게 되었다. 18세기 중기의 대문인 사무엘 존슨(Samuel Johnson)은 그가 편집하고 발행한 신문 에세이『램블러』(*The Rambler*) 4호(1750. 3. 31)에서 당시 새로운 장르로 떠올라 크게 인기를 누리고 있던 "소설"(novel)에 대해 다음과 같이 논하였다.

현재 세대가 특별히 즐거워하는 허구의 작품들은 진실된 상태의 삶을 보여준다. 그 작품들에서는 세상에서 매일 일어나는 사소한 일이 다양하게 제시되고, 인간세계와의 교류 안에서 실제로 찾을 수 있는 열정들과 특질들의 영향이 드러난다.

이러한 종류의 글은 로만스의 희극(the comedy of romance)이라고 부를 수 있고 거의 희극적 시의 법칙에 따라 창작이 수행된다. 이러한 글의 영역은 쉬운 수단에 의해 자연스러운 사건들을 소개하고 기적의 도움 없이 호기심을 유지시킨다. 따라서 이러한 글들은 영웅 로만스(heroic romance)

의 초자연적인 장치와 개입으로부터 벗어나고 결혼식에서 신부를 납치해 가는 거인들을 동원할 수 없고 감금된 신부를 다시 구출해오는 기사들도 등장시킬 수 없다. 그러한 글은 또한 사막에서 그 등장인물들을 당황하게 만들 수 없고 상상의 성에서 그들을 가두지 못한다. (Johnson, 60)

소설이란 장르는 근대의 진정한 시작이었던 18세기 초에 발아되어 19세기를 거쳐 현대에 이르러서까지 가장 중심적인 문학 장르로 발전하게 되었다. 소설은 개인과 사회 또는 그 대립을 가장 철저하고 포괄적으로 표현할 수 있는 문학 장치이다. 근대 이후에 정립된 시민사회가 내포하는 다양한 복합성을 극명하게 드러내주고 개인의 고투와 내면세계를 그처럼 적나라하게 묘사할 수 있는 문학 장르는 없기 때문일 것이다.

영국에서 이러한 소설이란 문학 장르를 다룬 이는 17세기 말과 18세기 초의 존 번연(John Bunyan), 조나단 스위프트(Jonathan Swift), 다니엘 디포(Daniel Defoe) 등이 있지만 본격적으로 근대적 의미의 소설로 발전시킨 것은 리차드슨(Samuel Richardson)과 헨리 필딩(Henry Fielding)이다. 흔히 리차드슨과 필딩에 대해서 대조시켜 비교하여 논하는 수가 많다. 리차드슨과 필딩 중 누가 더 근대소설 형성에 중요한 영향을 끼쳤는가에 대해서는 논란의 대상이 되고 있으나 필자의 생각으로는 누가 더 중요한 역할을 했는가를 논의하기보다는 각자의 특징과 역할을 심도 있게 살펴 영국의 근대소설문학을 형성하는 전체적인 문맥에서 총체적으로 이해하려는 노력이 더 유익하고 생산적인 작업일 것으로 본다. 리차드슨과 필딩은 서로 대립적인 요소가 존재하지만 한편으로는 서로 포용하는 자세로 전개되어 나갔다고 볼 수 있다. 물론 그 당시 두 작가에 대한 평가는 대체로 리차드슨 쪽으로 유리하게 기울었다. 그 당시의 영향력이 컸던 비평가인 사무엘 존슨도 필딩이 묘사했던 일상적인 "하층의 삶"("low life") 때문에 리차드슨을 더 높이 평가했다.[1] 필딩이 계급 차별의 인습적 관념에 사로잡힌 18세기 상류사회에 거부반응을 일으킨 것은 어느 정도 당연할 수도 있다. 그러나 현대적인 안목에서 볼 때 필딩이 "하층의 삶"을 묘사하려는 시도 자체가 근대 소설문학 형성의 기여에 소중한 것이라고 볼 수 있다. 필딩은 인간묘사의 정확성을 근거로 서사시, 희극 등의 전통적 장르와 유머, 풍자, 아이러니 등의 기법을 사용하여 자신만의 독특한 소설세계를 개척하여 새로운 리얼리즘을 형성한 근대소설의 시조 중의 한 사람이라고 볼 수 있다.

필딩 소설의 대표작은 『톰 존스』(Tom Jones)로 간주된다. 그러나 필딩은 그의 첫 소설인 『조셉 앤드루즈』(Joshep Andrews, 1742)에서 이미 새로운 소설의 방향과 목표를 언명하며 당시 소설이 가져야 할 여러 특질들을 결정적으로 제시하고 있다. 『톰 존스』에서 소설이론이나 기법 면에서 완숙한 면을 보인 것은 사실이나 『조셉 앤드루즈』에서도 이미 대부분 나타나고 있다. 우리가 필딩의 소설에 관한 그의 견해를 찾기 위해 『조셉 앤드루즈』의 서문을 비롯하여 필딩이 쓴 여러 소설담론에 관한 글들을 살펴보면 고전작품들에 관해 해박한 지식을 가진 귀족풍의 신고전주의자인 동시에 새로운 중산층의 장르인 사실주의적 소설 작가로서의 갈등과 모순이 느껴진다. 당시 선배 작가인 스위프트나 디포는 물론 동시대의 작가인 리차드슨이 당대의 현실을 적나라하고 사실적으로 재현하는 방식에 대하여 불만을 표출했다.

---

1) 필딩에 관한 존슨의 평가에 대해서는 Boswell 747, 123, 289, 408, 480, 888 참조. 흥미롭게도 존슨에 대해 유명한 전기인 『존슨 전기』(Life of Johnson, 1791)를 쓴 제임스 보스웰(James Boswell)은 자신의 스승인 숭배하는 존슨의 견해에 반대하여 다음과 같이 적고 있다: "내가 보기에는 언제나 [존슨]은 리차드슨의 작품은 지나치게 높게 하고 필딩에 대해서는 비합리적으로 편견을 가지고 있다. 이 두 작가를 비교하면서 그는 다음 표현을 사용했다: "시계를 만드는 방법을 아는 사람과 시계 문자만을 보고 시간을 읽을 수 있는 사람에서처럼 큰 차이가 있다." 이것은 자연의 인물(characters of nature)과 풍습만의 인물들(characters of manners)을 그려내는 차이에 대한 짧은 비유적인 표현이다. 그러나 나는 필딩의 단아한 시계들이 리차드슨의 큰 시계들과 같이 잘 구성되어 있고 그의 시계 문자반이 더 빛난다는 의견에 동조하지 않을 수 없다. 필딩의 인물들은 … 인간 본성을 정확하게 그린 것이고 연필로는 더 놀라운 특징들과 섬세한 묘사를 가지고 있다고 나는 감히 말할 것이다"(389).

그는 이러한 와중에 서구의 서사문학 전통인 서사시, 로만스, 악한소설(pi-caresque), 인물 스케치(character sketch) 등의 전통을 물려받으면서 자신만의 현실재현의 새로운 방식의 소설을 창작하기 위해 "산문으로 된 희극 서사시"(comic epic-poem in prose)란 새로운 장르개념의 독특한 복합어를 만들어내고 기존의 문학양식들과 새것들 사이의 균형과 대화를 모색하였다. 아이러니하게도 이 용어 자체에 갈등과 모순이 내포되어 있다고 볼 수 있다. 어떤 의미에서 17세기의 신고전주의와 19세기의 낭만주의를 잇는 18세기라는 전환기에 살고 있었던 필딩은 문학 문제에 있어 언제나 균형과 조화, 절제와 중용의 태도를 가지고 있었다. 다시 말해 필딩은 신고전주의 전통인 고전 모방에만 매달리지 않았고 사실주의에 따르는 새로운 장르를 맹목적으로 따라가지 않았다. 새로운 소설 전통을 수립하려는 그는 이 두 조류 사이에서 언제나 균형과 조화의 태도를 견지하였다.

우선 필딩이『조셉 앤드루즈』를 쓰기 2년 전인 1740년에 자신이 편집하던, 석간신문『챔피언』에 발표한 글에서 그의 말을 직접 들어보자.

> 내가 믿기로는 많은 악덕들과 우행들이 태만함보다는 과도함에 의해 이 세상에서 발생한다는 것은 매우 합당한 관찰이다. 열정은 게으름이 못 미치는 한 가지에 비해 그 목표를 벗어나 열 가지를 위해 서두른다. "과유불급"(過猶不及)이라는 탁월한 이 짧은 말 속에 포함된 것보다 인간의 행동을 위해 더 훌륭한 규칙이 결코 없었듯이 이러한 사례는 얼마든지 있다. 어떤 인물도『어리석은 자들의 보금자리』의 인물이 지나치게 욕심을 부리는 것보다 세계의 무대 위에서 더 자주 재현되는 것은 없다. 사람들은 흔히 칭송을 받을 만한 부분에서조차도 지나치게 과잉반응을 함으로써 우스꽝스럽거나 가증스럽게 되어 버린다. 왜냐하면 미덕 자체는 지나치게 넘쳐남으로써 그리고 (은유로 표현할 수 있다면) 지나치게 빠르게 파종을 해서 그 자체의 본성을 변화시키고 매우 아름다운 꽃의 가장 해악이 되는 잡초가 되기 때문이다. (Williams, 121)

이 글에서 필딩은 극단적인 욕망과 행위의 결과들에 대해 언급하면서 그것들을 악덕, 우행, 우스꽝스러움, 가증스러움, 해악 등과 연결시키고 있다. 필자의 생각으로 필딩의 새로운 소설론에는 그가 미덕이라고 칭송하는 균형적이고 중용적인 태도가 잘 나타나고 있다고 본다.

필딩은『진정한 애국자』(*The True Patriot*, 1746)에 실린 다른 글에서 다음과 같이 온도계 모양의 도표를 만들어 제시하면서 중도의 다른 이름인 "황금율"(Golden Mean)의 가운데 지점에 "양식"(良識, good-sense)을 놓고 그 위아래로 몇 개의 층위를 만들어 벗어나는 정도에 따른 의식(sense)의 등급을 보여주고 있다.

	광기 (Madness)
	방종 (Wildness)
	진정한 위트 또는 열정 (True wit or Fire)
	발랄, 활발 (Vivacity)
	양식 (Good-Sense)
	엄숙, 근엄 (Gravity)
	방자함 (Pertness)
	둔감 (Dullness)
	어리석음 (Stupidity, or Folly)

(Williams, 127)

이 도표에서 필딩은 의식의 "중간 지점"에 둔 "양식"을 표준 잣대로 삼고 있다. 필딩은 서구의 오래된 문학 전통과 관습들 그리고 18세기 당시 새롭게 부상하던 다양한 요소들을 모두 포괄하면서 자신의 시대를 위한 새로운 문학 장르인 "소설"에 관한 이론을 정립해나갔다. 필자는 이 글에서 필딩의 소설이론이 이런 균형을 통해 중도를 이루려는 기본적 사유구조 속에 있다는 점을 주장할 것이다. 이 글의 목표는 따라서 『조셉 앤드루즈』에 나타난 소설에 관한 이론을 추출, 정리하여 영국 근대소설 개척자의 한 사람으로서의 필딩의 위치와 업적을 깊이 이해하는 데 일조하는 것이다.

2. 본론

우리가 영국 근대소설의 역사를 제대로 조명하기 위해서는 디포, 리차드슨, 필딩의 역할을 "형식상 사실주의"의 시각에서만이 아니라 18세기 초중반의 다양한 사회문화 그리고 문학적인 상황을 고려해야 할 것이다. 따라서 우리는 이 과정에서 특별히 1742년에 출간된 헨리 필딩의 『조셉 앤드루즈』를 중심으로 이 소설의 양식 또는 형식상의 특징들을 살펴보고 동시에 초기 소설이론가로서의 필딩의 중요성을 재고해야 할 것이다. 필딩은 원래 극작가로서 작가생활을 시작하였고 25편이나 되는 극을 발표하면서 일부 성공도 하였다. 그러나 바로 그 무렵에 "검열법"(Licensing Act)에 의해 극작가 생활을 접을 수밖에 없었다. 그 무렵 간행된 리차드슨의 『파멜라』(Pamela, 1740)의 폭발적 인기에 자극을 받아 그 시대와 자신을 위해 새로운 장르인 "소설"을 쓰기로 결심하였다. 우선 필딩은 디포 식이나 리차드슨 식의 사실주의 소설과는 전혀 다른 소설을 쓰고 싶었다. 『파멜라』를 풍자하고 희화화하기 위해 『샤멜라』(Shamela)라는 소설도 썼지만 본격적인 소설가로서 자신의 정체성을 수립하고 새로운 사실적 재현 장치 제시를 위해 쓴

소설이 바로 1742년에 간행한 『조셉 앤드루즈』이다.[2]

필딩은 『조셉 앤드루즈』 「서문」("Preface")에서 자신의 새로운 창작양식을 "산문으로 된 희극 서사시"라고 불렀다. 우리로 하여금 다양한 논의를 제공하는 이 새로운 명칭의 발명은 초기 영국 소설사에 새로운 전통을 창조하였다. 무엇보다도 당시 명문 이튼에서 공부하였고 네덜란드의 라이덴 대학에서 수학한 귀족계급인 필딩은 중산층인 디포나 리차드슨과 달리 고전작품에 대한 지식이 많았다. 그래서 그는 디포나 리차드슨과 달리 1인칭 소설이 아닌 서술자(narrator)를 등장시키는 3인칭 소설을 택하고 자신이 전개하고자 하는 소설 장르의 세계를 다양하고 역동적이며 재미있게 만들고자 하였다. 우선 필딩은 서구 문학사에 등장하는 다양한 장르들을 혼합하는 서술방식을 택했다. 어떤 의미에서는 고전과 현대의 어느 한쪽에 경도되지 않는 균형을 시도하였다. 고전적 서사시와 중세적 로만스(romance) 전통, 그리고 18세기 당대의 풍자와 희극적 요소를 가진 벌레스크(burlesque) 전통을 결합시킨 새로운 혼합 장르로서의 소설을 만들어내고자 했다. 김일영 교수의 설명을 들어보자.

　　필딩이 이 작품을 호머의 희극적 서사시의 전통에 의거하였다고 말한

---

2) 이와 관련하여 19세기의 비평가 윌리엄 해즐릿(William Hazlitt, 1778~1830)은 『영국 희극 작가론』(*Lectures on the English Comic Writers*, 1819)에서 일반적으로 좋은 소설이나 로만스들이 한 역사적 시대의 풍속과 모습을 어떤 철학서, 역사서, 정치서, 도덕서보다 가장 잘 재현하고 있다고 전제하면서 『조셉 앤드루즈』의 현실 재현의 정확성에 대해 다음과 같이 지적하고 있다: "예를 들어 나는 … 조지 2세 치세(1727~1760) 중에 사회, 도덕, 정치 그리고 종교적 감정에 대한 전반적인 상황에 대해 매우 만족할 만한 설명을 어디서 찾을 수 있을까 고심하고 있다. … 나는 진실로 이 작품 『조셉 앤드루즈』를 이런 종류의 완벽한 통계자료로 생각한다. 그 시대의 정규역사를 살펴보더라도 … 우리는 단지 (공식적인 정치, 경제, 종교적 상황에 대한 추상적 지식만을) 얻을 수 있을 뿐이다. 그러나 만일 우리가 이러한 듣기 좋은 이름들이 배후에 무엇인가를 진정으로 알고자 한다면 우리는 자연을 모방하려는 목적만을 가지고 그들의 진실된 모습을 성공적으로 재현하고 어려운 이론가들의 자랑들이나 … 분노에 찬 논쟁자들의 과장들을 경감시키는 작가들의 작품들에 의존할 수밖에 없다."(Fielding, Norton, 401)

점은 되씹어볼 대목이다. 첫째 필딩의 이러한 주장은 호머의 서사시의 위엄을 자신의 작품에 부여하고자 하는 의도로 볼 수 있고, 둘째 호머의 희극적 서사시가 실제로 존재하지 않는다는 사실을 고려해 볼 때 이 진술은 자신의 작품이 그 선례가 없는 독창적인 것임을 은근히 강조하기 위한 것으로 볼 수 있기 때문이다. 따라서 필딩이 이 작품을 여태까지 아무도 시도해 보지 않은 "새로운 종류의 글쓰기"(new species of writing)라고 선언한 것은 이러한 문맥에서 이해될 수 있을 것이다. 즉 필딩은 이 작품을 통해서 기존 작품을 모방하거나 단순히 패러디 한 것이 아니라 새로운 문학양식을 개척하고 이에 정체성을 부여하고자 하였던 것이다.[3] (Introduction, 17)

이에 따라 다음에서 필딩이 중도의 원리로 균형을 이루고자 했던 여러 가지 문학 장르들과 방법들을 몇 가지로 나누어서 논의해 보자.

1) 서사시와 소설

필딩의 소설론 개념과 풍자이론을 파악하기 위해서는 그의 「서문」("Pref-

---

3) 송낙헌도 "희극적 산문서사시"에 대해 다음과 같은 유사한 설명을 제공하였다: "필딩이 『조셉 앤드루즈』에서 기도한 것은 이러한 비예술성을 극복하고 문학의 전통에 입각하여 하나의 새로운 문학양식을 개척하려는 것이었다. 필딩은 이 새 양식 또는 장르를 이 작품의 서문에서 "산문으로 된 희극적 서사시"(comic Epic-poem in Prose)라 부르고 있다. 당시의 신고전주의적 문학관에서는 모든 문학양식 중에서 서사시가 최고의 자리를 차지했으며, 인간의 영혼이 창조해낼 수 있는 가장 숭고한 것으로 존경받았다. 그러나 여러 가지 이유 때문에 이 시대에 와서는 서사시의 창조력이 쇠퇴하여 이렇다 할 서사시가 출생하지 못했다. … 여러 가지 사회정세와 여건의 변화 때문에 서사시를 만들던 창조력은 딴 양식에서 그 표현을 찾지 않으면 안 되게 되어 있었다. 필딩이 그의 최초의 소설을 "희극적 산문서사시"라 부른 것은 다만 자기의 작품에 서사시의 권위를 부여하기 위한 것이 아니라, 이 새로운 양식에 대한 시대적 요청을 간파했기 때문일 것이다. 물론 필딩 자신은 자기의 작품을 소설(the novel)이라 부르지 않았고 소설이란 용어를 자주 쓰지도 않았다. 17세기나 18세기에 novel이란 말은 romance라는 말과 대비시켜서, romance(보통 부피가 방대한 산문 이야기)보다 길이가 짧고 사실적(realistic)인 이야기의 뜻으로 사용되었다가, 현재와 같은 용어로 확정된 것은 18세기 말에 이르러서였다. … 필딩은 이 작품에서 디포나 리차드슨 같은 뿌리 없고 도덕성도 의심스러운 사실주의 문학에 고전문학의 예술성을 주입하여, 그것을 변질시켜서 그가 "희극적 산문서사시"라고 부른 새로운 문학양식을 탄생시킨 것이다(8~9, 23).

ace")을 자세히 검토하는 것이 무엇보다도 선행되어야 할 필수 작업이다. 필딩은 리차드슨의『파멜라』를 새로운 소설 장르에 필요한 기준이나 전범이 아님을 확신하고서 그가 지금 쓰고 있는 소설인『조셉 앤드루즈』와는 전혀 다른 종류라는 것을 강력하게 의식하여 영국 독자들에게 자신의 원리를 설명할 필요성을 느끼고 있었다. 그래서 처음에는『파멜라』를 패러디하기 위해 시작하였으나 점차로 필딩은 리차드슨에게서 벗어나 자신만의 이론과 작품을 만들어내게 되었다.[4]

필딩은 그 출발점으로 자신의 소설을 고전적인 서사시와 관련시키고 있다. 서사시도 연극처럼 비극과 희극으로 나눌 수 있다는 것이다. 여기에서 필딩은 지금은 분실되어 없어진 희극적인 요소보다는 극적 서사시에 가까운 호머의『마지테스』(Margites)를 연상하면서 자신은 희극적 서사시의 전통을 받아들이겠다는 것을 암시하고 있다. 즉 운문 대신에 자기 시대에 알맞게 산문으로 된 서사시의 요소를 지닌 희극적 서사시를 쓰겠다는 의도이다. 이렇게 함으로써 필딩은 서사시의 아버지인 호머와 같은 위대한 작가가 되겠다는 포부를 밝힌 것이다. 필딩 자신이 이전에 희극작가였으므로 이런 희극적인 요소를 서사시와 결부시켜 희극적 서사시에 대한 가능성을 보여주고자 했다. 필딩은 우선 서사시의 가능성을 더 확장하면서 다음과 같이 말하고 있다.

> 더욱이 이 시가는 비극적이거나 희극적이 될 수 있기에 나는 그것이 운문이나 산문으로 똑같이 될 수 있다고 주저하지 않고 말할 수 있다. 비평가가 서사시의 구성요소들 안에서 감안하는 특별한 것은 즉 운율이다. 그러나 이런 종류의 글쓰기도 이야기 행동, 등장인물, 감정과 어법 같은 다른 모든 부분을 포함하고 있으나 음률만 부족하므로 내 생각으로는 그것

---

4) 이에 대한 자세한 논의는 김명렬을 참조.

을 서사시로 언급하는 것은 합당한 것처럼 보인다. (*Joseph Andrews*, 3. 이
하 작품의 인용은 쪽수만 표시함)

이렇게 필딩은 서사시를 운문보다는 산문으로 쓸 것을 다짐하면서 산
문으로도 같은 효과를 낼 수 있다고 주장하고 있다. 즉 운율(metre)이 없다
는 것 외에는 서사시가 다른 요소들인 이야기(fable), 행동(action), 등장인물
(characters), 감정(sentiments), 어법(diction)들을 모두 지니고 있다고 말한다.
필딩은 계속해서 서사시 사용의 정당성을 다음과 같이 합리화하고 있다.

> 그것에 어떤 한 가지 경우에서만 다른 종(種)들과 공통점을 가진 하나
> 의 이름을 주는 것이 그것을 다른 어떤 것에서 닮지 않은 종들로 혼란스
> 럽게 하는 것보다 훨씬 더 공평하고 합리적인 것이다. 그러한 종이란 흔
> 히 로만스라고 불리는 부피가 큰 작품들인 『실리아』(*Celie*), 『클레오파트
> 라』(*Cleopatra*), 『아스트로아』(*Astroea*), 『카산드라』(*Cassandra*), 그리고 『위대
> 한 시러스』(*Great Cyrus*)와 내가 이해하기로는 가르침과 즐거움이 거의 없
> 는 수많은 다른 작품들로 거의 교훈이나 즐거움을 주지 못하는 것으로 나
> 는 이해한다. (3~4)

여기에서 필딩은 로만스의 장대한 길이(일례를 들면 『클레오파트라』는
장장 12권에 다다른다고 한다)와 현실성의 결여를 비판하고 있다. 다시 말
하면 필딩은 소설문학의 구조에 대한 의식을 분명히 가지고서 아리스토텔
레스의 모든 이야기는 시작이 있고 중간이 있고 끝이 있다는 이론을 도입
했다. 또한 로만스의 지나친 현실성의 결여에 대한 반동으로 사실주의에
대한 열정을 보여준다. 「서문」에 나오는 로만스라는 의미는 우선 중립적인
의미로 단순한 허구적 서사(fictional narrative)라는 의미와 양이 많은 작품
이라는 나쁜 의미를 모두 포함하고 있다.

2) 희극, 로만스 그리고 소설

18세기 스코틀랜드의 시인, 비평가, 도덕철학자였던 제임스 비티(James Beattie, 1735~1803)는 자신의 저서 『이야기와 로만스론』(*On Fable and Romance*, 1783)에서 『조셉 앤드루즈』를 희극적 로만스 전통에 속한 작품으로 보고 그 특징을 다음과 같이 지적해내고 있다.

> 새로운 희극적 로만스의 두 번째 종류는 사건들을 배열하는 데 있어 시적 질서를 따르는 장르이다. 그래서 서사시적 희극 또는 오히려 희극적 서사시라고 불리는 것이 매우 적절하다. 여기에서 서사시적이라 함은 그것이 일상생활의 사건들을 다루고 있고 중하류층에서 등장인물을 가져오기 때문이다. … 영국에서 이러한 희극적 로만스가 완벽한 형태를 가지게 된 것은 당대의 다른 어떤 작가들보다 다양한 위트(기지)와 유머(기질), 그리고 인간에 대한 더 많은 지식을 가졌던 것처럼 보이는 헨리 필딩에 의해서였다. 여기에서 셰익스피어만이 예외이다. 필딩의 위대한 타고난 능력은 그가 최고의 고전작가들을 연구하여 얻은 고전적 취향에 의해 세련되어졌다. 어떤 사람들은 『조셉 앤드루즈』가 필딩의 최상의 걸작이라고 말하고 있으나 『아담스 목사』(*Parson Adams*)가 최고의 작품이다. 목사는 대가가 만들어낸 인물이고 로만스에서 여지껏 나타났던 가장 우스운 인물인 돈키호테 다음 가는 인물이다. (Fielding, Norton, 400)

비티는 여기에서 필딩을 셰익스피어와 세르반테스의 뒤를 잇는 작가로까지 높이 평가하고 있다.

필딩은 희곡과 소설 사이의 밀접한 관계를 이해하고 "희곡 속의 희극"(comedy in drama)과 "허구로 된 희극적 로만스"(comic romance in fiction)의 차이를 설명하고 있다.

> 소설은 그 이야기와 행동에 있어서 진지한 로만스와는 다르다. 소설에

서 그것들은 진지하고 장중하다. 희극은 가볍고 우스꽝스럽다. 그것은 열등한 계급의 사람들과 그 결과로 열등한 예의를 가진 인물들을 도입함으로써 등장인물에 있어서 다르다. 반면에 진지한 로만스는 우리 앞에서 최고의 것을 등장시킨다. 마지막으로 그 감성과 어법에 있어서 숭고한 것 대신에 우스꽝스러운 것을 보존하므로 차이가 생긴다. 어법에 앞서서 내 생각으로는 벌레스크 자체는 때때로 허용될 수도 있다. 이것에 대한 예들이 전투장면 설명에서와 별개의 다른 장소에서와 같이 이 작품『조셉 앤 드루즈』에서 등장할 것이고 이것은 고전적인 독자에게는 지적될 필요가 없다. (4)

이와 같이 희극적 로만스와 진지한 로만스를 구별 짓고 필딩 자신은 열등한 지위와 예절을 지닌 인물들을 등장시키고 웃음을 자아내는 것을 택하여 소설에 도입하고, 어법에 있어서도 "벌레스크"(burlesque)한 것이 가능한 희극적 로만스를 택하고 있다고 말했다. 그 이유는 희극적 로만스에서 더 사실에 가깝게 인물이나 사건을 묘사할 수 있기 때문이다 (Rawson, 102).[5]

그리고 나서 필딩은 희극적 로만스와 순수한 벌레스크 즉 희극 서사시 의사 영웅체(mock-epic)와의 차이를 다음과 같이 비교하고 있다.

그러나 만일 우리가 때로 우리의 어법에서 이것을 인정한다 하더라도 우리는 우리의 감정과 등장인물에서 그것을 조심스럽게 배제해왔다. 왜냐 하면 그것이 의도되지 않은 벌레스크 류의 틀 속에서가 아니라면 그것은 결코 적절하게 도입되지 않기 때문이다. 사실상 어떤 두 종류의 글쓰기도 희극적인 것과 벌레스크적인 것 이상으로 더 확연하게 차이가 날 수 없다. 왜냐하면 벌레스크는 일찍이 기괴하고 부자연스러운 것의 표시이며 만일

---

5) 여기서 이 문제와 관련하여 "희극적"이란 말의 뜻을 로슨(C. J. Rawson) 교수의 말을 빌어서 살펴보자: 형용사인 "희극적인" 것은 단지 "우스운" 것을 뜻하는 것은 아니다. 비록 그런 의미를 가지고 있지만 이 말은 영웅적인 것보다는 사실적인 것을, 그리고 영웅적 문학에서보다 훨씬 낮은 신분의 등장인물들을 암시한다(14).

우리가 그것을 검토해본다면 최상의 예절을 최하의 예절로 전유하는 것에
서처럼 또는 그 반대의 경우에서 우리의 즐거움이 놀라울 정도의 불합리
한 것에서 생기기 때문이다. … 그것에 대한 올바른 모방이 모든 즐거움이
생겨나므로 우리는 합당한 독자에게 이것을 전달할 수 있다. (4)

여기에서 필딩은 자기가 쓰려고 하는 희극적 로맨스에서 벌레스크 어법
은 허용하겠으나 감정과 인물에서는 반드시 벌레스크를 배제하겠다는 것
이다. 벌레스크에는 두 종류가 있다. 하나는 비천한 사람이 영웅을 흉내 내
는 것이고 다른 하나는 고귀한 사람이 비천한 사람처럼 행동하는 것이다.
필딩은 계속해서 벌레스크 작가에 비해 희극작가는 자연으로부터 지나치
게 벗어나지 않음으로써 소설에서 핍진성(verisimilitude)을 유지할 수 있다
고 말하는 것이다. 이렇게 희극작가가 자연을 따르는 것은 피카레스크 소
설, 서사시 전통, 풍속희극, 인물 스케치 등에서 현실을 가능하면 충실히
묘사하려는 전통에서 나온 것이다. 이러한 영향과 필딩 자신의 실제적이고
명민하게 관찰하는 천재성이 함께 조우하여 그 자신의 사실주의적 신조가
생겨난 것이라고 볼 수 있다.

필딩은 단순한 벌레스크를 논하는 자리에서 "고전작가들의 작품 속에는
그러한 것은 발견되지 않는다"라는 자신의 주장을 강화하고 고대작가들의
예를 따라 벌레스크의 등장인물들과 감정을 그의 소설론에서 배제하고 있
다. 그러나 필딩은 순수한 벌레스크를 완전히 버리지 못한다. 그 이유가 자
신의 극작품인 『비극의 비극』(The Tragedy of Tragedies)에서 작게나마 성공을
거두어서 그런 것만은 아니다. "벌레스크는 다른 어떤 것보다 더 정교한 유
쾌함과 웃음을 제공한다. 그리고 이것들은 아마도 마음에 더 건강함을 줄
것이며 일반적으로 상상하기보다 우울증과 가식성을 더 효과적으로 정화
시키는 데 도움을 준다"는 것 때문이다.

필딩은 희극적 로맨스 이야기와 행동이 가볍고 우스꽝스러운 등장인물

들도 때로는 비천한 계급과 예절을 가질 수 있고 그들의 감정과 말투 또한 우스꽝스럽고 때로는 벌레스크한 면도 나타낼 수 있다는 것을『조셉 앤드 루즈』에서 그대로 보여주고 있다. 그 대표적인 예가 레이디 부비 부인(Lady Booby)의 하녀인 슬립스롭 부인(Mrs. Slipslop)이다. 그녀는 무식하고 우둔하고 수다스러우며 참견이 심하고 욕정적이고 음주벽이 있다. 필딩은 아담스 목사의 미덕을 존경하고 있지만 그를 우스운 인물로 만들고 있다. 모든 등장인물에 대한 그의 태도는 동정과 즐거움이 혼합된 것이다. 특히 벌레스크 어법은 싸움 장면에서 자주 나타난다. 또 다른 대표적인 예는 제Ⅲ권 6장의 조셉과 목사, 사냥개들과의 싸움 장면에서 나타난다. 그러고 나서 필딩은 희극적 로만스와 벌레스크를 회화화해서 희극 역사화가와 희화적 그림(caricature)을 원용하여 알기 쉽게 비교하고 있다. 희극적 그림의 진정한 장점은 "그 적절한 영역 안에서 있는 것에 인간들이 아니라 괴물들의 모든 날조와 과장들을 보여준다"(5)라고 설명하면서 대조시키고 있다.

3) "우스꽝스러운 것"과 풍자

다음으로 필딩의 중요한 개념의 하나인 "진정으로 우스꽝스러운 것"(the true ridiculous)과 관련된 풍자의 개념 정립을 살펴보자. 필딩은『조셉 앤드 루즈』에서 우스꽝스러운 것만을 등장시키겠다고 말한다. 그는 앞서 이 용어가 흔히 잘못 사용되어진다고 주의를 환기시킨다. 즉 "지독한 사악함"과 "가난과 고통의 비참함"은 우스꽝스러운 것이 될 수 없으며 "가장 처절한 재앙들"도 조롱의 대상이 될 수 없음을 지적하고 있다. 필딩은 아리스토텔레스의 "심각하지 않은 사악함이나 완화된 약점들"이라는 말을 원용하여 희극에는 진정한 우스꽝스러운 것이 온당하며 사악함은 적절치 못하다고 말하고 있다. 요컨대 인간생활의 재난이나 빈곤, 불완전 등을 조소의 대상으로 삼을 수 없다는 것이다. 이런 것은 자연에 충실히 집착하여 세밀한 관찰을 함으로써만 가능하며 일상생활을 면밀히 관찰한다면 얼마든지 웃음거리를 발견할 수 있다는 것이다. 필딩의 "우스꽝스러운 것"에 대한 논의는 중요하므로 길이에도 불구하고 인용코자 한다.

> 진정으로 우스꽝스러운 것의 유일한 원천은 (내가 보기에는) 가식이다. … 이제 가식의 원인은 허영이나 위선이라는 두 가지 중 하나에서 나온다. 허영은 우리가 박수갈채를 받기 위해 등장인물에게 잘못된 영향을 끼치고, 위선은 그 반대되는 미덕의 가장자리 아래에 우리의 악덕을 숨김으로써 비난을 회피하려는 시도로 우리를 이끈다. 그리고 비록 이 두 가지 원인들은 가끔 혼동되기도 하지만 그 둘은 매우 다른 동기에서 시작되기 때문에 그들을 작동하는 데 분명하게 차이가 드러난다. 허영에서 생기는 가식은 위선보다 더 진실에 가깝다. … 예를 들어 허영심을 가진 사람에게서 관대함에 대한 가식은 탐욕스런 사람들에게 있는 가식과는 매우 다르다. 왜냐하면 허영심이 강한 사람은 그가 그렇게 보이는 것 같지 않고 또는 그가 가장하는 미덕은 그가 가지고 있으리라 생각되는 정도만큼 가지고 있지 않다. 그러나 미덕은 보이는 것의 정반대인 탐욕스런 사람보다 허영심을 가진 사람에게 어색하게나마 속하게 된다. (6~7)

위에서 필딩은 진정으로 조소할 만한 것은 가식(affectation)에서 나온다고 말한다. 이 가식은 허영(vanity)과 위선(hypocrisy)에서 나온다. 허영에서 나오는 가식은 칭찬을 받기 위한 허위의 인물들을 가장하는 것이고 위선은 악덕을 숨김으로써 비난을 면하려는 의도에서 나오는 것이다. 위와 같은 논의는 필딩의 풍자의 이론적 배경이 되고 있다. 풍자적인 분위기가『조셉 앤드루즈』에서뿐 아니라『톰 존스』(*Tom Jones*)에서도 나타나고 있는데 그것은 필딩이 허영이나 위선에서 나오는 인간의 약점을 들추어내어 인간의 실상을 파헤치고자 하는 노력을 했다는 점에서 중요한 의미를 지닌다.

필딩의 이러한 풍자이론은 『조셉 앤드루즈』에서 끊임없이 적용되고 있다. 주로 풍자되는 인물들은 레이디 부비, 슬립스롭 부인, 피터 파운스, 바나바스 씨, 트루리버 목사, 토우와우즈 부인, 마차 속의 손님들 등이다. 레이디 부비가 미덕과 세련미를 가장하는 것은 계속해서 웃음거리가 되고 있다. 슬립스롭 부인도 그의 여주인처럼 미덕을 가장하는 위선자이며 제I권 7장에서 필딩은 조셉에 관해 얘기하면서 서로 그를 싫어한다고 공언하지만 속으로는 좋아하는 것을 보여줌으로써 이 두 여인의 가장을 풍자하고 있다. 레이디 부비의 청지기인 피터 파운스는 그의 욕심을 숨기기 위해 정직과 관대함을 가장하는 것이 풍자대상이 되고 있다. 필딩의 풍자의 주요무기는 아이러니의 수법이다.

위선적인 성직자의 대표로써 바나바스 씨와 트루리버 목사는 모두 아담스 목사와 대립되고 있다. 쾌락 추구자인 바나바스 씨는 이기심과 허영을 감추기 위해 경건을 가장한다. 조셉이 강도를 당한 뒤에 토우와우즈의 여관에 왔을 때 바나바스 씨는 허영을 과시한다. 그는 또 부도덕하고 사악하기로 유명한 어떤 고위 성직자의 장례식에서 칭찬의 설교를 하는 대가로 2배의 설교료를 받을 것이라고 아담스 목사에게 말하기도 한다. 트루리버 목사도 아담스 목사가 그에게 얼마 안 되는 돈을 빌리러 왔을 때 자기의 욕심, 이기심, 조잡스러움 때문에 풍자되고 있다. 그는 처음에는 같은 동료 성직자에 대한 진실한 우정을 가장하나 정작 아담스 목사가 돈을 꾸러 온 것을 알았을 때는 갑자기 냉담해지고 아담스 목사를 내쫓는다.

일반적으로 바나바스 씨와 트루리버 목사를 18세기 영국의 부패한 성직자의 상징으로 보고 아담스 목사를 그 반대로 보게 된다. 바테스틴(M. C. Battestin)의 말대로 "아담스 목사는 더욱이 필딩의 풍자를 위한 완벽한 도구"인 것은 사실이다. 필딩이 아담스 목사를 등장시킨 것은 위의 대표적인 타락하고 위선적인 두 성직자와 대비시킴으로써 당시 성직자들의 부패와 타락을 비난하고 아담스 목사로 하여금 기독교와 성직자의 본질과 권위를 세우려 했기 때문이다. 그러나 필자의 생각으로는 필딩이 그렇게까지 아담스 목사를 희극화시켜야만 했을까 의심스럽다. 오히려 약간은 온건하고 점잖게 다룰 수도 있었을 것이다. 이렇게 볼 때 바테스틴이 주장하듯이 『조셉 앤드루즈』를 기독교 알레고리로만 보는 것은 다소 무리일 수 있다. 필딩은 크게는 아담스 목사까지도 풍자의 테두리 속에 집어넣어 그까지도 실패와 웃음거리의 연속으로 만듦으로써 생생한 인간상을 부각시키며 진정으로 인간화된 교직자로 극화시킨 것이 아닐까? 다시 말하면 필딩이 아담스 목사에게 이상화된 기독교인으로써의 이미지를 보류하는 것이 아닌가 하는 것이 필자의 생각이다. 필자의 이 말이 설득력을 가질 수 있다면 바테스틴과 달리 마리텡(J. Maritain)의 용어를 빌어(Mahood 18) 근본적으로 필딩은 "신 중심적인 인본주의"(theocentric humanism)가 아닌 "인간 중심적인 인본주의"(anthropocentric humanism)를 시도했다고 볼 수 있을 것이다. 이렇게 되어야 바테스틴 자신의 말대로 아담스 목사는 필딩의 풍자의 완벽한 도구가될 것이다.

다시 「서문」으로 돌아오자. 필딩은 우스꽝스러운 것에 대한 정의를 "이러한 가식의 발견으로부터 독자를 언제나 놀라움과 즐거움으로 충격을 주고 우스꽝스러운 것이 생겨난다. 가장이 허영에서 생기는 것보다 위선에서 생겨날 때 더 고차원이고 강력하게 나아간다"(7)고 규정 짓고 그 대가로 존슨(Ben Jonson)을 들고 있다. 필딩은 또 불일치(incongruity)가 우스꽝스러운 것에서 중요한 요소라고 지적하면서 다음과 같이 말하고 있다.

이제 오로지 가식으로부터 삶의 불행과 재앙 또는 자연의 불완전성이 우스꽝스러움의 대상들이 될 수 있다. 추함, 지병이나 가난을 그 자체들로서 우스꽝스러운 것으로 볼 수 있는 사람은 확실히 매우 잘못된 마음을 가진 것이다. 또한 나는 거리를 가로질러 짐마차를 타고 가는 더러운 친

구를 만날 때 그 장면으로부터 우스꽝스러운 것의 생각을 가지고 놀라는
사람이라면 믿지 않는다. 그러나 만일 똑같은 사람이 그의 마차에서 내려
앉거나 또는 그의 모자를 겨드랑이에 끼고 의자에서 갑자기 뛰어나온 것
을 보았을 때 그가 웃기 시작한다면 그것은 합당한 일이다. (7)

또한 가식만이 우스꽝스러움의 유일한 원천이라고 필딩은 다시 한 번 강
조하고 있다.[6] 그리고 나서 필딩은 우스꽝스러움의 주제로서의 악(vices)을
자신의 법칙에 어긋나지만 자기 작품 속에 나타내는 것에 대한 이유를 다
음과 같이 설명하고 있다.

> 우선 첫 번째 이유는 인간 행동들의 연결성을 추적하는 것과 악덕으로
> 부터 벗어나는 것은 매우 어렵기 때문이다. 둘째로 인간의 악덕들은 마음
> 속에 습관적으로 존재하는 원인들보다 어떤 인간의 약점이나 실수의 우
> 연한 결과에서 오기 때문이다. 셋째로 악덕들은 우스꽝스러움의 대상들
> 이 아니라 혐오의 대상으로 드러나기 때문이다. 넷째로 악덕들은 현장의
> 그 시점에서 주요한 요소가 결코 아니기 때문이다. 마지막으로 악덕들은
> 의도된 악을 결코 만들어내지 않기 때문이다. (8)

필딩은 합승마차의 법률가와 토우와우즈 부인 등을 등장시킨 목적을
"하나의 가련한 나쁜 여자를 그의 지기들의 작고 경멸할 만한 무리들에게
폭로하기 위한 것이 아니라 수많은 사람들이 그들의 밀실에서 축배를 들
게 하여 그 사람들이 자신의 기행(奇行)을 성찰하여 그것을 줄이고 개인

---

6) 지금까지 논의에 대해 존슨(Maurice Johnson)은 다음과 같이 잘 요약하고 있다: "그러나 가
벼움, 우스꽝스러움, 천박함과 익살맞음에 의해 필딩이 주장하기를 벌레스크를 설명하는
것은 아니고 오히려 삶의 실수들과 가벼운 광기들이 강하게 그려진 삶은 진정으로 있는 그
대로 그린 것을 의미한다고 주장한다. 속임수, 허장성세와 탐욕, 허영, 위선이 때때로 파
슨 아담스, 패니, 조셉을 포함하며 저자와 독자들까지도 확실히 배제하지 않고 슬립스롭 부
인, 피터 파운스, 보 디다페, 지나가는 사람 등에게 생기를 불어넣는 요소인 것이다"(58).

적인 굴욕감에 빠지게 함으로써 공적 수치를 피할 수 있도록 하기 위함이다"(8)라고 지적하고, 이렇게 하는 목적이 풍자가와 중상자를 구별하는 데 있다고 말한다. 왜냐하면 풍자가는 부모처럼 한 사람을 위해서 그 잘못을 개인적으로 교정하는 것인데 중상자는 사형집행인처럼 공개적으로 다른 사람에 대한 표본으로 그 개인을 드러내 보이는 것이기 때문이다. 그래서 필딩은 중상이 아니라 풍자의 수단에 의해서 자신의 도덕적 목적을 완수하려는 의도를 재천명하고 있는 것이다. 필딩은 끝으로 독자들에게 "대부분의 특별한 등장인물에 대해 우리는 개인을 혹독하게 비난하는 것을 의미하는 것이 아니다 … 그래서 우리의 일반적인 묘사 안에서 우리는 보편적으로 비난하지 말자는 뜻으로, 많은 예외를 가지고 이해하는 것을 의미한다"(8)라고 주의를 환기시킨다. 이로써 지금까지의 논의는 서문에서 밝혔던 필딩 소설의 사실적이고 풍자적인 특질에 대한 이론을 더 심화, 보충해주고 있다.

4) 전기 쓰기 방법의 유용성

필딩은 새로운 소설 쓰기에서 전기작가의 방법에 대해 강조하였다. 제 I 권 1장의 「일반적인 전기 쓰기에 대하여」("Of Writing Lives in General")에서 필딩의 소견을 들어보자. 필딩은 "예증들이 개념들보다 마음에 더 강하게 작용한다"(14)라고 말하면서 그의 소설에서 도덕적 목적에 대한 견해를 말하고 있다: "그러므로 착한 사람은 모든 그의 친구들에게 걸어 다니는 교훈이며 그 작은 범위 내에서는 좋은 책보다 훨씬 더 유용하다"(15). 이렇게 필딩은 문학의 이원적 기능 즉 "교훈과 즐거움"(instruction and delight)을 모두 나타내는 것이 중요한데 그러기 위해서는 훌륭한 등장인물들을 등장시켜야 한다고 말한다. 그러나 그런 인물들은 흔히 잘 알려지지 않게 되므로 작가가 그것을 소설에서 "사랑스러운 모습"(amiable pictures)으로 묘사해서 독자들에게 알려주어야 한다는 것이다: "작가는 훌륭한 등장인물들이 그들의 이야기를 더 멀리 확산시키고 그 원래 사람들을 아는 행복을 가지지 못한 사람들에게 사랑스러운 모습들을 제시하는 것을 도울 수 있도록 소환될 수 있다. 그리고 그러한 가치 있는 모범들을 세계에 소통시킴으로서 작가는 아마도 그 등장인물의 삶이 원래 모범을 제공했던 것보다 훨씬 넓게 인류에게 도움을 줄 수 있다"(15). 그러므로 필딩은 전기작가의 수법에 유의하게 되어 플루타르크(Plutarch) 등 고전 전기작가들과 영국의 여러 전기작품들에 대해서 "이 모든 것 속에서 즐거움은 교훈과 함께 섞이고 독자는 즐거움을 받는 거의 똑같은 수준으로 개선될 것이다"(15)라고 찬사를 보내고 있다. 필딩도 소설의 이러한 교화와 즐거움의 목적을 아담스 목사, 조셉, 패니(Fanny) 등을 등장시킴으로써 그들의 착하고 인간적인 행위와 미덕을 제시하고 그 반대자들을 등장시킴으로써 대비 효과를 통해 그 목적을 달성하고 있다.

다음에는 III권의 "전기를 칭찬하기"란 장에서 필딩의 논의를 계속 들어보자. 필딩은 전기작가와 외적 사실을 기록하는 역사가(topographer와 choreographer)를 대비시키고 있다. 필딩은 "진실은 위대한 사람들의 생애를 칭송하고 흔히 전기작가라고 불리는 사람들의 작품 속에서 보통 찾을 수 있다"(145)라고 전제한다. 그리고 역사가에 대해서는 "나라들과 도시에 대해서 주로 설명하는 것이 주로 역사가의 작업이며 ⋯ 그러나 인간의 행동이나 등장인물들에 관해서는 역사가의 글쓰기는 그렇게 진정성을 가지는 것은 아니다"(145)라고 말하면서 필딩 자신은 인간의 본성을 정확히 그려내는 전기작가의 태도를 견지하고자 한다. 그러나 전기작가들도 그 인물이 활동하던 시대나 지역에 대해 잘못을 가끔 저지를 수도 있음을 말하고『돈키호테』(*Don Quixote*),『질 브라』(*Gil Blas*),『희극소설』(*Le Roman Comique*),

『벼락부자 농부』(*Le Paysan Parvenu*) 등의 작가들에게서 외적 사실에 대한 잘못을 찾아낼 수 있다고 지적하고 있다(146).

그러나 곧 필딩은 다음과 같이 반문한다.

> 명망이 높은 돈키호테의 업적을 기록한 책이 오히려 마리아나의 이름 보다 더 훌륭한 역사의 업적보다 더 가치 있는 것은 아닌가? 왜냐하면 역사는 시대의 어떤 특수한 시기 그리고 특정한 나라에 한정되어 있는 반면 전기는 적어도 법률, 예술 그리고 학문에 의해 세련된 부분들의 일반적인 세계와 처음에 세련되어지고 오늘날에 이르는 시기까지의 세계를 다루기 때문이다. (147)

필딩은 여기에서 시인이 보편적 본성을 모방한다는 점에 있어서 역사가나 철학자보다 더 심원하다는 아리스토텔레스의 말을 연상케 해준다. 그래서 필딩은 이러한 원리를 『조셉 앤드루즈』에 적용하는 데 있어서 "나는 여기서 단호하게 선언한다. 나는 사람을 그리는 것이 아니라 풍속을 그리고, 개인을 그리는 것이 아니라 한 종(種)을 그린다"(148)라고 선언하고 있다. 이것은 분명히 신고전주의의 중심원리인 것이다.[7]

---

7) 18세기 중반 사무엘 존슨은 헨리 필딩과 같은 어조로 자신이 편집하고 주석한 셰익스피어 전집의 유명한 서문(1763)에서 셰익스피어 문학의 위대성을 신고전주의 문학원리에 따라 보편성의 개념으로 설명한 바 있다. "어떠한 것도 보편적 자연의 올바른 재현들보다 더 많은 사람들을 그리고 더 오랫동안 즐겁게 할 수 없다. 특수한 풍속은 소수의 사람들에게 알려질 수 있다. 따라서 몇 사람들만이 그 재현들이 얼마나 사실적으로 묘사되어 있는가를 판단할 수 있다. … 셰익스피어는 모든 작가들보다 적어도 모든 현대작가들보다 자연의 시인이다. 시인은 독자들에게 풍속과 삶에 대한 성실한 거울을 보여준다. 그의 등장인물들은 특수한 장소들의 관습들에 의해 변형되지 않고 … 세계가 언제나 보여주고 관찰이 언제나 발견하는 공통적 인간성의 진정한 후예들이다. 그의 인물들은 모든 마음이 자극되고 삶의 전 체계가 계속 작동되는 그 보편적 감정과 원리들의 영향 아래서 행동하고 말한다. 다른 시인들의 작품들에서는 한 등장인물이 너무 자주 하나의 개인이지만 셰익스피어의 작품들에서는 인물이 보통은 하나의 종(種)이다."(Bronson, 241. 밑줄 필자). 여기에서 존슨은 20여 년인 1742에 『조셉 앤드루즈』에서 헨리 필딩이 말한 것을 거의 반복하고 있다.

5) 구조의 통일성 문제

다음에 필딩은 자기가 쓰려는 소설을 "소설형식에 관한 진술 중 하나의 이정표"(a milestone among statements on the novel form)라고 볼 수 있는 "산문으로 쓴 희극적 서사시"라고 규정짓는다. 여기서는 행동이 좀 더 확장되고 포괄적으로 되어 많은 사건들을 포함시킬 수 있고 많은 종류의 인물들을 다양하게 제시할 수 있는 이점이 있다. 사실상 『조셉 앤드루즈』를 단지 희극이나 그 이전 왕정 복고 시대의 희극과 비교해보면 이런 면을 쉽게 이해할 수 있다. 『조셉 앤드루즈』에는 런던에서 부비 홀(Booby Hall)에 이르는 동안 여러 장소들이 나오고 1~2주에 이르는 기간 동안에 많은 다양한 등장인물들과 많은 사건들이 나타난다. 등장인물의 경우 시골 목사인 파슨 아담스, 트루리버 바나바스, 레이디 부비, 하녀 슬립스롭 부인, 여관 주인과 그 아내인 토우와우즈 부부, 부정직하고 무식한 법률가 스카웃, 개과천선한 월슨 씨, 기타 이름 없는 지주와 무식한 지방판사 등 다양한 인물들이 등장한다. 이것은 필딩이 서문에서 밝힌 새로운 소설문학의 가능성을 실천적으로 보여주고 있다. 필딩은 이렇게 해서 여지껏 자신이 세운 이론을 자신의 소설에 적용시키려 하면서 마지막으로 등장인물에 관한 얘기를 시작한다.

> 나는 어떤 사람도 비난하거나 중상할 의도는 없다. 그 이유는 모든 것은 자연의 책으로부터 베낀 것이고 등장인물이나 행동이 내 자신의 관찰이나 경험에서 취하지 않은 것은 거의 없기는 하지만 나는 다른 상황과 정도와 색깔로 등장인물들을 모호하게 하여 어느 정도의 확신을 가지고 등장인물들을 추측하는 것은 불가능하게 만들지 않도록 지극히 조심했다. (8)

요컨대 필딩은 이전에 정치풍자극인 『파스퀸, 시대에 대한 민주주의적 풍자』(*Pasquin or Democratic Satire on the Times*, 1736)에서 당시 수상이던 월

폴(Sir Robert Walpole)을 비난했던 연유로 인해 상당히 고통을 받았던 일이 있어서 등장인물을 중상 비방하는 식을 자신의 소설에서는 피하려고 했을 것이 분명하다. 필딩이 그리려는 인물묘사는 자연에서 모방된 것에다 자신의 관찰과 경험에 의해서 결정하여 사실주의적인 면모를 부여하려고 했다.

필딩이『조셉 앤드루즈』에서 시도한 방식은 세련된 예술작품으로서 근대 소설의 조건인 플롯의 통일성, 다시 말해 잘 짜여진 플롯에 대해서는 크게 관심이 없었다. 필딩은 20세기 초반의 신비평(New Criticism)이 금과옥조로 여겼던 문학작품의 유기적 통일성 개념에 빠지지 않고 구조의 통일성, 단일성, 일관성을 고집하지 않았다. 그는 제2권 1장의「작가들의 구분에 대하여」에서 자신의 소설의 권(book)과 장(chapter)을 나누는 방식에 대해 아래와 같이 논하고 있다.

> 장(chapter, 章) 사이의 그 작은 공간들은 독자가 원할 때 잠깐 머물고 차 한 잔 하거나 다른 간단한 음료를 들 수 있는 여관처럼 쉬는 곳이 될 수 있다. … 권(book, 卷) 사이의 그 비어 있는 공간들에 대해서는 오랜 여행 중에 여행자가 휴식하기 위해 잠시 머물고 이미 잊고 지나온 부분을 깊이 생각하기 위한 곳이다. (*Joseph Andrews*, 70~71. 이하 작품의 쪽만 표시함)

작가가 장과 권들 사이에 빈 공간을 마련함으로써 독자들이 쉬면서 사유할 수 있고 작가와 또는 작품의 등장인물과도 교류할 수 있는 공간이다. 그러나 이러한 공간은 꽉 짜여진 구조와 일관성 있게 통일된 플롯을 강조하는 현대 소설이론가들이나 이를 따르는 소설가들은 별로 미학적이지 않은, 바람직한 공간이 아니라고 여길 것이다.

여기에서 필딩은 소설에서 여러 개의 "권"과 "장"으로 나누고 제목을 붙이는 것에 대한 자신의 방법을 변호, 옹호하고 있다. 필딩은 영국 소설가들 중에서 장(章) 나누기에 대해 처음으로 이론화시킨 첫 소설가이다. 필딩에 의하면 우선 이런 방법은 독자들의 편의를 위한 것이며 그렇게 함으로써 많은 주목할 만한 이점이 있다. 첫째로 필딩은 "소설에서 책과 장을 적절히 구분해 줌으로써" 독자들도 여행자들처럼 간혹 읽어나가면서 쉬기도 해야 한다는 것이다. 그러한 것이 없는 책은 마치 "대양이나 황야에서 쉴 곳을 찾지 못해 피곤해 하는 여행자"와 같다. 두 번째로 필딩은 매 장 앞에 붙인 제목들을 "여관이 붙은 명패나 설명서 같이 독자들에게 유용한 정보를 주어 즐겁게 하는 것이라고 설명한다"고 비유하고 있다.

이어서 필딩은 호머(Homer), 버질(Virgil), 밀턴(Milton) 등의 예를 들면서 자신의 방법의 정당성을 강조하고 있다. 이 문제에 대해 필딩은 "책의 장 나누기는 작가에서 일반적으로 적절하다. 그것은 마치 푸줏간 주인이 그의 고기를 잘라놓는 것과 같다. 그렇게 하는 것이 독자나 요리사에게 큰 도움이 되기 때문이다"라는 비유로 그 논의를 끝맺고 있다. 필딩은 주의 깊게 자신의 소설인 『조셉 앤드루즈』에서 장 나누기와 제목을 붙였으며 그 비유도 아주 합당해 보인다.

필딩은 이렇게 자신의 소설 텍스트를 단일하고 통일된 구조가 아닌 작가와 독자들을 위한 다양하고 복수적인 텍스트로 만들려고 했다. 이러한 복합적인 텍스트 개념은 우리 시대의 역동적 대화주의자인 바흐친(M. Bakhtin) 류의 다성성(polyphonicity)과 카니발성(carnivalesque)을 연상시킨다. 『조셉 앤드루즈』의 부제에서 볼 수 있듯이 이것은 『돈키호테』의 작가 세르반테스의 방식을 모방하여 쓴" 결과인 것이다.[8] 디키(Simon Dickie)는 이 소설에 나타나는 다성성을 가진 텍스트의 특징인 애매성, 다시 말해 모순과 갈등에 대해 다음과 같이 적절하게 지적하고 있다.

---

8) 이에 대한 자세한 논의는 노크스(David Nokes) 56쪽을 참고하기 바란다. 여기에서 우리는 현대 문학이론에서 많이 논의되고 있는 "텍스트 상호성"(intertextuality)과도 연계시킬 수 있다.

필딩 작품의 변별적인 양가성은 지금에는 비평적 상식이 되었다. 작가의 생애가 가능한 가장 극단적인 대조들을 보여주듯이 … 그의 텍스트도 내면적인 모순들 즉 "해결되지 않은 이중성들"로 점철되어 있다. … 거의 습관적으로 … 필딩은 모순들을 밀고나가 그것들과 싸워 결국에는 "교착 상태"에 빠지게 만든다. (299)[9]

모순이 생기는 이유는 이 소설이 부분적으로 문학적 벌레스크이며 부분적으로 허구적 희극이기 때문이다. 이런 이유로 해서 많은 연구자들은 필딩의 다른 소설『톰 존스』의 플롯에 대해서는 칭찬을 아끼지 않고 있으나 『조셉 앤드루즈』의 플롯에 대해서는 유보적인 태도를 보이고 있다. 그럼에도 불구하고 노크스는 이 소설에서 그 기저에 놓인 구성의 원리들을 찾아내고자 노력하면서도 구조의 문제점을 지적한다.

이 소설에서 … 다양한 세부묘사들과 에피소드들은 하나의 커다란 허구적 전체를 구축하지 못하고 있다. 독자가 단서들을 수집하거나 알레고리적인 암시들을 풀어낼 필요는 없는『조셉 앤드루즈』에서는 대부분의 경우 다양한 에피소드들, 모험들, 삽입된 이야기들과 토론들은 어떤 공통적인 도덕적 주제들과 관련된 별도의 예화들로 남아 있다. 통제하는 통일성은 사건들의 구조 속에 있다기보다 오히려 서술자의 어조에 들어 있다. … 단순히 이야기로만 읽는다면 이 소설의 다양한 장면들은 단편적이고 반복적으로 보일 수도 있다. … 이러한 벗어난 이야기들을 제외한다면 주요서사는 믿을 만한 … 익살맞은 행동의 장면들과 도덕적이며 철학적인

---

9) 프라이스(Martin Price)는 필딩의 이러한 갈등과 모순 속에서도 "균형"을 강조하고 있다: "필딩은 … 마음의 이상적인 질서에 대한 정의를 내리려 노력하고 있다. 인간의 상황이 매우 분명하게 직면해야만 하는 것은 육신의 질서와 사랑의 질서 사이에 상반되는 끌림의 장안에 존재하는 마음의 질서 속에서이다. 만일 그것이 겉보기에 분열된 질서들에 조화를 가져올 수 있다면 이 세상과 그 너머에 존재하는 도덕성을 가능하게 할 것이다. 전형적인 오거스틴 문제는 … 경험으로부터 우아한 논리적 구조가 세워질 수 있는 그 원리들을 추출해내는 자족적인 합리주의를 전복시키는 것이다. 그러한 합리주의는 인간을 경건함과 감정들로부터 격리시키는 자만심의 원천이 된다"(291).

논쟁의 장면들 사이를 왔다 갔다 하는 패턴을 따르고 있다. 필딩은 연극적 장치인 방향 전환(표변)이라고 보통 부를 만한 것을 특별히 좋아한다. … 이러한 특징적인 방향 전환의 장치는 말 되어진 것과 의미되는 것 사이의 구별을 드러내면서 이 소설을 관통하여 작동하는 아이러니의 극화된 것이다. (57~58; 61~62)

무엇보다도 필딩의 이러한 탈구조적인 양상은 자신이 믿고 있는 현실을 정확하게 재현("exact copying of nature")의 방식이라고 믿고 있는 것에 기인한다. 현실은 모든 것이 합리적이고 논리적으로 짜여 있는 것이 아니라 오히려 그 반대이다. 그러나 근대적 소설미학의 이상은 이러한 무질서를 잘 짜여진 예술적 질서로 재현하는 것이다. 이런 맥락에서 보자면 플롯의 통일적 구성에 대한 필딩의 무시는 『조셉 앤드루즈』가 신비평에서 강조하는 구조적 통일성을 가진 세련된 근대소설의 범주에 아직 들 수 없는 예술적 가치가 부족한 작품이 될 것이다.

필딩은 소설의 구조에 대한 모순과 갈등이 역력하여 현실에 토대를 둔 새로운 의미의 통일성을 구축하기를 시도하면서도 자신도 모르게 거의 무의식적으로 소설구조의 통일성을 해체하려는 분열적인 양상이 드러난다. 우리는 그것을 위험한 균형이라고 부를 수 있다. 통일성을 구축하려는 근대적 욕구와 그것을 풀어버리려는 전근대적 (또는 탈근대적) 욕망 사이에서 불안정하기는 하나 양쪽에서 균형과 조화를 이루려는 필딩의 노력이 소중한 것이며 그 구체적인 결과인 『조셉 앤드루즈』에서 성공적으로 융합되고 있다고 볼 수 있다.

4. 결론

지금까지 필딩이 『조셉 앤드루즈』에서 피력한 소설에 관한 생각을 정리해보았다. 앞에서 밝힌 것 외에도 소설의 여러 곳에서 자신이 직접 또는 등장인물을 통해 나타나기는 하지만 본 소설에서는 그중 중요하다고 생각되는 것만을 다루어본 것이다.[10] 요컨대 필딩의『조셉 앤드루즈』는 영국 소설 발전사라는 커다란 맥락 속에서 놓고 볼 때 중요한 작품인 동시에 소설비평사적인 측면에서도, 비록 필딩이 본격적인 이론가나 비평가는 아니므로 그의 이론 구성이 치밀하지 못한 부분도 있는 것은 사실이나, 결코 가벼운 저작은 아니다. 대체로 지적되고 있듯이 그의 후기의 대작인『톰 존스』에 비해『조셉 앤드루즈』가 못 미치는 것이며 그것을 쓰기 위한 준비과정에 불과한 것으로 보는 이도 있으나『조셉 앤드루즈』없이『톰 존스』는 불가능했을 것이다. 그리고 앞에서도 지적한 바와 같이 필딩은 이미 이 소설에서 자신의 장점을 대부분 보여주고 있으며 그의 소설에 관한 견해의 중요한 부분을 거의 포함시키고 있다.

『조셉 앤드루즈』의 기법을 포괄적으로 연구한 골드버그는 리차드슨과 대비해서 필딩의 업적을 다음과 같이 말하고 있다.

> 리차드슨의 아무렇게나 만든 수사학적 구조를 대조하여 필딩은 다른 종류인 발전하는 서사구조를 제시했다. 이러한 구조는 겉보기에 우연한 변환이나 변화들도 그 자체의 내적인 개연성과 윤리적 그리고 정서적 일관성을 가지고 계획된 행동들의 체계의 일부가 된다. 이런 맥락에서 볼 때 윤리적 요소를 세심하게 통제된 역동적 서사의 형식 속으로 솜씨 좋게

---

10) 김재풍은 이 소설의 구성에서뿐만 아니라 언어적 표현에도 다양한 기법을 사용한다고 다음과 같이 적절하게 지적한 바 있다: "필딩은 역사적 사실이나 실제적인 사건들의 내용을 의도적으로 바꾸어 꾸며서 표현하여 상징성을 갖도록 하고 등장인물들의 이름을 암시적인 의미를 맞게 함으로써 인간의 본성을 두드러지게 나타내고, 시각적으로 감지하도록 한 인물 스케치 기법, 그리고 더욱 희극적이고 사실적인 감정을 부여하려는 모의 영웅시체(mock-heroic)를 도입하고, 특히 언어순화에 지대한 관심의 표출을 도덕성을 나타내는 어휘의 객관적인 올바른 개념과 반어적인 그릇된 개념을 대조적으로 제시함으로써 변형된 의미가 아닌 그 어휘의 올바른 의미를 독자들이 스스로 찾도록 한다"(356).

종합한 점이 좀 더 인상적이다. 만일 『조셉 앤드루즈』가 『톰 존스』에 그가 이룩한 복합성과 장대성에 접근하지 않았다면 일반적으로 인정된 것보다 훨씬 더 의미 있게 그 걸작의 기술을 예견하고 있다 하겠다. (152)[11]

결국 이미 다양한 극작 경험을 가지고 있었던 필딩이, 앞서 지적했듯이, 당시 문학의 유행만을 따르지 않고 서구 문학의 오래된 전통인 서사시, 희극, 로만스, 악한소설, 의사 영웅문체, 풍자 등에서 새로운 장르인 소설 생산에 적절하다고 생각되는 요소들을 종합하여 "새로운 글쓰기" 방식을 제안한 것이다. 필딩은 시와 산문, 서사시와 희극, 보편적인 것과 특수한 것 등 대립적이고 이원론적인 요소들의 갈등과 모순 속에 놓여 있었다. 또한 그는 당시 신고전주의 전통과 새로운 사실주의 경향 속에서 균형과 중도를 유지하여 이질적인 요소들을 종합하려는 통섭(convergence)을 위해 노력했다. 필딩은 결국 자신 속에서 신고전주의와 사실주의의 갈등과 모순 속에서 영국적 철학 전통인 경험주의에 의지해 "균형과 견제"(balance and check)의 방식을 선택하였다. 필딩은 귀족 신사로서 일반성과 보편성을 강조하는 운문 위주의 고전주의와 부르주아 소시민계급을 위하여 개성과 특수성을 강조하는 산문 위주의 사실주의 사이에서 갈등하였을 것이다.

그러나 필딩은 동시대 작가로 『파멜라』로 크게 명성을 얻은 리차드슨과는 다른 소설을 쓰고 싶었다. 그는 서양의 문학 전통을 크게 아우르면서도 중세적 시대의 지나치게 허황된 이야기로 꾸며진 로만스와 지나치게 뒤틀린 이야기로 꾸며진 벌레스크를 모두 거부하고 비극보다는 희극을, 희극보다는 서사시를, 운문보다는 산문을 택하면서 당시의 시대정신과 화해하고

---

11) 또 폴슨(Ronald Paulson)은 필딩의 영국 소설사에 끼친 영향을 다음과 같이 요약하고 있다. 영국 소설에 부여한 필딩의 유산은 끊임없는 실험이고 이미 정해진 기준에 저항하여 행위를 시험하는 형식이다. 그러나 더욱 중요한 것은 후대의 영국 소설가들에게 경험을 감상화하지 않고 시적으로 만드는 방법을 보여주었다는 점이다("Introduction").

균형을 이루고자 노력하였다. 어떤 의미에서 필딩은 천박한 사실주의와 사이비 도덕주의 양식을 새롭게 재구성하고자 했다. 신고전주의답게 보편주의를 지향했으되 지나친 것을 피하기 위해 일상생활에서 흔히 경험할 수 있는 삶의 구체적인 서사를 위해 그들을 융합시키고자 "구체적 보편"을 추구한 것이다. 필딩은 이론의 면에서뿐 아니라 『조셉 앤드루즈』와 『톰 존스』에서 보는 바와 같이 자신의 소설이론에 충실히 따르면서 탁월한 창작활동을 수행했다. 이러한 점이 필딩이 영국 문학소설사에서 이룩한 업적이며 우리는 그에 상응하는 자리매김을 해야 할 것이다.

해즐릿은 앞서도 잠시 언급한 『영국 희극작가론』에서 영문학사에서 필딩의 소설들에 대한 종합적인 평가를 다음과 같이 내리고 있다.

> 필딩의 소설들은 일반적으로 완전히 그 자신의 것이다. 그리고 완벽히 영국적인 것이다. 그 소설들이 탁월한 점은 감정이나 상상력이나 위트나 유머가 아니고 … 인간 본성 적어도 영국인들의 본성에 대한 심원한 지식이며, 그가 실제로 보았던 사람들의 모습을 대가의 필치로 그린 재현이다. 이러한 특징이 그의 모든 작품에 나타난다. 현실적 삶의 화가로서 그는 18세기의 대표적인 풍속화가인 호가스(William Hogarth, 1697~1764)와 필적할 만하고 인간 본성의 단순한 관찰자로서도 그는 셰익스피어에 별로 뒤떨어지지 않는다. 그는 다른 어느 소설가들보다 일상적 삶에서 매우 다양한 인물들을 창조했다. … 그의 재현들이 특수하고 개인적인 것은 사실이지만 보다 심원하고 확실하다. 특수한 상황 속에서 작동되는 보편적 원리들에 대한 느낌은 언제나 그의 마음속에서 강렬하고 최상위에 놓여 있다. 그는 하나의 사건이나 상황을 이용하여 하나의 유형을 가진 인물을 만들어낸다. (Fielding, Norton, 402~403)

이 글에서 필자는 18세기 중반기인 1742년에 간행된 『조셉 앤드루즈』에 나타난 필딩의 소설관을 살폈으나 이것을 그의 작품과 좀 더 구체적으로 연결시켜 그의 소설이론을 적용하는 데 발생되는 문제점을 포괄적으로 검토하지는 못했다. 앞으로의 작업은 이와 같은 작업은 물론『조셉 앤드루즈』와 그 이후 더 발전된 대작『톰 존스』에 나타난 소설론뿐 아니라 당시 새로운 장르로 부상하고 있었던 소설의 올바른 정착을 위해 여러 곳에서 자신의 견해를 밝힌 적지 않은 비평적 그리고 이론적 논의들[12]과도 맥락관계를 규명해야 한다. 나아가 우리는 필딩의 포괄적이고 전체적인 이론을 구축해야 할 것이다. 그런 다음에 작가로서 또는 소설이론가로서 필딩의 영국 소설사적인 위치와 업적이 제대로 드러날 것이다.

---

12) 필딩은 다양한 비평문을 자신이 편집한 잡지들인 『챔피언』(*The Champion*), 『카벤트 가든 신문』(*The Covent Garden Journal*), 『재코뱅 신문』(*The Jacobite Journal*) 등에 게재했다. 윌리엄즈(Williams)가 편집한 『필딩의 비평집』(*The Criticism of Henry Fielding*) 참조.

3장 계몽주의 시대의 비평적 다원주의

— 21세기에 다시 읽는 사무엘 존슨 실제비평

사무엘 존슨 박사는 서구 문학 문화의 다양한 역사 속에서 가장 강한 비평가로 많은 사람들의 평가를 받고 있다. 존슨은 우리에게 하나의 문학예술로서 비평이 그 자체가 지혜문학의 오래된 장르에 속함을 보여주고 있다. 존슨은 하나의 문학 장르로서 비평의 권위가 비평가의 인간적 지혜에 의존하는 것이지 이론이나 실천의 옳고 그름에 의존하는 것이 아님을 깨닫게 해준다. … 언제나 비평을 위한 해석의 지혜와 지혜의 해석이 될 비평을 위한 규칙들이 존재할 것이다. 존슨은 힘(창조)의 비평가일 뿐 아니라 언어의 의지를 가진 비평가였다. 존슨의 비평은 위대한 업적이었다.

— Harold Bloom, *The Western Canon*, 1~2, 7

1. 서론—비평의 불일치의 이념과 복합성의 전략

영국 18세기 계몽주의 시대 최고의 문인이자 대표적인 문학비평가인 사무엘 존슨(1709~1784)은 영국 문학비평사에서 비평가로서 독특한 중요성을 지닌다. 존슨은, 르네상스의 마지막 시기이자 진정한 현대의 시작이었던

18세기 후반 낭만주의 전기, 다시 말해 감수성 추이의 시대에 살았다. 이 시기는 비평사적으로 볼 때 전환기에 해당하는데, 사무엘 존슨은 신고전주의의 마지막 보루로서만 남거나, 새로운 시대인 낭만주의의 조류에 열광하지도 않았다. 그는 실로 고전주의와 낭만주의, 즉 전근대와 근대를 연결하는 커다란 교량 역할을 해낸 것이다. 그 한 예로 낭만주의 시대의 최고 비평가 중 하나인 콜리지(S. T. Coleridge)는 본질적으로는 존슨의 견해를 진지하게 받아들일 정도였고(Beer 55), 그 이후로 많은 비평가들은 언제나 존슨을 비평적 논의의 출발점으로 삼았다. 존슨의 비평가로서의 중요성과 권위는 20세기에 들어와 신비평이 유행하던 기간만을 제외하고는 T. S. 엘리엇 등에 의해 그대로 지속되었다. 특히 60년대를 고비로 서구에서 형식주의 시대가 지난 후로는 존슨의 권위가 회복되었고, 그의 비평의 다양성과 현대성이 지적되고 이용되기 시작하였다. 존슨은 최근의 문학이론들인 정신분석학 비평, 사회역사주의 비평, 독자반응비평, 심지어 해체주의 비평 방법들에 관련되어 논의되기도 한다. 이렇게 볼 때 18세기 시민사회 시대에 형성된 존슨의 비평은 다시 살아나 현대 우리와도 밀접한 관계를 맺고 있다고 하겠다.

그러나 사무엘 존슨의 문학비평은 신고전주의의 경직되고 보수적인 "문학의 독재자"(literary dictator)의 이미지로 부정적으로 알려져 왔다. 이러한 잘못된 인식은 19세기 낭만주의 시대에서 시작되어 20세기 전반부의 신비평 시대에까지 이르게 되었다. 이뿐 아니라 사무엘 존슨은 사유와 행동에서 불일치(inconsistency)와 모순(contradiction)을 보여주었다고 종종 간주되어 왔다. 이는 많은 사람들이 존슨 비평담론에 나타나는 외관상의 "모순"과 "일관성의 결여" 문제를 일관성 있게 논리적으로 풀어내지 못했기 때문이다. 나아가 그의 비평담론의 하부구조를 이루고 있는 일종의 "모순"과 "다양성"의 담론 전략을 파악하지 않았거나 못했기 때문이라고도 볼 수 있다.

"모순"을 이해할 수 있는 능력은 역동적이며 탄력성 있는 글쓰기 능력과 다르지 않다. 또한 "다양성"의 전략은 단순하지 않은 삶의 현실을 재현해내려는 치열한 비평가의 노력과 관계가 있다.

존슨을 높게 평가하는 문학사가들과 비평가들 역시 사무엘 존슨 비평에서 나타나는 명백한 불일치와 모순에 당혹스러워한다. 저명한 영미 비평사가인 웰렉(René Wellek)은 존슨을 예술의 본질을 이해하고 따르며, 삶을 예술로써 다룬 위대한 인물 중 하나로(History, 14), 예술을 도덕적, 마음의 진실과 대화하는 매개체로 여기도록 하는 것을 가능하게 한 인물(9)이라고 언급한다. 웰렉 역시 존슨의 도덕주의자로서의 구체적인 견해와 일반화되고 보편적인 추상성 사이에 드러나는 모순을 지적했다. 제한된 관점에서 보자면, 웰렉의 견해가 옳을 수도 있다. 웰렉뿐만 아니라 심지어 다른 연구자들도 그의 사유와 글쓰기에 드러나는 불일치와 모순을 유감스럽게 여기는 경향이 있다. 그러나 우리는 존슨의 비평과 작품에 함축된 중요성과 잠재적 유용성을 통해 오히려 불일치와 모순의 역동적이고 긍정적인 면을 발견할 수 있다.

한 가지 관점만을 고집하는 이들에게는 존슨의 비평 작업들이 모순으로 보인다. 존슨의 비평적 사유와 글쓰기는 깔끔하게 짜인 분류 속에서 편안하게 놓이는 것을 거부하기 때문이다. 그는 삶의 재현인 문학을 다양한 관점을 통해 복합적으로 비평하기를 요구한다(Wellek, 15). 다시 말해, 존슨은 다양성을 갈망하며, 상호 연관성을 탐구하는 것이다. 이러한 존슨의 비평은 보다 활기찬 지적 성실함, 열정적이고 역동적인 마음의 힘, 그리고 창조적인 활동에 토대를 둔 대화적 상상력이다. 그러므로 그의 사유와 비평활동을 하나씩 별개로 분리해서 다루는 것은 겉 표면만 보는 것에 불과하다.[1]

---

1) 존슨의 비평적 사유는 한 걸음 나아가 상호관계를 중시하는 생태학의 원리와도 연결된다. 생태학은 우리들을 둘러싼 환경과 유기적인 생명체의 관계망을 연구하는 학문인데, 여기서 우리는 통섭(convergence 또는 consilience)의 메시지를 받을 수 있다. 이것은 더 넓은 관

우리는 점점 문학비평에 있어 단순하고 편한 것을 추구하고 있다. 이에 대해 『비평에 저항하여』(*Against Criticism*)의 저자 맥길크리스트(Iain McGilchrist)는, 작품의 한 면만 보고 또 다른 면을 보지 않는 비평을 비난하면서 이 문제에 가장 민감한 사람은 사무엘 존슨이라고 주장한다. 그에 따르면 존슨은 영문학사에서 가장 널리 존경 받는 인물로써 신랄하고, 끊임없이 질문하고, 포용하고, 상상력이 풍부하다고 평가한다(McGilchrist, 17). 복합성, 다양성과 풍부함은 단순히 불일치와 모순으로 설명되는 것이 아니라 보다 깊은 비평적 통찰력을 필요로 한다. 다시 말해, 불일치는 존슨의 지적 성실성, 비평적 통찰력, 그리고 도덕적 지혜의 결과일 것이다. 여러 비평적 관점들 사이의 긴장과 위험한 균형은 보다 창조적이고 실용적이다. 존슨의 실천비평은 다양한 관점의 가치를 그의 대화적 상상력 안에서 함께 어우러지도록 한다(17). 신비평 계열의 비평사가인 윔젯(W. K. Wimsatt)은 존슨의 다양한 인식방식을 지적하면서 존슨은 이론화되어 있을 뿐 아니라 보편성을 실행하는 준엄한 원리를 고수하고 있다(*Prose Style*, 96)고 결론 내렸다. 반면 리비스(F. R. Leavis)는 넓은 범위의 경험이 존슨의 추상화와 보편화를 깊이 포괄하고 있으며, 독자들이 읽고 깊이 공감할 수 있는 경험에 존슨의 문체가 초점을 맞추고 있다고 언급하였다(19). 존슨의 비평에서 명백한 자기모순을 보여주는 이유는 작품을 진정성으로 비평하고 그 안에 있는 요소들을 다양하게 고려하는 그의 다원주의적 노력의 결과인 것이다.

또 존슨은 시를 하나의 정의로 제한하는 것이 그것을 정의하는 사람의 편협함을 드러내는 것이라고 생각하였기에, 그의 비평은 독단적인 교만을

점을 제시하고 다시 되돌아보게 하며, 과거, 현재, 미래의 관점에서 환경과 인간에 대한 통합적 인식을 추구한다. 이러한 생태학 체계와 마찬가지로 존슨 문학비평의 체계도 역동적이고 복잡하며, 다양함과 상호 작용을 포함한다. 생태학적 분석과 마찬가지로 실천적 비평의 수행은 존슨 비평이라는 그물망에 다양하고 가는 실로 촘촘히 짜여 있다.

피하고 있다. 존슨의 비평에서 드러나는 경험은 진실의 확고함 속에서 존재하며 장대함, 다양성, 충만함을 가지고 있다. 경험의 활동적이며 역동적인 특징은 존슨의 비평에 자리 잡았고, 이를 통해 존슨은 영국 문학비평 전통에서 가장 경험주의적인 비평가로 평가받는다. 작품에 대해 자신의 것, 심지어 그가 받은 느낌으로 비평을 시작하였지만 그의 이러한 반응은 대부분의 경우에서 생명력을 발휘한다. 인간을 관찰하고 경험하는 것은 모순적일지라도 그것은 결국 진실한 것이기 때문이다. 영국의 국가철학인 경험주의가 분명 존슨이 가진 인식론의 기초를 세우고 있음을 알 수 있다.

존슨은 대극성(polarities)에 대한 인식(규칙과 이성)과 경험(감정과 반응) 사이에 긴장감을 유지하려 했다. 반대되는 것들 사이의 긴장감을 유지하는 것은 많은 문제와 갈등을 촉발하나 동시에 초월하는 특징을 가지고 있기 때문에 존슨의 중요한 전략이 되었다. 그러나 그는 대극성 사이의 긴장감을 유지하기 위해 단순한 중용(the golden mean)만을 따르지 않는다. 노리스(Louis W. Norris)는 중용은 단지 미온적이고 소심한 것이지만 역설과 긴장의 지속은 용기와 지혜를 필요로 한다고 언급하면서, 이중성(dualities)이 아닌 긴장감의 역동성을 문학비평이 수행해야 할 가장 핵심적 조건이라고 주장하고 있다(65).

존슨은 문학비평 방법의 문제와 한계를 정확히 인식하고 있었는데, 다음의 구절에서 복잡성과 다양성에 대한 그의 태도가 잘 드러내고 있다.

> 하나의 질문이 더욱 복잡해지고 더욱 많은 관계를 가지고 확장될수록, 의견의 불일치는 증가된다. 이는 우리가 이성을 잃었기 때문이 아니라 우리가 서로 다른 종류의 지식과 서로 다른 지식을 지닌 유한한 존재이기 때문이다. 부분밖에 보지 못하는 사람이 전체에 대해 잘못된 판단을 해야 하는가? 아니면 서로 다른 부분을 볼 수 있는 자가 서로를 다르게 판단해야 하는가? (Yale Edition V. 272)

존슨은 인식론적 회의주의자였고, 지식에 대한 접근은 잠정적이고 상대적인 것이라고 생각했다. 이것이 존슨의 인식론의 기초이다.

존슨의 인식론적인 체계에서 불일치와 모순이 비록 환영받지 못하는 것처럼 보일지라도, 그의 문학비평에서 모순은 어느 정도 개념상의 의지로써 유효하며 그 속에 내포된 부정적인 면을 상쇄할 만큼 이론적인 이점을 만들어낼 수 있다. 이에 대해 브라운(R. H. Brown)은 다양한 목소리는 서로를 지우는 대신에 한 극에서 인물들이 많을수록 각각의 목소리는 서로를 풍요롭게 하며, 각각 더 나은 상호구조가 되어 더 포괄적인 여러 관점들(69)을 갖도록 한다고 설명한다. 따라서 문학비평은 관점을 구성하는 과정이라 하겠다.

존슨의 비평은 우리에게 비평에 대해 선행된 견해와 더불어 그에 대한 다양한 관점에서의 풍부하고 상대적인 통합체를 제시해준다. 20세기 존슨의 전기작가이자 옥스퍼드대 시학교수였던 웨인(John Wain)에 따르면, 그는 문학의 몇 가지 특질이라는 좁은 시야로 분명한 초점을 맞추고 다른 특질들은 보이지 않게 할 뿐만 아니라 동시에 다양한 부분에서 인생을 어루만지는 장대하고 보편적인 관점(*Johnson on Johnson*, xiv~xv)을 가졌다는 것이다. 존슨은 다른 누구보다 실제 문학비평 작업의 수행에 있어 복합성과 다양성을 가장 잘 인식하고 있었다.

존슨은 영역, 관점, 방법에 있어 한 가지만으로 비평 작업을 수행하지 않았다. 그는 실제의 영역이 인간의 분류학적 기준으로 나누기에는 너무나도 복잡하고 다양하다고 믿었기 때문에 부조화와 불완전함을 두려워하지 않았다. 따라서 인간들의 세상 경험에 대한 비평은 복잡한 해설이기 때문에 특정한 관점에 편향되거나 치우친 기호로 설명될 수는 없다는 것이다. 비평적 판단에 대해 충분히 인지한 존슨은 의미의 복합적인 통합체를 만들어내는(Gilbert, 210) 복잡한 문체를 사용했다. 윔젯에 따르면 존슨의 문체의 목적이란 어휘를 증가시키고, 다양한 표현을 사용함으로서 사물 자체가 아니라 사물에 대한 생각을 다루는 것이라고 한다(*Prose Style*, 90~103). 존슨의 부조화와 모순이라는 비평적 관점은 역동적인 통합과 대화로의 진행에 의해 한쪽으로 치우친 관념으로부터 벗어나 각각의 관점이 상대적인 관계성 속에서 전체로 존재하는 통섭적 체계를 제시하는 것이다. 본 논문의 목적은 복합적인 존슨 비평의 다원주의를 규명하기 위한 몇 가지 가설을 만들어내고 그 구체적인 예를 찾아내는 것이다. 이 시도는 존슨 문학비평 활동의 전체를 조망하기 위한 극히 예비적인 작업이다.

2. 존슨 비평의 복합적 전략을 위한 방법론적 가설

존슨은 문학 텍스트를 본체론적이거나 자족적인 객관적 대상으로만 생각하지 않고 작가, 독자, 사회, 문학, 관습 모두가 함께 문학작품의 다양한 의미와 기능을 창출해내는 복잡한 의미 중첩과 상호성의 그물망을 가진 것으로 보았다. 그런데 필자가 보기에 이러한 복합적이고도 다원적인 비평태도는 존슨의 인식론의 하부구조를 이루고 있는 대화적 상상력에 기인하는 것이다. 존슨은 모든 사물을 한 면만을 부각시켜 보지 않고 이미 언제나 다층적인 구조, 다시 말해 대화적인 상호 침투적인 구조로 바라본다. 필자는 이 글에서 이러한 다원적 비평태도를 그의 실제비평의 장에 산재해 있는 많은 예들 중에서 몇 개만을 제시하면서 증명해보고자 한다.

이에 앞서 우리는 이러한 존슨의 비평 작업의 복합성과 다양성을 이해하고 설명하기 위해 새로운 패러다임을 도입해야 한다. 쿤(Thomas Kuhn)의 새로운 패러다임 개념에 따르면, 과학의 진보과정이 보여주는 바와 같이 기존 모델의 문제점이 발견될 때 그것을 대체할 수 있는 최선의 모델이 새로 등장한다는 것이다. 우리는 이 개념을 존슨의 다원주의적 비평에 접근하는 데 있어서도 동일하게 적용할 수 있다. 먼저 기존의 영미권의 대표적인 연구자들의 방법을 살펴보자.

크레인(R. S. Crane)은 17세기 후반과 18세기 비평의 3가지 주요방식을 제기하였다. 첫째는 신고전주의를 기계적인 법칙이라고 간주하는 형식을 중시하는 비평이고, 둘째는 작가가 선천적으로 타고나거나 후천적인 힘, 그리고 독자가 작품에 대해 보이는 자연스러운 반응에 주목하는 비평, 마지막으로 역사적 배경처럼 작품과 저작 환경의 관계를 조명하여 과거 작가들을 평가하는 방식이 그것이다. 크레인은 존슨의 비평 대부분이 두 번째 방식에 속한다고 주장하였다(*Writing the History*, 386~389). 또 다른 존슨 학자인 하그스트럼(Jean H. Hagstrum)은 18세기에 뚜렷이 존재했던 추상적이거나 협소한 범위의 장르로써의 예술, 특정작품, 작가, 독자를 중요시하는 4가지의 구분된 상호 연관적 지향점들을 제시하였다(31).

에이브럼즈(M. H. Abrams)는 작품을 중심으로 세계와 예술가, 독자에 대한 접근방법에 따른 네 가지 이론을 다음과 같이 비교적 포괄적으로 구분하였다(8~28).

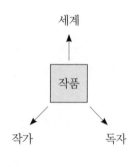

① 모방(mimetic)이론 ⇒ 작품은 세계의 모방이다.

② 실용(pragmatic)이론 ⇒ 작품이 독자에게 영향을 끼친다.

③ 표현(expressive)이론 ⇒ 작품은 작가의 감정 표현이다.

④ 대상(objective)이론 ⇒ 작품의 구조 자체에 주목.

그러나 복합적인 존슨의 문학비평을 해명하기 위해서는 이러한 접근도 필자가 보기에 단순하고 정적이며 선형적인데다, 작품 중심적이며 단성적

(monologic)이라고 볼 수밖에 없다.

따라서 지금까지 제시한 기존의 논의 틀로는 존슨의 비평이 가지는 역동
성과 다양성을 담아내기에는 역부족이다. 이에 필자는 에이브럼즈의 도식
에 토대를 두고 도널드 키시(Donald Keesey)의 그림을 참조하여 존슨의 비
평에 대한 도식을 다음과 같이 변형하여 제시하고자 한다. 필자의 새로운
도식에는 다음의 여덟 가지 비평적 접근이 가능하다. (그러나 본서「머리말,
서문을 겸한」에서 필자는 "텍스트 상호적(intertextual) 비교학적(compara-
tive) 접근"을 추가하여 9가지로 논하였다.)

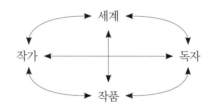

① 모방적(mimetic) 사실주의적(realistic) 관점 (작품 ↔ 세계)
② 영향론적(affective) 실용적(pragmatic) 관점 (작품 ↔ 독자)
③ 표현주의적(expressive) 심리학적(psychological) 관점 (작품 ↔ 작가)
④ 협동적(combinatory) 해석학적(hermeneutic) 관점 (작품을 중심으로
　복합적 관계)
⑤ 수사적(rhetorical) 소통적(communicative) 관점 (작가 ↔ 독자)
⑥ 역사적(historical) 전기적(biographical) 관점 (작가 ↔ 세계 ↔ 독자)
⑦ 사회적(sociological) 정치적(political) 관점 (작품 ↔ 세계)
⑧ 도덕적(moralist) 종교적(religious) 관점 (작가 ↔ 세계)

이러한 새 방법론의 장점은 문학비평의 여러 관점들이 원형적, 순환적,
대화적이라는 것이며 각각의 요소들을 복잡하고 상호 침투적, 역동적, 다
원적으로 나타낼 수 있다.

존슨은 문학의 존재론적이거나 자기목적적인 측면보다는 해석학의 측면

에서 문학을 이해했다. 따라서 실제 문학비평 작업은 기본적으로 수행(per-
formance)이라고 볼 수 있다. 그는 문학이 현실의 본질에 대한 진실을 전달
할 때에만 가치를 지닌다고 주장한다. 그는 작가의 생애와 작품 사이의 정
신적 또는 유전적 관계를 탐구하며, 엄격한 장르 이론을 신뢰하지 않음에
도 불구하고 작품과 장르 사이의 관계에 대해서도 탐구한다. 존슨은 작품
이 독자에게 끼치는 영향과 그에 따른 독자의 반응, 그리고 이들의 대화적
관계와 수사적 결과에 주목한다. 존슨의 관심은 주로 수사가 지배하는 문
학적 전달에 있으며, 이는 작가와 청중 사이의 반응에서 함께 나타난다. 따
라서 그는 당대의 시각에서 이전 시대의 문학을 분석할 때 역사적 자료를
적절히 활용하는 모습을 보여준다. 또한 정치 경제를 다루는 다양한 글 속
에서도 알 수 있듯이, 존슨은 형벌제도나 빈민 구호 등에 관심을 가진 준
의사-사회개혁가(quasi-social reformer)이자, 서구의 근대에서부터 시작된
자본주의적 확장주의와 식민주의, 제국주의, 노예제 등에 반대하는 인류학
적 사회개혁가이기도 했다. 나아가 존슨은 궁극적으로 작품을 도덕과 종교
의 현실적인 기초 위에서 평가하기로 한다. 존슨의 8가지 비평적 관점들은
복합적인 관점으로 통합되며, 복합적 관점 내의 요소들은 대화과정을 통해
서로 침투하는 방식으로 상호 작용한다.

　그러나 위의 도식은 존슨의 복잡한 비평과정을 온전히 이해시켜줄 수는
없으며, 어디까지나 편의성을 위한 것이다. 따라서 이 개요적 분류를 지나
치게 확대 해석하는 것을 경계해야 한다.[2) 존슨의 관점에서 비평적 접근법

---

2)　존슨은 정교한 체계를 불신하고 추상적 이론을 혐오했다. 팅커(C. B. Tinker)는 존슨의 비
　평이 절대적인 법칙에 의해 작동하는 체계가 아니고 항상 흔들리고 빗나갈 수 있으며 때로
　는 분류와 정의가 되지 않는 요소에 의해 전복되기도 한다는 것이다(44~45). 존슨은 자신
　의 지식을 이론으로 체계화하려는 유혹을 거부했다. 배터스비(James L. Battersby)는 존슨을
　일컬어 "체계 장사꾼도 아니고 체계적 이론의 소매상도 아닌, 다양한 경우에 등장하는, 무
　한히 적응할 수 있는 사람, 또는 극히 제한된 범주들의 차원에 당면한 다양하고 복합적인
　상황들을 적응시킨 사람"이라고 말한다(45).

의 분류가 여전히 중요하기는 하지만 각각의 비평관점들에 대한 복합논리적(multilogical) 관계의 문제에 비해서는 중요도가 떨어진다. 예시가 선별적이고 서로 겹치는 부분이 있지만 이를 통해 존슨의 복합적인 비평적 다원주의(critical pluralism)를 포착할 수 있기를 기대하며, 다음에서는 지금까지 논의한 여덟 가지 비평적 조망들을 존슨의 문학이론과 실제비평에서 매우 간략하게나마 고찰해보기로 하자.

3. 본론—존슨의 실제비평의 8가지 접근의 사례들

1) 모방적-사실주의적 조망(Mimetic-Realist Perspective)

존슨은 아리스토텔레스의 용어인 "모방"(mimesis)을 현실을 재현하는 의미의 모방(imitation)이라고 언명한다. 『시학』에서 아리스토텔레스는 모방에 대한 충동이 인간의 유년시절로부터 이어진 선천적인 것이며, 모방은 동물과 인간을 구별하게 해주는 교육의 첫 단계라고 서술한다. 존슨은 아리스토텔레스를 비평의 아버지라 부르고 시를 "모방예술"(an imitative art)로서 정의한다. 모방에 대한 긍정적이고 부정적인 판단 모두 존슨의 비평에 담겨 있으며, 그는 당시 영국에서 태동하기 시작한 근대소설을 모방예술과 현실의 삶에 대한 진정한 재현으로 보았다(*Lives* I. 19).

모방에 대한 관점으로 존슨은 규칙과 원칙, 모방과 보편성, 자연(nature) 등에 대한 것을 언급했다. 존슨은 비평에서 원칙과 규칙의 의미를 인식했다. 비평의 과업은 원칙을 세우는 것(Yale Edition IV. 122)이며 비평의 목적은 이들의 결점을 알려주는 것이다.(Yale Edition V. 166) 그러나 존슨은 『램블러 4』에서 보여준 비평적인 관점 속에서 공통적인 자연(common nature)과 도덕적 진리를 강조했다. 예술의 가장 위대한 장점은 자연을 모방하는 것이다(Yale Edition III. 22). 존슨 시대의 비평용어로써의 자연은 실질적이고 특정한 사건, 혹은 사람들이 경험하는 보편적이고 기본적인 진리이다. 존슨은 자연을 그가 편찬한『영어사전』에서 자연에 적응된 혹은 진리와 현실에 순응하는 감정이나 이미지로써 정의한다. 그러므로 존슨의 가장 유명한 이론적 원칙은 장대한 보편성(grandeur of generality)이라 할 수 있겠다. 그는 많은 사람들을 오래 기쁘게 할 수 있는 것은 없지만 보편적인 자연의 묘사만은 그럴 수 있으며 작가는 자연의 해석자로서 글을 써야만 한다(Yale Edition III. 320)고 주장한다. 여기서 우리는 존슨이 일반적인 자연, 특히 인간의 본성의 동일성을 믿는다는 것을 알 수 있다.

이러한 자연과 진리의 원칙 안에서 존슨은 허구(fiction)보다는 실재(reality)를 더 선호했다. 비록 그의 사실주의에 대한 상상이 자신이 가지고 있던 문학의 도덕주의적 관점으로 제한되었지만, 존슨은 적절한 묘사 속에서 강력한 실재의 감각을 보여주었다. 셰익스피어는 그의 극에서 빈번히 부도덕함을 보여주었음에도 불구하고, 존슨이 추구하는 이상적인 실재를 탁월하게 드러내었다. 우선 18세기 중반기 당시 새로 발흥하기 시작한 사실주의적 대중소설 장르에 대한 존슨의 견해부터 살펴보기로 하자. 그는 소설이란 새로운 장르가 현실을 그대로 반영하는 모방론적인 입장을 지지하지만, 특히 젊은 독자들에게 자칫하면 도덕적으로 악영향을 크게 미칠 것을 두려워하여 소설의 무분별한 현실 모방에 대해서는 경고하고 있다. 존슨은 셰익스피어 극에 대해서도 이와 같은 불만을 품고 있었는데, 셰익스피어가 극작가로써 천재성을 지닌 것은 인정하나, 그의 극에는 도덕적 엄숙함이 결여되어 있다는 것이다. 존슨은 충실한 사실주의자이기 때문에, 허구소설이나 낭만소설이 현실을 왜곡하며 잘못 드러낸다고 주장한다. 존슨은 시를 인간의 본성, 현실의 삶과 일치시키기를 요구했다. 그래서 시그워스(Oliver F. Sigworth)는 "존슨은 따라서 르네상스에서 낭만주의로의 변화에 중심축이며—현대적 관점에서 볼 때 현대비평은 존슨으로 인해 시작되었다"(167)라고 주장한다.

모방에는 고전 "작가의 모방"이라는 또 다른 의미가 내포되어 있다. 예술은 예술을 모방하고 작가는 문학을 모방하는 것이다. 존슨이 가지고 있던 기본적인 가설은, 모든 사람이 서로 닮았으며 출생과 죽음 사이에 그들이 할 수 있는 경험의 범위는 제한되어 있다는 것이다. 그러므로 삶에서 진정으로 중요한 경험은 계속 반복되는 경향이 있고 많은 것들이 같은 방식으로 표현된다(Yale Edition III. 320). 모든 시대의 작가들은 같은 감성, 관심, 인간의 선과 악에 대한 생각을 가지고 있다. 따라서 위대한 고전작가에 대한 후대 작가들의 모방은 당연하다고 보는 것이다.

2) 영향론적–실용적 조망(Affective–Pragmatic Perspective)

복잡한 현실을 선별하고 이해할 수 있는 형태로 정리하는 것은 예술가의 몫이다. 예술가에게는 다른 사람들을 인도할 더욱 심오한 통찰력이 요구되고, 문학적 재능은 모든 지도자에게 있어 최고의 것이 된다. 예술의 성공은 영향론적인 특질(affective qualities)에 의해 판단되며, 비평가는 이러한 특질을 그의 경험과 심리적인 반응은 물론 타인들에 관한 언급을 통해 판단한다. 존슨은 예술에서 다양한 미적 요소의 정서적 잠재성을 고려했다. 그는 「비문에 관한 에세이」("An Essay on Epitaphs")에서 가장 훌륭한 비문이란 가장 강한 빛 속에 덕을 세우고, (독자의) 경쟁심을 불러일으키는(Greene, *Oxford Johnson*, 101) 것이라고 명명한다. 존슨은 이 과정에서 필수적인 즐거움은 공감(empathy)에 의한 것이라고 말한다.

존슨의 비평은 보통독자(common reader)들을 위한 것이라는 점에서 의의가 있다. 이는 영향론적 특질에 접근함에 있어 그 자신이 항상 독자로 남기 때문이다. 시에서 존슨이 바라는 것은 보통독자들의 자연스러운 관심유발과 열망의 강화이다. 그는 감동적이지 않은 시는 즐길 수 없었다. 따라서 존슨의 영향론적인 관점은 글쓰기의 목표에서부터 시작된다.

> "시"란 이성의 도움을 받은 상상력을 불러냄으로써 진리와 즐거움이 결합된 예술이다. 서사시는 가장 중요한 진리를 가장 즐거운 가르침을 통해 가르쳐 주는 임무를 수행하고, 그러므로 몇 개의 중요한 사건들은 가장 영향론적인 방식으로 이야기한다. (*Lives* I. 170)

비평가들은 대중들에게 감흥을 강요하지 않고, 그것이 독자들의 마음에서 우러나도록 하는 역할에 힘써야 한다는 것이다.

독자들의 독립성을 고려하면서, 존슨은 셰익스피어의 극을 논하는 그 자리에서 자신의 각주가 작품과 독자들 사이에 끼어드는 것을 꺼려했다. 자신의 과도한 텍스트에 관한 설명과 해석이 독자들의 즐거움을 망칠 수도 있다는 것이다. 존슨에게 있어 셰익스피어의 극과 직접적인 접촉을 해야 하는 존재는 항상 독자였고, 비평가는 작품과 독자 가운데에서 간섭하는 사람이었다. 따라서 존슨에게 독자란 극작가와 같은 제작자이고, 극은 극작가와 독자 모두의 공동작품이 된다. 존슨은 셰익스피어 극이 3일치 법칙을 위반하는 이유가 상상력이 풍부한 독자들의 반응하는 능력에 기반한다고 보았다. 문학형식에 대한 존슨의 관점을 논하는 자리에서 하그스트럼은 문학형식은 독자들의 반응에 의해서만 인정된다. 만약 "놀랍거나", "매혹적인" 주의를 끌게 된다면 그것은 좋은 형식인 것이다라며 존슨의 견해에 동의한다(128). 존슨은 끊임없이 보통독자가 작품의 가치를 평가할 수 있는 좋은 기준이라고까지 말한다.

현상학적인 관점에서 문학작품은, 읽기의 과정을 고려하지 않고서는 존재한다거나 의미를 갖는다고 주장하기 어렵다. 왜냐하면 작품의 의미는 독자의 마음속에 있기 때문이다. 이러한 점에서 존슨은 독자가 읽는 과정에서 드러나는 밀턴(John Milton)의 기독교 서사시인 『실낙원』의 약점을 지적한다.

> 『실낙원』은 인간의 행동이나 행동양식, 그 어느 것도 제대로 구성하지 못했다. 그곳의 남녀가 행동하고 고통 받는 것은 그 누구도 알 수 없는 것이다. 독자들은 자신을 개입시킬 수도 없고, 상상력을 발휘할 부분도 찾을 수가 없게 되어, 결과적으로 자연스러운 호기심이나 공감은 거의 일어나지 않는다. (*Lives* I. 181)

더 나아가 몇몇 작품들은 잠재적인 독자에 대한 반응을 고려치 않고 집필되기도 하는데, 독자 반응은 작품의 존재에 있어 이론상의 측면일 뿐만 아니라 작가의 자질에 대한 필수적 요소이기도 하다. 따라서 독자에 대한 적절한 영향을 주는 것이 문학의 가장 주요한 목적이라고 존슨은 주장한다. 이에 대해 그린(Donald Greene)은 "독자"들의 심리나 관객의 "반응"에 근거한 존슨의 비평원리는 후에 다시 말해 20세기 후반에 들어서서 다시금 인기를 얻게 되었다고 언급하였다(Greene, *Johnson* x~xi).

존슨이 쓴 최초의 평전인 『세비지 평전』(*The Life of Savage*)에서 독자들은 상상력의 동원을 통해 타자들의 슬픔과 행복에 반응하고 공감할 수 있게 된다. 업하우스(Robert W. Uphaus)는 이 평전에서 보이는 독자의 반응과 그에 대한 존슨의 기대에 대해 이 상상력의 동원은 "복잡하게 얽힌 미덕"(Uphaus, 53)으로 독자들에게 요구되는 반응이라고 이야기한다(107). 케임스(Lord Kames)와 버크(Edmund Burke) 같은 18세기 미학비평가들은 존슨보다 더 열정적인 태도로 숭고함이나 미(美)에 대한 숙고와 상상력의 즐거움을 찬미하였으나, 존슨은 그 정도까지 독자의 역할을 강조하지는 않는다. 존슨의 정서적인 관점은 독자들이 문학작품에서 얻는 생동감에 기반한다. 독자는 의사소통 과정에 당연히 참여하고 작품의 내용과 언어를 해석하며 이해해야 한다는 주장이다. 존슨은 독자들과 작가와의 관계, 독자 반응에 영향을 미치는 사회 또는 역사적 부분에 대한 고찰 또한 결코 잊지 않았다.

3) 표현주의적–심리학적 조망
(Expressive–Psychological Perspective)

18세기 후반부터 영국 비평계는 시인의 타고난 재능이나 창조적 상상력,[3] 감성적 자발성을 강조하기 시작하였다. 그 결과 정형화되지 않은, 거부할 수 없는 시인의 개인적 표현의 힘이 부각되었다. 18세기 후반 낭만주의 초기 시대에는 독자보다는 시인이 중심이 되었으며, 시인의 정신적 힘과 표현적 요구가 예술의 주된 동기이자 목표, 기준이 되기 시작했다. 존슨 시대의 18세기 말 작가인 영(Edward Young)과 더프(William Duff)에서 이러한 경향은 본격적으로 나타나기 시작하였다.

존슨은 상상력을 이론적으로 분석하거나 예술적 독창성의 과정을 살피기보다는 상상력의 보다 필수적이며 포괄적인 측면을 다루었다. 이것은 상상력이 우리의 일상생활과 생각의 형태 및 내용에 영향을 미치는 방식이기 때문이다.

> 오직 삶은 계속해서 잠식하는 상상력의 갈망에 의해서 세워진 것으로 보인다. 즐길 수 있는 모든 것을 이미 가진 자는 자신의 욕망을 늘려야 한다. 필요에 의해 지은 자는 그 용도가 충족되면 허영을 위해 짓기 시작한다. 나는 이 거대한 구조물을 인간 쾌락의 결핍의 기념비라고 간주한다.
> (*Rasselas*, 108)

---

3) 『영어사전』에 따르면, 존슨에게 있어 "상상력"(imagination)의 개념은 이상적인 그림을 형성화하는 힘, 자신과 타인에게 결여된 것을 재현하는 힘이다. 존슨은 낭만주의적 개념의 상상력에 대해서는 "천재"(genius)라는 용어를 사용하고 있다. 그리고 "창작"(invention)은 새로운 것을 만들어내는 행위나 힘이라고 정의하고 있다(112).

존슨의 문학비평은 낭만주의적 상상력에 대한 실질적 논의를 포함하지는 않지만, 당대에 심리학적 비평이 태동하고 있었다는 사실은 인지하고 있었다. 그는 버크의 심리주의적 미학 연구서인『숭고의 근원에 대한 연구』(*Enquiry into the Origins of the Sublime*)와 케임즈의『비평의 요소』(*Elements of Criticism*)를 높이 평가했는데, 이 두 이론서는 모두 광범위한 심리학적 바탕 위에 기초한 비평과 미학에 관한 책이었다. 비록 존슨은 완벽한 표현주의자는 아니었지만, 비평적 기준으로서의 천재성과 작가의 독창성을 강조하였다. 존슨의 비평적 금자탑인『영국 시인 평전』(*The Lives of the Poets*)에서 어떤 이의 저작에서보다 밀턴과 드라이든, 포우프의 천재성을 칭송하는 구절을 보다 더 쉽게 찾을 수 있다.

존슨은『램블러 155』에서 모방으로 위대해진 사람은 없다며 작품의 형식이나 실천 면에서 창작(invention)이 이루어져야 한다고 주장한다. 그래서 그는 알려지지 않은 진실을 발견하거나, 이미 알려진 진리일 경우 더 강력한 근거로 인해 강화되고, 명확한 방법과 묘사로 쓰여야 한다고 말한다(Yale Edition V. 59).『포우프 평전』(*Life of Pope*)에서 존슨은 천재를 모으고, 종합하고, 확장시키고, 생기를 불어넣는 힘으로 정의하고, 드라이든의 자유분방함이 모든 위험을 무릅쓰고 포우프의 규칙성(regularity)을 능가한다고 주장한다(*Lives* III. 222).

존슨은 천재에 대한 측정, 즉 보통 사람의 능력으로 다가갈 수 있는 단계보다 더 높은 수준의 작품을 쓰고 있는가를 평가해야 한다고 주장한다. 그는 천재성을 시인이 갖춰야 할 힘이며, 그것이 없다면 판단은 냉랭해지고 지식은 작동하지 못하게 된다고 말한다(*Lives* III. 222). 존슨은 장르 간의 엄격한 구분을 믿지 않는다. 예술작품은 기본적으로 작가의 상상에 의해 고안된 것이기에 한정된 장르로 구분될 수 없다는 것이다. 이것이 존슨의 최고 비평이 문학 자체에 대한 엄정한 형식주의적 비평에서보다 시인이나 작가를 다루는 평전(評傳)에서 나타나는 이유이다. 크러치(Joseph Wood Krutch)는 존슨의 비평방법이 시 속에서 작가를 찾는 것이라고 말하면서 존슨의 비평과 낭만주의 시대 비평 사이에 연결고리를 찾는다. 존슨이 문학작품 분석으로부터 시인 작가의 분석으로 넘어갔다는 것이다(467~468).

존슨의 기본적인 관심은 작품과 그 작가 사이의 관계에 있다. 존슨의 후원자였던 피오지(Hester Lynch Piozzi) 부인은 존슨의 문학적 탐구가 20세기에 들어서서 수립된 정신의학 내지 정신분석학으로 불리는 것에 관한 것이라는 점을 처음으로 지적했다. 베이트(W. J. Bate)는 존슨이 인간의 상상력에 대해 연구한 것이 훗날 지그문트 프로이트의 심리학에 가장 가까운 이론을 제공한다고 주장한다(*The Achievement*, 93). 그랜지(Kathleen M. Grange) 역시 존슨이 18세기에 이미 상당수의 정신분석학적 개념들을 완성했다고 말한다(93~98).

존슨은 존 테일러 목사(John Taylor)를 위해 쓴 설교문이나 『램블러 141』에서 무의식의 기초적인 개념과 개인이 인지하기 어려운 정신적 과정, 특히 욕망(desire)에 대해 논하고 있다(118~119).

> 그리고 그의 원칙들과 행동들은 그의 현재 생각들과는 의도적으로 섞이지 않는 어떠한 내밀한 주입으로부터의 생각을 취해오고 있다. 우리의 마음을 지배하는 욕망은 세계의 다양한 광경을 바라볼 때 그 순간에는 인지할 수 없는 소통에 의해 주입된다. (Yale Edition IV. 383~384)

그러나 존슨은 지나친 상상력의 위험성에 대해서도 경고하고 있다. 보스웰에게 보내는 편지에서 존슨은 가슴에 품고 있는 모든 욕망은 독사와 같아서 열기와 힘을 얻게 되면 독을 내뿜는다(*Letters*, 165)고 말하고 너무 오래 마음속에 품고 있는 욕망이 마음을 지배해버리면 판단력을 잃게 만든다는 것이다.

4) 협동적-해석학적 조망
(Combinatory-Hermeneutic Perspective)

사무엘 존슨은 문학 텍스트를 20세기의 신비평가나 형식주의 비평가들처럼 본체론적이거나 자족적인 객관적 대상으로 생각하지 않았다. 그는 또한 문학 텍스트를 장르별로 세분화된 법칙에 따라 존재한다고 생각하지도 않았다. 그는 포스트형식주의 이래로 많은 (포스트모던) 문학이론가들처럼 텍스트를 하나의 퍼포먼스의 장으로 생각했다. 이 장은 작가, 독자, 사회, 문학, 관습 모두가 함께 문학작품의 의미와 기능을 창출해내는 복잡한 의미 중첩과 의미 상호성의 그물망, 즉 협동적 해석학적 조망을 가지고 있다는 것이다. 이렇게 볼 때에 전반적으로 시인은 한 편의 시에서 구조적 규칙성의 바탕 위에서 통사적, 의미론적, 음성적, 형태적인 면에 골고루 세심한 관심을 보여주고 있다. 무엇보다도 시인이 선택한 구조적 특성의 언어적 의미가 시 작품 해석과 이해에 도움이 된다면 그것은 시인이 그만큼 그 언어에 대해 깊은 지식을 지니고 있음을 뜻한다.

존슨은 시, 우화, 소설, 풍자시, 비문, 서사시에 적합한 규칙을 정확하게 정의하고 설명하는 데 주의를 기울였지만, 이러한 규칙들이 그에게 가장 흥미로운 것은 아니었다. 예를 들어 전원시에서 고유의 주제와 어법, 시적 운율의 특성 등이 그러하다. 그러한 분석들은 존슨의 비평적 조망에 존재하지만 그것들은 매우 한정적이다. 필자가 보기에 존슨은 문학작품 분류법의 자율성과 엄격함을 믿지 않는 듯하다. 만약 누군가 그의 일반적인 입장을 정의해야만 한다면, 그것은 근본적으로 신고전주의일 것이다. 그러나 존슨은 대부분의 신고전주의 비평가들과 구별된다. 따라서 그는 질서로 문학을 축소하려는 형식주의자들의 이상을 의심하고, 장르에 대해 유보적이었다. 존슨은 그의 「포우프의 비문에 대한 논문」("Dissertation on Pope's Epitaphs")에서 비문을 정의하는 것은 무의미하다. 모두가 그것이 무덤에 새겨진 글이라는 것을 안다. 비문은 글의 특정한 성질을 함축하지 않고 단지 운문 혹은 산문으로 쓰인 것이다. 그것을 제한하거나 변경할 법칙을 가지고 있지 않기 때문이다.(*Lives* III. 254)라고 말한다. 그는 형식주의적 오류를 범하고자 하지 않았다. 존슨 비평의 독특한 특성 중 가장 두드러진 것은, 고정된 장르에 대한 그의 신고전주의 선조들과 대조되는 견해를 가졌다는 점이다.

그러나 존슨은 법칙들을 완전히 무시하지는 않았다. 예를 들어, 신문 에세이『어드벤처 131』에서 그는 신체의 눈처럼 지성의 눈은 모든 것에 대해 공평하게 완벽하지도, 모든 사물에 대해 균등하게 적용되지도 않는다. 비평의 목적은 그것의 결점을 보여주는 것이다. 법칙은 정신적 시각의 도구이다. 그것은 적합하게 사용될 때, 실제로 우리의 능력을 도와준다. 그러나 미숙한 적용에 의해 혼란과 방해를 생산한다며 법칙의 현명한 적용을 강조한다(Yale Edition V. 166~167). 존슨은 문학의 기초를 행위와 수행의 원리에 둔다. 경험에 대해서와 마찬가지로 문학에 대한 그의 관점은 작가, 독자 그리고 현실과의 협동적 관계에 대한 강조이다. 따라서 필자가 앞서 지적한 것처럼 존슨은 신비평가가 아니다. 20세기에 가장 왕성하고 영향력 있는 신비평은 특화된 시적 비평의 적용에 의한 시로써의 시를 고찰하는 데 노력을 바쳤던 순수비평이었다.

존슨은 문학작품을 해석하는 데 있어서 문학적 법칙과 형식의 임의성을 믿지 않는다. 문학작품은 존슨에게 작가의 힘을 보여주는 "수행"(performace)으로, 자연의 특성을 닮은 주제들을 다루는 글쓰기이자, 인식의 원천으로 여겨진다. 밀턴의『리시더스』(*Lycidas*)에 대한 존슨의 비평을 보면, 존슨이 장르적인 분류(generic classification)를 부정한다는 것은 명확하다. 이 시에 대한 그의 반감은 존슨의 비평 전체 그림에서 매우 중요하다. 올리버 시그워스는 『리시더스』에 대한 존슨의 비평을 르네상스 비평의 종말(the end of Renaissance criticism)이라고 선언한다(166). 존슨은 해석학의 극단적인 전략을 취하는 두 가지—작가의 의도와 의미를 강조하는 허쉬(E. D. Hirsch)의 극단적인 열정과 독서의 해석학에서 독자의 역할과 수행을 강조하는 이저(Wolfgang Iser)의 궁극적인 집착—에 비해 상대적으로 자유롭다. 존슨의 법칙, 장르에 대한 강한 의식과 소위 형식적인 특성들이라 불리는 것들과 함께 자기목적적이고 문맥과 관련 없는 것으로서 문학작품에 대한 규칙에 속박된 형식주의적인 개념에 얽매이지 않는다. 오히려 그의 조합적-해석학적 시각은 건전하고 심지어 생태학적이기까지 하다. 그는 전체적인 의미를 이루도록, 작가, 독자, 사회, 전통과 역사가 모두 협동하는 상호 의존적으로 존재하고 있는 텍스트에 대한 새로운 개념을 가지고 있다.

5) 수사학적-소통적 접근
(Rhetorical-Communicative Perspective)

사무엘 존슨은 현대의 가장 영향력 있는 비평사조의 하나인 신비평에서와는 달리 문학의 과정 속에서 작가와 독자, 작가와 텍스트, 텍스트와 독자 간의 수사학적이며 의사소통적 측면을 역설하고 있다. 우리는 그의 문학이론을 통해 수사학적-의사소통적인 축을 내세워 응용할 수 있는 토대를 다질 수 있다. 존슨은 작품(텍스트)을 통한 작가와 독자와의 상호관계의 전략을 강조하고 있다. 이는 단순한 작가 중심의 의도주의(intentionalism)나 표현주의(expressionism)도 아니고 단순한 텍스트 중심의 형식주의(formalism)와 본체주의(autotelism)도 아니며 단순히 독자 중심의 독자반응이론(reader-response theory)도 아닌, 이들에게 모두 열린 상호활동의 장이다. 텍스트를 통해 작가와 독자는 문학적 거래를 수행하는 것이다. 작가는 텍스트 속에서 자신의 실재 재현, 즉 의도한 바를 독자에게 설득하고 전달하려는 수사학적 노력을 하게 된다. 독자 또한 자신의 경험과 기대에 따라 텍스트를 통해, 작가와 자신의 경험의 조정을 통해 의사소통적 노력을 하게 되는 것이다. 여기에서 텍스트는 물론 작가와 독자와 함께 공유하는 언어와 문학체계로 구성되어 있지만, 그 자체의 독립성만을 주장하여 닫힌 세계를 만들어낸다기보다 하나의 퍼포먼스의 장—다시 말해 작가와 독자가 서로 텍스트의 의미 창출에 협동하는 장—이다.

존슨의 비평은 작가와 독자와의 관계에 있어 영향을 주는 또 하나의 요소인 수사학적 측면을 중시한다. 작가가 창조한 세계를 독자가 어떻게 받아들이는가를 기초로 삼는 것이다. 독자는 작가가 묘사하는 세계를 받아들이게 되고 그것이 사실이기를 희망하며, 훌륭한 작가는 이러한 독자에게 향한 설득력을 발휘할 수 있다. 그렇기에 존슨은 작가와 독자 모두에 관해서 중요성을 강조한다. 왜냐하면 독자는 글을 읽을 때 자신의 실제 경험을 바탕으로 글을 읽어내기에, 작가는 어떤 실재를 독자에게 보여주는 것으로서 독자와 소통할 수 있게 되기 때문이다. 따라서 존슨은 문학작품을 통한 작가와 독자의 소통을 중히 여겼다.

작가는 의사소통의 능력을 갖추고 있어야 할 뿐더러 자신의 독자에 대해 잘 알고 있어야 한다. 『램블러 168』에서 존슨은 작가의 글쓰기에 대해 다음과 같이 서술한다.

> 지식의 씨앗은 고독 속에서 뿌려지지만 공공적으로 경작되어야 한다. 장식의 예술 작품들과 매혹의 힘들은 대중적인 교류 속에서만 획득될 수 있다. (Yale Edition V. 128))

독자들과 소통을 하기 위해 지녀야 할 요건으로, 작가는 자신의 지식을 쌓되 대중과 소통이 가능한 것으로 만들어야 함을 들 수 있다. 존슨은 사상들의 소통을 중요하게 생각했다. 존슨에게 있어 독자들의 관심거리를 쓰는 것은 그 내용이 바로 독자들에게 받아들여질 수 있고 많은 독자층을 확보할 수 있다는 점에서 중요한 것이었다.

존슨 예술의 중심에는 소통의 예술이 자리 잡고 있다. 존슨의 대중적인 것과 소통 가능한 지식의 사용은 개인적인 특수성과 애매함으로부터 자유로운 소통을 위한 전략이다. 존슨 비평의 강점은 그 문체에 있어 설득력 있는 웅변력에 있는데, 수사학적인 인지는 작가와 독자 모두에게 중요하게 작용하지만 그 영향력은 독자에게 더 크게 작용하기 때문이다. 그렇기에 존슨은 문학이 소통의 주된 수단이라고 여겼다. 그에 따르면 상상력이 풍부한 작가는 텍스트를 재미있으면서도 설득력 있게 만들어야 하는 것이다.

이에 따라 존슨은 특정한 문체의 영향력을 강조한다. 그는 스위프트의 문체가 밋밋한 이유로 설득력의 부족을 주장하며, 문체가 수사학과 관계된 것, 또는 새로운 수사학(new rhetoric)의 한 부류가 될 수 있다고 말한다 (*Lives* III. 52). 존슨만의 문체는 독자를 작가에 연계시키는, 상당히 개인적인 문체였다. 포터(Robert Potter)는 존슨 박사는 그가 독자를 향해 글을 쓴다기보다 이야기를 한다(qtd. in Damrosch, 60)고 증언한다. 존슨의 문체적 특성은 익숙한 것을 생소하게 표현하는 것으로, 그러한 이질성으로 하여금 우리가 더욱 사유하게 만드는 것이었다. 담로쉬(Leopold Damrosch)는 이에 대해 존슨의 가장 위대한 재능은 사물에 대한 복잡성을 드러내는 데 있다고 지적하였다(65).

수사학적 비평은 문학작품이란 작가와 독자가 소통하기 위해 예술적으로 구조된 도구로써, 작품이 우리에게 끼치는 영향에 중요성을 둔다. 존슨의 비평 실천상에서 독자와 작가의 소통은 텍스트를 통해 역동적이고 복잡하게 이루어진다. 소통은 문학에 있어 중요한 문제이다. 비록 독자는 발언권이 없지만 작품을 읽고 상상하는 권리를 누리고, 이로써 독자에게 상상을 불어넣는 역할을 하는 작가와 더불어 소통하는 것에 중요성을 동등하게 두고 있는 것이다. 따라서 존슨은 수사학적 비평에 있어 독자와 작가, 그 둘 중 어느 한쪽만을 더욱 강조하는 것을 반대한다. 존슨의 문학이론에서는, 텍스트를 중매로 한 문학의 전달과 의사소통의 과정 속에서 작가와 독자가 활발하게 상호 작용하여 서로에게 영향을 주는 것이므로 문학행위가 진정으로 공동체적 작업임을 보여주고 있다.

6) 역사적-전기적 조망
(Historical-biographical Perspective)

존슨이 역사를 바라보는 태도가 항상 긍정적인 것만은 아니었다. 하지만, 그의 말대로 연대기와 역사학의 연구는 인간의 자연스러운 기쁨의 하나이다. 존슨의 철학소설『라슬러스』에서 임락(Imlac)은 과거와 현재의 비교를 강조하고 있다.

> 현재를 정확하게 판단하기 위해서 우리는 과거와 대조해보아야 한다. 현재의 상황은 이전 사건의 결과이다. 역사 연구를 무시하는 것은 현명치 않다. 적어도 우리는 지난 시대와 우리 자신의 시대를 비교하여 자신의 발전에 크게 기뻐하거나, 우리의 결점을 발견해야 한다. (*Rasselas*, 104)

존슨은 셰익스피어 작품에 대한 연구를 하며 문학작품의 역사적 배경의 중요성을 깨달았다. 이에 대한 분명한 이해를 위해서는 엘리자베스 시대의 양식, 미신, 전통, 언어, 문학을 알아야 한다. 존슨은 역사를 통해 셰익스피어의 예술을 형성하는 배경지식을 쌓았고, 존슨은 엘리자베스 시대에 대한 광범위한 지식을 사용해 탁월한 서문과 셰익스피어 작품에 유익한 주석을 달았다. 역사언어학의 정신을 가지고 존슨은 셰익스피어의 언어를 분석하였다. 그가 창작할 당시는 시적 언어가 형성되지 않았고, 문장의 뜻이 변동하고 있을 시기였다. 그러므로 존슨은 셰익스피어의 작품에 주석을 다는 노력에 힘써, 시대 차이 때문에 오해할 만한 것들을 독자들이 쉽게 받아들일 수 있도록 설명했다.

존슨은 역사적 관찰을 통한 비평을 아주 유익하다고 본다. 작가에 대한 정확한 판단을 내리려면, 우리는 반드시 그의 시대로 시각을 돌려, 그의 시대가 무엇을 원하고 있었는지, 작가가 전달하려는 뜻이 무엇인지를 고찰해야 한다. 하지만 존슨은 고전문학에서만 역사 지식을 적용하는 역사학자들의 판단과 변론에는 동의하지 않는다. 존슨의 역사적 감각은 영국 시의 발전에 대해 확실한 생각을 갖게 한다. 영국 시언어는 스펜서(Edmund Spenser)의 거칠고 고전적인 것부터, 셰익스피어의 불경스럽고 어울리지 않게 비속한 언어와 형이상학파 시인의 부자연스러운 이미지를 거쳐, 드라이든과 포우프의 단순함과 매끄러움으로 이어지기까지 많은 발전을 했음을 알고 있었다.

역사적 언어감각이 없는 상황에서는 단어와 문장에 대한 오독이 자주 발생했다. 특히 현대의 많은 사람들이 밀턴의 시『리시더스』에 대한 존슨의 평가를 오해하고 있는데, 비록 그가 전원시처럼 전통을 모방한 시를 좋아하지는 않았지만, 이 시가 쉽고, 범속하기에 혐오스럽다고 말한 것을 독자들이 표면 그대로 이해하는 것은 오해에 불과한 것이다. 존슨이 말하는 범속한 것(vulgar)은 평범하다는 뜻이지, 품위 없고, 조잡하다는 말이 아니다. 시대에 따라 변화하는 언어는 독자와 작가 사이에 장벽을 세웠다. 셰익스피어 작품의 편집을 통해 존슨은 자신의 역사적 분석방법을 가장 훌륭하게 보여주었다.

역사적 접근은『영국 시인 평전』에 비평을 제공하며, 전기와 비평 성격의 특징을 최고로 완성시켰다. 존슨은 인간과 환경의 다양성의 중요성을 믿었

고 특별한 인물과 개인적 특성의 독점적인 중요성을 강조하였다. 전기의
모든 관심은 그의 진실성에 있고, 그의 가치는 생활의 적응에 있다. 전기작
가와 철학가의 기술은 유사한 점이 있다. 우리는 자연과 도덕의 지식을 얻
기 위해 읽고, 자신의 학문을 넓힌다. 미덕을 확장을 할 것인지를 결정하는
것은 보이지 않는 환경이 공적인 사건보다 중요하기 때문이다(Yale Edition
III, 319). 『영국 시인 평전』에서 존슨의 관심은 문학비평과 전기 쓰기에 대
한 상호 영향이다. 전기, 역사, 비평은 서로 연관되므로 연합을 이룬다. 시
인 평전에서 존슨은 인상적인 전기와 비평적 관찰을 위한 작품들의 설정,
보충에 대한 강한 역사감각을 보여준다. 그의 전기 쓰기에는 그의 역사적
지식이 드러나 있다. 역사는 어떤 시대에서도 사회와 정치에 연관되고 역
사적 비평은 사회학적 시각을 유도하게 된다.

7) 사회적-정치적 조망(Sociological-Political Perspective)

존슨은 예리한 사회의식을 통해 사회 문제에 관심을 둔 작가이자 비평가
였다. 그는 『영국 시인 평전』에서 역사적인 사실과 17세기 후반에서 18세기
초의 정치 사회적 환경에 대한 해박함을 탁월하게 보여주었다. 존슨의 사
회적 정치적 관심을 살피기 전에, 먼저 언어에 대한 그의 관점을 살펴보자.
언어란 문학과 비평의 기초이며, 언어에 대한 기본적인 이데올로기는 소통
이다. 또한 언어의 의미는 사회와 관련되어 있기 때문에, 중요한 문맥과 언
어의 부호는 작가와 독자를 통해 상호적으로 이해된다. 언어에 대한 이 같
은 관점은 20세기의 위대한 이론가인 바흐친(Mikhail Bakhtin)을 연상시킨
다. 존슨과 바흐친에게 언어는, 단 하나의 의미를 가진 닫힌 체계가 아니라
특정한 사회나 역사 속에 있는 화자들 사이에 대화를 생산하는 담론인 것
이다. 존슨은 독자들이 작가와 함께 공통된 경험의 이해와 평가를 얼마나

나눌 수 있느냐에 따라 문학의 성공이 좌우된다고 생각했다.

영향력 있는 논문인 「공영역」("The Public Sphere")에서 20세기 후반 신마르크스주의 사회이론가인 독일의 하버마스(Jürgen Habermas)는 필자가 존슨의 경우에 적용할 공론장에 대한 개념을 발전시켰다. 하버마스는 공론의 장을 다음과 같이 정의한다. 공론장을 통해 우리는 공적인 의견들을 형성하게 되면서, 그 개념은 삶의 무언가를 성취하는 영역을 의미하고 모든 사람들이 대화할 수 있는, 개개인에게서 비슷한 것을 찾을 수 있는 곳이 되었다(49). 그 개념은 18세기의 사회제도, 클럽, 평론, 커피 하우스이다. 「램블러 168」에서 존슨은 우선 작가들에게 이 같은 구체적인 삶의 세계로 들어가기를 요구한다(Yale Edition III. 129).

18세기 후반 영국 부르주아들의 공론장은 사무엘 존슨의 신문 에세이 잡지들인 『램블러』, 『어드벤처』, 『아이들러』에 많은 영향을 미쳤다. 존슨은 대중의 의견을 나누며, 친숙하고 일반적인 동시대의 주제들을 다루었다. 트레이스(Clarence Tracy)는 존슨이 "보통독자"와 관련 깊다고 주장하면서(407~408), 존슨이 런던에서 모든 계층의 사람들을 만난 것과 편집자로서의 경험은 그의 비평 작업에서 가장 가치 있는 것 중 하나였다고 주장한다. 존슨에게 보통독자는 문학에 대한 평가를 함께 나누는 집단이지만 그리 간단한 개념은 아니다. 필자에게 존슨의 보통독자란 특정 계층이 아닌 모든 계층을 포함하지만, 시민사회에서 상류층(전문직, 엘리트 포함)보다는 중산층과 하층민에 가깝다.

존슨은 다양한 사회적 문제에 관심을 가져, 형법, 독재, 매춘에 관한 문제 등 많은 문제를 자신의 글에서 다루었다. 특히 그는 정치, 정치적 문제, 국내 및 국제에 평생 관심을 두었으나, 정치이론이나 체계에는 관심이 없었다. 그는 정치적 문제에 실용적인 관점을 가지고 있었기 때문에, 보수주의와 진보주의의 장점을 균형적으로 취하였다. 또한 존슨은 모든 전쟁을 강하게 비난했다. 미국 인디언들에게 동정을 느껴 유럽인들의 잔인함을 비난한 것으로 보아, 그가 현대의 사회 인류학적 관점도 가지고 있다고도 보인다.

존슨이 지닌 사회적 정치적 비평가로써의 독특한 특징은 모순과 긴장이다. 브라운(Stuart Brown)은 존슨의 입장을 다음과 같이 요약한다. 존슨 박사의 중요성은 분명 양면성이다. 그의 글에서도 반영되었다시피 구 질서와 신 질서 사이에 그의 견해가 있다(171). 존슨은 사회 정치 문제에 있어 사안에 따라 달랐다. 어떤 사안에서는 보수주의를 표방했고 다른 사안에서는 급진주의를 주장하여 양 진영을 모두 넘어서고 있다.

8) 도덕적-종교적 조망(Moralist-Religious Perspective)

보스웰(James Boswell)에 따르면 존슨은 아마도 영국 문학비평사상 가장 위대한 도덕주의자였을 것이다. 삶과 문학은 존슨에게 있어 분리될 수 없는 것이었다. 그는 시가 실용성과 즐거움을 가져다주는 동시에 독자들에게 사회의 관습, 도덕, 질서를 가르쳐 준다고 보았고, 나아가 문학은 이성과 정의라는 사회의 원리까지도 가르칠 수 있어야 한다고 주장했다.

존슨은 새롭게 등장한 사실주의 소설이 젊고 미숙한 독자들에게 부도덕성을 심어주는 것에 대해 경고하며, 교훈을 줄 수 있는 작가의 역할을 강조했다. 작가의 역할은 아직 알려지지 않은 것을 가르치거나 알려진 진리에 대해 권고하도록 하는 것이라고 존슨은 말한다(Yale Edition III. 14~15). 이는 서사시(epic poetry)가 즐거움을 주는 동시에 진리를 알려주는 역할을 하며, 밀턴의 시 『실낙원』이 바로 이에 적합함을 지적한다(Lives III. 255).

존슨은 『램블러 4』에서 문학의 윤리성에 대한 그의 비전을 가장 잘 보여준다. 소설은 그 영향력이 갖는 특별한 특징으로 인해 그것이 가지고 있는 도덕적 측면에 대한 비평을 통하여 반드시 평가되어야 한다는 것이다. 존슨의 셰익스피어 비평의 근본적인 측면 중 하나는 문학의 도덕성에 관한 것이다(178). 존슨에게 있어 문학의 궁극적인 관심과 임무는 인류에게 미덕을 가르치는 것이다. 따라서 존슨은 자신의 완전한 정의의 기준에서 셰익스피어의 선에 대한 보상과 악행에 대한 처벌, 즉 시적 정의(poetic justice)에 대한 무관심을 비난한다(Yale Edition VII. 704).

보스웰은 존슨의 복합적 윤리성에 대해 그의 도덕적 교훈은 실천이다. 이것들은 인간의 본성과의 친밀한 관계로부터 나온다. 이는 공통적인 감정 위에 기초한 것으로 실제 삶에 대한 매우 주의 깊고 상세한 조사가 된다고 말했다(Life III. 351). 존슨은 종교는 삶의 모든 상태에서 나타나며, 행복의 기본이 되고, 모든 제도를 유효하고 효능이 있게 하는 힘을 가진다고 말했다고 적었다(Yale Edition XIV. 15).

문학비평에서 존슨은 시가 종교로부터 분리되어야 한다고 주장하지 않는다. 존슨에게 있어 이성은 심지어 종교의 주요한 보조자이다. 존슨을 크게 존경한 20세기의 시인 엘리엇(T. S. Eliot)은 그의 논문 「종교와 문학」("Religion and Literature")에서 문학과 종교 사이에 근본적인 관계가 있음을 지적하면서 존슨과 의견을 같이했다(343~354). 여기에서 엘리엇의 주요 관심사는 종교적인 문학이 아니라 우리의 종교를 어떠한 문학비평에도 적용시킬 수 있는가이다. 엘리엇은 문학과 종교의 긴밀한 관계라는 배경을 마련하고는 종교적 고백과 미학적 즐거움을 분리하지 않는다. 우리 시대의 중요한 신학자인 틸리히(Paul Tillich)에 따르면 세상에 대한 가장 크고 기본적인 감각은 궁극적인 관심(ultimate concern)이다(qtd. in N, A. Scott Jr. 106). 그래서 종교는 경험의 확장과 넘치는 상상력을 가지고 모든 노력을 하는 것이며, 이것이 문학의 관점과 일맥상통한다. 존슨은 문학 또는 문학비평과 종교적 가치의 심오한 관계에 동의하고 있는데, 이는 그가 궁극성의 중요성을 잘 인식하고 있음을 보여준다. 그러나 존슨은 시에서 나타나는 종교적 가치에 대해서 지극히 신중했다. 그에게 있어 가장 종교적인 시는 쉽사리 궁극적인 측면(중요성)에 어울릴 수 없었기 때문이다.

> 모든 종교적인 운문은 기억을 돕고 귀를 즐겁게는 할 수 있다. 그리고 이것들의 목적은 아주 유용한 것이기는 하나 마음에는 아무것도 남기지를 못한다. 기독교 신학 사상들은 웅변을 위해서는 너무 단순하고, 허구를 위해서는 너무 성스럽고, 그리고 장식을 위해서는 너무나 위엄이 있다. 비유로 그 사상들을 추천하는 것은 오목렌즈로 우주의 영역을 확대하는 것과 같다. (*Lives* I. 293)

존슨은 『실낙원』에 대해서도 같은 맥락으로 비평을 한다. 존슨은 어떤 훌륭한 시인도 종교적인 시 속에서 기독교를 가볍게 다루기를 원치 않았다. 이것이 존슨이 시와 삶에 대해 궁극적 관심의 중요성이라는 것을 논의하는 이유이다.

존슨은 종교가 인간행동과 행복의 가장 근본적인 토대라고 주장한다. 그는 기독교적 인본주의에 입각하여 밀턴의 『리시더스』를 평가하였다. 존슨은 밀턴의 이 목가적 애가가 사소한 허구들과 성스러운 진리들이 조잡스럽게 섞여 있다고 비판하였다. 이러한 관점에서 존슨은 문학의 궁극적인 위대성이 문학적인 가치에 의해서만 결정되는 것은 아니라고 주장한다. 존슨은 또한 인간의 궁극적인 관심인 종교적인 주제가 문학에 나타나는 것에도 응분의 주의를 요구하고 있다. 종교적인 문제를 문학에서 손쉽게 다루는 것은 오히려 신성모독이 될 수 있을 뿐 아니라 시적인 폭력이 될 수 있기 때문이다.

4. 결론: 대화와 통섭의 다원주의 비평을 위하여

사무엘 존슨에게 비평적 관점들의 다양화는 생성의 힘으로서의 통섭적 원리와 같은 구조를 가지고 있다. 한 사람이 어느 작품에 대해 평가할 경우에는 여러 가능성을 탐구하고, 다른 방향으로 시도하는 그 과정에서 다양한 비평적 관점이 생성된다. 놀랍게도 존슨은 체계 내의 모든 부분들 사이에 벌어지는 상호적 효과에 대해 인지하고 있으며, 그의 비평은 비평행위를 다양한 관점으로 분해하는 프리즘과도 같다. 또한 그는 다양한 비평적 관점들을 혼합하는 데에 있어서도 매우 뛰어난 능력을 가지고 있었다.

앞서 제시된 여덟 가지 비평적 접근들은 상호 통섭적으로 만들어지고, 각각의 접근들은 다른 것과 겹쳐진다. 그중에서도 결국 선택되는 것들은 헤겔의 변증법적 방식이 아니라 바흐친의 대화적 방식으로 융복합되어 역동적 조화가 이루어진다. 존슨의 저작을 제대로 읽기 위해서는 그 다양주의의 작동을 감지할 수 있는 능력이 필요하다. 존슨은 부분이 아닌 전체를 보려고 하기 때문에 어느 사물이나 사건, 인물을 다각도로 바라보게 된다. 이런 면에서 존슨의 비평을, 바흐친의 용어를 빌려와 대화적(dialogical)이라고 말하거나 또는 복합논리적(multilogical)이라고 부를 수 있다. 다양한 관점을 구분해내는 것 못지않게 그것을 하나의 조화로운 전체로 구성해내는 것 역시 중요하다. 존슨의 비평적 실천은, 중심으로 향하는 구심력(centripetal)과 밖으로 향하는 원심력(centrifugal)이 균형을 이루며 대화적 모형을 만들어내는 것이다.

비평 작업은 특정 법칙과 패턴을 따르는 역동적 과정이다. 존슨의 상반되는 비평적 태도나 조망들은 네 가지 요소들(세계, 작가, 작품, 독자)의 틀 안에서 작동되어 복합적인 비평적 관점들이 나타난다. 물론 존슨도 한 가지 관점에서만 글을 쓰기도 하고, 때로는 두, 세 가지 관점을 병합하는 때도 있다. 이는 마치 그가 자기모순을 저지르고 있는 것처럼 보일 수도 있다. 그러나 그 어느 비평가라도 언제나 모든 관점을 동시에 쓰지는 않는다. 비평가는 자신만의 접근법과 선별적인 담론의 경계가 있어야 하기 때문이다.

존슨의 다양한 비평적 저작에는 일관성이 부족해 모순적으로 보일 수 있지만 풍요로움과 다양성이 가득하다. 존 웨인은 존슨의 비평사적 의의를 다음과 같이 파악하고 있다.

> 존슨의 비평을 읽는 어떤 독자도 존슨이 장대하고 간결한 거시적인 요약과 특별한 효과를 찾으려는 미시적인 분석에 모두 강하다는 것을 곧 알아차릴 수 있을 것이다. 존슨은 말하자면 매슈 아놀드와 윌리엄 엠프슨을 결합한 것과 같다. 따라서 존슨은 어떤 비평 "유파"의 과정 속에 묶일 수는 없다. 그리고 사실상 존슨의 비평은 문학사의 전략적으로 중요한 시기에 위치하고 있다. 그의 비평에서 우리는 신고전주의와 근대비평 사이의 연결 지점을 찾아낼 수 있다. 신고전주의적 요소는 그 뿌리가 르네상스에서 고전주의까지 뻗어 있고, 그의 현대비평적 요소는 낭만주의적 상상력과 20세기의 심리학과 사례사와도 긴밀하게 연결되어 있다. (*Johnson as Critic*, 11)

그렇다면 존슨 비평의 통섭적 상상력은 우리와 어떤 관계가 있는가? 워즈워스(William Wordsworth)는 『서정민요집』의 「서문」에서 시의 언어는 생생한 감각 안에 있는 인간들의 실제 언어(164)라고 했다. 그러나 그보다 20년 전 존슨도 셰익스피어를 찬양할 때 같은 표현을 사용했다. 그 두 사람은 모두 보통 사람들의 언어가 시의 원천이라고 주장하고 있는 것이다. 그린이 존슨을 현대적이라고 평가한 것은, 많은 독자들이 그의 비평을 읽을수록 존슨 문장의 품위와 특징이 워즈워스와 많이 유사하다는 것을 알 수 있기 때문이다. 워즈워스와 마찬가지로 존슨에게도 시는 당대의 언어로 쓰여야 한다는 것이다(Greene, *The Age of Exuberance*, 164~165).

비평가 존슨에게 가장 중요한 것은 그의 인문주의적 시각이다. 존슨은 문학과 삶이 본질적으로 떨어질 수 없는 관계이며, 상호 작용이 이뤄지기 위해선 서로를 필요로 한다고 말한다. 존슨이 세상을 떠난 지 두 세기도 훨씬 넘은 지금도 문학은 인간의 삶과 관계가 끊기지 않았다. 비어(John Beer)는 존슨과 콜리지와의 역사적 관계를 찾아내어, 그들이 문학비평사상 가장 성공적인 두 시대를 개척한 비평가라고 주장한다. 존슨 비평에 나타나는 낭만주의적인 요소와 특징은 무시할 수 없다(25~26). 20세기의 버지니아 울프(Virginia Woolf)는 존슨을 회고하면서, 우리 시대에도 존슨과 같은 위대한 비평가가 필요하고, 그와 같은 권위자로서 비평계의 평론가들을 이끌 수 있는 사람이 없다고 한탄했다. 울프는 지금의 시대가 파편화되었으며, 누구도 존슨처럼 장대하고 보편적인 시각으로 당대 문학을 분석하고 비평할 문인이 존재하지 않다고 주장했다(233).

비록 존슨의 비평용어와 범주는 현대비평에 비하면, 많이 진부해 보이지만, 현대의 어떤 비평유파보다 다양성, 사회성, 현실성, 대화성 있고, 심층적, 의문적, 생태적인 특징이 있다. 뿐만 아니라 존슨의 비평은 지나치게 전문가주의적인 현대비평에는 부족한 아마추어의 담론을 갖고 있다. 존슨의 비평은 넓은 범위에서 논의되며, 현재에도 많이 인용되고 있다. 현대의 이론들이 서로 동의하고 같은 관점을 내세우기가 아주 어려운 반면, 존슨 비평은 현재의 학문과 지식이 발전하고, 각 분야 간의 연관성이 깊어질수록 가장 받아들이기 쉬운 비평이다.

그렇다면 현대비평이 공통적으로 동의하는 것은 무엇인가? 그것은 바로 존슨의 비평은 장기적인 안목을 가진 정전(正典)의 비평이라는 점이다(Bloom, 225~226). 블룸은『서구 정전』(1994)에서 서구의 문학비평가로써 고대와 현대를 통틀어서 18세기의 사무엘 존슨을 가장 정전적인 비평가로 꼽으면서 존슨 박사는 서구 문학비평가들 중에서 가장 위대하며, 그에게

대적할 만한 경쟁자를 찾는 것은 어려운 일이다(228)라고 갈파한 바 있다. 푸코의 말을 빌리자면, 존슨은 적어도 영미 문학비평 분야의 담론 실천의 창시자들(131) 중 한 사람이 될 수 있을 것이다. 푸코가 제시한 인물은 마르크스와 프로이트였다. 이들의 거대이론은 많은 추종자와 소학파를 만들어 냈고, 담론의 끊임없는 가능성과 다른 텍스트의 형성 가능성과 법칙을 만들어냈다. 비평가로써 존슨이 다른 비평담론 실천의 창시자가 될 수 있는 소이는, 이러한 거대한 크기와 부피를 지닌 그의 문학비평의 장 속에서 간극, 부재, 열림, 절합, 모순, 종합 등의 작동이 일어날 수 있어, 그의 거대한 실천비평의 현장에는 복합적인 조망을 보여주고 각 조망들의 상호 작용을 촉발하기 때문이다.

앞으로 우리는 이 논문에서 매우 개괄적으로 논의한, 잠정적이지만 존슨의 8가지 접근방법들을 그의 전 비평 저작에 확대 적용시켜 실제비평에서 좀 더 설득력 있는 더 많은 구체적인 예시들을 유기적으로 끌어내야 할 것이다. 이렇게 되면 우리는 존슨 비평의 다원주의와 통섭적 상상력을 21세기에도 적용시켜 생산적으로 작동시킬 수도 있을 것이다. 20세기 비평의 시대와 이론의 시대를 거치면서 문학비평은 지나치게 전문화되고 이론화되어 가고 있다. 오늘날 문학비평, 특히 강단비평이 구체적 삶과 보편적 가치에서 유리된 채 하나의 난해하고 추상적인 담론으로 전락하는 잘못된 경향을 광정하기 위해서는, 시민 사회에서 폭 넓은 소통을 가능케 하는 보통 독자들을 위한 시민담론으로서의 건강한 문학비평을 목표로 했던 18세기의 비평적 거인(Great Cham) 사무엘 존슨을 부활시켜야 한다. 이러한 문학비평 정신의 회복은 결국 21세기 인문학 위기의 시대에 문학의 왜소화까지도 타고 넘어 우리 시대에 가장 필요한 상식과 경험과 대화에 부합되는 문학의 힘을 다시 찾는 길이 될 것이다.

4장 T. S. 엘리엇과
21세기 문학비평 "새로" 쓰기
— 엘리엇 초기 비평 "다시" 읽기

> 엘리엇의 비평은 일종의 개념적 교차로이며 후세에 다양한 비평운동으
> 로 이어져 나간다.
>
> — 리차드 할란드(1999), 124

1. 들어가며: 엘리엇의 유령 다시 불러오기

엘리엇(T. S. Eliot)은 1933년 가을 미국 남부의 버지니아 대학교에 초청받아 페이지–바버(Page-Barbour) 강연으로 3편의 글을 발표했다. 그 강연은 그 이듬해 영국에서 『이신을 찾아서: 현대 이단 서설』(*After Strange Gods: A Primer of Modern Heresy*)이란 제목으로 출간되었다. 이 책은 엄청난 파장을 일으켰고 후에 엘리엇 자신도 출판을 금지시켰다. 그러나 필자는 오늘 이 글을 그 책의 논의로부터 시작하고자 한다. 엘리엇은 1934년 1월에 런던에서 쓴 머리말에서 전년도에 강연한 버지니아 대학교에 대해서 "전통적 교육의 흔적이 남아 있는 미국 교육기관 중 오래되고, 작고 아주 우아한 곳 중하나"(14)로 평가하면서 다음과 같이 자신의 희망을 밝히고 있다.

나는 그러한 기관들이 과거와의 소통을 유지하기 위해 격려할 수 있기
　　를 바란다. 왜냐하면 그렇게 함으로써 그 기관들이 소통할 가치가 있는
　　미래와도 소통을 유지할 것이기 때문이다. (14)

엘리엇은 남부의 유서 깊은 버지니아 대학교 같은 교육기관이 "과거"와 교
통을 하고 "미래"의 기획과도 연계시키고 싶다고 천명하고 있다.

　엘리엇은 첫 번째 강연의 서두에서 1919년에 발표한「전통과 개인의 재
능」에서 다루었던 "전통"의 문제를 다시 제기하면서 특히 남부의 "농본운
동"(agrarian movement)에 깊은 관심을 보여준다. 엘리엇은 뉴잉글랜드의
보스턴에서 뉴욕으로 여행하면서 산업화의 확장으로 변해버려 달라진 환
경에 놀랐다고 고백한다. 뉴잉글랜드 산들의 생태학적 교란의 역사를 원
시림에서, 양 목초지, 그리고 은행, 자작나무 숲에서 제본소, 제조공장으로
쇠락의 과정을 파악하며, 뉴잉글랜드보다 아직 산업화에 침범을 당하지 않
은 풍요로운 땅 버지니아에서 토착문화를 다시 수립할 가능성이 더 높다고
언명한다.

　따라서 경제적 결정론은 오늘날 우리가 경배하는 신이 되었다고 엘리엇
은 탄식하며 남부의 신—농본주의는 오래전에 사라진 희망 없는 대의명분
이 아닐까 하고 우려하면서 전통이 부활되거나 수립되는 것의 어려움을 토
로하였다. 엘리엇은 동시에 오래된 맹목적인 전통에 매달리는 것은 중요한
것과 비본질적인 것, 실제적인 것과 감상적인 것을 혼동할 위험이 있고 전
통을 움직일 수 없는 것으로 간주하고 변화에 적대적인 것으로 만들어 버
리는 것의 위험성을 지적하였다. 나쁜 전통도 있지만 최상의 전통도 있다.
여기에서 비판적 자세가 필요한 것이다. 우리는 좋은 전통은 가려서 받아
들이고 회복시켜야 한다.

　　우리는 열등한 종족들에 대한 우리의 우수성을 주장하기 위해 전통에

매달려서는 안 된다. 우리가 할 수 있는 일은 지성이 없는 전통은 유지할
가치가 없다는 것을 염두에 두고 우리의 정신을 사용하여 정치적인 추상
체가 아니라 특정한 장소에서 특정한 종족으로써 우리에게 최선의 삶이
무엇인가를 찾아내는 것이다. 다시 말해 과거에서 보존할 가치가 있는 것
이 무엇이며 거부되어야 할 것은 무엇인가이다. 그리고 어떤 상황이 우리
가 사용할 수 있는 힘의 범위 안에서 우리가 바라는 사회를 부양해야 하
는가이다. ··· 도시와 농촌, 산업 발전과 농업 발전이 적절한 균형을 유지
해야 한다. ··· 또한 우리는 ··· 지방자치정부는 언제나 가장 항구적이어야
만이 하고 국가의 개념이 결코 고정되거나 불변적이 아니라는 사실도 잊
어서는 안 될 것이다. (19~20)

엘리엇은 이 글에서 도시, 전원, 산업과 농업의 발전에 균형을 걱정하고 있
으며, 국가 개념도 결코 고정적이고 불변적이 아니라고 말하면서 작은 단
위의 지역사회의 중요성을 강조하고 있다. 이는 오늘날의 생태학자들의 표
어인 "작은 것이 아름답다"라든가 "전 지구적으로 사고하자. 그러나 행동은
지역에 알맞게 하자"와 맥을 같이한다고 보아도 과언은 아닐 것이다.

　근대의 다른 이름인 산업주의와 자본주의는 근대 이전 농경 주도의 전통
적 사회로의 복귀에 의해서 광정될 수 있을 것이다. 여기가 "과거"의 전통
이 "미래"의 탈근대와 만나는 지점이다. 탈근대는 전근대의 일부를 포함하
기 때문이다. 따라서 전통은 탈근대의 새로운 가능성을 담보해줄 수도 있
는 것이다.

　　전통은 직접적으로 목표를 삼을 것이 아니라 올바른 삶의 부산물로 간
　　주될 수 있다. 전통은 말하자면 두뇌보다는 피와 관계가 있다. 전통은 과
　　거의 활력이 현재의 삶을 풍요롭게 만드는 수단이다. 피와 두뇌가 협동해
　　야 사상과 감정이 화합이 된다. (30)

전통이란 올바르게 살다보면 생기는 부산물이 되어야지 의식적으로 노력

하는 것이 아니다. 사상과 느낌의 화합이 그러하듯이 과거의 생명력은 현재의 삶을 윤택하게 만드는 것이다.

2. 『이신을 찾아서: 현대 이단 서설』

필자가 엘리엇의 초기 비평을 읽기 전에 모두가 기억하고 싶지 않은 저작인 『이신을 찾아서』를 다시 읽는 이유는 우리는 엘리엇의 텍스트가 숨기고 있는 "무의식"을 읽어낼 수 있어야 한다고 생각하기 때문이다. 우리는 엘리엇의 초기 비평을 전통과 탈근대의 결합을 통해 미래에 대한 비전을 위해 이러한 자세로 읽어내야 할 것이다.

새천년이 시작되고 21세기에 이미 접어든 영미 비평계는 지금 새로운 시대를 기획하고 있다. 비평이론계에서 지난 세기를 풍미했던 프랑스인들의 이론들이 서서히 물러나고 있다. 그들이 내걸었던 구조주의, 포스트구조주의, 포스트모더니즘의 깃발이 아직도 날리고 있지만 그 빛은 이미 바래가고 있다. 비평이론 담론에서 사회, 역사, 문화를 다시 인식하고 책임과 윤리의 문제가 다시 노정되고 있다. 영미 문학비평은 이제 새로운 감수성과 또는 느낌의 구조를 수립해야 한다. 시인 겸 비평가였던 T. S. 엘리엇 자신이 20세기 초 새로운 시적 전통과 창작의 원리를 수립하기 위해 17세기 형이상학파 시인들을 불러내지 않았던가? 그동안 프랑스 이론의 식민지였던 영미 비평계는 이제 자신의 역사에서 새로운 비평의 가능성을 논의해야 한다. 영미 비평의 인식론적 토대는 경험주의와 실용주의이다. 새로운 영문학 비평 전통은 시드니, 드라이든, 존슨, 콜리지 등 시인 겸 비평가 전통에서 찾을 수 있다. 영미 비평의 전환기적 시점에서 우리는 다시 엘리엇과 같은 지혜의 시인 겸 비평가가 필요하다. 그는 많은 문학 외적 지식이나 추상적 논리로 무장된 문학이론가는 아니다. 그는 20세기 초에 실재에 토대를 둔 시적 진실을 노래하고자 했던 시인이며 비평가였다. 특히 그의 초기 비평은 그 중요성이 크다. 그것은 영미 비평의 정점을 보여주었다. 그의 비평은 과거 속으로 사라져 용도가 폐기된 비평이 아니라 오히려 아직도 살아 있는 비평의 원리가 될 수 있다.

엘리엇은 드라이든을 영국의 다른 주요 비평가들과 비교하면서 드라이든을 "정상적인"(normal) 비평가라고 불렀다. 여기에서 엘리엇은 "영국 비평의 아버지"이며 "영국 비평의 첫 번째 대가"인 드라이든과 자신을 무의식적으로 동일시하고 있다. 20세기 전반부의 거대한 엘리엇의 비평적 영향력에 대해서는 국내의 학자들의 견해가 일치되고 있다. 이상섭 교수는 다음과 같이 평가하고 있다.

> 1950년대까지 영미 문학에 끼친 엘리엇의 영향은 절대적이었다고 해도 과언이 아니다. 그 파급 효과는 전 세계적이며, 한국에서도 영미 비평가 중에서 가장 잘 알려진 인물이며 시인으로서도 아마 셰익스피어 다음쯤 잘 알려졌을 것이다. (17)

1986년 영국의 저명한 비평사가인 크리스 벌딕(Chris Baldick)은 20세기 전반부 엘리엇의 비평사적 중요성을 영국의 『탐사』(*Scrutiny*) 그룹과 미국의 도주파(Fugitive) 그룹(후에 뉴크리티시즘)으로 나누어 「모더니즘혁명: 1918~1945」("The Modern Revolution: 1918~1945")이라는 제목이 붙은 장에서 아래와 같이 설명하고 있다.

> 이 시기에 활발했던 비평의 가장 중요한 유파들과 연계시키는 주요 영향관계를 살펴보기 위해서는 엘리엇으로부터 시작해야 한다. 다시 말해 1차 대전 이후 문학비평의 모더니스트적인 권위의 계보학은 엘리엇의 초기 비평문으로부터 2개의 유파를 끌어낼 필요가 있다. 첫 번째 유파는 영국 캠브리지 대학교의 리차즈(I. A. Richards)와 리비스(F. R. Leavis)와 『탐

사』(*Scrutiny*)지를 중심으로 한 젊은 캠브리지 비평가들이고 다른 유파는
미국 테네시 주를 근거지로 한 "도주파" 시인들과 비평가들이고 후에 신
비평으로 알려진 좀 더 광범위한 미국 비평가들이다. … 엘리엇의 영향을
받은 30년대 경제공황으로부터 냉전 시대에 이르는 시기에 가장 중요한
두 개의 비평유파들—미국의 신비평가들과 영국의 『탐사』 그룹—은 지
적으로 엘리엇의 후예들이고 엘리엇을 끊임없이 인용하였다. (65)

그러나 정작 엘리엇은 자신이 "뉴크리티시즘"에 계속 연루되는 것을 의
아해 했다. 자신이 오랫동안 편집했던 『비평』(*Criterion*)지에서 신비평적인
원리들을 일부 격려한 것도 사실이다. 필자의 견해로는 엘리엇은 엄격한
의미에서 "신비평가"는 아니다. 엘리엇이 신비평의 대부로 추대된 것은 미
국의 "도주파" 시인들의 애호와 전략의 결과일지도 모른다. 그들은 엘리엇
이라는 영웅이 필요했다. "도주파"들은 엘리엇의 초기 비평의 일부 사상을
부풀렸다. 엘리엇은 결코 형식주의적 면만을 강조하기를 거부했고 일부 신
비평가들의 "자세히 읽기"(close reading) 기술을 "레몬즙 짜내기"라고 비꼬
기도 했다. 특히 엘리엇의 중후기의 종교, 사회, 문화에 관한 비평문을 보
면 엘리엇이 신비평가는 더더욱 아님이 밝혀진다.

20세기 후반기에 와서 프랑스의 구조주의 이론을 필두로 해서 개화된
"이론"의 시대에 엘리엇 비평 연구의 새로운 경향은 엘리엇을 포스트구조
주의나 포스트모더니즘 문학이론과 비교하거나 대비시키는 것이었다. 이
러한 작업은 국내에서도 활발하여 이정호 교수, 박경일 교수, 양병현 교
수 등의 연구가 그 예이다. 특히 1996년에 김달용 교수는 "작업장 비평
가"(workshop critic)로서 엘리엇의 실제비평 작업을 포스트모던 시대의 비
평과 대비시키며 유사한 점이 많다고 주장하였다. (1~2)

이러한 대비는 엘리엇 비평의 새로운 경지를 개척하는 데 필요하고 동
시에 바람직한 것이다. 그러나 새천년대에 들어서서 엘리엇이 20세기 초에

그러하였듯이 우리는 좀 더 진지한 모험정신이 필요하다. 이번에는 엘리엇 비평의 정수인 초기 비평으로 다시 되돌아가 21세기 영미 비평이론을 위해 새로운 열정과 비전을 찾아보는 것이 바람직할 것이다. 지금까지의 프랑스 포스트구조주의와 포스트모던 이론에서 벗어나서 말이다. 이에 앞서 엘리엇 비평의 가장 큰 특징인 현장성, 경험성, 대화성을 살펴보기 위해 1961년 자신의 비평적 생애를 거의 마무리하면서 쓴 글을 다음에서 다시 읽어보도록 하자.

3. 「비평가 비평하기」

T. S. 엘리엇은 1961년 7월에 리즈(Leeds) 대학교에 있었던 강연인 「비평가 비평하기」란 글에서 자신의 지난 40여 년간의 비평활동을 점검하였다. 엘리엇은 자신이 자신의 비평활동을 가장 잘 이해하고 있다고 전제하고 자신의 비평가로서 위치를 논급하기 위해 자신과는 다른 비평가들의 유형들을 분류하였다.

첫 번째 유형이 전업비평가(professional critic)이다. 이는 "고급평론" (Super-Review)이라고도 불린다. 이 부류의 대표적인 비평가로는 생트-뵈브(Sainte-Beuve)가 있으며 대개의 경우 이들은 "실패한 창작가"(a failed creative writer)라는 것이다. 다시 말해 이 부류의 비평가는 실패한 작가 또는 시인이라는 것이다. 두 번째 유형은 취미비평가(Critic with Gusto)이다. 이 부류의 비평가로서는 조지 세인츠베리(George Saintbury)와 퀼러-카우치 (Quiller-Couch)가 있었다. 이 부류의 비평가는 2류 작가들에 대해 장점을 찾아내는 데 재능을 보이는 비평가라는 것이다. 세 번째 유형은 학문 또는 이론(the Academic and the Theoretical) 비평가이다. 이들은 커(W. P. Ker) 같이 순수하게 학자 비평가로부터 I. A. 리차즈나 윌리엄 엠프슨(William

Empson) 같이 철학적 비평가가 있다. 이 밖에 도덕가 비평가(Critic as Moralist)인 리비스(F. R. Leavis)도 여기에 속한다. 일반적으로 특정한 시대나 언어를 전공한 비평가인 강단비평가 또는 전문가 비평가(Specialist Critic)가 있다. 끝으로 시인―비평가가 있다. 이 범주에는 영국 비평사에서 기라성 같은 실제 비평가들인 드라이든, 사무엘 존슨 그리고 콜리지 그리고 약간 의 유보조건을 단다면 매슈 아놀드(Matthew Arnold)가 포함될 것이다.

엘리엇은 이 마지막 범주인 "작업장 비평"(workshop criticism)에 자신을 포함시켰다. 엘리엇은 이 글에서 자신의 과거의 비평적 진술들을 회고한 다. 어떤 것은 조급하게 판단했고 어떤 것은 관련 정보 거의 없이 잘못 판 단 내린 것도 있다. 어떤 것은 이제는 아무런 흥미를 가지지 않는 것도 있 다. 그러나 그는 그럼에도 불구하고 그 글 모두의 저자는 분명히 자신이라 고 밝히고 있다. 이 말은 자신의 비평적 작업이 약간의 의견의 부침이 있더 라도 아직도 자신의 견해의 일부라는 것을 말해준다. 엘리엇은 특히 개인 작가에 대한 비평보다 비평에 관한 일반론인 초기 비평의 몇몇 비평문과 개념들에 관해 논평한다. 자신의 초기 비평이론이 과연 후세의 독자들에게 즐거움과 가르침을 줄 수 있을 것인가? 엘리엇은 문학비평은 "개화된 마음 의 본능적 활동"(19)이라고 전제하고 자신이 제기해서 유행했던 비평용어 들인 "전통", "몰개성시론", "감수성의 분열", "객관적 상관물"이 한 세기 후 에도 다시 고려된다면 그것은 엘리엇 자신의 세대의 마음에 관심을 가진 학자들에 의해 그 용어들의 역사적 맥락 속에서만 다시 논의될 것이라고 예언하고 있다.

이러한 비평개념들이 나온 지 100년이 지나지는 않았지만 거의 90년 가 까이 되었다. 21세기의 초기인 현시점에서 엘리엇의 비평개념들을 다시 읽 는다면 어떻게 될까? 엘리엇은 현재의 문학비평이 어떻게 미래 세대에 유 용할 것인가를 다음과 같이 지적하고 있다.

어떤 문학비평은 만일 그 비평이 역사적인 맥락에서 본질적 가치를 가
지는 미래세계에 유용하지 않다면 그 미래 세대를 호기심 이상으로 자극
하지 못한다. 그러나 만일 문학비평의 어떤 부분도 시간을 초월하는 가치
를 가진다면 우리는 그 작가와 그 초기 독자들의 견해에 우리 자신들을
접목시킬 수 있기 때문에 더욱 더 그 가치를 인정하게 될 것이다. 존슨이
나 콜리지의 비평을 이런 방식으로 연구하는 것이 의미 있는 작업이라는
것은 의심할 여지가 없다. (17)

엘리엇은 문학비평이 살아남으려면 후속 세대에도 유용해야 하고 역사
적 맥락을 벗어난 본질적 가치가 있어야 한다는 것이다. 지나간 시대의 작
가와 비평가들의 견해를 검토하여 어떤 시대를 초월하는 가치를 찾을 수
있다면 그 비평은 살아 있는 원리가 된다. 이런 의미에서 사무엘 존슨이나
S. T. 콜리지의 비평을 연구하는 것은 의미 있는 일이다. 바로 이러한 이유
로 우리가 현재 엘리엇의 비평을 우리 시대에 빗대어 "다시" 읽는다면 시대
를 초월한 본질적 가치를 지닌 유용성을 찾을 수 있지 않을까?

엘리엇은 지금까지의 최상의 비평은 자신이 창작하는 데 가장 영향을 끼
친 작가들에 관한 글이라고 고백한다. 엘리엇이 생각하는 비평가는 기본적
으로 창작을 하며 자신의 작업뿐 아니라 다른 창작가들의 작업을 사유하는
작가들이다. 이런 의미에서 가장 순수한 문학비평은 자신의 예술에 관해
글을 쓰는 예술가들의 비평이라는 것이다.

문학비평이 순수하게 문학적인 한 나는 한 예술가의 능력의 영역이 훨
씬 협소하다 할지라도 자신의 예술에 관해 글을 쓰는 예술가의 비평이 좀
더 강력한 권위를 가진다고 믿는다. (26)

이런 맥락에서 볼 때 엘리엇의 초기 문학이론 비평은 가장 생명력 있고
강렬한 비평의 정수이다. 엘리엇은 하버드 대학교에서의 철학박사 학위를
포기하고 영국 런던에 정착하며 본격적인 문학활동을 하면서 그와 가장 기

질이 맞는 과거의 시인 작가들에 다가갈 수밖에 없었고 그들에 대한 논의는 엘리엇 자신의 시 창작에 대한 논의의 연장선상에서 수행되었다. 이 자리에서 특히 1920년대 앞뒤에 발표한 3편의 비평문인 「전통과 개인의 재능」("Tradition and the Individual Talent", 1919), 「햄릿과 그의 문제들」("Hamlet and His Problems", 1920), 「형이상학파 시인들」("The Metaphysical Poets", 1921)에서 나온 비평용어들인 "전통", "몰개성시론", "객관적 상관물", "감수성의 분열"("통합된 감수성")을 중심으로 21세기에 이 비평용어들이 90년이라는 시간을 뛰어넘어 우리에게 어떻게 유용한 가치로 전화될 수 있는지 간략하게 살펴보자.

4. 「전통과 개인의 재능」

1919년에 발표된 「전통과 개인의 재능」은 20세기 전반기의 가장 중요한 문학비평문이다. 이 글은 20세기 초의 새로운 모더니즘 문학비평과 시 창작의 원리를 가장 혁명적으로 제시하고 있기 때문이다. 우선 "전통"에 대한 엘리엇의 널리 알려진 견해를 다시 들어보자.

> 전통은 좀 더 커다란 의미를 가진다. 전통은 전수될 수 없으며 만일 우리가 전통을 가지기를 원한다면 우리는 치열한 노력에 의해 전통을 획득해야만 한다. 전통은 무엇보다도 먼저 25세가 지나서도 계속 시인이 되고자 하는 어떤 사람에게도 필수적이라고 부를 수 있는 역사감각이다. 그리고 이러한 역사감각은 과거의 과거성뿐 아니라 현재의 과거성에 대한 지각력이다. 역사감각은 우리에게 자신의 세대와 작게 글을 쓰게 만들 뿐 아니라 호머 이래의 유럽 문학 전체와 자신의 문학 전체가 동시적으로 존재하고 동시적인 질서를 구성한다는 느낌을 가지고 글을 쓰게 만든다. 시간성의 의식뿐 아니라 무시간성의 의식인 이러한 역사감각은 한 작가를 전통적으로 만드는 어떤 것이다. (14)

여기에서 전통은 "역사감각"(historical sense)과 연결된다. 그것은 유럽 문학에서 희랍의 호메로스와 동시대에 이르는 동시적 질서를 인식하는 능력이다. 전통이 무너지는 시대에 "전통"은 구조처럼 또는 무의식처럼 우리를 과거와 현재를 연결시켜 시인들로 하여금 새로운 맥락에서 글을 쓰게 만드는 동인(動因)이라는 인식은 놀라운 통찰력이 있다. 개인의 재능은 전통과 분리되는 것이 아니다. 재능과 전통이 역동적인 대화적 관계를 유지할 때 살아 있는 역사를 창조할 수 있다. 따라서 전통은 억압이나 규범만이 아니라 현대/현재를 위해 언제나 열려 있는 창조의 마당이다.

그렇다면 엘리엇은 모더니즘 시대의 벽두에 왜 "전통"을 불러들이는가? 그의 설명에 따르면 전통의 강조는 19세기와 20세기 초 영미시에 대한 변동과 16세기 후반과 17세기 초의 극시와 서정시에 대한 열정 때문이었다고 밝히고 있다. 엘리엇은 신참 시인으로서 19세기 낭만주의 시와 20세기 조지아 왕조의 시에 대한 대안을 찾던 중 17세기 영시 전통에서 새로운 활력을 찾아냈다. 그는 영시의 전통 속에서 20세기 초의 새로운 영시를 위해 오래된 기법과 감수성을 부활시켰다. 우리는 이 글을 통해 유용한 과거의 전통을 어떻게 타작하고 쇄신시켜 재창조하는 데 이용하는가를 다시 배울 수 있다.

이 글에서 또 다른 문학이론의 원리는 유명한 "몰개성론"(Impersonal theory of poetry)이다.

> 한 예술가의 성장은 지속적이고 자기희생이며 개성의 지속적인 소멸이다. … 정직한 비평과 감식력 있는 감상은 시인이 아니라 시에 주의를 집중시킨다. … 시인은 표현해야 할 "개성"이 아니라 인상과 경험이 특별하고 예기치 못한 방식으로 조합되는 개인이 아니고 매개체에 불과한 어떤 특수한 매개체이다. … 시는 감정의 분출이 아니다. 감정으로부터의 도피이다. … 시인으로부터 시에로 관심을 돌리는 것은 칭찬할 만한 목적이다. … 예술의 감정은 비개성적인 것이다. (52~53; 58~59).

몰개성론은 엘리엇이 혐오했던 19세기 낭만주의의 감정주의와 시를 비평하는 데 작가인 시인의 삶이 중요한 요소로 간주하는 역사주의 비평을 동시에 거부하는 것이다. 엘리엇은 "시"란 시인 자신의 감정이나 사상을 쏟아 붓는 장치가 아니라 "시" 자체의 자족적인 독립체라고 정의 내렸다. 시는 한 작가나 시대의 사상이나 이념을 매개하는 것이 아니라 시 밖의 모든 요소들과 독립되어 그 자체로 유기적인 구조를 가진 구성체이다. 엘리엇은 존재론적 의미에서 시의 고유한 정체성을 인정했다. 다시 말해 시의 독립적 지위를 확고하게 부여했다. 동시에 개성으로부터의 탈주를 통해 인간중심주의인 근대적 자아와 주체에서 벗어나 새로운 윤리적 가능성까지 보여주고 있다. 이러한 반인본주의는 타자의식은 물론 인간 이외의 동물과 무생물(사물)과의 대화까지도 가능케 만든다.

5. 「햄릿과 그의 문제들」

1919년에 발표한 「햄릿과 그의 문제들」이라는 글에서 엘리엇은 셰익스피어의 비극 『햄릿』(*Hamlet*)은 걸작이기는커녕 확실하게 "예술적으로 실패작"이라고 단언한다. 실패의 원인은 셰익스피어 극작기술과 사상이 불안한 상태에 놓여 있고 햄릿 자신의 감정(emotion)이 혼란에 빠져서 다루기 어려운 상태로 빠져들었기 때문이라는 것이다. 이 지점에서 엘리엇은 유명한 "객관적 상관물"을 제안한다.

> 예술의 형식으로 감정을 표현하는 유일한 방법은 "객관적 상관물"을 찾아내는 것이다. 다른 말로 하면 그 특별한 감정의 공식이 될 수 있고 일련의 사물들, 상황, 일련의 사건들이다. 감각적 경험 속에서 외부적 사실들이 주어졌을 때 그 감각이 즉각적으로 환기되는 그러한 것이다. (145)

객관적 상관물은 추상적인 관념으로부터의 탈주의 선이다. 좋은 시는 관념이나 사상의 재현이 아니다. 객관적 상관물은 영혼의 집인 신체로 돌아가는 것이다. 그것은 물질적 상상력이다. 그것은 사물의 미학이며 구체성의 정치학이다. 구체적 사물은 현실세계를 환기시켜 실재를 지탱시켜주는 힘이다. 감정들을 강렬하게 표현하는 능력에 의해 느낌을 살아 있게 만드는 것이다. 시인의 감정에 어떤 구체적인 대상물을 제시해야 한다는 엘리엇의 주장은 제1차 세계대전 전후의 하나의 분위기를 드러내기 위해 하나의 대상물을 환기시키는 기술로서의 "상징주의"와 지성과 감정의 복합물로서 "이미지즘"과도 연결되어 있음이 분명하다. 객관적 상관물은 사물에 대한 "직접적인 경험"(immediate experience)을 할 수 있는 기제이다. 엘리엇의 사물의 시학은 물성(物性)의 회복을 통해 사물 자체의 존재성을 인정하는 것이다. 근대적 인간은 사물 자체보다 관념 속에서 살아왔기 때문에 인간은 모든 사물을 일단 인간에게 이용가치가 있는 유용한 것인가를 따져서 분류한다. 이렇게 근대적 인간은 지구의 삼라만상을 이용가치의 기준에 따라 식민화하였다. 엘리엇은 이러한 사물의 식민지화를 객관적 상관물을 통해 "탈"식민화한다. 이 지점에서 비약이 허용된다면 엘리엇의 몰개성론이나 객관적 상관물은 삼라만상주의, 상상주의, 생물종의 다양성 인정과 문화윤리적으로 맞닿고 있다고 하겠다. 여기서 객관적 상관물이란 객관적 사물(자연)을 우리의 정서와 대화시켜 인간이 자연과의 교감을 가능케 하는 이른바 "정경교융"의 시학이 아니겠는가?

"객관적 상관물"과 연계된 또 다른 중요개념은 "감수성의 분열"(the dissociation of sensibility)이다. 엘리엇에 따르면 이 용어는 17세기 시인 존 던(John Donne)과 형이상학파 시인들에 대한 열정의 표시이고 존 밀턴에 대한 반대의 입장에서 만들어진 것이다. 엘리엇은 1차 대전 이후의 시를 쓰기 위해서는 "통합된 감수성"의 필요성을 절감했다. 이 비평 개념을 설명한 글인 「형이상학파 시인들」(1921)은 그리어슨(H. J. C. Grierson) 교수가 편집한 『형이상학파 시인 선집』에 대한 엘리엇의 서평 형식으로 된 열광적인 글이었다. 엘리엇에 따르면 영국 시사에서 17세기 중반 이후 무렵 특히 밀턴과 드라이든 이후에 "감수성의 분열"이 생겨났다는 것이다. 그러나 엘리엇은 17세기 초의 형이상학파 시인 중의 하나인 존 던은 감수성이 분열되지 않은 통합의 상태를 지녔다고 지적하였다.

> 테니슨(A Tennyson)과 브라우닝(R. Browning)은 시인들이다. 그리고
> 그들은 사유한다. 그러나 그들은 자신들의 사상을 장미의 향기처럼 즉각
> 적으로 느끼지 않는다. 존 던에게 사상은 하나의 경험이었다. 사상이 그
> 의 감수성을 변형시켰기 때문이다. 한 시인의 마음이 이러한 작업을 완전
> 히 수행할 수 잇을 때, 그 마음은 이질적인 경험을 끊임없이 혼합시킨다.
> 반면에 보통 사람의 경험은 혼란스럽고, 불규칙적이고 단편적이다. 보통
> 사람이 사랑에 빠지거나 스피노자를 읽는다. 그리고 이 두 가지 경험은
> 서로 아무런 관계를 맺지 못하고 또 타자기의 소리와 요리하는 냄새와도
> 아무런 관계를 맺지 못한다. 그러나 시인의 마음속에서 이러한 경험들은
> 언제나 새로운 전체를 형성한다. (287)

분열된 경험들을 혼합하는 능력은 잡종의 시대인 21세기 우리 시대에도 가장 필요한 기술이다. 소비 자본주의의 대중문화 시대에서 고급 예술을 수행한 엘리엇은 17세기 초 형이상학파 놀라운 융복합적 상상력을 찾아내고 있다. 우리의 감수성이 점점 물화(物化)되어가는 후기 자본주의 시대에 사상을 장미의 향기처럼 느끼는 것은 얼마나 놀라운 능력인가? 세계화 시대에는 외국 문물과의 무차별 교류 속에서 우리 정체성을 찾아낼 수 있는 능력이 중요하다. 이분법적 분열된 시각을 통합하는 것도 통합된 감수성의 영역이다. 쇠똥구리 냄새 속에서 지구의 삼라만상의 대연결고리를 강렬하게 느낄 수 있다면 과학기술과 사이버 공간을 시와 결합시킬 수 없을까?

감수성이 통합된 시인들은 "어떤 종류의 경험도 삼켜버릴 수 있는 감수성의 기재"를 가지고 "사상을 감성으로 직접적으로 이해"하고 "사상을 감정적으로 재창조"하는 사람들이다. 이러한 소화력이 좋은 시인들만이 21세기 탈식민주의와 전 지구적 복합문화 시대의 복잡하고 다양한 문물의 현상을 힘차게 재현해낼 수 있을 것이다.

> 우리 문명의 시인들은 … 난해할 수밖에 없다는 것은 개연성이 있다고 말할 수 있다. 우리 문명은 엄청난 다양성과 복잡성을 포함한다. 그리고 이러한 다양성과 복잡성은 세련된 감수성과 작용하며 다양하고 복잡한 결과를 만들어낸다. 시인들은 … 언어를 자신의 의미로 강제로 만들기 위해서 점점 더 포괄적이 되고 암시적이 되고 비직접적이 되어야만 한다. (289)

6. 나가며―21세기 새로운 영미 비평 전통을 향하여

새천년에 가장 독창적이고 열정적인 엘리엇의 초기 비평을 "다시" 읽는 것은 거의 80년이 지난 현시점에서 그의 비평적 통찰력과 비평적 지혜를 다시 불러내어 그의 20세기 초기 비평을 영미 비평의 새로운 전통과 패러다임으로 만들기 위함이다. T. S. 엘리엇은 진실로 프라이(N. Frye)가 1963년에 이미 지적했듯이 "우리 시대의 문학에 관심을 갖는 누구에게도 엘리엇에 관한 지식은 필수적이다. 그를 좋아하느냐 싫어하느냐는 중요치 않다"(13)고 언명한 것은 21세기인 지금도 아직 유용하다. 1969년에 리비스는 이미 엘리엇 비평의 위대성과 창조성에 대하여 다음과 같이 말하지 않았던가?

> 엘리엇의 최상의 비평의 업적은 … 대학 영어, 영문학 연구 그리고 영국 문명사 분야에서 지금까지 일반적으로 인정되어 왔던 것보다 우리에

게 좀 더 가치 있는 것으로 평가받아야 한다. … 최상의 그리고 결정적인 비평에서 엘리엇은 위대한 비평가이다. (71, 77)

엘리엇 자신이 18세기 영국 비평의 거목인 사무엘 존슨에 관해 "그는 의견을 달리하기가 위험한 사람이다"라고 고백했지만 필자는 이 말을 약간 바꾸어 "엘리엇은 의견을 달리하기가 불가능한 사람이다"라고 엘리엇에 관해 선언하고 싶다. 엘리엇의 비평적 생애를 볼 때 많은 모순과 갈등이 엿보이기도 한다. 그러나 이러한 모순과 갈등은 오히려 우리에게는 창조적 원천이 될 수 있다. 윌리엄 블레이크는 일찍이 "지적으로 정직한 사람은 견해에 있어서는 변하나 원칙에 있어서는 변치 않는다"고 말하지 않았던가? 어떤 의미에서 엘리엇의 비평은 우리에게 거대한 비평적 저수지가 될 수도 있다. 미셸 푸코가 마르크스나 프로이트와 같은 사상가들에게 적용했던 "담론의 창시자"(discursive initiator)란 명칭을 이제 엘리엇에게도 적용할 수 있겠다. 마르크스와 프로이트의 저작들은 다른 시공간에 살았던 후학들에게 엄청난 새로운 이론들을 창출시켰다. 그들의 텍스트는 흠이 많고 틈새 많은 비옥한 땅이다. 그 "흠"과 "틈"에서 앞으로도 많은 마르크스와 프로이트의 후계자들이 생겨날 것이다. 그렇다면 엘리엇 담론의 창시자로서의 역할은 무엇인가? 프랑스 구조주의 출현 이후 영미 비평계에서 거의 무시당해왔던, 엘리엇을 통해 21세기를 위한 새로운 건강한 비평담론을 생성하는 것이 바로 우리의 비평적 책무이다. 억압받은 것은 언젠가 반드시 되돌아온다고 하지 않았던가?

마무리를 위해 엘리엇의 사무엘 존슨에 의해 "영국 비평의 아버지"라고 불리웠던 드라이든론으로 다시 돌아가보자. 엘리엇은 드라이든에 대해 "비평가로서 그리고 비평적 영향으로서 드라이든의 위대한 장점은 그가 결코 시의 비평들이 어떤 선을 넘지 않았다는 점이다. … 내가 시에 관한 당대적 고려를 더하면 할수록 나는 드라이든의 비평적 정통성에 더욱더 감사하게 된다."(*Essays*, 199~200)고 적고 있다. 엘리엇은 드라이든이 비평의 본령을 벗어나지 않고 영국적 합리성과 경험적 상식과 대화정신을 가진 영국의 비평적 정통성을 가진 우리가 모두 본받아야 할 최고의 비평가로 존경심을 표하고 있다. 이제 우리는 엘리엇의 초기 비평에서 21세기 우리가 나가야 할 건전한 비평적 상식을 엘리엇의 드라이든에 관한 논의를 통해 찾아낼 수 있을 것이다. 아니 엘리엇 자신에게서 찾아야 한다. 엘리엇의 드라이든에 관한 이야기는 결국 자기 자신에 관한 이야기이기 때문이다. 이런 의미에서 우리는 21세기 문학비평을 영미 문학의 맥락에서 "새로" 쓰기 위해서는 엘리엇을 "다시" 읽어야만 한다.

5장 르네 웰렉의 소설론

— 다원주의적 형식주의자의 길

1. 들어가며—신비평이론가 웰렉 새로 보기

미국의 문학이론가이며 비평(사)가인 르네 웰렉은 영미의 형식주의인 "신비평"(New Criticism)의 철학적 토대를 제공했다고 간주되는 『문학의 이론』(*Theory of Literature*, 1949, 오스틴 워렌과의 공저)으로 널리 알려져 있다. 그러나 신비평가로서의 웰렉의 위치는 특이하다. 국내에서의 신비평가들에 대한 논의에 I. A. 리차즈, R. C. 랜섬, W. K. 윔젯, A. 테이트, C. 브룩스 등은 포함되지만 웰렉은 그 논의에서 종종 빠지고 있기 때문이다. 이것은 무엇을 의미하는가? 이는 동구라파 체코 출신인 웰렉의 논의의 출발점이 단순한 영미 계통의 신비평과는 다르기 때문일 것이다. 실제로 『문학의 이론』에서 문학에 대한 비본질적(외재적) 접근과 본질적(내재적) 접근을 구별하여 설명할 때 그가 본질적 접근을 주장하면서도, 전기, 심리학, 사회, 사상, 비교문학, 다른 예술 등 비본질적 접근에 대해서도 상당한 지면을 할애하는 점은 시사하는 바가 크다. 또한 본질적 접근 부분의 결론의 장에서 그가 문학사의 문제를 다루었다는 것도 어떤 의도가 있을 것이다.

그렇다면 르네 웰렉은 문학이론의 뿌리를 어느 곳에 내리고 있는가? 단도직입적으로 말해서 그곳은 임마누엘 칸트, 잔 무카로브스키, 로만 야콥슨, 그리고 로만 잉가르덴이다.『판단력 비판』(1970)에서 미적 사유, 과학적 진리, 도덕 그리고 실용성을 구별하면서 예술의 "무목적성"을 주장한 칸트로부터 웰렉은 문학이란 자율적인 미적 현상이라는 개념을 가져왔고, 무카로브스키와 야콥슨과 같은 프라하 언어학 서클로부터는 문학작품이 역사적 규범과 사회적 가치가 연계된 언어학적 기호체계라는 생각을 가져왔다. 또한 폴란드의 철학자이며 현상학자인 잉가르덴은 웰렉에게 문학작품이 단순한 "유기체"가 아니라 "다양한 의미와 관계를 가진 성층적(成層的) 성격을 띤 고도로 복잡한 조직"이라는 사실을 가르쳐 주었다. 이런 점에서 볼 때 오늘 우리가 논의할 르네 웰렉의 소설론은 결국 이러한 지적 맥락에서 출발되어야 할 것이다. 따라서 르네 웰렉은 순수하고 정통적인 영미의 신비평가라기보다 "복합적인" 또는 "대화적인" 형식주의 비평가라고 불릴 수 있을 것이다.

2. 서사와 관련된 이론들

웰렉은 "서사 허구(소설)"(narrative fiction)의 본질과 양식을 논하기에 앞서 소설에 관한 이론이나 비평이 질과 양에서 시에 관한 것들보다 뒤떨어지는 이유가 시는 오래된 것인 반면 소설은 비교적 새로운 장르이기 때문이라고 말한다. 그러나 그는 그보다 더 큰 이유로 "소설은 진지한 예술이라기보다 오락과 위안과 도피와 광범위하게 관계를 가지고 있다"(366. 이하 본문 인용은 김병철 교수의『문학의 이론』번역본에 의거하되 필자가 필요한 경우 수정할 것임)라는 편견을 지적한다. 그렇다고 해서 웰렉은 소설을 파격적으로 중시해야 한다고 말하지도 않는다. 오히려 그는 소설을 "문헌으로서 혹은 생활사로서 … 즉 고백이니, 진실의 이야기니, 인생과 그 시대의 역사"라고 떠받드는 것은 위험한 짓이라고 말했다. 소설을 삶 자체나 기록으로 보는 것을 거부하면서 웰렉은 다음과 같이 말한다.

> 문학은 언제나 재미있지 않으면 안 된다. 문학은 늘 구조와 미적 목적과 전체적인 통일과 효과를 가지고 있지 않으면 안 된다. 물론 문학은 인생에 대하여도 명백한 관계를 가지고 있지 않으면 안 된다. 그러나 이 관계는 매우 다양하다. … 문학은 어떠한 때에도 어떤 특수한 목적을 가지고 인생으로부터 선택된 것이다. (336)

그렇다면 현실세계와 다른, 소설가의 세계란 어떤 것일까? 웰렉은 그것을 하나의 "코스모스"(Kosmos), 즉 플롯, 등장인물, 환경(배경), 세계관, 어조를 포함하는 유형, 구조 또는 조직이라고 했다 .그렇다면 이러한 소설가의 세계를 가장 잘 그리는 "위대한 소설가"란 어떤 사람인지 웰렉의 말을 직접 들어보자.

> 소설가의 세계만큼은 일반적으로 통합되어 있지 않지만, 우리들 자신이 체험하고 상상하는 세계와 비교하여 허구의 세계 전체에 대하여 건전하고 비판적인 호소가 던져지고 있다. 어느 소설가가 그린 세계가 우리들 자신의 세계와 꼭 같은 유형을 가지고 있지 않거나, 혹은 넓이를 가지고 있지 않는다 하더라도 보편적인 시야는 좁지만 깊고도 중요한 것을 선택하여 포함하고 있을 때에, 또는 여러 요소의 규모와 계통이 성인이 즐길 수 있는 것이라고 생각될 때에는 그 소설가는 위대한 소설가라고 불러도 좋을 것이다. (340)

이야기(story)가 역사(history)에서 온 것처럼 소설은 기본적으로 시간예술이다. 소설은 가공의 역사이므로 소설의 "시간적 차원"에 관한 논의는 필수적이며, 시간 속에서 이야기를 역사 이상의 것으로 전개시킨 소설로는 다음의 3가지 종류가 있다: (1) "악한소설"(Picaresque novel)은 연대기적인 연속성을 가진다. 다시 말해 하나의 사건이 발생하고 그 다음 또 다른 사건이 발생한다. 각각의 사건과 독립된 이야기는 주인공의 성격에 의해 연결된다; (2) 철학소설은 연대기에 인과관계라는 구조가 추가된다. 이 소설은 일정한 시간을 통해 확실히 작용하고 있는 여러 원인의 결과로서 전개된다; (3) 치밀한 플롯의 소설은 어떤 사건이 시간에 꼭 맞게 발생한다(341).

소설에서 무엇보다도 중요한 개념은 "서사"(narrative)이다. 그것이 허구에 사용될 때에 "행동으로 보여지는 허구"가 된다. 이렇게 정의를 내린 웰렉은 서술적 허구의 두 양식인 "로만스"(Romance)와 "소설"(novel)에 대한 클라라 리브의 설명을 소개한다.

> 소설이란 것은 현실의 인생과 풍습, 또 그것이 기록되어 있는 시대의 묘사이다. 로만스란 것은 고상하고도 고양된 언어로 아직까지 실제로 발생한 일이 없는 일, 또는 장차도 발생할 가능성이 없는 일을 탐구하는 것이다. (343)

다시 말해 소설은 비가공적 설화 형식 계통인 편지, 일기, 비망록, 전기, 연대기, 역사 등과 같은 문헌으로부터 발달한 현실적인 것이다. 전형적인 세부묘사와 좁은 의미의 모방을 강조하는 제인 오스틴, 안토니 트롤로프, 조지 기싱 등은 소설가이다. 반면에 로만스 작가는 서사시와 중세 로만스의 후계자로 심리묘사를 목표로 하기 때문에 세부적인 현실묘사를 무시하기도 한다. 나다니엘 호손은 소설『철박공의 집』서문에서 로만스 소설은 "현실적인 것을 강력하게 주장하려고 하지 않는 일종의 시의 세계"를 그린다고 말한다.

소설문학에 대한 서론적인 논의를 끝낸 웰렉은 소설 분석의 3가지 요소를 "소설 인물묘사", "배경"(분위기, 어조)이라고 전제한 뒤 이 세 요소들의 상호 연관성을 지적한다. 우선 플롯에 관한 그의 논의로부터 살펴보자. 웰렉은 플롯을 "희곡이나 이야기나 소설의 서술적 구조"라고 정의내리고, 플롯의 범위가 제한된 유형이 아닌, 보다 넓은 의미를 가져야 한다고 말한다. 보다 더 자유로운 그리고 보다 더 복합적인 플롯의 형태로는 첫째로 오래된 "낭만적", "신비적" 플롯을 들 수 있다. 찰스 디킨즈는 후기 소설에서 낭만적인 플롯을 주로 사용하였다. 둘째로는 보다 더 자유롭고 보다 더 "현실적인" 다양성을 가진 플롯이 있다. 게다가 모든 플롯은 "갈등"(conflict)을 내포한다. 자연과 인간의 갈등, 인간과 인간 사이의 갈등, 자신과 싸우는 인간의 내적 갈등 등이 그 예로, 그것은 "극적"인 것이다.

웰렉은 플롯과 관련지어 몇 가지 용어를 설명한다. 우선 "모티프"(motif)는 "하나의 진술 또는 행동양식으로 이해하는 가장 작은 단위의" 플롯으로 『리어왕』이나 『고리오 영감』에서 부친에 대한 자식의 배은망덕, 『율리시즈』와 『오디세이』에서 아버지를 찾는 아들, 『실수 희극』에서 사람 잘못 보기가 그 예이다. 또한 모티프 중에서도 이야기 전개상 필수적인 것은 "속박된" 모티프이고, 비본질적인 것은 "자유로운" 모티프이다.

서술적 방법으로 나타나는 "구성"(composition)이나 "동기 부여"(motivation)는 구조상의 구성이나 서술적인 구성, 그리고 사람들의 행동 이유에 관한 심리적, 사회적, 혹은 철학적 이론(인과이론)의 내적 구조와 관계되기 때문에 매우 중요하다. 라만 셀던의 예를 들어보자.

　　동기 부여의 가장 흔한 유형은 우리가 보통 리얼리즘이라고 지칭하는 것이다. 한 작품이 아무리 형식적으로 구성된다 하더라도, 여전히 우리는 때로 그 작품이 독자에게 실재적인 것에 대한 환상을 주리라고 기대한다. 우리는 문학을 삶과 같은 것으로 기대하기에, 실제 세계의 형상에 대한

우리의 상식적인 기대에 부응하지 못하는 인물들이나 묘사에는 당황하게
된다. 사랑에 빠진 남자는 저런 행동을 할 수 없을 것이라든가 저런 계급
에 속하는 사람들은 저렇게 말하지 못할 것이다와 같은 발언은 우리가 사
실적 동기 부여의 실패에 직면할 때 할 수 있는 말이다. (45~46)

　"장치"(device)는 장면과 극적 사건의 묘사나 직선적 설화에 대한 비율,
또는 이들 양자의 서술적 요약과 축약에 대한 비율을 포함한다. 죽었다고
생각했으나 다시 살아나는 남자, 자신의 생부모를 나중에 가서야 알게 되
는 어린이, 후에 죄인임이 판명되는 정체불명의 자선가가 "장치"의 예이다.
라만 셀던의 "장치"에 대한 설명에 따르면, 스턴의 『트리스트램 샌디』의 경
우, "플롯은 단순히 이야기―사건들의 배열―이 아니라 서술을 중단하고
지연시키기 위해 사용되는 모든 "장치들"(device)이다. 일탈, 인쇄 기술상의
유희, 책의 여러 부분의 위치 전환(서문, 헌사 등), 그리고 확장된 묘사와 같
은 기법들은 독자들이 소설의 형식에 주목하도록 만드는 장치들이다. 어떤
의미에서 이러한 경우 "플롯"은 실제로 사건들의 예정된 형식상의 배열을
위반한 것이기도 하다"(44).
　"이야기"(fable/fabula)는 모든 모티프의 총화로 작가의 체험과 독서 등
허구의 소재로부터 나온 추상물이다. 동시에 이것은 작가에 의해 구성되기
를 기다리는 원자재라고도 할 수 있다. 이에 반해 엄격하게 문학적인 "플
롯"(sjuzet)은 여러 모티프를 질서 있게 예술적으로 표현한 것으로 관점과
서술의 초점을 통하여 매개된 플롯이다.
　"인물묘사"(characterization)에는 여러 가지 방식이 있어서, 가장 간단한
것으로 이름을 붙여주는 명명(命名)이 있다. 명명은 일종의 생명 부여이며
개성 부여여서, 작가는 등장인물의 명명에 세심한 주의를 기울인다. 『톰 존
스』의 월워디(Allworthy)와 같이 풍유적인 명칭이 있고, 더 교묘한 방식으

로는 성유적인(onomatopoeic) 발음의 차용이 있다. 『위대한 유산』에 나오는 인물인 펌블축(Pumblechook)이 그 예이다. 이 밖에 허만 멜빌의 소설에 나오는 에이헙(Ahab)이나 이쉬마엘(Ishmael)과 같은 인유적 방식이 있다.

그러나 인물 묘사에서 중요한 점은 역시 "정적 인물묘사"(static characterization) 또는 "평면적 인물묘사"(flat characterization)와 "동적 또는 발전적 인물묘사"(dynamic or developmental characterization) 또는 "원형적 인물묘사"(round characterization)의 구별이다: "평면적 인물묘사는 유력한 특질 또는 사회적으로 가장 명백한 특질이라고 생각되는 단 하나의 특질을 그리고, 원형적 인물묘사는 어떤 성격이 어떻게 형성되는지를 점차적으로 보여준다"(345~350).

문학에서의 인물묘사는 등장인물의 성격과 개성의 유형에 관하여 인류학에서 말하는, 성격(행태)학과 연관되기도 한다. 흔히 햄릿형 인간이니 돈키호테형 인간이니 하며 개인의 유형을 분류하기도 하고, 정열적이며 사납고 신비스럽고 매혹적이며 믿을 수 없는 브루네트형과 가정 중심의 차분하고 침착하며 귀여운 블론드형의 구분은 정서적 유형으로 분류된 경우이다.

"배경"(setting)은 서술하기(narration)와 구별되는 문학의 요소이다. 웰렉은 배경을 다음과 같이 설명한다.

> 배경은 환경이다. 그리고 환경은 특히 가정 내부는 환유적이거나 혹은 은유적인 성격 표현이라고 보여질 수도 있다. 어떤 사람의 가정은 그 사람 자신의 연장이다. … 배경은 인간 의지의 표현이라고도 할 수 있겠다. 배경은 그것이 자연의 배경일 경우에는 의지의 투영이라고도 할 수 있다. … 인간과 자연 사이에는 낭만주의자에 의하여 가장 강하게 느껴진 것이지만 명백한 상관관계가 있다. 격노한 난폭한 용사는 폭풍우 속으로 돌진해 간다. 밝은 성격은 태양광선을 좋아한다. … 또 다시 배경은 강대한 결정력을 가진 존재이다. -물질적이거나 혹은 사회적 인과관계로서 눈에

비친 환경, 즉 개인이 자기의 통제력을 거의 미치게 할 수 없는 어떠한 존재이다. … 위대한 도시들(파리, 런던, 뉴욕)은 많은 현대소설에서 가장 현실적인 등장인물들이다. (352)

이야기의 서술방식으로는 여러 가지가 가능하다. 그것은 편지나 일기를 통하여 또는 일화로 시작될 수 있으며, "액자식 이야기"(frame-story) 서술방식 같은 경우 일화와 소설을 연결해주기도 한다. 또 다른 서술 장치는 장편소설 속에 단편소설을 끼워넣는 것인데, 이것은 장편소설의 규모를 늘리려는 의도이거나 아니면 변화를 주기 위한 장치이다. 한 소설에 중심 플롯과 (몇 개의) 하위 플롯들이 겹겹으로 운행될 수도 있을 것이다. 또한 서술자(narrator)의 시점에 따라 일인칭 서술, 삼인칭 서술, 전지전능한 서술 등이 가능하기 때문에 서술 목적이 가지는 효과는 다양해진다.

서술방법의 중심 문제 역시 작가가 자신의 작품을 대하는 태도에 달려있다. 소설가는 작품 뒤에 꼭꼭 숨을 수도 있고 작품 안에서 활보할 수도 있다. 우리는 이것을 두 가지로 설명할 수 있는데, 첫째는 낭만적–반어적 서술방법이다. 이것은 서술자의 역할을 신중히 확대하여 이것이 "인생"이고 "예술"은 아니라고 하는 환상을 가능한 한 파기하기를 즐겨하며, 그리고 문학의 허구성을 강조한다. 이러한 서술방법의 창시자는 18세기 영국 소설가 로렌스 스턴이며 특히 『트리스트램 샌디』가 그에 대한 좋은 예이다. 이 소설은 소설 작법에 관한 소설로 즉 문학은 문학에 지나지 않는다는 것을 스스로 생각하게 하는 자기반영적인 문학이다.

둘째는 객관적 또는 극적 방법이다. 이것은 "말하지"(tell) 않고 "보여주는"(show) 방법으로 플로베르, 모파상, 헨리 제임스에 의해 주장되었으며 그 후 작가뿐 아니라 비평가도 이 방법을 유일한 예술적 방법으로 간주하였다. 이러한 방법은 서술 대신 언제나 대화와 무언극으로 표현한다. 그러나 객관적 방법이 대화와 상대방에게 서술되는 행동에만 국한된 것은 아니다. 이 방법의 핵심은 "전지전능한 소설가"가 소설에 나타나지 않는다는 점이다. 객관적 소설의 특징적 장치를 살펴보자면 바로 "의식의 흐름" 수법 (독일인들은 "내적 체험의 독백", 프랑스인들은 "자유 간접 문체" 또는 "내적 독백"이라고 부른다)을 들 수 있는데 이 수법은 무엇인가를 막연하고도 포괄적으로 전달하는 것이다. 웰렉이 인용하는 뒤쟈르뎅의 "내적 독백"에 관한 정의를 보면, 그것은 "작가의 입장에서 무엇인가를 설명하거나 해설한다는 방식을 취하여 어떠한 간섭도 없이 독자를 인물의 내적 생활로 직접 끌어넣기 위한 장치"이며 "가장 마음속 깊이 있는 사상, 즉 무의식에 가장 가깝게 존재하는 사상의 표현"(358)이다.

그렇다면 웰렉이 설명하고 있는 위와 같은 구성요소들을 가진 "소설"이란 문학예술작품을 우리는 궁극적으로 어떻게 종합적 가치평가를 할 것인가? "문학작품은 미적 대상이며, 미적 체험을 환기할 수 있다. 우리들은 완전히 미적 기준에 입각하여 문학작품을 평가할 수 있을 것인가?"라고 자문하는 소설에 대한 웰렉의 종합적 가치평가 방법에 다시 한 번 의존해보자. 소설 내의 여러 가지 구조와 요소들이 역동적 또는 유기적으로 작동할 때, 우리에게 그들은 어떤 의미를 만들어내는 문학 기계가 될 것인가.

> 우리들이 "형식"이라는 말을 여기서 사용할 때 그것은 어떤 문학작품의 미적 구조—작품을 문학답게 하는 것—를 가리킨다. "형식-내용"(form-content)으로 양분하는 대신 우리들은 소재에 관하여 생각하고, 그 다음 "형식"—그 소재를 미적으로 조직하고 있는 것—에 관하여 생각하기로 하자. 성공을 거둔 예술 작품에서 사용되고 있는 재료는 완전히 형식에 동화되어 있다.—즉 "객관의 세계"였던 것이 "언어"가 되어버린 것이다. 예술적인 문학작품의 "재료"는 하나의 수준에서는 언어이고, 또 하나의 수준에서는 인간행위의 체험이며, 또 하나의 수준에서는 언어이고, 또 하

나의 수준에서는 인간의 관념과 태도이다. 모든 이러한 것들은 언어도 포함하여 다른 양식이 되어 예술작품의 외부에 존재한다. 그러나 훌륭한 … 소설작품에서 이러한 것들은 미적 목적이라고 하는 역동성에 의하여 다성적(多聲的/polyphonic) 관계 속으로 끌려들어진다. (387~388)

3. 리얼리즘에 대한 불만

1960년 발표된 논문「문학 연구에 있어서 리얼리즘의 개념」에서 웰렉은 당시 서구에서 크게 논쟁 중이었던 "리얼리즘"에 관한 자신의 논의를 꼼꼼하게 전개하면서 그 반대 입장을 밝혀나갔다. 웰렉은 헝가리의 마르크스주의자인 게오르크 루카치(Georg Lukacs)가 모더니즘 예술과 미학의 기본 전제에 대해 의문을 제기한 사실을 지적하고, "리얼리즘 문제의 새로운 등장과 재정립 … 모든 문학과 예술의 역사에 있어서 유력한 전통에 호소하고 있다는 것을 인식해야 한다"(12)고 전제한다. 그리고 나서 웰렉은 재빨리 각국의 리얼리즘이란 용어의 역사와 개념을 점검하는데, 이 때 그는 1857년『리얼리즘』을 펴낸 프랑스 소설가 샹쁠레리를 포함하여 불란서에서의 리얼리즘 문학원리를 소개한다: "예술은 현실세계를 진실되게 표현해야 한다. 따라서 예술은 정확한 관찰과 조심스러운 분석을 통해 동시대의 삶과 풍습을 연구해야 한다. 그 표현은 냉정하고 비개인적이며 객관적으로 수행되어야 한다"(16). 이어서 웰렉은 "자연의 충실한 재현이라는 뜻으로 널리 사용되어 왔던 이 문구는 이제 특정 작가들과 연결지어지고 한 집단이나 운동의 구호로 외쳐지게 되었다"(16)라고 덧붙인다.

웰렉은 리얼리즘과 자연주의의 차이를 설명한 뒤 독일의 브링크만과 아우에르바하의 리얼리즘을 소개한다. 이어서 "사회주의 리얼리즘"이 모든 예술과 문학의 완성이라고 보는 러시아의 리얼리즘을 논하면서 루카치의 논의를 다시 가져온다. 웰렉은 루카치가 마르크스주의자 중에서 가장 논리 정연한 리얼리즘론을 전개하고 있다고 말하면서 그 특징을 다음과 같이 지적한다.

> 그 이론은 문학이 "현실의 반영"이며 만약 문학이 실천 속에 있는 사회 발전의 모순을 충분히 반영하고, 작가가 사회의 구조와 미래, 사회의 발전 방향을 보여준다면 가장 진실한 거울이 될 것이라는 마르크스주의 교리에 입각해서 리얼리즘이 대표적이고 예언자적인 전형을 창조하는 반면 자연주의는 일상생활의 표피적 사실과 평균적인 삶에 관심을 둔다고 이를 거부한다. 루카치는 진보성(작가의 정치 의견에 반대되기까지 한 무의식적인 것)과 내포성, 전형성, 자의식 그리고 위대한 사실주의자들이 창조한 인물들의 계시능력에 비추어 문학을 평가하게 해주는 많은 비평기준을 결집시켰다. (24)

웰렉은 리얼리즘에 대한 기술(그는 "정의"라는 말을 피하고 있다)을 모든 시기와 시대에 나타난 문학양식의 기술이 아닌, 의미 있는 시대개념으로 만들기 위해 고전주의나 낭만주의로부터 명확히 구분해야 한다고 다음과 같이 주장한다.

> 매우 단순한 것으로부터 시작해서 리얼리즘은 "동시대 사회 현실의 객관적 표현"이라고 말해보자. 내가 보기에 이것은 말해주는 것이 거의 없으며, "객관적"이라는 말은 무엇을 의미하고 "현실"이라는 말은 무엇을 뜻하는가 하는 의문을 불러일으킨다. 그러나 우리는 이러한 궁극적인 문제의 해결에 앞서 낭만주의에 대한 논쟁의 무기로서, 즉 내포와 배제의 이론으로서 이 말이 지닌 의미를 역사적 문맥 속에서 살펴보아야 할 것이다. 리얼리즘은 환상적인 것, 동화적인 것, 우화적인 것, 상징적인 것, 고도로 양식화한 것, 순수하게 추상적이거나 장식적인 것을 거부한다. 그것은 개연성이 없는 것, 순수한 우연, 기이한 사건에 대한 거부를 의미한다.

왜냐하면 현실은 그 당시 분명히 모든 지역적, 개인적 차이에도 불구하고 19세기 과학의 질서정연한 세계로 생각되었기 때문이다. 즉, 세계는 인과 법칙의 세계이고 기적이 없는 세계이며 개체가 개인적인 종교적 신념을 유지해갈지라도 초월이 없는 세계로 생각되었다. "현실"이라는 용어는 또한 내포의 용어이다. 즉, 추악, 반항, 비천함은 예술의 합법적인 제재들이다. 성과 죽음이라는 종래 금지된 제재들이 (사랑과 죽음은 항상 허용되었다) 이제 예술의 영역 속에 받아들여졌다. (26~27)

웰렉은 또한 리얼리즘의 "동시대 사회 현실의 객관적 표현"이라는 말에 교훈주의가 함축되어 있거나 숨겨져 있음을 지적한다. 사회주의 리얼리즘에서와 같이, 작가는 있는 그대로의 사회를 묘사해야 하는 동시에, 그렇게 되어야 마땅하거나 그렇게 될 사회를 그려야 한다고 그는 주장한다. 여기에서 루카치는 이미 사용한 "전형성"이란 말의 중요성이 부각된다. 전형은 현재와 미래의 현실과 사회적 이상 사이의 교량 역할을 하기 때문이다. 전형은 개성적 인물이라는 의미를 가졌던 종래의 "성격"이라는 용어를 대치하며, 사회적 전형의 의미를 가지게 되었다. 그러나 이와 같은 "교훈적이고 규범적인 의미에도 불구하고 전형은 객관적인 사회적 관찰과 모든 중요한 관계를 유지한다. "객관성"은 분명히 리얼리즘의 또 하나의 중요한 표어이다. 객관성은 또한 부정적인 것, 자아에 대한 낭만적 찬사인 주관주의에 대한 불신을 의미한다"(31)고 웰렉은 말한다.

이러한 객관적 현실 묘사를 위해서는 "작가의 개입을 배제하기 위한 자의식적인 규칙과 훈련이 요구된다. 작가는 논평해서는 안 되며 우리가 인물과 사건에 대해 어떻게 느껴야 한다고 말하기 위해 안내표지(해설)를 세워서는 안 된다"(33)는 것이 헨리 제임스와 플로베르의 견해이다. 제임스는 작가 불개입의 원칙을 예술소설과 새로운 소설을 구분하는 기준으로 삼았다. 그러나 웰렉은 이에 대한 반증으로 필딩, 스코트, 디킨즈, 트롤로프, 새

커리 같은 작가들이 작품 속에 수시로 드나들며 이야기하는 것을 제시하면서 로렌스 스턴의 예를 도전적으로 보여주었다.

> 로렌스 스턴은 1세기 전에 사실주의 소설의 모든 관습을 솔직하게 풍자적으로 개작했다. 각 장의 번호를 매긴 숫자를 아무렇게나 집어넣고 시커멓게 칠한 페이지, 공란, 심지어는 빈 페이지까지 끼워넣으며 앞으로의 이야기 전개과정을 우습게 비틀어 그려넣으면서 완전히 의도적으로 모든 환상을 붕괴시킨다. (34).

결국 웰렉은 작가의 부재로서의 "객관성"을 리얼리즘의 필수 불가결한 기준에 포함시키는 것을 주저한다.

그러나 웰렉은 리얼리즘의 역사주의적 특성을 하나의 가능성으로 인정하면서 리얼리즘에 대해 이제 잠정적인 결론을 내린다.

> 시대개념으로서의 리얼리즘, 즉 어떤 한 작품에 의해 완전히 실현되어질 수 없으며 모든 개별 작품 속에서 상이한 특성, 과거의 유물들, 미래에 대한 기대, 완전히 개별적인 특징들과 결합될 이상형, 조절개념으로서의 리얼리즘, 이런 의미에서 리얼리즘은 "동시대 현실의 객관적 표현"을 의미한다. 비록 이러한 객관성은 실제로 성취된 적은 아직 없지만 제재 면에서 모든 것을 포괄할 것을 요구하고 방법에 있어서 객관적일 것을 목표로 한다. 리얼리즘은 교훈적이고 도덕주의적이며 개혁주의적이다. 그것은 항상 기술과 처방 사이의 갈등에 대한 이해 없이 전형이라는 개념 속에서 그 둘을 화해시키려고 한다. 전부라고는 할 수 없지만 몇몇 작가들에게 있어서 리얼리즘은 역사주의적이다. 즉, 역사주의는 현실을 역동적인 발전으로 파악한다. (36~37)

이와 같이 리얼리즘에 대한 비교적 중립적인 기술을 한 웰렉은 이 글의 총 결론 부분에서 리얼리즘에 대하여 최종 평가를 내린다. 그는 "리얼리즘이 예술의 유일하고 궁극적인 방법이라고 생각하지 않는다"고 전제한 후 다음과 같이 언명한다.

소설가가 사회학자나 선전가가 되려고 할 때 그는 나쁜 예술, 재미없는 예술을 낳게 될 뿐이다. 그는 생기 없는 그의 재료들을 전시하며 소설을 "르포"나 "기록문서"와 혼동한다. 낮은 차원에 있는 리얼리즘은 끊임없이 저널리즘과 논문 작성, 과학적 기술, 간단히 말해서 비예술로 기울어졌다. 발자크와 디킨즈, 도스토예프스키와 톨스토이, 헨리 제임스와 입센, 그리고 졸라에 이르기까지 가장 위대한 작가들을 포함하는 고차원의 리얼리즘은 부단히 그 이론을 능가해왔다. 그것은 상상의 세계를 창조했다. 리얼리즘 이론은 궁극적으로 나쁜 미학이다. 왜냐하면 모든 예술은 "생성"(making)이며 본질적으로 환상과 상징형식의 세계이기 때문이다. (38)

4. 다양성과 카니발성 이론의 한계

르네 웰렉은 「도스토예프스키에 관한 바흐친의 견해: "다성성"과 "카니발성"」(1985)에서 바흐친의 『도스토예프스키 시학의 문제』를 도스토예프스키 문학 연구 중 가장 독창적인 저작에 속한다고 말한다. 이 비평서의 중심 작업은 도스토예프스키 예술의 특이성이 무엇이며, 그 예술이 다른 소설가들과 어떻게, 그리고 왜 다른가를 규명하는 것이다. 이 책은 나아가 도스토예프스키의 소설에서 주인공의 역할, 사상이 소설에서 제시되는 방식, 도스토예프스키가 빚졌거나 소속되었다고 추정되는 장르 전통의 문제, 그리고 소설에서 언어와 대화의 특별사용법이라는 문제를 집중적으로 논의하고 있다. 그러나 이 책에서 도스토예프스키의 전기나 그 고설들의 이데올로기적 내용, 시간과 공간의 배경 등에 관한 언급은 거의 없어 웰렉은 아쉬워한다.

웰렉은 바흐친의 예리한 분석력과 해박한 역사적 지식에 대해 경의를 표하면서도, 도스토예프스키 논의에 핵심적 비평 개념인 "다성성"(polyphony)과 "카니발성"(carnival-esque)을 문제 삼는다. 물론 여기서 웰렉은 이 용어 자체에 대하여 문제 제기를 하는 것이 아니라, 이 용어들이 도스토예프스키 소설에 지나치게 단순하고 과장되게 적용되고 있다는 점을 문제 삼는다. 우선 도스토예프스키의 소설이 완전히 동등하고 그 자체로 주체가 되며 작가의 이념적 입장에 충실하게 복무하지 않는 여러 가지의 독립적인 목소리들로 구성되었다는 점에서 바흐친은 도스토예프스키가 전혀 새로운 소설인 다성성의 소설을 만들어냈다고 주장한다. 도스토예프스키의 소설의 희곡적인 성격과 도스토예프스키가 창출한 갈등에 대한 감각, 삶에 대한 아주 다양한 이념적인 견해들과 태도들을 가지고 보여주는 감정 전이의 힘을 바흐친이 강조하는 것은 의심할 바 없이 옳은 것이라 하였으나 웰렉은 전제를 "그러나 내 생각으로는 만일 바흐친이 그러한 견해를 지나치게 밀어붙여서 작가 도스토예프스키의 목소리와 개인적인 비전의 시각을 부정하는 정도가 된다면 그것은 바흐친의 오류"(232)라고 말한다. 도스토예프스키가 자신의 소설을 셋 또는 그 이상의 인물들 사이의 대화, 담화, 그리고 토론과 주장의 장면을 중심으로 구축하고 있어서 갈등하는 목소리들의 풍요성, 조밀성, 복합성에 대한 전체적인 인상을 부정할 수는 없지만, 이것은 분명히 소설에서의 희곡성을 향산, "객관성"과 "몰개성"을 향산, 그리고 "작가는 나가라"라는 주의를 향한 경향의 징후를 보이고 있다는 것이다.

웰렉의 견해로는 바흐친이 도스토예프스키 소설의 희곡성이나 대화성을 강조하고 도스토예프스키의 작품을 진술된 사상이나 제안의 체계로 환원시키는 것을 거부하는 작업은 옳다고 할 수 있지만, 그렇다고 해서 도스토예프스키에게서 작가의 목소리나 개인적인 비전의 시각을 부정하는 것은 잘못이라는 것이다. 그는 도스토예프스키가 소설 속 화자들의 견해들에 대하여 분명한 가치평가를 내리고 있다고 말하면서 다음의 예를 들고 있다.

도스토예프스키의 많은 등장인물들은 상당히 자의식적이고 자기반성적이지만 예를 들어 등장인물 미시킨(Myshkin)은 주로 외부로부터 제시되고 있다. 그에게는 분명하지 않는 행동 특징이 있고 이것은 드미트리 카라마조프나 알료사에게도 해당된다. 나는 심지어 이것이 도스토예프스키 예술의 특징이며, 우리는 간혹 그의 등장인물들 내부에서 어떤 일이 일어나고 있는지도 모르며, 등장인물의 동기에 대해서도 계속 무지 상태로 남게 된다고 주장하고 싶다. 바흐친 자신이 도스토예프스키의 주인공들의 이러한 "최종성"(finality)의 결여를 말하고 있다. 도스토예프스키는 자신이 많은 것을 보유하고 있다. 도스토예프스키의 비망록을 살펴보면 도스토예프스키 자신이 말해야 하는 것이 무엇이며 말하지 말아야 하는 것이 무엇인지와 같은 문제를 놓고 얼마나 사색했는지 알 수 있으며 그가 결코 자신의 등장인물들에 대한 통제력을 상실하지 않았다는 것을 알 수 있다. (235)

바흐친의 주장대로 도스토예프스키가 보편적 예술가로서 다성성을 통해 객관적인 것을 추구하였다 하더라도, 우리는 도스토예프스키가 그 자신이 처해 있는 장소와 그가 존재하는 시간에 깊이 연루되어 있었다는 것을 부정할 수는 없다.

웰렉은 바흐친이 도스토예프스키를 어느 정도 해악이 없는 존재로 만들고, 그의 가르침을 중립화하였으며, 그를 상대주의자로 만드는 이론을 내세우고 있다고 비판한다. 바흐친은 "객관성"이라는 교리를 따르고 있지만, 이 교리는 그 자신이 도스토예프스키의 소설에 맞추고 싶어 하는 "메니피안 풍자"(Menippean satire) 전통과도 모순된다. (객관성과 메니피안 풍자가 어울릴 것인가?) 바흐친 자신은 메니피안 풍자의 주제와 어조의 특징으로 희극적 요소, 판타지, 상징, 모험, 철학적 논쟁, 도덕적 실험, 추모 장면들, 모순어법적 결합, 주제적 지시 등을 들고 있다. 또한 아이러니컬하게도 바흐친이 그것의 훌륭한 예로 지목한 라블레, 세르반테스, 스턴, 디드로 같은 소설가들은 "작가는 나가라"라는 교리에 대해 전혀 무지하며, 도스토예프스키도 희곡 장치를 통해 환상을 고양시키려는 노력을 하고는 있지만 그 자신도 "작가는 나가라"라는 교리는 알지 못한다.

이러한 메니피안 풍자는 "카니발성"과 연결된다. 이 개념을 도스토예프스키 소설의 전체적인 어조와 태도에 적용시키면 그 확정적인 의미는 상실된다고 웰렉은 주장한다. 도스토프예스키의 소설에는 바흐친이 집단적인 황홀이나 카니발성 속에서 찾고 있는 "유쾌한 상대성"(joyous relativity)이 없다는 것이다. 웰렉은 "모든 면에서 도스토예프스키는 카니발 정신의 정반대를 재현하고 있는 것 같다. 그는 자신의 삶 속에 어떤 실수가 있는 카니발 정신의 정반대를 재현하고 있는 것 같다. 그는 자신의 삶 속에 어떤 실수가 있었다 하더라도 깊은 참여, 심원한 진지성, 영혼성, 그리고 엄격한 윤리를 가진 사람이었다"(239)고 말한다. 이쯤에서 웰렉의 최종 결론을 직접 들어보는 것이 유익할 것 같다.

> 만일 우리가 소설 전통의 시각으로 도스토예프스키의 주요 소설들을 살펴본다면 우리는 그가 서구 소설의 주류로부터 벗어나고 그 이전의 대가인 고골과 더불어 발자크, 디킨즈의 무리에서 벗어날 수 없다는 결론에 도달해야만 할 것이다. 이 전통은 투르게네프, 곤차로프, 톨스토이 그리고 체호프와 같은 러시아 소설의 다른 계통과는 다르다. 우리는 바로 앞 그리고 동시대 소설가들과 도스토예프스키의 차이성을 기술할 수 있다. 그러나 우리는 그를 분리시켜, "다성적 소설"이라고 불리는 절대적인 쇄신을 가져왔다고 주장한다거나 그를 오래된 "메니피안적 풍자"의 전통 속으로 밀어넣는다거나 아니면 그가 삶에 대해 "카니발적인" 태도를 가졌다고 말할 수는 없다. 바흐친의 책은 급진적인 방법으로 도스토예프스키의 희곡성 문제를 제기하고 다른 장르들과의 연계를 암시해주는 장점을 가지고 있다. 그러나 이 두 가지 모두에서 그는 자신의 주장을 엄청나게 과장해서 말하고 있다. (240)

5. 나가며—르네 웰렉의 변신을 위하여

지금까지 우리는 소설이론에 관하여 단행본을 낸 적이 없었던 르네 웰렉이 소설에 대해 견지했던 생각들을 몇 개의 글에서 끌어내어 한 켤레의 이야기로 꾸려보았다. 우선 "서사적 허구"(소설)라는 양식에 대한 좀 더 세밀하고 분석적인 논의를 위해 『문학의 이론』을 요약하였고, 그 다음 세계문학사에서 아직도 최대의 화두로 남아 있는 "리얼리즘" 논의를 루카치와 더불어 살펴보았다. 우리는 이제 웰렉이 무엇 때문에 리얼리즘을 반대하는지 알게 되었다. 그리고 나서 일각에서 20세기 최고의 문학이론가로 불리는 러시아 출신 미하일 바흐친의 도스토예프스키론을 비판한 웰렉의 글을 살펴보았다. 그 글에서 웰렉은 바흐친의 핵심적 비평용어인 "다성성"과 "카니발성"의 개념이 도스토예프스키 소설에 과장되게 적용되었다고 말한다. 단편적인 자료에서 유도된 이 웰렉의 소설론은 분명히 제한적일 것이다. 그러나 이러한 편린들을 통해서 소설에 관한 웰렉의 논지의 윤곽이 미시적 관점과 거시적 관점에서 어렴풋이나마 드러났기를 바라는 바이다.

지금까지의 논의에서 어느 정도 분명해졌으리라 여기지만, 르네 웰렉은 우리가 흔히 알고 있는 "영미의 신비평가"는 아니다. 그의 비평이론체계는 네 겹으로 둘러싸여 있다. 즉 칸트, 무카로프스키와 야콥슨, 로만 잉가르덴 그리고 영미의 신비평가들이다. 이런 맥락에서 웰렉의 일생 동안의 관심사가 비평(가치판단), 문학이론, 문학사, 이 세 개 영역에 달했던 것이 이해될 수 있다. 우리는 여기에서 웰렉을 만족스럽지는 못하지만 "다원주의적인 형식주의자"라고 부를 수 있을 것 같다. 그리하여 소설이란 장르를 논의할 때도 웰렉이 견지하는 입장과 방법은 역동적이고 복합적인 작동원리를 따르게 되는 것이다.

6장   서구 정전의 중심, 셰익스피어
문학의 위대성

— 해롤드 블룸의 『햄릿』론을 중심으로

"왜 셰익스피어야" 하는 질문의 답은 "그럼 누가 있어?"가 되어야 한다.

— 해롤드 블룸, 『셰익스피어—인간성의 발명』(1998), 1

셰익스피어의 천재성을 생각해보는 것은 비평가의 절망이요 동시에 비평가의 환희이다. … 천재성을 사유하는 것은 필연적으로 진정한 독창성과 창조적 탁월성을 논하는 것이다.

— 해롤드 블룸, 『천재론』(2002), 18, 21

1. 들어가는 말

올해 2014년은 셰익스피어 탄생 450주년이 되는 해이다. 오래된 셰익스피어 중독자로서 필자는 지난 몇 년간 학부와 대학원에서 셰익스피어를 공부하고 가르치면서 셰익스피어의 천재성의 신비 또는 그의 작품의 위대성의 비밀에 대해 집중적으로 생각해보았다. 물론 나의 의문은 쉽게 풀리는 것은 아니었다. 또한 지난 30여 년간 대학 영문학과에서 영문학 비평과 이론을 연구하고 가르치는 과정에서 나는 영문학 비평의 역사는 바로 셰익스피어 비평의 역사에 다름 아니라는 것을 알게 되었다. 셰익스피어 당대인 16세기, 17세기 초 벤 존슨부터 17세기 말 영국 문학비평의 아버지로 불리우는 신고전주의 비평가인 존 드라이든부터 사무엘 존슨에 이르는 문인 비평가들에게서 셰익스피어 문학의 특징에 대해서 많은 것을 배웠다. 특히 존슨 박사의 보편성 이론에 토대를 둔 셰익스피어 비평은 나에게 큰 영향을 주었다. 15세기 영국 낭만주의 시대에 들어서도 S. T. 콜리지, 윌리엄 해즐릿, 토마스 칼라일, 매슈 아놀드에 이르기까지 많은 문인과 비평가들이 셰익스피어 문학의 신비를 풀고자 노력했다. 대륙에서도 프랑스 계몽주의 문학의 창시자 볼테르, 독일 근대문학 수립의 아버지 괴테, 미국 문학의 수립자로 알려져 있는 랠프 월도 에머슨 등도 셰익스피어 문학이라는 수수께끼를 풀려고 노력했다. 그들 모두 새로운 성과를 거두었음이 분명하다.

셰익스피어에게는 찬양자들만 있는 것은 아니고 훼평자와 비난자들도 적지 않았다. 볼테르는 극의 "3일치 법칙"을 지키지 않았다고 셰익스피어를 야만인이라고 비판했고 조지 버나드 쇼와 레프 톨스토이 등은 도덕주의에 의거해 셰익스피어의 부도덕한 극들에 독설을 퍼부었다. 셰익스피어 연구가 20세기에는 연극, 교육, 개작, 공연, 영화 등의 분야에서 폭발적으로 증가하여 전 세계적으로 일 년 내내 지속되는 하나의 "산업"(industry)이 되었고 T. S. 엘리엇 같은 일급의 비평가가 극『햄릿』을 "예술적 실패작"이라고 공언하여 큰 파문이 일기도 했다.

최근 필자는 출중한 셰익스피어 논평자로 미국 예일대 석좌교수인 문학이론가이자 비평가인 해롤드 블룸(Harold Bloom, 1930~)을 알게 되었다. 그는 2000년 이전과 그 이후에 셰익스피어와 관련된 몇 권의 책을 출간하였다. 블룸은 1960~70년대는 영국 낭만주의 시와 미국 현대시 연구의 대가로 그리고 80~90년대는 『영향의 불안』(The Anxiety of Influence)이라는 저서로 시작된 문학 창작에 있어서 선배 작가들과의 영향, 모방, 표절의 과정 속에서 나타나는 "강한 시인"과 "약한 시인" 개념, 그리고 "수정주의적 비율"이라는 공식으로 새로운 문학이론을 창안해 유명해지기도 했다. 그런데 블룸이 1994년에 써내 학계에 엄청난 반향을 일으킨 『서구의 정전』(The Western Canon)을 읽으면서 필자는 그에 대한 강한 관심을 가지게 되었다. "정전"(正典, canon)이라는 용어 자체가 폐기되어 버리고 있던 소위 프랑스 "이론" 광풍의 시대의 한가운데서 블룸은 영국의 시인—극작가 윌리엄 셰익스피어(1564~1616)를 서구 정전의 중심에 놓았기 때문이다.

필자는 왜 정통 셰익스피어 전문학자가 아닌 해롤드 블룸에 주목하는가? 그는 셰익스피어 논의를 기술적이고 기능적으로 논의하는 미세한 문제에서 벗어나 보다 크고 본질적인 맥락에서 "셰익스피어 현상"을 들여다보고 있기 때문이다. 블룸은 이론의 시대에서 빛바래버린 정전의 개념을 다시 꺼내 논의하면서 셰익스피어 문학의 비밀을 "보편성"(universalism 또는 universality)이라는 거의 폐기된 인기 없고 낡은 듯 보이는 개념을 다시 끌어들여 셰익스피어와 그 문학을 열정적으로 논의하기 시작했다. 보편성의 개념은 블룸에게는, 모든 "시적 가치의 근본적인 특질"(『서구의 정전』, 30)이다. 특히 블룸은 지난 십수 년간 거의 매일 셰익스피어를 읽고 또 가르쳐왔으나 아직도 자신은 셰익스피어 신비의 핵심을 정확하게 파악하지 못하겠노라고 하는 고백에 필자는 놀랐다. 블룸과 같은 깊은 사유와 넓은 독서를 한 대학자가 이렇게 고백하는 것은 단순한 비평적 포기가 아니라 셰익스피어의 신비에 대해 열린 마음으로 계속 접근하겠다는 비평적 겸손이 아니겠는가? (『셰익스피어—인간성의 발명』(1998), 2)

해롤드 블룸은 영국의 국민시인인 셰익스피어를 세계시인으로 만드는 탁월성을 3가지 제시한다. 블룸은 셰익스피어를 서구 문학 정전의 중심으로 보았다. 그는 다른 서구 작가들보다 다음과 같이 3가지 우수한 재능 때문에 탁월하다고 보았다. 첫째, 인식론의 명민함, 둘째, 언어의 활력, 셋째, 발명(창조)력이 그것이다. 셰익스피어의 이 3가지 재능은 독자들에게 기쁨을 주는 힘과 아름다운 풍요를 가져다 줄 수 있다고 보았다(앞의 책, 46). 필자는 이 글에서 이와 같은 해롤드 블룸의 소론을 포괄적으로 살펴보고 특별히 셰익스피어의 대표작이며 흔히 "문학의 모나리자"라 불리는『햄릿』을 중심으로 블룸의 셰익스피어론을 논의해보고자 한다.

2. 세계 최고의 시인-극작가 셰익스피어 탄생의 비밀
─보편적 인간성의 재현과 창조

블룸은 셰익스피어가 처음부터 천재라기보다 위대한 작가로서 서서히 발전되었다고 본다. 그는 또한 셰익스피어가 크게 영향 받은 사람으로 영국 문학의 아버지『캔터베리 이야기』를 쓴 중세 영문학 시대의 제프리 초서(Geoffrey Chaucer)와 셰익스피어와 동시대인으로 그보다 6개월 앞서 출생한 천재 요절 극작가인 크리스토퍼 말로우(Christopher Marlowe)를 들고 있다. 셰익스피어가 본격적으로 극작에 두각을 나타내기 시작한 것은 1598년에 발표한『헨리 4세』1, 2부에서였다. 블룸은 특별히 이 사극에서 셰익스피어가 창조한 인물인 존 폴스타프 경(Sir John Falstaff)을 그 전환점으로 본다. 폴스타프라는 문학사상 불후의 인물 창조를 "서구 정전에서 셰익스피어의 중심성을 보여주는 열쇠"(The Western Canon, 48)라고 보았다. 블룸은 폴스타프라는 최고의 희극적 인물 창조를 통해 셰익스피어의 천재성을 밝히는 시발점으로 삼으며 나아가 그를 비극의 절정기의 작품『햄릿』의 주인공 햄릿 왕자라는 인물 창조의 선임자로 간주하였다(앞의 책, 47).

블룸에게 셰익스피어는 중세 시대의 제프리 초서나 동시대 작가로 요절한 말로우 같은 선배 시인들을 모방하고 변형시키는 동시에 뛰어넘어 자신만의 새로운 문학세계 창조에 성공한 "강한 시인"이다. 셰익스피어는 사극, 희극, 비극, 문제극 등 37편이라는 미증유의 많은 극작품을 써내면서 보여주는 놀라운 창조력을 보여주었다. 이에 블룸은 일종의 "차이와 충격"을 경험했다고 고백하는바 이것은 셰익스피어에게만 보여지는 서구 문학사상 전무후무한 독특하고도 유일한 것으로 "종류"와 "정도"에 있어서의 차이이다. 이제부터는 블룸이 지적한 다른 시인들에 비해 셰익스피어가 가진 탁월성을 논의해보자.

블룸에 따르면 무엇보다도 셰익스피어의 천재성과 위대성의 핵심은 시대와 지역을 초월하여 세계 모든 사람들이 모두 자신들을 재현하고 있다고 믿는다는 것이다(앞의 책, 7). 『신곡』을 쓴 13세기 중세 서구의 최고 시인 단테가 "시인들의 시인"이라면, 16세기 영국의 셰익스피어는 "일반인들의 시인"이라고 비교하고 있다(앞의 책, 51~52). 젊은 시절 『햄릿』을 읽으면서 우리는 자신들의 국적에 관계없이 햄릿 왕자와 동일시하는 경향이 있다. 이것은 셰익스피어가 유럽중심주의를 넘어서 전 지구적 다문화적 작가로 받아들여지는 이유이리라. 다시 말해 셰익스피어의 탁월한 문학성의 현상은 사유의 힘, 인물 창조능력, 은유의 힘이 너무 강해서 그 현상은 세계 각국의 번역을 통해서도 개작과 모방을 통해서도 살아남으며 거의 모든 문화권에 주목을 끌어낸다. 그렇다면 그 마법의 비밀은 어디 있는가? 첫째로 시공을 뛰어넘어 자연과 인간성에 관한 포괄적인 비전을 들 수 있다. 37편에 이르는 셰익스피어의 다양한 작품세계에는 수많은 인간성들을 총망라하는 복합성과 풍요성이 넘치고 있고 사극, 희극, 비극 등 다양한 장르 속에서 거의 모든 인간세계의 상황들이 재현되어 있다. 이런 점에서 호메로스, 단테, 괴테, 톨스토이를 포함하더라도 서구 문학사에서는 셰익스피어를 대체할 시인 작가는 없다고 보아야 할 것이다(앞의 책, 53).

셰익스피어는 희랍 시대 이래로 서구 문학사상의 등뼈인 모방론(재현론)의 옹호자이다. 그는 자신이 창조한 인물 햄릿을 통해서 다음과 같이 말한다.

> 너무 맥 빠져도 안 되니까, 자신의 분별력을 교사로 삼으라고. 행위를 대사에, 대사를 행위에 맞추게, 자연스런 정도를 넘어서지 않겠다는 특별 사항을 지키면서. 왜냐하면 무슨 일이든 도를 넘어서면, 연극의 목적에서 멀어지는 법인데, 그것은 처음이나 지금이나, 과거에나 현재에나, 말하자면 <u>본성(자연)에 거울을 비춰주는 격</u>이니, 미덕에겐 자기 몸매를, 경멸에겐 자기 꼴을, 바로 이 시대와 이 시절은 그 형체와 생김새를 정확하게 보여주는 일이야. 그런데 이 일을 넘치거나 모자라게 하면, 식별력 없는 자들을 웃길지는 모르지만, 안목 있는 사람들을 통탄케 할 수밖에 없을 텐데. (3막 2장, 17~28행. 최종철 역 이하 동일. 밑줄 필자)

셰익스피어는 여기에서 세계와 삶을 있는 그대로 보여주는 서구적인 리얼리즘 문학관을 잘 보여주고 있다.

셰익스피어 문학의 보편성의 비밀은 무엇보다도 "중립성"(neutrality)이다. 셰익스피어는 누구보다도 보통 사람이었다(앞의 책, 55). 동시대 경쟁자 극작가였던 벤 존슨과 크리스토퍼 말로우와는 "정도"와 "종류"에 있어서 달랐고 같은 시대 스페인의 기이한 세르반테스와도 구별된다. 프랑스의 사색가이며 정치활동을 한 몽테뉴와 대극작가인 몰리에르와 라신과도 다르다. 셰익스피어는 당대 다른 시인 작가들에 비해 독립적이었다. 이에 블룸의 말을 들어보자.

> 셰익스피어는 자신의 분명한 사회성에도 불구하고 … 특이하게도 고독하다. 그는 다른 어떤 작가보다 좀 더 <u>인식했고</u>, 다른 어떤 작가보다 좀 더 심원하고도 독창적으로 <u>사유했으며</u>, 단테를 포함해 모든 사람들을 완전히 뛰어넘는 거의 타고난 <u>언어</u>의 대가였다. (앞의 책, 56. 밑줄 필자)

여기에서 블룸이 말하고 있는 서구에서 셰익스피어의 정전적 중심성의 비밀은 "사심 없음" 즉 "공평무사성"(disinterestedness)이다(56). 셰익스피어는 모든 이념에서 자유로웠다. 작품 속에서 셰익스피어는 많은 학자들의 다양한 연구와 주장에도 불구하고 종교적으로 개신교도도 가톨릭 교도도 아니었다. 정치적으로도 셰익스피어는 엘리자베스 1세가 통치하던 16세기 왕정 시대의 추종자도 아니고 그렇다고 민주사상가도 아니다. 결국 시인-극작가 셰익스피어 자신은 물론 그가 발명한 많은 등장인물들도 언제나 어떤 주의나 이념에 소속되는 편 가르기에서 초연해서 중립적 입장을 견지함으로써 공평무사성을 유지하였다.

셰익스피어는 극단적으로 나아가지 않고 자신의 범위를 넘어서려고 하지 않았다. 이것은 건강한 중립성이며 무서운 균형감각이다. 이런 점에서 셰익스피어는 "균형과 견제"(balance and check)라는 영국적 인식의 전통 속에 있다. 이러한 셰익스피어의 조화로운 사상과 태도는 "지혜"에 이르게 된다. 『햄릿』에서 햄릿 왕자가 1막 5장 끝에서 "엉망진창의 시대. 아, 저주받은 낭패로구나/내가 그것을 바로 세우려고 태어나다니"(196~197행)라고 말하며 저항적 열정에 사로잡혔으나 5막에 이르러 그 이전과는 매우 다르게 "원숙"해진다. 블룸은 이것의 원인을 셰익스피어와 햄릿 왕자의 "신비하고 아름다운 공평무사함"(65)으로 보고 있다. 햄릿이 친구 호레이쇼 앞에서 하는 말을 들어보자.

> 아무 상관없어. 우린 전조를 무시해. 참새 한 마리가 떨어지는 데도 특별한 섭리가 있잖은가. 죽을 때가 지금이면 아니 올 것이고, 아니 올 것이면 지금일 것이지. 지금이 아니라도 오기는 할 것이고. 마음의 준비가 최고야. 누구도 자기가 무엇을 남기고 떠나는지 모르는데, 일찍 떠나는 게 어떻단 말인가? 순리를 따라야지. (5막 2장, 212~218행. 밑줄 필자)

이 대사는 비록 30세도 안 되는 청년 햄릿에게서 나온 것이지만 삶에 대한 매우 원숙한 달관의 경지를 보여준다.

"공평무사함"과 "지혜"에서 생성된 셰익스피어의 보편성은 서구 문학 자체에서도 단테, 셰익스피어, 세르반테스, 톨스토이, 괴테 등 불과 몇 안 되는 위대한 작가들에게만 해당될 수 있다. 해롤드 블룸은 아르헨티나 출신의 20세기 최고의 작가 중 호르헤 루이스 보르헤스(1899~1986)의 표현을 빌려 셰익스피어는 전부이며 동시에 아무것도 아니며, 모든 사람이며, 동시에 아무도 아니다(75). 이 말은 우리가 공기가 존재하는 걸 알지만 육안으로 보지 못하는 것처럼 셰익스피어는 너무 보편 내재한 시인 극작가여서 엄연히 존재하지만 마치 존재하지 않는 것처럼 느낀다는 말이다.

3. 언어의 마술사 —근대 초기 영어의 창안자/건축가

우리가 셰익스피어를 읽으면서 가장 찬탄하는 것은 그의 마술적인 언어 사용이다. 그의 시적 언어의 힘은 단순히 비유법이나 수사적 탁월성에서 오는 것만은 아니다. 무엇인가 인간 존재와 본성 자체와 원초적으로 충격적 교감을 통한 언어 사용으로 우리들의 혼을 울리기 때문이다. 그렇다면 모든 다른 시인 작가들의 추종을 불러내는 놀라운 셰익스피어의 천재적 언어 능력은 어디서 오는 것인가? 16세기 말과 17세기 초 셰익스피어 시대의 영어는 중세영어에서 근대영어로 넘어가는 전환기인 근대 초기 영어 시대로, 발음, 철자와 정서법, 구문론이 확정되지 않은 과도기적 상태에 있었다. 이러한 언어적 전환기에 오히려 셰익스피어는 자유자재로 품사나 구문을 사용하였을 뿐 아니라 수많은 새로운 단어와 개념을 만들어 종횡무진의 능력과 자유를 구가하였다고 볼 수 있다. 영어 발달사적 측면에서 볼 때 셰익스피어라는 대시인-극작가가 없었다면 오늘날의 현대영어는 훨씬 덜 풍요롭고 다양하지 못했을 것임이 분명하다.

블룸은 이 점에 대해 다음과 같이 언명하고 있다.

> 셰익스피어의 언어는 그의 예술의 첫 번째 근원이며 꽃같이 풍부하다. 그는 어휘들을 새롭게 만들어내는 깊은 충동을 가졌고 나는 언제나 그가 21,000개 이상의 단어들을 사용했다는 데에 놀란다. 이 단어들 중에서 셰익스피어는 대략 12분의 1을 새로 만들어냈고 약 1,800개의 단어를 새로 조합하여 만들었고 그 대부분이 현재도 사용되고 있다. 라신은 셰익스피어와는 다른 예술을 탁월하게 실천하였으나 셰익스피어가 조합하여 만든 단어 수보다 더 많지 않은 2,000개의 단어만을 사용했다. 수사학 비평이 <u>셰익스피어의 위대한 언어의 향연을 분석하는</u> 데 엄청난 작업에 직면하지만 셰익스피어는 그 언어적 원천이 실제로 거의 무궁무진하여 영어로 쓰는 다른 작가들과 비교해도 <u>종류에서가 아니라 정도에 있어서</u> 큰 차이를 드러낸다. (블룸, 『천재론』, 18. 밑줄 필자)

블룸은 여기에서 다시 한 번 셰익스피어가 그의 작품에서 새 어휘 만들기(발명)와 조어력(造語力)에서뿐 아니라 어느 시대 어느 작가보다 많은 수의 어휘를 자유자재로 사용한 것에 대해 언급하고 있다.

그러나 셰익스피어의 놀라운 언어 사용은 단순한 말재주나 말장난이 아닌, 현실 재현의 정확성에 대한 인식 문제와 본질적으로 연결되어 있다는 것이다. 우리는 흔히 언어가 현실과 사물을 그대로 재현할 수 있다고 쉽게 믿고 있지만 실제는 언어만의 기표와 기의 사이의 불안정한 대응관계에서 생겨나는 간극에 의해 수시로 아니 대부분 배반당한다고 볼 수 있다. 다시 말해 우리는 언어로 현실을 재현하는 데 큰 어려움을 겪고 대체로 실패한다고 보아 무방할 것이다. 우리가 언어 사용에서 낭패감을 느낄 때 셰익스피어는 이미 언제나 우리의 뒤통수를 치며 우리를 놀라게 한다. 『햄릿』에서 햄릿 왕자의 7개의 독백을 살펴보면 그의 언어가 얼마나 그를 둘러싼 막중한 외적 현실과 미묘한 내적 심리(의식) 상태 사이에서 헤겔이 지적한 바와 같이 "자아의 가장 자유로운 예술가"로서 가장 풍요롭게 언어를 사용하며 우리가 상상할 수 있는 것을 뛰어넘는 언어와 사유의 영역으로 우리를 이끌어 감을 알 수 있다(앞의 책, 64). 블룸은 셰익스피어의 이러한 언어를 통한 재현능력을 "역사와 이념으로부터 자유로운 원초적 미적 가치"(65)와 연계시킨다.

우리는 이것을 "죽느냐 사느냐, 그것이 문제로다"로 시작되는 유명한 햄릿의 4번째 독백을 통해 잘 알 수 있다.

> 죽느냐 사느냐, 그것이 문제로다.
> 어느 게 더 고귀한가. 난폭한 운명의
> 돌팔매와 화살을 맞는 건가, 아니면
> 무기 들고 고해와 대항하여 싸우다가
> 끝장을 내는 건가. 죽는 것—자는 것뿐일지니
> 잠 한 번에 육신이 물려받은 가슴앓이와
> 수천 가지 타고난 갈등이 끝난다 말하면,
> 그건 간절히 바라야 할 결말이다.
> 죽는 건, 자는 것. 자는 건
> 꿈꾸는 것일지라도—아, 그게 걸림돌이다.
> 왜냐하면 죽음의 잠 속에서 무슨 꿈이,
> 우리가 이 삶의 뒤엉킴을 떨쳤을 때
> 찾아올지 생각하면, 우린 멈출 수밖에—
> 그게 바로 불행이 오래오래 살아남는 이유로다.
> (3막 1장, 56~69행. 번역 일부 필자 수정)

그러나 셰익스피어 언어의 천재성은 위와 같은 시대적인 요소만으로 설명될 수는 없다. 이 지점에서 해롤드 블룸의 말을 들어보자.

한 단어의 의미는 언제나 다른 단어이다. 왜냐하면 단어들은 사람들이나 사물들이 되기보다 다른 단어들이 될 수 있기 때문이다. 그러나 셰익스피어는 자주 단어들은 사물과 같은 것보다도 사람에 더 가까운 것이라고 암시한다. 셰익스피어의 등장인물의 재현은 원초적 풍요로움을 가진다. 그 이유는 다른 어떤 작가도 그 이전이나 이후를 통틀어서 각 등장인물이 다른 인물들과 다른 목소리로 말하고 있다는 매우 강한 환상을 우리에게 주지 않기 때문에 … 상상적 존재들의 일관성 있고 다른 실제처럼 보이는 목소리들을 제시하는 셰익스피어의 기묘한 능력은 부분적으로는 문학에 일찍이 침투하는 실재(현실)에 대한 가장 풍부한 의식에서 오는 것이다. (『서구의 정전』, 64)

여기서 주목할 점은 셰익스피어의 언어에 대한 "원초적 풍요로움"과 등장인물의 목소리들이 가진 "현실에 대한 가장 풍부한 의식"이다. 블룸은 셰익스피어의 천재적 언어 사용을 극중 가상의 인물들이 가진 현실에 대한 의식과 연계시키고 있다. 많은 학자들이 자신의 시대의 영어 사용을 극대화한 햄릿 언어의 "풍요성"에 대해 언급하였고 언어 사용의 현란한 변용과 다양성을 지적하였지만 블룸은 이 문제에 관해 자신의 견해를 내놓았다.

내 자신은 햄릿이 끊임없이 <u>자신이 말하는 것을 엿듣고 있는</u> 다양하고도 지속적인 방식에 언제나 놀라고 있다. 이것은 단순히 수사성이거나 어휘의식의 문제가 아니라 등장인물, 사유, 그리고 성격의 재현에 있어서 셰익스피어의 가장 위대한 독창성의 핵심이다. 에토스, 로고스, 파토스는 수사학, 심리학, 우주론의 3대 토대인 바 이 모든 것이 햄릿에서 우리를 당황케 만든다. 왜냐하면 햄릿은 각각의 자기-엿듣기(self-overhearing)와 함께 변화하기 때문이다. (『셰익스피어―인간성의 발명』, 423. 밑줄 필자)

셰익스피어는 햄릿의 언어를 통해 전방위적으로 우리를 지속적으로 긴장케 하고 그와 함께 가도록 인도하여 결국 그 자신처럼 우리가 우리 자신의 내면과의 말을 엿듣도록 만들고 있다. 이러한 "자기-엿듣기"는 아래에서 좀 더 논의될 것이다.

4. 근대적 자아의 발명 ─사유하는 인간의 탄생

셰익스피어의 독특한 천재성이 발휘되어 다른 어느 작가들과의 비교에서 현저한 차이를 보이는 이유는 37편의 극과 154편의 소네트와 몇몇 독립적인 시작품들에서 수많은 남, 여 그리고 어린이 등 등장인물들을 만들어냈고 그 인물들은 셰익스피어가 죽은 지 400년이 지난 지금까지 우리가 살아있는 인물들처럼 느끼는 불후의 인간성의 유형들을 발명해냈다는 데 있다. 우리가 언제나 우리 자신들이라고 생각하는 햄릿을 비롯하여 호레이쇼, 맥베스, 오셀로, 리어왕, 포샤, 오필리어, 로미오와 줄리엣, 폴스타프, 칼리반 등 수백 명을 마치 창조주가 아담과 이브를 만들었듯이 창조해냈다. 셰익스피어와 동시대에 활동했던 스페인의 세르반테스 조차도 위대한 인물인 돈키호테와 산초 판자 단 2명만을 만들어냈을 뿐이다. 그러나 셰익스피어의 진정한 천재성은 여기에 있는 것만은 아니다. 그의 시인-극작가로서의 위대성은 "근대적 인간의 자아"를 만들어냈다는 데 있다. 햄릿 왕자를 예를 들어보자.

서구 근대철학의 비조로 알려진 르네 데카르트에 의하면, "고기토"(cogito, 사유능력)는 "근대인"(modern man)의 표시라는 것이다. 이런 의미에서 볼 때 햄릿 왕자는 7편의 독백을 통해 자아와 정체성을 사유한 최초의 작중인물이다. 친구인 길든스턴과 로젠크란츠에게 하는 햄릿의 인간론을 들어보자.

> 인간이란 참으로 걸작품이 아닌가! 이성은 얼마나 고귀하고, 능력은 얼마나 무한하며, 생김새와 움직임은 얼마나 깔끔하고 놀라우며, 행동은 얼마나 천사 같고, 이해력은 얼마나 신 같은가! 이 지상의 아름다움이요. 동물의 귀감이지— 헌데, 내겐 이 무슨 흙 중의 흙이란 말인가? 난 인간이

즐겁지 않아— 여자도 마찬가지야, 자네는 웃으면서 반대하는 것 같지만.
(2막 2장, 309~316행)

여기서 햄릿의 인간론은 비관적인 혐오증으로까지 변해가고 있다. 중세와 그 이후 그리고 르네상스를 거치면서 인간의 최대 발견은 인간은 신에 의해 창조되어 예속된 수동적 존재가 아니라 스스로 합리적으로 생각할 수 있는 능력이 있다는 것이다. 이것은 우리 시대는 너무나 당연한 것으로 간주하나 16세기 당시에는 혁명적 발상이었다. 인간이 자아를 의식하고 독립적으로 사유할 수 있다는 것이 진정한 근대인의 출발이었다. 햄릿은 자신에 대한 사유를 통해 근대적 인간의 정체성을 만들기 시작했다. 블룸의 말을 들어보자.

> 우리의 자아는 어디서 시작하는가? … 비교할 수 없는 심리학자인 셰익스피어가 일찍이 발견했거나 또는 발명한 가장 명민한 생각 안에서 우리를 위해 새로운 기원을 발명했다. 그것은 자기 엿듣기를 통한 자기인식이다. 우리는 언제 시작하는가?『햄릿』의 유령이 셰익스피어와 괴테뿐 아니라 그 이래로 모든 강한 작가들의 기원이 되었나 아니면 (동생을 죽인) 카인의 범죄인 클로디우스 왕의 범죄가 특별히 지난 2세기 동안 우리 모두를 탄생시켰는가? 우리는 만일 우리가 앞서 햄릿 왕의 유령에서 나타났던 우리 아버지의 유령을 만나지 않았다면 우리는 우리 자신을 엿듣고 충격을 받아 변화했을까? (블룸,『천재론』, 26~27. 밑줄 필자)

블룸은 여기에서 19세기 공리주의 사회사상가였던 존 스튜어트 밀(John Stuart Mill)의 유명한 명제인 "웅변은 듣는 것이지만 시는 듣기보다 엿듣는 것이다"를 원용하고 있다. 밀은 「시란 무엇인가」(1833)란 글에서 "웅변은 청중을 상정한다. 그러나 시의 특이성은 어떤 한 듣는 사람에 관한 시인의 순전한 무의식 속에 놓여 있다. 시는 고독의 순간 속에서 그 자체에게 자체를 고백하는 느낌이며 그 느낌이 시인의 마음속에 존재하는 정확한 형상 안에서 느낌의 가장 근접 가능한 재현들인 상징들 속에서 그 자체를 구체화한다. 웅변은 그 자체를 다른 사람의 마음에 퍼붓고, 공감을 요청하거나, 그들의 믿음에 영향을 주거나 그들을 움직여 정념이나 행동으로 옮기도록 노력하는 느낌이다."(539)라고 선언하였다. 밀은 계속해서 "시는 고독과 명상의 자연스런 산물이다. 반면에 웅변은 세계와의 교류의 산물이다. 대부분 그 자신만의 느낌을 가진 사람들은 … 시의 최고의 능력을 가진다. 다른 사람들의 느낌을 가장 잘 이해하는 사람은 가장 웅변적이다."라고 말하면서 "모든 시는 독백의 성격을 가진다"(540)고 선언한다.

블룸은 바로 이 지점에서 햄릿 왕자의 독백을 아버지의 유령을 보고 나서 자신과 주변상황에 대해 깊은 사유를 시작하는 것으로 보고 있다. 일단 햄릿의 제3독백에서 내면적 사유를 통한 자기비판을 들어보자.

> 아, 난 얼마나 못돼먹고 천박한 놈인가!
> …
> 그런데 난
> 무디고 멍청한 놈으로 기둥서방처럼
> 의기소침하여, 내 명분에는 무심한 채
> 한마디도 못 한다.
> …
> 나는 겁쟁이인가?
> …
> 이 무슨 못난이란 말인가! (2막 2장, 553행, 570~73행, 575행, 588행)

햄릿 왕자는 여기에서 아버지의 복수를 실행에 옮기지 못하는 자신을 조롱하고 있다. 나는 누구인가? 이것이 바로 근대적 인간의 표지인 "사유하는 인간"의 시작이다. 이것은 또한 『햄릿』에서 특별히 햄릿 왕자의 7번의 독백이 가지는 의미이다. 햄릿 왕자의 다른 사람들과의 대화도 많은 경우 어떤 의미에서 서로 의견 교환이기보다 자신과의 대화 즉 독백에 가깝다고 볼 수 있다. 햄릿 왕자는 셰익스피어 극 중에서 가장 긴 극인『햄릿』의 총 3,880행 중에서 1,500행을 혼자 말하고 있다.

블룸은 햄릿 왕자는 "자기 엿듣기"를 통해『햄릿』에서 변화하고 있다고 지적한다. 다시 말해 "자기 엿듣기"를 통한 자신의 변화와 재창조가『햄릿』에서 자주 이루어진다. 그 한 예로 블룸은 5막 1장 66~216행에서 햄릿이 어린 시절 궁정의 광대이며 익살꾼이었던 요릭의 무덤에서 그 해골을 들고 하는 사유(대사) 장면을 들고 있다(『천재론』, 60~61). 햄릿의 대사를 직접 들어보자.

> 안 됐다. 불쌍한 요릭. 그를 안다네, 호레이쇼. 재담은 끝이 없고, 상상력이 아주 탁월한 친구였다. 자기 등에 나를 수도 없이 업었는데, 지금은- 그걸 생각하니 얼마나 몸서리쳐지는지. 구역질이 나는구만. 여기에 내가 얼마나 자주 입을 맞췄는지 모르는 그 입술이 달렸었지. 좌중을 웃음바다로 만들던 당신의 그 야유, 그 익살, 그 노래, 그 신명나는 여흥은 지금 어딨는가? 당신의 찡그린 얼굴을 조롱할 자가 지금은 아무도 없단 말인가? 턱이 아예 빠져버렸나? 이제 마님 방으로 가서 이렇게 전하라고. 화장을 한 치나 두껍게 한들, 이런 얼굴이 될 수밖에 없을 거라고. (5막 1장, 181~192행)

이 대사는 무덤 파는 광대 앞에서 하는 말이지만 사실은 인생의 처절한 허무함에 관한 거의 자기 자신에게 하는 독백과 같다.

햄릿 왕자는 5막에 와서 갑자기 원숙해지기 시작한다고 이미 지적한 바 있다. 극 초기부터 햄릿 왕자는 신중하였지만 복수하라고 명령한 아버지의 유령과 대화를 나눈 이후 "살 것인가 죽을 것인가, 그것이 문제로다"로 시작한 유명한 독백에서 잘 나타나듯이 깊은 갈등과 고뇌에 빠진다. 거의 광기에 이를 정도의 심리적 동요와 인식론적 혼란에 빠진다. 그러나 5막에 와서 햄릿 왕자는 왜 현명해지는가? 블룸의 견해로는 이것은 햄릿 왕자가 자아와의 독백, 다른 말로 하면 자기 엿듣기를 통해 변화하려는 의지를 가질 수 있었기 때문이라는 것이다(『천재론』, 28). 이러한 변화의 의지는 셰익스피어의 인간 발명의 장치이다. 햄릿 왕자를 통해 셰익스피어는 자아에서 언제나 솟아나는 정신에 위협을 가하는 것에 대항하며 내면적 주장을 할 수 있게 된다. 이러한 내면의 저항이 바로 "근대적 자아"의 출현이며 생성이다. 자신에 대한 가장 자유로운 예술가인 햄릿 왕자는 자기 엿듣기의 탁월한 예술가이다. 자신과의 대화는 자기인식을 가능케 하며 그것은 다시 변화의 가능성을 크게 열어놓게 되는 것이다.

햄릿이 『햄릿』에서 성취한 자신의 새로운 내면성과의 대화(독백)는 근대의 내면정신을 발명하는 것이고 그것은 결국 보편적 인간성을 발명, 창조하는 것이다(앞의 책, 152). 셰익스피어가 발명해낸 햄릿을 통해 궁극적으로 우리는 무엇을 배울 수 있는가? 블룸은 "햄릿은 우리가 생각할 수 없는 것을 생각하게 만든다"고 지적하고 나아가 "햄릿은 다른 어떤 철학자보다도 실제로 우리가 다른 방식으로 더 심원한 방식으로 세계를 볼 수 있게 만든다"(『셰익스피어―인간성의 발명』, 426)고 주장한다. 결국 우리는 햄릿 안에서 그의 "최상의 그리고 가장 내밀한 부분"을 볼 수 있게 되며 그 부분은 바로 그가 자신을 변화시키는 능력인 것이다. 그러나 햄릿이 죽어가면서 한 말 "남은 건 침묵일 뿐"(The rest is silence)은 모든 것을 그대로 남겨두고 조용히 떠나는 초월적 인식이 울리는 장대한 함성이 아니겠는가?

> 오 난 죽어가, 호레이쇼.
> 강한 독이 내 기를 완전히 꺾어놨어.
> 영국 소식을 듣기까지 살 수는 없지만,
> 포틴브라스 왕 선출을 예언하는 바이네.

그는 나의 임종 직전 지지를 받은 거야.

그렇게 알려주게, 그리 된 이런저런

사건들과 더불어- <u>남은 건 침묵일 뿐</u>. (죽는다)

(5막 2장, 360~366행. 밑줄 필자)

5. 나가는 말

『햄릿』은 블룸의 지적처럼 하나의 신비로운 "문학의 모나리자"(T. S. 엘리엇의 말)일 뿐 아니라 풀기 어려운 수수께끼 같은 애매한 작품이며 셰익스피어 전 작품 안에서도 예외적인 것이기도 하다(『셰익스피어─인간성의 발명』, 68). 셰익스피어는 서구가 근대라는 새벽이 시작되던 전환기 시기에 햄릿이라는 인물을 매우 양가적으로 창조했고 분열된 의식으로 제시했다. 『햄릿』은 처음으로 발표된 이후 400년 이상 수많은 비평가들과 독자들에 의해 논의되었고 각각 나름대로의 정의와 평가들이 이어졌다. 그러나 어느 해석도 평가도 확정성을 가지는 것은 없다. 『햄릿』은 하나의 변태로 끊임없이 무궁무진한 해석과 평가를 이끌어왔다. 아마도 이러한 풀기 어려운 신비로움은 인간의 문화가 지속되는 한 언제 어디서도 계속될 것이다. 『햄릿』이라는 문학작품에 대한 의미 규정과 가치평가는 비평가나 학자들의 몫일 뿐 아니라 보통 독자를 포함하는 인류 전체가 풀어야 할 근본적인 수수께끼일지도 모른다.

두 가지 예를 들어보자. 19세기 후반 니체는 그의 『비극의 탄생』(1873)에서 햄릿을 너무 많이 생각하는 사람이 아니라 너무 탁월하게 생각하는 사람으로 보고 포괄적인 의식과 예리한 지성을 가진 디오니소스적인 인간으로 분류했다. 가장 셰익스피어적인 인물로 햄릿을 꼽았다. 이보다 앞서 19세기 초 영국의 대표적인 낭만주의 시대 요절한 천재 시인 존 키츠는 셰익스피어(문학)의 비밀을 "소극적 수용력"(negative capability)으로 풀어냈다. 셰익스피어의 "소극적 수용력"은 위대한 시인을 만든 특질이다. 다시 말해 이 능력은 "인간이 사실과 이성을 짜증내고 안달 떨면서 추구하지 않고 불확실성, 신비, 의문 속에 머물러 있을 수 있는 능력"이다. 소위 이성과 과학의 시대가 도래하면서 우리는 지나치게 확실한 사실과 논리적인 이성에만 의존해 우주, 세계와 인간을 바라보고 있다. 조금이라도 확실치 않거나 분명하지 않거나 해답을 찾지 못하면 다시 말해 모든 것이 확실치 않으면 초조하고 불안해한다. 이것은 어떤 의미에서 지나치게 순수한 이성주의이다. 키츠가 말하듯이 불확실성, 신비, 의문 속에 휩싸여 있는 세계와 삶의 한가운데서 우리는 의연히 일종의 비극적 환희를 가질 수 있어야 하는 것이 아닌가. 이러한 셰익스피어가, 아니 햄릿이 가진 번잡한 "마음을 비우는 능력"은 니체가 말하는 디오니소스적인 인간일지도 모른다.

햄릿은 셰익스피어처럼 "천의 얼굴을 가진 사람"(千心萬魂)일지도 모른다. 햄릿은 결코 한 가지 의미만을 가질 수 없다. 햄릿의 내면은 이질적인 것이 모여 있는 거대한 저수지이다. 햄릿은 모든 시대와 지역의 모든 사람이며 동시에 아무도 아니다. 『햄릿』은 "모든 것이며 동시에 아무것도 아니다"라는 역설만이 가능하다. 햄릿의 변색은 너무 교묘하여 보는 모든 사람들에게 자신의 색깔을 마음대로 바꾸는 카멜레온일지도 모른다. 확고하지 않은 햄릿의 잠정성은 비결정성/불확정성이라는 어떤 의미에서 탈근대적 인식소와도 연결되어 있다. 햄릿은 따라서 결코 어떤 특정한 자세, 태도, 임무 등 어떤 것으로 규정짓고 연계시킬 수 없어 범주화하기 거의 불가능한 인물이다. 개성이 없는 몰개성적인 인물이며 초월적인 인물이다. 19세기 영국 비평가 윌리엄 해즐릿의 말처럼 "햄릿은 우리 자신이다"라는 언명이 가능해진다. 동시에 햄릿의 독특한 유일무이성, 즉 "햄릿의 영원한 타자성"은 결코 소진되지 않는다(『셰익스피어—인간성의 발명』, 412). 햄릿이 시대와 장소를 초월해 이미 언제나 우리와 하나가 되는 것은 모든 셰익스피어 문학의 신비스런 보편성과 관련이 있다.

『햄릿』을 블룸은 셰익스피어 전체 극의 알파와 오메가라 부른다. 셰익스피어의 극은 그것이 사극이든, 희극이든, 풍자극이든, 비극이든, 로맨스이든 문제극이든『햄릿』속에 모두 들어 있다. 주로 시로 쓰여진『햄릿』은 "제한이 없는 시"(poem unlimited)의 원형이듯이 햄릿 왕자는 새로운 종류의 인간으로 "제한이 없는 인물"(character unlimited)의 원형이다(앞의 책, 418). 블룸은 햄릿을 유대교의 여호와, 희랍의 소크라테스, 신약의 예수에 관해 이야기하는 식으로 논의될 수 있다고까지 말한다(418). 서구의 낭만주의 시대 이래 지난 200년 동안 햄릿은 서구의 자기의식의 모형이었지만 앞으로는 아마도 이미 언제나 아시아와 아프리카를 포함하는 전 지구적인 자기의식이 되어 록음악과 청바지처럼 전설과 신화가 되리라 예언한다(420).

시인-극작가 셰익스피어의 천재성의 비밀과 작품『햄릿』의 무한한 해석 가능성은 앞으로도 확정지을 수 없을지도 모른다. 바로 이런 점 때문에 지금의 우리는 물론 우리의 후손들도 셰익스피어와『햄릿』에 대해 계속 열광할 것이다. 아니 오히려 블룸의 고백처럼『햄릿』을 오랫동안 읽고 가르치고 사유할수록 이해하고 내 손에 잡히는 것이 아니라, 이 희한한 작품은 더욱더 기괴한 것으로 되고 만다. 그러나 우리는 역시 또 읽을수록 타자가 되는 바로 이러한 이유 때문에『햄릿』을 반복해 다시 읽고 계속해서 새로 쓰는 것이 아닐까?

햄릿은 친구들인 로젠크란츠와 길든스턴이 클로디우스 왕의 밀명을 받고 햄릿 왕자가 왜 실성했는지 이유를 염탐하러 왔을 때 마침 배우가 피리를 가지고 등장하자 피리를 자신과 비유하는 햄릿의 대사로 이 글을 맺자.

그래, 이보라고. 자네가 날 얼마나 형편없는 물건으로 생각하나. <u>자넨 날 연주하고 싶지. 내게서 소리 나는 구멍을 알고 싶어 하는 것 같아. 자넨 내 신비의 핵심을 뽑아내고 싶어 해.</u> 나의 최저음에서 내 음역의 최고까지 울려보고 싶어. 그렇다면, 여기 이 조그만 악기 속에 많은 음악이, 빼어난 소리가 들어 있어. 그런데도 자넨 그걸 노래 부르지 못해. 빌어먹을, <u>자넨 날 피리보다 더 쉽게 연주할 수 있다고 생각해?</u> 나를 무슨 악기로 불러도 좋아. 허나, <u>나를 만지작거릴 순 있어도 연주할 순 없어.</u> (3막 2장, 358~367행. 밑줄 필자)

우리는 햄릿이라는 이름의 피리를 연주하고자 한다. 그러나 햄릿 자신의 말대로 그 피리는 우리가 "만지작거릴 순 있어도 연주할 순 없는" 것일까? 결국 그 "신비의 핵심을 뽑아"낼 수 없을까? 아니다!『햄릿』을 깊게 읽고 또 읽고, 넓게 사색하고 또 사색한다면 언젠가는 반드시 우리 각자의 방식만으로라도 햄릿이라는 피리를 연주하는 법을 터득해 "가장 감명 깊은 음악을 들려"줄 수 있지 않을까?

7장 양피지에 "새로" 쓰는 탈근대 문학이론

— 혼돈의 감식가, 이합 핫산론

들어가며: 병렬적 구조로 모은 제사들

예술비평가란 신비주의자처럼 언제나 반명제적이다.

— 오스카 와일드

모든 인용은 … 하나의 해석이다.

— 게오르크 루카치

우리에겐 해석학 대신에 예술의 에로학이 필요하다.

— 수잔 손탁

비평이란 비전문가의 형식을 갖춘 담론이다.

— R. P. 블랙머

매체가 곧 전달 내용이다.

— 마샬 맥루한

혁신적인 것에 무반응적인 비평가는 궁극적으로 비평가가 아니고 관리인에 불과하다.

— 리차드 코스타레네츠

여러분도 아시다시피 하나의 새로운 이론은 처음에는 불합리하다고 공격을 당한다. 그리고 나서 그 이론은 올바른 것으로 인정되지만, 자명한 것이고 중요치 않은 것으로 여겨진다. 종국에 가서는 그 새로운 이론은 아주 중요하게 간주되어 그것을 반대하던 사람들까지도 자신들이 그 이론을 발견했다고 주장하게 된다.

— 윌리엄 제임스, 『실용주의』

새로운 것은 유행이 아니다. 그것은 그 위에 모든 비평이 토대를 세우는 하나의 가치이다. 왜냐하면 세계에 대한 우리의 가치화는 니체에 있어서처럼 적어도 직접적으로 귀족과 평민 사이의 대립에 더 이상 의존하지 않고 오히려 오래된 것과 새로운 것 사이의 대립에 의존하기 때문이다… 현재 사회의 소외로부터 벗어나기 위한 길은 유일하게 하나뿐이다. 즉 전방으로 도피하라는 것이다. 과거의 모든 언어들은 즉각 타협을 이루고 모든 언어들은 존경을 받는 순간 낡은 것이 되기 때문이다.

— 롤랑 바르트, 『텍스트의 즐거움』

핫산은 우리 시대에 적합한 철학을 찾아내는 데 특히 관심을 가지고 있다. 그의 선택은 가장 미국적인 철학인 실용주의이다. 실용주의는 진리를 괄호로 묶고 형이상학과 인식론에 제약을 가하여 담론을 위한 보편적인 토대를 추구하지 않기 때문에 포스트모던 사고양식에 적합하다.

— 제롬 클링코비츠, 『로젠버그/바르트/핫산–포스트모던 사고 양식』

1. 서론: 포스트모던 사유방식

1982년에 있었던 한 인터뷰에서 리차드 코스타레네츠에 의해 "현재 미국의 3대 최고 문학비평가 중의 한 사람이며 가장 중요한 문학이론가"라고 평가받은 이합 핫산(Ihab Hassan, 1925~)은 1925년 카이로 출생으로 대학에서 전기공학을 전공했으며 특히 문학과 철학에 정통한 세계적인 사상가로 인정받고 있다. 핫산이 가진 문학사상의 요체는 혁신성, 실험성 그리고 탐색성이다. 어떤 대상을 새롭게 혁신적으로 바라보는 방법이란 그 대상으로부터 이전에 부여된 의미를 사상(捨象)하고, 의미가 그 대상 자체 안에 있는 것이 아니라 그 주위에서 일어나는 인간행위에서 나오는 것임을 인정하는 것이다. 따라서 내부는 더 이상 외부를 지배하지 못하고 의미의 핵심이란 호두알처럼 껍질이 깨어져 나오는 것이 아니며, 단지 의미 생성과정 속에서 경험되는 행위의 텍스트성이 있을 뿐이다.

핫산은 그가 문학비평을 시작했던 초기부터 시대 변화에 민감한 반응을 보이면서 모던의 시대는 언제 끝날 것인가?라고 질문을 던졌다. "어떤 시대가 그렇게 오랫동안 기다렸는가? 르네상스? 바로크? 신고전주의? 낭만주의? 빅토리아 시대? 아마도 중세의 암흑 시대만이 그랬으리라"(*Paracriticisms*, 40). 그에 따르면 쇠퇴기에 빠진 모더니즘은 오로지 허무주의, 역사적 절망, 영혼의 불신을 야기하였고 모더니즘은 끊임없는 창조적 유희에 대해 가락 없는 소진의 노래—새로운 기법의 발명 대신에 관습적인 기법의 소설에만 중점을 두는 "소설의 죽음 논쟁"을 보라—만을 부르고 있을 뿐이다. 이미 제도권화되고 체제 순응적이 된 모더니즘이 유일하게 기여한 점은 모든 상황에서 보편적인 것만을 찾아내려는 기만적인 노력뿐이다. 이것은 의도적으로 영원한 것과 일시적인 것을 혼동하고, 물질과 사건의 특별 본성을 무시하는 것이다.

여기에서 핫산의 관심은 자연스럽게 전환기에 새로운 가능성을 주는 작가나 예술가들에게로 옮겨간다. 향후 핫산은 그의 비평담론의 내용과 형식에 대한 쇄신을 통해 문학의 관습을 재조정하고 인간과 역사에 대한 끊임없는 재조명을 시도한다. 핫산은 포스트모던한 사고방식에 따라 고정적이고 틀에 박힌, 닫힌 세계를 재현하는 기호체계를 부수고 나와 예술가, 작가, 비평가 자신과 독자나 청중들의 자아를 자유롭게 다시 창조하는 과정에 궁극적인 의미를 부여한다.

따라서 혁신자·창조자로서의 비평가는 오스카 와일드처럼 종래의 부차적인 해석자 또는 중개자의 역할을 벗어나 실재나 작품의 숨겨진 의미를 찾아내는 것만이 아니라 그 거래행위 자체를 하나의 창조적인 과정으로 받아들인다. 이것은 "언어"에 대한 (포스트)구조주의적인 기본 전제에서 온 것일까? 어떤 사건에서든지 진정한 현상은 사실이 아니라 관계이다. 따라서 언어는 초월적인 진리에 대한 주장을 불안하게 하고 전복시킨다. 하나의 대상으로서의 작품 개념은 와해되고 퍼포먼스와 행위가 중요한 의미를 띠게 된다. 텍스트나 작품은 성스러운 대상물이 아니라 언어의 공간이다. 여기에는 작가 중심의 작품 개념에서 독자나 청중이 의미 수립과정에서 주도권을 가지는 텍스트 공간의 개념으로 바뀐다. 핫산은 이러한 텍스트성을 비평담론에도 적용하고자 하였다.

끊임없는 "쇄신"과 "탐색"에 비평적 생애를 걸어온 핫산의 비평적 변모의 과정은 대체로 5단계로 구분될 수 있다. 매 단계마다 그는 새로운 모험과 탐색을 시도하고 있다. 첫째 단계는 2차 대전 이후의 미국 소설에 관한 연구서인 『과격한 순진성』(*Radical Innocence*, 1961)에서부터 시작된다. 이 책은 현대소설 주인공들의 반항아-희생자로서의 반영웅(anti-hero)의 개념을 중심으로 한 전후소설 비평서이다. 둘째 단계는 1967년에 간행된 『침묵의 문학』(*The Literature of Silence*)의 시기로 핫산의 주 관심사는 문학에서의 관습 파괴의 전략에 대한 것이다. 핫산은 예술 자체의 형식들과 권위를 의심하고 나아가 그것을 전복시키거나 초월하려는 노력들에 관심을 집중시키고 있다. "침묵"에 대한 비평적 관심은 그 다음 저서인 『오르페우스의 사지 절단』(*The Dismemberment of Orpheus*, 1971)에서도 다시 나타나고 있다. 이 단계에서 핫산은 새로운 문화 현상으로 떠오르던 포스트모더니즘에 본격적인 관심을 가지게 된다.

셋째 단계는 자신이 "파라비평"(paracriticism)이라고 부른 새로운 비평담론 양식으로 불연속적인 비평매체를 실험하여 문학적인 재료와 비문학적인 재료는 혼합하고 해설적인 담론과 다른 형태의 담론들을 혼합함으로써 비평담론 행위를 다시 정의 내리려는 단계이다. 1975년에 간행된『파라비평』이 바로 그것이다.

다음으로 넷째 단계는 앞 단계와 연장선상에 있어 확연한 분리가 어렵겠으나, 필자의 생각으로는 포스트모더니즘이나 포스트휴머니즘에 관한 이론화 작업이 활발했던 시기이다. 1980년에 간행된『올바른 프로메테우스의 불: 상상력, 과학, 문화 변화』(*The Right Promethean Fire: Imagination, Science, and Cultural Change*)에서 핫산은 "삶이 진정으로 문제되고 삶 자체를 생성하고 다시 창조하는 곳에서 권력과 그 인간적·심리적인 영역이 와해된다. 축복받은 땅은 정확하게 어디인가? 물론 인간의 마음속이다. 그 밖의 다른 곳을 나는 알지 못한다. 이 책은—한 자서전의 단편이고, 과학과 상상력에 대한 사색이며, 변화를 위한 작은 기도인—단순히 그러한 문제들을 탐구한다"(xxi)고 적고 있다. 핫산은 인간과 역사 변화에 원동력이 되는 인간 "의식"에 많은 관심을 가지기 시작한다. 이 시기에 내용과 형식면에서 가장 획기적이고 실험적인 일종의 파라적 자서전인『이집트로부터』(*Out of Egypt*, 1986)가 발간되었다. 이 밖에 포스트모더니즘에 관한 주요 논문들을 모아놓은『포스트모던 전환』(*The Postmodern Turn*, 1987)도 이 시기에 발간되었다.

다섯 번째 단계에서 핫산은 적어도 형식적인 면에서 다시 전통적인 비평담론의 영역으로 돌아왔다. 그러나 내용이나 주제 면에서는 여전히 혁신적이다. 그것이 바로 최근 발간된『모험을 하는 자아들: 동시대 미국 문학의 탐색의 양식들』(*Selves at Risk: Patterns of Quest in Comtemporary American Letters*, 1990)이다. 여기에서 핫산은 이 책의 부제가 밝혀주고 있듯이 현대 미국의 동시대적 삶의 현실 속에서 소설과 정통 문학 장르에서 벗어난 논 픽션에 나타나는 끊임없는 탐색의 주제를 다각도로 다루고 있다. 이는 문물 현상에서 언제나 새로운 것을 타작해내려는 문학비평가 · 문화이론가인 핫산 자신의 탐색적인 인생과 일치되는 작업이며, 포스트모더니즘 이후 그의 새로운 관심 분야에 대한 탐구이다.

따라서 필자는 이 글에서 핫산의 비평적 생애의 변모를 단계적으로 살펴보면서 그의 비평적 대응 전략이 어떻게 생성 · 변모되어 가는지 살펴보고자 한다. 그러나 그러한 연대기적(?)인 논의에 앞서 그의 비평과 이론을 관류하는 몇 가지 원칙과 기본적이고 중심적인 비평 개념과 용어들을 우선 간략하게나마 살펴보고자 한다.

2. "욕망", "희망", "죽음", "사랑", "상상력" 그리고 "변화"

핫산은 『파라비평』이란 책에서 자신을 "실존주의자, 이상국가주의자 그리고 신비주의자"라고 삼중으로 정의 내린다. 우리는 그의 이러한 자기정의를 보면서 그가 특별한 기질을 가지고 있고 또 새로운 입장을 취하리라고 예상할 수 있다. 실존주의자로서의 핫산은 스스로의 선택을 통해 그의 삶을 창조하고 정의하고자 하며 개성적이면서도 사적인 삶의 감각을 가진다. 그의 입장은 상당히 개인주의적이며 다소간은 자아와의 관계, 특히 자신과 죽음과의 관계를 강조하는 소외된 실존주의자이다. 그러나 이상국가주의자로서의 그의 기질은 그로 하여금 사회와 연관성을 갖게 하며 다소 세상에 널리 퍼져 있는 일반적인 입장을 취하게 하고 더 나은 사회, 더 나은 인간 상태와 질서를 지닌 사회를 꿈꾸게 한다. 나아가서 노래로 산천초

목을 매혹시키는 특별한 힘을 가진 신화의 인물인 오르페우스와도 같이 핫산은 자연과의 혼연일체를 꿈꾸는 우주적인 비전을 지닌 (너무나도 동양적인!) 온건한 신비주의자의 견해를 유지하고자 한다. 그 속에서 자아와의 관계, 사회와의 관계, 우주와의 관계는 상호 의존하고 조화를 이루어 그는 다원론적이고 복합적인 비전을 가진 비평가로서 삶, 문학, 문화, 역사의 다양한 시각을 구비하게 된다.

그의 지적인 사고방식이 그 자신의 기질과 복합되어 작용하며 그의 비평을 이루게 되는데, 그렇다면 핫산 비평의 근본원칙들은 어떤 것인가? 첫째 그는 이미 정해진 틀에 안주하기보다는 안정을 거부하고 전통적이 아닌 것을 택하며 위험을 무릅쓰고 모험을 시도한다. 두 번째로 그의 비평은 어떤 특정한 문학작품이나 문화 현상만을 대상으로 삼는 것이 아닌 삶 전체에 대한 일반적인 진술이다. 그리하여 그의 비평에서 우리는 개인적이며, 자서전적이며, 몽상적인 비전까지를 발견하게 되며, 또 그 비전들은 그가 읽고 있는 책들과 결합되고, 그가 살면서 겪고 있는 지적, 문화적, 역사적 경험과 결합됨을 볼 수 있다. 다시 말해 그의 두 번째 원칙은 비평이 단순히 특정한 문학작품의 분석, 해석, 평가만을 하는 척박한 분석비평이 아니라 좀 더 인간적이고 좀 더 광범위하고 삶의 많은 요소를 포용하는 포괄적인 담론이 되기를 희구함을 보여준다. 그의 세 번째 원칙은 이 글의 주제와도 관련되는 것인바, 새로운 것, 권위적인 것, 그리고 변화의 문제를 어떻게 다룰 것인가이다.

이러한 비평의 원칙하에 작업하는 핫산에게는 몇 가지 용어들—"욕망", "희망", "죽음", "사랑", "변화", "상상력"—이 중요한 역할을 한다. "욕망"(desire)이라는 개념은 인간을 움직이게 하고 현재의 자신에 만족하지 않고 뭔가 다른 것을 희구하게 만드는 중요한 동인(動因)이다. "욕망"은 인간 생활과 인간 정서의 일차적인 힘이다. 그래서 그는 「욕망, 상상력, 변화: 한 비평의 작업 개요」란 글에서 "말하자면 욕망이란 은유의 변형적인 힘이다. … 해석, 예술, 진리, 사랑, 삶—이 모든 것들은 니체가 "권력에의 의지"라고 부르는 것이 되고자 하는 욕망의 형태들이다"라고 결론을 내린다. "간단히 말해 욕망이란 우리가 앞으로 통제하고 변형하거나 통합해야만 하고 나아가서 우리 자신을 미래와 과거에 구속시키는 원초적인 정신적 에너지이다." 따라서 핫산의 견해로는 이 "욕망"을 어떻게 다루느냐에 따라 우리의 미래가 좌우된다는 것이다.

핫산의 "희망"(hope)이라는 용어는 사회적인, 즉 유토피아적인 차원을 가지고 있다. 희망이 있기에 우리는 전체적인 삶의 질서 속에 우리를 투영시키고자 한다. 반면 "죽음"이라는 용어는 실존주의적인 측면에서 상당히 중요한 몫을 담당하는데 그것은 삶이 불확실성과 연계성을 가지기 때문이다. 우리 인간은 언제나 "생의 본능"과 "죽음의 본능"의 갈등 속에 휘말려 있다. "죽음"은 꼭 문자 그대로의 의미가 아니라 변화에 대한 은유로 쓰이고 궁극적으로는 우리가 우리의 두려움을 가라앉힐 때 우리가 우리의 귀에다 속삭여 전해주는 언어로서의 의미로 사용된다.

그 다음으로 "사랑"이라는 개념을 살펴보면, 핫산은 그것이 그 어떤 것보다도 강력한 힘을 지니고 있다고 생각한다. "사랑"은 자기보존을 꾀하는 에로스의 의미에서 "욕망", "희망", "상상력" 등 모든 것을 함께 모아준다. 이 사회를 형성하고 또한 "욕망," "희망" 등을 불어넣어 주는 것은 우주적인 힘이고, 이 "사랑"은 삶과 우주의 변증법적 관계로 인해 산출되는 것이기 때문에 가장 중심적이고도 핵심적인 요소이다.

핫산은 그의 비평에서 위의 용어들을 끊임없이 사용한다. 이 용어들은 자연계의 4대 요소인 물, 불, 공기, 대지와 마찬가지로 그의 비평의, 그의 의식의 근간을 이루는 원소들이다. 그의 모든 독서행위, 사고 작용, 창작으로서의 비평행위는 이러한 기본원칙들과 관련되어 대화 속에서 나온 결과라고 볼 수 있다.

그 다음 용어인 "상상력"은 핫산이 자신에게 가장 중요한 주제라고 고백한다. 그는 "상상력"이 우리의 미래를 만들고 또 그것이 우리의 운명이 된다고 생각한다. 그는 "상상력"이라는 주제를 세운 다음, 그 주제에다 자주 되풀이되는 다른 주제들—욕망, 희망, 변화, 언어의 보편 내재성, 지식과 행위의 불확정성, 인문학의 상호 갈등과 야망들, 정치학, 역사, 죽음, 부분과 전체와의 관계, 하나와 다수와의 관계 등등—을 관련지어 이야기한다. 핫산은 "상상력"이야말로 살아 있는 불꽃이며 은유의 은유이고 모든 우리의 허구들을 가능케 하는 중심적인 힘이며 역동적이며 혁신적인 변혁을 이룰 수 있는 힘이라고 생각한다.

혁신가로서의 비평가이며 혼돈의 감식가인 핫산은 자신이 "변화"에 대해 아마추어이고 새로운 것이 일어나는 것을 계속해서 목격하고 있다고 말한다. 그의 머릿속에는 우리 인류의 운명에 대한 끊임없는 의문이 떠돌고 있고 "변화"의 비전이 자리하고 있다. 핫산은 우리 인간이 다윈, 마르크스, 프로이트, 심지어는 아인슈타인이 예견했던 것보다도 훨씬 더 급격하게 "변화"될 것이라고 확신하고 있다. 비평이 그러한 "변화이론"을 만들어내는 데 한 몫을 담당하고 삶의 계획의 일부분이 될 수 있지 않겠는가? 또는 어떻게 우리가 "변화"를 사랑하지 않고 살아갈 수 있겠는가? 핫산은 항상 불시에 나타나는 새로운 것, 기이한 것과, 개방적이지 못하고 구태의연한 전통만을 중시하는 문화 사이에서 중개자 역할을 한다. 핫산은 정상적이지 않은 것을 단순히 기이하고 이상한 것으로만 몰지 않고 오히려 그것을 삶이 다시 새로워지고자 지니고 있는, 삶이 가진 힘의 증거로 간주한다. 그러나 우리는 적절하면서도 수긍이 갈 만한 현대의 변화이론을 가지고 있지 못하다는 것이다.

핫산은 변화원리가 지녀야 할 몇 가지 요소를 제안하고 있다.

1) 소크라테스 이전의 철학자들 이래로 이미 서구인의 정신 속에는 확실하지는 않지만 역동성이 존재하여 왔음을 인정해야 한다.
2) 변화는 인간상황에 본질적인 요소임을 인정해야 한다.
3) 진정한 변화는 궁극적으로 창조이며 경이임을 이해해야 한다.
4) 인류에게 일어날 수 있는 모든 변형의 수단과 목적을 탐구해야 한다
5) 인간에게는 어떤 특별한 운명이 지워져 있는가라는 문제를 생각해보아야 한다.
6) 인간 노력의 전 우주적인 체계를 받아들여야 한다.
7) 그리고 어떠한 변화이론도 곧 변화의 신화로 되어 어떤 신념으로 정립되리라는 사실을 인정해야 한다.

핫산은 진실로 적절한 변화이론은 스스로가 변화가 가능하다는 것을 입증할 수 있어야 한다고 말한다. 누구를 위해서, 또 무엇을 위해서 변화가 궁극적으로 작용하는가를 안다는 것은 결국은 우주의 감각을 알게 되는 것이라고 생각하는 핫산은 이러한 변화이론을 문학비평과 문화이론에 접목시키고자 한다. 그렇다면 핫산 자신은 문화이론가로서 문학비평가로서 어떻게 변모하고 있는지 다음에서 살펴보자.

3. "전환기" 이론과 비평의 탐색과정

핫산은 앞서 지적한 바와 같이 미국에서 60년대 이후 문화의 새로운 변화의 양상인 포스트모더니즘 계열의 소설에 대해 긍정적으로 접근하고 있다. 핫산은 이미 "현대 미국 소설은 우리의 현실을 보여줄 뿐 아니라 우리 존재의 양태들을 탐구하고 확장시킨다"(*Radical Innocence*, 3)고 전제하였다. 핫산은 소설이란 장르가 사회로부터의 하나의 보고서 이상이고, 자아와 세계의 변증법이며, 예술가의 구성에 의해 이루어지는 실재이며, 이러한 문제들을 다루는 방식이 특이하다고 보았다. 따라서 미국 소설은 핫산에게

그의 비평적 생애의 최초의 주제가 되었다.

핫산은『과격한 순진성』에서 현대세계는 소설의 전통적인 주인공들을 반항아나 희생자의 역할로 전락시켰다고 지적한다. 현대소설은 자아를 세계로부터 움츠러들게 만든다고 설명한다. 그러나 움츠리는 것은 그 자체가 전략이나 정신의 원칙이다. "과격한 순진성"은 "죽음을 포함한 현실의 타협할 수 없는 지배를 받아들이기 거부하는" 자아의 기본적인 태도이며, 따라서 그 자아의 자유는 결코 제한되지 않는다는 것이다. 그러나 이러한 새로운 주인공들은 희생자나 희생양(pharmakos)으로 나타나고 이들은 행동의 자유도 없고 필연에 의해 지배되고 삶의 변화와 자아의 쇄신도 기대할 수 없다. 여기에 속하는 소설을 일종의 비극이라고 규정지은 핫산은 소설가 스타이런(Styron), 스와도스(Swados), 메일러(Mailer) 등을 포함시킨다. 두 번째 종류의 주인공은 제한된 자유를 누리는 인물(eiron)이다. 이러한 주인공이 등장하는 소설은 비극과 희극의 중간 지대인 로만스의 세계로, 여기에 속하는 작가로 핫산은 뷔흐너(Büchner), 말라무드(Malamud), 엘리슨(Ellison) 등을 꼽는다. 핫산은 현대 미국 소설 주인공의 세 번째 유형으로 반항아, 악당(alazon)을 내세우고 그들은 자유와 해방의 가능성을 보여준다고 지적한다. 핫산은 이러한 부류의 소설의 희극적인 양상을 지적하며, 골드(Gold), 치버(Cheever), 던리비(Dunleavy) 등과 같은 소설가들을 예로 들고 있다.

그러나 핫산은 40년대 50년대 소설들이 결심을 지연시키고 탐색을 시작하나 플롯 없는 상태로 와해되어 버리는 것을 우려하고 있다. 그의 우려는 다음에서 명백해진다.

> 역사는 인간을 위한 구원을 예언해주지 않으며 인간의 노력들에 소급하여 어떤 의미도 부여하지 않는다. 이 시대의 지배적인 정치 성향은 사

회의 집단적이며 기술적인 기구를 강화시켜 준다. 프로이트 정신분석학은 본능과 문명 사이의 적대감이 사랑과 공격 사이의 희망 없는 대립에 근거를 두고 있음을 밝혀주고 있다. 실존주의 철학은 미리 상정된 가치들이나 의미들이 결핍된 세계에서 자아의 절대적인 헐벗음을 드러내준다. (앞의 책, 20)

모더니즘의 경험이 인간형식에 파괴적인 힘으로 작용하여 어떤 와해의 상태에 이르렀다면 우리의 포스트모던 반응 속에 어떤 희망이 있는 것은 아닐까? 모더니즘의 막다른 골목에 서 있는 우리는 새로운 변화상황들 속에서 생존을 위한 문학 대응 장치를 개발할 수는 없는 것인가? 핫산은 낡은 주제와 형식에 반정(反正)하고 새로운 비평의 언어를 만들어내기 시작한다. 그의 첫 번째 관심사는 예술 속에서 비전의 중요성을 인식하여 문학 창조 뒤에 있는 정신적인 힘과 조우하는 것이다. 비평가에게는 "양식에 대한 관능적인 감각과 새로운 것에 대한 직관적 통찰"(『올바른 프로메테우스의 불』, 13)이 필요하며 중요한 문제는 의식의 문제이지 단순히 문학 자체의 문제가 아니라는 인식이다. 따라서 비평가가 직면하는 것은 냉철한 지성적인 대상이 아니라 "언어에 의해 교활하게 이해할 수 없게 중재된 현존"(앞의 책, 166)이다. 다시 말해 "작품을 대할 때 그는 단순히 그의 꿈이나 미적 의식만이 아닌 궁극적으로 한 인간의 존재 전체 속으로 들어가야 한다. 그렇게 함으로써 인간 열정의 총체적인 판단에 의존하게 된다"는 사실을 비평가는 인정해야 한다는 것이다.

그 다음에 발표한 『침묵의 문학』에서 핫산은 새로운 문학형식에 관해 좀 더 구체적으로 발언하기 시작한다. 핫산은 "예술은 쇄신을 가능케 하는 방향 설정을 위한 연습"(216)이며, 필요한 것은 단순한 예술에서의 쇄신이 아니라 의식의 쇄신이라고 주장한다. 그는 헨리 밀러와 사무엘 베케트와 같은 대칭되는 작가들을 통해 현재에까지 흐르는 "침묵"의 전통 속에서 그리고 매너리즘, 낭만주의, 모더니즘 속에서 포스트모더니즘의 예비 징후를 찾고 있다. "침묵"은 핫산에게 초기에는 부정적인 요소로 간주되었으나 후에 특히 문학의 주제보다 형식을 고려할 때 적극적인 가치가 된다.

> 반문학(anti-literature)의 중심부를 차지하고 있는 침묵은 큰 목소리이며 또한 다양하게 나타나는 것은 분명한 사실이다. 침묵이 분노나 계시의 충격으로 생겨났는가 아닌가의 문제와, 침묵이 순수한 행위 또는 순수한 놀이로서의 문학의 개념에 의해 고양되었고, 또한 구체적인 대상물, 텅 빈 페이지 또는 무작위적인 배열로서의 문학작품 개념에 의해 고양되었는지 아닌지 하는 문제는 아마도 결국에는 아무 상호 관련이 없을 것이다. 요점은 다음과 같다. 침묵은 문학이 그 자체에 대해 채택하기로 선택한 하나의 새로운 태도에 대한 은유로 발전된다는 것이다. 이러한 태도는 문학의 담화가 지닌 고래로부터 내려온 특별한 힘인 탁월성을 문제시한다. 그리고는 우리 문명의 여러 가설들에 도전한다. (『포스트모더니즘 개론』, 정정호·이소영 역, 26)

나아가 핫산은 "문학은, 문학 자체를 거역하면서, 우리에게는 분노와 계시와 같은 불안한 암시를 주며, 침묵을 열망하고 있다"(『올바른 프로메테우스의 불』, 13)고 전제하고 다음과 같은 결론에 도달한다.

> 밀러와 베케트는 모두 우리의 가장 어두운 희망을 소유하고 있는 코미디언들이다. 그들의 희극정신은 문학을 서로 다른 방향으로 곡해한다. 밀러가 문학을 평상적인 한계 밖으로 뻗어나가게 한다면 베케트는 그것을 무로 움츠러들게 하고 있다. 그러나 확장과 수축은 끝에 가서는 똑같은 목적, 즉 어떠한 주어진 문학 형태에서 철저하게 말의 기능을 변화시키는 그 목적을 만족시킨다. 이러한 변화는 내가 은유적으로 침묵이라고 이름 지었던 엔트로피의 상태를 향하여 나아간다. 다시 말해 침묵은 문학이 자체를 향하여 채택하고자 선택한 새로운 태도이다. 이러한 태도는 정말로 새로운 것인가? … 오늘날 우리는 무엇이 새로운 것인가에 대한 확신을

가지지 못한다. 그러나 우리가 좀 더 확신할 수 있는 것은 … 침묵의 문학

이 지나가는 유행으로 판명되건 문학사의 한 국면으로 판명되건 간에 그

것은 서구의 양심과 서구 양심의 무의식이 우리 자신들에 대해 내린 판결

이다. (『포스트모더니즘 개론』, 42~43)

핫산은 『오르페우스의 사지 절단』에서 앞서의 문학에서의 "침묵" 문제를
다시 하나의 은유로 간주한다. 왜냐하면 오르페우스의 머리는 사지가 절단
된 채 계속 노래를 부르고 있고 그 노래의 가사는 제2의 자연이 되고 예술
은 삶 속에서 용해되고 있기 때문이다. 그럼에도 불구하고 그 은유는 자아
와 문명의 어떤 고뇌와 언어에 대한 반감을 드러내고 있어서 분노와 계시
의 모습, 즉 60년대 미국의 모습을 자극한다.

시인의 전통적인 인물인 오르페우스는 현실생활이라는 미내드(Maenad)
에 의해 사지가 갈기갈기 찢긴다. 그러나 그의 남아 있는 머리는 계속해
서 노래를 부른다. 사드, 헤밍웨이, 카프카, 즈네, 베케트 등을 토의한 핫산
은 자기 희화, 자기 전복, 자기 초월의 반예술이 의기양양하게 지나간 후
에 예술은 인간의식의 완전한 신비와 상응하는 보상받은 상상력을 향해 움
직일지도 모른다고 지적한다. 핫산은 미래를 내다보는 소설가들이 이루
어낸 것을 실행해야만 한다고 보았다. 의식구조의 변화를 예측하고 "새로
운 소설이라는 수단에 의해"(『오르페우스의 사지 절단』, 175) 변화를 가능
케 하는 적극적인 반응과 태도를 취해야 한다는 것이다. 비평가는 이러한
의식—특히 의식을 처음 창조했던 바로 그 제약들을 위반함으로써 새로운
의식이 창조되는 방식—을 이해해야 한다. 제약은 만들어지고 와해되면서
디오니소스적이니 자기변모로 이끌며 그 자체는 비존재라는 관능적인 대
립 속으로 들어가고 궁극적으로는 총체적은 우주적 의식을 위해 언어를 초
월하게 된다.

따라서 『오르페우스의 사지 절단』에 이르러 핫산은, 거의 2세기 동안의

문학 실험은 "사라지는 형태를 향해 나아간다. 그들은 침묵의—역사로부터 자유로워지는 의식—암시가 말과 사물에서 벗어나 자유로워지기를 노력했다"(247)고 지적하였다. 침묵은 새로운 문학에서 은유적인 의미를 가진다. 반문학의 아방가르드 전통, 이성, 사회, 역사와의 유리, 자연과의 분리, 꿈속으로 사라져 버리는 낭만주의를 열망하는 예술의 거부, 결정이나 역사적 양식의 어떤 암시도 억제하기 위한 형태의 주기적인 전복, 광기와 신비주의에 의해 비어 있는 마음을 채울 수 있는 힘, 그 자체에 의식을 부여하고, 알려진 세계와 역사를 와해시키는 묵시록을 측정하는 것이 침묵을 통한 새로운 미학의 속성들이 될 수 있다.

　이런 맥락에서 볼 때 앞서 지적한 "변화"에 대한 핫산의 감식력은 특별나다. 소설은 "미국 문화의식의 중요한 변화"(『현대미국문학』(*Contemporary American Literature*), 174)를 반영하므로 비평은 반드시 소설을 채택해야 한다는 것이다. 소설의 전통적인 형태가 포스트모던 시대의 새로운 물리적, 도덕적, 철학적 상황에 적절한가 하는 것을 결정하려는 "소설의 죽음"이라는 논쟁도 이런 맥락에서 논의될 수 있다. 핫산의 비평적 견해의 전개는 미국 소설에서의 쇄신을 예견케 한다. 왜냐하면 핫산은 『과격한 순진성』에서 논의한 1940년대 50년대 소설에 대한 새로운 시대와 의식의 쇄신을 위해 필요한 양식들을 제공하지 못했으므로 유보적인 태도를 취했으나 『현대 미국 문학』(1973)에서는 전혀 새로운 양식의 새로운 소설들의 가능성을 받아들이고 있기 때문이다. 핫산은 새로운 소설가 로널드 수케닉(Ronald Sukenick)이 "사실과 꿈을 재정의 하면서 작중 인물을 즉흥적으로 만들어낸다"고 지적한다. 또한 수케닉은 정체성, 우화와 글쓰기 자체의 구조를 와해시킴으로써 "정신의 최고의 허구들이 실재의 형태들을 끊임없이 다시 만들어내는"(앞의 책, 171) 의식의 혁명에 참여한다. 언어와 의식이 소설에서 표현될 수 있기 때문에 수케닉의 창작방식은 바로 핫산의 비평이 지향하는 바였다.

핫산은 그 이후 저서인 『파라비평』에서 위와 같은 새로운 형태의 문학을 다루는 비평가의 새로운 기능과 의무에 관해서 논의하고 있다. 핫산은 혁신자로서의 비평가로 보수적이며 형식적인 대학 강단 비평에 대하여 강한 불만을 품고 있었다. 핫산은 그 다음 저서인 『프로메테우스의 불』에서도 현재의 변화하는 이론들의 틀 속에서 문학비평이 가지는 자유와 책임을, 다시 말해 비평가들이 전통적으로 부여받은 것보다 많은 비평적 상상력을 위한 더 확대된 역할에 관해 논하고 있다.

> 비평가의 자유는 불안하고 까다롭다. 그것은 동시에 진취적이며, 감응하기 쉽고, 반사성이 있다. 그러나 비평가의 자유는 단지 혁신의 토대만을 제공할 수 있다. 비평가는 더 많은 것을 필요로 한다. 그에게는 문체에 대한 색정적인 감각과 새로운 것에 대한 직관이 필요하다. … 비평의 언어들이 지금 전문 특수용어, 신조어, 그리고 추상성에 의해 고통을 받는 것은 사실이다. 그것은 그 언어들이 기술적인 동시에 개인 방언화되었기 때문이다. … 그러나 블랙머류나 바르트류의 문체가 명쾌한 사람들에게는 어색하게 보일지 모르나 기묘한 활력−일종의 사랑이랄까?−을 표현하고 있음을 우리는 또한 감지한다. (『포스트모더니즘 개론』, 219)

핫산은 따라서 현 단계에서의 비평의 문제점을 다섯 개의 틀로 요약하고 있다.

1) 틀들이나 분야들이 비평적 담화를 포함한 우리의 행위와 발언을 형성한다. 왜냐하면 틀들은 진정으로 일종의 허구이기 때문이다.
2) 패러다임보다는 오히려 학파들이 비평계에서 우세하다. 학파들이 전이하는 모형들 속에서는 비평의 혁신을 보다 쉽게 하는 동시에 좀 더 애매하게 만든다.
3) 비평은 문학 자체와 같이 하나의 구성적인 담론이다. 이리하여 "특별한 종류의 예술가"로서, 모형을 만들어내는 사람으로서의 비평가는 어

떤 인식론적인 자유를 즐긴다.

4) "특별한 종류의 예술가"로서의 비평가는 문체에서, 그리고 새로운 것에 대한 복합적이고 색정적인 태도에서 자신을 드러낸다.

5) 이 모든 것은 우리가 앞으로 보겠지만 비평가의 복합적인 관심인 정치학으로 이끌고 또한 상상력의 경계 지역과 주변 지역으로 이끈다. (앞의 책, 223)

핫산은 다음으로 오늘날 어떤 구성적인 주제들이 미래의 비평 작업을 결정짓는가에 대해 다섯 가지로 나누어 설명하고 있다. 여기서는 제목만을 소개하기로 한다. 상상력의 이론들, 상상력의 정치학, 미래, 신화학과 테크놀로지, 그리고 "하나와 여럿"의 문제가 그것이다(앞의 책, 237~238).

핫산은 『프로메테우스의 불』에 두 번째로 실린 「문학의 재조명: 수사학, 상상력, 비전」이란 논문에서 문학에 관한 우리의 생각에 도전하고 휴머니즘의 기준에 반정하는 (주로 프랑스) 이론들의 수사학을 논하고, 상상력에 대한 몇 개의 개념을 예견하고 우리들을 비전에 대한 잠정적인 견해로 이끈다. 이 에세이에서 그의 서술양식은 우선 텍스트가 있고 몇 개의 인터텍스트(텍스트 사이에 들어감)들과 에피텍스트(텍스트 이전이나 이후로 들어감)들이 끼어 들어가고 다시 리트로텍스트(텍스트를 되돌아봄)를 통해 끝부분에 도달하는 방식이다. 핫산은 여기에서 포스트구조주의에 대한 한계를 지적하며 다음과 같은 비판적인 견해를 보여준다. 아래 인용은 길지만 비평가로서의 그의 위치를 가장 잘 보여주고 있다고 보여 그대로 소개한다.

1) (포스트)구조주의적인 부재의 형이상학과 분열의 이데올로기는 거의 광신적으로 전체에 대한 비전(holism)을 거부한다. 그러나 나는 전체에 대한 나의 은유적 감각을 회복하고 싶다.

2) 문학에 대한 (포스트)구조주의적인 개념은 … 전적으로 내파적이다. 모

든 것은 언어 자체에서, 구조 내/외의 구조 위에서 내부로 붕괴한다. 그러나 나는 또한 외파적인 문학의 개념을 갈망한다.

3) 구조에 대한 구조주의자들의 생각은 궁극적으로 인간 역사와 우주의 진화 모두에, 즉 진행과정 속에 있는 실재에 대하여 부적절할 수도 있다.

4) (포스트)구조주의적인 기질은 쓰거나/말하는 주체에 대하여 지나칠 정도로 비개성화되기를 요구한다. 쓰기는 표절이 되고 말하기는 인용이 된다. 그러면서도 우리는 쓰고 말한다. … 나는 나 자신이 나의 역사적인 목소리를 침묵시켜야 할 뿐 아니라 분명히 발언해야 하고, 나의 삶을 잃는 동시에 찾아야 한다는 것을 안다.

5) 많은 (포스트)구조주의자들의 문체는 처음에는 아주 매력적이나, 후에 가서는 혐오감을 불러일으키기 시작하는 것일까? … 그것은, 그들의 인식론 내에서 "주체"를 추방해버렸으므로 그 주체가 "기의"의 비속함을 피하는 척 하는 복잡한 언어의식 속에서 특이한 개성이 드러나는 문체로 자신의 존재를 시위하기 위해 고집스럽게 되돌아가기 때문일까?

6) (포스트)구조주의자들의 행위는 모든 것이 표현되고 행해질 때 특정한 문학 텍스트들이 지닌 의미, 경험, 힘, 가치와 즐거움을 충분히 양양시키지 않는다. 그리고 문학으로 나를 끌어들이거나 문학에 대해 나를 자극시켜 주지 않는다. (앞의 책, 256~258)

핫산은 이렇게 (포스트)구조주의자들에 대한 불만을 표하면서 그들과 분명한 거리를 유지하고 있으며 다른 유파나 학파와 떨어져 비교적 독립적·절충적인 입장을 취하고 있다. 핫산은 그러나 이러한 포스트구조주의의 활동을 더 큰 문화 현상—즉 포스트모더니즘—의 한 부분으로 파악하고 있다.

4. 포스트모더니즘의 개념 정립을 위해

그러면 이제부터 핫산의 포스트모더니즘에 대한 개념을 살펴보자. 핫산이 새로운 문화적인 힘이라고 여기고 있는 포스트모더니즘(혹은 포스트휴머니즘)은 의미론적으로 다소 불안정한 위치에 놓여 있기는 하지만 금세기 후반기에 예술, 사회, 문화 전반에 걸쳐 일어나고 있는 뭔가 다른 양상과 경향들을 잘 설명해준다고 그는 지적한다. 핫산은 「포스트모더니즘의 개념 정립을 위하여」라는 유명한 논문에서 단순화의 위험을 무릅쓰고, 최근의 여러 학자, 이론가들의 개념을 빌어 모더니즘과 대조시켜 포스트모더니즘의 특징들을 제시해준다. 그러나 포스트모더니즘에 대한 핫산의 중심적인 개념은 그 자신이 만들어낸 말인 "불확정 보편내재성"(Indetermanence = indeterminacy + immanence)이다. 이 개념의 저변에는 하이젠버그의 "불확실성의 원리," 보어의 "상호 보완의 원리" 그리고 괴델의 "불완전성의 증거" 등의 개념이 깔려 있다.

핫산은 "불확정성"의 개념에는 우리 시대의 다양한 목소리와 원리들이 포용, 통합되어 있다고 볼 수 있다. 이 목록 중 일부만을 나열해보면 와해(disintegration), 해체(deconstruction), 전이(displacement), 탈중심(decenterment), 불연속(discontinuity), 사라짐(disappearance), 탈정의(de-definition), 탈신비화(demystification), 탈총체화(detotalization), 탈합법화(delegitimation) 등이다. 여기서 우리는 개방성, 이단, 다원론, 절충주의, 무작위성, 반항, 변용의 정신을 엿볼 수 있다. 이러한 경향을 언급한 이론가들을 몇만 예로 들면 줄리아 크리스테바의 텍스트 상호성과 기호학의 해체, 폴 리쾨르의 의심의 해석학, 롤랑 바르트의 즐거움의 비평, 펠릭스 가타리의 분열증적 분석, 장 프랑소와 리오타르의 탈합법화의 정치학, 레슬리 피들러의 변종들, 레이몬드 페더만의 쉬르 픽션, 그리고 핫산 자신의 파라비평과 파라전기 등이 있다.

핫산의 "보편내재성"의 개념인 산종(散種, dissemination), 확산(dispersal), 분산(diffusion), 분해(diffraction), 의사소통(communication), 상호 작용(interplay), 상호 의존(interdependence), 상호 침투(interpenetration) 등에서는

확산, 정신 자체를 세계화—보편화하려는 경향을 찾아낼 수 있다. 이러한 경향은 아놀드 토인비의 영화(靈化), 벅민스터 풀러의 무상화, 파올로 소레리의 비물질화, 칼 마르크스의 역사화한 자연, 떼이야르 드 샤르댕의 혹성화한 인류, 그리고 핫산 자신의 새로운 영지주의에서 이미 나타나고 있다. 핫산이 지적하는 포스트모던 세계의 이 두 개의 중심적인 경향—불확정성과 보편내재성—은 서로 반대되는 개념이 아니며 그 둘은 어떤 종합으로 이끌지도 않는다. 이 두 경향은 상호 작용하고 상호 침투적인 양상을 이루어 오늘날 서구 문화에서 일어나고 있는 변화들을 창출해내고 조절해주고 있는 보이지 않는 인식소(épistème)이다.

핫산은 나아가 포스트모던 문화 논의에서 순수한 정신으로서의 인간상황을 보려는 신비적 직관주의인 "영지주의적 욕구"에 주목한다. 이러한 새로운 영지주의는 실제를 파악하려는 정신의 능력에 특권을 부여하며, "불확정성"과 "보편내재성"의 특질도 물질적인 성향보다는 정신적인 성향에 더 잘 어울린다는 것이다. 다시 말해 핫산은 서구 정신에서 일어나고 있는 새로운 의식을 "영지주의"(Gnosticism)로 정의내리고자 한다. 즉, 신비적인 방법과 과학적인 방법을 잘 조화시키려는 것이다. "영지주의"의 특징으로는 "새롭고도 우주적인 의식", "전 우주적인 포용성", "상호 보충성", "상호 의존성", "다양한 수준에서 일어나고 있는 분산의 일관성" 등을 들 수 있다.

핫산은 오늘날 신화와 기술이 그리고 문학과 과학이 수렴되는 과정을 깊이 인식하고 있다. 그래서 그는 도덕율 폐기론적인 요소들과 조화를 이루는 새로운 신비적 직관주의로부터 그의 문화이론을 이끌어내고 있다. 핫산은 과학, 역사, 문화, 예술, 기술 등 모든 것이 서로 융합하여 정신에 호소해야 하고 또 상상력과 모호하면서도 두루 다 통할 수 있는 관계를 맺어야 한다고 주장한다.

이러한 영지주의적 계획에서 과학은 핫산의 비전에 필수적인 것이다. 학부에서 전기 공학을 전공한 그는 과학도 출신답게 과학의 힘에 대해서 상당히 낙관적이다. 그는 상상력과 마찬가지로 과학도 변화를 일으키는 데 강력한 힘을 가지고 있다고 생각한다. 핫산의 유토피아는 희망과 기술이 영원히 동맹을 맺고 있는 세계이지 예술과 기술, 허구와 사실, 기술과 지식, 과거와 미래, 하늘과 대지가 구분되는 이중적인 문화의 세계가 아니다. 그리고 상상력 자체도 현대문화 속에서는 과학에 의해 능력을 부여받게 되고 또 기술 혁신에 의해 그 범위가 확장된다. 게다가 그는 종교와 과학의 결합까지도 지적한다. 그리하여 그의 새로운 영지주의는 포스트휴머니즘 (posthumanism)으로 인도되고 신비적, 직관주의적 계획 속에서 오는 포스트구조주의와 초월주의를 화해시키고자 노력한다. 핫산은 우리 20세기가 떠맡고 있는 과업이 하나와 다수 사이에 새로운 관계를 찾아내고 또 모든 다양한 스타일이 공존되고 포용될 수 있는 다원적인 사회를 건설하는 것이라고 생각한다.

5. 프랑스 포스트구조주의와 문체상의 다원주의

최근 일부 미국 비평은 형식과 내용 면에서 몇 가지 새로운 양상을 보여 주고 있다. 주제나 접근방법에 아무런 장애를 느끼지 않고 어떤 것도 가능하고 좋다는 식이다. 필자는 이 글에서 최근 아직도 강단이나 대부분의 학술지, 문학(비평)지에서 주종을 이루고 있는 전통적인 (관습적인, 정상적인) 비평이나 문학 연구의 여러 갈래에서 벗어나고 있는 새로운 (부조리적, 팝적, 해체적, 파라적, 한마디로 포스트모던한) 비평 경향에 대해서 피상적으로나마 살펴보고자 한다. 그중 주목할 만한 새로운 변화는 내용과 형식 모두에서 문학과 비평의 경계선이 허물어지고 각 장르 간의 혼합, 확산이 일어나는 현상이다. 이러한 현상은 문학 내의 현상만은 아니다.

이러한 담론의 다양성 즉 문체적 다원주의는 작가나 비평가 자신들의 다면체적 성격 때문일 것이다. 미셸 푸코는 과연 역사가, 철학가, 정치이론가인가? 롤랑 바르트는 어떤가? 이러한 현상의 근본적인 이유는 무엇인가? 클리포드 기어츠는 "우리는 우리 자신들이 점점 다양하게 의도되고 다층적으로 구성된 저작들의 거대한 마당에 둘러싸여 있음을 알게 된다. 이것은 우리가 해석의 관습을 더 이상 가지고 있지 않다는 의미는 아니다. 우리가 이것보다 훨씬 유동적이고 다원적이고 탈중심화되었을 뿐 아니라 치유할 수 없을 정도로 무질서한 상황에 적응되도록 구축되어 있기 때문"이라고 지적하고 있다.[1)]

최근 미국 비평의 형식과 내용의 변화에 있어서 프랑스 포스트구조주의자들의 영향도 절대로 무시할 수 없다. 그들은 문학비평 자체를 하나의 문학으로 간주한다. 영국에서 19세기 말 오스카 와일드에서 이미 그 예를 찾아볼 수 있지만 포스트모던한 글쓰기(writing)에 대한 새로운 이론에 대해서는 자크 데리다가 그 대표자이다. 데리다는『글쓰기와 차연』에서 쓰는 행위(writing performance)를 정의내리기 위해 "자유 유희"나 "탈중심화" 같은 개념을 끌어내고 있다. 미국의 해체론 비평가인 제프리 하트만은 다음과 같이 설명하고 있다.

> [데리다]의『조종』(Glas)은『피네간의 경야』처럼 우리 의식을 그것이 망각하지 않고 아마도 용서하지 않을 차원으로 이끌어간다.『조종』이 "비평"인지, "철학"인지 "문학"인지 말하기 어렵고 그것이 책인가도 확인하

---

1) 미국의 신실용주의 철학이론가인 존 라치맨(John Rajchman)은 좀 다른 각도에서 장르와 방법론 간의 혼합을 설명하고 있다: "다른 분야로 옮겨가는 것은 학제적이라기보다 탈방법적이다. 이것은 특별 전문 분야간의 협동이 아니라 그 영역 간의 기본 가정들에 대한 문제 제기이고 새로운 가설을 창출해내려는 의도이다. 탈분석적인 병합과 융합이 있다: 철학-문학이론, 철학-과학사, 철학-공공도덕 논쟁 … 이러한 분야의 창출은 칸트의 구분인 과학, 도덕, 미학 사이의 구분에 대한 도전이다" (John Rajchman and Cornel West. VIII).

기 어렵다. 『조종』은 너무 꼬이고 오염도가 전이되고 속임수를 쓰기 때문에 텍스트의 유령과 같이 유일하고 독창적인 저자의 개념이 처녀성 자제처럼 논쟁을 일으키기 쉬운 조이스의 용어인 "융-프로이트식의 메시지를 담은 책"으로 사라져 간다.[2]

이제 문학 텍스트 자체의 개념은 변화하여 포스트구조주의자들인 푸코나 바르트는 이미 "저자의 죽음"을 선언하고 "새로운 텍스트"학을 수립하였다. 고상한 체하기에 대항하여 텍스트의 즐거움과 관능학이 수립되어 텍스트에서의 이데올로기 분석이라는 작업을 통해 구조원리나 의미를 찾아내고 해석이나 하는 것은 어렵게 되었다. 조르주 풀레, 볼프강 이저, 스탠리 피쉬, 노만 홀란드 등이 이미 밝혔듯이 텍스트는 이제 수많은 "간극"과 "빈

2) "Crossing Over: Literary Commentary As Literature", Comparative Literature. 28, 1976, p. 268. 이 밖에 데리다식 해체론의 비평과 문학교육의 새로운 가능성에 대해서는 Gregory Ulmer. *Applied Grammatology: Post(e)-Pedagogy from Jacques Derrida to Joseph Beusys*(Baltimore: The Johns Hopkins Univ. Press, 1985)와 *Writing and Reading Fifferently: Deconstruction and the Teaching of Composition and Literature*. ed. G. Douglas Atkins et. al.(Lawrence: Univ. Press, of Kansas, 1985) 참조. Gregory L. Ulmer, "The Object of Post-Criticism", *The Anti-Aesthetic: Essays on Postmodern Culture*, ed. Hal Foster. (Port Townsend: Bay Press, 1983), 83~110쪽에는 특히 프랑스 포스트구조주의 이론에 따라 문학비평 — 데리다, 벤야민, 바르트, 존 케이지 — 의 형식들 — 콜라주, 몽타주, 해체, 알레고리, 기생/부생, 그라마톨로기 — 의 새로운 문화 형태와 작법에 관해 자세히 논의되고 있다. 그러나 미국의 역사철학자 헤이든 화이트는 이러한 "부조리비평"은 "언어 자체를 문제시하고 의미를 숨기거나 확산시키는 언어의 힘을 생각하면서 텍스트 표면 위에 불확실하게 배회하며 부호로 풀거나 해석하기를 꺼리고 궁극적으로는 기호의 무한학 유희에 의해 이해를 왜곡시켜 버린다"고 비판한다. 화이트는 바타유, 블랑쇼, 바르트, 푸코, 데리다들이 문학과 언어와 문화 전반의 "악마적"인 요소를 강조함으로써 자연을 문화의 우위에 두려고 했다고 말한다. 나아가 그들은 비평의 기능을 현대 산업 사회의 신화를 탈신화하기의 작업으로 보기 때문에 "그들은 기호의 자의성을 하나의 규칙으로 만들고 의미화의 "자유 유희"를 이상으로 삼는다"고 공박한다. *Tropics of Discouse: Essays in Cultural Criticism*(Baltimore: The Johns Hopkins Univ. Press, 1978)에 실린 "The Absurdist Movemnet in Contemporary Literary Theory"(261~282) 참조. 그러나 필자가 여기서 논의하는 핫산은 프랑스 포스트구조주의자들이나 미국의 해체론자들과는 상당한 거리가 있다.

공터"가 있는 독자나 비평가의 작업장이 되었고 놀이 마당이 되었다. 텍스트의 의미 구성은 자족적·본체론적인 단계를 벗어나 이제는 독자나 비평가들과의 공동 작업에서 나오게 되었다.

이에 따라 비평 자체도 하나의 행위가 되고 문학이 되는 것이다. 힐리스 밀러의 유명한 "주인으로서의 비평가" 개념은 그동안 비평가가 문학을 해석하고 의미를 분석해내고 설명하는 2차적인 또는 기생적 역할—잘 보아주어야 중간 매개자적 역할—을 했을 뿐이었으나 이제는 텍스트를 위한 초대 손님이 아니라 주인이 되었음을 강조하는 것이다. 비평이 하나의 또 다른 문학이며 허구가 되자 그에 따른 여러 가지 형식적 문체적 장치들이 필요하게 되었다. 인용을 과다하게 즐기게 되었고 콜라주, 몽타주 수법이 도입되었고, 인쇄되는 글자 모양에 변화를 주고 그림과 수식, 도표 등도 등장하게 되었다.

이러한 문체상의 다원주의에 대하여 리차드 코스타레네츠는 다음과 같이 기원을 설명하고 있다.

> 문학의 경우 … 거트루드 스타인, e. e. 커밍즈, 휴 맥디어이드(스코틀랜드 방언으로 된 시편들), 제임스 조이스(특히 『피네간의 경야』)에서 언어를 혁신하려는 전통이 있다.
>
> 또 다른 전혀 다른 아방가르드 전통은—전례를 찾을 수 없는 방식으로 문학의 내용을 구성하는—구조적인 대안들을 강조해왔다. 그 예로 조이스(특히 『율리시즈』에서), 파운드, 포크너, 스타인(희곡에서) 그리고 사무엘 베케트가 있다.
>
> 또 다른 전통은 이전에는 비문학적으로 간주되던 재료들을 영입하는 방식이다. 예를 들면 알렉세이 크루체니크 시의 의미 없는 소리들, 최근 시각예술에서의 무대성, 시각 시인들의 회화성, 또는 알프레드 제리의 "신의 표면"의 수식에서 보는 바와 같은 것들이 있다.(Kostelanetz 349)

6. 시각적인 형이상학, 텍스트의 황홀경—『파라비평』

이합 핫산은 내용은 물론이지만 특히 형식 면에서 획기적이고 근본적인 혁신의 의지를 가지고 파라비평(paracriticism)이라는 새로운 비평을 실천적으로 담당해왔다고 할 수 있다. 핫산은 "혼돈의 감식가"이며 "변화와 쇄신의 대변자"로서 20세기 후반기—특히 60년대 이후—의 문화와 문학 전반에 걸쳐 일어나고 있는 새로운 현상들과 경향들에 관심을 집중시키고 다각도로 검토하는 매우 독창적이고도 이단적인 포스트모던 비평가이다.

무엇보다도 핫산의 비평이 우리 독자들을 당황케 만드는 것은 파라비평의 형식과 문체이다. 그는 문학형식에서의 혁신과 변화에 관심을 기울이는데, 그것은 내용이 새로워진 만큼 형식도 그 내용에 합치해야 된다고 생각하고 있기 때문이다. 그래서 그의 비평에서 차지하는 형식과 문체에 대한 비중은 상당히 크며 그는 비평이 구체적인 작품 분석에 그치는 것이 아니라 그 자체로 하나의 문학작품이 될 수도 있고 또 픽션의 경지에도 이를 수 있다고 생각한다. 그의 비평은 철학적, 문학적 사색 또는 회고에 가까운 형식을 취하기도 한다. 그는 그의 새로운 파라비평에서 "장난기 있는 불연속성"으로 대담한 실험을 하고 갖가지 인쇄기술상의 변형과 문체상의 다원주의를 시도하고 있다.

핫산은 자신이 "비평가나 학자로서, 더욱이 몰개성적인 시인이나 소설가나 극작가로서 비평문을 쓰지 않고 독특한 형식들 속에서 나 자신의 목소리를 찾고자 노력한다"고 말하면서 자신의 비평의 형식적인 특성을 다음과 같이 설명한다.

> 나는 이 에세이(비평문)들에서 일관된 논리를 … 주장하지 않는다. 그 에세이들은 잠정적인 부정, 불연속성, 침묵, 빈 공간과 놀라움을 가져오게끔 구성하였다. 또한 이 책은 낯익은 기법들로 가득 차 있다. 인쇄상의

변화와 주제의 반복, 연속주의와 그 패러디, 인유와 유추, 질문형식과 콜라주, 인용과 병치; 그러나 이 파라비평적인 에세이들은 충분하게 부정적이 아니다. 어쨌든 그것들이 주는 효과는 강단비평 밖에서는 별로 새로운 것은 아니다. 그러나 강단비평가들도 엘리엇이나 파운드도 가르치기를 좋아하지 않았던 『황무지』나 『캔토우즈』에서 무엇인가 배울 수 있다. 이 문제는 예술을 모방하는 비평의 문제는 아니다. 오히려 이것은 그들의 목소리들의 반향들과 그들의 삶의 가치들을 사용하는 작가들의 문제이다. (『파라비평』, vi~x)

다시 말해 핫산은 자신의 파라비평문에서 현대시의 여러 가지 기법들을 비롯하여 갖가지 수법을 동원한다. 즉 몽타주, 콜라주 수법, 여러 인용문들의 이상한 배열과 병치, 침묵, 빈 여백, 마스트 형식, 여백을 이용한 그림, 수학 공식, 도표, 연속적인 질문, 단어를 이용한 게임, 숫자 놀이, 시적인 구성, 비슷한 단어 형태, 고딕체 활자, 이탤릭체 활자 및 크기가 다른 활자 사용, 텍스트 내에 참고목록 집어넣기, 자기희화, 대화체 등등 그 예는 무수히 많다(여기에서 독자들을 위해 그 실제 예를 들어주지 못하는 것이 아쉽다).

핫산이 이러한 형식상의 실험을 하는 이유는 비평문의 "낯설게 하기"로 독자들로부터 잠정적으로 확증을 빼앗고 그들을 불연속 상태, 침묵 상태, 놀라움의 경지에 빠뜨려 놓은 다음 독자들이 그런 상태 속에서 꿈꾸고 창조하고 참여할 수 있는 어떤 놀이 마당을 마련해주기 위해서이다. 그래서 전통적이고 통념적인 비평문의 형식에만 친숙해온 우리들로서는 그의 글을 처음 대할 때 어려움, 당혹감, 거부감을 느끼기도 하지만 신기함, 호기심도 갖게 되고 우리의 마음은 경박함보다는 "텍스트의 즐거움"을 가지게 되어 신선한 공기라도 마신 것 같이 된다. 핫산의 파라비평문은 점차로 그 형식이 내용이 되어 커다란 수사학적 힘을 가지고 우리 속으로 침투하여 울림과 꿈틀거림으로 묘한 즐거움을 준다.

핫산의 글의 또 다른 특징은 수많은 인용문이다. 그는 자신의 인용의 미학과 정치학에 관해 다음과 같이 주장한다.

> 롤랑 바르트는 "인용문들은 한 주제의 부성 권위를 수립하고자 한다. 그러나 수백 명의 "아버지들"이 많은 목소리들로 동시에 말한다면 어떻게 될까?" 수잔 손탁은 "인용(그리고 서로 어울리지 않는 인용들의 병치)에 대한 취미는 일종의 초현실주의적인 취미"라고 말한다. 나는 이 글에서 인용들이 ⋯ 일종의 집단적인 꿈의 모자이크라고 믿고 싶다. ⋯ 그리고 이 인용들은 나 자신의 목소리와 구별되고 이러한 상호 텍스트들은 나의 텍스트의 맥락을 제공하고 그 자체가 텍스트가 될 뿐더러 내 자신의 말이 인용들이 되기도 한다. ⋯ 인용들은 우리 눈이 볼 수 있고 들을 수 있는 것에 하나의 틈을 제공한다. 그러나 이러한 단절도 구조적인 것이 될 수 있다. 이렇게 함으로써 이른바 바흐친 류의 "다성성"과 "대화적 상상력"을 촉발시킬 수 있으리라. (*The Right Promethean Fire*, x~xiii)

내용보다 비평문의 형식과 문체를 많이 생각하고 있는 핫산의 비전통적인 태도는 적어도 각각의 형태는 그 자체가 내용이라는 것을 인정하고 있는 니체나, 전달매체가 곧 전달 내용이라고 주장하는 맥루한과 맥을 같이한다. 예를 들어 핫산이 몽타주 수법을 사용한 것은 인지적 이해에서 일어나고 있다. 동시성을 추구하고자 하는 노력의 일환인데 그의 이러한 비전통적인 비평문체는 독자들에게 많은 찬반을 일으키고 있다. 이는 "이러한 인쇄기술상의 변이는 현학적이며 형식을 무시하는 태도"로 보고 또 다른 이는 "이러한 것은 끔찍스러울 정도의 무서운 장애물"이라고 말한다.

그러나 핫산은 헤이든 화이트가 지적하고 있듯이 그의 비평 텍스트에서 폐쇄성, 완결성, 완전성, 통일성의 개념을 부정하고 있으며, 우리에게 지적 자극과 항상 깨어 있는 역동적인 의식을 제공하고 있으며, 그의 형식과 문체는 정말로 "광범위한 대화체의 의식"과 "인쇄기술상의 기법들을 충분히 활용하는 수단"이 되고 "시각적인 형이상학"을 지니고 있다 하겠다.

이러한 핫산의 파라비평의 새로운 텍스트학은 그의 독서행위 개념과 일치한다. 그는 독서행위를 텍스트의 언어를 어루만지면서 시작되는 텍스트와 독자 간의 정사로 보고 있다. 그에게는 일반 문학 텍스트뿐 아니라 비평 텍스트도 "과정", "생산성", "즐거움", "놀이", "있음-없음"이다. 그의 파라비평문의 전략은 "페이지의 에로학"(수잔 손탁)이고 극단적으로는 텍스트의 황홀(textasy = text + ecstasy)의 경지까지 의도하는 것일까? 핫산은 장중하고 잘난 체하고 명령적이고 음울한 통념적인 비평문의 굴레를 벗어나고 경계를 뛰어넘어 간극을 메꾸고자 한다. 그가 사용하고 있는 용어는 간결하고, 활력이 넘쳐 흐르고, 시적이고, 역동적이며, 신선하고, 독창적이고, 어원학적이며 장난기 있으면서도 신중한 것들이다.

핫산은 지금까지 살펴본 바와 같이 그의 파라비평에서 형식과 이념 면에서 많은 실험과 모험을 시도하였다. 그것들은 과격하기도 하나 본질적인 것이어서 그만큼 우리에게 많은 시사점을 준다. 핫산의 비전은 다변적이어서 모든 언어와 방언, 모든 관점, 모든 시점을 총괄적으로 포용하는 바벨탑이다. 그의 비평은 통시성, 공시성, 연속성, 불연속성의 관계 속에서 현실을 파악하고자 하는 여러 가지의 목소리를 담고 있다.

현대 미국 비평의 하나의 조류라고 볼 수 있는 포스트모던한 비평가인 이합 핫산은 전통적인 문학비평의 내용이나 형식에서 벗어나 그것의 영역을 무너뜨리고 혼합시키고 위/아래로 안/밖으로 확장시켜 "경계를 넘어 간극을 메꾸"게 되어, 문학비평의 영역에 "새로운 변종들"을 들여와 놀라울 정도의 정전이 개혁되고 개방되게 되었다. 이것은 랜돌프 번, 밴 윅 브룩스, 에드먼드 윌슨, 필립 라브, 라이오닐 트릴링, 어빙 하우 등 그동안 신비평이나 강단비평에 억눌렸던 중요 전통의 하나인 문화비평의 전통이 되살아나 이전보다 비평의 민주화, 평등화, 대중화, 세속화, 저변화의 가능성마저 보여준다.

　문학비평의 형식에 있어서도 "새로운 비평문체의 문학"을 이루어내 지금까지의 비평적 담론이 가지고 있던 억압적인 형식에서 벗어나 비평문도 이제는 형식에 있어서 자유로워지고 해방성을 가지게 되고 따라서 비평가 자신도 주인이 되어 돌아왔다. 비평도 이제는 다른 문학작품들과 같이 하나의 독립된 담론의 장르가 되어 새로운 형태의 사유체계를 담을 수 있는 언술행위의 가능성을 가지게 되었을 뿐 아니라 시와 소설처럼 독자들과 같이 사색하고 즐기는 놀이 마당의 가능성마저 가지게 되었다는 점에서 일단 주목해볼 만하다.

7. (마무리 없는) 결론

　핫산은 1960년대 후반부터 줄기차게 벌여온 포스트모던 문화나 포스트모더니즘에 관한 이론적인 탐색 작업을 1980년대 후반부터는, 다시 말해 『포스트모던전화』(1987)의 출간 이후로는 거의 중지하였다. 그는 1986년에 『이집트로부터』라는 제목의 파라적인 자서전을 출간한 후 1990년 새로운 탐색에 관한 책인 『모험을 하는 자아들』을 출간하였다. 카이로에서 태어나 끊임없는 지적 탐색과 추구 끝에 미 중서부 대학에서 문학비평가 및 문화이론가로 그 탐색과정이 이어지고 있는 자신의 생애처럼, 핫산은 현대 미국 소설 연구에서 출발하여 서구의 새로운 문화 현상인 포스트모더니즘의 탐구와 더불어 이제 또 다른 기착지에 정박 중이다. 이 정박은 최종적이 아니고 잠정적인 것이리라. 언제 그곳을 떠나 또 다른 탐색의 항해를 떠날 것인가?

　핫산은 20세기 후반기라는 예술과 사상의 한 시대가 종언을 고하고 있다고 진단한다. 그러나 이러한 "변화" 속에서 새로운 인간성을 탐구하고,

인간 표현의 새로운 가능성을 감지하고, 나아가 사상의 새로운 양식을 창출해내고자 한 오늘날 보기 드문 혁신적인 사상가이며 이론가이다.

우리는 현실과 변화에 대한 끊임없는 관찰과 사색을 통해 전환기의 현실을 제대로 읽고 미래를 올바르게 내다보는 그의 문학비평가 · 문화이론가로서의 예언자적인 기능과 역할에 앞으로 상당 기간 동안 주목하지 않을 수 없을 것이다.

현재 우리 문화와 문학은 격동기의 1980년대와 90년대를 지나 2000년대로 접어들면서 변화와 전환기에 처해 있다. 혼돈스러운 현 상황을 객관적 · 과학적으로 읽고 분석하여 현명한 대응책을 마련하여 미래에 대한 바람직한 지향과 전망을 보여주기 위해 우리는 "변화의 이론가"이며 "혼돈의 감식가"인 핫산이 언제나 지우고 다시 쓸 수 있는 양피지에 계속 써온 문학이론을 타산지석으로 삼아야 하지 않을까? 세상의 영원한 변하지 않는 명제는 세상은 끊임없이 변화한다는 사실이다.

8장 오리엔탈리즘, "탈식민주의", "타자의 문화윤리학"

— 추방자 지식인 에드워드 사이드의 비평론

대체로 피부색이 우리와 다르거나 코가 우리보다 약간 낮은 사람들에게서 땅을 빼앗는 것을 의미하는 영토의 정복은, 곰곰이 생각해보면 아름다운 일이 아니다. 그 정복의 배후에서 우리를 보상해주는 것은 관념뿐이다. 감상적인 가식이 아니라 관념 말이다. 그리고 그 관념을 숭배하는 이기적이지 않은 신념—그것을 우리는 만들어놓고, 그 앞에서 절을 하며 희생제물을 올리는 그런 관념이다.

— 조셉 콘라드, 『암흑의 핵심』

나는 『오리엔탈리즘』과 『문화적 제국주의』, 그리고 팔레스타인과 이슬람 세계에 관계된 대여섯 권의 저서에서, 서구 사회의 대중들에게 지금까지 숨겨져 왔거나 전혀 논의되지 못한 것들을 드러내고자 하였다. 지금껏 하나의 단순히 당연한 현상으로만 생각되던 동양(Orient)에 대해 말하면서, 멀리 떨어져 가까이 다가갈 수 없는 세계, 즉 서구 사회가 그 스스로를 그 반대편에 존재하고 있다고 정의내리도록 한 그 세계에 대한 오랜 망상을 밝히고자 했다. 또한 나는 이스라엘 건국과정에서 사라졌던 팔레스타인이 부정과 망각에 항거하는 정치적 저항활동을 통해 복원될 수 있다고 믿었다.

—「사이드의 독백—나는 왜 투쟁하는가?」

1. 들어가며: 추방 지식인 사이드의 "시작"과 "타자적 상상력"

팔레스타인 출신의 미국인 비판지식인 에드워드 W. 사이드(1935~2003)가 전 세계적으로 인문학의 사유와 연구 패러다임에 대변환을 가져온『오리엔탈리즘』(1978)을 출간한 지도 35년이 지났다. 전 지구적 자본주의와 신자유주의 세계화 시대인 21세기에 사이드를 새롭게 타작(打作)하고자 함은 그 이론적 풍요성과 담론적 가능성이 우리에게 다시 다가오고 있기 때문이다. 변두리 타자이면서 추방 지식인이며 동시에 미국 동부 중심지 뉴욕의 명문 사립대학교인 컬럼비아 대학의 권위 있는 교수이기도 했던 사이드는 과연 어떤 사람인가?

사이드는 아랍 출신으로, 팔레스타인 지역의 예루살렘에서 태어났으나 이스라엘이 건국되고 예루살렘이 수도가 되자 난민이 되어 1948년 그곳을 떠나 이집트로 이주하여 당시 영국의 식민지 학교에 다녔다. 이때부터 유랑하는 그의 국외자적인 고단한 삶이 시작되었다. 그는 언제나 아랍과 서구 사이의 틈새에서 이중적인 삶을 살았다. 그의 이름인 에드워드 사이드만 보더라도 그렇다. 성 사이드는 아랍계 이름이다. 그러나 이름 에드워드는 당시 영국 왕의 이름을 따서 지은 것이다. 이렇게 그의 성과 이름 속에 이미 영국(서구)과 팔레스타인(동양)이 불안하게 동거하고 있다. 사이드는 1998년「사이드의 독백—나는 왜 투쟁하는가?」에서 다음과 같이 고백하였다.

> 언제나 내 자리가 아닌 곳에 있다는 불편한 느낌, 뭔가를 확실하게 묘사하려 할수록 손아귀에서 슬그머니 빠져나가 버리는 듯한 그 기분을 아무래도 떨쳐버릴 수가 없다.─나는 자문한다. 왜 나는 단순한 출신 배경을 가질 수 없었을까, 왜 이집트건 어디건 한 곳에서만 자랄 수 없었던 것일까? 시간이 흐를수록 나의 의식을 극도로 혼란에 빠뜨리는 것은 서로 양

립할 수 없는 영어와 아랍어와의 관계였다. … 학교교육을 통해 나는 영국인 학생과 똑같이 생각하도록 교육받는 동시에 유럽인과 다른 신분의 외국인임을 인정해야 한다고 훈련받았다. 반면에 학교의 아랍 선배들은 후배들에게 영국인을 동경하거나 모방하지 말라고 가르쳤다. (『도전받는 오리엔탈리즘』, 225~226. 성일권 역, 이하 동일)

사이드는 이렇게 자아와 정체성이 분열된 상태에서 어린 시절을 보냈다. 사이드는 카이로에서 영국계 고등학교에 다니다 문제아라는 이유로 퇴학 당했다. 제1차 대전 중 미국 해외파견군(AEF)으로 프랑스에서 근무했던 아버지가 미국 시민권을 가지고 있어서 사이드는 미국 동부 매사추세츠 주의 청교도 기숙학교로 전학을 하게 되었다. 프린스턴 대학에서 영문학과 역사를 전공하고 1957년 졸업했다. 하버드 대학에서 1960년에 영문학 석사학위를 받았고 폴란드 출신 영국 작가 조셉 콘라드 소설에 관한 연구로 1964년에 박사학위를 받았다. 사실상 사이드가 콘라드를 학위 논문 주제로 잡은 것도 우연은 아니다. 똑같은 국외자로 주변부 타자였기에 사이드는 콘라드를 정신적으로 동일시하였다.

이민자 출신인 콘라드는 모국어가 아닌 언어를 이용해 작가로서 대성공을 거두었다. 그러나 이방인으로서의 소외감을 완전히 떨쳐버릴 수는 없었다. … 그래서일까? 그의 작품을 읽을 때면, 매순간 어쩔 수 없는 혼란과 불안감 그리고 이질감을 발견하게 된다. 작품 속에서 정체성을 갖지 못하는 방랑자의 운명을 잘 묘사한 작가로 콘라드 이상은 없을 것이다. 콘라드 작품의 주인공들 대부분은 방랑자의 운명을 버리고 현실 적응을 위해 타협과 순응을 노력해보지만, 결국에는 더 심한 덫에 빠져들 뿐이다. (앞의 책, 221~222)

그 후 사이드는 하버드대, 존스홉킨스대, 예일대 객원교수로 가르쳤고, 권위 있는 제도권 학교인 뉴욕시의 콜롬비아 대학에서 인문학 석좌교수를 지냈으며, 현재는 비교문학 박사과정 주임교수로 재직하면서 미국 학술원 회원으로 일한다. 그는 르네 웰렉상, 미국 학술원상을 수상하였다. 이밖에 사이드는 팔레스타인 자치권의 대변인 역할을 수행했고, 1977년에는 팔레스타인 민족평의회 의원에 임명되기도 하였다. 그는 현재 가장 중요한 최고의 문학 및 문화비평가이며 가장 중요한 탈식민이론가이다. 사이드는 1995년 5월 한국을 방문하여 서울대 등에서 강연하는 등 세계 각국의 100여 개 대학에서 강연하였다. 사이드의 저서로는『조셉 콘라드와 자서전 소설』(1966)을 비롯하여『시작: 의도와 방법』(1975),『오리엔탈리즘』(1978) 등 십수 권이 출간되었다.

그렇다면 사이드가 권위 있는 제도권에 들어 있으면서도 언제나 저항하고 위반하는 역동성의 추동력은 무엇인가? 그것은 사이드의 추방자성, 주변부성, 타자성, 유목민성이다.

> 나는 우산 밖에 서 있었다. 내가 근본적으로 다르기 때문에, 즉 객관적으로 아웃사이더이기 때문인지 아니면 기질적으로 고독한 사람이기 때문인지는 알 수 없지만, 어쨌든 나는 꼭 그래야 할 것 같아서 틀에 박힌 모든 제도적 양식을 따르면서도 내 안에 내재된 뭔가 거북스러운 것을 거부하려고 노력했다. … 나는 언제나 내가 서 있는 상황에 잘 맞지 않았고 그러한 내 처지를 받아들이는 것이 자연스럽게 느껴지기까지 했다. 또한 나는 언제나 고집스러운 독학자, 온갖 유형의 지적 부적응자로 자리매김되었다.

> 나는 아랍 출신 미국인 교수라는 신분 때문에 쉽게 동화하지 못한 채, 반쪽짜리 개념들을 살려 아랍인인 동시에 미국인으로서의 글을 쓰기 시작했다. 때로는 미국이나 아랍과 뜻을 같이하기도 하고, 때때로 그들을 반대하기도 했다. … 이제 나에게 있어 글쓰기는 틀린 목적을 위해 도구로 사용되는 현실의 수단인 셈이다. 다시 말해 나의 글쓰기는 힘과 표면의 세계, 즉 작가, 정치가, 철학자들이 그러한 것처럼, 어떤 사실은 드러내고,

또 어떤 사실은 은폐시키는 일련의 현실세계를 드러내는 작업인 것이다.
(앞의 책, 231~234)

사이드는 자신이 정의내린 대로 "추방자, 주변인, 아마추어로서 그리고 권력을 향해 진실을 말하려는 언어의 사용자"(『권력과 지성인』, 25)로서의 지식인이다. 그는 언제나 "불안하며, 이동하고, 언제나 안주하지 못하고, 스스로 안주하지도 않는 타자"(99)로서 비판적 지식인이다. 사이드는 안주하지 않고 끊임없이 자신을 조롱하는 아이러니스트가 됨으로써 그의 글과 이론은 비판적, 위반적, 쇄신적 힘을 가지게 된다. 사이드는 오래전에 난치성 백혈병의 진단을 받고 계속 투병생활을 해오다가 안타깝게도 2003년에 타계하였다.

사이드가 오리엔탈리즘에 관심을 가지게 된 궁극적인 이유는 결국 동양인(중동인)이라는 주변부 타자의식 때문이었다. 오리엔탈리즘은 이런 의미에서 이미 언제나 보편적인 주변부 타자의 문제가 될 수 있다.

> 내가 이 연구를 시작하게 된 개인적인 동기는 두 개의 영국 식민지에서 소년시절을 보낸 인간으로서 지녔던 "동양식" 의식에 있었다. 이러한 식민지(팔레스타인과 이집트)와 미국에서 내가 받은 교육은 모두 서양의 그것이었다. 그럼에도 불구하고 나의 어린 시절의 나날을 기억해왔다. 많은 점에서 나의 오리엔탈리즘 연구는, 동양에 사는 모든 사람들의 생활을 지극히 강력하게 규율해온 문화가 나라고 하는 동양의 피지배자 위에 새긴 그 흔적을 기록하는 시도였다. (『오리엔탈리즘』, 54~55. 박홍규 역, 이하 동일)

사이드의 동양인 의식이란 것은 결국 서양인과 대비되는 이분법적 구별에서 나온 것이다. 『오리엔탈리즘』에서 제시되는 이분법이야말로 억압적인 흑백논리이며 차별적인 패권주의이다. 서양인들은 모든 긍정적 가치가 있는 특질들을 가지고 있기에 부정적 가치를 가진 동양인들을 식민지화하여 수탈하고 비서구인들을 문명화시키고 계몽시키기 위한 "백인의 의무론"을 날조해낸 것이다. 이러한 이분법을 광정하기 위해서는 "차이"를 가치화하는 타자에 대한 새로운 윤리학을 수립해야 한다. "차이"는 억압이 아니라 가치이기 때문이다.

2. 오리엔탈리즘: "동양"에 대한 "담론"

오늘날 활발하게 논의되고 있는 탈식민론의 본격적인 "시작"은 에드워드 사이드이다. 사이드에 따르면 서구 중심의 보편주의가 서구는 우수하고 비서구는 열등하다는 논리를 이데올로기화하여 동양을 열등한 "타자"로 바라보는 방식이 바로 서구인들이 자신의 논리를 고착화시키기 위한 오리엔탈리즘이라는 것이다. 동양인은 서양인의 일종의 무의식이 투사된 분신 또는 또 하나의 자신이다. 서구인들은 자신들에게서 인정하기를 거부하는 "잔인성", "육감적", "퇴폐적", "게으름", "더러움", "감정적", "논리 부족" 등의 속성들을 동양인에게 뒤집어씌우고 나아가 동양인들이 "이국적"이고 "신비스럽고," "유혹적"이라고 간주한다. 동양인들을 하나의 개인으로 보기보다 하나의 동질적, 익명적 집단으로 보고, 동양인들의 행동이 의식적인 선택이나 결정에 의한다기보다 본능적인 감정(욕정, 폭력, 분노 등)에 의해 결정된다고 본다. 아랍인, 아프리카인, 중국인, 한국인 등을 마치 어떤 동물들의 집단적 특성에 따라 분류하듯이 어떤 일원화된 동질적인 집단으로 본다는 것이다.

우선 오리엔탈리즘을 논의하기에 앞서 사이드의 이론적 배경부터 살펴보자. 『시작: 의도와 방법』(1975)은 사이드의 이론적 특징들이 드러나는 중요한 저작이다. 사이드는 불혹(不惑)의 나이가 되기 이전에 자신의 앞으로의 학문적, 비평적 작업을 정립하기 위해 어떻게 "시작"할 것인가를 숙고하였다. "시작"(beginning)이란 사이드에게 어떤 의미를 가지는가?

> 시작은 일종의 행동일 뿐 아니라 마음의 구조이며 일종의 작업이고 하
> 나의 태도이며, 의식이다. … 시작은 실용적이다. 우리가 어려운 텍스트
> 를 읽을 때 이해하기 위해 어디에서부터 시작해야 할 것인가와 또는 저
> 자는 어디에서 작업을 시작했으며 왜 그런지를 의아해 할 때와 같이. 그
> 리고 시작은 또한 이론적이다. 우리가 특이한 수행이 있는가를 물을 때와
> 같이. … 시작들은 첫 번째이며 중요하지만 언제나 분명한 것은 아니다.
> 시작은 기본적으로 단순한 선형적 성취라기보다 궁극적으로 회귀와 반복
> 을 의미하는 행동이다. 기원은 신성한 것이지만 시작은 역사적이다. 시작
> 은 창조할 뿐 아니라 의도를 가지기 때문에 그 자체의 방법이다. 요약하
> 면 시작은 차이를 만들거나 생산하는 것이다. … 따라서 시작들은 급진적
> 으로 엄밀성을 … 확인하고 그리고 적어도 어떤 쇄신—이며 시작했던 것
> 의 증거를 증명하는 것이다. (xi~xiii)

이 책에는 "시작"부터 지식과 권력의 담론 문제에 대한 푸코의 영향이
뚜렷하게 나타난다. 사이드는 『시작』의 제5장에서 담론성의 문제를 다루
면서 2차 대전 이후의 프랑스 사상가들을 특히 주목한다. 사이드는 이들
의 지적인 원천을 "반란적"(insurrectionary)인 것으로 규정 짓고 비평의 기
능을 "현 상황의 정당성을 확인하거나 견습승의 사제계급과 독단적인 형이
상학자들과 어울리지 않는 것"이라고 언명한다(*The World, the Text and the
Critic*, 5). 사이드는 그들로부터 이러한 "시작"에 대한 4가지 인식을 얻고
있다. 첫째, 지식은 급진적 단절성으로 간주된다. 둘째, 방법론은 탈내러티
브적이다. 18세기, 19세기의 연속적인 지속성의 소설적 모델은 20세기 중
반에 지식과 경험에 부적합하다고 전제하고 그 대신 단절, 확산, 언어적 세
련화로 대치되었다. 셋째, 지식을 얻는 행위는 불확실성과 창조의 결합이
주어진다. 넷째, 그래도 합리적인 지식은 아직도 가능하다(282~283). 이러

한 "시작"에 대한 새로운 인식에서 사이드가 가장 중요시한 이론가는 미셸 푸코이다. 푸코는 모든 전문가들의 글쓰기에 대단한 통찰력과 탁월한 비전을 줄 것이라고 사이드는 믿는다(288). 사이드는 푸코의 고고학적 접근을 현재와 미래를 위한 방법으로 들고 있다. 푸코의 말을 『지식의 고고학』의 부록으로 실린 「담론의 질서」에서 들어보자.

> 사건의 철학은 첫눈에 모순적인 방향처럼 보이는 방향으로 나가야 한다: 비물질적인 것의 물질성을 향하여.
> 단절적인 체계화 이론은 주체의 철학 또는 사고의 철학을 벗어나 정교화하는 것이 필요하다.
> 우리는 사건 생성과정의 한 범주로 우연을 도입해야 한다. 왜냐하면 그 생성 속에서 우리는 우리를 우연과 사유상 사이의 관계를 사유를 허락하는 이론의 부재를 아직도 느낄 것이기 때문이다. (297에서 재인용)

푸코가 지적한 물질성, 우연성, 단절성을 담론 속에서 작동시키는 힘으로 활성화시키기 위해 방법론적으로 4개의 원리가 필요하다고 지적한 것을 사이드는 다음과 같이 정리하여 제시한다(297~313): 1) 제1의 원리는 전복성(reversibility)이다, 2) 제2의 원리는 단절성(dis-continuity)이다, 3) 제3의 원리는 특수성(specificity)이다, 4) 제4의 원리는 외재성(ex-teriority)이다. 사이드에게 푸코는 "새로운 쇄신적 질서의 가능성"의 "시작"이다. 이러한 논의는 푸코의 "담론"이론과 연계되고 이로써 푸코의 담론이론을 자신의 방법론의 전방에 내세웠다. 사이드는 미셸 푸코의 "담론"(discourse)이론을 원용하는 것이 "오리엔탈리즘을 밝히는 데에 유효하다"고 보았다.

> 무엇보다도 오리엔탈리즘이란 하나의 담론이다. 그 담론은 살아 있는 정치권력과 직접적인 대응관계에 있는 것이 아니라, 도리어 다종다양한

권력과의 불균형적 교환과정 속에서 생산되고 또한 그 과정 속에서 존재한다. …

    곧 담론으로서 오리엔탈리즘을 검토하지 않는 한, 계몽주의 시대 이후의 유럽 문화가 정치적, 사회적, 군사적, 이데올로기적, 과학적으로 또 상상력으로써 동양을 관리하거나 심지어 동양을 생산하기도 한 경우의 그 거대한 조직적 규율―훈련이라고 하는 점을 이해할 수 없다. (『오리엔탈리즘』, 33, 16)

오리엔탈리즘의 이와 같은 담론적 성격 때문에 오리엔탈리즘 논의에 앞서 푸코의 담론이론을 미리 살피는 것이 필요하다. "담론"(discourse)은 이제 인문 · 사회 과학 거의 모든 분야에 걸쳐 다양한 지형과 지류를 형성하며 폭넓은 논의의 대상으로 떠올랐다. 담론에 대한 관심은 1968년 프랑스의 5월 혁명을 전후로 일어난 동 · 서유럽 국가들의 일련의 사회적 변화에 대한 기존의 지적 대응방식을 반성하고 새로운 돌파구를 모색하고자 하는 데서 출발한다. 따라서 담론이론에 대한 논의는 다른 어느 지역보다도 지적 전통과 기반이 탄탄한 프랑스에서 다양한 이론적 갈래를 형성하고 이론들 간의 상호 개입과 절합을 시도하면서 활발히 전개되었다. 뒤늦게나마 영미권에서도 담론이론에 대한 관심이 멀리는 경험론, 가까이는 논리 실증주의, 분석철학, 신실용주의의 전통에 바탕을 둔 화행이론(Speech Act Theory)을 중심으로 논의가 활발하게 전개되고 있다.

우선 미셸 푸코의 담론이론을 대표적으로 들 수 있다. 푸코는 1970년 꼴레쥬 드 프랑스 교수 취임 강연인 "담론의 질서" 이래로 "지식"의 생산과 형성, "권력"의 체계 및 행사, 그리고 양자 간의 담합에서 비롯되는 정치적 효과, 그리고 이러한 담합 구조의 메커니즘 내에서의 지식인의 역할 등에 대해 초기의 "고고학적 분석"에서 후기의 "계보학적 분석"으로 "담론의 실천"의 전략/방법론을 제시한다. 푸코는 담론의 형성과정, 즉 "담론 구성체"와

"주체 구성"에 대한 명확한 규명에 천착하기보다는 담론의 효과, 담론적 실천과 비담론적 실천(경제적, 정치적 실천)의 효과인 지식과 권력(힘)을 개념적 영역 안으로 끌어들여 그 안에서 담론의 불연속적인 단편들의 분석과 권력 행사에 대한 저항의 가능성—미시정치학—을 강조한다. 따라서 푸코에게 의미는 아무것도 아니며 "주체"는 길들임의 역사적 결과로 이해된다. 그러나 푸코는 "의미"나 "해석"과 같은 거대한 인본주의적 관습인 "해석비평"에서 벗어나 자명한 것처럼 보이는 지식과 권력의 관계, 그리고 넓게는 사회의 제 현상, 즉 담론적 "진리"를 "고고학적" 접근으로 파헤쳐 "계보학적" 접근으로 비판하고 문제 제기할 수 있는 길을 열어놓았다.

사이드는 현대사회에서 비평가의 역할은 근본적으로 "세속적"(secular)임을 밝힌다. 여기서 "세속적"이라 함은 현실에서 벗어난 상아탑이 아닌 "정치적 사회적인 세계"를 가리킨다. 사이드는 "기원들에 관심을 가지는 정신은 … 신학적이다. 이와는 대조적으로 … 시작들은 압도적으로 세속적이거나 이교도적"이라고 주장한다. 이제부터 가장 널리 알려진 사이드의 저작인 『오리엔탈리즘』(1978)을 살펴보자. 오리엔탈리즘에 대한 기본가설을 사이드의 말로 직접 들어보자.

> 나의 중요한 작업가설은 … 다음과 같다. 첫째 학문의 여러 분야는 … 사회에 의해, 문화적 전통에 의해, 세속적인 여러 조건에 의해 그리고 학교, 도서관 및 정부와 같은 고정적인 방향으로 작동하는 힘에 의해 억제되며, 영향을 받는다는 것. 둘째, 학문적인 저작도, 문학작품도 그것들이 사용할 수 있는 형상, 가정, 의도 속에 한정되어 있으며 결코 자유가 아니라는 것. 셋째, 오리엔탈리즘과 같은 "과학"이 학술적인 형태를 취하며 형성하는 학문적인 성과도 우리들이 가끔 믿고 싶어 하는 객관적 진리 따위는 아니라는 것, 요컨대 나는 … 관념으로서, 개념으로서, 또 이미지로서 "동양"이라고 하는 말이 서양에서 상당히 광범위한 흥미 깊은 문화적 공

명 현상을 불러일으키고 있음을 인정하면서, 오리엔탈리즘을 일관된 주제로 삼는 "제도"를 서술하고자 노력해왔다. (330)

여기에서 사이드는 다시 포스트구조주의 역사학자인 미셸 푸코와 해체철학의 원조인 니체의 해석론의 영향을 받아 서구 중심적 담론체계의 하나인 "오리엔탈리즘"에 대해 도전하고 있다. 어떤 "담론"(discourse)도 모든 시대에 고정된 것이 아니다. 담론은 따라서 사회적, 정치적 투쟁과 연결될 수 있다. 담론은 원인인 동시에 결과이며, 담론은 권력을 보호해줄 뿐 아니라 동시에 권력에 대항하기도 한다는 것을 사이드는 보여주고 있다. 사이드에 따르면 서구의 영원한 타자인 동양(주로 중동)을 힘의 불공평한 관계에서 재현하는 서구의 동양주의 담론은 결국 동양을 지배하려는 전략이다. 사이드에게는 "동양이란 사실상 유럽인의 머릿속에서 조작된 것"(『오리엔탈리즘』, 11)이다. 사이드의 말을 다시 들어보자.

오리엔탈리즘이란 오리엔트 곧 동양에 관계하는 방식으로서, 서양인의 경험 속에 동양이 차지하는 특별한 지위에 근거하는 것이다. 동양은 유럽에 단지 인접되어 있다는 것만이 아니라, 유럽의 식민지 중에서도 가장 광대하고 풍요하며 오래된 식민지였던 토지이고, 유럽의 문명과 언어의 연원이었으며, 유럽 문화의 호적수였고 또 유럽인의 마음속 가장 깊은 곳으로부터 반복되어 나타난 타인의 이미지이기도 했다. 나아가 동양은 유럽(곧 서양)이 스스로를 동양과 대조가 되는 이미지, 관념, 성격, 경험을 갖는 것으로 정의하는 것에 도움이 되었다. 그러나 이러한 동양은 어떤 의미에서도 단순히 상상 속의 존재에 그친 것은 아니다. 그것은 유럽의 "실질적인" 문명과 문화의 구성 부분을 형성했다. 곧 오리엔탈리즘은 동양을 문화적으로 또는 이데올로기적으로 하나의 모습을 갖는 담론으로서 표현하고 표상한다. 그러한 담론은 제도, 낱말, 학문, 이미지, 주의주장, 나아가 식민지의 관료제도나 식민지적 스타일로서 구성된다. (93)

이렇게 오리엔탈리즘은 서양인들이 자신들의 필요에 의해 자의적으로 구성(날조)해낸 "동양"이다. 이러한 동양은 서양인들의 상상 속에서 만들어진 사실적인 동양과 관계없는 허구적인 동양이다. 문제는 이렇게 허구적으로 표상된 동양이 실제적으로 서양인들에게 제멋대로 이용되어 그들의 식민주의, 제국주의 논리에 강력하게 편입되었다는 데 있다. 따라서 오리엔탈리즘은 동양과 서양 사이에 구성된 "존재론적이자 인식론적인 구별에 근거한 하나의 사고방식"(14)이며 "동양을 지배하고 재구성하며 위압하기 위한 서양의 스타일"(16)이 된다. 이러한 이분법적 차별화를 통해 서양은 자체의 "힘과 정체성을 획득"하였다.

그러나 오리엔탈리즘은 일방적으로 동양을 억압하고 착취하고자 하는 단순한 전략 이상의 것이다.

> 오리엔탈리즘이란, 문화, 학문, 제도에 의해 피동적으로 비추어지는 단순한 정치적인 연구주제나 연구 분야가 아니다. 또 동양에 관련된 방대하고도 산만한 텍스트들의 집합도 아니다. 나아가, "동양적" 세계를 억압하고자 하는 극악무도한 "서양적" 제국주의의 음모를 표상하거나 표현하고 있는 것도 아니다. 도리어 오리엔탈리즘이란 지정학적인 지식을 미학적, 학문적, 경제적, 사회학적, 역사적, 문헌학적인 텍스트로 "배분하는 것"이다. 또한 오리엔탈리즘이란 (세계를 동양과 서양이라고 하는 불균등한 두 가지로 구성하는) 지리적인 기본 구분일 뿐만이 아니라, 일련의 "관심" 곧 학문적 발견, 문헌학적 재구성, 심리학적 분석, 풍경이나 사회의 서술을 매개로 하여 만들어지거나 또 유지되고 있는 "관심"을 주도면밀한 것으로 "만드는 것"이기도 하다. 나아가 오리엔탈리즘이란, 우리들의 세계와 다른 점이 일목요연한(또는 우리들의 세계와 대체될 수 있을 정도로 새로운) 세계를 이해하고, 경우에 따라서는 지배하고, 조종하고, 통합하고자 하는 일정한 "의지"나 "목적의식"―을 표현하는 것이라기보다도 도리어―"그 자체"이다. (32~33)

오리엔탈리즘은 오늘날 "탈"식민주의 이론을 제공하는 통찰력 있는 이론이 되었다. 사이드의 이론은 지나치게 단순화되어 있다는 비난이 있기는 하지만, 우리가 모든 텍스트를 다시 읽고 새로 쓰는 데 방법론적 쇄신과 이론적인 위반을 제공해준다.

3. 문화와 제국주의

『오리엔탈리즘』 이후 15년 만인 1993년 출간된 『문화와 제국주의』는 『오리엔탈리즘』의 속편으로, 사이드가 지금까지의 이론적, 방법론적 문제점의 개선을 의식하면서 쓴 책이다. 이 책은 따라서 『오리엔탈리즘』보다 훨씬 다양한 주제, 이론, 대안을 제시한다. 첫 장은 "겹치는 영토, 뒤섞이는 역사"란 제목이 붙어 있다. 여기에서 사이드는 서론에서 밝힌 대로 "부분적으로는 제국으로 인해 모든 문화가 서로 연결되어 있다. 그 어느 문화도 단일하거나 순수할 수는 없고, 모든 문화는 혼혈이며, 다양하고, 놀랄 만큼 변별적이며, 다층적이다"(41). "통합된 비전"이라는 제목이 붙어 있는 2장에서 사이드는 식민주의와 제국주의 문화가 어떻게 성립되었는지를 논의한다. 사이드는 내러티브와 제국주의의 불가분의 관계를 논하면서 서구 정전에 속하는 제인 오스틴의 『맨스필드 공원』, 베르디의 『아이다』, 카뮈의 『이방인』을 분석한다. 이를 통해 사이드는 제국주의라는 정치 경제적 이데올로기에 의해 문화가 어떻게 고정되고 통합되는지를 보여준다. 3장은 "저항과 대립"이라는 제목의 장에서 서구 중심부와 식민지 주변부에서 탈식민하려는 다양한 저항의 노력들을 소개한다. 윌리엄 버틀러 예이츠, 에메 세제르, 치누아 아체베, 살만 루시디 같은 작가들이 어떻게 제국주의적 억압에 대항하고 해방 전략을 마련하는지를 논의한다. "미래: 지배로부터의 해방"이라는 제목의 4장에서 사이드는 1990년대 초 걸프전에서 서방 언론의 취재 태도 등을 비판하면서, 냉전체제 이후 전 지구화하는 세계에서 문화는 결국 상호 침투적이 되고 공생할 수 있는 대화를 찾아야 한다고 주장한다.

그렇다면 이 책에서 사이드의 궁극적 목표는 무엇인가?

> 내 주요 목표는 분리하는 것이 아니라 연결시키는 것이다. 나는 철학적, 방법론적 이유로 인해 문화란 혼종이고, 혼합이며, 순수하지 않다는 그리고 문화적 분석이 현실에 맞추어 재연관될 때가 왔다는 그러한 것에 관심을 가져왔다. (『문화와 제국주의』, 63. 김성곤 · 정정호 역, 이하 동일)

사이드의 이러한 연결 작업은 새로운 텍스트 분석 전략을 만들어낸다. 그것이 바로 "대위법적 비평"(contrapuntal criticism)이다. 이러한 비평을 통해 우리는 중심부 역사와 주변부 역사 모두에서 만들어지는 담론들을 동시에 바라보며 단성적이 아닌 다성적인 방법으로 텍스트를 읽을 수 있다. 다양한 주제들이 서로 다투는 서양 고전음악의 대위법에서처럼, 이것은 여러 주제들의 유기적인 상호 작용을 가능케 한다(115). 좀 길지만 다음에 사이드의 말을 계속 들어보자.

> 우리는 문화 보관소를 되돌아보면서 서술되어진 중심부의 역사와 함께, 지배담론에 의해 억압받거나 통합되어진 주변부 역사들을 동시에 고려하면서 단선적이 아닌 대위법적인 방법으로 문화 보관소의 문서들을 다시 읽기 시작한다. 서양 고전음악의 대위법 안에서는 다양한 주제들이 서로 겨루게 되는데, 이때 어느 개별 주제나 차별 없이 잠정적인 특권이 부여된다. 그 결과로 나온 화성음에는 조화와 질서, 이를테면 이러한 작업과 관계없는 엄격한 선을 법칙이나 형식상의 규칙이 아니라, 여러 주제들로부터 파생된 유기적인 상호 작용이 자리 잡는다. 나는 영국 소설도 이와 마찬가지로 새로 읽히고 재해석될 수 있다고 믿는다. 이를테면 영국 소설이 서인도 제도나 인도와 갖는 관련성은 (대부분 억눌려 왔지만) 식

민지화와 저항, 고유한 민족주의라는 특수한 역사에 의해 구체화되고 어쩌면 규정되기까지 했다고 볼 수 있다. 바로 이런 식의 접근을 할 때에야 비로소 대안적이거나 참신한 담론들이 등장하게 되며 나아가 제도화되거나 안정된 실재가 된다. (115~116)

내가 "대위법적 책읽기"라고 이름 붙인 것은, 쉽게 말하자면 예컨대 작가가 영국에서 특정한 삶의 양식을 유지하는 과정에서 식민지의 설탕농장을 중요하게 그릴 때 그것이 어떤 의미를 갖는지를 이해하면서 텍스트를 읽는 것이다. 더 나아가 모든 문학 텍스트처럼 대위법적 책읽기 이것은 공식적인 역사의 출발점과 종말점에 의해 제한되지 않는다. 『데이비드 커퍼필드』에서 호주나 『제인 에어』에서 인도가 언급되는 이유는, 영국의 힘이 (단순히 작가의 공상 때문만은 아니다.) 이 거대한 전유에 대해 잠깐 언급할 수 있는 것을 가능하게 해주었기 때문이다. … 중요한 것은 대위법적 책읽기가 제국주의와 제국주의에 대한 저항이라는 두 가지의 과정을 모두 고려한다는 점이다. 그러기 위해서는 물론 한때 강압적으로 배제되었던 텍스트들도 모두 읽어야 한다. (138)

세계의 각 지역이 그 지리적 특성을 지니고 있듯이, 각 텍스트는 겹치는 경험과 상호 의존적인 갈등의 역사라는 고유의 특성을 지니고 있다. 문화는 텍스트에 관한 한, 특성과 주권(혹은 문자적 배타성) 사이의 차이는 유용하게 드러난다. … 어떤 작품이나 작가에게 있어 확실했던 것, 혹은 확실했던 것처럼 보이는 것에 논쟁의 대상이 될 수도 있다는 여지를 남겨놓아야 한다.… 텍스트를 읽을 때에는 그 안에 들어간 것과 작가가 배제한 것 모두를 꺼내야 한다. 각 문화의 텍스트는 순간의 비전이며 우리는 그 비전을 그 비전이 후에 야기시킨 다양한 수정과 병치시켜야 한다. (138~139)

『문화와 제국주의』에서의 새로운 "대위법적 읽기"는 『오리엔탈리즘』에서 보였던 초기의 푸코적인 담론의 억압적이고, 비관적이고, 결정론적 입장에서 크게 벗어난 것이다. 사이드의 푸코와의 거리두기는 1983년에 출간된 『세계, 텍스트, 그리고 비평가』에서 이미 시작되었다. 그러난 사이드는 후기 푸코 담론의 해방 가능성에 계속 주목하고 있는 듯하다. 사이드는 식민과 탈식민의 단순한 이분법을 광정하고 사태의 복잡성을 인식하면서 좀 더 다원적이며 역동적인 접근방식을 실천한다.

『문화와 제국주의』에서 또 다른 특이한 점은 사이드가 여러 장르들 중 "소설"에 특권적 위치를 부여한다는 것이다. 그는 소설을 근대 제국주의 담론의 결정체로 보고, 주로 서구 정전에 올라 있는 작품들을 공들여 읽는다. 그는 어떠한 지배도 대위법적으로 읽어내면 억압과 저항이라는 양가성을 모두 드러낼 수 있다고 주장한다: "나의 방법은 가능한 한 개별적인 작품을 선정해 그것들을 우선 창의력과 상상력의 산물로서 읽고, 다음으로는 문화와 제국 사이의 관계의 일부로 보는 것이다. 나는 저자들이 기계적으로 이데올로기나 계급이나 경제사에 의해 결정된다고 보지 않는다"(36). 사이드적 읽기란 결국 주변부 타자들이 중심부에 가하는 맹목적인 공격인 "비난의 수사학"이 아니라, "어떤 연결점을 만들고, 증거를 최대한 잘 다루며, 소설에 나타난 것 혹은 나타나지 않은 것을 읽어내며 무엇보다도, 인간 역사의 침입을 배제하거나 금하는 고립되고 존경받으며 형식화된 경험 대신 경험을 보완적이고 상호 의존적인 것으로 파악하"(184)는 진지한 지적 해석 작업이다.

사이드는 『문화와 제국주의』를 "한 망명객의 책"(43)으로 전제하고, 아랍계 미국인인 자신의 존재론적 이중성에 대해서 논한다. 그러나 이 이중성은 결코 대립적이지만은 않고 서로를 침투하면서 하나의 역동적인 창조의 계기를 만든다. 자신은 어느 한쪽에만 속하는 것이 아니라 동양(중동)과 서양(미국) 양쪽 모두에 속한다고 생각하며 살아간다. 이와 같은 "타자적 상상력"은 세계와 텍스트에 대한 그의 이해와 인식을 좀 깊고 넓고 두텁게 만들어준다. 사이드의 절충주의적 전략은 일종의 "제3의 공간" 또는 "중간 지대"를 창출한다. 이 공간은 사이드에게는 이분법을 극복하는 새로운 담론의 지대이다. 사이드는 1990년대 세계상황을 신자유주의 자본주의 사회로 특징 지어지는 세계화 시대로 규정하면서, 이에 알맞게 대응할 수 있는 새로운 정치적 아젠다를 제시한다. 사이드는 유색인종들의 저항적 감수성, 여권운동, 환경생태운동, 반제국주의 탈식민론을 통해 계급결정론, 경제결정론, 투쟁의 정치학을 모두 넘어서는 유연하고 관대한 이주와 이동의 새로운 지구문화 윤리학을 주장하며 다음과 같이 결론을 내린다.

> 오늘날 어떤 누구도 순수하게 하나이지 않다. … 제국주의는 전 지구적 규모로 문화와 정체성의 혼합을 더욱 견고히 했다. … 그러나 … 아무도 오랜 전통, 지속된 거주, 모국어, 문화 지리가 끈질기게 지속되는 것은 부정할 수 없다. 그러나 마치 모든 인간적인 삶이 그런 것처럼 … 두려움과 편견을 제외하고는 사람들을 분리하고 변별성을 계속 강조할 아무런 이유가 없어 보인다. 사실상 생존한다는 것은 사물 사이의 관계 짓기를 하는 것이다. … 단지 "우리들"에 관해서보다는 타자에 관해 구체적으로, 공감적으로, 대위법적으로 생각하는 것이 훨씬 더 보상받는—그리고 훨씬 더 어려운—일이다. (565~566)

4. 오리엔탈리즘의 전략: "탈"식민주의와 "탈"근대론

사이드의 오리엔탈리즘론은 80년대 후반에 들어와서 "탈"식민주의라는 좀 더 체계적 이론으로 확대 발전된다. 결국 사이드의 오리엔탈리즘은 전 세계적으로 아직도 은밀하게 편재해 있는 식민주의와 제국주의에 "탈"을 내려는 전략이다. 따라서 오리엔탈리즘은 "탈"식민주의의 다른 이름이다. 그렇다면 "탈"식민주의란 무엇인가?

현재의 전 지구적 상황은 이분법적 이념 투쟁의 냉전 시대가 아닌 충돌과 공존의 문화 대이동 시대이다. 세계는 지금 엄청난 지식, 이론, 자본, 욕망, 정보, 자원, 노동의 이주 시대를 맞이하였다. 이러한 과정에서 세계는 전 지구화(세계화)라는 확산 작용과 국지화(지방화)라는 수축 작용을 통해 공존과 충돌이 동시적으로 일어나는 모순적 양상을 연출하고 있다. 자본과 테크놀로지에 의해 서구(미국) 중심의 세계체제가 가속화되고 있는 시점에서 우리가 고민해야 할 문제는 우리가 어떻게 분단상황에서 한국의 당사자 주체문화를 창출하고 유통시킬 것인가이다. 삶은 안과 밖의 역동적인 변형과 생성의 여행이며, 문화는 하나와 여럿의 상호 교류적인 대화와 혼합의 운동이다. 민족적인 것이 세계적인 것이라는 모순어법에 따라 민족성이라는 특수성을 세계화라는 보편성과 지혜롭게 접속시키는 것이 현 단계 우리의 과업이다. 이런 맥락에서 차이 속의 동일성, 동일성 속의 차이라는 갈등과 모순을 해결하지 않고 유지시키는 것만이 오늘 우리가 논의하는 "탈"식민의 문화정치학적 전략이다.

우선 "탈"식민의 용어에 관해 정리해보자. 이 용어는 생각보다 결코 단순하지 않다. "포스트콜로니얼리즘"(Postcolonialism)을 번역할 때 식민주의를 벗어난다는 탈(脫)의 의미를 가진 "탈식민주의"로 손쉽게 바꿀 수 없다. 식민주의를 극복하고 단절한다는 의미에서 탈(脫)을 사용하는 것은 우리가 궁극적으로 삼고 있는 목표를 지칭한다는 면에서 바람직하기는 하지만 이러한 안이함과 단순함은 곧 탈식민하려는 우리를 배반할 것이다. 식민주의를 반대하는 것(anti-colonialism)은 구호로서는 쉬운 일이나 벗어난다는 것(decolonization)은 얼마나 어렵고도 복잡한 과정인가? 그렇다고 이 용어를 식민주의 지속의 의미가 강하게 풍기는 "후(기) 식민주의"라 옮기는 것도 또한 문제이다. 그러므로 이 용어를 그저 어색하지만 지속이나 단절 중 어느 하나가 아니라는 의미에서 "포스트식민주의"로 부르면 어떨까? 이것도 참을 수 없다면 잘못된 식민주의를 "탈"을 (내어 광정한) 낸다는 의미로 "탈"식민주의라고 부를 수도 있겠다.

이 용어를 궁극적으로 우리 말로 어떻게 부르던 간에 모든 탈식민이론에 관한 논의는 "근대(성)"(modernity)에 대한 논의로부터 출발되어야 한다. 근대(성)는 16세기 이래 유럽에서 시작되어 유럽의 탐험과 식민지화의 과정에 따라 지구 전체로 영향력을 확장시킨 사회 구성의 양식들과 관계가 있기 때문이다. 신세계 발견, 르네상스, 종교개혁은 (중세적인) 전근대 사회나 문화와 구별되는 근대성의 토대를 이루었다. 이러한 근대성은 그 후 서구중심주의나 서구우월사상과 동일시되었고 서구 식민담론 출현의 모태가 되었다. 정복, 탐험, 식민화, 지도 제작, 계몽과 문명화 사상의 근대 인식소들은 서구 제국주의의 이데올로기가 되었다. 또한 서구의 도구적 합리주의는 서구식 근대화 기획의 근본이 되어 지구 전체를 서구 체제에 맞게 질서 정연하고 신뢰할 수 있는 공간으로 만들어버렸다. 그러나 식민지 공간은 당사자 주체들에게 이미 의미 있는 공간은 아니었다. 서구적 "이성"의 빛은 너무 강렬하여 서구인 모두를 소경을 만들었으므로 이성의 타자인 "광기"라는 내부의 적을 보지 못하게 되었다.

여기에서 윌리엄 셰익스피어의 『폭풍』에 나오는 "구출 받은 노예"인 칼리반의 목소리를 들어보자.

> 이 섬은 나의 것이고 사이코락스는 나의 어미이다.
> 당신은 나로부터 이것을 빼앗아 갔다. 당신이 처음 왔을 때
> 당신은 나를 쓰다듬어 주고 나를 귀히 여겼다. 나에게 주었다.
> 딸기류가 들어있는 물을. 그리고 나에게 가르쳐 주었다.
> 더 큰 빛을 이름 부르는 법을; 그 타오름이
> 밤낮으로 어떻게 달라지는가를. 그래서 나는 당신을 사랑했다.
> 그리고 나는 당신에게 이 섬의 모든 좋은 것들을 보여주었다.

깨끗한 샘물, 소금 구덩이, 메마른 땅, 비옥한 땅을:
내가 그렇게 한 것에 저주가 있으라! 사이코락스의 모든 마술들,
나는 당신이 가진 모든 신하들이지만
처음에는 나 자신의 왕이었다. 그리고 여기에 당신은 나를 가두고 있다.
이 견고한 바위 속에. 당신은 나를 가지 못하게 한다.
섬의 다른 부분으로. (2막 1장)

자신의 땅에서 주변부 타자가 되어버린 칼리반의 저항적인 "다른" 목소리에 귀 기울이며 우리는 21세기에도 근대화, 서구화, 식민화에 대한 "비판적 의식"을 함양해야 한다. "나쁜" "근대"가 가져다 준 "위험사회"를 타고 넘어 새로운 세계가 가능하게 될 때 진정한 "탈"식민이 이루어지는 것이 아닐까?

5. 나가며—오리엔탈리즘의 실천과 "비판적 지식인"의 역할

미국에서 5만여 명이 넘는 어문학 전공 대학교수들의 학술단체인 전미 근대어문학회(MLA)의 회장 자격으로 쓴 「해결되지 않는 모순」이란 글에서 사이드는 우리 시대의 탈식민교육이 긴장과 갈등을 가르치는 모순이 되어야 하는 이유를 다음과 같이 제시하고 있다.

교육은 권위적이고 수용된 의견을 가르치는 것이 아니고 그 반대이다. 즉 학생들이 교사들과 위대한 작품들이 주장하는 것처럼 보이는 것에 대해서조차 의식적인 회의주의에 빠져들게 하기 위해 꼼꼼히 읽되, 문제 제기를 할 수 있도록 도와주는 것이다. … 최악은 지식에 대한 안정되고 편리한 확실성이라고 나는 믿는다. … 한 작품이 다른 작품들과 역사와 연계되면 될수록, 그것에 대한 우리의 발굴이 더욱 더 불안정한 것이 되고

이러한 과정을 젊은 학생들과 공유하는 것은 더 흥미 있는 일이 된다. …
[따라서] 문학의 이러한 탐구가 선거의 결과를 결정하거나 착취와 잔인성
을 끝내지 않는다는 것은 확실하다. 그러나 그것은 지식의 추구와 정치적
압제와 불의 사이에 긴장과 불일치를 제기하고 심화시켜 줄 수 있을 것이
다. … 세계와 가르치는 상황 사이의 모순은 유지되어야 할 필요가 있다.
어떤 종류의 협박을 당하며 해결되어야 하는 것은 아니다. (3)

우리가 이 시대에 이미 언제나 끊임없이 필요로 하는 것은 "타자적 상상
력"이다. 타자적 상상력은 "공감적 상상력"에 다름 아니다. 모순과 역설을
가르치는 것은 이 "공감적 상상력"을 통해 탈식민 시대를 살아가는 우리가
현재적 상황을 인식하게 만드는 중요한 정치윤리적 실천행위이다.

탈식민이 단순히 식민지 콤플렉스를 벗어나거나 식민주의로부터 탈주
하는 것이 아니라 상생(相生)과 호혜(互惠)의 균형과 상호 작용의 역동적 구
조에 따른 포용과 원융(圓融)이 되려면, 그것은 삼라만상의 상호 침투적 관
계망을 고려하는 녹색의 윤리학을 필요로 할 것이다. 식민의 근본적 치유
는 탈근대론에 의해 분석 진단되고 생태학적 개입에 의해서 완수될 수 있
다. 삼라만상주의는 추상적인 개념이나 허황된 전략이 아니라 절실하고도
구체적인 생존 전략이다. 여기에서는 한 종(種)이 절대 우세하여 다른 종을
일방적으로 지배하고 억압하고 착취하지 않는다. 모든 것은 존재의 대연결
망 속에서 자유, 평등, 창조를 위한 역동적 무질서와 혼돈 속에 놓여 있다.
이러한 상태는 패권자나 맹주가 없는 유목민적 또는 생태학적 아나키즘의
세계이다. 이러한 임계적 상태에서만이 종들 간의 지배-피지배구조가 없
는 생물 종의 다양성이 유지된다. 생물 종의 다양성은 식민-피식민 간의
복합문화주의(multi-culturalism)의 윤리적 초석이다. 따라서 21세기 우리의
탈식민 과제는 이러한 생태학을 자원 보존이나 자연 보호, 지탱 가능한 사
회 건설의 수준으로만 묶지 않고 생태학적 상상력을 인간사회와 문화의 관

계망들—국가 대 국가, 종족과 종족, 사회와 인간, 인간과 자연, 개인과 개인—에 전면적으로 개입시켜 확산, 적용시키는 것이다, 이러한 맥락에서 다시 식민의 모체로서의 근대(화)를 포월하고 해체하는 탈근대론은 이제 근대적 인간중심주의에 의해 망가진 삼라만상의 상생관계를 회복하려는 생태론과 제휴해야 한다. 여기에서 우리는 "탈"식민주의가 아닌 "탈"식민성(the post-colonial 또는 postcoloniality)을 제시한다. 그것은 이 용어가 주의(ism)보다 더 탄력적이고 실천적이고 구체적인 개념을 획득할 수 있으며, 단순히 식민(성)을 벗어나는 것만을 희구하는 "초월"만이 아니라 식민(성)을 부둥켜 안고 뒹굴다가 다시 일어서는 "포월"의 의지를 가질 수 있기 때문이다.

그러나 "탈"식민의 궁극적인 목적으로 인해 어떤 특정한 지역에 묶여 있는 우리 자신마저도 잃어버리는 것이 아닐까? 사이드는 『문화와 제국주의』의 결론 부분에서 12세기 유럽 섹소니 출신의 성직자인 성 빅토르 위고(St. Victor Hugo)의 말을 인용하고 있다.

> 훈련받는 마음이 처음에는 조금씩 가시적이고 일시적인 것들이 변화하는 것을 배우는 것은 위대한 미덕의 원천이다. 그리고 나서 나중에 그 마음은 그것들을 모두 뒤에 내버려두고 떠날 수도 있다. 자신의 고향을 아름답다고 생각하는 사람은 아직도 상냥하고 초보자이다. 모든 땅을 자신의 고향으로 보는 사람이 이미 강한 사람이다, 그러나 전 세계를 하나의 타향으로 생각하는 사람은 완벽하다. 상냥한 사람은 이 세계의 한 곳에만 애정을 고정시켰고, 강한 사람은 모든 장소로 애정을 확장했고, 완전한 인간은 자신의 고향을 소멸시켰다. (564에서 재인용)

인간이 이미 언제나 어디서나 자신을 영원한 "타자"로 만들 때 비로소 완전한 인간이 되는 것인가? 그러나 위의 위고의 말이 제아무리 아름답고

감동적이라 하더라도 "동양인", "서양인"이라는 지리적 구분을 이 지상에서
어찌 쉽게 지워버릴 수 있겠는가?

오늘날과 같은 구조주의와 포스트구조주의의 궤적에 따른 반인본주의
시대에 사이드는 「휴머니즘?」이란 글에서 서구 중심적인 인본주의를 혁파
하고 탈식민주의적인 진정한 전 지구적인 인본주의를 위하여 다음과 같은
몇 가지 제안을 한다.

> 첫째로 대규모 이주가 실현되고, 통념적인 식민주의가 종말을 고하고
> 비유럽세계가 종속과 주변성에서 벗어나고 있는 상황에서 우리는 유럽중
> 심주의를 확실하게 포기해야 할 필요가 있다. (⋯) 두 번째로 자세히 읽기
> 방법, 치밀한 연구방법, 그리고 무엇보다도 서로 분리된 사물들을 연계시
> 키는 회의적인 세속적인 탐구방법은 확실히 우리가 책과 텍스트에서 공
> 적 영역과 시민적 권리의 세계로 나아갈 때 우리에게 크게 이익을 가져다
> 준다. 셋째, 언어의 사용에 대한 우리의 관심은 일단 우리가 문학 텍스트
> 의 끝에 도달하는 곳에서 끝날 수 없다. 오히려 우리 시대에 우리가 텍스
> 트성을 타고 넘어 보이지 않고 들리지 않는 목소리들에 가까운 세계, 대
> 중적 삶의 영역, 잃어버린 기억들, 삭제된 역사들 그리고 비인간화된 종
> 족들에게로 그 범위를 넓힐 때 언어의 사용에 대한 우리 관심은 강화되어
> 야 한다. 넷째, 우리는 인간적인 것과 인정적인 것에 대한 논의(인권, 비
> 인도적 행위, 비인간화 등)에도 적극적으로 참여해야 한다. 무의미한 특
> 별한 변명(예를 들어 인권은 서구, 제국주의적 개념이다)은 악행을 감추
> 기 위해 우리를 혼란시키려고 노력하는 이러한 문제들이 가지는 국지적
> 이며 동시에 보편적인 측면이 있다는 것도 보여주어야 한다. 고문은 결국
> 고문이다. 그리고 고문하는 가해자들이나 피해자들이 서구적이건 동양적
> 이건 간에 고문은 똑같은 고통을 준다. (4)

9·11 테러 이후 새롭게 전개되는 세계질서 속에서 한국의 지식인들은
무엇을 해야 하는가? 미국 중심 세계화 전략의 이론적 토대인 신자유주의

는 지구상의 다양한 문화들의 다원적인 가치를 희생시켜 버리는 경제효율 중심의 일원론적 서구중심주의에 다름 아니다. 여기에서 이 땅의 지식인들은 세계화론을 완전히 외면하거나 포기할 수 없는 우리의 삶의 조건이라 하더라도 세계화론을 맹목적으로 따라가기보다 위반하고 저항해야 한다. 이것은 요사이 논의되는 "세방화"(世方化, glocalization)의 전략이다. 근대화의 "지방화"라는 또 다른 이름인 서구 중심의 세계화가 맹목적으로 진행되어 이미 세계에 도처한 "국지화", "지방화"라는 또 다른 위반과 저항세력에 부닥치고 있다. 9·11 테러도 이와 같은 맥락에서 파악할 수 있다. 세계화의 역풍으로 전 지구적으로 확산되고 있는 주변부 타자들의 대반격은 요원의 불길처럼 번져나갈 것이다. 이제 지식인들은 "국외자", "추방자", "타자"가 되어야 한다. 진정한 지식인은 비판적 지식인이 되어야 하기 때문이다. 추방자와 국외자로서의 지식인만이 타자의식, 타자적 상상력, 타자의 문화윤리학을 가질 수 있다. 이것이야말로 우리가 현시점에서 추방자 지식인이며 타자의 이론가인 에드워드 사이드를 진정으로 "타작" 하는 것일 것이다.

> 추방자들은 사물들을 이면에 숨겨진 것과 현시점에서의 실질적인 것의 두 개의 관점에서 보기 때문에, 모든 것을 결코 고립된 것으로 보지 않는 이중의 시각을 가진다. … 추방자의 입장 … 은 사물을 단순히 있는 그대로가 아니라, 그러한 것들이 그러한 식으로 되어온 방식으로 보려는 경향을 갖는 데 있다. 상황을 불가피한 것으로가 아닌 그때의 상황조건적 입장으로 보아야 하고, 그리고 인간에 의해 만들어진 일련의 역사적 선택의 결과로 보아야 하고, 또 인간에 의해 만들어진 사회의 사실로 보아야 하는 것이다. … 요컨대 내가 실질적인 추방 상태에 있는 자와 같이 주변적이 되고 길들여지지 않을 것이라고 말하는 것은 지식인이 통상적으로 권력자에 대해서보다는 여행자에게, 습관적인 것에 대해서보다는 일시적이고 위험 부담적인 것에, 권위적으로 주어진 현상에 대해서보다는 혁신적이고 실험적인 것에 유별나게 반응적으로 되는 것이라는 사실을 의미하

는 것이다. 추방적 지식인은 관습적인 논리에 반응하지 않고, 모험적 용기의 대담성에, 변화를 재현하는 것에, 가만히 서 있는 것이 아니라 움직이는 것에 반응한다. (『권력과 지성인』, 110~111, 115~116)

이러한 맥락에서 구체적으로 주체적인 한국의 세계화 기획을 위해서 정당, 관료, 지식인, 언론, 대중시민들이 상대적 자율성을 가지고 유기적으로 협동 연대해야 한다. 특히 여기에서 지식인들은 공동체를 형성하여 중심적 역할을 하는 것이 중요하다. 사이드는 이미 모순이 드러난 "세계화"를 반대하면서 지식인들이 "이에 저항하는 정신을 불어넣어 주는 역할을 맡아야 한다"(『도전받는 오리엔탈리즘』, 59)고 주장한다.

그렇지 않고서야 어떻게 우리가 학생들에게 정의와 부조리에 대하여, 현실 참여적인 민주주의에 대하여 가르칠 수 있겠는가? 또한 어떻게 교육을 통해 사람들의 의식을 일깨워 스스로의 역사를 창조해가도록 할 것이며, 역사란 힘의 권위와 구습의 윤리에 대항하는 과정이라고 가르칠 수 있겠는가? (59)

모름지기 지식인의 역할은 언제 어느 곳에서나 비판의 칼날을 곧추세우고, 강요된 침묵과 거짓된 평화에 항거하고 도전하는 것이다. 그런데 오늘날 "자유시장", "민영화", "작은 정부" 같은 단어들이 세계화 흐름을 설명하는 용어로 자주 등장하고 있다. 이 모든 단어들은 이미 드러난 것처럼 논쟁을 위한 용어로 사용되는 것이 아니라 실은 그 반대로, 거짓된 세계가 저항이나 반발에 부딪칠 때마다 이를 미리 봉쇄하고 뭉개는 데 사용된다. (92~93)

우리는 모두 동양인들이다. 아니 우리 내부에 동양인들이 있다. 우리 내부의 식민주의부터 해방시켜야 한다. 이를 위해서 우리는 민주적이고 반권주의적인 비판의식을 가지고 우리 사회의 현상들을 합리적으로 분석하고 진단해야 하고 현실적이고 주체적인 대안의 방략을 반드시 창출해야 한다. 진정한 민주주의란 문제점들을 모두 노출시켜 토론하고 공론화하는 과정에서 의견합치로 향하는 방식을 채택하는 것이며 이러한 과정에서 지식인들은 공공의식을 가지고 중심적 역할을 수행해야 한다. 그렇다면 진정한 민주 시민사회란 무엇인가? 그것을 어떤 중심 권력이나 이데올로기에 일방적으로 끌려 맹목적으로 복무하는 것이 아니라 공정한 "좋은 사회"와 자유의지를 가진 "행복한 개인"에 대해 끊임없이 논의되는 사회일 것이다. 진정한 의미에서 민주사회가 되지 못한 전근대, 근대, 탈근대가 혼재하는 한국 사회에서 지식인들은 한반도적인 우리의 삶의 현실들을 아무리 고단하다 하더라도 구체적으로 그리고 복잡하게 사유해야 한다. "이론은 여행한다"는 명제를 사이드는 내세운다. 모든 사상, 이론, 지식은 이곳에서 저곳으로, 저곳에서 이곳으로 이동되고 확산되고 전파된다. 이러한 과정에서 그 본래의 이론은 그것이 도착한 지역에 연착륙하며 뿌리를 내리고 유익한 열매를 맺게 하기 위해 토착민들에 의해 그 토양에 맞게 재창조/재구성되어야 한다. 사이드의 오리엔탈리즘이란 이론의 씨앗이 이미 이 땅에 떨어졌다.[1] 오리엔탈리즘은 원이론(Ur-theory)에 불과하다. 제3세계 출신으로 제1세계 지식인으로 편입되었던 사이드가 제3세계에 대한 거리 두기 등의 한계를 가지는 것은 분명하다(고부응, 68 이하). 그러나 우리는 사이드의 한계를 가로질러 그의 저항적 타자이론을 "다시" 읽고 우리 상황에 맞게 적합하고 부호를 바꾸어 새로운 변형된 이론을 만들어내고 적용하는 것이 우리의 몫이다. 사이드의 "오리엔탈리즘"의 진정한 실천을 위해 우리는 우

---

1) 사실상 서구에는 오리엔탈리즘이 부정적, 차별적, 반동적, 서구우월적 등 나쁜 면만이 아니라 서구인들이 동양을 흠모하고 배우려는 긍정적, 창조적인 좋은 면을 가지고 있다(정진농 참조). 이와 동시에 동양인들이 서구의 서양인들을 담론적으로 다루는 서양학 즉 옥시덴탈리즘(occidentalism)도 앞으로 논의하는 것이 필요하다.

리 사회 안에서뿐 아니라 전 지구적으로 다양한 "차이"들을 인정하고 "타자"에 대한 관용을 통해 투쟁과 갈등을 해소하는 평등과 복지의 상호 공존의 문화윤리학을 창출해내야 할 것이다. 이 땅의 분단 지식인들은 이를 위해 "장기적 전망"을 가지고 "자기반성적 투쟁"을 벌여야 할 때이다. 이러한 비판적 지식인들의 구체적인 실천 작업이 바로 에드워드 사이드가 말하는 이른바 타자적 상상력을 가진 지식인들일 것이고, 한반도에서 우리에게 알맞은 이론을 주체적으로 창출해내는 것이 이 땅의 비판적 지식인들의 궁극적인 목표이다.

제3부

실제비평의 현장
― 텍스트 분석과 해석

넓은 마음을 가진 비평가는 시인의 불길을 타오르게 하고
세상을 합리적으로 숭배하도록 가르쳤다.
그리고 비평은 시신(詩神) 뮤즈의 하녀가 된다.
뮤즈의 여신을 장식하고 그 여신을 더 사랑스럽게 만든다.

— 알렉산더 포우프, 『비평론』, 100~103행

그래서 비평이 올바른 길로 이끌고자 하는 비평이 되고자 하면
고전의 적절한 특징들을 잘 알고 있어야 한다.
매 페이지마다 그의 이야기, 주제, 목표,
그리고 종교, 국가, 그 시대의 정신을
한 번에 눈 앞에서 전개시키지 못한다면
사소한 흠을 잡을 수 있을진 몰라도 결코 비평은 할 수 없다.

—『비평론』, 118~123행

완전한 비평가는 상상력의 모든 작품을 읽을 것이고
그것을 쓴 작가와 똑같은 정신을 가져야 한다.
인간본성에 감동을 주고 황홀감이 마음을 뜨겁게 하는
전체를 조망하고 사소한 잘못은 찾아내지 말라.

—『비평론』, 233~236행

비평가에게 인간적인 면이 상실되지 않도록 하라
착한 본성과 올바른 지성이 언제나 하나가 되어야 한다.
실수를 하는 것은 인간이지만, 용서하는 것은 신이다.

—『비평론』, 523~525행

1장 인간의 본성에 관한 담론
— 『걸리버 여행기』 다시 읽기

이성이 가장 밝은 불빛으로 그대를 인도하며

안개 낀 의심에 막을 길 없는 햇빛을 비쳐준다 하더라도

…

인생에 슬픔이나 위험이 없기를 바라서는 안 되며

그대에게는 인간의 운명이 반대로 되리라고 생각해서도 안 된다.

— 사무엘 존슨, 「인간의 헛된 소망」(송낙헌 역)

1.

18세기 영국 풍자문학의 대가 조나단 스위프트(Jonathan Swift, 1667~ 1745)의 소설 『걸리버 여행기』(*Gulliver's Travels*, 1726)는 흔히 아동문학으로 간주되지만 아주 복잡하고 다면적인 소설이다. 기괴하고, 현실적인 우화이면서 공상적이고 과장된 풍자소설이기 때문이다. 이 소설의 제4부 「후이님 국(國)으로의 항해」에 나오는 후이님(Houyhnhnms)과 야후(Yahoo)들은

일반적인 관념의 추상적인 집단은 아니다. 이 작품에서 교묘한 장치로 쓰이고 있는 말(馬)은 사악하지 않은 존재를 상징하는 것이다. 우리는 이 여행을 단순히 우의적이거나 상징적인 것으로 보고자 하는 어떤 유혹에도 넘어가서는 안 된다. 이 네 번째 항해는 『걸리버 여행기』의 최고 절정을 이루는 부분으로서 위대한 수사학적인 업적을 이룬다.

　등장인물 걸리버가 작가 스위프트로부터 완전히 독립된 인물도 아니지만 스위프트를 대변하는 인물도 아니다. 어떤 상황에서는 걸리버가 스위프트를 대변하기도 하지만 대부분의 경우에는 걸리버가 스위프트의 대변자는 아니다. 스위프트는 걸리버를 교묘한 수사적인 장치로 이용한다. 인간의 비극적, 반어적, 그리고 비논리적인 실체와 본성에서 스위프트는 걸리버의 가면을 통해서 그의 풍자적이고 반어적인 효과를 달성하려고 한다. 스위프트는 터무니없을 정도로 "비이성적인" 야후의 아주 풍자적인 초상과 순수하게 "이성적인" 인물인 후이넘—그들은 인간 본성 중 두 가지 극단적인 본성을 대표한다—을 통해서 인간의 잘못을 바로잡고 모든 인류를 개혁하기 위해서 그는 인간에 대한 자신의 다소 가혹한 견해를 독자들이 받아들이도록 설득시키고자 한다. 이것은 당시 17세기, 18세기 유럽을 풍미하던 계몽주의 사상(Enlightenment)에 대한 풍자라 할 수 있다. 인간이란 동물의 이성(reason)에 토대를 둔 합리주의(rationalism)와 진보와 발전신화에 대한 자기반성이기도 하다. 풍자작가 스위프트는 당시 인간 본성(human nature)에 대한 낙관주의를 거부하였다. 스위프트는 『걸리버 여행기』의 제4부에서 자긍심에 빠진 인간에 대한 자기조롱을 통해 인간이란 동물의 한계를 지적하고 인간을 좀 더 겸손해지도록 하기 위해 인간을 "이성적인 동물"이 아니라 다만 "이성이 가능한 동물"이라고 다시 정의 내리고자 시도하였다.

　야후와 후이넘은 인간의 모습을 상징하는 것처럼 보이고, 그 모습들은 인간의 범주 안에서 더 이상 추락할 수 없을 정도까지 고의적으로 과장이 되고 있다. 이런 모습들은 인간이 갖고 있는 본질적인 요소들을 극단적인 분석으로 보여주는 것 같다. 야후는 우리 인간이 갖고 있는 한 모습으로 경멸하는 투의 말 울음소리로 사람을 나타낸다. 후이넘 역시 우리 인간들에게 있는 어떤 부분을 나타내는데 그것은 인간을 꼬집는 풍자로서 말(horse)로 표현이 되고 있다. 만일 두 인종을 관련지어 살펴본다면 그들은 인간에게 있는 모든 요소들을 함께 공유하고 있음을 알 수 있다. 그런 요소들 중에서 우리는 선택을 해야만 할 것 같다. 그래서 걸리버는 그런 선택을 반드시 하려고 한다.

여기에서 필자가 논하고자 하는 바를 근본적으로 설득력 있게 다룬 인용문이 스위프트가 18세기 영국 최고의 시인인 알렉산더 포우프(Alexander Pope, 1688~1744)에게 보낸 다음과 같은 편지(1725년 9월 29일) 속에 있다.

> 이 소설 제4부에서 내 자신이 계획했던 것은 세상 사람들의 관심을 전환시키기보다는 그들에게 문제 제기를 하고자 했던 것입니다. … 저는 지금까지도 모든 국가 전문 단체들과 공동 단체를 증오하고 있으며 저의 모든 애정은 개인적인 경향에 있습니다. … 비록 제가 개인인 존과 피터, 토마스 등을 진심으로 좋아한다고는 할지라도 저는 원칙적으로 인간이라는 동물을 증오하고 혐오합니다. 이것이 제가 오랫동안 억제해왔던 원칙주의(그러나 표현하지 않았던)로서 인간은 단지 이성이 가능한 동물이지 이성적인 동물은 아니라는 정의를 증명할 자료들을 모으는 데 만족할 때까지 이 원칙을 계속 고수할 것입니다. 이것은 인간 혐오의 주요한 근거가 되는 것입니다. 저는 내 여행기의 모든 계획을 체계적으로 세워 놓았습니다. 즉 모든 정직한 사람들이 신뢰할 때까지 결코 침묵하지 않을 것입니다. 필연적으로 당신은 그것을 즉시 받아들이고 제가 존경할 가치가 있는 모든 사람들도 역시 그렇게 하도록 영향을 받을 것입니다. 그 논제

는 아주 명백해서 난해한 토론의 여지가 있고, 저도 당신과 제가 그런 점에 동의할 것이라고 내기를 해도 될 것입니다…. (Swift, 584~585).

인간은 어떤 의미에서 이성적인 동물이 아니라 이성을 수행할 가능성이 있는 동물일 뿐이다. 인간은 신성과 야수성이라는 이중적인 본성을 갖고 있다. 스위프트는 이런 양면성을 분류시킨다. 실제로 이것은 서로 관련이 깊다고 볼 수 있는데 바로 인간의 복잡한 성향이라고 할 수 있다. 때때로 인간은 후이님 쪽에 더 가까워지기를 바라면서 때로는 야후에 더 가까워진다. 이런 인간의 양자택일의 관점—이성적인 세계와 탐욕스러운 인간 현실에 대한—은 서로에 대해 가장 밀접하게 균형을 이루고 있다. 그러므로 인간의 삶과 역사 그리고 문화 속에서 그들 사이에는 변증법적인 긴장과 투쟁이 마치 두 가지 전혀 상반되는 목표 사이에서 움직이는 추와 같은 역할을 한다. 1733년에 포우프 역시 18세기 사상을 요약해놓은 그의 유명한 철학시 「인간론」에서 인간의 아이러니한 이중성에 대해 다음과 같이 논하고 있다.

인간의 합당한 연구대상은 인간이라.
이 옹색한 중간적 위치에 놓여 있는,
어두우면서도 지혜롭고, 거칠면서도 위대한 존재.
회의론적 입장을 취하기에는 너무 지식이 많고
금욕론자의 교만한 입장을 취하기에는 너무 약점이 많아
중간에서 우물쭈물, 자신 있게 행동하지도 가만히 있지도 못하며
자신 있게 그 자신을 신으로도 짐승으로도 생각 못하여
자신 있게 정신도 육체도 택하지 못하며
태어나선 죽고, 판단하되 그르치며
그의 이성 그 정도니, 적게 생각하나,
많이 생각하나 무지하기 마찬가지.
사상과 감정은 온통 뒤죽박죽의 혼란.

언제나 미망에 속고 깨고

일어났다 주저앉도록 지어지고

만물의 영장이면서도 만물의 제물이라.

진리의 유일한 재단자이면서도 끊임없는 오역 속으로 내던져지니

진정 온 세상의 영광이요, 웃음거리요, 수수께끼로다. (강대건 역)

스위프트, 포우프 그리고 그들과 동시대인들은 인간의 육신적(body)이고 지성적(mind)이고 영혼적(spirit)인 지위가 신의 창조물로서 수수께끼 같은 중간 단계에 위치한다고 믿었던 것처럼 보인다. 따라서 그들은 인간의 본성을 결코 이성, 논리, 도덕률에만 의존하는 합리적인 동물이라기보다 이성과 광기, 현명과 어리석음 사이를 시계추처럼 왔다 갔다 할 수밖에 없는 웃기는 동물로 보고 있다.

2.

여행기 4부의 대부분의 소재는 야후와 후이님에 대한 정의, 그리고 이런 양자택일 문제에 관한 인간 조건의 정의를 명백히 하는 것에 치중한다. 그런 주제와 비유적인 묘사는 우화에 등장하는 선과 악의 양자택일 개념과 대조를 이룸으로써 인간의 도덕적인 본성의 정의에 초점을 두고 있다. 허구적인 후이님들과 야후라는 개념은 이 소설 도입부에서 인간이라는 종의 개념을 판단하는 척도로서 그리고 인간의 진실과 도덕적인 책임감에 대한 정의와 재정의라는 예비용어로서 등장한다. 긍정적이고 부정적인 양자택일 문제들은 그가 그 문제들을 받아들여서 이것이 복잡하게 얽혀 서술체와 풍자를 고양시키는 효과를 발휘할 때까지 그 인간 자신을 외관상 영웅으로 객관화시키고 있다.

걸리버와 야후 종족 간의 대조가 네 번째 항해를 통해 반복적으로 비교되고 있다. 걸리버가 야후와 공통적으로 갖고 있거나 혹은 거의 비슷한 특성이 담긴 문구와 연재물에서 중요하게 다룬 언어의 중요성이 네 번째 항해에서 흔히 나타난다. 야후는 인간이 갖고 있는 노골적인 야수성이라고 할 수 있다. 걸리버의 인생행로가 야후와 얼마나 관련이 있는지에 대한 추측에서 후이넘은 다음과 같은 추측을 한다.

> 우리는 이성을 아주 조금 부여받은 일종의 동물로서 어떤 우연으로 우리가 그 이성을 받았는지는 그도 추측할 수 없다고 했다. 그런데 우리는 이성의 도움으로 오로지 우리의 타락한 본성을 더욱 악화시키고, 대자연이 우리에게 주지 않은 새로운 것들을 얻으려고만 했지 이성을 이외의 다른 목적으로는 활용하지 않았다. 우리는 대자연이 부여해준 몇 가지 능력들을 스스로 버렸고, 원래의 욕망을 증가시키는 데 크게 성공했으며 그 욕망을 발명품으로 채우려고 평생 동안 헛된 노력을 계속하는 것처럼 보인다는 것이다. (225)

야후의 본질은 추악함이라고 할 수 있고, "그가 야후들에게서 또 한 가지 이해하기 어려웠던 기질은 다른 모든 짐승들이 깨끗한 것을 본능적으로 좋아하는 반면, 야후들은 더러운 것과 진흙탕을 좋아하는 괴상한 성질이다"(229). 게다가 우리는 이 장에서 야후들의 혐오스럽고 비이성적인 다른 특성들을 발견할 수 있다.

걸리버는 "이런 혐오스러운 동물이면서 완벽한 인간의 형태를 갖춘"(199) 야후들을 보았을 때 공포로 고통스러워지고 무의식적으로 이 불쾌하고 야만적인 야후와 자신을 동일시한다. 걸리버가 야후들의 외면적인 모습이 인간과 같다는 것을 발견하는 그 끔찍한 인식의 순간이 가장 절정을 이룬다. 걸리버는 젊은 여자 야후의 비난을 받은 후에 마지못해 스스로 야후로 생각한다. 걸리버는 "여성 야후들이 그들 자신의 종의 한 부류로서 타고난 성향을 가지고 있기 때문에 모든 수족과 용모 면에서 그가 진짜 야후"(233)라는 사실을 더 이상 부인할 수 없다. 그런 비교는 비이성적인 야후의 근원적인 천성과 사악함 그리고 인간의 정신적이고 육체적인 연약함을 분명히 밝히고 있다. 걸리버는 자신의 허위와 가면적인 겉모습 속에 본질적으로는 야수의 모습이 숨겨져 있다는 사실을 알고 있다.

그래서 걸리버는 미묘한 고통스러운 상황 속에 빠져든다. 즉 그는 짐승 같은 야후를 아주 싫어하지만 어쩔 수 없이 그 자신을 야후와 동일시한다. 걸리버는 야후적인 기질도 갖고 있고 그렇지 않은 면도 있다. 그러나 인간과 야후 사이에는 명백한 차이점들이 있다. 그럼에도 불구하고 7장에서는 인간의 우매함과 사악함 그리고 어리석음에 대한 신랄한 풍자뿐만 아니라 인간의 천성적인 한계의 비극적인 인식을 보여주고 있다. 그리고 그 글의 어조는 허무주의적이거나 염세적이다. 그러나 작가 스위프트는 형이상학적이고 논리적인 진실을 달성하고자 하는 인간의 이성적인 가능성에 대해 의심을 품지 않는 것처럼 보이고 그는 이런 사실적인 우화에서 이신론(理神論, Deism)만은 공격하지 않았다. 걸리버는 왜 그가 후이님들 사이에서 그 자신의 종에 대한 정직한 설명을 할 수 있었는가에 대해 해명했다. 인간의 타락과 대조적인 말들의 미덕이 그의 눈을 뜨게 했다. 이제 그는 새로운 빛 속에서 인간의 행동과 열정을 보았고 날카로우면서도 지적인 후이님 앞에서는 가치 없고 옹호받을 수 없는 인간의 명예심을 발견해냈다. 분명히 걸리버는 말의 눈을 통해 이성이 결여된 야후 같은 인간을 관찰자로서 바라볼 수 있는 통찰력을 갖게 되었다.

> 나는 솔직히 고백해야만 한다. 인간의 부패를 반대하는 입장에 있는 저 탁월한 네 발 가진 동물들의 많은 미덕이 지금까지 내 눈을 뜨게 했고 나의 이해력을 폭넓게 해주어서 아주 다른 시각으로 인간의 행동과 열정을 보게 했고 … 나의 주인처럼 너무나 예리한 판단을 내리는 한 사람 … 내

가 적어도 그때까지 전혀 의식하지도 못했던 나 자신에게 있는 무수한 결점들을 매일 내게 깨우쳐 주었다. (224)

비록 인간의 열정이 동물에게는 부족할지라도 이성적인 삶이 인간이 생존하기 위한 방법에 대해 실제적인 제안을 거의 의도하지 않고 있다는 것이다. 그러나 후이님에게서 스위프트는 인간과 야수를 구별하는 이성적인 부분을 진지하게 고려하지 않았다. 스위프트는 "만일 인간이 이성적이라면, 이성에 의해 정말 지배를 받는다면 그는 숭고한 말들로 살아갈 것이다". 그래서 후이님 같은 삶이 의미하는 것은 인간의 자기성찰, 각자의 판단 그리고 개혁적인 방향으로의 결정과 관련이 있다고 본다. 즉 인간은 순수한 이성적인 사고에 어느 정도 가까운 삶을 살 수 있다는 것이다.

후이님들은 "가장 완벽하고 완성되고 고양된 존재들이라는" 것이다. 걸리버는 항상 가장 이성적인 후이님들의 사회를 존경한다. 걸리버는 적어도 후이님처럼 되거나 그들을 닮기를 희망한다. 스위프트는 미덕을 식별하고 실천할 수 있는 자질로서 이성을 이용한다. 우리는 후이님의 유명한 "이성"을 볼 수 있다.

이 고상한 후이님들이 대자연으로부터 모든 덕행에 대한 보편적 성향을 부여받았고, 이성적 동물에게는 사악한 것에 대한 개념이나 관념이 없는 만큼, 그들의 장엄한 좌우명은 이성을 연마하고 그 이성에 지배를 받는다는 것이다. 우리의 경우에는 이성이 문제를 지적해주고, 대립되는 양쪽 사람들이 그럴듯한 가능성을 가지고 논쟁하게 만들지만, 그들에게는 결코 그렇지 않다. 오히려 이성이 열정과 관심으로 뒤섞이고, 혼탁해지거나 퇴색하지 않는 경우에는 반드시 그렇게 하는 것처럼 즉각적인 확신을 심어주는 것이다. 나는 나의 주인에게 의견이라는 단어의 의미를 이해시키는 데, 또는 한 가지 논점에 관해서 어떻게 논쟁이 벌어질 수 있는지 이해시키는 데 지독한 어려움을 겪었던 일이 기억난다. 왜냐하면 이성은 오

로지 우리가 확실히 알 때에만 긍정하거나 부정하도록 가르쳤기 때문이다. (233)

걸리버는 항상 솔직하게 후이님을 존경한다. 그러나 그는 후이님이 될 수는 없다. 그들의 삶은 완전히 기계적이고 완벽한 질서를 이룬다. 그것은 너무나 이성적이어서 인간들의 삶으로는 실천할 가능성이 없는 것이다. 예를 들면 사랑도 없고 열정이나 거짓말, 그리고 슬픔이나 자극을 주는 것도 없다. 그들의 생각과 행동 속에는 설명할 수 없는 많은 다른 요소들이 내포되어 있다. 그들은 인간 본성의 이상적인 수준으로 살아갈 수는 있지만, 그들에게서 복합적인 인간 조건의 양면성을 찾아볼 수는 없다. 그들에게는 오로지 영구적이고 순수한 것들만이 존재할 뿐이다. 우리는 그들 속에 있는 몇 가지 한계를 인식하게 된다. 그래서 스위프트는 제4부 8장에서 그들에 대한 상세한 묘사로 걸리버가 이상적이고 미덕을 갖춘 인물로서는 부족한 한계와 흡인력이 없다는 사실을 인정하게 한다. 그들은 야후와는 도덕적으로 상반된 모습을 갖고 있는 존재일 뿐이다. 그런 후이님은 너무나 이상적이어서 모방할 수 없는 유토피아적 이상주의를 나타내므로 인간의 모델이 될 수는 없고 본질적으로는 또 다른 질서를 의미한다.

그래서 후이님의 나라는 인간을 위한 반 유토피아이고 그곳에서 사는 사람들은 보잘것없는 이성주의의 상징이기도 하다. 후이님들이 사는 세상은 인간이 살아갈 조건에 대한 어떤 일반적인 가공품이 없고 이런 것들에 대한 말과 이론들이 결핍되어 있다. 그들의 지적이고 상상적인 한계만큼이나 도덕적인 진보 때문에 후이님들은 인간생활의 보다 추상적이고 정상적인 개념을 폭넓게 경험하지 못한다. 그들은 복잡한 인간 본성과 경험의 세계 그리고 악의 원리를 이해하기에는 너무 순박하고 순수하고 게다가 이상적이기 때문이다. 후이님들이 항상 이성을 준수하지는 않는다. 우리는 특히 걸리버가 야후들을 거세할 것을 제안했을 때 그들이 걸리버를 추방하기로 결정하는 사실에서도 그것을 알 수 있다. 그래서 후이넘들이 스위프트의 이성적인 관념을 상징하는 것이 아니라, 걸리버가 어리석게도 최상의 미덕에 필적하려고 시도했던 냉담하고 이론적인 순리라고 할 수 있는 잘못된 관념을 의미한다고 보아야 할 것이다. .

걸리버는 인간의 실제 모습을 야후와 동일시해서 후이넘들의 순수한 이성이 바람직한 것이지만 성취할 수는 없는 이상으로 여긴다. 작가 스위프트는 근시안이고 속기 쉬운 걸리버를 풍자하고 있는데 그는 기만적인 겉모습과 파악하기 어려운 실제 모습을 혼동한다. 말하자면 걸리버는 드러나지 않는 모습의 희생자이면서 실제 모습을 찾으려고 노력한다. 스위프트는 둘째 단락에서는 "일사병"을 등장시키고, "남태평양 사업에 대한"(1720) 그의 발라드에서는 환영을 이용하는 것처럼 보인다. "일사병"은 이상한 환각적 정신착란을 수반하는 열대 열병이다. 이 발라드는 제4권을 통해 걸리버의 여행과정을 요약하는 것으로 보이고, 걸리버는 거짓된 유토피아 속으로 돌입해서, 정신적으로 도덕적으로 그 안으로 빠져들지만, 그는 그 과정에서 습득했던 모든 교훈을 여전히 기억할 수는 없었다.

> 그래서 그 혼란스러운 파산자는 소리를 지른다
> 절망적인 도박에 모든 것을 걸고
> 그리고는 남쪽 바다 속으로 뛰어든다.
> 빚으로 옴짝달싹 못하게 되어 세상을 떴다.
>
> 그래서 일사병으로 오해한
> 선원이 넋을 잃고
> 푸른빛을 발하는 잔잔한 수면과 푸른 나무들을
> 넋을 잃고 바라본다.

그는 환상적인 경치에서 유랑하기를
갈망하고는, 그곳이 마음을 황홀하게 하는
숲이라고 확신한다. 그리고는 뛰어들어 가라앉는다.

걸리버는 모든 진실을 볼 수는 없지만 한 가지 진실만은 볼 수 있다. 그는 도덕적으로 스위프트가 움직이는 대로 후이님과 야후라는 양극단적인 방향으로 영향을 받게 되고, 허구를 통해서 그 자신의 도덕적인 딜레마와 의무를 목격하게 된다. 그리고는 그 자신의 정신과 행동을 위해 독자적으로 의무를 다하도록 강요당한다. 스위프트는 그의 논리를 펴기 위해 이성적이고 관념적인 후이님 같은 논리적인 인간에서 비이성적이고 모순적인 야후와 같은 비논리적인 인간에 이르는 변증법적 기틀을 이용하고 있을지도 모른다. 그리고는 마침내 두 인물형을 합성하기에 이르는데(그의 인물 중의 하나인 걸리버는 비극적으로 그 목적에 도달하지 못한 것으로 보여진다) 이성이 가능한 인간, 즉 이성적인 야후 또는 인간의 성질을 부여받은 후이님이 될 수도 있는 것이다.

그러나 야후의 형상을 혐오하면서 성장한 걸리버는 물웅덩이에 비친 그 자신의 모습을 혐오스러워 하며 얼굴을 돌린다. 그는 말(馬)처럼 구보하는 것을 배우고 지지자들이 그런 특성을 알아차렸을 때 그것을 대단한 칭찬으로 받아들인다. 그의 주인의 발에 입맞춤을 하면서 작별할 때 걸리버는 인간답게 살기에는 불가능할 정도로 너무나 이성적이고 열정이 없는 말(馬)의 사회에 빠져들어 기울어진 불안정한 마음을 뉘우친다. 그의 주인과 헤어진 후에 걸리버는 자신의 계획을 생각했다. 그는 삶을 위해 자신을 지탱해줄 수 있는 자유로운 섬을 찾기를 희망했다. 부패된 문명세계로 그리고 그곳의 사악함을 정화하고자 하는 적극적인 마음으로 문명세계로 귀향하는 것은 그에게는 대단한 의지처럼 보인다. 예를 들자면 "내가 바라던 그런 고독

감으로 적어도 내 자신의 생각을 즐기고 내가 속해 있는 인간세계의 악과 부패 속으로 빠져드는 일 없이 모방할 수 없는 후이님들의 미덕을 즐거운 마음으로 깊게 생각해볼 수 있었다"(220).

스위프트는 페드로 데 멘데즈와 그의 하인들을 혐오하는 걸리버를 비웃었다: "나는 그와 그의 하인들의 냄새로 거의 기절할 뻔했다. ··· 나는 옷을 벗지도 않고 침대보 위에 누워 반시간을 보내고는 ··· 배 옆쪽으로 가서 야후들 속에서 계속 사는 것보다는 차라리 바다 속으로 뛰어 들어 헤엄을 쳐서 자유를 얻으려고 했다 ··· 마침내 나는 그를 인간의 이성을 약간 지닌 그런 동물처럼 대우했고 ··· 나는 ··· 야후들 속에서 살기 위해 귀향하기보다는 가장 힘든 고초를 겪기로 했다"(251~252).

걸리버가 그의 가족을 다시 만나 처음에 적응할 수 없고 받아들일 수 없어서 고초를 겪었던 상황들이 불행하게도 익살맞게 연민을 자아내고 있다.

> 그들에 대한 모습은 나에게 증오와 혐오 그리고 경멸만으로 가득했다. ··· 그러나 내 기억과 상상력은 끊임없이 그런 고귀한 후이님들에 대한 미덕과 관념들로 가득했다. ··· 내가 그 집으로 들어서자마자 아내가 두 팔로 나를 껴안고 키스를 했는데 그토록 오랜 시간에 걸쳐서 저 지겨운 야후라는 짐승과 접촉해본 적이 없었기 때문에, 나는 거의 한 시간동안 기절했다. (253~254)

스위프트는 그 자신이 살던 시대에서 후이님 나라로 상징되는 이상적이고 완전한 사회적 유토피아, 이성주의, 낙관론 또는 과학주의에 대해 굉장히 냉소적이었을지도 모른다. 공상의 나라에 살고 있는 사람들은 관습과 관행 그리고 당연히 공정한 법이 있는 이성주의자들이다. 그러나 완벽한 세상의 이미지 또한 어떤 불확실한 면이 있는데 그것이 불완전함이나 결점들로 해석될 수 있는 특징들을 나타내기 때문이다. 예를 들면 후이님의 세상에서는 특별한 외관을 가진 유전적으로 열등한 말들이 순종 말들의 하인으로 불려지는데 가장 윤리적인 기준으로 보았을 때 또 다른 집단에 의해 한 집단이 정복당하는 것은 비인간적이고 혐오스럽게 보이기 때문이다.

후이님의 세상은 또한 완벽함을 보여주는 초상 속에서 어느 정도 냉담하기까지 하다. 비록 우정과 자비, 그리고 순종이 아주 가치가 있을지라도 이성적인 사람들은 인간적인 삶의 안내자로서 순수한 이성이 결여되어 있으므로 후이님의 나라에서는 인간적인 면이 부족한 것처럼 보인다. 계몽주의 시대의 철학자들은 특히 인간의 특성으로서 이성적으로 가장 높은 경지에 이르는 것을 자랑스러워 한 것 같다. 이상적인 합리주의 사회에는 결점이 있다는 것을 의미하면서 스위프트는 유일한 가치기준으로서 이성에 의존하는 가식적이고 어리석은 결점들을 예로 든다.

3.

인류의 정의를 새롭게 하면서 스위프트는 피할 수 없는 딜레마에서 벗어날 수 있다. 그는 타협을 하고 한계가 있는 인간의 상황을 받아들이고 인간 중심이 아니라 신 중심적인 휴머니즘에 이른다. 확실히 이 해석은 인간을 보다 정확하게 이해하기 위한 일종의 변증법적인 해석이다. 즉 흉내낼 수 없는 이성의 관념론적 실현을 상징하는 후이님과 끔직한 야수성의 혐오스러운 실현이라고 할 수 있는 야후 사이의 중간적 입장인 인간이라고 할 수 있는 것이다. 이런 점에서 인간은 다시 인간에 대한 새로운 정의를 가진 축복 받은 존재이면서 저주 받은 존재이기도 하다. 이런 중재적이고 논리적인 사고과정과 행동은 성숙한 인간과 책임감 있는 소설가 스위프트의 겸손함과 지혜에서 비롯된 것이거나, 아니면 "존재의 대고리"(the great chain of being), 예절, 상식 그리고 무엇보다도 먼저 꼽는 절제 있는 이성—극도의

이성도 아니고 이성에 대한 완전한 결핍도 아닌—의 질서를 강조하는 18
세기 영국의 현자에게서 나온 것일지도 모른다.

　이성을 결코 소유할 수 없는 우리의 특성으로 돌리는 것은 불합리하고
어리석은 일이다. 그렇게 하는 것은 존재의 대고리의 질서를 혼란에 빠뜨리
는 오만과 죄이다. 고로 "나는 변호사, 소매치기, 대령, 바보, 갱, 정치가, 포
주, 내과의사, 증인, 매수되어 위증하는 자, 검사, 반역자 또는 이와 유사한
사람들의 시각에 조금도 자극을 받지 않았다. 이것은 모두가 우주의 당연한
순리에 따른 것이기 때문이다". 그러나 신체장애자 그리고 오만으로 괴로
워하는 몸과 마음의 질병을 보았을 때 그것은 걸리버가 나타내듯이 야후와
영국 국가에 대한 후이넘의 혐오로써 이런 완벽한 존재가 오만의 죄이면서
아이러니하게도 정복한 사실을 스스로 자랑스러워한다는 것을 암시한다.
이상적인 존재에 대한 자애(self-love)는 속기 쉽고 풍풍한 존재에 몰두했을
때 순수한 이성에 대한 불가피한 결핍을 나타내는 또 다른 징후로 받아들일
수 있다. 후이넘들이 얼마나 이상적이고 원칙주의이든 간에 그들은 쉽게 파
멸적인 7대 죄악(seven deadly sins)의 주된 희생자가 될 것이다.

　우리가 이런 인간의 한계에 대해 겸손한 마음을 가지고 최선을 다해야
만 된다는 것은 가장 바람직하고 합리적인 일이다. 인간들 스스로 우리가
무엇인지 우리가 어떤 모습이 되어야만 하는지에 대해 인식할 필요성이 있
다. 인간은 끊임없이 잔인한 자신에 대한 조소와 자기음미 그리고 자기정
화, 즉 진정한 비극적 카타르시스를 통해 일종의 도덕적이고 정신적인 성
취만을 희망할 수 있다. 예를 들면 "한 여행자의 중요한 목표는 인간을 더
욱 더 현명하고 우수하게 하고 불운으로 그들의 정신을 개선해야 하며 그
들이 타지에 대해 전하는 좋은 본보기를 향상시켜야 한다. … 나의 유일한
의도는 공공적인 선으로써 … 나는 인류애를 전하고 가르치기 위해서 훌륭
한 결말을 내려고 한다". 그가 포우프에게 이미 인용했던 편지에서 드러난

것처럼 스위프트에게 인간은 후이님처럼 이성적인 인물이 아니었다. 그들은 단지 이성을 행할 수 있는 인물이었다. 이것은 인간 혐오의 기세를 꺾는 것이다. 그는 포우프와 볼링브로크에게 보내는 또 다른 편지에서 다음과 같이 썼다: "결국 저는 인간을 혐오하지 않을 것이라고 말하겠습니다. 그 것은 당신이 그들을 이성적인 동물로 보기 때문에 그들을 증오하는 것입니다. 그래서 실망한 존재에 대해 화가 나는 것입니다" 저는 항상 그 정의를 받아들이지 않고 저 자신의 또 다른 정의를 만들어 냅니다. 제가 그 정의에 화를 내지 않는 것은 지난주에 내 병아리 중에 한 마리가 연과 함께 날아간 것에 대해 화를 내지 않는 것과 같습니다. 그러나 나는 이틀 후에 내 하인들 중에 한 사람이 그 병아리를 쏘아 떨어뜨렸을 때 기뻤습니다"(Swift, 586).

20세기 후반 대표적인 비판지식인이었던 에드워드 사이드가 쓴 「지식인으로서의 스위프트」라는 훌륭한 에세이에서 다음과 같은 말을 인용해보자.

수많은 지적인 풍자, 또는 한 지식인의 가장 주목할 만한 풍자는 그의 모든 독자를 사로잡았던 스위프트의 소설 『걸리버 여행기』 속의 한 에피소드인 네 번째 항해에서 찾아볼 수 있다. 우리는 그 힘이나 그 압도적인 상상적 기발함에 쉽게 싫증을 낼 수 없고, 싫증을 내서도 안 된다. 그러나 우리는 후이님과 야후에게서— 걸리버와 그들 사이에서— 스위프트가 사회에 대해 일반적으로 갖고 있는 지식인으로서의 각성을 추정해볼 수 있고, 결과적으로 후이님들에게서 중요한 점은 우리에게 만족한 삶을 영위하기 위한 최소한의 선택권을 제시하고 있다는 각성으로 그들이 이상적인 존재가 될 것인지가 아니라 그들은 동물이라는 것이다. 야후에 관해서 말하자면 그들은 인간보다 훨씬 더 동물처럼 행동하는 인간이라는 것이다. … 인간의 삶에서 스위프트가 즐거움을 누릴 만한 것은 아무것도 남아 있지 않다. 그래서 그는 모든 것을 비난한다. 그러나 네 번째 항해에서 내게 항상 인상적이었던 것은 그 이야기 속에 다른 항해에서 느낀 감동만큼 그곳에 여전히 진정한 깨달음이 존재한다는 것이다. … 걸리버의 추방 또는 자신을 비춘 모습을 보고 달아나는 걸리버의 항해 각 장의 결말에서 궁극적으로 보여주는 것은 스위프트의 지적인 에너지가 비극적으로 쉬지 않고 활약하고 있음을 알리는 것이다. (89)

걸리버의 여행기를 통해 18세기 문학지식인인 스위프트는 당시 유럽의 정치, 경제, 문화에 대한 총체적인 풍자문학의 금자탑을 만들었다. 그의 "풍자"는 오늘날의 기준에서 볼때 "비판"에 이르지는 못하는 것이 아쉽기도 하지만 은근하고 간접적인 풍자문학은 행동하고 직접적인 비판정치학과는 다른 의미에서 반성과 개혁에 이르는 길이다. 운동권 지식인의 시대가 아니었던 18세기에 문학지식인이 문학 창작을 통해 현실에 참여할 수 있는 길이란 현실 비판의 우회적인 방식인 풍자를 택할 수밖에 없었을 것이다. 스위프트는『걸리버 여행기』제4부를 통해 당시의 합리주의라는 철학적 낙관주의와 과학과 지식 증대로 인한 진보신화의 문제점을 날카롭게 제기하고 있다. 사실상 계몽주의로부터 출발한 근대(modernity)의 문명은 식민주의, 제국주의, 자연 파괴, 천민자본주의 등 얼마나 많은 근대병을 만들어냈던가? 이러한 "나쁜" 근대를 반성하고 광정하여 "좋은" 근대를 다시 회복코자 하는 탈근대적 사유의 시대에 18세기 스위프트의 "이성이 가능할 뿐인 동물"이라는 인간에 대한 재정의는 21세기에도 살아 있는 보편적인 문제 제기로 남아 있다.

2장 18세기 영문학과 "탈"근대 만나기
― 근대(성)에 대한 풍자와 비판

회고적인 태도는 밝혀내기보다는 배치하며, 제하기보다는 부가하고 비
난하기보다는 친밀해지고 폭로하기보다는 분류하는데, 이를 나는 근대적
이지 않은 것(nonmodern)으로 (혹은 비근대적인(amodern) 것으로) 규정
한다. … 즉 우리는 근대인이었던 적이 없고 비판적이었던 적도 없다는
것, 지나간 과거라는 것, 혹은 "구체제"라는 것도 존재한 적이 없다는 것,
오래된 인류학적 원형을 정말로 떨쳐버린 적이 없다는 것, 그리고 그것이
반대로 될 수도 없었다는 것.

— 브뤼노 라투르, 『우리는 결코 근대인이었던 적이 없다』[1]
(홍천기 역), 128~129

---

1) 프랑스의 과학기술 이론가인 브뤼노 라투르(Bruno Latour)는 "우리는 결코 근대인이었던 적
이 없다"고 전제하면서 근대 자체를 부정하고 있다. 이 말은 라투르가 근대성 자체를 부정
했다기보다는 근대인은 자신이 설정한 근대에 대한 이론을 결코 실행한 적이 없다는 의미
에서였다. 따라서 탈근대라는 것도 문제가 있다는 것이다. 그의 말을 들어보자: "누구도 근
대인이었던 적은 없다. 근대성은 시작조차 하지 않았다. 근대세계는 존재한 적도 없다. 과
거완료 시제의 용법은 여기서 중요한데 그것이 회고적의 감성의 문제이며 우리 역사를 다
시 읽는 문제이기 때문이다. 나는 우리가 새로운 시대에 들어서고 있다고 말하는 것이 아니
며 반대로 우리는 더 이상 탈-탈-탈근대주의자의 무분별한 비행을 계속할 필요가 없다는

1. 들어가며: 18세기 "근대"에 대한 문제 제기

오늘날 우리의 "근대"의 모든 것의 "시작"은 서구의 18세기이다. "근대"란 17세기 서구의 계몽주의 시대에 생겨 18세기를 관통하면서 도구적 합리주의에 토대를 둔 발전, 번영, 진보, 평등에 대한 이념의 결과이다. 이러한 핵심어들이 서구 근대신화의 시작이다. 합리주의, 국가(민족)주의, 개발주의, 과학기술주의, 제국주의, 식민주의 그리고 자본주의와 공산주의까지도 서구 근대기획의 산물이다. 18세기는 우리가 흔히 아는 것처럼 이성, 질서, 합리주의라는 단아하고 균형 잡힌 시대만은 아니었다. 18세기에 오늘날 근대문명의 토대를 놓은 인물들이 다양한 영역에서 활동한 시기였다. 괴테, 볼테르, 루소, 디드로, 칸트, 흄, 페스탈로치, 애덤 스미스, 토마스 페인, 제퍼슨, 프랭클린, 베토벤, 바하, 헨델, 모차르트, 하이든, 쉴러, 스위프트, 디포, 사무엘 존슨, 메리 울스턴크래프트, 블레이크, 게인즈보로, 호가스, 레놀즈 등이 있다(Postman, 12~18). 미국의 독립, 프랑스 대혁명, 자본주의의 태동, 산업혁명과 도시화의 시작, 근대적 자아 형성과 개인주의의 확립, 은행과 신문, 잡지가 시작되었고 근대소설이 발생하였다. 엄청난 지식과 정보 그리고 개인의 욕구들이 충일한 시대였으며 백과사전과 언어사전들이 출간되었다. 시민사회와 공적 담론의 장이 열린 "공영역"(public sphere)이 시작된 시대이기도 하다.

서구의 해외 진출이 활발해지면서 식민주의와 제국주의가 생겨나고, 세

것, 따라서 우리는 더 이상 훨씬 더 정교하고 더욱 비판적이며, "의심의 시대"로 더욱 깊숙이 들어가려고 하지 않는다고 말하려는 것이다. 그게 아니라 우리는 스스로가 결코 근대의 시대에 들어서기 시작한 적이 없다는 것을 발견한다(128). 여기에서 라투르의 논리는 이 글의 논지와 비대칭적인 것으로 보이지만 그가 말하는 근대인은 근대와 계몽의 이상을 결코 실현하지 못한 "나쁜 근대인"을 지칭하는 것으로 보인다. 라투르와 필자는 "좋은 근대"는 인정하지만 "나쁜 근대"를 향해 비판적인 자세를 취하는 것만은 분명하다.

계주의와 세계화도 이미 시작되었다. 18세기는 이 같은 문화적 전환기를 맞이하여 갈등과 모순으로 뒤덮이는 동시에 풍요와 역동의 시기가 된 것이다. 바로 이러한 시대적 특징 때문에 18세기는 우리에게 진정한 역사의식을 요구하고 있다. 18세기 시대를 가장 잘 나타내는 인식소는 "계몽"(en-lightenment)이다. 그 뜻은 "빛을 비춰주기"인데, 그 "빛"은 중세의 암흑과 "전" 근대 시대의 모든 불합리를 "비판"하며 광정하는 "빛"이다. 18세기의 이러한 계몽정신 또는 계몽사상은 곧바로 전근대 시대를 근대(성, 화)(the modern, modernity, modernization)로 이끌어갔다. 근대는 진보, 발전, 비판의 개념을 더욱 확대시킴에 따라, 18세기의 시대정신은 "계몽과 근대의 대화"로 대표되었다. 18세기 영문학은 "계몽"과 "근대"라는 시대정신을 부분적으로 재현하였으나, 이성, 질서, 진보 신화에 오래 머무르지 않고 일부는 곧바로 의심하고, 위반하며, 저항하고, 비판하기 시작했다. 이 같은 비판정신은 계몽과 근대에 이미 내재되어 있었기 때문에, 근대는 시작부터 반근대와 탈근대를 내포하고 있었다고 볼 수 있다.[2]

20세기는 특히 계몽과 근대의 변질과 파행이 극심했던 시기였다. 우리는 21세기의 그러한 파행을 광정하기 위해서, 18세기 계몽과 근대의 "초심"으로 돌아갈 필요가 있다. 우리는 18세기 영문학을 논의하는 데 있어 근대/근대성의 문명사적 이념을 염두에 두면서, 그에 대한 작용과 반작용을 모두 포섭하는 종합적 태도가 필요하다. 또한 "장기 18세기"(The Long Eigh-

---

2) 18세기 유럽 문학과 동아시아 초기 근대문학을 연구하고 있는 일본계 미국 비교문학자 수미에 존스(Sumie Jones) 교수는 18세기 유럽 문학에 나타나는 정반대의 두 개의 흐름, 즉 "모던"과 "포스트모던"을 다음과 같이 논하였다: "18세기 유럽 문학이 "이성"의 문학, 근대적, 신문기사적 문학으로 명명되면서 잘못 이해되었다. 많은 측면에서 18세기 문학은 상당히 "포스트모던"한 문학이다. … 18세기 작가의 관점에서 볼 때, "모든-근대"는 형성과정에서 스스로에 대해 의문을 제기하고; 스스로를 비판할 수 있는 체계를 자신의 내부에 이미 가지고 있었다고 얘기하는 것이 훨씬 더 정확한 것이 될 것이다. … 18세기 문화에서 모더니티와 포스트모더니티는 함께, 그리고 서로 대립하면서 공존했다"(371, 375).

teenth Century)와 "전 지구적 18세기"(The Global Eighteenth Century)의 다양한 영문학 읽기를 통해 근대에 대한 인식의 지형도를 풍부하게 그려내야 할 것이다.[3] 이 글의 목적인 이 새로운 역사적 맥락에서, 18세기의 지배적인 시대정신이었던 이성, 합리주의, 과학주의 등에 18세기의 일부 영문학이 저항하여 지나치게 낙관적인 근대와 계몽을 풍자하고 비판하며, 근대를 타고 넘어 전근대, 비근대, 반근대 나아가 탈근대로 지향했는가를 개략적이나마 살피는 것이다.[4]

2. 18세기 영문학 다시 읽기와 새로 쓰기

지금까지 17, 19세기와 연장선에서 18세기의 문학적 성과는 상당히 폄하되어왔다. 19세기에 이루어진 문학활동의 상당 부분, 예를 들어 낭만주의도 19세기에 완성되었다기보다는 사실 18세기 중반에 상당히 이루

---

3) 『18세기로 다리 놓기 ─ 과거가 우리의 미래를 개선시킬 수 있는 방법』(1999)의 저자 닐 포스트먼(Neil Postman)도 우리가 18세기를 공부하는 이유를 다음과 같이 언명하였다: "18세기가 그 자체를 위해 만들어낸 제도들을 모방하기 위해서가 아니라 우리에게 알맞은 것을 더 잘 이해하기 위해 18세기로 돌아가자. 모델을 찾는 것이 아니라 배우기 위해 18세기를 찾아보자. 세부적인 것이 아니라 원리들을 채택하자"(17). 포스트먼은 나아가 18세기가 우리에게 위대한 유산으로 남겨준 것은 "진보", "기술", "언어", "정보", "서사", "어린이", "민주주의", "교육"의 8가지로 제시하고 있다(목차). "전 지구적 18세기"에 관한 자세한 논의를 위해서는 Nussbaum 참조(1~18). 그리고 Day와 Keegan도 참조(150~151). 18세기 전공 영문학자들이 1960년 이후의 새로운 "이론들"을 적용하여 18세기를 "새롭게" 해석하고자 ("The New 18th Century") 하는 시도로는 Nussbaum과 Brown이 편집한 책 참조(1~22).

4) 윤혜준은 18세기 영국 런던과 근대를 연결시켜 논하는 자리에서 "근대 민주주의와 시장경제체제를 일찍이 수립한 영국은 근대 문명의 다양한 이점과 그 폐해와 증상 또한 일찍이 보여주었다"(34)고 지적하고 근대의 대표적인 도시로써 런던에서의 개인적 삶에 대해 "특히 영국에서 발생한 서구 도시문명이 얼마나 철저하게 단절된 개인들의 세계로 인식되고 체험되는지를 선명하게 보여준다는 것이다. 도시는 나와 남이 공유하는 삶의 공간이기도 하지만 근본적으로 나의 배타적인 이득을 추구하고 유지하는 장이기도 하다"(54)라고 갈파하였다.

어졌다. 19세기 후반의 영국 문학사가들이 역사의식의 결여로 인해 역사의 단절만을 강조하고 지속을 무시하여, 18세기 후반을 전기 낭만파(preromantic)라고 불러 18세기 후반마저 낭만주의로 포획한 것이다. 19세기에 18세기를 규정한 많은 것들이 일종의 음모의 결과인 것은, 19세기의 정체성을 지나치게 강조하기 위해 18세기를 일부러 무시해버리는 부친 살해(patricide)의 행위로도 보여지기 때문이다. 18세기는 금융 산업·도시화·문학과 여성의 공영역화 등, 정치·경제적 측면에서 활력과 역동성이 보였을 뿐 아니라 "풍요의 시대"였기 때문이다.[5] 예술적 문화 영역에서 바로크·로코코 등으로 화려하고 에너지가 넘친 시대였다.[6] 오히려 19세기는 근대 초기의 참신성이나 계몽정신이 더 위축된 시기이며, 생생하고 역동적인 것은 사라진 그런 시기였다. 결국 18세기는 수동적인 시대, 정태적인 시대, 재미 없는 시대, 또는 빨리 19세기로 넘어갔으면 하는 이성의 시대, 정합성의 시대, 억제의 시대, 법칙의 시대가 결코 아닌, 역동성과 다양성과 풍요의 시대였다.

19세기의 학자들이 18세기를 무시하는 경향이 지금까지도 주류를 이루고 있고 현재도 낭만주의 시대의 가치가 옹호되는 일종의 "포스트" 낭만주의 시대라 볼 수 있으나, 지금까지의 18세기에 대한 폄하 역시도 부당한 19세기의 영향을 받은 문학사가들이 만들어낸 일종의 허위 "이데올로기"일 수 있다는 것을 인식해야 한다. 대체로 18세기는 일방적으로 "이성의 시대"라 불리지만, 영국의 18세기 문단만 봐도 오히려 19세기보다 훨씬 공공적

---

5) 18세기 영문학자인 그린(Donald Greene)은 이 시대를 "풍요의 시대"(*The Age of Exuberance*)로 규정하였고 프라이스(Martin Price)도 『지혜의 궁전으로』란 18세기 영문학 연구서에서 그 부제로 "질서"뿐 아니라 "에너지"(energy)를 이 시대의 중요 인식소로 제시하였다.

6) 김명복, 『예술과 문학—고딕에서 로코코까지』, 133~205 참조. 또한 로스턴(Murray Roston)의 책 2장에서 6장(41~310)도 참조.

이었고 심지어 설교문학 등 훨씬 다양한 문학 장르가 존재했다. 오히려 19세기 낭만주의로 들어오면서 시·소설 등 순수문학을 강조하면서 기존의 여행문학이나 서간문학과 같은 다양한 문학 장르가 사라졌다. 19세기에는 문학이 시민계급의 중산층들의 생활문학이라는 공공성이 사라지고, 작가의 천재성이 강조되는 좀 더 개인주의적이고 귀족적으로 변했다. 다시 말해 19세기 초 유럽 낭만주의는 어떤 의미에서 산업화·도시화에 대한 반동이면서 동시에 도피주의의 결과라고 생각할 수 있다. 낭만주의자들은 엄청난 과학기술의 발전과 자본의 확산에 따른 근대화 과정과 정면 대결하기보다, 전원으로, 먼 나라 이국으로, 그리고 중세 등으로 숨었던 것이다. 문학과 예술의 이러한 도피적 경향은 산업경제사회에서 문학과 예술의 역할을 축소시키는 결과를 낳았다. 이런 맥락에서 볼 때 18세기는 이성을 강조하였어도 19세기보다 더 역동적인 시기이며, 19세기는 18세기보다 더 화려하나 다양성이 약화된 시기였다. 따라서 18세기는 우리로 하여금 21세기를 위한 진정한 근대와 계몽을 위한 초심으로 돌아갈 수 있게 하는 시기로 볼 수 있다.

19세기를 연구하는 학자들은 "전기 낭만주의"(pre-romanticism)라고 해서 18세기 중간까지를 잘라버리지만, 사실 18세기에는 진정한 감성의 변화가 있었다. 캐나다의 유명한 문학이론가였던 노스롭 프라이(Northrop Frye)는 이미 18세기 후반을 감수성의 시대(age of sensibility)라고 하였고, 19세기 연구자들은 이것을 전기 낭만주의라 했지만 사실 이러한 명명은 가능하지 않았다. 18세기에 흔히 "트로이의 목마"라고 불리는 "숭고미"(sublime)의 개념이 도입되었을 뿐 아니라 감정(emotion) 또는 감성(sentiment)에 대한 시각의 변화가 먼저 있었기 때문에 낭만주의가 있을 수 있었던 것이다. 그렇기에 역동성을 이성보다 더 강조해야 하고, 또 18세기 후반의 낭만주의적 측면을 전(前/pre)으로 규정해버리는 것은 19세기 문학사가들의 무지와 편견이라 할 수도 있다. 물론 18세기의 역동성, 풍요가 이성을 덮어버렸다고 생각할 수는 없다. 오히려 영국에서는 이 특성들 간의 균형을 맞추려 했다. 데이비드 흄(David Hume)도 상상력을 낭만주의 시대 못지않게 얘기하지만, 결국은 이를 이성과의 조화를 이루어야 한다고 타협을 한다. 하지만 분명, 이성의 시대라는 것이 낭만주의의 전 시대이기보다는, 오히려 낭만주의 시대가 이 시대의 연장이라고 보아야 한다. 많은 18세기 학자들은 "장기 18세기"를 보통 "왕정 복고"가 시작된 1660년부터 빅토리아 여왕이 등극한 1837년까지로 간주한다(Gary Day and Bridget Keegan, 2~3).[7]

　18세기 영국 문학의 흐름은 시민담론(Civil Discourse)이 대두되고, 궁극적으로는 시민사회(Civil Society)에 맞는, 즉 부르주아 사회에 적합한 동질적인 공동체를 만들려는 노력이 계몽주의적 문학인들에 의해 수행되었다고 볼 수 있다. 그것이 구체적으로 나타난 것이 문학담론인데, 이것은 다음과 같은 특징을 지니고 있다. 우선 문학이 지금 생각하는 것처럼 귀족적인 장르로 생각되지 않았다. 이 당시 문학이란 개념이 매우 넓었기 때문에 데이비드 흄, 애덤 스미스(Adam Smith) 같은 사람도 자신을 넓은 의미의 문인(man of letters)이라고 생각하고 글을 썼다. 글자를 가지고 시, 철학, 정치적 글, 에세이, 기행문, 전기를 쓰는 것은 크게 보면 모두 문(文)으로 간주되었다. 이것은 요즘처럼 공동문화(communal culture)에서 벗어나 주변화된, 상상력에만 주로 의존하는 전문가적 순수문학과는 다르다. 18세기 문학은 중산층, 보통독자(common reader)들에게 토론과 논의의 대상이었으나 18세기 이후 이러한 기능이나 폭이 크게 줄어들었다. 이러한 독자 중심의 문학은 낭만주의 시대에 와선 천재적인 독창성을 가진 작가 중심으로 바뀌게 되었다. 그리고 20세기에 와서는 작품 자체의 중요성이 강조되었다. 이렇

---

7) 이밖에 프랑스에서 망명 중이던 찰스 2세가 영국 왕으로 돌아온 왕정복고기(1660년대 이후)의 소설가인 아프라 벤(Aphra Behn, 1640~1689)을 18세기 작가로 포함시켜 논의한 G. Gabrielle Starr의 *Lyric Generations*도 참조.

게 18세기에 "독자"를 중요시하였다는 것에는 많은 시사점이 있다.

당시 부상하던 시민사회는 문학을 통해 중산층들이 지켜야 할 교양과 덕목들을 교육하고자 했다. 그리고 경제적 부분에서 여가도 생기고 저축도 할 수 있게 된 중산층 독자가 늘어남에 따라 귀족의 도움을 받아 생활하던 작가가 이 18세기부터는 직접 쓴 글을 일부 독자들에게 정기구독의 형식으로 팔아서 출판자금과 인쇄자금 등을 마련하게 된다. 여기에서 독자들이 절대적인 영향력을 가지게 되었고, 작가도 독자의 비위를 맞추지 않을 수 없게 되었다. 문학작품의 가치판단을 보통독자들에게 의존하게 되었다. 이러한 18세기에는 문학·예술 자체를 하나의 공동예술(communal art)로 생각했다. 문학은 공동예술로서 부르주아 구성원을 모두 포섭하는 것이었고, 다 같이 즐길 수 있는 것이었다. 18세기에는 시민사회에서 문학의 중요성과 영향력이 아직도 건재했다.

그리고 "모방"(imitation)이라는 개념이 중요했다. 오늘날처럼 모방이란 단순히 남의 것을 베끼는 것이 아니었다. 낭만주의 시대의 작가가 자기 내면에서 나오는 소리만 쓰면 이것은 절대로 공동예술이 될 수 없다. 이것은 반드시 검증된 그리스·로마의 고전작가들의 작품에 기대서 써야 하는 것이다. 이러한 상호 텍스트성 속에서 우리 시대에 맞게 새롭게 써야 했다. 그것은 일종의 역사의식이며 공동체 의식이다. 이것은 18세기 조선의 연암 박지원이 말한 "법고창신"(法古創新)의 글쓰기 전략이기도 하다. 또 계몽주의의 특징 중 하나를 비판정신이라고 했는데, 이 시대의 문학지식인들은, 작가 지식인들은 문화의 파수꾼들이었다. 대중들, 보통독자들의 취향이 타락하는 것을 막고, 사회 현상을 제대로 보게 하는, 그리고 이 시대의 이성과 진보에 대한 지나친 낙관주의에서 파생하는 여러 가지 모순들에 대한 풍자(satire) 같은 양식이 대표적이다. 그래서 시민사회, 시민담론을 이루는 핵심 문학 장르가 신문, 에세이, 소설이었다. 특히 "에세이"(essay)는 상당히 많은 영향력을 끼쳤다. 에세이는 길지도 않고, 언제나 읽을 수 있는 것이기 때문에 중산층의 담론양식이었다. 그러니까 당시 작가들의 역할은 지금 생각하는 것과 매우 다른 것이다. 지금 우리가 작가의 역할로 생각하는 것은 주로 낭만주의 시대의 천재성과 독창성을 지녀야 한다는 작가 중심의 전통이다. 참여문학을 주창했던 20세기의 사르트르(Jean Paul Sartre)가 18세기를 "잃어버린 낙원"의 시대라고 불렀다. 이 시대의 시인, 작가들은 대부분 공적 지식인들(public intellectuals)이었기 때문이다.

18세기는 매우 다양하고 복잡하며, 역동적인 시대였다. 18세기 영국 문학에서 신고전주의 문학이라는 게 상당히 단아하고 단순한 것으로 알려져 있지만, 모순적이게도 신고전주의적인 작가는 아닌, 셰익스피어나 밀턴 같은 작가들은 당시에 계속해서 인기가 있었다. 이 시대가 이성이나 문학 법칙들의 시대였다면, 셰익스피어나 밀턴의 작품들은 잘 안 읽혔어야 하는데, 희랍이나 로마식의 고전적인 작품을 생산하면서도 토착적 영국 작가들의 역동적인 작품이 계속 인기가 있었다. 이처럼 이 시대는 단일한 시기는 아니었고, 서로 반대되는 현상이 같이 일어났던 모순과 불일치의 시대이기도 했다. 다음부터는 18세기 영문학의 역동성과 다양성을 확인하기 위해 이성, 질서, 계몽, 근대의 이념을 위반하고 비판하는 몇 편의 작품을 연대순으로 골라 논의해보기로 한다.[8]

3. 반근대로서의 포스트 식민적 상상력: 조셉 애디슨의 비극 『케이토』(1713)

영국의 18세기는 전 세계를 향한 모험과 탐험이 절정에 달했던 시대였

---

8) 다음에 나오는 3부터 5의 부분들은 필자의 졸저 『계몽과 근대의 대화』의 실린 내용의 일부를 이 글에 알맞게 대폭 요약하고 새로 썼음을 밝힌다.

다. 서양은 또한 동양 특히 중국이나 중동에 대하여 문화적 호기심을 열정적으로 보였던 시기이기도 했다. 그러나 이러한 문화적 호기심은 동서양의 차이를 인정하는 문화상호주의로 발전되지 못하고 서구인의 욕망은 안으로 꼬여 문화적 국수주의로 빠졌다. 서구인들에게 동양인은 이분법적 선악 구분의 대척점에 서 있었다. 동양인은 서구인들에게 호기심의 대상은 되었지만 진정한 의미 있는 타자가 아니라 서구인들의 정체성을 위한 장식윤리를 위하여 동원되었다. 18세기 서구인들에게 그리스와 로마는 문화의 원천이었다. 도덕윤리의 기준은 모두 그리스와 로마로부터 가져왔다. 18세기 영국의 대표적인 시민사회의 계몽주의 문인이었던 조셉 애디슨(Joseph Addison, 1672~1719)은 그의 비극 『케이토』(Cato, 1713)에서 북아프리카의 로마 식민지였던 누미디아국의 로마인 총독 케이토를 중심으로 위와 같은 서구우월주의(유럽중심주의) 문제를 다루고 있다. 작가 애디슨은 식민지 총독인 로마인 케이토를 피-식민지국의 여러 토착민들과 대비시켜 허구적인 미덕의 극치로 묘사한다.

그러나 필자에게는 주인공 케이토나 그의 로마인 추종자들보다 두 명의 동양계 등장인물인 피식민국 누미디아의 왕자 주바(Juba)와 사이팍스(Syphax) 장군이 더 흥미롭다. 애디슨의 시대부터 현대까지, 『케이토』에 대한 대부분의 애디슨 연구자들이 『케이토』에 대해 거의 상반된 견해를 갖고 있다. 왕자의 경우와 달리, 타자로서의 사이팍스 장군은 그 어떤 비평적 담론에서도 무시되었고, 그 가치가 폄하되고 있었다. 사이팍스는 언제나 경멸의 의미로 "사악", "극악", "반역적", "충성스럽지 못한", "원주민(Numidian)" 등으로 묘사되고 있다.

애디슨은 누미디아의 왕자 주바의 대적(arch-enemy)인 사이팍스 장군이 우리 앞에서 자신의 견해를 피력하도록 허용한다. 그 식민화된 자의 목소리는 완전히 붕괴되지는 않는데, 이는 아마도 애디슨의 인본주의와 세계주의 때문일 것이다. 애디슨은 『스펙테이터』(*The Spectator*)지 215호에서 미국 식민지에서 행해지는 토착 인디언들과 흑인 노예 착취에 대해 항의하기도 한다. 애디슨은 이 글에서 모든 사람들이, 원시적이건 현학적이건, 노예이 건 자유인이건, 이성을 소유하고 있고 본질적으로 평등하다는 것을 인정하 는 것처럼 보인다.

그러나 애디슨의 동정은 자주 분열되는 듯하고, 자신의 역할에 따라 다 른 양상을 띤다. 선전자와 정치가로서, 애디슨은 때때로 개인적 신념과 마 찰을 일으키는 가치들을 수용해야만 했을 것이다. 왜냐하면 애디슨은 전 쟁의 시기나 평화로운 시기나 국가의 재정적인 수요와 정세를 고려해야만 하고, 18세기 초 영국이 영토에 대한 열망을 지닌 신흥 상업제국이라는 것 을 인식해야 하기 때문이다. 애디슨은 미개한 민족을 정복하는 것이 영국 에 가장 이득이 된다고 생각한 반면, 영국인들과 단지 코의 모양이 다르고 피부색이 다른 그들을 배려해서, 정복이 인간적으로 행해지도록 요청했다. 애디슨은 스스로 부과한 짐에 대해서 양면적인 태도를 보이고 인본주의에 대한 개인적인 믿음에 반하는 자신의 공적인 지위에 대한 내적인 갈등을 해결하지 못한다.

우리는 18세기 영국의 계몽 문학지식인 애디슨이 제국주의의 힘과 서 구의 지배가 공격을 받고 해체되어야 한다는 혁명적인 관점을 전하려 했다 고 말할 수는 없다. 애디슨은 혁명가는 아니었다. 차라리 그는 중간자였고, 시대의 과도기적 본성에 최적으로 부합하는 기회주의자였다고 말하는 것 이 더 정확할 것이다. 당시 보수세력과 급진세력은 토리당(Tory)과 휘그당 (Whig) 사이에서 더 유리한 권력의 분할을 위해 싸우고 있었다. 또는 애디 슨이 범세계적인 인본주의자이고, 대영제국의 시민이라고 말하는 것이 더 정확할 것이다. 그는 타자가 스스로를 변론하게 하는 텍스트상의 전략을 취하기는 하지만, 자신이 직접 그 작업을 수행하지는 않는다. 그는 당시 다양한 일반대중의 기호를 충족시키는 것처럼 보인다. 그리고 그는 극의 다양하고 변화무쌍한 본성에 명확하게 답하기 때문에, 타자의 목소리가 들리게 할 수 있었고, "공론 영역"(public sphere)을 마련하려는 중산계급 극작가로서의 경력을 확립하였다.

우리는 애디슨의 도덕적인 이중성과 국내적인 주제와 국제적인 주제들 사이의 갈등을 지적할 수 있다. 당시의 귀족과 자본가 계급 둘 다와 관계를 맺고 있던 애디슨은 쉽게 해결될 수 없는 사회적, 문화적 대립을 중재한다. 계몽주의적 합리주의자였던 애디슨의 진실과 선에 대한 절제된 사랑의 자유로운 휴머니즘은 그의 성공적인 이데올로기 비전의 징후이다. 애디슨의 상상력은 둘 중 어떤 것에도 우선하지 않는 같은 수준의 재현에서 두 개의 상반되는 세력들을 포용한다. 결과적으로, 우리는 훨씬 더 복잡한 상황에 놓이게 된다. 타자는 도전적인 동시에 주체의 권능에 의해 억제되어 있는 것으로 나타나고 있기 때문이다.

타자로서 사이팍스는 재현주체의 가치체계로 동화되지 않는다면, 참을 수 없는 악한으로 드러나게 된다. 필자는 사이팍스를 전형적인 타자로 받아들이는데, 그가 타자의 정의를 충족시키고 있기 때문이다. 극 중 로마의 주체가 괴물같이―비합리적이고, 성급하며, 원시적이고, 무례한 등등으로 상상하는 타자인 사이팍스는 로마의 제국주의와 식민주의의 위선을 드러낼 수 있는 유일한 인물이다. 이 비극의 주변부 타자 토착민 장군 사이팍스는 다음 대사에서 피식민지(the colonized)의 견해를 잘 나타내고 있다.

> 이러한 경이로운 문명의 기술들은 무엇인가?
> 인간을 길들여서 유순하게 만드는
> 이 로마의 세련됨과 이 부드러운 행동이.
> 그들은 우리의 열정을 단지 가정하는 것이다.
> 우리의 사상과 불화를 의식적으로 보게 만들고

영혼의 놀라움과 공격을 억제하고
이 모든 교류를 말로 할 수 없게 만들기 위해
다시 말해 우리를 우리의 자연과 신을 만든 것과는
다른 존재로 만들기 위함인가? (I, iv. 40~48)

극 전반을 통해, 로마의 식민화 계획은 누미디아 주민들에게는 이로운 것으로 명백히 여겨져 왔다(III, vi. 25~33). 그러나 로마의 제국주의적 착취—문화적인 또한 물질적인—를 논하는 "식민지 수탈론"은 거의 존재하지 않거나 가려진 것처럼 보인다.

『케이토』에서 타자성을 고무시키고, 자신의 생각들을 변호할 기회를 부여받은 사이팍스의 의미와 기능을 전경화를 통해서, 우리는 『케이토』에 있어, 해석적 이점을 기대해볼 수 있다. 그렇게 함으로써, 우리는 버지니아 울프가 이미 "수집가의 문학"으로 무시해버린 『케이토』라는 잊혀진 문학 텍스트를 복합적이고, 역동적인, 다원적 텍스트로서 해석할 가능성을 열 수 있을 것이다. 그렇지 않다면 이 텍스트는 고정된 의미를 지닌 닫혀지고, 정적인 텍스트로 남게 된다. 우리는 또한 타자에 대한 18세기 영국 제국주의의 문학지식인인 애디슨의 이중적이고 모호한 태도를 인식할 수 있고, 『케이토』에서 사이팍스와 주바를 재현하는 데 있어 그의 (시적 드라마 작가로서) 장점과 단점을 가늠해볼 수 있다.

18세기의 영국의 대표적인 인본주의적 계몽주의자였던 공적인 지식인 작가 조셉 애디슨은 개인적으로는 당시 대영제국이 전 세계에서 식민지 수탈 작업을 벌이는 것에 대해 "인도적" 작업을 할 것을 주문하였음에도 불구하고 공인으로 애디슨은 식민지 누미디아의 로마 총독인 전형적 로마인 케이토의 "서구적 미덕"을 찬양함으로써 자신도 모르고(또는 의식적으로?) 당시 영국의 국가 통치 이데올로기였던 식민주의와 제국주의 확장사업에 적어도 공모한 것이다. 문학을 학문으로 연구하든 실제로 비평 작업을 하든 모든 문학 읽기는 작품에 교활하게 내장되어 있는 근대와 계몽에서 출발한 모든 종류의 지배 착취 이데올로기를 벗기는 작업이다. 이렇게 볼 때 에디슨의 비극『케이토』는 표층구조적으로는 당시 영국 제국주의의 이데올로기를 재현하였으나 심층구조적으로 또는 무의식적으로 서구의 타자인 사이팍스 장군을 통해 제국주의의 허위 이데올로기를 명백하게 드러내고 있다고 할 수 있다. 이것이 바로 애디슨의 비극『케이토』가 가진 근대 비판의 방식이다.

4. 이성의 타자로서의 감성─로렌스 스턴의 소설『감성 여행』(1768)

지금까지의 사실주의, 자연주의 등의 소설 개념은 합리성에 토대를 둔 근대적 서사 장치이다. 문학사의 단계에서 "소설"이란 장르 자체가 "근대"의 소산인 것이다. 이야기 틀을 만드는 장치를 쇄신해보는 것도 필요한 일이 될 수 있다. 이러한 견지에서 볼 때 로렌스 스턴은 하나의 빛이다. 스턴은 18세기 이성의 시대 한가운데서 이성의 광기와 합리성의 엄숙성에 반기를 들어 당시 주류 소설과는 전혀 다른 새로운 실험적 소설 쓰기를 시도하였다. 이런 의미에서 그동안 세계소설사에서 비교적 주변부 타자로 있었던 스턴의 소설문학은 복원되고 다시 전경화되어야 할 것이다. 적어도 서구 (영국) 소설사는 복합성/다양성의 생성기인 18세기를 지나서 19세기의 리얼리즘(사실주의)을 거쳐 20세기의 자연주의와 모더니즘까지 포함하는 "수축"의 길을 걸었다고 말할 수 있다. 이언 와트의 "소설 발생"론은 이러한 수축적 시각에서 쓰인 소설사로, 현실 재현의 측면에서 볼 때 아직도 근대 기획의 입장에서 쓰인 소설론이다.[9]

---

9) 1957년에 출간되어 지난 수십 년간 영국 근대소설 발생에 관한 고전으로 간주되었던 이

21세기에 로렌스 스턴의『감성 여행』(*A Sentimental Journey*)을 다시 읽는다는 것의 의미는 무엇인가?『감성 여행』을 다시 읽고자 하는 것은 위에서 언급한 양식적, 구성적 의미에서뿐만이 아니라 이념적, 주제적 차원에서이다. 21세기를 위하여 이성의 시대로 여겨졌던 18세기 후반의 "감성"(sentimental)의 의미를 되살려내는 작업의 필요성이 대두된다.

감성은 우선 이성의 타자이다. "합리주의"로 출발한 계몽주의적 이성은 이미 "도구적" 이성으로 변모하기 시작했고, 19세기를 거쳐 20세기에 들어와서는 더욱 "광적" 이성으로 바뀌게 되었다. 서구에서 이성의 역사가 이렇게 타락의 길을 걷고 있었지만 별로 눈치 채지 못한 채, 우리는 그 치유책이 될 수 있었던 "감성"을 거들떠보지도 않고 두더지처럼 이성만을 파고들었다. 그 결과 이성은 개발과 진보의 신화로 인간과 세계를 더욱 황량한 상태로 만들어놓았다. 우리는 좀 더 자연과 친해져야 하고 다른 종족과 평화롭게 지내고자 노력하며, 억압했던 여성들을 해방시켜야 하는, 다시 말해 그동안 주변부에 위치했던 타자들을 감싸 안고 그들과 함께 어우러져 살아가는 방법을 터득해야 한다.[10]

스턴은 당시 유행하던 여행문학을 패러디하였다. 토비아스 스몰렛(Tobias Smollett)의『프랑스와 이태리 여행기』(*Travels Through France and Italy*,

---

언 와트(Ian Watt)의『소설의 발생』(*The Rise of the Novel*)(2000년 개정판)에 개진되고 있는 논의들에 대한 반론으로는 매키언(Michael Mckeon)의『영국 소설의 기원: 1660~1740』(*The Origins of the English Novel, 1660~1740*) 참조. 맥키언은 와트가 근대소설의 특징으로 내세운 "형식적인 사실주의"(formal realism)와 "중간계급의 대두"(the rise of the middle class)에 대해 의문을 제기하였다. 그는 "로만스"(romance)와 "관념주의"(idealism)가 18세기에 아직도 강하게 남아 있었고 18세기의 중산층의 대두에 대해서도 애매모호한 상태라고 반박하였다 (Mckeon, 21~22).

10) 18세기에 감정(emotion), 열정(passion), 감성(sentiment), 열심(enthusiasm) 등의 개념에 관한 새로운 논의로는 Pinch(36~55)와 Irlam(20~25, 50~61, 176~80) 참조. 감상소설이나 로렌스 스턴에 관한 국내 학자들의 논의로는 최주리와 김일영의 글 참조.

1766)가 그것이다. 이 여행기 소설은 방문지와 방문지 주민들에 대한 불평으로 가득 차 있었다. 그러나 『감성 여행』에서 스턴은 스몰렛의 경우처럼 "악의와 편견"으로 이야기를 시작하면 "비참한 감정"(52)에 관한 이야기가 될 뿐이라고 비판한다. 스턴은 여행의 가치라 함은 여행자가 자신의 감성(감수성)을 개발하는 기회에 있다고 말하였다. 더 나아가서 "자신의 약점을 적나라하게 발견하여 독자들에게 웃음거리로 만드는 것"(*A Sentimental Journey*, 36)이다. 또한 감성적 여행자는 즐거움과 기쁨을 주는 것이다. 결국 여행자 문학은 감성교육을 위한 텍스트가 되어야 한다는 것이다.

소설의 첫 부분부터 우리는 이 소설의 이야기를 이끌어가는 서술자인 요릭의 충동적이고 즉흥적인 행동에 놀란다. 요릭은 어떤 사람으로부터 프랑스에 다녀오지도 않은 사람이 프랑스를 이야기한다고 무안을 당하자, 사전에 아무런 계획이나 준비도 없이 바로 그날 밤 짐을 꾸려 그 다음날 아침 도버에서 배를 타고 프랑스 칼레로 떠난다. 이 얼마나 무모하고 충동적인 행동인가! 주인공 요릭은 진정으로 "감성적인 사람"(a man of feeling)이다. 머리나 두뇌로 판단하지 않고 가슴과 몸으로 결정하는 낭만적이고 부드러운 사람이다. "이성"보다는 "감성"이 단연 우세한 사람이다. 이것은 당시 계몽주의적 합리주의 시대를 우회적으로 위반하고 저항하는 방식이었을까?

마리아와 헤어진 요릭은 유명한 감성 예찬론을 송시(頌詩)처럼 노래하고 있다.

> 경애하는 감수성이여! 우리의 기쁨 속에서 소중하고 우리의 슬픔 속에서 놀라운 모든 것 중에서 소진되지 않는 원천이여. 그대는 순교자를 짚으로 만든 침대에 묶어 뉘어놓는다. 그리고 우리 감정의 영원한 샘터인 천국으로 그를 끌어올리는 것은 그대이다. … 이것이 내 속에서 자극하는 그대의 거룩함이다. 그것은 어떤 슬프고 고통스러운 순간에 나의 영혼이 움츠러들고 파괴에 깜짝 놀라서가 아니라 … 풍성한 기쁨을 느끼고 내 자

신을 넘어서 남들을 돌보도록 하기 때문이다. 만일 우리의 머리에서 머리카락 한 가닥이 땅에 떨어져도 모든 것은 창조의 가장 먼 사막지대에서도 전율하는 이 세상의 위대하고 위대한 감각 중추(sensorium)인 그대에게서 온다. (88)

이와 같은 작가 스턴의 감성 예찬론은 거의 종교적인 경지에까지 이른다. 목회생활을 하는 목사 스턴에게는 신도들에게 하늘의 가르침을 어떻게 효과적으로 전달하는가가 큰 관심사였을 것이다. 스턴에게 감성은 하나님에 이르는 길이다. 우리는 이성을 통해서가 아니라 감성을 통해 천국에 들어갈 수 있으며, 감성은 내 머리에서 머리카락 한 올이 땅에 떨어져도 전율한다. 감성은 우리로 하여금 사소한 것에서도 기쁨을 느끼고 남들을 이해하고 돌보도록 만드는 종교적 책무로까지 인도한다. 감성은 이제 긍휼과 사랑의 조욕인 기독교적 박애주의로 확장된다.

이러한 감상적 기분은 독자들에게 강력한 감정이입을 일으켜 우리의 연약한 마음에 전염되어 독자로 하여금 거의 눈물을 흘리게 하는 정서적 효과를 가져온다. 가부장제 사회에서 "남성"이 눈물을 흘리는 것은 남자답지 못한 유약한 모습으로 비춰진다. 남성은 모두 신체적으로 강해야 하고 감정적으로도 흔들림이 없어야 한다며 "남자의 역할"을 지나치게 강조하는 것도 일종의 또 다른 성적 억압이다. 남자도 눈물을 흘릴 수 있다면 이 세상이 좀 더 부드러워지고 공감적인 사회가 되지 않겠는가? 요릭의 감성이 지나치다 해도, 그것은 기독교적인 긍휼과 사랑으로 이어질 수 있다.

이 소설의 특징은 주인공 요릭과 그 등장인물의 감성 과잉이라고까지 부를 수 있는 여러 가지 다정다감한 말과 행동이다. 그것은 대체로 인간과 인간 사이의 관계에서 생겨나는 것이지만, 인간과 동물의 관계에서도 감성이 서로 교류되고 서로 공감하는 관계도 드러나 이채롭다. 동물이 열등한 생물로 인간에 의해 이용당하거나 봉사하는 쪽으로 인식하는 것은 이 소설에서는 적어도 통하지 않는다. 요릭이 하인 라플뢰를 데리고 몽튀리에에서 파리로 여행하는 도중에 길바닥에 죽어서 누워 있는 당나귀를 보게 된다. 그들이 타고 가던 말들은 그 시체를 지나쳐 가기를 거부하고 라플뢰가 타고 가던 말은 그를 떨어뜨리고 도망가 버렸다. 그 후 그들은 불쌍한 죽은 짐승의 주인을 만나 이야기한다. 그 주인은 그 당나귀를 독일에서 이탈리아까지 데리고 갔으나 죽어버려 아주 슬퍼하고 있었다. 죽은 당나귀가 자신에게 도움을 주어서 그랬다기보다는 당나귀가 주인을 아주 사랑했고 주인과 오랫동안 좋은 친구관계를 유지했기 때문이었다. 동물과 인간의 이토록 눈물겹도록 친밀한 관계는 웬만한 인간관계보다 훨씬 더 소중했다. 이 세상 사람들도 당나귀와 인간인 주인이 서로 사랑하듯이 서로—인간과 인간, 인간과 동물, 인간과 자연—를 사랑한다면 이 세상은 지금과는 얼마나 다른 살기 좋은 지구 공동체가 될 것인가! 그렇다고 이 장면은 그냥 상념이나 감상에 젖는 것만으로 끝나는 것이 아니고, 엄청난 에너지와 역동적인 활력이 넘치는 행동이 뒤따른다.

감성을 통해 유발되는 공감력은 자애로움(benevolence)이나 동정(compassion)과 같이 타자들을 이해하고 배려하는 공공의 미덕을 이끌어낸다. 이것이 극대화되면 인간에 대해, 나아가 동식물과 자연까지도 사랑하는 박애주의가 도니다. 영국의 18세기 중반에 "감성"을 미덕으로 삼게 된 이유는 무엇일까? 그것은 전통적 사회에서 근대적 시민사회로 이행되는 과정에서 나온 것이다. 견고한 위계질서가 무너지는 시대에 다양한 목소리들이 공존하고 상생(相生)하기 위해서는 타자들과 공감하는 것이 필수적인 공공의 미덕이 된다. "이성"에 대한 지나친 강조는 그 반작용으로 "감성"을 시민의 덕목으로 만들었다.

5. 근대적 자본주의에 저항하는 공감의 도덕론—애덤 스미스의『도덕적 감정론』[11)

스코틀랜드 출신인 애덤 스미스(Adam Smith, 1723~1790)는 18세기 영국 지성사에서 매우 특이한 존재이다. 우리는 스미스를『국부론』(*The Wealth of Nations*, 1776)을 써서 처음으로 경제학을 사회과학으로 수립하고 자유방임주의적 자본주의를 창조한 고전경제학의 비조로만 알고 있다. 그러나 스미스는 옥스퍼드 대학에서 6년간 수학한 후, 스코틀랜드의 글래스고 대학에서 논리학 교수로 수사학과 순수문학론을 강의했고 후에 에든버러 대학에서는 도덕철학(Moral Philosophy) 교수를 역임한 당대 최고의 다면체적 계몽지식인이었다. 그는 당시 경험론적 회의주의자였던 데이비드 흄과 더불어 이른바 "스코틀랜드 계몽주의"(Scottish Enlightenment)를 주도했던 인물이었다. 일생 독신으로 지낸 스미스 필생의 관심사는 17세기부터 유럽에서 시작된 계몽주의 사상 및 인간의 이성과 과학정신이었으며, 그는 인간사회의 진보와 역사의 발전을 굳게 믿었다. 그는 18세기 후반, 영국과 스코틀랜드가 급속히 상업화되기 시작하고 자본주의 시장경제가 시작된 시기에 계몽적인 근대 시민사회를 건설하고자 했다.

스미스는 당시 도덕철학의 주류였던 인간 본성 연구에서 출발하였다. 인간 본성에 대한 이해 없이 문학, 정치학, 법학, 경제학, 사회학 등 인간과 사회에 관한 그 어떤 학문이 가능하겠는가라고 믿고 있었다. 스미스는 1759년, 36세에 필생의 대작인『도덕적 감정론』(*The Theory of Moral Sentiments*)을 상재하였다. 이 책은 인간이 옳은 것과 그른 것에 대해 느끼는 감정이나 느낌을 그 원인과 결과에 따라 일반화 또는 보편화한 이론을 만들

---

11) 졸저『세계화 시대의 비판적 페다고지』참조(112~134).

기 위한 시도이다. 스미스가 내세우는 도덕적 원리의 토대는 인간 개개인이 본성적으로 지닌 "공감"(sympathy)이다. 이 개념은 근대과학의 토대를 세운 아이작 뉴턴 물리학의 중심개념인 중력 또는 만유인력과 비교될 수 있다. 스미스는 인간과학인 도덕철학의 핵심을 공감으로 보았다. 중력과 공감은 자연계와 인간계를 각기 지배하는 두 법칙이다. 자연계에서 중력의 법칙은 물질 법칙으로, 물질의 중심에 힘을 집중시키는 것이다. 여기에서 열역학 제2법칙이 수립되고 엔트로피의 개념이 생겨난다. 엔트로피의 증가는 시간의 경과에 따라 완전한 질서에서 무질서로 변화된다. 반면에 인간계에서 공감의 법칙은 이기심(중력)과 같이 안으로 파고드는 구심력을 자신의 바깥으로 끌어내, 물질주의의 무질서에 대항하며 질서를 유지하려는 윤리의 원심력이다. 그렇다면 공감을 추동하는 근본적 동인은 무엇인가? 그것은 바로 "상상력"(imagination)이다.

스미스의 도덕철학의 토대가 된 공감의 원리는 "단순히 불행한 인간이나 약자에 대하여 사람들이 느끼는 연민이나 동정과 같은 이타적 감정"도 아니고 한 사람의 "감정이 타인에게 전해지는 감정이입"도 아니다. 공감은 관찰 대상의 어떤 행동에 대해 제3자가 느끼는 "동료감정"(fellow-feeling)으로서 상상력의 작용에 의해 공정한 관찰자가 행위자의 입장에서 객관적으로 반추하는 능력이다. 모든 사람들은 "다른 사람이 처한 상황과 동일한 입장에서 타인이 느끼는 것을 동일하게 감지할 수 있는 능력, 즉 상상을 통한 상황전환 및 판단능력"을 가지고 있다(김광수, 25~26). 여기에서 공감과 상상력은 분리될 수 없는 관계에 놓이며 "공감적 상상력"(sympathetic imagination)이라는 말이 가능해진다. 스미스가 인간의 이기적 이익에 토대를 두고 쓴 듯 보이는『국부론』을 내놓기 17년 전에 이런 공감적 상상력을 토대로 한『도덕적 감정론』을 출간한 이유도 바로 여기에서 찾아야 할 것이다.

먼 후일, 상업과 무역에 토대를 둔 "초기 자본주의"가 더 정제되고 악랄한 형태로 발전하리라는 것을 미리 알고나 있었듯, 스미스는 그것에 재갈을 물리기 위해 인간 본성에 내장되어 있는 "공감"이라는 근본적인 통제 장치를 이끌어내려 했던 것은 아닐까? 그러나 바로 이 부분은 당시 독일인들이 의문을 던진 이른바 "애덤 스미스 문제"와 관련이 있다. 자유경제체제인 자본주의라는 "이기심"에 토대를 둔『국부론』과 공감이라는 이타적 덕목에 토대를 둔『도덕적 감정론』을 동시에 내놓은 것이 바로 스미스의 모순이자 문제였다.

애덤 스미스 사유의 특징은 절대적인 도덕 판단에서 논리, 지식, 이론, 분석, 추상, 관념을 강조하는 이성주의자들과는 달리 철저하게 이 문제를 "감정"과 "경험"에 의존했다는 점이다. 이는 사실을 관찰하고 기록하길 좋아했던 스미스가 회의론자였던 데이비드 흄과 같은 이들과 공유한 영국적 경험주의 전통에서 온 것이 틀림없다. 경험이 도덕성의 일반 법칙이 된다고 믿었던 스미스는 "사람들은 일정한 감정에 따라 행동하게 마련이므로, 궁극적으로 도덕적 행동이냐 부도덕한 행동이냐를 결정하는 것도 그들의 감정"이며 그러한 감정을 추동시키는 "동기"에 초점을 맞춰야 한다고 믿었다(와이트, 89). 사실상『도덕적 감정론』에서 스미스는 문학작품들 속의 이야기나 우리가 주위에서 흔히 경험하는 사례에서 많은 예들을 가져오고 있다. 스미스는 도덕철학의 체계를 다루는 책의 제7부에서 시인(是認)의 원리, 즉 정신의 힘 또는 능력에 관한 세 가지를 설명하는 대목에서 시인의 원리가 "자기애"로부터 도출되는 도덕철학 체계와 시인의 원리가 이성(reason)에서 나오는 도덕철학 체계, 그리고 감정으로부터 오는 도덕철학 체계를 구별한다. 스미스는 여기에서 감정(emotion)으로부터 오는 도덕적 감각(moral sense)을 가장 적합한 것으로 간주하면서 다음과 같이 말한다.

일반적 규칙 형성의 기초가 되는 모든 다른 실험들과 마찬가지로, 이러한 최초의 지각은 이성의 대상이 될 수 없고 직접적인 감각과 느낌의 대상이다. 우리가 도덕성의 일반 규칙을 형성하는 것은 방대하고 다양한 사례들 가운데서 행동의 어느 한 영향은 정신을 지속적으로 불쾌하게 한다는 사실을 발견해내는 것에 의해서이다(『도덕적 감정론』, 572. 이하 본문 번역은 박세일 외 번역에 의거).

스미스는 나아가 이러한 다양한 감정들을 토대로 경험과 귀납에 의해서 일반 원칙을 찾을 수 있다고 주장한다.

> 우리는 극히 다양한 개별적 사례들 속에서 우리의 도덕적 능력을 즐겁게 하거나 또는 불쾌하게 하는 것은 무엇이며, 이 도덕적 능력이 시인하거나 또는 부인하는 것은 무엇인지를 관찰한다. 그리고 이러한 경험으로부터 얻은 귀납에 의해 우리는 도덕의 일반적 원칙들을 확립하는 것이다. … 옳고 그름에 관한 최초의 지각이 이성에서 도출될 수 있다고 가정하는 것은 전적으로 불합리하고 또한 이해하기 어렵다. 일반적 규칙은 개별적인 사례의 경험을 토대로 형성되는 바, 이러한 개별적인 사례에 있어서조차 그러하다. (『도덕적 감정론』, 571~572)

도덕적 원리가 이성보다 "직접적인 감각과 느낌"을 중시하는 전통에 대해 스미스는 글래스고 대학 시절 자신의 은사였던 프랜시스 허치슨(Francis Hutcheson, 1644~1746)의 직접적인 영향을 받았다. 허치슨은 물론 그 이전에 샤프츠베리(Anthony Shaftesbury, 1671~1713) 경의 철학으로부터 간접적인 영향도 받았다. 스미스는 허치슨의 『덕성에 관한 연구』와 『열정과 감정에 관한 연구』(An Essay on the Nature and Conduct of the Passions and Affections with Illustrations on the Moral Sense, 1728)를 특히 선호했다. 이런 옳고 그름에 대한 다양한 도덕적 감정(moral sentiment)은 스미스가 "공적 감각"(public sense)이라 부른 "도덕적 감각"으로 이어졌다.

결국 스미스는 우리가 "우리들에게 어떤 행위를 일으키는 감정 또는 애정의 자연적인 쾌적함 또는 추함에 의존한다"고 주장하며 감정(sentiment)

의 중요성을 강조한다. 20세기에도 이와 같이 도덕철학에서 인간 본성에 내장된 감정의 중요성을 간파한 철학자가 있었다. 그는 바로『정의론』(*A Theory of Justice*, 1971)으로 유명한 존 롤스(John Rawls, 1921~2002)이다. 그는 "나는 "감정"이라는 보다 오래된 용어를 정의감이나 인류애 같은 항구적 질서를 갖춘 규제적 성향들의 집합 및 인간생활에 중요한 위치를 차지하는 특정한 개인이나 단체에 대한 지속적인 애착심에 대해 사용하려 한다"(롤스, 616)고 언명하며 "도덕감정"(moral sentiment)이라는 개념을 자신의 도덕철학의 원리로 사용하였다.

스미스가『국부론』을 쓴 이유는 궁극적으로 근대 시민사회의 상호 선행을 위하여 사회질서를 유지시키고 개인의 행복을 담보하기 위해 정부의 규제가 없는 자유로운 상업과 무역을 통해 국가의 부를 증진시킬 필요가 있기 때문이었다. 결국 한 국가의 부는 개인의 부와 연계되어 있어, 이를 통해 여유로운 경제생활에서 자기애를 실현하고, 또한 인간 내면의 도덕적 감정인 공감과 상상력 그리고 정의감을 정상적으로 가동시킬 수 있다는 낙관론이 가능하기 때문이다. 바로 이곳이『도덕적 감정론』과『국부론』이 만나는 지점이며, 이 두 저작이 하나의 연작이라는 가설이 가능하게 된다.

우리가 근대 시민사회의 진보와 발전을 기획한 18세기의 근대와 계몽의 "초심"으로 돌아간다면(Griswold, 13), 근대 후기 또는 탈근대 시대로 불리는 오늘날의 많은 문제점들을 다시 재고해볼 수 있을 것이다(Postman, 28, 42). 이 시점에서 "애덤 스미스 문제"를 새롭게 우리의 의제에 올려 그를 다시 읽어낸다면 나쁜 근대를 광정하고 좋은 근대를 다시 찾을 수 있지 않을까?(앞의 책, 50) 우리가 더욱 악랄하게 질주하는 후기 자본주의와 신자유주의 시장주의가 더욱 기승을 부리는 21세기의 초두에 스미스 자신이 필생의 대작으로 꼽은『도덕적 감정론』을 다시 주목해야 하는 이유가 바로 이것이다.

6. 나가며: 18세기 "근대"의 비판적 타작을 위해

21세기를 사는 우리는 18세기 이성의 시대 근대 계몽주의의 장단점을 볼 줄 알아야 한다. 지나친 낙관주의, 보편성 주장에 있어서의 모순들, 과학에 대한 맹신, 자본주의와 개발주의의 파행과 한계 등이 모두 여기서 나왔다. 계몽주의와 모더니티의 좋은 점을 가려내고 나쁜 점을 근대 비판으로 고치는, 결국 근대 서구를 극복하고, 지나친 과학주의에서 벗어나는 것이 필요하다. 물론 우리에게는 아직 계몽주의의 계획이 아직 끝나지 않았다고 볼 수 있다. 그러나 18세기 당시 사람들이 생각하지 못했던, 서구중심, 남성중심, 백인중심, 인간중심주의는 개혁의 대상들이다. 공동체 예술이며 공적인 시민담론이었던 18세기 문학은 오늘날 우리가 상실해가고 있는 문학담론의 공공성을 회복시킴으로써 효율제일주의의 전 지구적 신자유시대의 소위 문명의 위기에 대처할 수 있다고 본다. 오늘날 금융자본주의 시대에 비판인문학의 한 분과로서의 문학 본래의 역할과 기능을 회복하기 위해 우리는 18세기 문학에서 타산지석의 지혜를 얻을 수 있을 것이다.

우리 시대는 또다시 무지몽매한 상태인 신 야만 시대가 아닌가? 반계몽의 상태를 다시 벗어나기 위해서는 다시 계몽주의한테서 배워야 한다. 이 시점에서 "포스트" 계몽주의 개념을 도입할 필요가 있다. 이것은 초기의 "좋은" 계몽주의는 수용하고 그 이후의 "나쁜" 계몽주의는 버리는 전략이다. 서구의 18세기가 21세기 우리에게 해줄 수 있는 중요한 교훈과 역할이 있다. 결자해지의 측면에서 서양의 근대가 가져온 여러 가지 재앙들을—자연 파괴, 식민주의, 제국주의, 경제무역 전쟁, 토착민 학살, 제3세계 수탈 등등—해결하기 위해 우리는 "근대"가 초기에 지녔던 진정한 합리주의와 참신한 계몽정신을 부활시켜야 할 것이다. 다시 말해 타락한 근대의 광정을 통해 근대의 초심으로 돌아가는 것이다.

물론 서양의 근대가 가져다 준 달콤한 열매도 많았고 지금까지 우리는 즐기고 있다. 나쁜 근대를 광정하기 위해서는 전통(전근대) 부활, 반근대 또는 탈근대 운동으로 자연스럽게 연결할 수도 있다. 우리는 오히려 18세기의 공적 영역과 사적 영역이 균형을 이루려고 노력하는 공동체적 시민사회론과 고전적 자유주의가 다시 필요할지도 모른다. 현재와 미래에 대한 전망이나 대안이 불투명할 때 우리는 과거로 돌아가 대화할 수밖에 없다. 이것이 "법고창신"(法古創新)의 정신이며 과거의 현재성이며 진정한 역사의식이다.

좋은 문학은 대부분 이미 언제나 당대의 기존 체제나 지배 이데올로기에 대한 위반과 저항의 담론이다. 18세기 영문학을 공부하고 가르치는 우리들은 근대와 계몽의 시대였던 18세기의 문명사적 성격을 종합적으로 파악하며 단선적이고 편협한 시각을 버리고 당대의 복합적이고 역동적이고 풍요로운 시대정신을 올바르게 수용해야 한다. 맹목적 계몽과 근대에 대한 철 없는 낙관주의에 대한 비판담론으로서의 다양한 종류의 18세기 글쓰기(넓은 의미의 공공문학)를 심도 있게 다시 읽고 재평가 하는 일은 계속 수행되어야 할 우리의 과업이다. 동서양을 막론하고 우리의 영원한 화두가 될 전통(전근대), 근대, 탈근대 논의의 출발점은 언제나 18세기가 될 것이다.[12] 영문학을 공부하는 우리들에게 18세기는 우리 시대를 위한 정보, 이론, 지식 그리고 무엇보다도 지혜의 거대한 저수지이다.

---

12) 서양의 근대와 100여 년 전의 조선의 근대성에 대한 비교학적 논의로는 박지향 참조.

3장 세계시민주의 시대에 다시 읽는 『어느 부인의 초상』

— 헨리 제임스의 국제 주제

    중요한 과업은 우리 시대의 새로운 경제적 · 정치사회적 위치 이동과 형태들을 전 세계적인 규모의 인간 상호 의존의 놀라운 현실과 연계시키는 것이다. … 단순히 학생들에게 스스로의 정체성, 역사, 전통, 독특함을 고집하도록 강요한다는 것은 아마도 우선적으로 민주주의를 유지하고, 하나의 확실하고 알맞게 인간적인 존재로 남을 수 있는 권리에 대한 기본적인 필수사항을 말해보도록 만드는 것일 수도 있다. 그러나 한걸음 더 나아가 이것들을 다른 정체성, 민족, 만드는 것일 수도 있다. 그러나 한 걸음 더 나아가 이것들을 다른 정체성, 민족, 문화들의 지리학 속에 위치시키고, 그런 다음 그들의 차이에도 불구하고, 그들이 어떻게 비위계질서적인 영향, 교차, 합병, 회상, 의도적인 망각 그리고 물론 갈등을 통하여 항상 서로 중복되었는가를 연구해볼 필요가 있다. 우리는 "역사의 종말"에 결코 가까이 다가서 있지 않으나, 아직도 그곳을 향한 독점적인 태도로부터 결코 자유롭지 못하다. 이러한 태도는 과거에는 별로 좋지 못했다. 분리주의적인 정체성, 다문화주의, 소수민족 담론의 정치학이 부르짖는 구호에도 불구하고 그러했다. 우리가 대안을 찾으려 재촉하면 할수록, 더 좋고 더 안전하게 된다. 사실을 말하자면, 대부분의 국가적인 교육체

계가 지금까지 꿈꾸어 보지 않은 방식으로 우리는 서로 섞여 있다. 예술
과 과학의 지식들을 이러한 통합적인 현실과 연계시키는 것은 중요한 지
적·문화적 도전이라고 나는 생각한다.

— 사이드, 『문화와 제국주의』(김성곤·정정호 역), 556~557

1. 들어가며—대서양의 양안 사이에서

헨리 제임스(Henry James)는 1843년 뉴욕에서 출생했다. 제임스는 어렸
을 때부터 런던, 파리, 제네바 등지를 여행하며 그 사이에 단편적으로 교육
을 받았다. 형식적인 교육을 피하여 가정교사의 교육을 받았다. 20세에 하
버드 대학에 입학하여 법률을 배웠으나 점점 문학에 경도하게 되어 1865년
부터 단편·비평 등을 발표하기 시작했다. 1867년부터 다시 유럽으로 건너
가 로마, 플로렌스, 파리 등지에서 살았으나 결국에는 런던을 영주지로 정
하였다. 그 후 1876년부터 40년간 영국에서 살았으며 1915년에는 영국에
귀화하였고 1916년에는 메릿 훈장(The Order of Merit)을 수여받았으며 그
해 2월에 세상을 떠났다.

제임스가 미국을 떠난 원인은 미국에 문화적인 전통이 수립되지 않았기
때문이었다. 제임스는 그의 시대와 사회를 거부함으로써 기록자가 되지 않
고 오히려 방관자적인 분석가가 되었다. 그의 해외 도피는 미국과의 이탈
을 의미했으며 동시에 19세기 중엽에 변천해가는 사상과 가치관으로부터
의 이탈을 의미하였다.

제임스는 또한 자기의 감수성을 통하여 발견되는 예술가의 의식적인 자
아야말로 경험의 밀도를 보이는 것이라 생각하고 사실적 예술의 기반을 외
부세계에로 옮겼다. 이런 점에서 출발한 그는 하우얼즈(H. D. Howells) 이상
의 엄밀성을 가지고 사실주의 수법을 그의 눈에 비치는 인생에 적용하였다.

제임스의 출현으로 말미암아 미국 소설은 리얼리즘에로의 심화를 강화하는 동시에 심리묘사라는 기교를 개척했고 미국적인 현실의 탐구를 유럽 문화와의 비교에서 탐구한 것이다. 그러므로 제임스에게는 플롯의 해설보다는 소설기법이 더 중요한 것이다. 제임스는 영미 작가 중 가장 소설기법에 힘을 경주한 작가이기 때문이다. 그가 기법에 관한 한 현대소설에 미친 심대한 영향은 아무리 강조해도 지나치지 않을 것이다.

제임스는 19세기에서 20세기 초엽에 걸쳐 미국이 배출한 가장 중요한 작가 중의 하나이다. 그가 거물급 작가가 된 것은 신세계에 병합시킨 문학 영토와 신대륙과 구대륙에 적응시킨 자신의 생활에 유래하는 것이다. 제임스는 신대륙에서 구대륙으로 건너가 창작계에서 조지 엘리엇(George Eliot, 1819~1880), 이반 투르네게프(Ivan Turgenev, 1818~1883), 구스타브 플로베르(Gustave Flauhert, 1821~1880)와 에밀 졸라(Emile Zola, 1840~1900)와 자리를 함께하고 있었다.

제임스는 50년 동안 작품활동을 계속한 다산형 작가였다. 그는 20편의 장편과 100여 편의 단편을 발표하였다. 처음에 그의 산문은 청신하고도 명료한 것이었으나 점차 무게를 지니게 되고 지시적이며 그리고 상식적인 면에서 점점 복잡성을 띠게 되었다. 그의 다산과 높은 작품 수준과 인간행위에 대한 통찰력과 소설 구성에 대한 타고난 재질면에 있어서 그는 뚜렷한 혁신적인 존재이며 항상 창조력이 왕성하고 대담하여 남에게 구애받지 않는 자신의 문체를 가지고 있었던 작가였다.

제임스는 문학에 인생에 대한 형안을 가졌고 문학과 생활, 시와 진실, 인간과 실재를 분석하고 고찰할 때에 문학과 인생을 수중에서 다룰 수 있는 능력 있는 인물이었다. 최근에 제임스에 대한 계속적인 재평가가 일기 시작하는 것도 당연한 귀결이라 할 수 있겠다.

제임스는 국제성을 띤 소설을 창시한 유일한 소설가이며 여기서 그는 양

대지의 인간과 풍습과 모랄을 자세하게 구명하였다. 특히 그는 구대륙에 대한 신대륙의 국제관념을 희극적으로도 다루고 비극적으로도 다룰 수 있었다는 사실이다. 제임스의 소설에서 미국인은 종종 순진성을 지닌 모습으로 다루어지고 있다. 악에 물들지 않은 상태를 그렸다. 인간의 주관적인 면, 반성적인 면, 심지어는 환상적인 면까지도 어떻게 하면 언어로 포착할 것인가를 찾아내기 위하여 제임스는 그의 소설 가운데에 자기가 가지고 있는 모든 식견을 털어놓았다.

제임스의 권위와 통찰력이 최근에 와서 끊임없이 세력을 떨치고 있으며 그의 서술의 어떤 것은 이미 20세기 문학사상을 이루는 데 기틀 구실을 하고 있다. 소설에서의 현대심리분석가로서 그의 영향은 심대하다. 제임스를 근원으로 해서 기법이라든가 미적 사상을 받아들인 소설가로는 조셉 콘라드(Joseph Conrad, 1857~1924), 제임스 조이스(James Joyce, 1822~1941), 버지니아 울프(Virginia Woolf, 1882~1941), 그라함 그린(Graham Greene, 1904~ ?), 도로시 리차드슨(Dorothy Richardson, 1882~1957) 등이 있다. 영국의 저명한 비평가인 F. R. 리비스(Leavis)는 영국 소설의 위대한 전통을 논하면서 조지 엘리엇, 조셉 콘라드와 헨리 제임스를 들고 있다. 이렇게 삼대 작가의 한 사람으로 헨리 제임스를 선정한 것은 그의 작품의 탁월한 예술성과 더불어 도덕적인 뉘앙스가 중요한 요소가 되었기 때문이었다.

2. 미국과 유럽

제임스의 작가생활은 대개 3기로 구분되고 있으나 특히 그중에서도 제1기인 1871~1890년간이 본 소고의 관심의 대상이 되는 시기이다. 이 시기의 그의 작품은 미국과 유럽과의 대조와 비교를 주제로 하고 있다. 예를 들면 미국의 조각가가 미술을 연구하러 로마로 간 이야기인『로데릭 허드슨』(*Roderick Hudson*, 1876), 프랑스의 후작 딸과의 약혼이 깨지는 미국인을 그린『미국인』(*The American*, 1877), 뉴잉글랜드와 유럽을 비교한『유럽인』 (*The European*, 1878), 미지의 세계인 유럽에 부닥친 젊은 미국 여성의 연구와 유럽의 풍습을 도외시한 순백한 미국 소녀가 비경에 빠지는 비극을 그린 단편「데이지 밀러」("Daisy Miller", 1879), 그와 반대로 활달한 미국 소녀가 드디어는 유럽의 인습을 받아들이게 된다는 것을 주제로 한『어느 부인의 초상』(*The Portrait of a Lady*, 1881)과 그 밖에『국제일화』(*An International Episode*, 1879) 등에서도 신구대륙을 대비시키고 있다. 미국 출신 귀국자들의 생활, 신구문화의 대비, 국제적인 문제 등이 그 시기 제임스 소설의 중요한 주제가 되고 있다.

그러나 본고에서는 국제 주제가 나타나 있는 6편의 소설 중에서 특히 『어느 부인의 초상』을 중심으로 제임스의 국제 주제 문제를 다루고자 한다. 제임스는 이 소설에서 젊은 미국 여성 이자벨 아처(Isabel Archer)를 올바니 (Albany)로부터 영국에 데려다가 구대륙의 구혼자들 가운데 갖다놓는다. 그녀는 여상속인이다. 자유를 위하여 낭만적인 노력을 할 수 있는 자유로운 몸이다. 그는 이상주의자이며 지성적인 여성이다. 소설 본문에 나타난 이자벨 아처의 모습을 살펴보자.

> 그녀는 자신의 진보를 관찰하며 완전성을 욕망하는 자신의 발전을 항상 계획하고 있었다. 그녀의 천성은, 그녀의 기상(conceit) 속에서, 어떤 정원과 같은 특질을, 향기와 중얼거리는 가지들, 그리고 그늘진 나무 그늘과 길게 늘어진 경치의 암시를 지니고 있었는데, 이것이 그녀로 하여금 내적 성찰이란 결국엔 열려진 대기 속에서의 실천임을, 또 스스로의 영혼의 휴식을 향한 방문이 우리가 무릎 한가득 장미들과 함께 글부터 되돌아 올 때 아무런 해가 없음을 느끼게 만들었다. (67)[1]

---

[1] Henry James, *The Portrait of a Lady*, New York: The New American Library, 1961. 이하 본문에

그녀는 모험심이 있고 이 세상을 밝은 곳으로 여기며 삶에 대해서 끝없는 기대를 품고, 자유를 꿈꾸는 때 묻지 않은 천진한 소녀로 역사가 오랜 사회질서가 지니고 있는 냉혹성과 복합성에 대해서 경험이 부족하기 때문에 공허한 자기 나름의 이상의 세계를 맴도는 공상적인 기질의 여인이다. 그녀의 삶에 대한 막연한 자신은 소박하다. 또한 그녀는, 환경이란 자아의 자유로운 전개를 방해하는 것으로 단지 강요와 억압의 의미만을 지닌 것으로 생각했다.

> 저에게 속한 어떤 것도 저를 표현하지는 못해요. 반대로 모든 것은 제약과 방해가 될 뿐 전혀 저와는 관계없는 것이죠. 제가 입은 옷도 저를 보여주지는 못해요. … 제 옷이 양재사를 나타낼지는 모르지만 저를 나타내지는 못하죠 … 사실 제가 옷을 골라서 입는 것조차도 제 뜻이 아니죠. 사회가 그렇게 입도록 강요하는 것이니까요. (75)

이렇게 생각하면 이자벨이 발목이 묶이는 이야기는 자신이 자유라고 생각하는 선택에 기인하는 것이었다.

워버튼 경(Lord Warburton)이란 인물은 영국의 부유한 전통적인 귀족이고 남성답고 솔직담백하며 삶에 대한 충분한 감수성과 매력을 가진 대표적인 영국 신사이다. 그러나 이자벨은 워버튼의 청혼을 거절하고 만다. 또 정력적이며 지성적인 하버드 대학 출신의 부유한 캐스퍼 굿우드(Casper Goodwood)의 청혼도 거절하게 된다. 그녀는 아직 삶에 대한 막연한 기대와 보다 나은 삶을 향한 기대를 가지고 있었다. 그녀의 생각으론 두 경우가 다 자기를 자유스럽게 하지 못한 것으로 느낀다. 막상 마음대로 골라잡은 것이 결국에 가서 자유를 가장 속박하는 사람과의 결혼이었다. 괴팍스럽고 부산스러운 성격의 미국인 예술애호가인 길버트 오스먼드(Gilbert Os-

---

쪽수만 표시함.

mond)는 마치 예술품을 수집하듯이 이자벨 자신과 그녀의 돈을 손아귀에 넣은 것이다. 이자벨은 자신이 너그러운 성격과 낭만적인 환상의 희생물이 되었을 뿐만 아니라 조직적으로 꾸며진 흉계의 제물이 된 것이다. 결혼상 대의 남자는 전처인 멀 부인(Madame Merle)과의 사이에 딸이 있는데 그 딸 팬지(Pansy)가 이자벨의 좋은 친구가 된다. 여상속인이 예술애호가의 눈에 들게끔 끌려가게 된 것은 이자벨의 돈으로 자기 딸의 장래를 보장하기 위 하여 멀 부인의 묵인 밑에 이루어진 것이었다.

이자벨을 둘러싸고 있는 등장인물들은 여주인공 이자벨 못지않게 소설 자체에 뚜렷한 힘과 강도를 가지고 있다. 점잔을 빼고 냉소적인 태도를 취 하는 남편 길버트 오스먼드보다 강한 힘을 가진 정신적인 악한은 일찍이 작품에 그려진 바가 그리 흔하지 못한 것이다. 교활하면서도 한편 동정이 가는 멀 부인은 제임스의 작품 중에서도 가장 두드러지게 부각되는 인물 이다.

이자벨이 순진한 랠프로부터 악의 화신인 길버트 오스먼드에게로 점점 전락해가는 과정은 박진감마저 있다. 미국 소녀의 경험을 토대로 해서 자 연적인 욕구와 문명화된 사회질서의 요구 사이의 갈등을 적나라하게 그 리고 있다. 이자벨은 자기가 빠진 함정을 소설 속에서 다음과 같이 말하 고 있다. 결혼이라는 이름의 함정은 행복 대신에 제약과 실망을 가져왔다 고 확신한다. 그들의 결혼생활은 "죽음의 벽으로 막힌 막다른 어둡고 좁은 통로"이고 그들이 결혼하여 사는 곳은 "어둠의 집, 어리석음의 집, 질식의 집"이다.

꿈 많던 이자벨이 갑자기 이런 비운에 빠지는 것은 빛(light)의 상징 인 "자유의 사도"로서의 랠프 터쳇(Ralph Touchett)에게서 암흑(darkness) 의 상징인 이자벨의 자유를 구속하는 오스먼드에게로 옮겨가는 과정과 좋 은 대조가 되고 있다. 오스먼드는 자기 자신을 "유럽의 일급신사"로 생각하고 있다. 이자벨도 처음에는 오스먼드가 세속적인 이익이나 재산, 명예 등을 탐하지 않고 아무런 지위도 돈도 명성도 없지만 소박하고 교양 있는 정직한 인간으로 오판하고 있었다. 그러나 이자벨은 결국 체이스(Richard Chase)의 말을 빌리면 "오래되고 이기적인 호손의 악한들, 즉 라파치니 혹은 칠링워드를 우리에게 눈에 띄게 상기시켜 주는 이미지"(128)를 갖게 되는 것이다.

이 소설에서 인간의 타락과 속죄의 양식은 커다란 매력적인 요소가 되고 있다. 그 양식은 기독교적 또는 밀턴적이거나 또는 호손적이다. 가든 코트와 로마의 구조와 주제의 대조, 랠프와 오스먼드의 대조, 이자벨과 멀 부인의 대립, 랠프가 이자벨에게 7만 파운드를 증여하는 것과 오스먼드가 그것을 탈취하는 것 등이 모두 이 소설에서 좋은 대조의 효과를 가지고 있다. 에덴동산의 상징인 가든 코트에서 이자벨은 그녀의 순진함을 배워서 호흡하며 살았다. "화려한 여름날 오후라는 즐거움"은 다시 말해 가든 코트인 것이다. 이와는 대비되는 로마에서 이자벨은 자기의 자연적인 욕구를 죽이고 그녀가 갈구하던 자유가 오스먼드에 의해 억압되고 있는 것이다. 이렇게 이자벨은 악에 의해 희생되었고 오스먼드의 "정서적 카니발리즘"에 의해 그녀의 꿈과 이상이 먹혀버린다. 이자벨이 오스먼드와 멀 부인의 관계와 팬지가 그들 사이의 딸이라는 것 등 모든 사실을 알게 되었을 때 그녀는 자기가 악에 둘러싸여 있음을 알게 된다. 그래서 "아, 랠프를 만나야 해!"라 말하면서 울어버린다.

이 소설은 인습에 구애되지 않는 "제멋대로"(free)의 이자벨이 실제에 있어서는 "바로 그 인습이라는 이름의 절구 속에서 찢어지고 있"(Edel, 24)는 과정을 단계적으로 보여주고 있다. 그녀 일신상의 일들과 그녀의 환상과 환멸의 상은 본질적으로 하나의 심리적인 상이다. 이자벨은 용기와 결심으로 자기의 운명과 대결한다. 여주인공의 대담하고 자유로운 태도의 표현에는 공포와 불안이 있다는 것을 보여주고 있다. 이 소설에서 다루어진 이야기는 신세계의 낭만주의가 구세계에서는 이미 잘 알려져 있는 냉혹한 현실과 부딪쳤을 때에 비틀거리는 모습이다.

이 소설의 성공은 미국 소녀의 뚜렷한 영향과 그의 성격묘사와 억양의 설정에 있는 것인데 이 성공은 주로 뛰어난 이야기의 이름과 이야기가 중절되지 않고 진전된다는 감을 주는 데 있다고 볼 수 있다. 앞에서 이미 언급한 바가 있지만 제임스는 그의 소설의 극적인 전개를 위해서 그의 최대의 장기로 사용한 대조법에 많은 신경을 쓰고 있다. 워드(J. A. Ward) 교수가 "제임스의 창조적 에너지는 대조적인 것들의 화해 위에서 융성했다"(419)라고 말한 것은 정확한 관찰이라 할 수 있다. 제임스 자신이 유럽 대륙여행은 물론이고 미국에도 여러 번 왕래하였던 심신양면에서 신구대륙의 "신세계"(the New World)와 "구세계"(the Old World)에 걸쳐서 산 "대조적 인간"이었던 것이다.

3. 신세계와 구세계

제임스가 신세계와 구세계를 이념의 대립 내지는 갈등 혹은 절충의 무대로 삼는 국제상황의 작품인 『어느 부인의 초상』에서 신세계 사람이 산 채로 구세계의 희생물이 되고 있다. 제임스의 "국제 주제"(international theme) 소설들은 지역적인 대조를 도덕적인 대립에 일치시켜 도덕적 드라마를 한결 더 효과적으로 진행시키고 있는 것이다. 국제 주제의 설정은 인생에 대한 그의 대조의식을 표명하는 것이라고 볼 수 있을 것이다.

제임스가 이렇게 그 당시의 신구 양 대륙의 문화적 격차를 항상 의식하고 양자를 비교 · 대조하게 된 것은 당연하다. 제임스에게 그처럼 몸에 밴 양극의 의식이 그의 창작에 영향을 미쳤으리라고 상상하는 것은 지극히 당연한 일이 될 것이다. 신구대륙에 걸친 그의 실제적인 지적 생애는 그로 하여금 당시 유럽인의 관점과 미국인의 관점의 곤경에 빠지고 있다. 닐(Diana Neill) 교수가 "두 세계들 사이의 갈등은 제임스에게 흥미를 제공했고 자신의 많은 이야기들에 질료를 제공했다"(268)라고 말한 것은 좋은 예라 할 수 있겠다. 한마디로 제임스의 국제 주제란 "미국의 순진"(American innocence)과 "유럽의 경험"(European experience)을 그린 것이다.

이렇게 제임스는 양국을 한 몸에 지니고도 그것을 항상 의식하는 작가였음을 알 수 있다. 제임스의 이러한 독특한 양면성은 그의 일생의 작가정신을 항상 지배하였던 것이다. 국제 주제의 주제를 분명하게 다루고 있는 초기 소설들과 후기의 대작들에게서 이러한 정신을 더욱 더 극명하게 나타내고 있는 것이다. 제임스의 국제상황의 소설들의 미국인 또는 주인공들은 한결같이 퇴폐한 구세계의 함정에 빠져서 희생이 되는 비극이다. 즉 유럽사회의 행동강령에 순응할 수 없는 사람들은 워낙 순진하기 때문에 자기의 행동에 아무런 이상도 발견할 수 없다. 이것이 유럽인이 이른바 "미국의 순진"인 것이다.

제임스의 소설에는 이와 같이 주인공인 미국인들이 대체로 에덴동산의 순진성을 가지고 있는 것이다. 그래서 그들은 그들 주위의 악을 의식하지 못하고 있으며 미국이라는 천국에서 이방 지대에 나가게 되면 피해자가 되기 쉬운 것이다. 제임스는 데이지 밀러를

> 이 이야기의 전체 아이디어는, 말하자면 그녀의 이해 범위를 상당히 넘어서며 어떠한 이해 가능한 관련성도 없이 그녀가 서 있는 사회적 소동으로 인해 희생되며, 가볍고 얇고 자연적이고 예기치 못한 생명체의 작은 비극이다. (Edel, 18)

라고 보고 있다고 제임스의 가장 중요한 비평가인 리온 에델(Leon Edel)은

말하고 있다.

제임스가 유럽에서 그린 미국인은 순진하고, 경건하고, 정직하고 이상적이다. 데이지 밀러나 이자벨 아처나 크리스토퍼 뉴먼은 모두 이런 속성을 지닌 인물들이다. 그러나 이들은 구세계 문화 속의 음모 속에서 희생자가 된다. 그래서 현대의 위대한 비평가 중에 한 사람인 아이보 윈터즈(Yvor Winters)는 다음과 같이 말하고 있다.

> 기껏해야 인간 성격에 내재한, 품위에 대한 도덕적 관념이 있다. 그것은 특정 환경과의 연합을 통해 풍요롭게 되고 성장할 것이다. 그와 같은 연합은 아마도 또한 저 멀리 나아가 도덕적 관념을 소멸시킬 것이다. (Zabel, 14~15에서 재인용)

또 계속해서 그는 다음과 같이 말하고 있다.

> 제임스가 보기에 미국 캐릭터에게서 필수적이거나 혹은 적어도 제임스에게 가장 명확한 것으로 보이는 도덕적 관념, 그것은 유럽 문명과 매너와의 연합으로 인해 함양될 수 있다. 그것은 약화되거나 약간 다른 방식으로 그 같은 연합의 과잉에 의해 배반당할 수 있다. (14~15)

에델은 제임스의 국제 주제 소설에는 공통점이 있다고 말하면서 다음과 같이 이야기하고 있다.

> 유럽을 발견하고, 구세계의 사물들에 미쳐 있는 서술자 혹은 영웅. 유럽의 옛 전통과 매너들과 관련한 미국 문화의 황량함의 대비 그리고 동시에 신세계의 평등주의에 대한 자각. (14)

그러니까 제임스에게는 유럽이 "기대의 문턱"이요, "경탄의 문"이며 또

"숭배심 넘치는 영혼을 위한 장면"으로 보았다. 그는 유럽을 "이 소중한 오래된 유럽"이라고 보고 "오래된, 복잡한, 축적된" 곳으로 보고 "열정적 순례자"와 "모든 시대의 상속자"로서 유럽에 오게 된다.

제임스는 유럽에 전통적이며 미국적인 순진성을 가져다주었지만 또한 그는 예리한 호기심과 분열된 동정을 가지고 있었다. 즉 그의 마음속에서나 이 소설에서 결코 함께 융화될 수 없는 대조적인 차이를 날카롭게 의식하고 있었다. 즉 미국과 유럽, 순진과 경험, 영광과 재난, 환상과 현실 등의 문제를 항상 의식하고 있었던 것이다. 자벨(M. D. Zabel) 교수는 『어느 부인의 초상』을 해설한 『휴대용판 헨리 제임스 선집』(*The Portable James*)의 서문에서 다음과 같이 말하고 있다.

> 제임스가 젊은 시절에 알았던 미국이 그에게 건전함과 정직함의 기준을 제시해주었다면, 그것은 또한 미가공이며 어리석고 포식성이며 반쯤 야만적일 수 있다. 그리고 만약 그가 삶에서 늦게 재발견한 미국이 에너지, 창조성, 그리고 사회적 편의의 예상치 못한 능력들을 드러냈다면, 그것은 또한 그에게 희생자들의 사기를 저하시키고 그 결과 유럽이 영적 위엄과 성숙이라는 덕목들을 받아들이게 만들 수 있는 부와 권력을 통한 타락을 경고했다. (15~16)

유럽을 여행하는 미국 가족들은 세계가 겉으로 보이는 것처럼 순진하지 않고 그 미소와 아름다운 성채의 배후에는 수세기 동안의 인간정신의 어둠과 사악이 숨겨져 있음을 발견하게 된다.

『어느 부인의 초상』의 여주인공 이자벨도 보람찬 삶에 대한 꿈을 안고 영국으로 건너갔으나 그녀의 꿈은 그녀의 재산을 노리는 구세계의 간교한 두 사람인 길버트 오스먼드와 멀 부인에 의해 여지없이 당하고 만다. 이 두 음모자들은 모두 유럽화된 미국들로서 이기적인 목적을 위해 악을 저지르는 것이다. 아무것도 모르고 순진했던 이자벨은 결국 구세계 악인들의 음모의 전모를 알게 된다. 이자벨은 카길(Oscar Cargill) 교수가 말했듯이

> 그의 모든 문화의 자장 아래에서 그의 현명함, 그의 편의, 그의 선한 본성 아래에서 그의 능력, 삶에 대한 그의 지식, 그의 자부는 꽃들의 무리 속 뱀처럼 숨겨져 있다. (Cargill, 396)

임을 알게 된다.

이렇게 해서 공허감과 절망감에 빠진 이자벨은 영국에 있는 랠프를 만나게 된다. 오래간만에 있는 해후였다. 랠프는 이자벨의 불행이 자기가 준 유산 때문이라고 생각하고 "내가 당신을 망치게 했습니다"라고 후회하고 있다. 정신적으로 깊이 아끼고 사랑하던 랠프가 죽은 뒤 캐스퍼 굿우드에게 다시 청혼을 받게 된다. 그러나 독자들에게 놀랍게도 이자벨은 그 청을 거절하고 남편 오스먼드와의 불행한 생활에도 불구하고 다시 이태리로 떠나게 된다. 물론 떠나는 데는 팬지와의 약속, 자기가 불행하다는 것을 알리지 않으려는 자존심 등 여러 가지 이유가 있을 수 있겠다. 자기가 행한 행위의 결과를 책임지려는 자존심에서 우러나온 책임감 때문일지도 모른다.

이자벨이 자유와 독립을 위해 남편 오스먼드의 뜻을 거역해가면서까지 랠프를 만나러 갔으나 다시 남편에게 돌아온 것은 그녀가 변하였기 때문일 것이다. 그녀는 떠날 때와 똑같은 상태로 돌아오는 것은 아니다. 이것은 남편에 대한 의무감에서보다 자기 자신에 대한 자존심과 책임감 때문이었다. 그녀는 이미 순진하거나 부드럽거나 무한한 자유를 꿈꾸고 있지 않았다. 구세계에서 많은 경험을 하게 되어 교활한 지혜를 가지게 되었는지도 모르는 일이다.

4. 나가며—세계시민주의 시대의 국제 주제를 향하여

지금까지 제임스의 국제 주제를 다룬 소설들에서 미국인과 유럽인의 속성을 구체적으로 비교·대비시켜보면 흥미 있는 결과가 나올 것이다. 물론 절대적인 대비는 아니다. 이 소설『어느 부인의 초상』에 나오는 등장인물들을 살펴보면 어느 정도 설득력을 획득할 수 있다고 본다. 이 소설에서 미국인의 속성은 여주인공인 이자벨 아처가 대표하고 있고 유럽인들의 속성은 이자벨이 7만 파운드의 유산을 받게 되자 자기 자신의 이익을 위해 이자벨에게 사기중매를 한 멀 부인, 재산만을 노리고 결혼한 길버트 오스먼드 등이다. 이 두 속성들을 비교해보면 우선 전자의 인물인 이자벨이 지닌 미국적인 속성은 순진하고 단순하고 자발적이고, 진지하고, 민주적이고, 거칠고, 활동적이며, 자연스럽고 정직한 데 반해 그와는 대조적으로 후자의 인물들인 멀 부인, 오스먼드가 지닌 유럽적인 속성은 교활한 지혜를 가졌고, 세련되고 형식적이고, 위선적이며, 귀족적이고, 인위적이며 사악하다고 할 수 있겠다. 20세기 후반인 지금에 와서 유럽인과 미국인의 성격을 이렇게 비교 설명한다면 우습겠지만 제임스가 살던 19세기 말에는 상당한 설득력이 있는 관찰이었다. 제임스는 이 작품에서 신구세계의 견해차가 상반되고 대립됨을 객관적으로 보여주고 있다. 비치(J. W. Beach) 교수가 "제임스의 지배적인 생각 혹은 모티프는 삶에 대한 미국과 유럽의 방식들에 대한 근본적 대립이다"(31)라고 말하고 있듯이 제임스는 그가 알고 있는 신구 양 세계 중 어느 편이 좋다 나쁘다 단정을 내리고자 의도한 것 같지는 않다. 위대한 문학작품이 다 그러하듯이 시적 정의 속에서 객관성을 가지고 그러한 신구세계의 대조적인 면을 예술적으로 처리하였던 것이다. 아니면 이자벨의 이종사촌이며 미국 하버드 대학과 영국 옥스퍼드 대학을 다닌 예리한 판단력을 가진 랠프 터쳇을 통해 신구세계의 장점만을 지니고 신구세계를 초월하고 절충하는 인간형을 그린 것인지도 모르는 일이다. 더욱이 랠프는 제임스 자신일 수도 있다. 이는 국제화 세계화 시대에 사는 우리의 윤리적 선택일지도 모른다. 오늘날의 세계정세로 볼 때 미국인들은 더 이상 순진하지도 약하지도 않다. 그들은 이제 냉전시대의 새로운 맹주가 되었고 동구와 소련의 붕괴 이후에는 유일한 초강대국이 되어 정치, 경제, 군사, 문화의 제국주의자들이 되었다. 이제 미국이 제3세계에는 억압적이고 착취적이고 기만적인 "구세계"가 되어버린 것은 역사의 아이러니일 것이다.

『어느 부인의 초상』에서 보았듯이 제임스는 대서양을 가운데 두고 양쪽에 있는 신세계인 미국과 구세계인 유럽을 넘나들며 최초로 양대륙에 걸친 도덕적 심리적인 의식구조와 행동양식의 대비 또는 차이점을 사실적이며 정교한 심리적인 수법을 동원하여 훌륭하게 예술적으로 소설에 도입한 최초의 소설가였다. 제임스가 당시 제기했던 국제 주제의 문제들은 지금도 새로운 흥미와 주목의 대상이 되고 있다. 이 소설은 당시 20세기를 바라보는 시점에서 쓰여졌다. 21세기를 얼마 남겨두지 않은 현재 우리는 전세계적으로 엄청난 문화전쟁과 종족분쟁의 시기에 들어와 있다. 동시에 우리는 "지구마을" 시대에서 "세계화"라는 현실적 과제를 안고 있다. 이러한 시점에서 그의 소설은 여러 가지 시사하는 점이 크다 하겠다. 제임스는 "국제주제"의 소설들을 통해 신구 양 대륙의 서구 문명의 대화에 기여할 수도 있었을 것이다. 이러한 관점에서 파운드(Ezra Pound)가 다음과 같이 말한 것은 퍽 흥미롭다고 할 수 있다.

> 만약 사람들이 제임스의 이야기를 들었다면, 그들은 1차 대전을 예방할 수 있었을 것이다! (Beach, xxiii에서 재인용)

끝으로 미국의 저명한 문학사가인 스필러(Robert Spiller) 교수의 헨리 제임스의 국제 주제에 대한 전체적인 평가와 문학사적 의의에 관한 소견을 들어보기로 하자.

> 헨리 제임스는 창작상의 세 가지 중요 주제를 결정하였다. 즉 미국의
> 성실성, 조야성과 유럽의 허위성, 교양과의 대조, 인생의 진실과 예술의
> 진실과의 상극, 그리고 선과 악의 윤리적 측정을 대신하는 심리적 측정
> 이 바로 그것이다. 그 후 그의 작품은 예술로서 더 고도로 복잡해지고 인
> 간의 상황에 대한 논평으로서 더 심각해졌다. …『어느 부인의 초상』의
> 여주인공 이자벨 아처의 더 철저하고 여유 있는 분석은 신구문화의 대조
> 면에서는 이 주제를 끌고 갈 수 있는 극한까지 끌고 간 것이다. 이자벨
> 자신과 또 그녀가 자아실현 도상에서 만나는 남자들 가운데서 제임스는
> 거의 모든 종류와 정도를 총망라한 문화적 차이를 그리고 있다. 미국인
> 캐스퍼 굿우드의 파렴치부터 시작하여 유럽화한 길버트 오스먼드의 교
> 활성과 타락에 이르기까지, 워버튼 경의 무뚝뚝한 영국인다운 정직과 관
> 찰자 역할을 하는 랠프 터쳇의 냉정한 감수성을 포함하여 모두 묘사되어
> 있다. …
> 크리스토퍼 뉴먼이나 데이지 밀러보다 훨씬 더 만족스러운 미국적 신
> 선미와 정직성을 대표하는 이자벨 아처는 배반당한 부패한 유럽 문화에
> 대한 경험이 그녀에게 많은 실망을 안겨주었으나 동시에 어느 정도 보람
> 도 있었음을 깨닫고 있는 것 같다. 만약 이것이 인생이라면, 그 어떤 일부
> 도 잃어버림이 없이 모두 경험하는 인간이 되겠다고 그녀는 제임스와 함
> 께 말하는 것처럼 보인다. 사건이나 돌발사도 그리 문제될 것은 없다. 인
> 간의 운명을 더 충분히 이해하는 것만이 문제가 될 것이다. (130~133)

이 소설이 출간된 지 100년이 넘었지만, 대서양을 가운데 두고 영국과
미국에서뿐 아니라 최근 우리나라에서도 헨리 제임스에 대한 재평가와 연
구가 요원의 불길처럼 일어난 것은 결코 우연이 아니다. 더욱이 세계가 소
련과 동구의 사회주의 붕괴 이후 자본주의 세계 체제하에서 정치, 경제, 기
술, 문화적으로 점점 좁아지고 있으나 역설적이게도 적지 않은 문화적 충

격과 민족적 갈등을 겪고 있는 현 시점에서 헨리 제임스의 "국제 주제" 소
설들을 "다시" 읽는다면, 세계화 시대에 타산지석으로 새로운 대화와 화합
의 문화윤리학을 "새로" 쓸 수 있을 것이다.[2]

---

2) 김춘희 교수는 최근 발표한 글에서 21세기에 비교문화 및 비교문학자로서 헨리 제임스의
의미를 잘 지적하였다: "'상이한 국가간의 문학작품에 관한 학문'을 비교문학이라고 정의
했을 때 이것을 작가적 입장에서 그리고 비평적 입장에서 철저하게 실천한 작가가 헨리 제
임스이다. 태생적 조건에 있어서나, 타고난 기질상, 그리고 교육적 환경, 이 모든 것을 고려
해볼 때 제임스는 비교문학자로서 평가될 수 있다./미국 문화는 그 생성 자체가 필연적으
로 유럽과의 "비교"를 통해 창조하고 "비교"에 의해 정체성 형성을 구가했던, 태생적으로 비
교문화적 특성을 지니고 있다. 따라서 유럽과 미국의 대비관계는 역사적으로 필연적 관계
이며, 이 필연성은 단순히 일방적 대비에 의거한 힘의 구도로 파악할 수 있는 것이 아닌 복
합적인 해석이 요구되는 문제이다. … 제임스의 가장 중요한 창작요소들 중 하나는 미국과
유럽의 관계, 특히 대비적 상황이다. 이것은 미국 작가들이 미국인으로서 안고 있는 유럽
과의 관계 규명과도 직결되며, 그 관계의 특성은 필연적으로 국제성을 띨 수밖에 없다. 미
국 작가로서 유럽에 대한 인식 또는 유럽적 의식은 필연성과 동시에 정당성, 그리고 부담
으로서 제임스에게 작용했으며, 그러한 부담을 19세기 미국 작가들 중 가장 적극적으로 수
용하면서 유럽과 미국 양 대륙의 가치체계를 비교하는 예술적 탐구의 일관성을 그는 유지
한다./제임스는 미국적 문화를 정립하기 위한 방법론으로서 다른 문화와의 비교의 필요성
을 도처에서 강조하고 있다. 작가적 창작활동을 위한 미학적 준거를 탐색하는 방식에 있어
서, 그리고 외국 문학들과 미국 문학을 동시에 바라보는 철저한 객관자적 시각을 주장하는
방식에 있어서 그의 입장은 투철하게 "비교" 방법을 견지하려고 했다. 세계 도처의 작가와
비평가들이 자국의 문화를 외국 문화와 비교해보기 위한 관점 설정방식에 있어서 제임스
를 그 비교 준거 또는 대상으로 삼고 싶어하는 경향은 제임스의 이러한 비교문화적 코스모
폴리탄으로서의 입지 때문일 것이다. … 헨리 제임스는 당시 미국 작가들 또는 유럽 작가들
(특히 영국 작가)의 위험한 비교방식에 대해 철저한 환기를 한 작가로서, 자국인 미국의 국
민적 열망이 자칫 국수주의나 편견에 사로잡힐 것을 경계해왔던 작가로서, 학문적 범주에
넣는다면 그는 비교문학자이다. 따라서 세기를 뛰어넘어 다국적으로 논의되고 있는 제임
스의 작가적 힘의 진실을 간파하기 위해서는 그것에 상응하는 제대로 된 비교문학, 비교문
화론자로서의 위치를 제임스에게 찾아주어야만 하는 것은 비교문학 정신의 본질과 관련된
인문학적 사안이다. 연구대상이 이미 복합적인 비교문학은 "세계화 시대"에 아마추어적인
임의적 확장에 의한 임의적 포괄이 아닌, 엄격한 비교 연구를 통한 포괄적인 준거 정립과
그 정당성에 대한 인문학적 탐색이 적극적으로 요구되는 과제로서의 인식이 시급한 시대에
직면해 있다"(1~3).

4장 아일랜드 시인 예이츠의 후기 시 새로 쓰기

— 몸 담론 끼워 읽기

그대는 욕정과 열정이 나의 노년을
춤추게 만드는 것이 끔찍하다 생각하지.
내가 젊었을 때는 그것들이 재난은 아니었네.
나를 노래로 이끄는 것이 그 이외에 무엇이 있겠는가?

— 예이츠, 「박차」("The Spur")

　나는 나의 몸이다. 적어도 내가 경험을 소유하고 있다는 점에서 전적으로 그렇다. 그러나 동시에 나의 몸은 말하자면 "자연스러운" 주체이며 나의 전 존재의 임시적인 모습이다. 따라서 우리 자신의 몸에 대한 경험은 주체와 객체를 다른 것과 분리시키고 우리에게 몸의 경험이나 실제 속에 몸이 아닌 몸에 관한 생각이나 하나의 개념으로서 몸만을 주는 사변적 과정과는 반대방향으로 나간다.

— 메를로-퐁티, 198~199

1. 들어가며―예이츠의 후기 시와 몸담론의 접속

오늘날 우리는 인간의 신체를 단순한 생물학적 유기체로만 보지 않고 심리적이고 사회적인 의미까지 내포한 것으로 여기게 되었다. "신체는 곧 전달내용이다"라는 명제가 가능하다. 이제 우리의 몸/신체는 자아, 정체성, 사회, 역사, 문명의 쇄신과 재구성을 위한 담론적 의미와 실천을 위한 열쇠이다. 그러나 우리는 아직도 몸/신체에 바짝 다가가지 못한다. 사실상 우리는 그동안 영혼, 정신, 마음의 개발과 고양에만 관심을 기울였다. 몸/신체는 우리가 대기 중에 공기를 느끼지 못하듯이 너무나 당연하고 보편 내재해서 의식하지 못하지만 "무의식"처럼 우리를 실제로, 실존적으로 지배한다. 우리의 몸은 무의식에서 언어처럼 구조화되어 있는 것이다. 몸/신체는 "이미 언제나" 우리의 의식과 지각 속에서 작동한다. 왜 우리는 인문학에서 영혼이나 마음같이 "보이지 않는 것의 가시성"을 힘차게 강조하고 몸/신체와 같이 "보이는 것의 비가시성"을 옹호했을까? 이제 문학 연구에서 우리는 우리 영혼의 집이며 지각의 토대이며 역사의 흔적인 우리의 몸으로 되돌아가는 것이 필요하다. 서구의 신체담론에서 영혼과 신체는 조화를 이루는 쉬운 상대들은 아니었다. 그들은 끊임없이 싸웠다. 서구인들이 싸움을 시켰고 이 둘의 화해를 어렵게 만들었다. 이 둘은 서로에게 큰 상처를 입힐수도 있다. 신체의 저질스런 물질성은 영혼을 노예로 만들어 영원한 신체적 존재로 묶어둘 수 있었고, 신체의 지상적 존재를 피하려는 영혼의 욕망으로 말미암아 일시적으로 시간 속의 거처를 파괴할 수도 있다.

이러한 맥락에서 일찍이 문학에서 육체의 문제를 본격적으로 탐구한 시인이 바로 윌리엄 버틀러 예이츠(William Butler Yeats, 1865~1939)이다. 예이츠와 그의 시가 우리에게 끊임없는 감동(혼의 울림)을 주는 것은 무엇보다도 끊임없는 놀라운 자기변모에 있다. 예이츠를 위대한 시인이라고 부르게 하는 소이가 되는 후기 시는 그동안 "영혼"과 육체"에 대한 균형과 조화를 이루려는 치열한 갈등 속에서 "육체"를 과감히 전경화시키고 있다. 본 논의에 앞서 우선 예이츠의 사유의 갈등구조를 살펴보자.

예술을 초월적 실재에 대한 비전으로 본 예이츠의 시의 핵심적인 특징은 이원론적인 "갈등"이다. 국내에서 예이츠와 관한한 최고의 번역가이며 해설자와 학자로 탁월한 업적을 남긴 이창배는 다음과 같이 예이츠 문학의 갈등구조를 갈파하고 있다.

> 예이츠는 이제 하나의 사건이나 현상을 근원적으로 그리고 본질적 맥락에서 파악한다. 즉 세상만사의 갈등은 우주와 인간의 본질적 불완전성에서 연유하는 것으로 본다. 그는 이제 그 근본과 본질의 모순을 이원론적 구도 속에서 바라보는 철학시인이 될 것이다. … 예이츠는 인간을 이율배반의 극단과 극단 사이의 길을 동시에 달리는 모순적 존재로 본다.
> (『예이츠의 시연구』, 51)

이렇게 예이츠는 하나의 명제(Thesis)의 수립 뒤에는 반드시 반대명제(Antithesis)를 이끌어 거기에서 다시 종합(Synthesis)으로 통합하려는 변증법적인 노력을 하고 있다. 그러나 자세히 살펴보면 양쪽의 일부를 사상시키는 변증이라기보다 포용하면서 함께 가는 대화에 가깝다. 이렇게 역동적인 대화는 양쪽을 모두 떠안고 함께 가는 "포월"인 것이다.

흔히 예이츠의 초기 시는 실재가 상실된 꿈꾸는 듯한 낭만적이고 비현실적인 요소에 의해 지배되고 있음을 보나, 중기에 접어들면서 상대적으로 실재에 대한 새로운 의식으로 그 반대되는 세계에 대한 중요성이 부각되면서 두 세계가 치열하게 긴장 대립되고 있다. 바꾸어 말하면 예이츠는 초기 시의 인간세계를 벗어난 비현실적인 영원한 세계를 향하나, 후기에 와서 현실초월의 의지가 방향이 바뀌어서 적극적으로 인간세계에 대한 애착과 집념을 보여준다. 즉 예이츠는 인간세계를 껴안고 뒹굴다 다시 일어나는 어떤 포월을 시도하고 있다고 볼 수 있다. 이런 점에서 필자는 예이츠의 신체에 대한 관심과 가치부여를 근거로 하여 그의 인간주의를 신인간주의라 명명하고자 한다. 그러나 이창배는 예이츠를 "조화와 균형의 시인"(『예이츠의 시연구』, 59)이라고 말하면서 다음 인용문에서 "관념적 천국"이라는 표현에서 볼 수 있듯이 예이츠의 시가 나이와 시대와 더불어 발전하는 과정에서 보여주는 현실에 대한 새로운 시적 치열성을 과소평가하고 있다.

> 그러나 예이츠는 리얼리스트 시인은 아니다. 그리고 그는 꿈과 비전의 시인으로부터 리얼리스트로 변신한 것도 아니고 변천하는 시대정신에 영합한 것도 아니다. … 다만 그는 현실의 사상(事象)을 승화시켜 그것을 자신의 관념적 천국에 편입시킨다. 그리하여 그는 이니스프리 호도에서, 비잔티움에서, 그리고 신화의 세계에서 누리던 황홀과 도취의 기쁨을 그대로 누린다. (『예이츠의 시연구』, 45. 밑줄 필자)

시인이며 예이츠 학자였던 윤삼하도 "예이츠는 수많은 자기모순의 갈등을 초극하려고 한 강인한 시정신의 소유자"이며 "인생을 여러 부분적인 갈등에 의하여 발전되어 가는 전체로서 파악하려 했으며 목전의 정치 현실도 그의 시 속에서는 영원성과 보편성을 띠고 있다"(24)고 언명하였다. 이창배와 윤삼하 모두 예이츠 시의 모순과 갈등의 역동성을 인정하면서도 특히 후기 시의 그 변화 양상에도 불구하고 막연하게 여전히 관념성, 영원성, 보편성만을 강조하고 있다.

그러나 필자의 독서 경험으로 볼 때 예이츠는 삶과 세계 속에서 엄청난 모순과 갈등 속에서 무너지지 않고 변하지 않는 영원성과 관념성을 희구하는 것은 사실이다. 그럼에도 불구하고 그의 후기 시의 상당 부분에서 그 "조화와 균형"은 깨지고 섬뜩한 현실의 적나라함 속에서 그것을 수용하는

"비극적 환희"를 특히 후기 시에는 자주 볼 수 있음을 필자는 고백하지 않을 수 없다. 예이츠의 후배 시인 엘리엇(T. S. Eliot)은 예이츠가 타계한 1년 뒤인 1940년 더블린의 애비극장에서 아일랜드 학술원 후원자들을 위해 행한 초청 강연에서 원숙한 시인인 예이츠가 시대적인 변화에 어떻게 적응을 했는가를 다음과 같이 예리하게 지적하였다.

> 이제 이론적으로는 한 시인의 영감과 소재가 중년이나 노쇠가 오기 전에 약화된다는 이유는 없다. 경험할 수 있는 사람은 그의 삶의 매 십 년 단위로 다른 세계에서 자신을 발견하기 때문이다. 그는 다른 눈을 가지고 자신의 삶을 바라보기 때문에 그의 예술의 소재는 지속적으로 새로워진다. 그러나 사실상 자주 적은 수의 시인만이 시대의 변화에 적응하는 능력을 보여준다. 이 능력은 진실로 변화에 직면하는 놀라운 정직성과 용기를 필요로 한다. 대부분의 사람들은 젊었을 때 경험들에 매달려 그들의 글은 초기 작품을 불성실하게 모방하거나 자신들의 정열은 뒤로 한 채 공허하고 소진된 기교만을 가지고 머리로만 작품을 쓴다. 여기에는 또 다른 더 나쁜 유혹이 있다. 위엄을 가지고 공적 존재만을 가진 공적 인물이 되려는 유혹이 그것이다. … 대중들이 그들에게 기대한다고 믿는 것만을 실행하고, 말하고 심지어 그렇게 생각하게 된다. 예이츠는 이런 종류의 시인이 아니었다. 그리고 이것이 아마도 젊은 사람들이 나이 든 사람들보다 예이츠의 후기 시를 좀 더 받아들일 수 있음을 발견하는 이유이다. 젊은 사람들은 예이츠를 그 작품 속에서 언제나 최상으로 젊고 그리고 예이츠가 늙어감에도 불구하고 젊어지기까지 하는 한 시인으로 볼 수 있기 때문이다. ("W. B. Yeats", 257)

예이츠는 특히 후기 시에서 질그릇처럼 부서질 수밖에 없는 육체를 가진 삶의 특수성, 일시성, 내재성을 극복하기 위해 보편성, 영원성, 초월성을 계속 지탱시키려는 치열한 갈등 속에서 "조화와 균형"만을 노래한 것이 아니다. 오히려 예이츠는 대부분의 경우 육체를 가지고 살아갈 수밖에 없는 우리가 제 아무리 죽지 않은 영원한 영혼을 갈구한다고 해도 그것은 이상이나 바람에 불과하다는 사실을 인정하지 않을 수 없었다. 이러한 용기 있는 수용은 자신의 문학원리의 패배이거나 배반이 아니라 오히려 부패할 수밖에 없는 육체 때문에 무력할 수밖에 없는 누추한 현실과 당당하게 맞서는 담대한 정직성이다. 이러한 그의 태도에서 우리는 거대하고 신비로운 우주적 질서 속으로 편입되는 포기나 소멸의 편안함마저 볼 수 있다. 영국 낭만주의 시 연구의 대가인 해롤드 블룸(Harold Bloom)의 아래와 같은 언명은 이런 점에서 시사하는 바가 매우 크다.

> 그러나 예이츠는—나는 그의 언어를 사용하고 있지만—궁극적으로 그 자체의 고독으로 고통 받는 자아의 반명제적 추구라는 영원한 비극에 결코 만족하지 않았다. 그의 탑은 또한 그 꼭대기에서 반은 죽어 있으나 그는 개인적 배신감을 느끼지 않았다. 왜냐하면 자신의 최초의 시인됨을 버리지 않았기 때문이다. 서커스 동물들의 탈주에 나타나는 창조적인 정신은 모두 반명제적인 오래된 주제들을 나열하도록 유도한다. 그 회귀의 과정에서 탐색자의 심장, 즉 자아로 되돌아가는 길을 찾는다. 그 길은 성자(聖者)의 인격 즉 영혼과 대비되는 검객의 개성인 것이다. (*Yeats*, 22. 밑줄 필자)

이 인용에서 필자는 예이츠가 갈등과 모순 속에서 고통당하고 있지만 성자의 인격인 "영혼"이 아니라 탐색자의 심장 즉 "자아"와 같은 무엇인가 좀 더 구체적이고 현실적인 것을 "검객의 개성"을 가지고 찾는 것이다. 예이츠는 죽기 2년 전인 1937년에 결국 이루어지지 않았지만 자신의 전작집 출간을 예상하고 쓴 「나의 작품을 위한 총론」("A General Introduction for my Work")에서 다음과 같은 견해를 남겼다.

> 나는 2~3세대 안에 기계적인 이론을 실체가 없고, 자연적인 것과 초자

연적인 것은 서로 결합되어 있고 위험한 맹신을 피하기 위해서 우리는 새로운 과정을 공부해야 한다는 것을 확신하고 있다. 그 순간에 유럽인들은 죽은 역사 속에 갇혀 있지 않고 <u>흐르고</u>, <u>구체적이고</u>, <u>현상적인</u> 예수 속에서 어떤 매력을 발견할 것이다. 나는 이러한 믿음 속에서 태어나 그 안에서 살아왔고 그 안에서 죽을 것이다. 나는 예수는 … 단테가 완벽하게 균형을 이룬 <u>인간 육체</u>와 비교한 존재의 통일성이고, 블레이크의 상상력이고, 우파니샤드가 "자아"라고 명명한 것을 지지한다. 이러한 통일성은 멀리 있지 않지만 지적으로 이해할 수 있는 것이 아니고 … "동물인 영원의 눈과 개구리의 다리"처럼 <u>고통</u>과 <u>추함</u>을 떠맡는다. (*Essays and Introductions*, 518. 밑줄 필자)

예이츠의 말에서 두드러지는 것은 "실체", "흐름", "구체적", "현상적", "인간 육체", "자아", "고통", "추함" 등이다. 예이츠는 자신의 시에서 "영원", "이상", "영혼"뿐만이 아니라 "일시성", "현실", "육체"에 대해서도 합당한 관심을 주문하고 있다.

이 지점에서 현대 몸 담론의 대표적인 프랑스의 철학자인 모리스 메를로-퐁티(Maurice Merleau-Ponty, 1908~1961)를 도입해보자. 현상학자, 실존주의자, 마르크스주의자였던 메를로-퐁티는 20세기 서구 철학자 중에서 몸/신체 문제에 관한 한, 정신/신체의 이분법을 주장한 근대 초기의 르네 데카르트 이래 처음으로, 현상학적 지각론에서 신체의 중요성을 적극적으로 부각시킨 철학자였다. 그는 신체담론을 이해하는 데 두 가지 커다란 기여를 하였다. 첫째 그는 체현(體現)된 경험으로서의 지각의 현상학적 비판으로 신체의 비원론적 본체론에 철학적 토대를 세웠다. 둘째 그는 우리의 현존재의 신체상호적인 특질과 신체적 뿌리를 강조하여 상호 주체성의 문제를 해결할 수 있는 가능성을 열어놓았다. 메를로-퐁티는 체현의 개념을 그의 주저 『지각의 현상학』(*Phenomenology of Perception*)에서 잘 설명하고 있는데, 그에 따르면 모든 인간의 지각은 몸을 통해 체현되며 이것 없이 우리는 어떤 것도 지각할 수 없고 우리의 감각은 우리의 몸과 동떨어져 기능할 수 없다는 것이다: "하나의 구체적 존재로 여겨지는 인간은 유기체에 연결된 정신이 아니고 존재가 앞뒤로 움직이는 운동이며 이 운동은 어떤 때는 신체적 형태를 취하기도 하고 다른 때에는 개인적인 행위로 움직여 나간다. … 영혼과 신체의 결합은 두 개의 외부적 관계들이 자의적 법칙에 의해 도래한 주체와 객체 사이의 혼합물이 아니다. 그 결합은 매 순간마다 존재의 움직임 속에서 일어난 것이다"(88~89). 따라서 체현된 의식이 중심 개념이지만 우리가 우리의 신체적 행동을 언제나 의식하거나 인식하고 있지 않은 것도 사실이다. 결과적으로 "살아가는 신체" 개념이나 "체현" 사상은 자아와 신체가 분리되지 않는다는 사실과 경험은 결국 이미 언제나 의식적이든 무의식적이든 체현된다는 사실을 우리는 기억할 필요가 있다. 이렇게 의미, 상상력, 그리고 이성까지도 신체적 토대를 가지며, 의미는 신체 속에 신체는 세계 속에서 살아간다.

메를로-퐁티는 지각되는 "살아가는 경험"에 대한 설명이나 해명을 자신의 철학의 목표로 삼았다. 여기에서 "지각(perception)의 우위성" 원리가 생겨났으며, 이 개념은 "사물 자체로 돌아가라"는 후설(Edmund Husserl)의 유명한 명제를 재해석한 것이다. 지각하는 행위 자체와 지각대상이 철학 연구의 중요한 목적이 된다. 메를로-퐁티는 세계를 인간의 삶이나 지식과 관련시키지 않고 독립된 "저기 밖에 있는" 대상으로 보는 경향에 저항한다. 그는 인간의식의 본질적인 "지향성"을 천착하였다. 인간지각은 수동적이 아니라 자신의 세계를 적극적으로 파악하고 변화시킨다. 다시 말해 세계는 지각행위에 의해 드러날 뿐 아니라 형성된다. 세계는 또한 사물이 아니라 모든 사람들과 대상들과 사물들이 모이는 지평이다. 이런 견지에서 지각은 바깥세계에 대한 내면의 재현 작업이 아니고 세계에서 실제로 일어나는 존재에 대한 개방이다. 지각 정신은 "체현된 신체"에 다름 아니다. 메를로-퐁티의 설명을 직접 들어보자.

> 모든 외부적 지각은 즉각적으로 나의 신체에 대한 지각과 동일한 것이다 … 신체 이미지 이론은 암묵적으로 지각이론이다. … 우리가 우리의 신체를 통해 세계에 존재하는 한 그리고 우리가 우리의 신체로 세계를 지각하는 한 우리에게 보이는 세계에 대한 경험을 다시 각성시킬 필요가 있을 것이다. 그러나 신체와 세계와의 접촉을 다시 함으로써 우리는 우리 자신을 다시 발견할 것이다. 왜냐하면 우리는 우리 신체로 지각하기 때문에 신체는 자연스러운 자아이며 다시 말해 지각의 주체가 되기 때문이다. (Maurice Merleau-Ponty, 206)

여기에서 지각은 언제나 위아래, 좌우, 원근 모든 방향에서 바라보는 조망이다. 신체와 신체를 통한 지각의 조망적 특성은 우리의 체현과정의 일차적 표현이다.

예이츠는 육체의 쾌락과 정신적 지혜의 흥성과 쇠퇴 사이에서 일어나는 갈등의 과정에서 생의 실재를 총체적으로 파악하기 위해 안일하게 양자 중 하나를 선택하지 않았다. 이러한 노력은 생에 대한 치열한 의지이며 메를로-퐁티적인 신체를 통한 지각의 우위성을 사유하기 시작하는 첫 단계와 유사하다. 또한 예이츠는 이처럼 갈등의 상태를 초월하여 실재에 도달하는 상태에 이르려고 하지만 현실과 육체를 긍정하며 타고 넘어가는(포월하는) 새로운 인간주의를 집요하게 보여주고 있다. 필자가 여기서 말하는 "신(新) 인간은 영혼과 육체의 조화를 꿈꾸는 인간이 아니라 육체 쪽에 더 무게를 두는 인간을 지칭한다. 이 글에서 필자는 이런 문제를 현대의 대표적인 신체담론의 창시자인 메를로-퐁티를 토대로, 다음에서 예이츠의 대표적인 몇 편의 후기 시를 살핌으로써 거칠게나마 증명해보고자 한다.

2. 후기 시에서 영혼과 신체의 갈등

우선 필자가 던진 논의의 영역인 예이츠의 후기 시의 출발점으로「1916년 부활절」("Easter 1916")을 택하고자 한다. 예이츠가 1916년 4월 24일에 더블린에서 있었던 부활절 반란(Easter Rebellion)을 묘사하는 이 시는 그의 초기 시에 대한 반대명제로써 예이츠가 직접 현실(정치) 속으로 뛰어든 느낌을 준다. 예이츠는 "완전히 딴 사람이 되었었다." "변했다, 완전히 변했다./무서운 아름다움이 생겨났다."고 노래하며 현실에 대한 적극적인 참여 의식과 개혁의 의지를 치열하게 드러낸다. 그러나 예이츠의 진정한 의도는 그것만이 아니다. 예이츠는 형용모순처럼 보이는 "끔찍한 아름다움"(terrible beauty)을 가져오는 영웅주의를 노래하고 있다. 그러나 "너무 오랜 희생은/사람의 마음을 돌로 만들 수 있다./아, 언제 목적이 달성될 것인가."의 구절에서 볼 수 있듯이 부활절 반란의 비인간적인 잔혹성에 대한 예이츠의 탄식과 의혹이 숨겨져 있음을 우리는 역력히 볼 수 있다.

「재림」("The Second Coming", 1921)의 시행 "매는 제 주인의 목소리를 못 듣는다./만물은 흩어지고 중심은 안 잡히고"에서 예이츠는 현실과 역사의 혼돈과 무질서를 개탄하고 있다("선인은 일체 신념을 상실하고/악인은 격정에 차 있다.", 예이츠는『비전』(A Vision)에 나타난 대로 2,000년을 주기로 한 기독교 시대의 종말과 새로운 시대가 올 것을 갈망하고 있다. ""세계령"에서 하나의 거대한 영상"이 이 시에서도「1916년 부활절」에서와 같이 현실과 이상의 갈등이 치열하여 화해되지 않고 있다.

다음은 시집『탑』(The Tower)의 첫 시인「비잔티움 항해」("Sailing to Byzantium", 1927)를 살펴보자. I, II연에서 노인들은 설 곳이 없음을 슬퍼하며 "늙지 않는 이지의 기념비"를 찾으려고 시간을 초월한 상상력의 예술세계로 갈 것을 결심하게 된다. III연에서 그들은 소멸되어 가는 육체를 거부하고 "영원한 예술"("the artifice of eternity")의 세계로 가고 싶어 한다. 그곳은 생명이 소멸되지 않고 영원한 노래와 청춘과 예술이 존재하는 곳이다. 그리고 IV연에서 볼 수 있듯이 "나의 신체의 모습"("My bodily form")을 거부하고 "황금새"("golden bird")에 대한 갈망을 피력하고 있다. 여기서 "황금새"의 심상은 물론 영원성에 대한 지적인 환희의 상징이며 인간적인 생존에 대한 본능적인 환희와 대조되고 있다.

그래서 흔히 이 시를 예이츠가 현실과 인간세계에 대한 환멸과 경멸을 극대화시켜 질서와 조화를 이룩할 수 있는 예술의 세계인 상상의 세계로 도피한 것으로 보는 견해가 유력하다. 물론 애써 그런 견해를 부정하려는 것은 아니지만 필자는 이 시를 그런 식으로만 규정해버리는 데 대해 의문부호를 붙인다. 필자는 이 시를 예이츠의 육체를 가진 인간의 현실 도피를 위해 영혼불멸을 추구하기 위한 여행이라기보다는 육체의 가변성에 대한 탄식과 항거로 보고자 한다. 육체의 노쇠는 삶의 현장에서 물러나야 한다는 고립감을 심화시켜 주고 있다. 특히 마지막 행의 "과거와 현재와 미래를"을 자세히 살펴보더라도 예이츠가 완전히 현실을 버린 것이 아니라 오히려 현실에 대한 미련과 집착을 계속 지니고 있어야 함을 알 수 있다. 육체의 노쇠에 대한 항거도 결국은 삶에 대한 애정이 아니겠는가? 더욱이 후에 설명하겠지만 이 시에서 중요한 "황금새 이미지"에 대한 관념이 이후부터는 커다란 변모를 겪게 된다는 사실도 주목해야 할 것이다.

다음은 그의 대작의 하나인 「학교 아이들 사이에」("Among School Children", 1927)를 살펴보자. 이 시에서도 생성 변화하는 인간 현실세계와 영원불멸의 절대체계의 의미와 갈등이 극화되고 있다. III연은 이상이라는 것이 현실은 아니지만 현실과 전혀 별개의 것은 아니라는 철학적 의미를 설명해주고 있다. 결국 예이츠는 마지막 연에서 영혼과 육체, 사고와 행동, 정(靜)과 동(動)이 서로 상반된 듯하면서도 분리될 수 없는 융합의 모습을 상징하는 "춤꾼 이미지"와 "밤나무 이미지"를 제시한다. 「마이클 로바테스의 이중 비전」("The Double Vision of Michael Robartes")에서도 육체와 관련된 "춤꾼 이미지"가 나타난다.

> <u>활동</u>이 꽃 피고 춤추는 그 곳에선
> <u>영혼</u>을 즐겁게 하기 위하여 <u>육체</u>는 상처입지 않는다.
> 미(美)는 자체의 실망에서 나오는 것이 아니고,
> 흐린 눈의 지혜는 철야 공부에서 나오지 않는다,
> 아, 밤나무여, 뿌리박고 위대하게 꽃피는 자여,
> 너는 대체 잎이냐, 꽃이냐, 아니면 줄기냐?
> 아, 음악에 따라 흔들리는 육체여. 아, 빛나는 눈빛이여,
> 우리가 어떻게 <u>무용수</u>와 <u>무용</u>을 구별하겠는가? (이창배 역, 이하 동일, 밑줄 필자)

이 부분에서는 강조된 부분에서 볼 수 있듯이 우리는 영과 육, 현실과 꿈이 빚어내는 생존의 어려움이 변증법적으로 통일되고 대화적으로 해탈되는 모습을 보게 된다. 이 시에서 "춤꾼 이미지"는 초월을 표현하는 시적 암시이다. 그러나 이 이미지는 현실과 유리된 이미지로 볼 수는 없는 것이다.

「자아와 영혼의 대화」("A Dialogue of Self and Soul", 1929)는 이 논문의 주제와 관련하여 우리가 다루어야 할 또 다른 중요한 시이다. 이 시에서 예이츠는 「비잔티움 항해」에서 임시로 제시한 해결책을 거부하고 자아의 장엄한 긍정을 준비하고 있다. 우선 영혼이 먼저 시작한다. 영혼은 나선형의 계단을 감아 돌아 올라가서 초월하려는 인간이다. "오래된 이 나선형 계단"은 현실 도피의 통로이다. 영혼은 모든 사상이 소멸하는 암흑과 같은 추상 세계로 올라가고자 한다. 왜냐하면 영혼은 "인간은 귀도 멀고, 입도 막히고, 눈도 안 보여/지성은 "있음"과 "있어야 함" 구별 짓지 못하고 "아는 자"와 앎의 대상"을 구분 못한다". 이 때문에 영혼은 인간과 현실을 조롱하고

경멸하게 된다.

그러나 자아는 현실의 모든 더러움, 불완전, 무지 등을 받아들일 수밖에 없고 시간, 장소, 역사에 포박되어 결국 사멸하게 되는 것은 인간이다. II연에서 예이츠가 "산 자는 눈이 멀어 인생의 물방울을 마신다./그 도랑물이 불결한들 어떠랴/내가 다시 한 번 되산다한들 어떠랴/성장하는 고역을 견뎌야 한다"라고 노래하고 있듯이 자아는 다시 살 권리, 고통 당할 용기, 자기 세계를 받아들일 책임감을 말하고 있다. 이러한 열망은 강조된 부분에서 볼 수 있듯이 마지막 두 개의 연속에서 절정을 이룬다. 좀 길지만 인용해보기로 한다.

> 나는 기꺼이 인생을 다시 살겠다.
> 몇 번이고, 만일 올챙이 우글거리는 소경의
> 시궁창 속에, 눈먼 자들과 싸우는
> 소경을 처박는 것이 인생이라 한들,
> 아니, 그중에서도 가장 다산(多産)의 시궁창,
> 남자가 자기 영혼과 인연도 없는 교만한 여자에게
> 구애한다면 그것은 바보짓이거나
> 고통을 받아야 하는 시궁창이라 한들.
>
> 나는 기꺼이 행동이나 사상의 한 가지 한 가지를
> 추적하여 그 원천으로 거슬러 올라가
> 운명을 헤아리고, 그 운명을 감수하겠다.
> 나 같은 자가 회한을 벗어 던질 때에,
> 놀라운 환희가 가슴속에 밀려들어
> 나는 영혼과 더불어 웃고 함께 노래할 것이다.
> 우리는 만물의 축복을 받고,
> 우리가 바라보는 일체의 것 또한 축복을 받는다. (밑줄 필자)

여기에서 자아가 거부하는 것은 스톡(A. G. Stock)의 말을 빌린다면(205), 시간을 초월한 절대에 침잠함으로써 삶의 현장에서 도피하는 신비주의적인 태도이다. 자아는 보고 있는데 "필연적인 고통과 필연적인 징벌(205)을 가지고 삶의 실재를 응시하고 있다. 예이츠가 삶과 삶의 조건이 과오, 낭비, 추함으로 점철되어 있으나 긍정하고 받아들이는 모습이 감동적이다. 김치규는 이 시가 "육신의 통쾌한 긍정"(194)이라고 보고 있는데 수긍이 가는 평가이다. 그러나 이 말을 좀 완화시켜 "불안한 긍정"이란 말이 더 적합할 수도 있다. 예이츠는 영혼과 육체의 화해할 수 없는 투쟁을 통하여 "존재의 통일성"(육체와 영혼의 통합) 속에서 총체성을 추구한 것은 분명하나 적어도 이 시에서 필자는 육체(자아)가 영혼과의 대결에서 승리한다고 본다.

「대화」("Dialogue") 이후 시 중 하나인 「비잔티움」("Byzantium", 1932)에서는 이미 자아로 지향됐던 시계추는 다시 움직이기 시작한다. "별빛과 달빛으로 찬란한 궁륭은 비웃는다./모든 인간의 형상을/한낱 분규에 지나지 않는 일체의 것을/인간의 혈관의 격정과 오욕을"의 시행에서 볼 수 있듯이 예이츠는 끈끈하게 묻어 나오는 인간적인 것을 경멸하게 된다. 그러나 그는 「대화」에서 보여준 것에 극단적으로 반대되는 곳으로 안주(安住)하려는 생각은 없어 보인다. 다만, 「비잔티움 항해」에서의 "황금새 이미지"가 많은 변모를 겪고 있음을 알 수 있다. 이 시에서도 일종의 해탈과 초월의 의지가 뚜렷하다. 그러나 이 시는 예이츠 자신이 밝혔듯이 심한 열병에 걸려서 죽을 고비를 넘기고 다시 회복된 뒤에 쓴 시라서 그런지는 몰라도 강조되는 표현에서 볼 수 있듯이 초월하는 경지에서도 삶에 대한 생명력에 대한 강한 향수를 느낄 수 있다.

> 돌고래의 더러움과 피에 걸터앉으니
> 영이 영을 따라 나타난다, 대장간이 물결을 부순다.

황제의 황금 대장간이.

무도장의 대리석이

<u>혼잡</u>의 심한 격정을 부순다.

그렇지만 그 이미지들은

새로운 이미지를 배태한다.

<u>돌고래에 찢기우고, 바람 소리에 시달리는 바다.</u> (밑줄 필자)

특히 마지막 행에서 우리는 인간적인 열정을 엿볼 수 있다. 예이츠의 인간주의적인 면이 명쾌하게 드러나고 있다.

필자가 앞에서 예이츠의 후기 시에는 영혼과 육체의 긴장된 대결의 양상이 있다고 지적했듯이 예이츠의 시에는 명제와 반명제의 구조 속에서 종합으로 이끌어 가려는 변증법적 또는 대화적인 운동이 있다. 예이츠의 진정한 의도는 어떠한 것이었든 간에 지금까지의 몇 편의 시 분석에서 볼 수 있듯이 우리는 피안의 세계인 인간과 현실을 초월하려는 인간주의의 세계에 기울어져 있음을 보았다. 따라서 우리는 육체와 영혼의 중간 지점에 고정시켰던 수직방향의 시계추의 위치를 육체 쪽에 가깝게 옮겨놓아야 할지도 모른다. 물론 예이츠의 시에 있어서 그 변증법적 또는 대화적인 활동을 하는 시계추는 육체와 영혼 사이의 어느 한 곳에 고정되어 있지는 않다.

이런 맥락에서 볼 때 위와 같은 생각은 「얼빠진 제인」("Crazy Jane") 시편에서 더 확실한 증거를 얻게 된다. 예이츠는 나이가 들고 죽음이 가까워 옴에 따라, 즉 자아로 표시되는 삶이 자신에게서 멀어져 감에 따라 더욱 삶의 욕구와 육체의 가치에 집착하게 된다. 「얼빠진 제인 주교와 이야기하다」(1933)에서 주교는 영혼으로 대표되는 영적인 가치를 추구하는 인간의 모습이라고 볼 수 있다. 제인은 "아름다움과 더러움은 사촌간이지요./고운 것엔 더러운 것이 필요하지요."라고 말하고, "그러나 사랑은 똥오줌 속에/그 집을 처박아 놓고 있지요/찢어지지 않는 것은 없는 것이고,/완전히 하나일 수는 없으니까요."라고 노래하고 있다. 여기서도 소위 예이츠의 "밤과 낮의/이 이율배반은 모조리"(「동요」("Vacillation"), 1932)는 첫 연의 대립적인 것을 통합하려는 노력이 엿보이기는 하지만 시적 어조로 봐서 궁극적으로 육체로 상징되는 인간주의와 생명주의 쪽으로 기울어짐은 어쩔 수 없다. 이런 면은 예이츠가 만년에 스스로 회춘 수술까지 받았다는 사실과도 연결시킬 수 있다(Spivak, 166). 이 삶은 "육체에 중심을 두는" 삶이다.

같은 시집에 실렸던 「한참 말이 끊어졌다가」("After Long Silence", 1933)에서 예이츠는 육신의 젊음은 힘을 가지나 무지의 상태에 있고 육신의 노쇠는 힘이 없으나 그 대신 지혜를 얻는다는 인간의 삶의 비극적 아이러니를 노래하고 있다.

> 한참 말이 끊어졌다가 하는 말-
> 다른 애인들은 모두 멀어졌거나 죽었고,
> 인정 없는 램프불은 삿갓에 가리고,
> 인정 없는 밤엔 커튼이 쳐졌으니,
> "예술"이나 "노래" 같은 고귀한 화제나
> 이야기하고 또 이야기하는 것이 옳으리다.
> 육체가 쇠하여짐은 지혜로워짐을 뜻하는 것,
> 젊어선 우리 서로 사랑하고 어리석었더니, (밑줄 필자)

나이가 들어 오래간만에 만난 우리는 "등불"과 "밤" 사이에서 "예술"과 "노래"를 이야기하고 있다. 그러나 시인은 왜 "무정한" 등불과 "무정한" 밤이라 하였을까? 청춘을 가리키는 등불은 이미 지났기에 무정하고 앞으로 우리에게 다가올 죽음인 밤이기에 무정하다. 그러나 이러한 "무정한" 상황에 놓여 있지만 우리가 "예술"과 "노래"라는 비극적 아이러니와 싸울 수 있는 "드높은 주제"를 논할 수 있으니 얼마나 다행인가? 결국 우리는 신체를 통해 살아갈 수밖에 없다. 궁극적으로 신체가 영혼의 창조자가 되는 위치로 바뀐다. 신체는 젊어서는 무지하고, 나이 들어서는 힘이 약해져서 저주일까? 그러나 젊어서는 사랑하고, 늙어서는 지혜를 얻는 것은 신체의 축복임에 틀림없다.

시집『마지막 시편』(*Last Poems*, 1938)의 첫 번째 시인「가이어들」("The Gyres")에서도 예이츠는 삶이 더럽고 추하고 무용함에도 불구하고 받아들이고, 삶의 숙명적인 소멸에도 불구하고 씁쓸한 승리나마 얻어낸다. 다음 인용된 시의 밑줄 친 부분에서처럼 삶과 인간 속의 비극적인 고귀성을 긍정하려는 변모의 시인 예이츠의 숭고한 노력이 엿보인다.

> 가이어들이여 가이어들이여! 오래된 돌의 얼굴 앞을 보다,
> 너무 오래 생각된 사물들은 더 이상 사유 될 수 없다,
> 아름다움은 아름다움으로 죽고 가치는 가치로 죽어버리네,
> 그리고 오래된 윤곽들은 사라없어지고.
> 비이성적 피의 흐름은 지구를 더럽히네;
> 엠페도클레스는 모든 것들을 주위로 내던졌다;
> 헥토르는 죽고 트로이에는 빛이 있다;
> 바라보는 우리는 비극적 환희 속에서 웃을 뿐이네. (밑줄 필자)

예이츠는 죽기 일 년 전에 쓴 대작인「옥돌」("Lapis Lazuli", 1938)에서 그는 상상세계인 예술이 삶의 비극을 초월하는 인간정신의 환희가 될 수 있음을 다시 노래하고 있다. 예술은 위협받는 문명과 개인을 구원할 만큼 격렬한 것은 아니고 예술가 개인의 삶의 패배와 소멸은 불가피하다. 그러나 그것은 그렇게 중요한 것은 아니며 "모든 것은 허물어지고 다시 세워진다/ 그리고 다시 세우는 자는 유쾌하다"라고 노래하면서 예이츠는 비극을 영웅적으로 대항하기 위해 "유쾌"할 것을 요구하고 있다. 예이츠가 "거기에서,

그들은 산이나 하늘을/또는 비극의 장면을 응시한다"라고 노래할 때 우리
는 예이츠가 비극적 현실에 대한 인식을 심화시킴으로써 일종의 삶의 긍정
을 통한 비극적 포월의 경지로 나가고 있음을 알 수 있다.

　예이츠가 죽던 해인 1939년에 쓴 「서커스단 동물들의 탈주」("The Circus
Animal"s Desertion")를 살펴보자. I, II연에서 시인은 자기 과거의 활동을
나열하면서 예술가의 작업이 인생 자체보다 더 자극적인 것으로 묘사한다.
그러나 예이츠의 신앙고백이라고 할 수 있는 결론적인 III연에 가서 어조가
역전됨을 분명하게 볼 수 있다.

> 완전했기 때문에 훌륭했던 이미지들이
> 순수한 마음속에 자랐다, 그러나 출처는 어디냐.
> <u>쓰레기 더미나 거리의 청소물,</u>
> <u>헌 주전자, 헌 병, 깨어진 깡통,</u>
> <u>고철, 늙은 뼈다귀, 헌 누더기</u>
> 돈궤를 품고 미쳐 날뛰는 <u>창녀</u>로부터냐. 이제 나의 사다리가 없어졌으니
> 모든 사다리가 시작된 원점에 누울 수밖에,
> <u>더러운 고물 잡동사니를 파는 이 마음의 가게에.</u> (밑줄 필자)

　이 부분은 삶에 대한 예찬이냐 아니냐는 가치판단을 초월하는 구절로도
볼 수 있다. 필자는 이 구절을 또 아이러니컬한 자조(自嘲)의 어조도 불가피
하게 드러나는 것으로 본다. 그러나 마지막 3행을 살펴볼 때 이것은 예이츠
가 인간에게로 다시 하강하는 모습이라고 필자는 믿는다.

3. 나가며—영혼과 신체를 넘어 "비극적 환희"로

　예이츠는 초기 시에서 삶의 굴레 속에 있는 현실적인 인간주의는 버려

야 하는 것으로 여기고 비인간적인 초월을 시도하게 된다. 초월을 가장 상징하는 것은 무엇보다도 「비잔티움 항해」에서의 "황금새 이미지"이다. 그러나 시인은 갈수록 육신적 삶의 조건과 요구를 배제할 수 없음을 느끼게 되며 인간주의 또는 생명주의가 그의 후기 시 속에 자리 잡게 되어 격렬한 긴장과 갈등이 야기된다. 예이츠는 명제로서 시간과 멸망에서 해방된 영원한 세계인 영혼과 반명제로서 삶의 현장에서 일어나는 가변적인 세계인 몸/신체의 세계를 포월하려는 대화적인 노력을 했다. 물론 「마이클 로바테스의 이중 비전」과 「학교 아이들 사이에」의 "춤꾼 이미지"가 정신과 육체를 통합하여 순간적인 비전을 가지고 포월하는 경지도 보여준다. 그러나 후기 시편들은 어떤 뚜렷한 해답이나 결론을 제시하지 않고 시계추처럼 어느 한 곳에 머물지 않고 계속 움직인다. "극단과 극단 사이에서/인간은 제 길을 달린다;/횟불이, 아니 불길 같은 숨결이/나타나서 낮과 밤의/이율배반을 모조리/쳐부수려고 한다"(「동요」 I). 예이츠의 진정한 의도는 인간 조건의 모든 면을 포용한 총체적인 실제를 포함한 어떤 포월이었을 것이다.

바꾸어 말하면 예이츠는 궁극적인 실재를 포용하는 영원한 체계로의 여행을 갈망했을 것이나 앞에서 거칠게나마 밝혔듯이 우리는 예이츠가 나이가 들어갈수록 인간주의에 새롭게 경도됨을 보았다. 또한 어떤 면에서는 예이츠가 어떤 확고한 결론이나 메시지는 주지 않더라도 영혼과 육체, 이상과 현실 중에서 어느 한쪽에 안주(安住)하지 않고 대립명제로 극화시켜 종합명제로 화해를 찾고자 하는 노력 자체가 하나의 인간주의에 대한 애정의 일단이라고 볼 수 있다. 필자는 앞에서 예이츠의 시 중 가장 영혼적인 요소가 강하다고 일반적으로 인정되는 「비잔티움 항해」에서도 인간주의에 대한 단서를 발견해냈다. 그러나 또한 가장 육체적인 요소가 강한 「대화」나 「얼빠진 제인」에서 육체의 승리의 확정적인 결론을 완곡하게 보류하면서도 그러나 전체적인 인상은 역시 인간주의적이라는 점을 필자는 지적하였다.

예이츠의 후기 시가 육체의 궁극적인 승리라는 주장은 좀 지나치더라도 그런 확신은 결코 배제할 수 없다. 필자는 이미 영혼만도 아니고 육신만도 아닌 담장에 걸터앉아 "양쪽 바라보기" 또는 "타고 넘어가기" 즉 포월을 시도하는 예이츠 식 인간주의를 "신인간주의"라고 불렀다. 그 이유는 서양에서 르네상스와 계몽주의 시대를 거치면서 지나치게 인간의 이성, 정신, 관념을 강조하는 것을 우리가 인간주의라 부를 수 있다면, 인간의 육체와 감정의 중요성을 다시 강조하는 것을 (신)인간주의라고 부를 수 있다고 필자는 믿기 때문이다. 행동이라는 수단을 통해 주체의 표현이 나타나는 곳은 신체이다. 메를로-퐁티의 지적처럼 신체는 인간이 지각하는 수단이다. 또한 신체는 주체가 실제세계에서 표현을 발견하는 수단이다. 언어뿐 아니라 모든 인간의 몸짓, 그리고 대상들에 대한 행동은 주체를 표현하는 방식들일 뿐 아니라 세계 속에 존재하고 동시에 세계를 표현하는 방식들이다. 인간 신체의 표현성에 대한 메를로-퐁티의 다양한 분석은 인간의 성욕, 도구의 사용, 인간의 언어 영역에서 잘 이루어지고 있다. 나아가 그의 이러한 사상은 언어, 예술, 사회, 역사에까지 확대된다. 구체적 삶 속의 신체는 다른 사람과 함께하는 삶의 방식이며 역사적 사회 속에 존재하기 때문이다. 따라서 그의 철학은 시간 속의 구체적인 삶의 문제를 다루는 철학이 되는 것이다. 메를로-퐁티적 의미에서 예이츠는 영원을 추구하면서도 부서져 없어질 신체를 비극적 환희를 가지고 바라보는 몸으로 인간의 삶을 다시 관조하는 몸의 시인이다. 예이츠의 인간주의의 대화적인 특징은 17세기 영국 시인들을 르네상스 인간주의와 관계 지어 연구한 바 있는 마후드(M. M. Mahood)의 지적(30)을 원용하여 설명될 수 있다. 요컨대 예이츠의 인간주의는 그 자체 내에서 초월적으로 상승하려는 자기분열을 일으킨다고 볼 수 있다. 예이츠의 인간주의는 "인간 중심적인 인간주의"(anthropocentric humanism)가 아니라 아미르타나야간(Guy Amirthanayagan)이 지적한 대로 넓은 의미에서 "좀 더 광범위한 종교적 인간주의"("a wilder religious human-ism", 30)라고 보는 것이 더 타당하다. 물론 여기서 "종교적"이란 말은 어떤 특정 종교가 아니고 좀 더 넓은 의미에 있어서 종교적 또는 근본적이라는 말이다. 예이츠의 시는 영원한 상상과 초월의 세계에 대한 의미뿐 아니라 육체를 가진 생로병사(生老病死)의 고통에 대한 궁극적 관심(ultimate concern)을 내포하고 있다.

요컨대 후기 시에서 예이츠는 영혼과 육체, 저곳과 이곳, 이상과 현실 등의 갈등과 대립을 연출시켜서 시(詩)에 극적 긴장감을 주면서 역동적인 변증법을 넘어 대화주의로 나아가는 과정을 이끌어가며 새로운 인간주의를 위해 치열한 투쟁을 하고 있다. 이러한 노력 자체가 시인 예이츠가 우리에게 가장 감동을 주는 이유이며 이것은 그의 육체에 대한 명상에서 나온 새로운 인간주의의 소산이다. 그는 시에서 철저하게 인간적인 것을 경멸, 증오, 회피하여 순수하고 영원한 곳으로 쉽게 도피하지 않는다. 삶과 현실의 책임과 고통을 수반하면서 포월의 경지를 모색하려는 특이한 노력이 예이츠의 신인간주의의 요체이다. 메를로-퐁티에게 신체는 객관적인 과정을 지닌 기능적인 유기체이다. 그러나 더 중요한 것은 이러한 추상적인 신체가 아니라 "나를 위한 나의 신체"이다. 이것은 현실세계에 뿌리박고 살고 있는 구체적인 삶 속의 신체이다. 따라서 "살아가는 신체"는 애매한 실재이다. 그러나 이것이 주체는 아니다. 살아가는 신체는 주체가 아니라 주체가 현실세계에서 실질적 주체가 되는 수단이다. 그것은 외부 대상물도 아니다. 왜냐하면 우리 경험 속의 다른 대상물은 내부로부터 존재하지 않기 때문이다. 따라서 각자 자신의 신체는 주체나 객체에 참여하지만 둘 모두가 아닌 일종의 제3의 용어이다. 그리고 자아는 신체와 연계되고 허구적 자아가 아닌 실체가 되기 위해서는 구체화되어야 하기 때문에 "육신을 가진 영혼"만이 아닌 "육화된 자아" 또는 "영혼을 가진 신체"의 개념이 필요하다.

메를로-퐁티의 말을 다시 빌린다면 예이츠의 후기 시의 문학적 작업은 "신체와 세계 속에 있는 마음의 뿌리를 재구성하는 것"이다. "육체"를 영혼에 침투·개입시켜서 치열한 삶의 역정을 예술적으로 형상화시키는 예이츠의 이러한 "신인간주의"는 어떤 의미에서 이질적이고 대립적인 요소들의 역동적인 바흐친의 "대화적 상상력"의 소산일 수도 있다. 엘리엇이 지적하고 있듯이 예이츠는 19세기 말의 "예술을 위한 예술" 운동에서 정점을 이룬 예술지상주의와 20세기 초의 아일랜드의 국내외의 격변하는 정세 속에서 문학의 현실참여주의의 양극단에 함몰되지 않고 오히려 문학 자체의 자율성이 가지고 있는 힘의 가능성을 더 높은 차원에서 성취한 20세기 영어권 최고의 시인이다 (262). 따라서 우리는 현대 영미시사에서 예이츠의 중요성을 삶(현실)과 시(예술)에 대한 사유에서 그가 보여준 원숙함과 지혜 속에서 찾을 수 있다. 원래 「청춘과 노령」("Youth and Age")이라는 제목으로 발표되었으나 후에 시집 『푸른 투구와 기타의 시들』(*The Green Helmet and Other Poems*, 1910)에 실린 「지혜는 시간과 더불어 온다」("The Coming of Wisdom with Time")라는 제목으로 바꾼 시에서 예이츠는 다음과 같이 노래하고 있다.

> 일이 많아도 뿌리는 하나;
> 내 청춘의 거짓 많던 시절에는
> 햇볕에 잎과 꽃을 흔들었건만;
> 이제는 나도 진실 속에 시들어가리. (윤삼하 역)

예이츠의 시적 삶은 젊은 날의 화려했던 많은 잎과 꽃들은 육신의 세월과 더불어 시들어가지만 진실이라는 원숙한 지혜로 뿌리를 내리는 것이다. 바로 이것이 원숙한 지혜의 시인 예이츠가 정신과 신체라는 모순과 갈등의 집합체인 우리 인간 모두의 "비극적 환희"를 위해 이룩한 최고의 위대한 시적 성취인 것이다.

5장 T. S. 엘리엇의『황무지』에 나타난 섞음의 미학과 정치학

─ 세계시민주의 시대의 잡종의 문화윤리학

> 문학과 그리고 실제로 모든 문화는 잡종적이고 (이 단어에 대한 호미
> 바바가 제시하는 복합적인 의미에서) 방해 받거나 여지껏 외부적 요소들
> 이라고 간주되어 사용된 것과 엉켜 있고 중복된 것이라는 생각─이것은
> 나로 하여금 오늘날 혁명적인 현실 즉 세속적인 세계의 경쟁들이 우리를
> 읽고 동시에 쓰는 텍스트를 도전적으로 가르치는 현실을 위한 그 본질적
> 인 사상으로 생각된다.
>
> ─ 사이드,『문화와 제국주의』(김성곤 · 정정호 역), 317

1. 들어가는 말

잡종(hybrid)의 시대가 왔다. 아니 잡종의 시간은 이미 우리의 의식을 앞
질러 가고 있다. 세계화와 다문화주의가 질주하는 21세기는 전 지구적으로
잡종의 시대가 될 것이다. 모든 것은 섞이고 합쳐져 주체성과 정체성의 위
기 속에서 새로운 기회를 맞을 수 있을 것이다. 최근의 몇 가지 잡종적 문

화 현상을 예로 든다면, 백남준의 비디오 아트에서 이미 극명하게 나타나고 있듯이 예술이 서로 다른 형식들과 잡종 교배하는 크로스오버, 동양 음악과 서양 음악이 자유롭게 교접되어 사물놀이와 재즈밴드의 연주가 한 무대에서 펼쳐지는 퓨전 음악, 세분화된 학문 영역의 울타리를 허물고 자연과학, 사회과학, 인문과학자들이 다면체적, 다학문적으로 접근하고 교류하여 이질 학문 간의 교배가 이루어지고 사유의 지평이 넓혀지는 학문의 융복합(학제적 통섭), 된장소스를 바른 스테이크, 피자 군만두 등 동서양 음식을 멋들어지게 뒤섞은 퓨전 음식 등이 그것이다. 오래된 분리와 분열의 이념은 다시 종합과 통합의 이념으로 바뀌고 있다.

이런 예는 골프 천재 타이거 우즈에 의해 이미 증명된 바 있다. 우리는 우즈를 흔히 흑인(Black)이라고 부르지만 그 자신은 이를 거부했다. 우즈의 아버지는 흑인이지만 북미 인디언과 백인의 피가 섞인 사람이고, 어머니는 태국인이며 우즈는 자신을 "카브리나시언"(Cablinasian)이라고 불렀다. 이 말은 백인 코카서스인(Caucasian), 흑인(Black), 미국 인디언(American Indian), 그리고 아시아인(Asian)을 합성한 말이다. 우즈는 순종 백인이 아니면 모두 유색인종으로 보려는 주류 미국인들의 이분법적 사고에 과감하게 도전하여 자신을 자랑스러운 "잡종"으로 선언한 것이다. 특히 우즈가 자신이 단순히 흑인으로 분류당하는 것을 거부하고 잡종을 선언한 일은 새천년 대에 인류문화사에서 커다란 이정표를 세운 것이다. 최근 그의 엽색 행각은 우리를 크게 실망시키고 있기는 하지만 이것은 일종의 전 세계 잡종의 독립선언과 같은 것이다.

2008년은 세계 정치사상 대격변의 해였다. 버락 후세인 오바마라는 비백인이 미합중국의 44대 대통령으로 선출된 것이다. 오바마 대통령은 단순히 아프리카계 미국인이라고 분류되지만 그는 잡종적 인간이다. 오바마는 아프리카 출신 흑인 아버지와 미국의 백인 어머니 사이에서 태어나 인도네시아 출신 양아버지 밑에서 자랐다. 인간 오바마는 어떤 의미에서 미국(유럽)의 백인, 아프리카의 흑인, 아시아의 황인종이 결합된 민족적으로 잡종의 절정인 문자 그대로 "전 지구인," 또는 명실공히 "세계인"일지도 모른다. 이것은 이종교배(잡종)의 위대한 승리이다. 오바마 현상은 세계 경제 정치뿐 아니라 문화적으로도 엄청난 사유의 대전환을 가져올 것이다. 21세기는 위대한 잡종의 시대가 될 것이다.

문학의 경우는 어떠한가? 전통 순수 문학형식들인 시, 소설에 다른 예술이나 매체가 과감하게 침입하여 이종교배를 시도하고 있다. 소설에 저널리즘적인 르포르타주의 기법이 가미되기도 하고 순수소설의 전통적인 리얼리즘적 재현양식에 공상과학소설(SF), 추리소설, 공포괴기소설, 고딕소설의 기법에 나오는 초현실적이고 환상적인 기법이 등장하기도 한다. 또한 판화시, 그림시 같이 시에 그림, 사진, 지도 등 영상이 등장하기도 한다. 최근에는 시에 노래를 가미한 형식까지 나왔다. 사이버 공간에서도 문자문학의 한계를 급진적으로 극복하기 위해 소리가 나고 움직이고 냄새까지 나는 동영상매체와 결합된 새로운 사이버 문학이 이미 생산되고 있다. 독자와 작가가 함께 또는 독자가 이야기를 함께 끌어가는 인터액티브 소설 창작도 사이버 공간에서 실행되고 있다. 문학기법적인 면뿐만 아니라 소재적인 면에서도 장애인 문학, 동성애자 문학, 사이보그 문학 등 영역이 확장되고 있다.

"잡종"에 대한 문화정치학적 지위가 변화하고 있다. 잡종은 이제 열등하고 피해야만 하는 종(種)이 아니다. 우리는 그동안 동종교배를 통해 우생학적으로 문제가 있는 동종들을 얼마나 양산해내었는가? 이제 전 지구적인 이종교배 또는 이종잡배의 시대가 와야 하는지도 모르겠다. 잡종에 대한 긍정적인 평가는 개인의 주체, 공동체, 사회, 국가의 정체성에 순수주의와 본질주의에 대한 반성을 가져다주었다. 민족 순수주의나 우월주의보다 혼혈주의 또는 혼합주의가 사람과 사상의 새로운 교류가 필연적인 전 지구적 상황에서는 더 바람직하다는 말까지 나오고 있다. 예전에는 "사해동포주의"(四海同胞主義) 또는 세계시민주의(cosmopolitanism)라는 말이 있었고 요즈음은 "지구마을 사람들"(Global Villagers)이 등장하였다. 사실상 단일 "민족국가"라는 개념 자체가 서구의 근대화 과정에서 발생한 지리상의 발견, 탐험주의, 식민주의, 제국주의, 자본주의 발전의 결과물이 아닌가? 서구인들은 민족국가 개념을 내세워 전쟁, 식민 등을 통해 지배, 억압, 착취 등 많은 야만적인 비극을 만들어냈다. 이제는 혼혈, 비순수, 잡종들의 새로운 대화와 타협(협상)의 시대이다. 잡종의식은 이제 새로운 전 지구적 문화의 인식소가 되어야 한다. 이 글에서는 잡종적 문인으로는 영어권에서뿐 아니라 전 세계적으로 20세기 전반부 최고의 시인과 비평가로 평가받고 있는 T. S. 엘리엇(1888~1965)을 재평가하고자 한다. 그는 가장 위대한 지적, 정신적, 영적인 노마드(유목민)이었다. 특히 1922년에 발표된 『황무지』(*The Waste Land*)는 20세기 전 세계 시인들에게 커다란 영향을 끼친 세계문학을 향한 잡종문학의 대표적인 작품이다. 지금까지 이 시가 잡종성(hybridity)의 시각에서 논의된 적은 별로 없었기에 이 글은 『황무지』의 형식과 기법적인 면을 제외하고 내용과 주제적인 면에서 잡종성을 논하고 세계화 시대와 다문화시대, 다시 말해 세계시민주의 시대를 살아가야 하는 우리들에게 던져주는 문화윤리학의 함의를 짚어보고자 한다. 다음에서 시인 엘리엇에 대한 논의를 시작으로 문학의 잡종성 논의를 시작해보자.

2. T. S. 엘리엇—잡종적 시인과 비평가

우리는 엘리엇을 "보이지 않는" 시인이라고 한다. 그만큼 그는 그 자신을 드러내지 않고 교묘하게 위장하는 카멜레온과 같은 시인 · 비평가 · 지식인이다. 엘리엇은 정서(emotion)를 거부하였으면서도 자신은 정서적인 시인이었으며, 동시에 "객관적 상관물" 시인이었다. 셸리 등 19세기 낭만주의 시인들을 비난하면서도 자신은 상당히 낭만적인 시인이었으며 동시에 신고전주의를 높이 평가하였다. 이러한 이중적·분열적이고, 역동적이며 잡종적인 성격을 어떻게 설명할 것인가? 바로 여기에 엘리엇의 삶과 예술과 비평의 본질이 있을 것이다. 이것은 대서양을 사이에 둔 일종의 망명자적 타자의식인가? 저쪽을 바라보면서 이쪽을 이야기하고 여기를 바라보면서 저쪽을 생각하는 역동적인 갈등구조는 단순한 모순이나 이중성이 아니라 끊임없는 잡종성을 가리키는 것은 아니겠는가? 엘리엇은 프랑스 시인 쥘 라포르그(Jules Laforgue)의 영향으로 적절한 불일치, 자유연상, 암시적 이미지와 함축적인 드라마로서의 시에 대한 개념을 창출하였다. 그의 비평은 어떤가? 그의 비평은 어떤 때는 지나칠 정도로 교조적이며 엄숙해 보여 "권위적인 근엄성"을 가진다. 그러나 또한 그의 비평은 이러한 객관적이며 비개성적인 특성뿐만 아니라 어조, 취미, 시와 같은 또 다른 특성을 보인다. 따라서 그의 비평의 최고의 장점은 감각의 끝에 매달린 지성이며, 17세기 영국의 형이상학파 시인 앤드류 마블(Andrew Marvell)과 20세기 프랑스 시인 라포르그의 접합이 일어나는 시적 융합이다. 다시 말해 엘리엇의 비평에는 시적인 충동이 깔려 있고 그는 겉보기와는 다르게 시적인 비평가이다.

국내 엘리엇 연구의 대가인 이창배는 최근 엘리엇을 "이중성을 지닌 자기부정의 비평가"로 규정짓고 있다. 이창배는 하버드 대학에서 서양 철학을 전공한 엘리엇이 한때 불교에 심취하여 거의 불교도가 될 뻔한 것을 예시하며 엘리엇의 비평에 나타난 이중성과 자기부정을 불교적 사유의 영향으로 보았다.

불교에서는 인간이건 어떤 종류의 사물이건 영원불멸의 본질에서 이루어지는 것은 없고, 부단히 변화하는 요소들이 인연 따라 집합했다가 인연 따라 해체된다고 가르친다. … 이 불교학의 영향을 받아, 엘리엇은 "경험하는 자와 글을 쓰는 사람이 다르다. 글이 곧 사람이라는 등식은 넌센스다. 본성(본질)은 결코 영원불멸의 것이 아니고 계속 변화하는 새로운 결합을 이룬다"고 주장한다. (『자기부정의 비평가』, 19~20)

이런 맥락에서 볼 때 초기부터 엘리엇이 "내가 미국인으로서 또 유럽인으로서의 사고와 감수방법을 잊어버리고"(앞의 논문, 18) 본질적 실체를 떠나 섞고 합쳐서 새로운 것을 만드는 잡종화(hybridizatioin)를 인식하고 있었다고 볼 수 있다. 이것은 후에 논의하게 될 『황무지』의 결말 부분에 힌두 텍스트로 총 결론을 내리는 것에서도 분명히 볼 수 있다.

엘리엇은 좋은 의미에서 "교활한" 야누스이다. 여기서 "교활한"이란 말은 복합적 엘리엇에게서 우리는 그의 한 면만을 보고자 고집하기 때문에 생기는 그의 알 수 없는 다른 면에 대해 의혹/의심하는 우리 자신의 "불평"에 다름 아닐 것이다. 그는 담장에 걸터앉아 언제나 양쪽을 바라보았다. 엘리엇은 미국 "남부인"으로 태어나 동부의 최고의 대학을 다닌 "동부인"이 되었으며, 사업가로 크게 성공한 아버지와 문학적인 감수성이 예민한 어머니 사이에서 갈등이 많았던 소년이었다. 갈등과 대화는 그에게는 어쩌면 하나의 숙명과 같은 것이었다. 그는 하버드 대학 시절에서부터 지적 호기심이 강한 방랑자, 유목민으로 철학을 전공하였지만 문학에 대한 열정을 버릴 수가 없었고 ("철학"과 "문학"의 보이지 않는 통섭이다.) 시의 습작을 시작하고 있었다. 또한 그는 서양 철학은 물론 동양 철학(특히 인도 철학)에도 심취하였다. 이때부터 그는 이미 언제나 "위험한 균형"을 유지하는 정신적인 지적 유목민이었다. 엘리엇은 위대한 이민자였다. 미국에서의 모든 가능성을 버리고 대서양을 건너 영국으로 가 스스로 지적·정신적 망명자가 되었으며, 스스로를 급진적으로 "타자화"하였다. 그는 약속되었던 하버드 대학 철학교수 자리를 의연히 떨쳐버리고 I. A. 리차즈가 제시하였던 케임브리지(Cambridge) 대학 영문학과의 자리도 거절하고 치열한 세속적 삶의 싸움터인 런던의 로이드 은행에 취직하였다.

엘리엇이란 작가는 무엇보다도 철저한 시대적 "산물"이다. 제1차 세계대전 전후의 유럽의 극심한 혼란과 무질서 속에서 작가로서 키워져 버린(만들어진) ─자신의 의지에 반(反)하여─ 분열되어 버린 자기 시대 속의 실존적 지식인이었다(이는 초기 시「프루프록의 사랑노래」나『황무지』에 잘 나타나 있다). 초기 시의 "사적" 자아는 초기 산문에서 "공적" 자아로 나타난다. 공적 자아와 사적 자아의 뒤얽힘과 갈등은「프루프록의 사랑노래」에 잡종적으로 적나라하게 드러나고 있다. 초기의 "시"와 "산문"의 갈등구조는 자신 내부의 복합을 해결하려는 또 다른 양상인가? "시"에서는 엄청난 형식 파괴를 통한 실험 그리고『황무지』의 경우에서처럼 시 텍스트 구성에 있어서 상호 텍스트에 토대를 두어 과감한 고전 텍스트와 당시 시대라는 텍스트의 예상치 못한 병치와 접합으로 새로운 충격과 잡종적 효과를 보여주고 있다.

엘리엇이 1919년 적어도 영미권의 20세기 전반부의 문학적 취향을 결정지었던 비평문인「전통과 개인의 재능」을 쓸 당시 그는 "타자"(the Other)였다. 신헤겔학파의 관념주의 철학자인 영국의 브래들리((F. H. Bradley)의 철학을 통해 "절대적 인식"에 도달하고자 했던 철학교수 지망생인 엘리엇은 말하자면 신세계에서 구세계로 온 문화적인 이방인이었다. 이는 엘리엇이 영국에 귀화하고 여러 해 지난 뒤인 1945년 3월 21일자『기독교 소식』(*Christian Newsletter*)에 메토이코스(metoikos)라는 서명으로 글을 쓴 기록을 보아도 알 수 있다. 메토이코스란 엘리엇 자신이 런던이라는 대도시(polis)에서 살기는 하지만 시민으로서 합당한 권리를 가지지 못했던 아테네의 이방인을 자신과 치환한 것이다. 여기서 명백한 것은 엘리엇이 떠나온 미국에서도, 귀화한 영국에서도 중심부에 들어갈 수 없었던 일종의 겹으로 "배반당한" 유목민이라는 점이다. 미국을 포기하고 영국을 선택했고, 철학을 포기하고 문학을 하기로 결심했고, 교수직을 포기하고 은행 직원이 된 것도 자신을 "타자화"하고 "유목민화"하는 중요 계기가 되었다(철학교수와 시인 사이에서 시를 선택했다는 것 자체가 삶과 현실과 언어와의 투쟁이 더 격렬한 역동적 구조를 가진 시가 관념과 논리의 안정된 상아탑 속에 있는 철학보다 더 가치 있는 작업이라고 잡종적 문학지식인인 엘리엇은 생각했다).

앞서 지적한 대로 엘리엇은 제1차 세계대전 전후 서구의 미증유의 혼란인 "황무지"적 상황 속에서 자신의 주체를 분열시키거나 해체시키지 않고 자신을 끊임없이 타자화함으로써, 다시 말해 자신이 끊임없이 타자들과 관계를 설정하고 대화함으로써 새로운 돌파구를 마련해 나가기 시작했다. 이것은 그가 거트루드 스타인(Gertrude Stein)과 파운드(Pound)로 대표되는 당시 유행처럼 번졌던 미국 지식인 예술가들의 미국을 버리고 유럽에서 방랑하는 것과 같은 단순한 자발적인 국외 추방자(expatriate)만은 아니었다는 것을 보여준다. 엘리엇은 자신이 태어난 남부 세인트루이스에서는 자신이 교육받은 뉴잉글랜드 사람으로 느꼈고, 뉴잉글랜드에서는 남부 사람으로 느꼈다고 하는데 이것은 엘리엇 자신이 어디 가서나 자신을 타자화하고 이방인화하고 추방자화하는 태도라고 할 수 있겠다. 이것이 바로 잡종의식의 토대이다.

엘리엇이 영국에 귀화한 것도 현실적인 여러 가지 이유에도 불구하고 문화적으로 볼 때 단순한 유럽에 대한 존경이나 향수라기보다는 의도적 갈등과 대화를 위해, 다시 말해 한 곳에 안주하여 정지하기보다는 천 개의 고원에서 이동과 이주를 계속하는 "유목민"이 되기 위한 것이었다. 영국 귀화후 엘리엇이 허버트 리드(Herbert Read)에게 보낸 편지에서 미국인이 되고 싶다고 말한 이유도 철저한 유목민 의식에서 나온 것이라고 볼 수 있다. 신대륙에서 건너온 문화적으로 순진한 신출내기 학자지망생 청년인 엘리엇은 구대륙에서 자신을 타자화함으로써—구대륙과 신대륙의 역동적 조우라는 대화를 통해—어떤 엄청난 지적 긴장감과 잡종력을 가지게 되었다.

엘리엇이 파악하고 있는 17세기 영국의 형이상학파 시인들의 기본 전략은 결국 긴장과 대립과 조화의 역동성, 즉 대화의식이다. 그의 "대화적 상상력"이란 "대립" 속에서 "조화"의 순간을 경험하는 끊임없는 역동적 "잡종화"에 다름 아니다. 형이상학파 시인의 노력 자체가 지와 정서의 대화의식의 실천이다. "장미에서 사상을 느낀다"는 "감수성의 통합"도 장미(구체적 사물)를 보고(시각), 사상(추상적 이념) 느끼고(지각), 냄새 맡고(후각), 맛보고(미각), 소리까지 듣는(청각)—다시 말해 비물질적 추상적 사상을 구체적으로 물성화하여 생명을 불어넣는— 일종의 유물론적 또는 경험주의적 작동의 과정이다.

엘리엇의 대화와 (재)해석 그리고 상호 텍스트화는 영국 시사(詩史)에서 새로운 화두인 형이상학파 시인을 끌어내어 20세기 시의 새로운 특징과 연결시키고 과거와 현재의 대화관계를 구축한다. 엘리엇은 현대시의 특징을 다음과 같이 지적한다.

> 현대문명 속에서 시인들은 … 난해해야만 한다. 현대문명을 엄청난 다양성과 복합성을 포용하고, 이러한 다양성과 복합성은 세련된 감수성에 작용하여 다양하고 복잡한 결과를 창출해내야 한다. 시인은 필요하다면 강제로라도 언어를 전위(轉位)시켜서 의미를 만들어내기 위해 … 좀 더 종합적이고 좀 더 인유적이며 좀 더 간접적이 되어야만 한다. … 이렇게 해서 우리는 기묘하게도 "형이상학파 시인들"의 방법과 비슷한 방법을 얻게 된다. (*Selected Essays*, 289)

이렇게 현대시는 복잡한 삶의 상황을 다양하게 재현하기 위해서라도 형이상학파 시인들의 "감수성의 통합"이 필요하다. 엘리엇과 형이상학파 시인들과의 대화는 지나간 과거의 시론을 새로운 시대에 끼워넣어 새로운 시 이론을 만들어내고, 이러한 대화를 통해 궁극적으로 영국 시사에서 최초의 잡종시학이었던 형이상학파 시인들의 자리매김이 다시 조정된 것이 아닌가?

엘리엇 비평의 대화구조는 미하일 바흐친의 경우처럼 나의 세계와 타자의 세계 사이에서 끊임없는 대화를 통한 상호 작용을 통해 성장하고 발전하는 역동적인 구조를 가지고 있다. 이러한 기본적인 인식체계 속에 내장된 "긴장"과 "갈등"은 결국 모순이나 "혼돈"으로 빠지지 않고, 생산적이며 창조적인 건강한 (언제나 통합을 꿈꾸는 변증법이 아니라) 잡종관계를 유지한다. 일단 이러한 엘리엇에 대한 밑그림을 다시 마련하게 되면 그에 대한 전체적인 구도는 물론 개개의 시편들이나 산문들이 새로운 모습으로, 새로운 의미로, 새로운 가능성으로 우리에게 다가올 것은 너무나 당연하다. 이렇게 해서 우리는 엘리엇을 우리 시대에도 계속 유용하고 재미있는 유기적인 작가, 지식인으로 살아 있게 만들 수 있다. 이 모든 기획은 우리와 엘리엇과의 창조적 대화가 계속될 때 가능한 일이다.

엘리엇은 성숙한 "시인"은 언제나 자기와는 다른 시인들로부터 훔쳐서 좀 더 나은 것으로 또는 적어도 다른 것으로 만든다고 말한 바 있다. "훌륭한 시인은 통상 시간에 있어서 멀리 떨어져 있거나, 언어에 있어서 이질적이거나, 흥미에 있어서 다양한 작가들로부터 빌려온다"(*The Sacred Wood*, 125). 여기서 "멀리 떨어져 있는", "이질적인", "다양한"이란 말이 지칭하는 "타자성"이 중요하다. 여기서 타자성은 잡종성에 다름 아니다. 엘리엇은 시인들의 경우뿐 아니라 국가 간의 문화예술 교류분야에 있어서도 "타자"(타문화)와의 대화가 절대적으로 필요함을 다음과 같이 주장한다.

심지어 고대 희랍도 이집트에 많은 빚을 지고 있고, 아시아 변경지역에도 어떤 빚을 지고 있다. 그리고 희랍의 도시국가들 간의 관계에서도 그들이 서로 다른 방언과 규범들을 지녀서 우리는 유럽 국가들이 서로에게 영향을 주는 것과 유사한 상호적인 영향과 자극을 거기서 찾을 수 있다. … 그들에게는 지속적인 교환이 있었으며 … 외부로부터의 자극에 의해 활력을 다시 부여받아 왔다. 문화에 있어 전반적인 자급자족이란 잘라 말하며 작동 불가능이다. 어떤 국가의 문화를 영속화시키려는 희망은 다른 문화들과의 교류를 통해 가능하다. … 다양성은 통일성만큼 중요하다. (*On Poetry and Poets*, 23)

여기에서 "지속적인 교환", "상호적인 영향과 자극", "다른 문화들과의 교류"(의사소통)는 엘리엇의 잡종적 상상력이다. 이제부터는 제3세계였던 라틴아메리카에서 탁월한 잡종이론가인 가르시아 칸클리니를 살펴보기로 하자. 이러한 작업은 엘리엇의『황무지』에 나타난 잡종적 상상력을 이해하는데 하나의 통찰력을 줄 수 있을 것이다.

가르시아 칸클리니(Nestor Garcia Canclini)는 아르헨티나 출신으로 멕시코에서 활동하고 있는 문화이론가로 1990년에 잡종이론의 주요저작인『잡종문화들—근대성에 들어가고 나가는 전략들』(*Hybrid Cultures: Strategies for Entering and Leaving Modernity*)을 스페인어로 출간하였다. 가르시아 칸클리니의 라틴아메리카에 토대를 둔 잡종(hybridity)이론을 펼치면서 근대성(modernity) 내의 서로 다른 시간성의 공존이 가지는 문화정치학으로서의 가능성을 점검하였다. 칸클리니의 방법은 또 다른 주요 잡종이론가인 정신분석과 해체론에 토대를 둔 호미 바바(Homi Bhabba)의 방법론과는 달리 사회학과 인류학을 근거로 라틴아메리카 현대성에 대한 연구를 수정하면서 핵심어로 "문화적 잡종성"에 대한 역사적 연구를 수행하고 있다. 짧게 말해 칸클리니는 전통과 근대성 사이에서 라틴아메리카 "잡종"의 개념으로 작업하는 문화비평가이다.

가르시아 칸클리니는 잡종화 설명을 3개의 과정으로 접근하고 있다. 첫 번째 과정은 문화적 체계를 조직하는 데 사용되는 수집된 자료들을 분해하고 혼합하고, 둘째 과정은 상징적 과정들의 탈영토화이고, 세 번째 과정은 순수하지 않은 장르들을 확장시키는 것이다. 이러한 분석을 통해 근대성과 탈근대성 사이, 그리고 문화와 권력 사이의 절합관계를 명확하게 밝혀낼 수 있다(207). 칸클리니의 말을 직접 들어보자.

> 잡종성은 라틴아메리카에서 오랜 궤적을 가지고 있다. 스페인 사람과 포르투갈 사람들에 의해 만들어진 토착적 전통과 혼합된 문화를 기억하고 있다. 독립과 국가 발전의 기획에서 우리는 문화적 모더니즘을 경제적인 반쪽자리 근대화를 양립시키고 나아가 이들을 끈질긴 라틴아메리카의 전통들과 양립시키고자 노력했다. (241~242)

이렇듯 라틴아메리카의 문화와 예술은 처음부터 상호 침투적이고 복합적인 가로지르기를 통한 잡종화로부터 배제된 것이다. 따라서 이러한 잡종문화를 이해하기 위해서는 전통, 근대성, 탈근대성 사이에 단편과 복잡한 조합을 받아들이는 다원주의적인 조망이 필요하다. 모든 것을 가로지르기와 교류를 통해 잡종적 교제가 이루어지고 고급문화와 대중문화, 전통과 근대가 서로 단절적으로나마 만나는 것이다. 이것이 가르시아 칸클리니가 그의 저서 부제에서 말하고 있는 "근대성에 들어갔다 나오는 전략"으로서의 라틴아메리카적 잡종문화의 특징이다. 이러한 칸클리니의 잡종이론은 『황무지』를 기법과 주제적인 면에서 전근대와 근대, 근대와 탈근대의 문제를 논의하는 데 도움이 되며 특히 『황무지』에 삽입되어 있는 서로 이질적인 전통과 문화들의 병치와 교환을 이해하는 데 유효하다.

3. 『황무지』 다시 읽기 — 잡종시학을 위하여

이 글에서는 『황무지』에서 엘리엇이 다양하고도 건전하게 사용한 시 기법과 형식들의 혼용에 대해서는 거의 논의하지 않을 것이다. 다만 이 문제에 관한 앞선 연구자들의 주요 대목만은 언급하고 넘어가기로 한다. 이문재는 『황무지』에 나타나는 다성성 즉 여러 개의 목소리의 병치와 다양한 시점들을 브리콜라주 기법에 관해 다음과 같이 지적하고 있다.

> 『황무지』의 첫 시에서부터 화자의 목소리는 끊임없이 변화하며 나타난다. 만화 형식으로 이미지가 바뀔 때마다 그 목소리 역시 순간적으로 바뀌기 때문이다. 『황무지』 전체를 통해 적어도 37개 이상의 다른 문헌이나 음악 작품 등에 대한 직·간접의 언급이 나타난다는 허킨즈의 견해를 수용한다면 많게는 37개 이상의 목소리를 『황무지』 안에서 찾아내는 것도 불가능하지 않을 것이다. (100)

『황무지』의 다성성(polyphony)은 여러 개의 목소리의 병치되고 다양한 시점들을 브리콜라주 식으로 제시되고 있다. 이 시에서 다성성은 거의 잡음(cacophony) 즉 서로 뒤섞인 파편화된 소리들이다. 20세기 최고의 다성성 이론가인 러시아의 미하일 바흐친은 "잡종성"에 대해 다음과 같이 언급하였다.

> 우리가 잡종구성이라고 부르는 것은 문법(구문론)을 만들거나 작문(복합어)을 하는 사람들이 단일 화자에게 부여하는 발화이다. 그러나 실제로 잡종 구성은 두 개의 발화, 두 개의 어법, 두 가지 스타일, 두 가지 "언어"와 두 개의 의미론적이며 가치론적인 신념체계가 혼합되어 있다. (304)

여기에서 잡종 구성에 대해 바흐친은 "2개"만을 말하고 있으나 엘리엇의

『황무지』의 경우 두 개 이상 여러 개의 발화, 어법, 스타일, 언어, 신념체계가 혼합되어 있다고 하겠다.

국내에서 T. S. 엘리엇 연구의 새로운 경지를 개척하고 다수의 연구서를 출간한 이정호는 "『황무지』에 나타난 장르의 혼합"을 지적하는 자리에서 다음과 같이 다양한 예술 장르들이 혼합되어 있음을 지적한 바 있다.

> 이 시 『황무지』를 넓은 의미의 영화 시나리오라고 말할 경우, 우리는 영화가 본질적으로 문학뿐만 아니라, 음악, 미술, 무용 등을 두루 포함하는 종합예술이라는 사실을 상기할 필요가 있다. 따라서 이 같은 영화대본으로서의 『황무지』가 여러 예술 장르를 혼합하고 있다고 해도 크게 놀랄 일은 아니다. (『『황무지』 새로읽기』, 24)

이정호는 이런 전제 아래 『황무지』를 문학기법뿐 아니라 음악, 미술, 무용, 영화의 몽타주 기법 등의 다양한 예술기법들을 혼용하여 사용한 종합예술세트라는 사실을 구체적으로 증명하고 있다. 엘리엇은 다양한 예술기법들뿐 아니라 변화무쌍한 공간들에 대한 명민한 감각을 가지고 『황무지』를 전 세계의 독자들이 모두 함께 참여하여 보편성과 특수성을 동시에 가지는 세계문학으로 읽을 수 있게 만들었다. 『황무지』는 진실로 세계화 시대와 다문화주의와 세계시민주의를 예비하는 세계문학사상으로도 희귀한 시이다.

이 글의 궁극적인 목적은 앞서 지적했듯이 『황무지』라는 1차 세계대전 이후에 새로 전개되는 세계적인 문화상황들에 관하여 주제적인 논의를 하는 것이다. 1차 대전 이후 유럽은 지구상에서 가장 이성적이라고 여겼던 유럽인들이 자신들의 해외도 아니고 자신의 안마당에서 저지른 어리석은 상호 살상과 파괴에 미증유의 충격을 받고 자신감을 잃으며 세계의 주도권이 서서히 무너지기 시작하는 상황이었다. 지난 수백 년간 지속되어온 유럽중심주의는 토대부터 흔들리기 시작하였다고 새로운 세계질서가 편성되어가고 있었고 식민지였던 세계 각처에서 이종문화가 밀려들어오고, 유럽의 주도권은 위협받게 된다. 유럽은 구세계가 되어가고 미국이 신세계로 부상하기 시작하였다. 바야흐로 혼돈의 시대와 잡종의 문화논리가 퍼져나가게 되었다. 20세기에 들어서 새로운 세계화 체제와 다문화주의적 시각이 태동되기 시작했다.

이런 맥락에서 『황무지』의 전반부에서 한 구절을 읽어보자.

> 이 엉켜 붙은 뿌리들은 무엇인가? 돌더미 쓰레기 속에서
> 무슨 가지가 자란단 말인가? 인간의 아들이여,
> 너희는 말할 수 없고, 추측할 수도 없어. 다만
> 깨진 영상의 무더기만을 아느니라, 거기에 태양이 내리쬐고
> 죽은 나무 밑에 그늘이 없고, 귀뚜라미의 위안도 없고,
> 메마른 돌 틈에 물소리 하나 없다. 다만
> 이 붉은 바위밑에만 그늘이 있을 뿐,
> (이 붉은 바위 그늘 밑으로 들어오라),
> 그러면 내 너에게 보여주마,
> 아침에 네 뒤를 성큼성큼 따르던 너의 그림자도 아니고,
> 저녁때에 네 앞에 솟아서 너를 맞이하는 그 그림자와도 다른 것을
>
> (19~29행. 이창배 역, 이하 동일)

오늘 가치가 무너지는 폐허가 된 황무지의 "돌더미 쓰레기" 속에서 상황 파악을 하지 못하고 엘리엇은 "깨진 영상의 무더기만"을 볼 수 있다. 그곳에 우리가 의지할 수 있는 나무도, 귀뚜라미도, 물소리도 없다. 오로지 있는 것이란 붉은 바위 밑의 "그늘"이다. 그렇다면 이것은 무엇인가? "태양이 내리쬐는" 곳에 그늘은 얼마나 위안이 되는가? 그늘은 어둡다고까지는 말할 수 없어도 밝은 곳이 아니다. 지금까지 양지에서만 자신 있게 놀았던 그늘

은 휴식의 장소이고 겸손의 장소이다. 그들은 그늘밖에 갈 곳이 없다. 시인이 이 그늘에서 보여주겠다고 약속하는 것은 아침 저녁으로 따라다니는 "그림자"가 아닌 "다른 것"이다. 그렇다면 "다른 것"은 무엇인가? "그늘"에서 "다른 것"은 지금까지 서구인들에게 생소한 그 어떤 것일 것이다. 격렬했던 1차 대전 후의 새로운 세계질서 속에서 서구인들이 지니고 살아야 할 서구 중심주의라는 근대의 결과와는 다른 새로운 문화윤리학이 아닐까?

> 항상 그대와 나란히 걷는 그 제삼자는 누군가?
> 세어보면 합쳐서 그대와 나뿐인데
> 그러니 저 하얀 길을 내다 볼 땐
> 항상 그대와 나란히 걷는 또 한 사람이 있다.
> 갈색 망토에 싸여, 머리를 싸맨 채 발자국 소리도 없이
> 그것이 남자인지 여자인지도 모르겠다. (그러나 그대 곁에 있는 자 누구
> 인가?, 360~366행)

여기에서 "제삼자"(the third)는 누구인가? 우리 공동체 안에 있는 나와 너가 아닌 제3의 인물이다. 그(녀)는 "항상 그대와 나란히 걷는 또 한 사람"이다. 그(녀)는 또한 친숙한 너와 너가 아닌 그러나 "남자인지 여자인지도 모르"는 자이나 "곁에 있는 자"이다. 그럼 도대체 그(녀)는 누구란 말인가? 필자가 보기에는 우리가 의식하지는 못하지만 항상 우리 곁에서 함께 있는 무의식적인 타자이다. 우리가 알아차리지 못하지만 우리가 영향을 받고 있는 외부의 문화이다. 다시 말해 서구 이외의 먼 지역에서 도래한 타자들의 문화이다. 나와 너인 우리는 더 이상 우리만이 아니고 그(녀)와 함께 새로운 문화 공동체를 이루어야만 하는 세계시민주의 시대의 혼돈적인 문화상황이 아닐까?

이러한 서로 섞여야 하는 문화상황에서 기존의 모든 것들을 무너지고 탈

영토화되고 재영토화되어야 한다.

> 산 너머 저 도시는 무엇인가
> 보랏빛 대기 속에 깨지고 다시 서고 터진다.
> 무너지는 탑들
> 예루살렘 아테네 알렉산드리아
> 비엔나 런던
> 비실재의 (372~377행)

유럽 모두와 중동지역까지 혼돈이 일어나는 이유는 서구 중심의 세계가 붕괴되기 시작하며 서구의 석양이 시작되고 세계질서의 재편이 불가피해졌다. 이제 유럽의 주요도시들은 과거의 정체성과 동일성은 사라지기 시작하고 "비실재"의 도시들처럼 보일 뿐이다. 여기에서 1990년대에 문화와 제국주의라는 틀에서 이러한 문제들을 숙고한 바 있는 에드워드 사이드의 말을 들어보자.

> 문화적 경험 혹은 모든 문화적 형식은 철저하게 본질적으로 잡종적인 것이며, 서양에서 칸트 이후로 문화적 심미적 영역을 세속적 영역으로부터 분리시키는 것이 관행이었다면, 이제는 그것은 재결합시킬 때라는 것이다. … 중요한 과업은 우리 시대의 새로운 경제적 정치사회적 위치 이동과 형태들은 전 세계적인 규모의 인간 상호 의존의 놀라운 현실과 연계시키는 것이다. … 그러나 한걸음 더 나아가 이것들은 다른 정체성, 민족, 문화들의 지리학 속에 위치시키고, 그런 다음 그들의 차이에도 불구하고 그들이 어떻게 비위계질서적인 영향, 교차, 합병, 회상, 의도적인 망각 그리고 물론 갈등을 통하여 항상 서로 중복되었는가를 연구해볼 필요가 있다. … 대부분의 국가적인 교육체계가 지금까지 꿈꾸어 보지 않은 방식으로 우리는 서로 섞여 있다. 예술과 과학의 지식들은 이러한 통합적인 현실과 연계시키는 것은 중요한 지적, 문화적 도전이라고 나는 생각한다. (124; 556~557)

엘리엇은 봉준수가 지적한 대로 미국에서 영국으로 귀화하였지만 미국 문학에서도 영국 문학 어디에도 속하지 못하고 자기추방을 통해 스스로 이방인으로 남았는지도 모른다.

> 엘리엇은 소위 "전통"이라는 것을 찾아 미국을 떠나 영국으로 왔다고 흔히 평가된다. 그러나 그가 내세운 전통의 개념은 영국의 전통만을 의미하지는 않는다. 그것은 문학뿐 아니라 인간의 지성이 생산해낸 유럽 전체의 모든 문화적 유산을 포함한다. 한 걸음 더 나아가서 "전통"이란 기념은 어떤 특정한 문화권의 범주를 떠나 인간 지성의 포괄성과 연계성은 하나의 사상 혹은 문화권 내부에 안주하기보다는 정신적인 자기추방을 통해 영원한 문화적 이방인으로 남을 때에 비로소 가능한 것이다. (341)

봉준수의 이러한 결론을 좀 더 밀고 나간다면 엘리엇은 자신을 미국, 영국, 유럽 전통까지도 뛰어넘어 적어도 문화적으로는 하나의 문학적 유목민이 되어 1차 대전 이후 재현되기 시작한 새로운 세계질서에서 새로운 시민으로 자리매김하고자 한 것은 아니었을까 추정해볼 수 있다. 엘리엇은 세계시민주의의 문인으로 본다면 12세기에 색소니 출신 성직자인 성 빅토르 위고의 놀라운 선언을 상기해볼 수 있을 것이다.

> 그러므로 훈련 받은 마음이 처음에는 조금씩 가시적이고 일시적인 것들에 관해 변화하는 것을 배우는 것은 위대한 미덕의 원천이다. 그리고 나서 나중에 그 마음은 그것들은 모두 뒤에 내버려두고 떠날 수도 있다. 자신의 고향을 아름답다고 생각하는 사람은 아직도 상냥한 초보자이다. 모든 땅을 자신의 고향으로 보는 사람은 이미 강한 사람이다. 그러나 전 세계를 하나의 타향으로 생각하는 사람은 완벽하다. 상냥한 사람은 이 세계의 한 곳에만 애정을 고정시켰고, 강한 사람은 모두 장소들에 애정을 확장했고, 완전한 인간은 자신의 고향을 소멸시켰다. (Said, 335에서 재인용)

위의 기준에 따르면 엘리엇은 "완벽한 사람"이다. 엘리엇의 세계시민주의 시대의 잡종적 상상력을 이해하기 위해 몇 사람의 예를 더 들어보자.

미국의 철학자인 콰메 앤소니 애피아(Kwame Anthony Appiah)는 "세계시민주의적 혼성"(cosmopolitan contamination)을 논하면서 다음과 같이 혼성 예찬을 적고 있다.

> "순수"와 마찬가지로 "혼합"(mixture)에서도 쉽고 그럴듯한 이상주의가 있을 수 있다. … 우리는 정착하기 위해 동질적인 가치체계와 고정된 공동체는 필요로 하지도 않고 필요로 한 적도 없다. 문화적 순수라는 말은 모순어법이다. 문화적으로 말한다면 우리는 세계시민주의적 삶을 살고 있다. 더욱 많은 곳에서 들어오고 더욱 많은 것들로부터 영향을 받은 문학, 예술, 영화사, 그런 세계시민주의적 삶은 풍성하게 만든다. (260)

또한 인도 뭄바이 출신의 영국 작가 살만 루슈디(Salman Rushdie)는 1988년에 발표된 자신의 소설『악마의 시』(The Satanic Verses)의 잡종성에 대해 "(이 소설은) 인간, 문화, 이념, 정치, 영화, 노래의 새롭고 예상치 못한 조합으로 생겨나게 되는 잡종, 불순, 혼합, 변형을 찬미한다. 따라서 잡종화는 기뻐하며 "순수"의 절대주의를 두려워한다. 이것저것 조금씩 섞인 혼합물과 뒤범벅은 새로움이 세상에 나오는 방식이다. 대규모 이주세계에 거대한 가능성은 제공하매, 나는 그 가능성을 받아들이려고 노력해왔다."(콰메 앤소니 애피아, 205에서 재인용)고 말하고 있다. 이와 거의 똑같은 말을 엘리엇의『황무지』에 관해 말할 수 있을 것이다.

따라서『황무지』(waste land)란 "정원"이라는 동일성과 정체성이 해체되고 파편화된 다양한 잡동사니들이 무질서하게 혼재된 잡종적 지대를 말한다. 1차 대전 이후의 유럽은 그들이 지난 수세기 동안 굳게 믿었던 서구적 합리주의의 토대가 되는 이성, 발전과 진보에 대한 믿음이 무너지고 있었다.

"백인들의 의무"라고까지 믿고 식민주의와 제국주의를 운영했던 서구인들은 소위 문화적, 사상적 서구 중심의 순수주의와 유일주의가 "런던교"가 무너지듯 붕괴되고 있었다. 자신들이 절대적으로 우월하다는 생각하에 무시하고 경멸하였던 비서구 타자들의 앞에서 추악한 알몸을 드러내고 말았다. 이제는 경멸하던 그들로부터 거꾸로 이질적인 것, 새로운 것들을 받아들이고 함께 지내야 하는 것이 아닌가? 이것이 바로 서구인들이 자초한 인과응보이다. 억압적인 것은 언젠가 되돌아온다고 하지 않았던가?

서구인들의 통렬한 자기조종과 자기비판은 급기야 엘리엇으로 하여금 우파니샤드의 경전에 나오는 천둥소리인 "따"(da)는 따타(Datta), 따야드밤(Dayadhvam), 따미아타(Damyata)로 소리가 나뉘어 황무지 시민들이 반드시 지켜야 할 제3가지 덕목으로 바뀐다. 1차 대전 후 폐허가 된 서구라는 거대한 황무지가 세계시민주의 시대로 들어가기 위해서는 이제 3가지 힌두의 가르침에 의해 회복되어야 한다. 이 얼마나 위대한 이교도의 사상인가? 어찌 보면 이 정도의 사상은 서구의 희랍사상과 기독교 교리에도 얼마든지 찾아볼 수 있다. 그러나 엘리엇은 힌두종교의 가르침을 택했다. 엘리엇에게는 이 3가지 덕목들이 이제 1차 세계대전 이후 세계시민주의 잡종의 시대의 새로운 윤리학이 되어야 한다는 것일까?

우선 천둥이 말한다. 나누어주라! (가진 것을 이웃에게 베풀라!)

> 따
> 주라. 우리는 무엇을 주었던가?
> 친구여! 가슴을 뒤흔든 피
> 분별 있는 나이의 사람도 삼갈 수 없는
> 일순간에의 굴복 그 엄청난 과감성
> 이것으로 이것만으로 우리는 생존해왔느니라. (401~406행)

천둥이 우리에게 맨 먼저 말한 것은 무엇보다도 지금 우리가 가지고 있는 것을 가난한 이웃에게 나누어주라는 것이다 인간의 법률이나 제도로는 경제정의와 평등을 완전히 구현할 수는 없을 것이다. 오늘날과 같은 천민 자본주의나 순수자본주의 시대에는 부익부 빈익빈으로 빈부격차가 더욱더 극심해지고 있다. 그러나 여기에서 나누어주는 것은 금전이나 재화뿐 아니라 지식이나 정보 또는 기회도 포함될 것이다. 우리가 이웃을 사랑하는 마음으로 기꺼이 줄 수 있는 마음이야말로 모든 선행의 근본이 될 것이다. 우파니샤드의 이러한 가르침은 『성서』에도 자주 나오는 것이다. 엘리엇은 왜 고대 인도의 텍스트를 선택했을까? 우선 이러한 가르침은 양의 동서를 막론하고 공통적이라는 점을 부각시키는 면도 있고 매우 근본이 되는 교훈에 대한 일종의 "낯설게 하기"의 효과, 다시 말해 잡종적 일탈의 효과를 노린 면도 있을 것이다.

다음으로 천둥은 말한다. 서로 공감하라! (타자들을 동정하라!)

> 따
> 공감하라, 나는 언젠가 문에서
> 열쇠가 도는 소리를 들은 일이 있다. 단 한번
> 우리들은 각자 감방에서 열쇠를 생각한다.
> 열쇠를 생각하며 각자 감방을 확인한다. (411~415행)

천둥이 두 번째로 말한 것은 "서로 공감하라"이다. 우리는 자신만의 의식이라는 감방에서 옥살이를 하는 죄수들이다. 자신만이 드나들 수 있는 각자의 감방의 열쇠를 가지고 있을 뿐이다. 사람들 간의 소통이 단절된 우리의 상황을 보여주고 있다. 종족, 계급, 성별의 차이로 인한 사람들 간의 의사소통 부재만 있는 것이 아니다. 종교 사이, 사상 사이, 학문 사이의 소통도 태부족이다. 우리의 자신에서 나와 타자에게 손을 내밀어 대화하고 소통하여 차이를 인정하더라도 하나의 공감대를 이끌어내야 한다. 역지사지라는 "타자 되기"야말로 인간이 가진 가장 소중한 능력인 "상상력"의 발로이다. 우리는 사랑이라는 이름의 상상력으로 각자의 감방에서 나와 서로 공감할 수 있는 세계를 만들어내야 한다. 절대순수와 통합된 주체는 하나의 환상일 것이다. 우리 삶의 조건은 언제나 함께 어울리고 엉켜 살 수밖에는 없는 잡종적 실존이다.

끝으로 천둥은 울린다. 자제하라! (오래 참으며 자기통제를 하라!)

> 따
> <u>자제하라</u>, 배는 돛에 노에 익숙한
> 선원의 손에 호응하여 가벼이 움직였고
> 바다는 평온했다. 그대의 마음도·부름을 받았을 때엔
> 즐거이 순종의 고동 울리며
> 그저 조종자의 손에만 응했으리라.

천둥의 마지막 당부의 말은 "자제하라"이다. 우리가 인내심을 자제하지 못하는 것도 편협한 개인주의와 이기주의의 결과이다. 이러한 자기중심주의는 타자들에 대한 관용정신을 마비시킨다. 자신의 욕망을 버리고 마음을 비우고 겸손하고 온유한 태도를 가질 수 있다면 인내심을 가지고 자제하는 힘도 회복될 것이다. 우리 자신만이 우주의 중심이며 타인들이 모두 나를 위해 존재하는 것은 결코 아니다. 나는 다수 중의 하나일 뿐이다. 서로 자제하지 못하고 쉽게 화를 내는 곳이 바로 지옥이리라. 모든 것이 다 귀에 거슬리지 않고 마음에 걸리지 않는 상태는 결코 쉬운 일이 아니다. 그러나 어떤 이유로든 자제하지 못한다면 황무지를 벗어나 새로운 세계시민주의 시대를 이끌 새로운 문화윤리학을 결코 세울 수 없을 것이다.

그렇다면 순수의 시대가 지나가 버리고 새로운 잡종의 시대에 이 3가지

덕목이 실천된다면 그 결과는 무엇인가?

샨티, 샨티, 샨티

이것은 434행으로 된 이 시 전체의 마지막 구절이다. 산스크리트어로 된
이 표현은 우파니샤드에서 끝맺음 하는 형식이다. 그 뜻은 엘리엇의 주에
따르면 "이해를 초월하는 평강(평화)"이다. 유대인들이 인사말로 하는 "샬
롬"과 거의 같은 의미이다. 이 차이와 갈등과 분쟁의 시대를 맞고 있는 황
무지의 새로운 시대인 세계시민주의 시대는 인도의 우파니샤드의 가르침
인 "주라, 공감하다, 절제하라"는 천둥이 주는 3가지 교훈은 실천한다면 우
리 모두 (동일자들로서의 서구인들과 타자들로서의 비서구인들) 평화가 깃
들 것이다. 이렇게 되면 평강과 지혜로 서로에게 충만한 지탱가능한 살 만
한 사회가 올 것이다. 유럽에서 1차 대전이 끝난 1919년 이후인 1922년에
발표된 이 시에서 엘리엇은 새로운 세계화의 다문화주의 시대의 도래를 예
감하고 어쩔 수 없이 잡종문화 시대를 우리에게 보여주고 있다. 서구 도덕
윤리 종교의 텍스트가 아닌 인도 힌두 전통의 우파니샤드의 가르침은 인용
하면서 놀라운 잡종적 산물인 이 시를 서구인들에게 도발적으로 그리고 예
언적으로 제시하였다.

4. 나가는 말―잡종의 문화윤리학을 향하여

흔히 많은 사람들이 엘리엇을 유럽 중심의 고급문화주의자로 인식하고
있지만 반드시 그렇지만은 않다. 엘리엇은 2차 대전이 끝난 3년 뒤인 1948
년에 출간된 그의 문화론(*Notes Towards the Definition of Culture*)에서 다양
한 문화들이 혼재의 필요성을 역설하고 있다.

중요한 것은 그것이 정점에서 저변에 이르기까지 문화적 수준이 연속적 단계를 이루고 있는 것 같은 그러한 사회구조라야 한다는 것이다. 우리들이 기억해야 할 중대한 일은 우리들이 상부의 수준이 하부의 수준보다 더 많은 문화를 소유한다고 생각하지 말고 차라리 그것을 보다 자각적인 문화, 보다 특수화와 문화를 대표하는 것으로 생각해야 하는 데 있다. 진정한 민주주의라면 이와 같은 서로 다른 문화 수준을 포함하고 있지 않는 한 그 자신을 유지할 수 없는 것이라고 나는 믿고 싶다. (83~84. 김용권 역, 이하 동일)

여기에서 엘리엇은 여러 층의 문화들이 혼재하는 "문화들의 생태학"(the ecology of cultures)을 주장하고 있다. 이러한 곳에서 계급이나 지역 간에 차이나 갈등이 생겨나게 된다. 이러한 차이나 갈등은 오히려 한 사회의 창조성과 진보에 유익하다. 우리는 올바른 적이 필요하다. 동지들만 있다면 우리는 오히려 약해질 것이다. 적과의 교환 속에서 긴장과 대립이 생기고 여기에서 하나의 또 다른 새로운 질서로의 필요와 욕구가 생겨나 역동적인 계기가 마련되는 것이다. 긴장이 없으면 균형이 유지될 수 없을 것이다. 위험한 균형이라도 창조적 긴장의 추동력이 될 수 있다. 나아가 갈등과 모순 속에서 오히려 새로운 힘이 창출될 수 있는 것이다.

그러나 엘리엇은 세계주의적인 맥락에서 볼 때 다양한 문화들이 혼재하는 상황에서도 세계문화를 위한 궁극적인 이상인 "공동신념"(common faith)이 가능하다고 말한다.

한 나라의 문화는 지리적, 사회적인 여러 구성요소의 문화의 번영과 더불어 번영한다. 그러나 또한 한 나라의 문화도 그 자체는 보다 더 큰 문화의 일부분일 것이라는 것이 필요하다는 것을 발견했던 것이다. 그 커다란 문화란 저 세계연방주의자가 기획하는 것 가운데 포함된 의미와는 별개의 의미를 가진 하나의 세계문화라는 궁극적 이상을 아무리 실현 불가능한 것이라고 하더라도 필요로 하는 것이다. 그리고 또한 하나의 공동신념이 없이는 각 국민을 문화적으로 결합시키고자 하는 온갖 노력도 한낱 통일성의 환상을 일으키는 데 그치고 말 것이다. (152)

엘리엇은 "세계문화"(world culture)가 공유할 수 있는 "공동신념"의 필요성을 역설하고 있다. 여기에서 엘리엇의 "세계연방주의자"(world- federalists)를 요즘 용어로 바꾸면 "세계시민주의"(cosmopolitanism)의 맥락에서 논의될 수 있을 것이다. 따라서 각각 서로 다른 전통과 관습을 가진 세계시민들이 평화롭게 공존하고 상생하기 위해서는 공동적 이상이 필요할 것이다. 엘리엇은 이것을 그의 문화론에서는 "공동신념"이라고 불렀고『황무지』에서는 천둥이 말한 "주라, 공감하라(동정하라), 자제하라"는 교훈일 것이다. 여기에서도 우리는 엘리엇의 세계문화의 공동신념에 대해 유럽 중심적인 세계시민주의라고 폄하할 필요는 없을 것이다. 필자가 이 글의 앞부분에서 보여주고자 했던 엘리엇 사유의 이방인, 국외자, 추방자, 유목민적 특성을 상기해볼 때 엘리엇은 우리가 생각(오해)하는 것보다 훨씬 시대를 앞선 세계주의자였다고 믿고 싶다.

결론적으로 다시 말해『황무지』는 잡종시학에 근거한 잡종시이다. 문학은 이미 언제나 혼종적, 잡종적이다. 훌륭한 문학이라면 아무리 순수하다 하더라도 그것에는 일정한 정치적 함의가 들어 있다. 콜라주, 모자이크, 브리콜라주 등 모방, 변용, 차용의 텍스트 상호적인 기법이 문학 텍스트의 본질적 부분이라고 볼 때 순수문학이란 거의 모순어법에 가깝다. 따라서 모든 문학은 그 생산자인 시인 작가는 물론 텍스트의 상호성이라는 속성상 이미 언제나 잡종적이고 혼성모방적이 아니겠는가.

장르 간의 다양한 혼합, 문자매체인 언어가 아닌 영상매체 등 다른 매체와의 결합, 새로운 변종들의 끊임없는 출현으로 우리가 지금까지 부둥켜안고 있던 전통적인 순수문학의 정체성은 이미 흔들리고 있다. 우리는 문학의 이러한 급속한 대중화와 세속화, 다시 말해 잡종화를 결코 슬퍼할 필요가 없다. 우리는 잡종적 상상력으로 무장하여 오래된 영토를 탈영토화하고 미래의 상황에 따르는 문학의 쇄신을 통해 과거와 미래 사이의 제3의 시간이라는 "살아 있는 원리"로서의 문학의 소임을 지속시키고 문학의 재영토화를 시도해야 한다. 현실이 제아무리 잔인하다 해도 우리는 포기하고 종래의 텍스트 속으로 숨을 수 없다. 문학을 포함하여 인간이 만든 모든 문물현상은 이미 우리를 앞질러간다. 그래서 미네르바 여신의 부엉이는 항상 늦게 날개를 펴는 것일까? 순수문학, 참여문학, 시민문학, 민중문학의 시대는 가고 이제 종족, 계급, 성별, 이념, 시대를 넘어서는 잡종문학의 시대가 열렸다. 잡종문학은 모든 종류의 이분법을 넘어서서 인류문명 전체를 어깨에 메고 함께 뛰는 행동하는 문학이다. 잡종문학은 다양한 주제, 기법, 소재, 제재 등을 모두 집어삼켜 소화해낼 수 있는 세속예술이다. 문학이 진정으로 잡종이 될 때 위반과 전복을 통해 문학은 일부 엘리트들이나 소수자들에 의해 독점되지 않고 일반 대중독자들이 쉽게 접근할 수 있을 뿐만 아니라 세계시민들을 위한 전 지구적 공영역이 될 수 있을 것이다. 중앙 집중도 구심적인 힘이지만 퍼뜨리는 이산(離散, diaspora)은 더 큰 원심적인 힘이다. 순수한 것도 아름답지만 잡종인 것은 더욱 아름답다! 이것이 21세기에 20세기 초반의 미증유의 혼란과 무질서 속에서 시인 엘리엇이 『황무지』를 통해 도달한 지속 가능한 새로운 시대를 살아가야 하는 세계화와 다문화사회를 위한 새로운 문화윤리학이다. 앞으로의 과제는 엘리엇의 이러한 세계시민주의 시대의 잡종적 상상력을 그의 중후기 시편들뿐 아니라 그의 비평 등 많은 산문들에서도 찾아내야 할 것이다.

6장 유태계 미국 작가의 "고통"의 미학

— 버나드 맬러무드의 타자적 상상력과 지혜의 문학

고통의 사랑은 경험에 대한 감사의 한 형식 혹은 악을 경험하고 그것을 선으로 바꿀 수 있는 기회이다. … 강력한 상상력의 사람들은 가끔씩 고통으로 몸을 돌려 더 없는 행복에 접어든다. … 고통은 종종 삶의 보다 확장된 형식, 즉 참된 각성과 망사에 대한 해독제를 위한 분투였다.

— 솔 벨로우, 『허조그』, 323

소수집단의 문학이란 소수집단 언어의 문학을 지칭한다기보다는 지배 집단의 언어권에서 소수집단이 지탱해 나가는 문학을 지칭한다. … 언어의 탈영토화, 목전의 정치 문제에 가지처럼 매달린 개인적인 문제, 발화의 집단적 구성은 소수집단 문학의 세 가지 특성이다. … 지배문학이 득세하는 어떤 나라에 태어난다는 것은 불행이다. 그러한 불행을 안고 태어나는 사람은 … 지배문화권의 언어로 글을 써야 한다. … 얼마나 많은 문체들, 많은 장르들, 또한 미미한 문학운동까지를 포함해서 많은 문학운동들이 단 하나의 꿈을 주어왔던가. 그것들의 꿈은 언어의 지배적 기능을 수행하고, 국가언어, 공식언어에 봉사하는 일이었다. 그러나, 이제 그 반대의 꿈을 꾸어보자. 소수집단으로서의 변신을 꾀해보자는 말이다.

— 들뢰즈·가타리, 『소수집단 문학을 위하여』(조한경 역), 33, 37, 54

1. 들어가며: "바보"들의 행진

1차 대전 이후 대부분의 작가들은 현대라는 상황, 즉 엘리엇의 말을 빌리면 『황무지』와 소외된 『공허한 인간』들이 서성대는 무의미하고 절망적인 세계를 그리려는 데만 만족한 것 같다. 현대문학, 소위 모더니즘 문학은 비인간화, 자아상실, 인간 소외란 보편적인 주제만을 앵무새처럼 떠벌려왔다. 그러나 이러한 문제 제기를 해놓기만 하고 그 다음은 어쩌자는 말인가 라는 반박을 그들 문학은 받게 된다. 그러나 특히 2차 세계대전 이후 일반 독자들이나 비평가들은 현대소설에 판에 박은 듯이 속출되고 있던 허무와 절망과 탄식의 소리에 벌써부터 혐오를 느껴 무엇인가 새로운 적극적인 가치 발견을 위한 반성이 시도되어 왔고 실제 그러한 작가들이 나오고 있다. 이제는 절망과 허무라는 고정된 수식어가 붙은 현재 상황에 대한 도식화되고 화석화되어버린 모더니즘적인 환상을 걷어치우고 삶의 리얼리티와 치열성을 심화, 확대시키고 자학과 환멸의 현대문명으로부터 인간 구원의 문학으로 변신해야 될 것이다. 이러한 의미에서 볼 때 2차 대전 이후에 나타나기 시작한 유태계 작가들의 경우는 좀 특이하다. 유태인이란 소수민족, 유랑민족으로 어느 사회에서나 이방인이요, 소외인들이었으며 어느 민족보다 가장 극심한 고난의 역사를 가졌으므로 현대인의 상황을 그리는 데도 어느 정도 유리했을지도 모른다. 그러나 그들의 진정한 가치는 유태인들의 상황을 현대 인간의 보편적 상황으로 예술화시켰다는 데 있을 것이다. 그들은 자아의 발견과 나아가서 인간성의 회복을 위해 치열한 노력을 하고 있다. 그러므로 그들은 역사나 사회의 환경 속에 완전히 몰입되거나 완전히 이탈되는 절망하는 반항아를 그리기보다는 참된 자아와 그 가능성을 발견하려는 의욕적이며 건강하고 희망적인 행동적 인간상을 그리고 있는 것이다. 이들은 카프카, 프루스트, 조이스, 헤밍웨이, 포크너 등과 같은 전 시대의 위대한 선배들이 진단해놓은 현대 상황에 대한 환멸과 절망과는 다른 새로운 광맥을 파고 들어가 솔 벨로우가 표현한 바 있는 인간 자신이 만들어놓은 가상적인 인간상황으로서의 황무지라는 고착화된 표피를 뚫고 나오기 시작하였다. 맬러무드도 1959년 그의 단편소설집인 『마법의 통』(*The Magic Barrel*)으로 미국의 내셔널 북 어워드를 수상하는 자리에서 현대 인간의 평가절하에 대해 다음과 같이 개탄하였다.

> 나는 오늘날 이유가 무엇이건 간에 엄청나게 기만적인 인간의 가치하락에 매우 지친 상태이다. 두 눈에 서린 품위로부터의 인간의 하락은 자신을 지금 현재의 모습으로 묘사하기 위해 떠올린 말들에 의해 배반당했다: 파편화되고, 축약되고, 달리 정향되고, 조직적인 … 이러한 가치하락은 그것이 저항을 수락하기 때문에 존재한다. (Richman, 23에서 재인용)

이러한 의미에서 버나드 맬러무드는 1976년 노벨 문학상을 수상한 솔 벨로우와 더불어 가장 중요한 유태계 작가 중의 한 사람이다. 브루클린에서 태어나 뉴욕에서 교육을 받은 맬러무드는 이디시 문학의 영향을 크게 받은 가장 유태인적인 전통을 지닌 작가이다. 맬러무드 주인공들은 대부분이 가난하고 소외된 유태인들인 "바보"(Schlemiel)를 등장시켜 그들 민족이 수천 년 동안 겪은 것과 같은 수난과 고통을 겪게 하고 있다. 이렇게 함으로써 맬러무드의 인물들은 오늘날 전 인류가 비인간화되고 조직화된 절망적인 상황 속에서 당하고 있는 피해자 의식을 유태인 고유의 수난의식으로 한정시킨 것이 아니라 한 소수민족의 테두리를 벗어나 보편성을 획득했던 것이다. 그의 주인공들은 고통을 통하여 인간으로서의 성숙은 물론 개인의 절망을 극복하여 사회와 인류에게 희망을 주고 있다. 이러한 희망과 신념의 문학정신은 여러 유태계 작가 중에서도 맬러무드를 특이한 작가로 규정짓게 하였다. 시드니 리치먼(Sidney Richman)은 맬러무드의 유태인 인물들이 현재 상황에서 좀 더 개선되기 위하여 고통을 받는 모든 인간들의 상징이라고 말하면서 계속해서 다음과 같이 말하고 있다.

> 말하자면, 만일 저자의 의도가 유태인을 모든 인간을 대표하는 구성체로 일반화하는 것이라면, 그것은, 마침내 독자에게로 하여금 인간이란 현재의 자신의 모습보다 더 나은 존재일 수 있다는 점을 설득하는, 유태인들에 대한 자신의 극적 초상 속에 내재한 구원의 힘들이다. (24)

그의 인물들은 치열한 삶의 도정을 이끌어 가려는 강한 의지의 인물들로 계속적인 좌절과 고통이 있을지라도, 그것을 기꺼이 수용하여 결국 도덕적 변모와 정신적 자유를 얻게 되는 것이다. 즉 그의 소설문학은 현대 상황에 대한 "진단적"인 동시에 "치유적"인 특질까지도 가진다고 볼 수 있다. 바로 이러한 징후적 특이성이 현대라는 정신적인 황무지 속에 사는 우리들에게 귀중한 것이며 또 유태인이라는 특수한 배경을 가진 맬러무드 문학이 우리에게 주는 최대의 매력인 것이다.

이러한 취지에서 맬러무드는 작가의 목적을 그의 소설의 한 인물인 레빈(Levin)을 통해서 밝힌다: "파괴, 버나드 맬러무드의 소설 속 고통 받는 인물들로부터 문명을 보호하는 것, 비록 종종 절망하고, 저주하고, 굴복하고, 외면하도록 운명 지어졌다 하더라도, 오래된 증거를 거절하고, 부분의 합보다 더 큰 새로운 해결책을 제시하는 낭만적 결심에 여전히 매진하는 것"(*A New Life*, 67)이라고 주장하는 비평가 호이트(Hoyt)는 바로 이러한 점이 맬러무드의 위대한 점이라고 주장한다.

맬러무드가 추구하는 문제는 여러 가지가 있겠으나 가장 중요한 것의 하나는 고통의 의미와 효과, 즉 고통을 통한 주인공 개인 내부의 도덕적 변모 나아가서 그의 외부의 사회와 인류에 대한 자각과 구원의 가능성의 문제이다. 이 점은 맬러무드를 읽는 독자나 비평가들에게는 공통된 견해라 하겠다. 월터 앨런(Walter Allen)은 맬러무드 소설의 환경은 절망, 좌절, 실패이나 그 궁극적인 효과는 도덕적 아름다움이라고 말하면서 다음과 같이 말한다: "그리고 소설에 근본적인 것은 물론 타인들의 고통이라는 짐을 수락하는 정화의 주제이다." 또한 이합 핫산(Ihab Hassan)도 맬러무드의 주제는 도덕적 재생이라고 말하면서 다음과 같이 말하였다: "유머로 뒤틀린 고통은 유머를 다시 고통으로 뒤틀리게 만든다. 고통의 황량함 … 이 모든 것들이 변형되어 … 예스럽거나 터무니없는, 달콤 쌉쌀한 삶의 아이러니를 형성한다"(161~162). 이와 같이 고통이 맬러무드 자신의 주된 관심사의 하나이며 또 그의 소설 속에서 주요한 주제라는 사실은 명백하다 하겠다. 고통의 문제와 관한 마지막 지시점으로 찰스 A. 호이트의 말을 들어보자: "유태인들의 고통은 맬러무드에게 자신의 예술의 내용물이자 본질이다. 그것으로부터 그는 아름다움과 온전함을 초월하는 작품들, 그리고 당대 최고의 작가들 사이에서 자신의 확실한 위치를 만들어냈다. … 고통은 맬러무드의 주제이며, 그것을 기반으로 그는 수많은 변주들을 만들어낸다"(65).

맬러무드의 주인공들은 예외 없이 반항아—희생자로서 실패와 좌절의 연속인 절망적인 자기 생을 걷어치우고 새로운 삶의 가능성과 구원을 위해 기약 없는 여행을 떠나는 악당의 성격을 띄고 있다. 어빙 하우(Irving Howe)는 『이디시 이야기들의 보고』(*A Treasury of Yiddish Stories*)의 서문에서 이와 같이 유태계 소설의 중심적인 인물인 "바보"가 모두 문학의 쉐틀(Shetl, 러시아 내의 거주지역이 제한된 유태인들만이 사는 작은 부락을 가리킴)의 전형적 인간으로, 이디시 문학의 반영웅주의라는 강한 전통을 가진 것이라고 다음과 같이 말하고 있다.

> 작은 인간은 반복해서 이디시 소설의 중심에 나타난다. 그는 오랫동안
> 고통 받았고, 끈질기고, 사랑스러우리만치 아이러닉하다. … 가엾지만 자

부심 넘치는 세대주는 점점 가난해짐에도 불구 유태인 세계에서 자신의
지위를 유지하고자 노력한다. … 그는 이디시 작가들, 아마도 아에네아스
혹은 에이합보다도 탁월한 상상력에 호소한다. (323)

토니 태너(Tony Tanner)는 맬러무드의 모든 소설이 "미성숙에서 성숙-
세월이 아닌 태도의 성숙으로의 고통스런 과정의 우화"(323)라고 말하면
서 고통을 통해 인간적인 성숙과 가능성을 획득하게 된다는 것이다. 이러
한 접근방식은 미국 문학에서 특이한 것으로 보고 있다. 결국 맬러무드는
현대 상황을 어디까지나 인간 본래의 고뇌와 연결시켜서 이 가치 있고 자
연스러운 고통을 통한 각성에 의해서만 개인과 사회의 구원이 가능하다는
것이다. 특히 필자는 이 글에서 버나드 맬러무드의 소설 중 1970년 이전에
발표된 대표적인 4편의 장편소설인『타고난 선수』(The Natural, 1952),『조
수』(The Assistant, 1957),『새로운 삶』(A New Life, 1961),『수선공』(The Fixer,
1966)에서 주인공들이 어떻게 자신의 한계상황 속에서 "고통"을 만나 겪으
며, 그 수용의 전개과정 속에서 어떻게 "도덕적 변화"를 이룩하며, 나아가
자기구원과 인간성의 해방을 위한 사회아(社會我) 또는 역사아(歷史我)의 실
현을 이룩하는가를 살펴보고자 한다. 또 마지막 부분에 가서는『타고난 선
수』에서『수선공』에 이르는 14년간의 맬러무드 자신의 변화와 특히 주인공
들이 어떻게 밀도를 더해가며 성장했는가를 위의 4편의 소설의 주인공을
비교해서 살펴보고자 한다.

2.『타고난 선수』

『타고난 선수』가 1952년 처음 발표됐을 당시에는 별로 주목을 받지 못했
으며 반응도 별로 좋지 않았다. 그러나 그의 후속 작품이 계속 발표되어 그

의 중요성이 인식되기 시작하자 그의 최초 소설인 『타고난 선수』에 대해서 재평가가 시작되었고 1964년에 얼 W. 와서먼(Earl R. Wasserman) 같은 학자는 "『타고난 선수』는 맬러무드의 후속작의 독해를 위한 필수적인 참조 텍스트이다"(65)라고 말할 정도로 그 중요성이 부각되었다.

이 소설은 맬러무드의 유일한 비유태계 소설이다. 19세의 로이 홉스(Roy Hobbs)라는 주인공은 농촌에서 자라서 부친의 지도하에 야구를 배운다. 결국 야구 스카우터인 샘 심슨(Sam Simpson)에 의해 발견되어 그가 손수 만든 원더보이(Wonderboy)라는 배트를 들고 시카고 컵스 팀의 테스트를 받기 위해 시카고 행 기차를 탄다. 여기서부터 제1부인 프리게임이 시작된다. 로이는 식당차에서 해리엇 버드(Harriet Bird)라는 여인을 만나게 된다. 원래 이 여인은 이 기차에 타고 있는 아메리칸 리그 최우수 타자인 월터 월볼드(Walter Whambold)에 관심이 있었으나 차츰 로이에게도 관심을 두게 된다.

시카고에 도착하여 로이는 해리엇 버드가 묵고 있는 호텔을 방문하게 된다. 그녀는 로이에게 무엇을 이루고 싶으냐고 물으면서 "로이, 게임에서 최고의 선수가 되고 싶습니까?"(*The Natural*, 40)라고 묻는다. 이에 대해 로이는 자신만만하게 "그렇습니다"라고 대답하며 "모든 기록을 갈아치울 겁니다"라는 말을 덧붙인다. 그리고 계속해서 버드는 "그게 다입니까? … 세속적인 것들을 넘어서는 것은 없습니까? 우리의 삶과 행위들에 있어서 보다 영예로운 의미 같은 것 말입니다"(41)라고 물었으나 로이는 그녀의 이 말을 이해할 수 없었다. 그러자 그녀는 로이의 가치를 시험하고 실패하였을 경우 엄한 벌을 주려고 온 것처럼 권총으로 은제탄환을 그의 복부에 발사하였다. 이렇게 해서 로이는 자기중심적이고 개인적인 오만과 승리가 별 가치가 없다는 사실을 인식하지 못하고 좌절해버리고 만다.

제2부는 이 소설의 중심부이다. 복부의 치명상으로 로이는 15년간이나

은둔생활을 하다가 34세가 되어 새 출발을 위해 다시 나타난다. 로이는 그 전처럼 완전히 자기중심적은 아니다. 팝 피셔가 이끄는 뉴욕 나이츠 팀에 소속하여 최하위에 머물던 이 팀에 활기를 불어넣는다. 로이 홉스는 승승 장구 정상의 길을 달리게 된다. 그러나 그것도 잠깐이다. 팬들이 로이를 위해 베푼 "로이 홉스 데이"에서 다시 한 번 테스트를 받게 되나, 여기서도 15년 전의 실수와 오만을 잊고, 겸손이라는 말을 모르는 듯 다시 "할 수 있는 한 최선을 다해서 시합에서 가장 위대한 선수가 될 것입니다"(114)라고 호언장담하게 된다. 로이는 15년간의 고통과 좌절을 가졌으나 진정으로 배운 것은 없는 것처럼 보인다.

이즈음 로이는 메모 파리스(Memo Paris)라는 타락한 미모의 여인에게 홀려 그의 일을 망치기 시작한다. 그 뒤로 로이는 다시 커다란 슬럼프에 빠진다. 이때 나타나는 제3의 여인이 아이리스 레몬(Iris Lemon)이다. 그녀는 로이를 만나고 싶은 이유를 말한다: "영웅이 실패하는 모습을 보고 싶지 않기 때문이에요. 그런 이들이 더러 있죠. … 영웅들이 없이는 우리는 전부 평범한 사람들이고 얼마나 멀리 갈 수 있는지 알 수 없어요."(155) 그리고 나서 아이리스는 자기의 과거(16세 때 사생아인 딸을 낳아 그 딸을 아직 데리고 있다)를 얘기해주면서 로이에게도 그의 과거에 대해 얘기해줄 것을 요청하였으나 거절당한다. 아이리스는 자신의 과거 행동에 대한 책임을 받아들임으로써 그녀의 과거로부터 그녀를 해방시키고 미래를 약속하는 원숙한 자기확대의 가능성을 가지고 있다. 아이리스는 로이에게 다음과 같이 말한다: "물론 나는 당황스러웠지만 당신이 자신의 것을 포기함 없이 그 누구를 위해 무언가 할 수 있으리라고는 생각하지 않아요. 내가 포기했던 것은 그 사람들 사이에서 나의 프라이버시였어요. 저를 부끄러워하는 것은 아니겠죠?"(155) 이것은 과거를 극복하라는 충고이다. 또 과거의 경험과 고통의 의미를 로이에게 설명해준다. 여기서 아이리스의 설명은 곧 작가 맬러무드 자신의 고통에 관한 신념일 것이다.

> "경험은 선한 사람들을 더 나은 이들로 만든다." 그녀는 호수를 응시하
> 고 있었다. "어찌 그리 할 수 있지요?" "그들의 고통을 통해서." "나는 그
> 것이라면 질렸어요," 그는 역겨워하며 말했다. "우리는 두 개의 삶을 가지
> 고 있어요, 로이, 우리가 배울 수 있는 삶 그리고 그 이후에 누릴 수 있는
> 삶. 고통은 우리를 행복을 향한 쪽으로 데려다주는 것이지요." (158)

아이리스는 이렇게 우리는 두 가지 종류의 삶을 가지고 있다고 말한다.
하나는 고통 속에서 배우는 과정이고 또 하나는 고통 뒤에 오는 행복한 삶
이라는 것이다. 이 말에 로이는 자기는 여지껏 충분히 치욕스런 고통을 가
졌다고 말하면서 아이리스에게 다음과 같이 대답한다: "내가 고통 받았던
것, 난 더 이상 원치 않아요. … 그것은 우리로 하여금 올바른 것들을 원하
도록 가르쳐주지요. 그것이 내게 가르쳐준 것이라고는 그것으로부터 멀리
떨어지는 것입니다. 내가 이제껏 고통받아온 모든 것들에 나는 이제 질렸
어요"(158). 로이는 아직도 어린애같이 고난에 대해 뒤로 물러서면서 폐쇄
된 자아의 껍질 속에서 좀처럼 헤어 나오지 못하고 있다. 로이의 마음은 아
직도 메모 파리스에게서 벗어나지 못하고 있었다.

로이의 도덕적 실패는 두 여자에 대한 태도에서 잘 나타나 있다. 메모는
아이도 없고 사기나 파괴에 전념하여 남자를 파멸로 이끌 수 있는 유혹자
의 이미지를 가진 여자이다. 반면 아이리스는 수많은 경험과 고통을 겪고
나서 깨달은 바 있고 또 로이의 잠재력을 다시 일깨워줄 수 있는 호소력을
지녔으며 33세로 이미 자기의 딸이 아이를 낳아 할머니가 되었고 또 로이
의 아이도 갖게 되어 풍요성과 성숙성을 지닌 여인이다. 이 두 여자 중에서
로이는 메모를 택하게 됨으로써 중대한 과오를 범하게 되는 것이다. 그는
아이리스를 거부함으로써 자기의 인간 성숙을 이룩하지 못했고 아버지로

서의 역할도 이룩하지 못했다. 그는 단지 예쁘장하고 경박한 메모를 택함으로서 자기의 재생과 구원의 에너지를 무질서하고 유치하고 자기만족적인 소아의 욕망 속에, 자기가 여지껏 겪었던 고통의 의미를 승화시키지 못하고 매몰시켰던 것이다. 아이리스가 로이에게 "언제쯤 철이 들래, 로이?"라고 물은 것은 로이의 한계와 도덕적 혼란에 대한 암시라고 볼 수 있다.

결국 로이는 함정에 빠지게 된다. 메모와의 결혼자금을 마련하기 위해 뇌물을 받고 자기 팀을 배반하여 결승전에서 상대팀인 파이어리트(Pirate)팀에 지기로 야속하게 된다. 그러나 결승전 전날 밤 오래전에 아이리스에게서 받은 편지를 읽게 되어 그녀가 자기의 아기를 가진 것을 알게 된다. 이제는 아이리스를 위해서나 아니 자신을 위해서나 로이는 게임을 이기려고 안간힘을 쓰나 이미 때는 늦었다. 그의 야구방망이 원더보이는 두 동강이 나고 최후의 결정적인 찬스에서 20세의 풋내기 투수인 허먼 영베리(Herman Youngberry)에게 어이없이 삼진을 먹고 아웃되고 만다. 이 소설의 마지막 장면은 아주 극적이다. 로이는 자기가 잃어버렸던 영웅의 비극을 의식하게 된다. 패배하던 날 밤 로이는 구단주인 거스 샌즈(Gus Sands)와 심판 배너(Judge Banner)를 실컷 때려주고 메모를 올려놓고 뇌물로 받은 돈을 뿌려주고는 황혼이 깔린 거리로 뛰쳐나온다. 그로서는 과거의 치명적인 실수를 이제 돌이킬 수 없는 것이다. 그래서 그는 다음과 같이 절규하고 있다.

> 그는 생각했다. 내가 이제껏 해왔던 것, 그런데 나는 그것을 왜 한 것일까? 그리고 그는 자신이 일생동안 해왔던 잘못된 것들 모두에 대해 생각했고 그것들을 무효로 만들기 위해 노력해봤지만 누가 그럴 수 있을 것인가? (224)

좌절과 실의에 빠진 로이는 자신이 차가운 현실 속 한가운데 던져져 있음을 깨닫고 지독한 자기혐오 속에 빠져버린다. 그리고 그는 "나는 내 지난 과거로부터 어떤 것도 배우지 못했습니다. 이제 다시 고통 받아야 합니다"(226)라고 탄식한다. 그는 영웅이 될 수도 있었으나("그는 왕이 될 수도 있었는데.") 이젠 모든 것이 끝장이다. 로이는 과거의 고통으로부터 진정한 자기인식과 정신적인 성숙을 얻지 못했다. 다만 "나는 또 다시 고통 받아야 합니다"라는 절규를 들을 때 앞으로의 변화 가능성만을 가질 뿐이다. 이 소설의 맨 마지막 장면은 어떤 의미에서 로이에게 비극적인 것이다. 로이는 석간 신문지상에 자기의 추문이 낱낱이 보도된 것을 보게 된다: "사실이 아니라고 말하세요, 로이." "로이가 그 소년의 두 눈을 바라보았을 때 그는 그것이 아니라 말하고 싶었으나 그럴 수 없었다. 그리고 그는 자신의 두 손을 얼굴을 향해 들어 올리며 많은 비통한 눈물들을 토해냈다"(237).

이렇게 로이의 처절한 오열로 끝나는 마지막 장면에서 고통이 그에게 올바른 일들을 원하게 했을 뿐 아니라, 진정한 영웅이 되는 것의 어려움을 의미 있게 가르쳐주었을 것이다. 이에 대해 시드니 리치먼은 로이가 통합된 인간이 못 되었기 때문에 과거의 고통을 수용하는 것에 실패하고 있다고 다음과 같이 말한다: "통합의 이러한 결핍으로부터 그의 고통은 진전된다. 영혼과 삶, 자연적 인간과 영웅의 길 사이에 발이 묶인 채로, 시련 이후에 유일한 파도가 존재한다"(35). 이렇게 로이는 고통을 통해 도덕적 변모를 충분히 얻지 못했으므로 산타야나(G. Santayana)의 말처럼 원숙하고 통합된 인간이 되기 위해서 다시 로이 자신의 말처럼 고통을 겪어야만 할 것 같다("이제 나는 또 다시 고통 받아야 해요."). 와인버그(H. Weinberg) 같은 사람은 로이가 순진한 희생자라고 동정하며 다음과 같이 옹호한다.

그는 악한들이 매복해 있는 열려 있는 사회 속 무고한 희생자이다. 그의 과거를 일종의 유죄로 인정하지 않는 것은 미래로 지향하는 것이다. 그의 순수를 통해 그는 자신의 몰락으로 유혹된다. (32)

그러나 주인공 로이 홉스는 와인버그의 동정에도 불구하고 고통을 통해서도 큰 각성을 얻지 못한 실패자이며 다만 앞으로의 도덕적인 변화의 기색이 엿보이는 미완성의 인물로 끝나는 것이다.

3.『조수』

『타고난 선수』를 발표한 뒤 맬러무드는 로마에 잠시 거주하면서 유럽 여행을 한 다음 귀국하여 제2의 장편소설인『조수』를 쓰기 시작하면서 자기의 포부를 다음과 같이 말하였다: "순수하게 신화적이었던 내 첫 번째 소설『타고난 선수』이후에 나는 보다 진지하고, 보다 깊은, 아마도 현실적인 작품에 대한 작업을 하고 싶었다"(Richman, 51에서 재인용). 이렇게 맬러무드가『타고난 선수』와는 다른 소설을 쓰려고 애쓴 것은 사실이다. 리치먼은 두 소설을 비교하는 자리에서, 그 두 소설이 "보상받은 고통"을 주제로 삼고 있는 것 같다고 말하고 차이점에 관해서는 "하지만, 그의 첫 번째 소설과는 달리, 맬러무드는 고대 신화적 의식으로가 아닌 탈무드적 윤리로『조수』의 개념을 지지한다"(69)라고 지적하고 있다.

프랭크 앨파인(Frank Alpine)은 가톨릭을 믿는 이태리인으로 "더 좋은 직업"을 얻기 위해 뉴욕으로 오게 된다. 처음부터 프랭크의 재생의 길은 험난하기만 하다. 프랭크는 가난한 식료품 가게 주인인 유태인 모리스 보버(Morris Bober)를 만나게 되고 모리스의 살아 있는 무덤인 식료품 가게에서 굶주림에서 구해준 그에 대한 감사, 그의 돈을 끊임없이 훔친 죄의식, 헬렌에 대한 사랑 등으로 치열한 삶의 도정을 이끌어 나가면서 모리스의 딸 헬렌의 사랑을 얻기 위해서도 안간힘을 쓴다. 이렇게 프랭크는 모리스의 조수로서 그의 딸 헬렌의 불행한 애인으로서 아무런 희망도 없는 식료품 가게에서 고통을 만나서 받아들이게 되는 것이다.

프랭크가 이제는 없어서는 안 될 조수가 되어 모리스를 무보수로 돕게 된 것은 모리스의 우직한 미덕의 신비 때문이다. 모리스는 빈곤과 고통 속에서도 굴복하지 않고 정직하게 살아가며 인내력도 놀랄 정도이다. 그래서 프랭크는 여러 번 의아스럽게 생각하다가 모리스에게 묻는다.

> "말하자면, 모리스, 누군가가 당신에게 유태인으로서 믿을 수 있도록 무엇을 해야 할지를 묻는다면, 당신은 그들에게 무어라 말해주겠소?" … "나의 아버지께서는 유태인이 되기 위해서 우리에게 필요한 것은 선한 마음이라 말씀하시곤 하셨죠." "정확히 무슨 말씀이시죠?" "가장 중요한 것은 율법입니다. 그것은 법입니다. 유태인이라면 법을 믿어야만 합니다."
> (*The Assistant*, 112)

즉 모리스는 고통을 당하는 것을 원해서 하느니보다는 유태인 율법을 위해서 고난에 만족하고 있는 것이다. 프랭크는 이 인내력이 분명히 유태인 속성과 관계가 있다고 생각하고 모리스에게 질문함으로써 중요한 대화가 계속된다.

> "하지만 유태인들이 왜 그리 심한 고통을 받아야 하는지 이유를 말씀해 보시죠, 모리스? 그들이 고통 받기를 즐기는 것처럼 보이는군요, 그렇지 않습니까?" "당신은 고통을 좋아하십니까? 그들은 자신들이 받아야 하는 것 이상으로 고통 받고 있습니다."
> "당신이 살아 있다면 고통 받게 됩니다. 어떤 사람들은 더 많은 고통을 받지만, 그들이 원하기 때문이 아닙니다. 하지만 제 생각에 만약 유태인이 법을 위해 고통 받지 않는다면, 그는 헛되이 고통 받게 될 것입니다." …
> "당신은 무엇을 위해 고통을 받습니까, 모리스?" 프랭크가 말했다.
> "나는 당신을 위해 고통 받습니다," 모리스가 고요히 말했다. … "무슨 말씀이시죠?" "당신이 나를 위해 고통 받고 있다는 의미입니다." (113)

이렇게 해서 프랭크는 유태인과 비유태인과의 참다운 차이점을 알 것 같았고 유태인의 진면목을 느끼기까지 했다. 그러나 프랭크는 여러 가지 실수로, 특히 전에 돈을 조금 훔친 것이 발각되어 가게에서 즉시 떠나라는 강요를 받게 된다. 그러자 프랭크는 "나는 변했다"라고 말하면서 다음과 같이 말한다. "모리스, 내가 한때 했던 일로 이제는 나를 비난하지 마십시오, 왜냐하면 나는 지금 변화된 인간이기 때문입니다. … 나는 한때의 나와 같은 사람이 아닙니다. 당신에게는 내가 그리 보일지 모르겠지만 당신이 내 심장 속에서 어떤 일이 벌어지고 있는지를 보게 된다면 당신은 제가 변화했다는 것을 알게 될 것입니다"(176). 그러면서 프랭크는 이제 모리스의 식품점을 고통을 통한 재생과 구원의 장소로 생각한다. 모리스는 4월 어느 날 동민을 위해 눈을 치우다가 폐렴에 걸려 "쓸데없이 내 삶을 낭비했어. 그것은 엄청난 진실이었지"(200)라고 말하면서 죽고 만다. 이로부터 프랭크는 조수가 아닌 주인의 역할과 책임을 떠맡게 된 것이다.

이렇게 프랭크는 모리스가 남긴 모든 것을 물려받고 그의 생을 반복함으로써 자기희생으로 고통을 참을 수 있다고 믿게 된다. 또 헬렌을 대학에 진학시키기 위해서 아르바이트로 야간식당 요리사로 취직도 하게 된다. 왜냐하면 그것은 "그것이 유일한 희망이었기에 그는 해야만 했다"(210)라는 말로도 알 수 있듯이 프랭크 자신의 희망이기 때문이다.

그러나 헬렌은 프랭크가 아버지의 사업을 이어받으려 하자 프랭크를 다음과 같이 나무란다: "사람들은 그를 좋아하지만, 그런 가게에서 자신의 삶을 흘려보내는 남자를 누가 우러러 볼 수 있겠습니까? 그는 그 안에 자신을 매장했습니다. 그는 자신이 놓치고 있는 것을 알 수 있는 상상력을 가지고 있지 못해요. 그는 자신을 희생자로 만들었습니다"(240). 그녀는 자기 아버지가 좀 더 용기가 있었더라도 형편없는 식료품 가게 주인은 안 됐을 거라고 말한다. 그녀는 전에 공원에서 워드 미노그(Ward Minogue)라는 청년에게 능욕당할 찰나에 구해주고 나서 프랭크가 자기를 능욕했을 때 "개, 할례도 받지 않은 개!"(133)라고 저주했으며 후에는 세인트 프랜시스나 자기 아버지 같이 이기심 없고 고통을 아는 사람이 될 것을 요구했으나 이제 와서는 고통을 받아들이려는 그를 경멸조로 바라보면서 "당신은 내가 잊고 싶어 하는 모든 것을 상기시켜 줍니다"(207)라고 말하고 있다. 그러나 헬렌도 프랭크가 자기와 가족을 위해 밤낮으로 일하는 것을 보고 그가 많이 변했음을 알게 된다.

그는 이미 그녀를 능욕했을 때의 그가 아니었다: "그는 자신 안의 무엇 때문에 비천하고 더러운 어떤 존재였었다. … 그는 변화하여 다른 누군가가 되었으며, 이제 더 이상 과거의 모습이 아니었다"(241). 또 헬렌에 대한 자기의 변화된 태도에 대해 언급은 안 했지만 "나쁜 일은 끝나고 좋은 일이 시작될 거야"(243)라고 생각하며 희망을 가진다. 프랭크는 소설 전반부에서는 "식료품 가게에서 누가 영웅이 될 수 있겠는가?"라고 말했으나 그동안 그는 그곳에서 고통에 대한 인식을 새로이 하게 된 것이다. "고통은 선한 것들의 한 조각과 같은 것입니다. 유태인들은 그것으로부터 한 벌의 옷을 만들 수 있을 것이라 확신합니다"(204)라고 생각하며 고통 받는 유태인 식료품 가게 주인인 모리스와 성 프랜시스의 환상에 잠기면서 진정한 영웅이 되려고 한다.

그럼에도 불구하고 프랭크는 사실상 무엇이나 확고하게 희망적인 것이 거의 없다. 하루 종일 일해야 겨우 끼니를 이을 수 있는 식료품상 헬렌의 태도도 아직 유동적이다. 결국 프랭크가 얻은 것은 정신적이고 인간적인 내부적인 것이지 세속적이거나 물질적, 외부적인 것이 아닐 것이다. 이와 같이 프랭크의 몸부림은 결국 자기가 원래 꿈꾸던 것과는 다른 방향에서 이뤄질 조짐이 보이지만, 어쨌든 이 소설은 고통을 통한 프랭크의 도덕적 변모의 과정에 대한 기록이다. 무덤과도 같은 조그만 가게를 떠맡고 죽은 아버지를 대신하고 책임 있는 애인이 되고 포경수술로서 유태인이 되는 과정 속에서 프랭크는 미성숙에서 성숙의 단계로 이행되는 것이다. 이것은 이전의 로이 홉스가 이룩하지 못했던 것을 프랭크는 상당히 이룩하고 있다고 볼 수 있다.

이 소설의 마지막 장면은 퍽 아이러니컬하다. 4월 어느 날 프랭크는 병원에 가서 포경수술을 받는다. 통증 때문에 며칠 동안은 고통을 받는다. 유월절(Passover)이 지난 뒤 그는 유태인이 되었다. 유월절은 기독교 축제인 부활절과 같이 이집트 지배의 노예상태를 벗어난 자유를 축복하는 축제이다. 그러나 프랭크는 유태인이 됨으로써 다시 태어나긴 했지만 사실상 율법을 쫓는 고통 받는 자가 되고 가게의 노예가 된 것은 유월절 축제의 의미와 비교해볼 때 일종의 아이러니일 것이다. 이합 핫산은 프랭크의 정신적 아버지인 모리스 보버의 고통을 받아들이는 태도에 대해 다음과 같이 말한다: "그는 인내를, 수년간의 고통이 유발한 둔감함에 굴복하지 않고서 고통을 받아들일 수 있는 힘들을 가지고 있습니다. 그는 삶의 비극적 특질에 친숙합니다. … 그리고 그는 유태인을 선한 마음을 가진 고통 받는 인간, 자기 자신을 시련과 화해시키는 이로 정의합니다"(163). 이러한 태도와 미덕을 그대로 전수받은 프랭크도 환경의 희생자이지만 정신적 자유를 지니게 된다는 것이다. 이렇게 고통을 통해서 재생을 이룩함으로써 그들을 "아이러니의 영웅들"이라고 볼 수 있는 것이다.

피터 L. 헤이즈에 의하면 프랭크 앨파인은 모리스 보버로부터 절망, 좌절, 불운, 고통으로 가득 찬 어려운 세상에서 아래와 같은 교훈을 배움으로써 자신에게 구원을 가져다주었다고 말했다: "인간은 불가피하게 고통 받는다. 고통을 그만큼의 가능한 위엄으로 인내하는 것은 미덕이다. 옳은 일을 하기 위해 지속적으로 분투하는 것 그리고 타인을 위한 고통을 받는 것은 인간성의 흔적이다"(231). 이렇게 고통을 통해 인간성을 획득하고 발전하는 인간상을 보여줌으로써 맬러무드는 "심리적이고 철학적인 진리의 현실들을 표현하는 구원의 이야기"(233)를 훌륭하게 만들어냈을 뿐 아니라 그의 포부대로 전편의 로이 홉스보다는 훨씬 성숙하고 발전된 인물인 프랭크 앨파인을 창조해냈다.

4.『새로운 삶』

맬러무드가 1975년『조수』를 발표한 이래 그의 작가로서의 지위는 이미 확고한 것이 되어 있었다. 그러나 몇몇 비평가들 중 특히 알프레드 카진(Alfred Kazin)은 오래전부터 맬러무드의 "추상을 위한 천성적 취향"(Richman, 78에서 재인용)에 대해 불평하였고, 같은 유태계 작가인 필립 로스(Philip Roth)도 맬러무드가 "무심함과 심적 고통, 고통과 재생에 대한 그의 이야기들을 위한 배경으로 적절한 현대적 장면"(78)을 만들어내는 데 흡족치 못하였다고 불평하고 있다. 이에 도전이라도 하듯이 맬러무드는 좀 더 사실주의적인 소설을 계획하여 1961년에 발표하였다. 이것이 바로 그의 3번째 장편인『새로운 삶』이다.

마커스 클라인(Marcus Klein)은 이 소설에 대해서 "몇 안 되는 소설 중 하나이자 이 세기의 중반의 저널리즘으로서 한국, 냉전, 매카시즘, 충성 선서, 자유주의의 곤경, 근본주의의 정의와 의무들에 관한 구체적인 사색들을 포함하고 있다"(249)라고 말하면서 맬러무드의 새로운 면모를 보여주고 있다고 지적했다. 또 J. 바움바흐(J. Baumbach)도 이 소설이 이전의 두 소설의 폭을 더 넓힌 것이라고 솔 벨로우와 비교하면서 다음과 같이 지적하고 있다.

> 맬러무드의 커리어에서『새로운 삶』은 보다 큰 스케일의『오기 마치의 모험』(*The Adventure of Augie March*)이 벨로우에게는 자신의 이전 소설로부터 단절, 즉 자신의 재능의 충동을 초월하여 자신의 관심 범위를 확장

시키려는 노력이었던 것과 같다. (Weinberg, 172에서 재인용)

『새로운 삶』의 주인공인 레빈(Levin)은 부조리한 세계에서 수동적인 희생자로부터 자신의 운명에 대한 어떤 참여를 하는 행동주의적인 주인공으로 발전하는 것이다.

그러면 S. 레빈이 그의 삶 속에서 고통을 어떻게 겪고 변화하는가를 살펴보기로 한다. 30세인 레빈은 뉴욕 대학에서 천신만고 끝에 영문학 M.A.를 끝내고 그가 바라던 교수직을 서부에서 얻게 되어 새 생활에 대한 희망을 품고 카스카디아(Cascadia)로 오게 된다. 레빈은 이 "새로운 삶"을 위해 과거 자신의 비참하고 우울했던 과거(그 자신이 심한 술주정꾼이었고 아버지는 도둑이었고 어머니는 미쳐서 자살했다)를 씻어버리려고 애쓴다. 그러나 그는 현재가 과거에 얼마나 영향을 받는가를 서서히 알게 되고 "새로운 삶은 오래된 영혼에 달려 있다"라는 사실도 깨닫게 된다. 왜냐하면 영문학과 전임강사로 부임하던 첫날부터 그의 새로운 생활에 대한 기대가 차질을 빚게 된다. 카스카디아 칼리아는 그가 바라던 문과대학이 아님을 알게 된다. 레빈은 2차 대전 때부터 인문학이 과소평가 받고 있다고 말하면서 인문학에 대해 다음과 같이 생각한다: "당신도 아시겠지만 고대 이래로 교양 과목들(liberal arts)은 우리의 권리와 자유들을 주장해왔습니다. … 민주주의는 자신의 존재를 교양 과목들에 빚지고 있어요"(*A New Life*, 29). 따라서 레빈은 크게 실망하게 된다.

레빈은 이곳에 와서 학교 운영에 대한 불만, 영문과 내부의 여러 가지 부조리와 권위주의에 대한 환멸과 실망을 느끼게 된다. 그러면서도 레빈은 이곳에서 자기가 추구하고자 하는 "새로운 삶"을 위해 모든 어설픈 감정이나 타인과의 관계로부터 자신을 보호하려고 생각하였다. 그러한 소극성 때문에 레빈은 자기 자신 내부에서만의 자유를 위해 어떤 일에도 적극적으로 나서기를 꺼렸다. 자신에게 엄격하고 특히 애정이나 여자관계에 대해서도 무관심하려고 애썼다.

그러나 자기를 이곳에 오게 해주고 지금은 동료가 된 무뚝뚝하고 애를 못 갖는 제럴드 길리(Gerald Gilley)의 아내 폴린(Pauline)과의 사랑으로 인해 이 모든 것이 변하고야 만다. 레빈이 처음 이곳에 부임하던 날 제럴드 길리와 영문학과장인 오르빌 페어차일드(Orville Fairchild)는 수년 전에 레오 더피(Leo Duffy)라는 교수가 길리의 아내 폴린과의 연애 사건으로 공개적으로 치욕을 당하게 되고 카스카디아를 떠나 결국 자살하였다고 말하고 레오의 전철을 밟지 않도록 충고를 해주었다. 그러나 어찌된 일인지 그전 레오 더피가 쓰던 연구실을 쓰게 되었고 폴린과 불륜관계를 맺게 된다. 첫 정사 이후 그는 야릇한 희열과 승리감 같은 것을 느낀다: "그는 열려 있는 숨 속에서 그것의 경이로움을, 다름 아닌 승리를 내내 의식하고 있었다!"(199). 그는 자축하고픈 심정이었다. 이렇게 폴린과의 정사가 거듭됨에 따라 그의 원래의 "새로운 삶"에 상당한 차질을 가져오게 되는 것은 당연하다.

레빈은 민주주의와 인간 영혼에 대한 신념을 가지고 있다: "민주주의는 도덕철학이며 자신의 머리를 쳐냄에 의해 옹호될 수 없습니다. … 세상을 보다 낫게 만들기 위해서는 오직 한 명의 선인(善人)만이 요구됩니다"(275). 또한 그의 신념은 인문학 속에서 "질서, 가치, 성취, 사랑"(189)을 이룩하는 것이다. 레빈이 카스카디아에 왔을 때 그는 이전의 고통스러운 얼굴을 숨기기 위해서 턱수염을 기른다. 폴린 이전에 관계를 가졌던 세 여인의 요구에도 불구하고 안 깎다가 폴린을 위해서는 다 깎아버린다. 레빈은 모든 것을 포기하고 그 대가로 유부녀인 폴린과 그녀의 의붓자식들을 선택한 것이다. 레빈은 카스카디아에서 이룩하려고 했던 자기의 원래 의도와는 다른 새로운 삶을 선택한 것에 대해 다음과 같이 생각하고 있다.

좌절감에 대한 첫 번째로부터 내가 가지고 있었던 것은 가질 만한 가치가 있는 것이었다. 나는 그것에 대해 존중하는 마음을 가지고 있어요. 내가 만일 그것을 다시 가질 수 있다면, 그럴 텐데. 내가 사랑했기 때문에 지금 그녀를 사랑하지 않을 이유가 없어요. 인정합니다. 나는 그녀를 사랑해요. 우리는 사랑했었죠. 그녀는 여전히 나를 사랑합니다. … 내가 그 정도로 사랑했던 적은 없어요. 그것이 전제들이었고, 또 당신이 선택했던 전제는 당신이 감수해야 할 것입니다. 만약 당신이 그릇된 것을 선택해 시작한다면, 당신은 당신의 전 생애를 감옥에서 보내게 될 것입니다. (338~339)

이와 동시에 그는 결국 "그녀를 만나기 전에 그녀는 원칙의 인간이 되는 아이디어를 마음에 들어 했었다"(201)라고 말하고 있듯이 그녀 자신이 아니라 그녀의 사고방식에 끌려서 자신이 애초에 계획한 새 생활을 희생했는지도 모르는 일이다.

레빈은 현실을 위해 꿈을 희생시켰다. 그는 새로운 사랑과 그녀에게 딸린 아이들을 맡았고 또 길리와 아이가 없던 폴린을 임신시키게 되어 아버지가 될 것이다. 폴린의 남편인 제럴드 길리는 자기 아내를 택한 레빈에게 빈정거리며 또 한편으로는 놀라서 왜 그리 귀찮은 부담을 선택했느냐고 묻는다. 또 앞으로는 어떤 대학에서도 교직을 가질 수 없을 것이며 고등학교 교사직은 가능할 것이라고 말하면서 힐책을 계속한다. 레빈은 그에 대해서 이 소설에서 가장 영웅적인 말인 "내가 할 수 있기 때문이지, 이 개자식아"(360)라고 대꾸한다. 이렇게 해서 레빈은 새로운 삶과 관련된 세속적인 자유와 성공 대신에 패배와 고통과 책임을 선택하게 되는 것이다.

레빈에게는 폴린에 대한 사랑, 애써 얻은 전임강사 자리, 이 두 가지가 다 소중한 것이다. "나는 또 다시 실패하지는 않겠어"라고 말하며 숱한 번민 끝에 결국 삶이 신성하다면 사랑은 더욱 신성하다는 결론을 얻어 폴린에 대한 사랑과 책임을 지고 직업을 희생시킨다. 그는 폴린뿐 아니라 그녀의 양자 양녀까지 떠맡았으니『조수』에서 프랭크가 모리스 가족의 부양의 짐을 스스로 떠맡은 것과 같다고 하겠다. 이러한 상태와 조짐은 이미 소설의 중반부의 레빈의 의식 속에 나타나 있다. 레빈은 어느 날 아침 갑자기 삶의 의미와 희망을 느끼게 된다: "레빈, 만약 당신이 죽는다면 이 지하 저장고 안 당신의 신발에는 어떠한 빛도 비치지 않게 될 것입니다. 나는 내가 종종 원했던 것, 즉 삶은 성스럽다는 것을 믿게 되었고 이제 원칙의 인간이 되었습니다"(201).

유태계 청년 레빈은 동부에서의 자신의 무절제한 생활을 청산하고 새로운 삶을 살기 위해 서부로 왔다. 그러나 그가 계속 실패와 좌절을 맛보게 되며 카스카디아에서의 고통과 경험을 통해 도덕적 변모를 거쳐 그의 삶이 또 다른 새로운 삶으로 발을 내디디게 되는 것은 또 하나의 아이러니라 하겠다. 와인버그 같은 학자는 소설의 마지막 장면인 레빈이 학교를 떠나는 모습을 다음과 같이 설명하고 있다.

> 카스카디아와 길리에 의해 대표되는 기계론적 장치들과 물질세계의 망상들에 의해 방해를 받게 된 레빈은, 몇 가지 새로운 가능성들 그리고 열려진 길을 위한 보다 나은 희망적 미래에도 불구하고, 여전히 그대로이다. (178)

이렇게 해서 레빈은 폴린과 양자, 양녀와 함께 또 다른 삶을 향해 동부로 떠나게 된다.

5.『수선공』

마지막으로 살펴볼 소설『수선공』은 러시아가 배경으로 되어 있다. 볼셰비키 혁명 직전 러시아 역사 속의 사실 즉 당시의 악명 높던 멘델 베일리스

(Mendel Beilis) 사건을 적극적인 우화로 변형시킴으로써 맬러무드는 유태인 박해의 악몽을 초월하여 한 인간, 아니 전 인류의 성숙에 대한 보편적인 이야기를 만들어낸 것이다. 루스 B. 만델(Ruth B. Mandel)은 이전의 두 편의 소설인『조수』와『새로운 삶』의 주인공들의 보상이 아이러니컬하다고 다음과 같이 말하고 있다.

> 버나드 맬러무드의『조수』와『새로운 삶』은 아이러니한 긍정의 소설들
> 이다. 두 소설 모두 인간 구원의 가능성에 대해 유사한 긍정을 제시하고
> 의식적으로 구축된 개인적 윤리들을 통해 동일화된다. (261)

이와 같이 고통을 통한 주인공의 도덕적 변화가 일어나고 나아가서 인간 구원에까지 이른다는 주제는 1966년에 발표된 그의 4번째 장편인『수선공』에서 더 극명하게 드러나고 있다.

이 소설의 주인공 야콥 보크(Yakov Bok)는 30세의 결혼한 가장으로 유태인 거주지역(Shetl)에서 근근이 살아가는 수리공이었으나 그의 정숙하지 못한 아내 레이즐(Raisl)은 아이를 가지지 못하고 끝내는 다른 남자와 눈이 맞아 도망간다. 그래서 그는 그러한 감옥 같은 지겨운 상황에서 벗어나려고 애쓰고 있다. 야콥은 "이 잔인한 마을에서 내가 가지고 있는 것이라고는 헐벗은 실존입니다. 이제 나는 키에프로 가려고 합니다"(*The Fixer*, 15)라고 절규하며 "예전보다 더 나은 삶"을 희망하며 러시아의 예루살렘으로 불리는 키에프로 떠날 계획을 세운다.

유태인으로서 박해와 가난에 지친 야콥은 하느님과 유태인 의식을 거부한다. 그는 하느님에 대해서 불평을 늘어놓는다. "그는 the cossaks들이 급히 달려올 때까지 우리와 함께 있었고, 그리고 나서는 다른 어느 곳으로 갔다. 그는 바깥에 있다. 그것이 그가 현재 있는 곳이다"(14). 또 그가 "나는 정치적 인간이 아닙니다. … 세계는 그것으로 가득 차 있지만, 나에게는 그렇

지 않습니다. 정치는 나의 본성에 존재하지 않습니다"(45)라고 말하는 것을 볼 때 반개혁주의자이다. 떠나기로 한 야콥 보크의 꿈은 퍽 단순하고 세속적이고 이기적이고 소시민적인 것이다. 그는 사회아라든가 역사의식 같은 것은 없고 단지 자유롭게 생각하는 실용주의적인 소시민인 것이다. 다음과 같은 그의 생각을 보아도 그렇다.

> 나는 바깥 세계에서 재산을 늘려나갈 것입니다. … 많은 재산, 성취, 풍족함 … 안정적인 집, 전망 있는 사업, 어쩌면 작은 공장, 정조 있는 아내, 어두운 머리카락을 한 귀여운 세 명의 건강한 아이들. (14, 25)

이렇게 해서 야콥 보크는 감옥과 같은 쉐틀을 떠나 키에프의 포돌(Podol) 지구의 유태인 거주지역 중심가에 정착하게 된다. 어느 날 황혼 무렵에 아이러니컬하게도 눈 위에 쓰러져 있는 극단적인 반유태 단체 회원(Black Hundred)인 니콜라이 레베데프(Nikolai Lebedev)라는 노인을 구해 준다. 야콥은 그를 구함으로써 애매한 상태에 빠지게 되나 결국 자신이 유태인이라는 사실을 숨기고 수입 좋은 일과 유태인 금지구역인 플로스키 지구에 살 집을 얻게 된다. 야콥 보크는 로이 홉스가 빠졌던 도덕적 무력감에 빠지는 듯 보이나 자기 자신을 합리화한다: "결국엔 고작 내 영혼을 팔게 되는 거야"(41). 그러나 때때로 그는 사무실에 앉아서 다음과 같은 낙서를 하기도 한다: "나는 역사 속에 있습니다만, 아직은 그 속에 있지 않습니다. 말하자면 말입니다. 나는 훨씬 밖에 있고, 그것은 내 옆을 스쳐 지나갑니다. 괜찮은 걸까요? 혹은 내 인격 속 무언가가 부재하고 있지는 않습니까?"(58). 이렇게 해서 야콥은 키에프에 오기 위해 드나이퍼(Dnieper) 강을 건너면서 유태인 부적을 남몰래 버린 것과 같이 그의 민족과 자기 내부의 가치관까지 부정하고 유태인이라는 사실을 숨기고 살게 된다.

야콥이 유태인 금지구역인 플로스키에서 살게 되었을 때, 마침 그 근처에서 제니아 구프(Zhenia Goov)라는 기독교 소년이 살해되어 그 절단된 시체가 발견되었다. 그때는 유월절 때였으므로 종교 살인의 누명을 야콥이 쓰게 된 것이다. 유월절에 유태인들이 먹는 맛초(matzo) 과자에는 붉은 색깔의 섬유질이 들어 있는데 이것이 살해된 러시아 소년의 피라고 하여 야콥에게 살인죄를 뒤집어씌운 것이다. 국민대중의 주의를 반유태주의로 이끌기 위한 정부와 검찰 당국의 음모에 의해 그는 체포되어 수감된다. 자신의 새로운 생활과 자유를 위해 자신의 신분까지 속여가며 필사적이던 야콥은 이제 완전히 전도된 생활 속으로 들어가게 된다.

이제부터 "잠재적 파괴의 모든 힘들"의 고통을 받게 되고 이후 소설의 나머지 대부분인 약 200페이지에 걸치는 2년 반 동안의 고행과 고독과 모멸의 감방생활이 시작된다. 로버트 알터(Robert Alter)는 야콥이 감방에서 당한 고통을 아래와 같이 설명하고 있다.

> 『수선공』에서 중심적 행위는, 독살 시도, 자살, 심지어는 도스토예프스키적 환각, 교도소장의 사디즘에서 비롯된 외설적 관습들로 완전무결한, 서서히 찾아오는 폭력, 고문을 통한 고통의 과정이다. (35)

야콥은 정당한 재판도 못 받으면서 항상 피살의 위험에 놓여 있으며 하루에 두세 번씩 옷을 벗기고 무기나 독약을 소지하지 않았나 하고 조사받는다. 이런 고통을 당하던 중 이 사건이 터무니없는 모함임을 알고 야콥을 구하려고 애쓰는 검찰관인 비비포크(Bibikov)가 찾아와서 많은 위로를 받는다. 비비코프는 다음과 같이 위로해준다.

> 부분적으로는 이 불행한 나라에서 우리의 상황이야말로 나에게 의심을 자아내게 만듭니다. 러시아는 너무나 복잡하고 오랫동안 고통 받고 무지하고 찢겨진 무력한 국가입니다. 한 가지 측면에서 우리는 모두 이 곳에서 죄수들입니다. … 우리의 심장과 영혼 들을 위한 충만한 능력들을 요

구하는, 너무나 많은 해야 할 일들이 있습니다. 하지만 정말이지 우리가 어디서 시작해야 할까요? 아마도 나는 당신과 함께 시작해야 하지 않을까요? 야코프 셰프소비치, 당신의 삶은 가치가 없으며, 내 경우도 마찬가지라는 사실을 염두에 두십시오. (159)

그러나 야콥은 지나친 정신적 고통과 절망으로 회의에 빠진다. 인간 이하의 갖은 고문과 학대를 받으며 유태인으로서의 무거운 짐을 감당하기가 벅차 자기부정적인 유태인 악몽에 빠지기도 한다: "그의 운명은 그를 메스껍게 했다. … 태어날 때부터 검은 말은 유대계 악몽인 그를 따랐다. 유태인이 된다는 것은 영속적인 저주 외에 무엇이겠는가? 그는 그들의 역사, 운명, 피의 유죄에 질려버렸다"(206). 그러한 고통을 받았으나 그에게는 아직도 변한 것이 별로 없는 것 같다. 그는 "나는 혁명가가 아니며, 미숙한 인간이 아닙니다. 누가 그러한 것들에 대해 알겠습니까? 나는 해결사(fixer)입니다"(205)라고 말한다. 그 후로도 야콥은 계속해서 고통을 받게 된다. 결국 잊어버렸고 거부했던 유태주의를 찾으려고 노력하고 성경도 열심히 읽게 됨으로써 고통은 헛되지 않고 야콥은 서서히 변화하기 시작한다. 어느 날 장인 쉬미엘(Shmuel)이 면회 와서 "시간의 종말을 위한 신의 정의"라고 말했을 때 야콥은 단호하게 반발한다. "난 더 이상 어리지 않고, 그렇게 오래 기다릴 수는 없어요"(232).

이제 그는 불의를 단순히 피하려하지 않고 대항하여 분노하기 시작했고 그의 운명에 대해서도 좀 더 적극적으로 대처하고 있었다. 한편 도망갔던 아내인 레이즐이 재판이 있기 직전에 사생아를 데리고 와서 용서를 빌며 그 아이를 위한 명목상의 아버지가 되어 달라고 애원한다(야콥 자신도 아버지 없는 후레자식으로서 고통을 당했다). 이에 대해 야콥은 처음에는 강경하게 거부하다가 "나는 내 아내 레이즐 보크의 어린 아들 차임의 아버지임을 스스로에게 선언하노라"(262)라고 말하면서 선뜻 받아들인다. 이 장면은 이 소설의 마지막 부분에서 감동적인 장면의 하나로 야콥이 이기적인 자기중심으로부터 자기 자식도 아닌 애의 아버지가 됨으로써 타자에 대한 애정을 가지게 되어『타고난 선수』의 로이 홉스와는 달리 인간적인 성숙을 보여주고 있다. 더욱이 사회주의적 인도주의를 가지고 야콥을 가르치고 옹호하다가 비비코프는 결국 공무집행방해죄로 형무소 부소장에게 피살된다. 이들의 죽음이 야콥에게 큰 충격을 주게 된다.

이제 야콥 보크는 그 자신에게뿐 아니라 유태 민족에게 연민의 정을 느끼게 되고 자기가 유태 민족을 대표해서 또 다른 사람을 대표해서 고통 받는 것에 대한 가치와 자각을 느끼게 된다. 그는 자기의 고통과 투쟁이 해로운 자기분열과 낭비에 그친 것만은 아니라는 사실을 깨닫게 된다. 그의 고통은 야콥에게 역사의식을 가져다주었다.

> 일단 당신이 떠나면 당신은 열려진 세상 속에서 밖에 처해 있는 것입니다. 비가 오며 눈이 오지요. 역사가 눈이 되어 내리는데, 이는 누군가에게 발생하는 것이 개인적인 것 바깥의 사건들의 망 속에서 시작됨을 의미합니다. … 우리는 모두 역사 속에 있는 것입니다. (281)

야콥이 키에프로 향해 떠나기 전에 가졌던 희망("내가 알고 싶은 것은 이 세계에서 무슨 일이 벌어지고 있는가이다"(15))이 이루어졌다면 그것은 우리 모두가 역사적인 상황 속에 살고 있다는 자각을 가진 것이 될 것이다. 그러한 자각은 야콥에게 새로운 세계를 열어준다.

결국 피살된 소년에 대한 진상이 어느 정도 밝혀지자 검찰당국에서도 하는 수 없이 야콥을 기소하여 재판하게 된다. 재판소로 가는 길목에서 많은 사람들이 구경하고 반유태 테러단원들이 폭탄을 던지기도 한다. 그러나 그는 이제 적극적인 참여와 십자가를 질 결심을 하였다. 야콥 보크는 "나는 희생자, 말하자면 내 가련한 민족을 위한 수난자이다"(229)라고 중얼거리면서 마차 속에서 역사와 인류의 대변인이 되어 독재자 니콜라스 2세를 저격하는 환상에 사로잡힌다. 이 저격 환상은 야콥에게 결정적인 경험이 된다. 야콥은 인간의 삶에 대한 권리를 방해하는 어떤 권력이나 세력에도 굴복하거나 아부하기를 거절하는 성장된 의식을 가지게 된다. 야콥은 얼마 전에 부정한 자기 아내 레이즐이 낳아온 사생아의 아버지가 되어줌으로써 인간적이고 개인적인 자각을 이룩했고 "타자적 상상력"을 지니게 되어 이제는 한발 더 나아가 역사아 또는 사회아의 자각을 이룩했다.

야콥은 이제 아무것도 두려워하지 않고 치열한 인간주의와 정치, 혁명에의 참여를 인간존재의 한 부수물로 생각하기에 이르렀다. 이 소설의 맨 마지막 장면은 이렇게 변해버린 야콥의 신념을 잘 보여준다.

> 그는 생각하기를, 내가 배운 한 가지는 비정치적인 인간, 특히 유태인 같은 것은 없다는 것입니다. 타자 없는 이가 될 수는 없습니다. 그것은 너무나 분명합니다. 조용히 앉아 있을 수 없고 파괴되는 자신을 볼 수도 없습니다. … 싸움이 없는 곳에서는 자유도 없습니다. … 국가가 인간 본성에 혐오스러운 방식으로 행동할 경우 그것을 파괴하는 것은 덜한 악이 됩니다. 반–셈족에게 죽음을! 혁명이여, 영원하라! 자유여, 영원하라! (299)

이렇게 볼 때 야콥이라는 한 젊은 유태인이 받은 고통은 한 인간으로 또는 유태인으로서만의 고통을 초월하여 역사 속의, 인류 속의 한 보편적 인간으로 보아야 할 것이다. 결국 야콥은 예수 그리스도처럼 다른 사람들이 덜 고통을 받게 하기 위해서 고통을 당하는 인류애를 다시 말해 "타자적 상상력"을 보여줌으로써 그의 고통을 우리 모두에게 의미 있게 만들었다.

6. 나가며—"고통"의 역설, 구원과 축복

고통은 맬러무드의 핵심적인 주제이다. 여지껏 살폈듯이 맬러무드의 주인공들은 모두 고통을 통해 어느 정도 도덕적 변화를 이룩하고 있다. 극심한 고행을 통해 그들은 두려움과 거부로부터 적극적인 자세로 현실을 긍정하고 개선해나가고자 하는 삶의 치열한 의지를 가지게 된다. 이러한 면이 바로 앞서도 지적했듯이 맬러무드 문학의 특징이라 하겠다. 유태인이라는 특수 소수민족 집단의 한 개인의 고행사를 소설이라는 형식으로 전 세계적인 보편적인 의미를 획득하게 함으로써 일단 예술적 성공을 획득했고 보편적인 의미를 획득하게 함으로써 일단 예술적 성공을 획득했고 허무와 절망과 무질서로 규정지어지는 현대의 황무지적인 상황의 표피를 뚫고 고통을 피하려고 하는 것이 아니라 오히려 그것을 받아들임으로써 아이러니컬하긴 하지만 변화와 구원을 받는 타자적 상상력을 지닌 새로운 인간상을 그려주고 있는 것이다.

이미 살핀 바 있는 4편의 장편소설을 발표 순서대로 열거해놓고 주인공들을 비교해보면 우리는 재미있고 의미있는 결과를 얻게 된다. 소설의 종반에 가서 주인공들의 변화의 정도가 다르다. 더욱이 초기 작품의 주인공보다 뒤로 갈수록 그 주인공들의 고통을 통해 변화하는 정도가 더 심각하다는 것이다. 『타고난 선수』의 로이 홉스는 여러 가지 고통을 겪고도 미숙한 상태에 있어 "나는 다시 한 번 고통 받아야 한다"의 상태에 불과하여 앞으로 많은 도덕적 변모의 가능성이 엿보이나 아직도 이기적인 자아 또는 유아론적인 자아의 단계를 크게 벗어나지 못하고 있다고 볼 수 있다. 다음 소설인 『조수』의 프랭크 앨파인의 도덕적 변화는 로이 홉스보다는 훨씬 철저한 것이라 볼 수 있고, 『새로운 삶』의 S. 레빈의 의식도 로이보다는 훨씬 발전적이며 프랭크와는 대동소이하다 하겠다. 프랭크나 레빈이 소설의 종반에 가서 다다른 지점은 이타적인 또는 상황적인 자아에 대한 자각으로 이제 겨우 자신 내부와 주위의 중요한 "타자"(the other)들에 대한 자각을 얻는다.

이에 반해『수선공』의 야콥 보크의 경우가 인상적이고 감동적이다. 야콥은 로이, 프랭크, 레빈이 이룩한 자각까지도 획득한다. 이런 점에서 인간상이라고 할 수 있다. 이 같은 주인공들의 자각의식의 심화와 확대는 작가 맬러무드 자신의 작가의식 발전과도 무관하지 않을 것이다. A. W. 프리드먼은 야콥의 고통을 통한 변화와 의미에 대해서 다음과 같이 결론짓고 있다.

> 희생양으로서 야코프는 고통 받고, 그리고 인간은 고통 받는다. 그리하여 타인들은 덜 고통 받게 될 것이다. 그는 너무나 고통 받아서 아마도 배울 수 있었고 아마도 제거될 수 있었을 것이다. 그 결과 그의 순수함은 아마도 갱신될 것이다. 그리고 인간이 고통을 겪을 수 있는 생명체이므로 그는 최종적으로 고통 받는다. 하지만 인간이기 때문에 그는 야코프가 점차적으로 그러한 것처럼 자신의 고통을 입증하여 그것을 의미 있게 만들 수 있도록 선택할 수 있다. (302)

우리는 야콥의 고통을 통한 최후의 승리에서 많은 위안을 받게 된다. 확실히 야콥 보크와 버나드 맬러무드는 부정과 절망 속에서 끈질기게 우리에게 "man who disposes may at last propose"를 보여주었다. 이렇게 볼 때 이 글에서 다룬 4편의 장편소설 중에서『수선공』이 반클라이맥스적인 면에서 다소 흠이 있기는 하지만 가장 훌륭한 걸작이며 또 주인공 야콥 보크는 고통을 통한 인간의 자각에 대한 맬러무드의 신념을 가장 효과적으로 나타내 주고 있다. 어쨌던 우리는 야콥 보크를 비롯하여 로이 홉스, 프랭크 앨파인, S. 레빈을 통해서 막스 슐츠의 말처럼 신화적 구원자와 사회적 희생양을 보게 되는 것이다. 막스 슐츠는 맬러무드의 주인공들을 가리켜 "사회를 위한 정의를 획득하는 … 공동체를 위한 삶을 갱신하는 … 프롤레타리아 영웅"이라고 불렀고, "맬러무드 주인공의 양심적 성장은 상징적으로 사회를 위한 승리 그리고 삶의 힘들을 표상한다"(57)고 결론지었다.

맬러무드의 이 소설들로 인해서 미국 문학의 폭은 더 깊어지고 넓어졌다고 볼 수 있다. 레슬리 A. 필드는 맬러무드를 "가장 위대한 미국 작가"라고 부르며 포크너가 남부지방 또는 스노페세스가, 사토리세스가 등을 통해서 전 미국 또는 전 세계적으로 확대시켜 그의 문학을 보편화시켰듯이, 맬러무드도 "유태인 주제"를 다루면서도 전 인류적인 주제로 확대시켰다고 말하고 있다(Schulz, 67). 끝으로 맨 먼저 맬러무드의 전 작품에 관한 본격적인 비평서를 내놓은 시드니 리치먼의 버나드 맬러무드와 그의 작품에 대한 총평을 소개한다.

> 그와 우리의 감각들의 증거에도 불구하고 그는 인간을 긍정하고, 영광으로부터 인간의 타락(모든 현실과 반대되는)에 상치되는 삶의 가능성들에 대한 잡기 어렵고 수수께끼 같은 감각들을 통해 비전을 찾으려 안간힘을 쓴다. 현재와 과거의 야만성들에 의해 사로잡히고 고문당한 사람들에 대한 초상화를 통하여 그는, 희망이 없는 곳에서 인간은 희망을 지속시킨다는, 또 영혼이 인내할 수 없는 곳에서 인간은 계속해서 인내한다고 주장하는 과거의 어떤 비극적 비전을 재획득할 수 있는 수단을 발견했다. (145)

맬러무드 문학은 따라서 "구약"에도 잘 나타나 있는 유태인의 "지혜문학"(wisdom literature)의 연장선상에서 볼 수 있다. 자신이 직접 "고통"을 겪음으로써 "타자"(the other)를 이해하고 사랑할 수 있는 "타자적 상상력"에 이르게 하는 2000년간 세계를 방황해온 소수집단으로서의 유태인들의 "여정"이며 "순례"이다. 이런 의미에서 볼 때 버나드 맬러무드는 미국 내의 타자로서 영어로 작품을 쓴 "소수집단" 작가이다. 들뢰즈와 가타리가 소수집단 작가로 예를 든 카프카, 조이스, 베케트처럼 맬러무드도 독특하고 P. B. 셸리의 공감적인 "타자적 상상력"을 가진 소수집단 출신이라는 의미에서, 포스트식민주의 작가라고도 볼 수 있다.

후기, 결론을 대신하여

— 영미 문학비평 연구와 "이론" 공부에 관한 단상

어떤 사람은 외국작가를 멸시하고 어떤 이는 우리 작가를 무시한다.

어떤 이는 고전작가들만 칭찬하고 어떤 사람은 현대 작가들을 칭찬한다.

그래서 문학도 신앙과 마찬가지로 한 작은 종파만을 믿고

다른 것들은 모두 무시하고 제외시켜 버린다.

어떤 사람은 인색하게 축복을 제한하려고 들어

태양을 강제로 한 지역에만 비추게 만든다.

그러나 태양은 남방(로마)의 문학만을 숭고하게 여기지 않고

추운 북방의 지역에서도 그 정신을 풍요롭게 한다.

이렇게 태양은 태고적부터 지난 과거를 비쳐주고

현재에도 빛을 주고 미래에도 비출 것이다.

각 시대는 번영하기도 하고 쇠퇴하기도 하고

더 밝은 날을 보기도 하고 더 어두운 날을 보기도 하리라

따라서 문학을 오래되었거나 새로운 것으로 나누지 말고

거짓된 것을 비난하고 언제나 진실된 것에 가치를 부여하라.

─알렉산더 포우프, 『비평론』, 394~407행

본서를 마무리하면서 영미 문학비평에 관한 몇 가지 명제들과 오늘날 영문학 연구와 "이론" 공부에 관한 몇 마디만 남겨두고 싶다.

1. 영미 문학비평에 관한 21개의 잠정적 명제

(1) 문학비평의 확립된 정의는 아직은 없고 시대상황이나 조류, 지역적 필요와 특성에 따라 비평의 목적과 기능이 바뀐다.

(2) 서구 어떤 나라의 비평에서도 그리고 영미 비평을 논할 때에도 플라톤, 아리스토텔레스, 호라티우스, 롱기누스 등의 고전 비평은 경전처럼 절대적으로 중요하다.

(3) 영국 비평에는 고전 비평이나 이탈리아, 프랑스 등의 대륙 비평이론에 관한 인식이 밑바닥에 깔려 있어 큰 영향을 받았지만 셰익스피어, 밀턴 등을 토대로 한 강한 문화적 민족주의(cultural nationalism)의 전통이 항상 있었다.

(4) 영미 비평에서는 유럽 대륙의 철학적, 사변적인 규범비평보다 경험주의적인 전통에 따라 기술적(記述的), 기술적(技術的)인 실제비평이 더 많다.

(5) 영국 비평사의 한 특징은 창작을 겸한 시인-비평가(poet-critic)가 더 많으며 그러한 비평가들이 더 높이 평가되고 존중되는 강력한 전통이 있다는 점이다.

(6) 르네상스 등 초기에는 본격적인 문학비평이나 이론이 아니라 주로 시나 문학의 변호와 옹호에 가까운 것들이 대부분이었다.

(7) 비평의 일반적인 추세는 르네상스에서 18세기 신고전주의 시대의 전체적이고 보편적인 이론으로부터 19세기 초 이후 특히 워즈워스, 콜리지 이후 특수하고 부분적으로 기술적인 것을 추구하는 경향으로 흘렀다.

(8)   영국 비평에 관한 한 소위 현대비평은 그 기점이 워즈워스가 아니라 다양한 비평적 논의가 시작되어 현대 감각에 따라 상상론, 천재론, 창작론, 독자반응비평 등에 대한 논의가 본격화된 18세기 후반기로 볼 수 있다.

(9)   20세기 비평은 심리학, 사회학, 정치학, 인류학, 신화학, 예술학 등 여러 인접 학문의 영향으로 아주 다양해졌으며 학제적, 융복합적, 이론적이 되었다.

(10) 20세기 전반은 "비평의 시대"로 영미의 "신비평"이 적어도 대학 문학 교육의 혁명을 가져왔을 뿐 아니라 세계비평계를 압도했다.

(11) 신비평 시대 이후 20세기 후반의 비평조류에는 시카고 비평파, 신화 비평가들이 큰 몫을 차지했고 특히 1980년대 이후의 비평조류는 유럽 대륙 구조주의 이후의 학문과 비평의 영향(특히 French Connection)인 포스트구조주의와 포스트모더니즘이 아주 강하게 작용하고 있다.

(12) (1)과 관련하여 결국 영미 비평사는 하나의 발전으로 파악되는 것이 아니라 문학에 있어서 상상력의 구사가 자유로운 시기와 엄격한 도덕적·형식적인 규제가 가해지는 시대 사이에 팽창과 수축의 상호 교체로서 인식된다. 이러한 전환은 비평 자체의 추진력에 의해서보다 비평 외적인 상황의 변화에 따라 이루어진다.

(13) 그러나 현재는 다양한 비평조류 속에서 어떤 하나의 비평유파가 압도하기보다는 다양한 유파들이 절합되고 공존하는 다원론(pluralism), 다중심주의(polycentrism) 또는 복잡계 이론으로 나아가고 있다.

(14) 신비평 이후 당대비평(Contemporary Criticism)은 포스트구조주의 또는 포스트모더니즘의 비평으로 아폴로보다는 디오니소스, 아리스토텔레스보다는 롱기누스 전통이 강하게 나타나며 M. H. 에이브럼즈의 용어를 빌린다면, 소위 존재론보다는 효용론이 더 크게 부각되고 있다.

(15) 최근 서구에서는 포스트휴머니즘 맥락에서 과거 수백 년 동안 지켜왔던 문학 자체, 문학 연구, 문학교육, 정전(正典, canon) 문제 등과 문학, 역사, 철학을 아우르는 인문학(the Humanities)에 대한 근본적인 반성과 이론적인 재검토 작업이 활발하게 진행되고 있다.

(16) 이에 따라 "역사"와 "문화"에 대한 관심이 문학 연구의 새로운 개입점으로 다시 떠올랐다. 신역사주의(New Historicism), 문화유물론 (Cultural Materialism), 문화 연구 또는 문화학(Cultural Studies)이 텍스트와 담론 분석에 중요한 새로운 방법론으로 등장하였다.

(17) "이론의 시대"에서는 문학에서 비평이나 비평가가 예전처럼 종속적 또는 이차적인 목적이나 기능을 가진 것으로 보기보다 독립적인 기능과 장르로 그 위치(예술가로서의 비평가, 주인으로서의 비평가 등)를 확고히 구축해가고 있다.

(18) 최근 비평과 이론에서는 그동안 역사와 문화에서 억압되었던 타자(the other)에 대한 관심이 고조되어 여성, 비(非)백인, 장애인, 동성애자, 피식민지인, 제3세계, 자연생태계 등으로 급속히 확산되고 있다.

(19) 최근 문학 연구는 영화, TV, 비디오, 인터넷 등 영상매체 디지털 이론에 강력한 영향을 받고 있으며 최근 눈부시게 발전하는 과학기술과 연계하여 특히 사이보그, 유전공학, GNR, 인지과학, 뇌과학 등의 분야와의 접점도 활발하게 모색하고 있다.

(20) 영미 문학비평사는 이제 지난 20세기 후반부터 시작된 소위 "프랑스 이론"의 열풍에서 벗어나 추상적이고 난해한 "이론"에 반성과 대안을 모색하여 구체적인 경험에 토대를 두는 영미 문학비평 전통에 다시 회귀하려는 경향이 있다.

(21) 영문학의 공간적 영역도 탈영토화되고 엄청나게 확장되어 종래 영국과 미국 중심의 문학권은 "영어로 쓰여진" 모든 세계문학을 포함하고

있다. 따라서 호주 문학, 캐나다 문학, 남아프리카 문학, 카리브해 문학, 뉴질랜드 문학, 인도 영문학 등이 이제는 영미 문학비평과 이론의 또 다른 영역으로 자리 잡아가고 있다. "영연방 문학", "영어로 된 신영문학", 또는 "포스트식민주의" 영문학 등이 여기에 속한다. 이제 비교 세계문학에 대한 조망의 필요성이 점점 커지고 있다.

21세기 영미 문학비평과 이론의 방향은 전혀 새로운 비평유파가 부상되기보다 20세기 후반에 논의된 탈/근대론, 정신분석, 포스트식민주의, 환경생태론, 타자이론, 사이버 문학이론, 동성애 이론, 소수자 담론, 문화 연구 등이 확대 · 발전될 것이다. 한 가지 특이한 현상이라면 그동안 문학비평과 이론에서 금기시(?)되었던 종교와 영성의 문제가 새롭게 부각될 가능성이 있다는 점이다.

2. 비평과 이론 공부에 대한 반성

오늘날 한국 사회에서 영미 문학의 위상은 점점 약화되고 있다. 이것은 영미 문학 자체의 문제도 있겠지만 더 큰 맥락에서 문학계뿐 아니라 나아가 인문학계 전반의 문제이다. 인문학의 쇠락은 전 지구적으로 확산되는 위험사회의 맥락에서 이해될 수도 있다. 점점 더 순수해지고 악랄해지는 전 지구적 자본주의 체제는 무한경쟁 속에서 오로지 이윤 창출만을 극대화하려는 신자유주의와 인간 탐욕의 파국의 상징인 파생상품의 논리를 추종하는 금융자본주의를 이끌고 있다. 마르크스와 엥겔스가 1848년에 발표한 『공산당 선언』에서 이미 선언한 것 같이 "지금까지 견고한 모든 것은 녹아 사라지고 있다". 또한 우리는 새로운 세계를 여는 영상매체와 디지털 문화 한가운데에 서 있다. 문자매체에만 의존하는 문학의 미래는 매우 불투명하다. 지금까지 철밥통으로 여겨졌던 한국의 대학과 교수직도 학과 통폐합이라는 구조조정, 반값 등록금의 여파, 고등학생 감소로 인한 대학 입학정원 대폭 축소에 따른 대학 재정 악화 등 이미 소용돌이에 빠져들고 있다. 우리가 이러한 변화를 일부 수긍한다 하더라도 한국 대학은 이제 위기에서 다시 위험으로 치닫고 있다고 해도 과언은 아니다. 이미 모든 것은 녹아 사라지고 있는 것인가?

지금까지 한국에서 영어영문학을 가르치는 우리들은 세계어로서 "영어"를 우대하는 사회에서 무임승차하며 안주해온 것임을 깨닫고 반성한다. 오늘날 문물상황의 변화는 광속과 같이 우리를 어지럽게 만든다. 한국에서 두더지같이 한 구멍만 파던 대학교수들의 "좋은 시절"은 빠르게 끝나가고 있는 듯하다. 우리들의 비판의식은 무장해제 당한 채 이미 학술논문 제조기 능공으로 전락하고 있다. 50여 년 전에 만들어진 교과과정을 시대와 현실에 맞게 치열하게 적용하여 개선시키는 데 게을렀던 영어영문학과 교수들은 이제 머지않아 황야에 남겨질지도 모른다. 우리는 충분히 포스트식민주의 신념을 가지고 주체적인 이론 창출에 얼마나 노력했던가? 한국에서 전형적인 양학(洋學)인 영어영문학을 가르치는 우리는 이제 어떻게 해야 할 것인가? 19세기 말 개화기부터 일제강점기, 해방 공간과 6 · 25전쟁, 파행적인 압축 초고속 근대화와 험난했던 민주화 과정을 겪으면서 지금까지 견고했던 영어영문학[1]은 "무너지는 성"이 되고 있다.

---

1) 얼마 전까지 필자는 영문학의 의미와 가치를 매우 긍정적으로 논의하는 글들을 써왔다. 18세기 독일 근대문학의 창시자인 괴테는 영문학 애호가였다. 그는 당시 독일의 젊은이들에게 다른 어느 나라 언어와 문학보다 셰르만계와 같은 활기찬 영어를 배워 영문학(특히 셰익스피어와 바이런)을 읽을 것을 강력히 권유했다(졸고 「볼테르와 괴테가 본 영문학―영문학 정체성 탐구시론」 참조). 한국의 경우 일제강점기 초기인 1920년대에 조선 근대문학의 창시자의 한 사람인 춘원 이광수는 중국 문학이나 일본 문학도 아니고, 프랑스 문학이나 독일 문학도 아닌 건강한 영국 문학을 통해 조선 문학을 새로 일으키고자 했다(졸고 「이광수와 영문학―신문예로서의 조선 문학 수립을 위한 춘원의 도정」 참조). 지난 세기말 프랑스의 탈근

이러한 불안한 상황을 타개하는 정답도 없고 기적도 없을 것이다. 우리는 비판적 인문지식인으로서 "이미 언제나" 그러했듯이 역사와 현실의 맥락 속에서 비평과 이론을 생산하고 적용하는 일에 매진할 수밖에 없다. 물론 이론은 끊임없이 절합(articulation)되고 재창조되어야 한다. 인문학도로서 우리의 이론과 비평 공부가 지적 유희가 아니라 쇄신과 변혁을 위한 신성한 노동이고 현실 참여가 되어야 한다.

그러므로 비평과 이론은 하나의 허구나 유희가 아니며 지배 이데올로기에 대항하는 저항 이데올로기를 부단히 창출해내는 지적 과업과 실천 작업이다. 문학연구자나 문학비평가(이론가)는 단지 상아탑의 빛바랜 유리창 너머로 펼쳐지고 있는 질퍽한 시장 바닥 속에서 이전투구(泥田鬪狗)하는 민중과 현장을 멀리서 바라보아서는 안 된다. 곰팡이 냄새나는 폐쇄된 연구실 속에서 자기 이익만을 챙기거나 서구인들이 이미 만들어놓은 텍스트와 방법론과 이론이라는 미로에서 장난질을 그만하자. 그 속에서 죄 없는 총명한 학생들을 현실에 대해 질문하고 비판하는 인문지식인으로 키우지 못하고 자본주의의 하수인으로 전락시키면서 안일하고 무익한 단순 재생산이나 확대 재생산 작업에 몰두해서는 안 된다.(이것은 바로 저네들이 바라는 바가 아닌가?) 서구 이론에 노출되어 있는 비평가나 이론가는 그람시가 말하는 "유기적 지식인"으로서 단순한 비판만이 아니라 목표의 대안을 제시하기 위해 우리 자신의 역사와 현실을 진정으로 과학적으로 고려한 새로운 이론을 부호변환을 통해 끊임없이 창출해내야 한다는 말이다.

대철학자였던 질 들뢰즈도 자신의 철학과 연계시켜 영미 문학 읽기를 좋아했고 중시하였다(졸고 「들뢰즈를 통해 나는 어떻게 영미 문학을 다시 좋아하게 되었는가?」, 『들뢰즈 철학과 영미문학읽기』(동인, 2003), 29~67쪽 참조). 그러나 필자가 자랑스럽게 견지해온 (전통적인) 영미 문학 그리고 그에 대한 연구, 교육, 비평, 이론은 새로운 성찰과 조정을 요구받고 있다. 지난 40여 년 동안 필자가 읽고 공부하고 가르쳐왔던 영어영문학은 21세기 한국 사회에서 얼마 전까지 누렸던 높은 위상이 하강국면으로 접어들고 있는 것만은 분명하다.

일부에서는 서구 이론에 대한 지나친 관심을 경계하는 시각도 있다. 이론에 밝은 서구인들을 따르다 보면 "닭 쫓던 개 지붕 쳐다보기" 식으로 계속 미로 속에서 헤매게 되어 저네들을 따라잡기는커녕 오히려 계속되는 또 다른 이론에 세뇌당할지도 모른다는 우려 때문이다. 그러나 그런 불안 자체가 일종의 "식민지 콤플렉스"에서 나온 것은 아닐까? 서구 이론 탐구를 게을리 하는 것이 오히려 우리로 하여금 서구의 보이지 않는 이론 제국주의와 식민주의에 맞장구치거나 함몰되는 매판(買辦) 지식인으로 만들지 누가 아는가? 이것이 우리의 지독한 모순이고 딜레마이다. 적을 알아야 승리할 방책을 세울 것이 아닌가? 그러니 이이제이(以夷制夷)의 정신으로 이미 문학이라는 제도권 속에서 기득권을 가지고 앉아 있는 영문학과 교수들이나 비평가들은 현실에 안주하려는 보수적인 타성을 버리고 부단한 자기반성과 탐구를 통한 (아니 "자기조롱"에 이르기까지 하는) 성찰적 태도를 지향해야 할 줄로 믿는다. 이래야만 우리의 역사와 민족을 부둥켜안고 함께 뒹굴며 다시 바로 서는 주체적인 영미 문학 연구와 문학비평 그리고 궁극적으로 문학교육의 올바른 길을 찾을 수 있다. 국지적인 "전투"에서 이기는 것보다는 전면적인 "전쟁"에서 이겨야 진정한 승리이다. 이것이 오늘날 한국 문학지식인의 역사적 책무가 아닐까?

　소위 새로운 비평과 이론의 미래는 어떻게 될 것인가? 문학 자체나 비평에 대한 우리의 통념이 깨지고 정전 그리고 문학 연구 교육에도 엄청난 변화가 올 것이다. "새로운" 이론이 제고시키는 "위기"를 우리는 변혁할 수 있는 전환기의 진정한 계기로 받아들여 문학 연구, 문학비평, 문학교육을 전면적으로 반성하고, 재검토하고 재수정하여 새로운 가능성으로 변형시켜 내는 넓은 의미의 "생태학적 상상력"을 갖추어야 한다.

　"이론"이 터져 나와 "위기"가 생긴 것이 아니라 전환기, 과도기의 특징인 "위기"가 생겨 그에 대응하기 위한 여러 방안이나 방향 모색이 이론화 작업으로 표출된 것이라 볼 수도 있다. 결국 "위기"와 "이론"이 같은 궤도 속의 상호 작용 속에서 배태된 것이라고 할 수 있으리라. 이러한 "위기"의 시대 일수록 활발한 "이론"의 작업이 이루어져야 위기의 대안이나 위기의 기회가 가능해질 것이다. 만약 진정한 대화적 다양성이 없다면 이른바 "가치 있는 혼동"의 시기와 "창조적인 혼란"의 시기를 몰이해한 채 역사의 수레바퀴를 거꾸로 되돌리거나, 현 상황에서 단성적이며 억압적인 이데올로기로 빠져 곡학아세(曲學阿世)할 수밖에 없다.

그러나 우리는 "이론"이 허위 이데올로기의 숨겨진 억압구조나 문학이나 텍스트라는 담론체계의 신비를 벗기고 캐내는 데 아무리 유용하다 하더라도 그것이 가질 수 있는 유희성, 추상성, 고답성, 다시 말해 실천적이고 구체적인 사회·역사적 맥락에서 벗어난 또 다른 추상화, 신비화로 빠져서는 안 된다. 또한 "이론"이 해방과 혁신을 위한 비평담론체계 내의 여러 가지 작은 소리들을 무시하고 지나치게 경직화되어 또 다른 위압적인 억압구조로 변하는 것도 경계해야 한다. 따라서 우리는 "위기의 상황에 대처하는 이론"(anti-crisis theory)에 대해 이른바 "비극적 기쁨"을 가져야 할 것이다.

포스트 이론 등 "새로운" 서양 문학이론 수용에 대해 우리가 취해야 할 태도는 무엇일까? 우리가 서구 문학이론을 쉽게 무시할 수 없는 것은 자명하다. 왜냐하면 그들의 이론들은 타자로서 우리에게 끊임없이 도전과 저항 전략을 제공하며 궁극적으로는 우리의 자생적인 이론 창출의 타산지석이 될 수 있을 것이기 때문이다. 따라서 영미 문학이라는 서양 문학을 공부하고 가르치는 우리는 서구 문학이론에 대해 좀 더 적극적이며 생산적이고 주체적인 자세를 필요로 한다. 서구인들의 여러 새로운 이론들을 파지(把持), 비판, 변용하여 궁극적으로 저네들의 "지배담론"을 극복, 광정, 반정(反正)하려는 의지와 노력이 중요하다. 그러나 더 중요한 것은 저네들의 이론을 타고 올라 한반도에서 우리 자신의 역사와 상황에 걸맞는, 진정으로 생산적인 우리 자신을 위한 우리 자신에 의한 우리 자신의 새롭고 주체적인 문화이론을 창출해내는 것이다. 좀 더 세련되게 말한다면 화이부동(和而不同)의 정신으로 글로컬(glocal, 世方化)하라! 항상 거울을 깨라, 그리고 겸손하게 죽음을 생각하라(memento mori)!

결국 우리시대의 문학비평이란 또 다시 무엇인가? 우리시대의 살아있는 영미권 최고의 비평이론가인 해롤드 블룸을 인용함으로써 "후기"를 마감하자.

> 잘못된 정보 시대에 문학비평의 기능은 무엇이 될 수 있을까? 나는 그 기능의 일부만을 엿볼 수 있다. 표면적인 가치평가에 뒤따르는 감상은 필수적이다. 나에게 셰익스피어는 법률이며, 밀턴은 교육이고 블레이크와 휘트먼은 예언가들이다. … 무엇이 문학적 구세주가 될 것인가? 내가 어렸을 때 나는 모더니스트나 신비평가들로 인해 당황했다. 지금에는 그들의 논쟁이 너무 비실제적이어서 그들에 저항하는 열정마저도 다시 잡을 수 없다. … 나는 더 이상 불평하는 이론가들 그리고 그 무리들과 다투지 않을 것이다. 우리는 함께 먼지구덩이 속에 서로 엉켜 있을 것이기 때문이다.
>
> 읽고, 다시 읽고 기술(記述)하고 가치평가하고 감상하라. 그것이 현 단계에서의 문학비평의 기술(技術)이다. 나는 내 입장이 플라톤 또는 아리스토텔레스의 양식 안에서 철학적이기보다는 언제나 롱기누스적이었음을 상기해두고자 한다. (해롤드 블룸,『영향의 해부—삶의 방식으로서의 문학』(2011), 24)

이론의 시대에서 우리가 잊지 말아야 할 것은 결국 문학비평이란 주인으로서의 비평가 자신의 개인적인 것이며 경험적인 토대를 둔 기술(記述)-기술(技術)학이라는 사실이다.

부록

— 비평으로서의 대화

부록1   미로의 해석학에서
"읽기의 윤리학"으로
— 미국 이론가, J. 힐리스 밀러[1]와의 대담

일시: 1994년 10월 23일 오전 10시~오후2시

장소: 연세대학교 알렌관 307호

1. 밀러 교수의 네 가지 비평적 전환점과 중요 계기들

정정호   한국영어영문학회 창립 40주년 기념 국제 학술대회에서 특별 강연을 하기 위해 서울에 오신 것을 환영합니다. 우리 시대의 중요한 이론가로서 선생님의 이론적 생애를 보면 마치 현대 서구 문학 비평사의 살아 있는 증인처럼 보입니다. 선생님의 이론의 이정표에는 네 가지 주요한 전환점이 있는 것 같습니다.

---

1)   현대 비평이론의 핵심이 된 "해체(구성)론"(deconstruction)은 프랑스의 철학자 데리다에서 시작되어 미국 예일 대학 영문학과의 비교문학부를 중심으로 발전되었다. 흔히 "예일 학파"(Yale School)로 지칭되는 이 그룹은 폴 드 만, 힐리스 밀러, 제프리 하트만과 해롤드 블룸으로 구성되었다. 이들은 각기 50년대 신비평이 작품 자체의 형식과 유기적 통일성만을 주장하는 데 반기를 들고 "언어의 수사성과 유희성"에 중점을 둔다. 드 만은 언어의 비유성에 근거하여 모든 독서는 오독(misreading)을 피할 수 없다고 말하고 이를 "알레고리"라고 이름 붙인다. 블룸은 해체구성론을 계몽주의이후 영미시의 역사에 적용하여 후배 시인이 어떻게 선배를 억압하고 전환시켜 강한 시인이 되는지를 오독의 지도를 통해 보여준다. 책읽기나 글쓰기의 목적이 통일된 의미를 산출하는 것이 아니라 오히려 모순과 모호성을 드러낸

다는 하트만의 주장은 상식적이고 추상적인 비평 대신 명시적이고 심미적인 비평을 제시한다. 밀러 역시 "모든 독서는 오독이다"라는 개념으로 새로운 비평이론을 펼친다.

그러나 밀러는 처음부터 비평이론을 해체구성론으로부터 출발시킨 것은 아니었다. 1972년 예일대로 옮겨가기 전까지 밀러는 존스 홉킨스 대학에 몸담고 있었으며 현상학에 영향을 받은 "제네바 학파"(Geneva School)의 조르주 풀레의 현상학을 받아들여 19세기 영국의 빅토리아조 소설가인 디킨즈를 연구(1958)한다. 밀러는 이 연구에서 시적 언어와 수사학이 작품 이해에 대한 모든 인식적 주장을 손상시키는—"해체하는"—방식에 특별한 관심을 표명한다. 밀러의 "작품의 단어들이 그것들 자체로 일차적 자료이다"라는 문구에서 변증법적 해체구성론의 패턴을 알 수 있다. 또한 "반복"(repetition)은 단어로 그 세계를 반복하고 이해의 바로 그 행위에서 텍스트의 "의미"는 파괴되는 것이다. 이런 소설 분석은 다른 해체구성론 비평가들이 주로 낭만주의 시에 대한 연구를 하는 것과 달리 소설을 철저히 읽어낸 유일한 소설분석가이자 주로 19세기 리얼리즘과 20세기 모더니즘 소설들에 대한 해체구성론 비평가로서의 밀러의 면모를 보여준다.

밀러는 해체구성론 비평가로 유명해진 후에도 1976년에 나온 두 개의 중요한 논문에서 "반복"과 "언어의 비유성"을 강조하면서, 해체구성론적인 시각에서의 비평의 필요성을 강조한다. 즉, 비평가는 어떤 방식으로든지 작품의 언어를 일목요연한 사상으로 축소시킬 수 없고 다른 형태로 그 작품의 모순구조를 반복할 뿐이다. 언어의 비유적 속성이 강조되면 문학과 비평의 경계뿐 아니라 언어로 표현되는 모든 학문의 경계가 무너진다. 철학, 정신분석, 비평이론 등이 문학의 형태로 진입하고 텍스트에 완성된 실체가 있으리라는 비평의 닫힌 체계는 열리게 된다.

밀러는 텍스트를 크레타 섬의 미로(labyrinth)이자 동시에 그 미로를 빠져나올 수 있는 도구인 실마리로 짠 거미집에 비유하여, "텍스트의 거미줄에 얽혀 있는 수수께끼를 푸는 것이 목적인 해석은 다만 그 거미줄에 또 다른 줄을 첨가해줄 뿐이다. 우리는 결코 그 미로로부터 탈출할 수 없다. 왜냐하면 탈출행위는 또 하나의 미로, 즉 또 하나의 서술이나 스토리의 실을 만들 뿐이기 때문이다"라고 언급한다. 미로의 이미지와 언어의 유희가 밀러의 해체구성이론의 근간을 이루고 있음을 알 수 있는 바, 이것은 비평의 열린 체계와 상통하는 맥락이다.

밀러는 아폴로적인 소크라테스식의 합리적 비평과 동시에 디오니소스적인 비합리적인 비평의 예를 들어 구조주의와 포스트구조주의를 가늠한다. 전자가 언어에 대한 과학적 강조와 문학에 대한 견고하고 논리적인 접근이 가능하다고 믿는 쪽이라면, 후자의 비평은 아폴로만큼 합리적이고 철저히 과학적이지만 결과는 디오니소스만큼 비논리적인 비평이다. 전자가 약삭빠르고 빈틈없는 비평이라면, 후자는 비합리적이고 빈틈이 있는 해체 구성적인 비평이다. 즉 해체구성론은 텍스트의 구조를 해체시키는 것이 아니라 그것은 이미 텍스트 자체 내에 스스로 해체되어 있음을 보여주는 것이다. 텍스트는 단지 반복할 뿐 어떤 의미로 환원되지 않는다. 이러한 견해는 일곱 편의 영국 소설에 대한 분석에서도 반복된다.

밀러는『픽션과 반복』(1982)에서 모든 반복형식은 두 종류의 것이 모순적으로 서로 얽혀 있다는 가설을 세운다. 즉, 서구 사상에는 두 가지 형식의 반복—플라톤식 반복과 니체식 반복—이 있다. 이 두 가지 반복에서 플라톤식 반복은 "통일성"(unity)을 강조하는 것이며 니체식 반복은 "차이"(difference)를 강조하는 것이다. 이 두 반복은 서로 얽혀 있고 이 정 · 반은 뗄 수 없이 교차 반복된다. 이 두 가지 형식은 소설에서 어떤 자리 바꿈을 통하여 작품

우선 선생님이 하버드 대학교에서 박사 학위 논문을 쓸 때부터 존스 홉킨스 대학에 부임하신 50년대는 크게 보아 소위 "신비평"의 시대라고 보여집니다. 그리고 나서 60년대 초반부터 선생님은 당시 대륙의 현상학의 영향을 받아 생겨난 조르주 풀레의 "의식의 비평" 이론을 소개하고 유행시켰지요. 그러다가 1972년에 예일 대학교 석좌교수로 자리를 옮기시고 나서 당시 서구 문학이론의 새로운 경향을 주도하기 시작하던 자크 데리다나 폴 드 만을 만나셨지요. 이때부터 선생님은 소위 "해체구성론"[2]에 경도되어 이론과 실천 양면에서 현재 가장 영향력 있는 해체구성론 이론가가 되었지요. 1986년에 다시 동부에서 서부의 캘리포니아 대학 어바인 분교로 옮겨오면서 (해체구성론) "읽기" 방식에 "윤리적" 차원을 부여하였고 90년대 들어 최근에는 문화 연구에도 상당한 관심을 가지고 이 방면의 저서도 한두 권 내신 걸로 알고 있습니다.

밀러 예, 대체로 그렇다고 말씀할 수 있습니다.

정정호 그렇다면 선생님의 네 가지 전환점에 어떤 이론적 계기나 대의 명분이 있는지 말씀해주십시오. 각각 지속 또는 단절의 계기들이거나 계기들이 내접되거나 연접되어 진전되는 것이겠지요.

이 이미 해체되어 있는가를 보여준다. 이런 의미에서 가장 좋은 비평은 그 텍스트가 얼마나 다양하게 해석될 수 있는가를 보여주는 것이다.

밀러는 캘리포니아 대학교 어바인 분교로 옮긴 해인 1986년과 1992년 사이에 여덟 권의 책을 출판했다. 이 중에서 『읽기의 윤리학』(1987)은 이전의 해체구성적 분석 연구가 비정치적이라는 비난에 대응하고 수사비평은 정치적이고 사회적인 문맥과 연결되어야 한다는 자각에서 쓰여졌다. "소설 속에서 언어에 의해 재현된 것은 있는 그대로의 객관적 사실이 아니라 소설가의 마음의 거울 속에 이미 반영된 것이었다" 라는 문맥에서 알 수 있듯이, 독자에게 무엇인가를 하게 만드는 것은 글쓰기와 책읽기에 내재된 윤리성이다. 사실주의 소설은 언어의 비유성에 의존하기 때문에 굴절을 피할 수 없으며 실체는 작가의 전략에 의해 출전되고 "언어의 비유성"에 의해 굴절되어 해석이 다양해진다. 문학은 상황의 반영이고 정치적이며 사회적이지만, 그것은 굴절되어 나타나게 된다. 즉, 밀러는 문학을 의미를 구성하고 해체함으로써 윤리적 책임을 확증한다는 개념으로 발전시켰다고 볼 수 있다.

이와 같이 밀러의 비평에서 핵심이 되는 것은 "해체구성론" 비평의 맥락에서 비롯된다. 초기의 현상학과 최근의 "문학"에 대한 그의 관심은 "문학의 미로 논리"에 대한 아리아드네(Ariadne)의 실을 자르기를 거부하는 영웅적(혹은 비영웅적)인 모습을 일관되게 보여주고 있다.

2) 이 용어는 국내에서 흔히 "해체(주의)"로 알려져 있으나 대담자는 원어의 뜻을 좀 더 살려주기 위해 "해체(구성)론"이라는 말을 사용하기로 한다.

밀러 예, 이 점에 대해서 세 가지를 말씀드리고 싶습니다. 첫째로 저의 과거 40여 년 동안의 단절적인 계기 중에서도 지속적인 관심은 주로 최선을 다해 텍스트를 읽고 이해하는 유용한 이론과 비평에 관한 것이었습니다. 두 번째로 각 시기의 나의 관심은 대단히 선택적이었다고 말할 수 있습니다. 다시 말해 제가 50년대 신비평에 관심을 두기 시작한 것은 사실이지만 이것은 크리언스 브룩스와 로버트 펜 워렌과 같은 주류 신비평가들과는 좀 다른 것이었습니다. 오히려 케네스 버크 같은 비평가가 나의 커다란 영웅이었습니다. 그 밖에 제가 좋아한 사람은 W. 엠프슨, I. A. 리차즈, G. 윌슨 나이트 같은 비평가들이었죠.

해체구성비평의 경우도 나의 동료였던 자크 데리다나 폴 드 만에 대한 개인적인 지식들이 나에게 매력적이었습니다. 아마 이것은 내가 케네스 버크 비평이 지닌 비제도권적이며 재야적인 성격에 큰 흥미를 가졌던 것과 관계가 있을 것입니다. 현상학의 경우도 마찬가지였습니다.

세 번째로 나의 이론적인 전환이 가지는 유연적인 성격을 말씀드리고 싶습니다. 나의 관심은 미국에서 어떤 비평 유파가 유행하기 훨씬 이전에 시작됐습니다. 어쨌든 정말로 우연한 기회에 각 유파에 대해 알게 되었지요. 현상학 비평의 경우도 내가 존스 홉킨스 대학교에 있을 때 우연히 당시 어떤 저명한 교수의 연구실에 들렀다가 그 당시 처음으로 영어로 번역 소개된 조르주 풀레의 『인간 시간의 연구』를 서가에서 보게 되었습니다. 나는 그것을 순식간에 읽었는데 저에게 그것은 정말로 훌륭한 사상이었습니다. 데리다와 드 만의 경우는 좀 다릅니다만, 데리다가 존스 홉킨스 대학에 방문 교수로 와서 말라르메의 짧은 산문시에 관한 세미나를 하게 되었는데 그것은 정말로 놀라운 것이었습니다. 이것도 아주 우연이었어요.

마지막으로 이론과 비평의 윤리적 측면에 관한 나의 독창적인 관심과 생각도 사실은 아주 우연하게 배태된 것입니다. 나는 당시 학생들을 가르치는 문학교수의 윤리적인 의무는 무엇이며 문학작품의 윤리성은 궁극적으로 무엇인가에 대해 생각하고 있었습니다. 그러던 어느 날 뉴욕 대학교의 인문학 연구소에서 강연을 하기로 되었고 점심에 초대받았습니다. 점심 식사에는 여러 유명 인사들이 초대되었고 연구소 소장과 무엇을 이야기할까에 대해 논의하고 있었는데 갑자기 후에 나의 이론의 중요 관심사가 된 "읽기의 윤리학"에 대한 지금까지 내가 해보지 못했던 새로운 생각이 떠올랐습니다. 나는 강연 15분 전에 이것을 재빨리 정리해서 읽기의 윤리학에 대한 기본적인 이야기를 했습니다. 이렇게 나는 사람들과 이야기하거나 글을 읽거나 쓸 때 또는 학생들을 가르치면서 새로운 전환점과 유용한 계기를 아주 우연히 맞게 되었지요. 그런데 그런 대로 지난 몇십 년 동안의 비평 조류와 잘 맞아떨어진 것 같습니다.

정정호 선생님 같은 대가도 어떤 계시나 대의명분에 따라 자신의 비평적 계기를 만들어간 것이 아니고 정말 우연하게 전환점의 계기를 가졌다는 것은 참 흥미롭군요.

2. "이론"의 의미와 "여행하는 이론"

정정호 1970년대부터 80년대를 지난 요즈음은 흔히 "이론의 시대"라고 불리고 있습니다. 선생님께서는 대학 교수 회원만도 3만여 명이 넘는 전 미국 현대어문학회(MLA)의 회장을 역임하실 때 회장 연설에서 "이론의 승리"라는 표현을 쓰셨고 또 선생님의 동료였던 드 만 교수는 "이론에의 저항"이란 표현도 했습니다. 이에 대해 설명해주시지요.

밀러 "이론"은 하나의 지식입니다. 우선 오늘날 이론에 대한 저항이라는 말은 오해되고 있는 듯합니다. 통념적으로 말해서 소위 이론을 읽어보지도 않고 무조건적으로 이론을 허무주의적이고 추상적인 유희라는 편견을 가지는 것을 저항이라고 할 수는 없겠지요. 이론에 대해 일정한 기대를 가지고 이론을 강의하고 그 이론을 문학교육과 문학 연구에 생산적으로 적용시키려고 노력하는 사람들이 자신도 모르게 이론을 배반하게 되는 경우가 생길 때 우리는 그것을 "이론에의 저항"이라고 부를 수 있겠지요.

"이론"에 대한 커다란 오해 중의 하나는 이론이 추상적이라는 것입니다. 그러나 저는 그 반대라고 생각합니다. 이론은 문학을 다루는 구제적인 "읽기"나 "쓰기" 작업 속에서 생성되는 것입니다. 다시 말해 문학이론은 어떤 특정한 글읽기에서 나온다는 말입니다. 예를 들어 자크 데리다의 "산종"(dissemination)의 개념은 그가 프랑스 시인 말라르메를 실제로 읽으면서 만들어낸 이론입니다. 폴 드 만의 "알레고리"에 대한 새로운 개념도 루소의 소설 『줄리』를 꼼꼼히 읽고 나서 구성된 이론입니다. 제가 제시했던 「주인으로서의 비평가」란 글 속의 "주인"과 "기생자"라는 개념도 영국 시인 셸리를 구체적으로 읽는 과정에서 나온 것입니다. 이렇게 볼 때 이론을 허무주의적이라든가 추상적이라고 하는 것은 합당한 비난이 아닌 것 같습니다.

정정호 에드워드 사이드 같은 제3세계 중심의 문화이론가는 "이론"이 여행한다고 말했습니다. 현재 한국에도 여러 분야에서 엄청난 양의 각종 서구 이론들이 범람하고 있습니다. 이러한 이론의 폭주에 대해서 위협을 느껴 이론은 무조건 거부되거나 또는 그 반대로 열광적으로 수용되기도 하면서 이론의 주체성 문제가 논의되고 있습니다. 저는 개인적으로 이론이 하나의 새로운 지식의 창출과 아울러 저항담론을 만들어낼 수 있고, 이용하기에 따라 새로운 변화를 가져다 줄 수 있다는 점에서 이론의 약진에 대해 긍정적으로 보는 편입니다만 오늘날 인문 과학 분야에서 이론의 의미와 기능에 대한 선생님의 견해를 표명해주시지요.

밀러 미국은 세계 각처(특히 유럽)에서 여러 가지 이론들을 받아들여 미국 상황에 맞게 변형시켜 수용하고 있습니다. 이렇게 미국적인 점검을 끝낸 이론들이 다시 유럽이나 기타 다른 지역으로 수출되고 있습니다. 결론적으로 말씀드려 이론은 어디로 여행하든 간에 구체적인 시공간 속에서 일정한 영향과 변화를 줄 수 있다고 (또는 줄 수밖에 없다고) 생각합니다. 저는 이 점에 대해서, 한국에서 출간되는 『현대비평과 이론』지에 번역되어 실린 제 글 「경계선 넘기—이론 번역의 문제」에서 자세히 논의한 바대로, 이론은 구약 성경에 나오는 이방인 룻이라는 여인과 같다고 생각합니다. 룻은 유태인과 결혼하고 귀화하여 유태 문화를 수용하고 다윗의 고조 할머니가 되어 새로운 기독교 역사를 창조하였습니다. 모압 지방의 이방인 여인 룻이 없었다면 다윗은 물론 그 후예인 예수도 없었을 것이고 서구 기독교 문화 자체가 없었을지도 모릅니다.

이론도 객지(여행지)에서 엄청난 변화와 역사를 만들어낼 수 있다고 봅니다. 어떤 텍스트나 이론은 하나의 언어와 문화권으로부터 다른 언어와 문화권으로 번역되어 전용될 수 있다는 것입니다. 문학이론은 다른 문화와 언어 안에 수용될 수 있도록 스스로를 개방합니다. 이러한 개방을 통해 떠돌아다니는 이론은 일종의 "타자적 상상력"으로 해서 예측할 수 없는 방향으로 그 여행지에서 발전, 수용될 것입니다. 모든 이론은 앞서 말씀드렸듯이 국지적이고 구체적인 텍스트나 담론의 읽기 행위에서 생성되지만, 그 이론이 인지적 기능만을 가지는 것이 아니라 수행적인 힘도 가지고 있기 때문에 새롭고도 엉뚱하게(?) 재창조·재전용될 수 있습니다. 따라서 여기에서는 정확한 읽기란 개념은 크게 문제시되지 않을 수도 있습니다. 재창조를 위한 잘못 읽기도 가능하다는 말입니다.

3. 현상학과 "의식의 비평"

정정호 다시 선생님에 관한 얘기로 돌아가지요. 선생님께서는 어떤 이유로 미국 신비평에서 대륙의 현상학으로 옮아가셨는지요?

밀러 예, 나는 왜 현상학 비평을 좋아했는지 그 이유를 말씀드리지 않았군요.

정정호 중요한 현대사상의 하나인 현상학이 문학 연구에 어떤 유용성과 가치를 가진다고 보시는지요. 선생님의 실제비평에서 구체적인 예를 들어주실 수 있겠습니까?

밀러 현상학에 관한 여러 가지 설명이 가능하겠습니다만 나의 전공인 영국 빅토리아 시대 문학 연구에서 현상학이 줄 수 있는 이점을 말해보겠습니다. 신비평은 다 아시다시피 작품의 유기적 총체서과 존 키츠의 「송가」 등과 같은 서정적인 개별 대작들에 대해 초점을 맞춥니다. 그러나 이러한 비평적 시각은 빅토리아 시대 산문작가들은 물론이고 테니슨, 브라우닝, 매슈 아놀드 같은 시인에게는 잘 적용되지 않습니다. 그러나 조르주 풀레와 제네바 학파가 발전시킨 현상학적 방법은 우선 한 작가나 시인의 작품 전체의 연속성과 총체성을 강조하기 때문에 시인으로서의 브라우닝이나 아놀드를 읽을 때 실질적으로 훨씬 유용한 방법이 될 수 있습니다.

그 다음으로 현상학은 1차 세계대전 이후에 주체와 객체의 대화를 강조한 것도 사실이지만 풀레가 주장하는 방법은 주체 간의 관계(subject relationship)의 강조였습니다. 그것은 나로 하여금 한 주체의 순수하게 개인적이며 형식적인 요인을 강조하는 것보다 다른 주체들간의 관계를 다루는 풀레나 그 밖의 제네바 비평가들의 방식에 커다란 흥미를 느끼게 하였죠. 다시 말해 풀레의 "의식의 비평"은 브라우닝의 시세계를 단일한 의식의 지속적인 총합체로 본다는 것입니다. 물론 통일성이라는 면에서는 신비평과 연계성은 있으나, 다른 점은 앞서 지적한 대로 한 작가의 총체적인 의식의 연속성을 말하는 것이지요. 풀레의 비평은 이것이 잘 수행되었지만 내가 찰스 디킨즈의 소설을 연구할 때는 각 장이 각 소설 연구로 할애되어 완전한 총체적 의식을 구현시키지 못했습니다. 하지만 그 후에 나온 연구서들인 『신의 사라짐』이나 『실재의 시인들』에서는 현상학적 비평의 측면에서 각 시인들의 작품들의 의식의 총체성을 좀 더 체계적으로 이룬 것 같습니다.

4. "실재"의 개념과 현대시인들

정정호 1965년, 선생님께서 존스 홉킨스 대학에 계실 때 『실재의 시인들』이란 책을 쓰셨습니다. 그런데 주로 20세기 시인들을 논하는 이 책에서 "여기와 지금"이라는 시각에서 "실재"(reality)라는 말을 쓰고 계신데 가능하면 W. C. 윌리엄즈나 또는 월러스 스티븐스 같은 시인을 예로 들어 설명 해 주시지요.

밀러 사실상 『신의 사라짐』과 『실재의 시인들』 사이에는 역사적인 전제가 있었습니다. 나는 빅토리아 시대의 시인들이 특징적으로 자아, 사회, 세계, 시에 어떤 초월적인 토대를 두고 있었으나 그것이 사라지고 있다고 보았습니다. 그리고 나서 내가 20세기 시를 읽을 때는 시인들이 이 세계의 외부인 "초월적인 것"이 아니라 이 세계의 내부인 "내재적인 것"에 매달리고 있다는 가설을 세워놓고 작업을 하였습니다. 그런데 여기서 "실재"란 아주 붙잡기 어려운 단어입니다. 우선 "실재"란 W. C. 윌리엄즈의 훌륭한 시의 경우 "일상생활의 대상" 또는 "실재적인 대상"과 관련이 있습니다. 예를 들어 제가 아주 좋아하는 윌리엄즈의 「냉장고에 든 자두」란 시에는 시인의 아내가 냉장고에 둔 자두를 시인이 꺼내 먹고 미안해 하는 태도와 맛있고 싱싱한 자두에 대한 생생한 느낌과 경험이 재현되고 있습니다. 이 밖에 윌리엄즈의 사소하고 일상적인 대상물들인 꽃, 잡초, 생선 등에 관한 시들은 아주 재미있고 감동적입니다. 내가 사용하고 있는 "실재"의 의미는 이런 것과 맥을 같이합니다. 또한 "실재"는 마르틴 하이데거적인 "존재"(Being)의 의미도 가집니다. 이것은 이 세계에 내재적으로 뿌리박고 있는 것을 말합니다. 월러스 스티븐스의 시 읽기도 나의 이러한 "실재"의 개념 속에서 수행된 것입니다.

5. M. H. 에이브럼즈와의 논쟁과 데리다의 새로운 읽기

정정호 1972년 예일 대학교로 떠나시기 직전에 선생님께서는 전통적인 보수적 인문주의자인 M. H. 에이브럼즈 교수의 유명한 『자연스러운 초자연주의』라는 책에 대하여 커다란 논쟁을 불러일으킨 서평을 쓰셨습니다. 이 서평으로 현상학 비평이 끝나고 선생님의 해체구성론 비평이 출발하였다고 볼 수 있습니까?

밀러 글쎄요. 오래전의 일입니다. 그 당시 해체구성론은 미국 비평계에서 어느 정도

진척되어 있었지요. 내가 말하고 싶은 것은 에이브럼즈 책의 서평을 부탁받았을 때 나는 그 책에 대해 무엇인가 반대하고 싶었습니다. 그러한 거부는 내가 그 당시 새롭게 생각하고 있던 것과 관련이 있습니다. 나는 지금도 그 책에 대해 같은 생각입니다. 내 생각으로는 에이브럼즈가 서구의 거대한 전통인 플라톤, 플로티누스, 헤겔, 워즈워스 그리고 자신의 책의 제목인 "자연스러운 초자연주의"라는 구절을 따온 토마스 칼라일에 이르는 엄청나게 복잡하고 다원적인 저작들을 아주 잘못 읽고 있는 것 같았습니다. 이것은 근본적으로 어떤 "해석학적인 의견의 차이"라고 생각됩니다.

당시 나는 서구 철학과 사상에 대한 자크 데리다의 새로운 읽기에 커다란 영향을 받고 있었습니다. 데리다는 전통적인 작가나 사상가들에 대한 전통적인 요약이나 통념적인 평가들과 상치되는 전혀 새로운 읽기를 하고 있었지요. 특히 고대 철학자인 플라톤에 대한 데리다의 새로운 읽기는 놀라운 것이었습니다. 왜냐하면 어떤 사상가나 작가에게도 "이중성"이 있다는 것을 인식시켜 주었기 때문입니다. 따라서 내가 에이브럼즈의 읽기에 반대한 것은 그의 일차원적인 해석과 단순한 읽기였습니다. 에이브럼즈는 서구의 지성사를 지나치게 단순화시켜 무엇인가 오류를 범하고 있다는 생각이 들었습니다. 나는 나하고는 아주 다른 그의 잘못된 읽기 방법을 반대한 것이지 어떤 논쟁을 위한 논쟁을 의도한 것은 아니었습니다.

6. 해체(구성)론의 의미

정정호 선생님은 예일대에 가셔서 드 만이나 데리다와 더불어 "해체 구성"에 대해 본격적으로 이론 전개를 시작하셨고, 현재의 서구 이론 중에서 강력한 영향력을 발휘하고 있는 "해체구성론"을 줄기차게 주장해오신 것으로 알고 있는데 우선 해체구성론을 아직 이 개념에 익숙치 못한 분들을 위해 간략하게 설명해 주시지요.

밀러 저는 한때 제 동료였던 데리다의 "차연"(différance) 개념과 드 만의 "수사성"(rhetoricity) 개념에 영향을 받아 텍스트 속에서 비유의 변형을 추구하고 지시성의 불안정을 찾아 문학을 "읽기" 시작하면서, 문학에 구현된 의미 개념을 거부하고 해체 구성이 우리가 예술에 대해 생각하는 방식에 얼마나 영향을 주었는지를 밝히고자 했습니다. 언어는 그 내부에 확실한 의미의 부재나 불확정성을 내포합니다. 문학언어는 의미로 환원될 수 없는 어떤 것이어서 상징과 사상, 쓰여진 기호와 부여된 의미 사이의 불균형을 폐쇄하기도 하고 동시에 열어주기도 합니다. 모든 문학 텍스트는 읽을 수 없는 또한 결정할 수 없는 "자유 유희"의 구조를 가지고 있다고 생각합니다. 위대한 문학 작품은 언제나 그 비평가를 앞서가면서 비평가가 이룩할 수 없는 해체 구성을 명백하게 예상하고 있습니다. 비평가들은 힘껏 노력해서 결국 작품들이 예견한 것을 찾아낼 수 있을 뿐입니다. 따라서 비평가의 임무란 저의 해체 구성적인 견지에서 보면 텍스트 자체에 의해 수행되어 "이미 언제나" 존재하는 해체 구성행위를 밝혀내는 것이라 할 수 있습니다. 이런 의미에서 글읽기란 언제나 "심연 속에 놓이기"와 "미로 찾기"라 할 수 있습니다.

7. 예일 학파, 『해체(구성)론과 비평』, 그리고 다양한 읽기 전략

정정호 해체구성론이 한창 논의되던 때인 1979년에 선생님의 동료였던 제프리 하트만 교수가 『해체구성론과 비평』이란 책을 편집했습니다. 이 책은 그 후 해체구성비평과 예일 학파를 이해하는 데 중요한 안내서가 되었는데, 이 책 서문에서 하트만은 드 만, 데리다와 선생님을 완전한 해체구성론자로 부르고 해롤드 블룸과 하트만 자신은 좀 다르다고 설명하였습니다. 여기에서 제 관심은 당시 예일 학파 내의 여러분들이 이론적으로 얼마나 유사성과 차이점이 있는지입니다.

밀러 글쎄요. 이 문제는 복잡합니다. "예일 학파"라는 말은 어느 정도 맞는 말입니다. 블룸과 나는 한때 그러한 용어가 가능하다고 말한 적이 있지요. 위의 책이 나올 무렵 나는 당시 미국 내의 비평 유파에 대해 『뉴 리퍼블릭』지의 원고 청탁을 받았는데 예일 대학교에 모인 몇 사람들이 공통적으로 비슷한 작업을 하는 새 그룹이라고 선언한 적이 있습니다. 드 만, 데리다와 나 자신은 물론이고 블룸과 하트만도 서로 공통된 작업을 한다고 생각했습니다. 블룸, 하트만과 우리 모두는 미국을 유럽의 해석모형을 가지고 사색하고 이미 수립된 비평방법론을 언제나 거부했다는 점에서 하나의 학파라고 볼 수 있습니다. 드 만과 데리다와 나는 어떤 의미에서 예일대 영문학과의 국외자였습니다. 당시 예일 대학교에서는 예일대에서의 교육과 예일대 박사 학위가 중요했습니다. 우리 셋은 모두 비 예일대 박사 학위를 가졌지요. 그럼에도 불구하고 블룸과 하트만과 더불어 우리 모두는 공통적인 대의명분이 있다고 말할 수 있겠으나, 어떤 의미에서 차이점이 있는 것도 사실입니다. 이런 맥락에서 그 책의 서문을 쓴 제프리 하트만 교수는 자신을 우리 셋(드 만, 데리다, 밀러)과 차별하여 자신은 순수한 해체구성론자가 아니라고 말한 것입니다.

사실상 위의 책을 기획하면서 우리 모두는 영국 낭만파 시인인 P. B. 셸리의 마지막 미완성 작품인 『삶의 개선 행렬』(*The Triumph of Life*)에 관해 쓰기로 했습니다. 우리 셋은 대체로 그 기획에 따라 이 시에 관해 썼으나 블룸과 하트만은 약속을 어기고 다른 것을 썼습니다. 그러나 우리 셋 사이의 좀 더 본질적인 차이점이 더 중요하겠지요. 해체 구성에 대한 개념 규정도 단순한 것이 아니라서 유사점도 말하기 쉽지 않지만 차이가 있는 것도 사실입니다. 무엇인가 관심의 차이겠지요. 드 만은 언제나 언어 속에 내재한 해체 구성의 힘에 비상한 관심을 가지고 있었습니다. 다시 말해 "물질성의 개념"의 역사랄까요. 이상하게 들리겠지만 어떤 의미에서 이것은 이상하게 변형된 마르크스에게서 온 것이며, 드 만은 의사 마르크스주의자였다고도 볼 수 있습니다. 데리다의 경우 그의 전 저작의 구도를 좀 더 살펴보면 그의 관심사는 "언어의 완전한 타자"의 문제입니다. 어떤 글에서 데리다는 자신을 "부정적인 신학자"가 아니라고 언명한 바 있습니다. 그러나 드 만은 언어 습관의 완벽한 타자성에 관해서는 별다른 의문을 제기하지 않았습니다. 그러나 나 자신은 이 점에서 드 만보다는 데리다에 더 가깝다고 생각합니다. 그 이유는, "실재"란 일종의 내재한 토대라고 나는 생각하기 때문입니다.

또한 우리 셋의 관계는 하이데거에 대한 서로 다른 태도에서도 잘 나타납니다. 하이데거는 나에게는 아주 중요한 사상가입니다. 물론 드 만과 데리다에게도 마찬가지지만요. 드 만의 경우, 많은 사람들이 하이데거와 드 만과의 관계에 대해 얘기하는 것과는 반대로, 그는 우리 둘과 달리, 20세기 철학사상가로 모두에게 중요한 하이데거에 대해 부정적이며 비판적입니다. 드 만은 하이데거가 근본적으로 정말 틀렸다고 생각하였습니다. 예를 들면 독일 시인 횔덜린에 관한 하이데거의 견해가 특히 잘못되었다고 지적하면서, 하이데거는 드 만 자신이 보는 횔덜린과 정반대로 보고 있다고 말했습니다.

데리다와 하이데거의 관계는 아주 복잡합니다. 데리다는 어떤 의미에서 하이데거 전문가입니다. 이것은 데리다가 하이데거와 같은 견해를 가져서가 아니라 하이데거는 데리다가 해체 구성하기—다시 말해 반(反) 하이데거적인 것을 찾아내기—에 가장 난해하고 위험한 철학자이기 때문입니다.

나 자신의 하이데거에 대한 관심과 견해도 데리다의 영향을 받은 것입니다. 처음 내가 드 만을 만났을 때 우리는 하이데거에 대해 논의했습니다. 드 만은 나에게 "하이데거를 읽지 마시오. 하이데거는 읽기 위험한 인물이오"라고 말한 바 있습니다. 1960년대 후반부 예일대의 한 학회 모임에서 내가 하이데거의 후기 저작에 관심을 가지고 있다고 말하자 드 만이 한 말입니다. 그는 계속해서 나에게 "만일 하이데거를 반드시 읽어야 한다면 첫 저작인 『존재와 시간』(Sein und Zeit)만을 읽으시오. 후기 저작은 읽지 마시오. 그것들은 신비화하고 있기 때문에 읽으면 잘못된 길로 접어들지도 모릅니다"라고 말하였습니다. 이렇게 소위 드 만, 데리다, 블룸, 하트만 그리고 내가 포함된 예일 학파 사이에는 공통점도 있지만 다른 점도 있습니다.

정정호 아주 복잡한 이야기이군요.

밀러 그렇습니다.

8. 해체(구성)론자들의 P. B. 셸리 시 읽기와 역사적 평가

정정호 방금 여쭤본 것과 관련지어 한 가지 더 묻겠습니다. 앞서 말한 책에서 낭만파 시인인 P. B. 셸리 특히 그의 미완성 시 『삶의 개선 행렬』이 주요 과제였지요? 제 자신이 셸리의 시선집을 번역하였고 특히 『삶의 개선 행렬』도 일부 번역하여 국내에서 출간한 바 있어 관심이 많습니다.

밀러 아 그렇습니까? … 그리고 왜 셸리였냐구요? 아마도 해롤드 블룸이 먼저 제안한 것으로 기억됩니다. 우리 다섯이 모두 함께 모여 얘기한 것은 아닙니다. 개별적으로 얘기가 나왔으나 먼저 드 만과 내가 동의했습니다. 이 계획은 어떤 면에서는 우연하게 시작되었으나 완전한 우연은 아니었어요. 왜냐하면 우선 셸리는 신비평 시대에는 중요한 시인도 아니었을 뿐 아니라 나쁜 예의 표본과 같은 시인이었지요. 블룸의 첫 저서인 셸리 연구서 『셸리의 신화 만들기』는 셸리를 재평가하기 위한 연구였습니다. 특히 그의 시 『삶의 개선 행렬』에 대해서는 셸리 전공학자들을 포함한 여러 연구자들의 저작들이 있으나 모두 환원적이고 단순화되어 있었고, 그의 시에 대한 특별한 관심의 초점도 시인이 익사하기 전에 쓴 미완성 작품이라는 점이었습니다. 당시 많은 셸리 학자들은 그것이 미완성이기 때문에 별로 관심을 기울이지 않았을 뿐 아니라 더러 언급을 해도 피상적인 수준에 불과했습니다. 따라서 우리는 여기에 특별한 도전의 식을 가지고 있었습니다. 특히 드 만이 셸리의 이 마지막 시에 관심이 많았고 그의 셸리 논문은 드 만의 가장 잘된 중요한 논문들 중의 하나입니다. 데리다의 것도 마찬가지고요.

이들 논문의 특징적인 차이를 살펴보면 드 만의 글은 어떤 의미에서 『삶의 개선 행렬』에 대한 진정한 읽기입니다. 데리다의 글은 이 시의 읽기이지만 다른 것들도 많이 포함되어 있지요. 어떤 이는 드 만과 데리다의 해체구성론을 모두 문학에는 진정으로 관심을 가지지 않는 유미주의(aestheticism)라 부르고, 그들의 관심사는 오로지 추상적인 철학적 관념과 이론적인 것뿐이라고 비판하였습니다. 그러나 이것은 명백한 잘못입니다. 앞서도 잠시 말씀드렸지만 나 자신을 포함해 드 만과 데리다는 어떤 개인적인 작품을 읽거나 활발하게 해석하는 예비 작업의 일환으로만 "이론"을 하고 있을 뿐이기 때문입니다. 드 만은 텍스트의 모형을 해체구성론이라는 은유체계로 보았고 그 다음에는 알레고리화라고 말하면서 이러한 추상적이고 개념적인 진술들을 언제나 구체적인 "읽기"라는 맥락에서 만들고 있습니다. 이 경우 "읽기"는 장 자크 루소의 저작을 읽는 경우입니다. 데리다의 경우도 마찬가지로, 그들은 아주 유럽적인 교육의 교사·학자 전통 속에 있습니다. 그들에게는 교육(pedagogy)은 다른 사람의 저작을 해명하는 것입니다. 따라서 해체구성론을 읽기 방법으로만 환원할 수는 없습니다. 왜냐하면 그것은 훨씬 더 그 이상의 것이기 때문입니다.

정정호 해체구성론에 대한 비난과 소위 "예일 학파"에 대한 역사적인 평가를 어떻게 생각하십니까?

밀러 해체구성론에 대한 언론과 일부 학계의 비난은 이제 거의 진부한 것이 되었습니다. 해체 구성이 허무적인 해석의 무정부 상태를 가져오고 역사·정치·윤리에 전혀 관심이 없다고들 비난하였습니다. 그러나 유럽과 미국에서 문학과 문화 연구는 다양한 "해체구성론"에게서 커다란 영향을 받았습니다. 최근에는 소위 신역사주의자들뿐 아니라 일부 마르크스주의자들도 표면적으로는 해체구성론에 적대적인 것처럼 보이지만 많은 가설들을 빌려가고 있습니다. 그들은 해체구성론과의 접맥 가능성을 시도하였죠. 반대로 작년(1993)에 해체구성론 철학자이며 이론가인 자크 데리다가 펴낸 책인 『마르크스의 유령』에서 마르크스에게 보인 놀라운 관심을 보십시오. 해체구성론은 기성 제도권에 아직도 강력한 위협입니다. 해체구성론은 문학과 문학 연구에 정말로 새로운 것을 가져다 주었습니다. 이렇게 볼 때 해체구성론을 만들어낸 "예일 학파"의 비평사적인 의미는 자명하다고 생각합니다.

9. 폴 드 만의 소위 "전쟁 중 저작물" 논쟁

정정호   이번에는 화제를 바꾸어 해체구성론 이론의 선두 주자라고 할 수 있는 폴 드 만의 소위 "전쟁 중 저작물"(war-time writings)에 대해 질문 드리고 싶습니다. 저는 1982년 봄 시카고 대학에서 폴 드 만을 실제로 만난 바 있습니다. 저는 당시 밀워키 워스컨신 대학교에서 이합 핫산 교수의 현대 비판이론 세미나에 참석하였는데 그때 마침 강연차 시카고대를 방문한 드 만 교수와 하트만 교수를 만나게 된 것입니다. 저는 그때 『눈멂과 통찰력』(*Blindness and Insight*)을 읽고 있었으며 강연을 듣고 드 만 교수에게서 이론가로서 투박하고 강렬한 인상을 받았습니다. 그런데 아깝게도 그 이듬해 그는 암으로 세상을 떠났지요. 그가 죽은 후 드 만이 2차 대전 중 유럽에서 나치에게 협력하는 글을 썼다는 소문이 떠돌았습니다. 그래서 해체구성론 이데올로기를 비판하는 사람들에게 좋은 구실을 주게 되었지요. 예일대에서 한때 아주 가까운 동료로서 그 문제에 대해 말씀해주시지요.

밀러   우선 그 당시 드 만의 아주 나쁜 한두 에세이에 분명한 반유대주의 사상이 들어 있었다는 것은 변명의 여지가 없습니다. 21세의 젊은 나이였던 초기 드 만이 전쟁 중 저널리즘을 위해 쓴 글 중에 반복적으로 나타나는 것이 있는데, 그것은 유일무이한 독일 문학, 플랑드르 문학, 프랑스 문학 등 유기체적이며 지속적인 통일체로서의 문학사에 대한 믿음이었습니다. 여기에서 지속적으로 나타나는 이념이 소위 그가 나중에 규정지은 바 있는 "미적 이데올로기"(aesthetic ideology)입니다. 1950년대부터 죽을 때까지의 후기 드 만에게는 전쟁 중 쓴 글들에 나타나는 이와 같은 이데올로기라는 주요 표적이 있었습니다. 그래서 드 만이 나에게 "하이데거를 읽지 마시오"라고 말한 것을 후에 더 잘 이해하게 되었는데 그 이유는 독일을 희랍이 재육화(再肉化)된 것으로 보는 하이데거의 사상은 오류이며 정치적으로 위험하다고 보았기 때문일 것입니다. 따라서 드 만의 해체구성론 전략을 초기 드 만과 연결시키는 것은 잘못이라고 봅니다. 후기 드 만은 전기의 자신의 엄청난 사상적 오류를 무효화시키고 해체시키는 작업을 수행했다고 볼 수 있기 때문입니다. 전쟁 중에 드 만이 쓴 초기 글들이 21세의 어린 나이에 쓴 것이라서 별로 중요하지 않다고 이해할 수도 있겠으나 그렇다고 초기의 그의 반유대주의가 정당화될 수는 없겠지요. 당시 드 만은 어린 나이지만 바보는 아니어서 좋은 글도 많이 썼습니다. 그의 괴테론에서 문학에 대한 흥미는, 아직도 커다란 가치를 지닌 글입니다. 그러나 어쨌든 그의 후기의 글의 일부가 초기의 "미적 이데올로기"의 가설들을 간접적으로 보여주고 있었던 것도 사실입니다. 이 정도로 해두지요.

10. "읽기의 윤리학"―해체(구성)론을 넘어서

정정호 알겠습니다. 해체구성론이 비정치적 비역사적이라는 비난을 받고 있을 때 선생님은 칸트, 드 만, 제임스, 벤야민 등을 논하면서 "읽기의 윤리학"이라는 개념을 만들어냈습니다. 읽기에 어떻게 윤리학이 개재되는 것일까요?

밀러 해체구성론에 대한 편견과 잘못된 특징 부여에 대한 반발의 일환으로 저는 해체구성론적 읽기에 거창한 정치적인 문제를 다루지는 않았지만 "윤리학"의 문제를 생각해냈습니다. 우리가 읽기를 할 때 필연적으로 인지적도 아니고 정치적도 아니고 사회적도 아니고 개인 상호적도 아닌 그러나 적절하고도 독립적인 어떤 윤리적인 순간이 필연적으로 나타난다고 생각했습니다. 앞서 제시하신 철학자·작가·이론가들을 다시 꼼꼼히 읽으면서 이들의 저작에서 그들은 어떤 윤리적인 면을 생각하고 있었는가를 추적해보았습니다. 윤리학이란 어떤 일에 대해 어떤 행동이나 사유를 하도록 요구하는 것에 대한 반응이라고 생각합니다. 따라서 읽기 행위에서의 윤리적 지점이란 두 가지 방향을 가지게 됩니다. 우선 그것은 어떤 것에 대한 반응이며, 책임감이며 감응이며 존경심입니다. 그것은 다시 말해 내가 무엇인가 해야만 하는 것을 의미합니다. 또 다른 방향의 윤리적 지점은 교수가 학생들에게 말할 때나 또는 비평가가 글을 쓸 때와 같이 사회적, 제도적 정치적 영역과 맞닿게 됩니다. 정치적인 것과 윤리적인 것은 언제나 긴밀하게 관련되어 있는 것이 틀림없지만 정치적인 고려와 책임에 의해 전적으로 결정되어 버리는 윤리적 행위는 더 이상 윤리적이지 않습니다. 이런 의미에서 윤리적 행위는 탈도덕적이라고까지 말할 수 있습니다. 구체적으로 말하자면 읽기 행위의 언어적 거래로부터 나오는 수행적인 힘은 지식·정치·교사·비평가 그리고 일반 지식인들에게도 확산되어, 그들이 가져야 하는 윤리적 의무감까지도 관련지어 생각해볼 수 있습니다.

11. 데리다와 마르크스—그들의 "비판 전략"

정정호 알겠습니다. 결국 선생님이 말씀하시는 윤리학이란 우리가 문학의 텍스트나 담론이 지닌 언어적인 수행력의 토대 위에서 어떤 지식과 정치와 역사를 포괄하는 결과를 얻어내야 한다는 뜻이군요. 화제를 바꾸어, 앞서 선생님도 잠시 언급하셨습니다만 해체구성론의 원조라고 할 수 있는 자크 데리다가 작년 9월에 파리에서『마르크스의 유령』이란 책을 출간하여 커다란 화제가 되고 있습니다. 한국에서도 기사화되었지요. 일본계 미국인인 후쿠야마 씨가 동구의 궤멸과 구소련의 붕괴로 인해 "역사의 종말"을 선언하면서 마르크스주의는 죽었다고 진단한 이 시점에서 왜 데리다가 해체구성론을 유보하고 다시 마르크스로 돌아가자는 것인지요. 이것은 분명히 하나의 놀라운 전환이거나 아니면 기이한 접합인 것 같습니다. 데리다를 개인적으로도 잘 알고 계시는 선생님께서는 어떻게 생각하시는지요?

밀러 이 문제는 대단히 복잡한 문제입니다. 데리다는 특징적이고 천재적인 읽기 방식으로 마르크스의『독일 이데올로기』와 같은 다른 저작들을 읽었습니다. 이 책은 데리다가 깊이 읽고 생각한 뒤에 마르크스에 대한 독창적인 견해를 표명한 훌륭한 책입니다. 데리다는 플라톤을 읽을 때와 마찬가지로 통념적인 방식으로 읽는다든지 이미 알려진 지식을 확인하는 방식으로 읽는 것이 아니라 마르크스에게서 전혀 새로운 기존의—마르크스주의자들이 요약해주었거나 제시한—것과 아주 다른 것을 찾아내어 우리를 놀라게 합니다. 사실상 데리다는 어떤 의미에서 그동안 마르크스에 대한 언급을 자제해왔습니다. 이것은 약간의 우연 또는 개인적인 사정에 의한 것이죠.

데리다는 공산주의자였으며 저명한 마르크스주의 이론가인 루이 알뛰세르를 따라 파리의 고등사범학교에 가게 되었습니다. 데리다가 그곳에 처음 갔을 때 당시 강력한 정치권의 권력과 관계를 가지고 있었던 프랑스 공산당원들인 마르크스주의자들에게 온통 둘러싸여 있었습니다. 그 후 그는 동료이자 선배인 마르크스주의자 알뛰세르와의 관계 때문에 마르크스에 대한 언급을—『백색 신화』나『입장들』과 같은 저서에서 한두 문단 정도로 언급한 것 이외에는-지극히 자제해왔고 자신을 그들과 격리시키려고 노력하였습니다. 데리다는 그들과는 다른 작업을 하고 자신의 이론을 구축해왔습니다.

데리다는 상당히 지적으로 독립적인 이론가입니다. 그는 현상학이나 자크 라캉과 같은 조류에도 거리를 두어 자신을 관련시키지 않고 독자적으로 사색하기를 좋아했습니다. 그러나 데리다가 어찌 현대의 거대한 지적 정치적인 힘의 하나인 마르크스를 외면할 수 있었겠습니까? 그는 사실상 오랫동안 마르크스를 심각하게 받아들였다고 볼 수 있습니다. 그러던 중 어느 날—이것은 데리다에게서 직접 들은 이야기입니다만—『오늘날의 마르크스』 편집자에게서 영국에서 개최되는 마르크스 학술대회에 초청을 받았습니다. 데리다는 처음에는 일단 거절하였으나 여러 날을 생각하다가 초청 강연을 수락했습니다.

그 결과 나온 것이 그 책입니다. 다시 말씀드리지만 우선 그 책은 아주 강력하고 독창적이고 새로운 마르크스 읽기입니다. 또한 데리다는 현실사회주의인 공산당은 이제 죽었으니 우리는 이제 마르크스에 주의를 기울일 필요가 없다고 말하는 것은 잘못된 전제에서 출발한 불합리한 추론이라고 양심적으로 말했습니다. 이것은 데리다의 아주 중요한 정치적 행위이며 결단입니다. 데리다는 오히려 제도화된 마르크스주의는 이제 무서운 정치 집단으로서 실패로 끝났으니 이제야말로 진정으로 마르크스를 다시 읽을 필요가 있다고 생각하는 것입니다. 왜냐하면 데리다는 후쿠야마가 말하는 "역사의 종말"이 왔고 이제는 자본주의만이 혼자서 독단적으로 세계를 지배할 것이기 때문에 이러한 위험에 대비하고 그것에 대한 저항세력이 필요하다고 느꼈을 것입니다. 데리다는 앞으로 올 "진정한 민주주의 사회"를 제시하였습니다. 따라서 이제는 데리다처럼 마르크스에게 돌아가서 그를 새로 읽을 좋은 시기라고 생각합니다.

정정호 제가 보기에는 데리다의 "해체구성론"이라는 개념도 궁극적으로는 하나의 비판 전략입니다. 해체 구성이란 새로운 구성을 전제로 한 서구의 형이상학의 거대 담론 체계의 파괴입니다. 이 점은 마르크스가 자본주의 속에 미묘하게 숨겨져 편재해 있는 모순과 갈등 구조를 벗겨내어 허위 지배 이데올로기를 밝혀내려고 했던 위대한 해체 구성론자이며 비판이론가였다는 점과 유사하다고 봅니다. 데리다 자신은 이미 1989년 한 대담에서 선생님이 조금 전 지적하신 대로 "나의 야망은 마르크스를 새롭게 읽는 것이다"라고 천명하였고, 해체구성론이, 제도화되고 순치된 마르크스주의보다 강한 정치성을 띠고 있다고까지 말한 바 있습니다. 그리고 데리다는 마르크스 읽기가 자본주의의 문화의 "이해"와 "변혁"에 유익하다면 기꺼이 그것을 받아들일 것이라고 언명한 바 있습니다. 데리다는 "마르크스의 텍스트를 움직이지 않는 주어진 것이 아니라 우리가 작업을 계속해야 하는 것으로 생각하는 한, 나 자신은 마르크스주의자"라고 규정지었습니다. 결론적으로 제 생각으로는 데리다는 마르크스에서 특히 그 비판력을 가장 중시하고 있다고 보여집니다. 제 말이 길어 죄송합니다. 미국에서 이 책에 대한 반응은 어떤가요?

밀러   미국에서는 지금 막 영어 번역판이 나왔기 때문에 아직은 전반적인 반응을 알 길이 없지만 글쎄요. 제가 보기에는 정치적으로 커다란 반응을 불러일으킬 것 같지는 않군요. 그러나 이 책은 데리다가 마르크스를 오랫동안 생각하고 관계를 맺은 후 심사숙고 끝에 나온 책이므로 앞으로 엄청나게 중요한 책이 될 것이 틀림없습니다.

12. 케네스 버크, 현대 영미 비평이론, 그리고 "프랑스 이론"의 영향

정정호   최근에 현대 미국 비평이론계에서 일반적으로 받아들여지고 있는 강력한 프랑스 이론의 영향(French connection)에 대해 일정한 거리를 두려는 분위기가 있는 것 같습니다. 가령 해체구성론도 영국과 미국 내에서 자생적인 면이 있다는 것을 증명하려고 합니다. 심지어 어떤 이들은 해체구성론의 기본적인 전략은 이미 미국에서 에머슨, 듀이, 로티 등과 영국에서 I. A. 리차즈, W. 엠프슨 등에서 찾을 수 있다고까지 주장하고 있습니다. 선생님은 이 문제에 대해서 어떻게 생각하십니까?

밀러   만일 우리가 케네스 버크 같은 비평가를 예로 든다면 우리는 데리다가 필요없겠지요. 그만큼 버크가 데리다나 프랑스 이론가들과 유사성이 있는 것은 사실입니다. 그러나 이를 위해 버크의 어떤 부분을 읽어야 하는가를 결정하는 것은 어려운 문제입니다. 왜냐하면 버크는 데리다처럼 적절하고 유용하게 읽는 방법과 가르치는 방법을 구체적으로 제시하지 않고 있기 때문이죠. 따라서 어떤 면에서 해체비평론과 버크 사이에 친족성이 있는 것은 사실이나 좀 더 생각해볼 문제입니다. 그러나 이 문제를 다루는 데 있어서 환원주의적이고 편협한 생각은 피해야 한다고 봅니다. 다시 말해 데리다와 드 만을 포함하는 유럽인들이 우리에게 진실로 새로운 어떤 것을 가져다 주었다는 것을 기꺼이 인정하지 않는 것은 문제입니다. 그들은 혁신자들이었습니다. 우리는 그 새로운 것들이 에머슨, 듀이 등과 같은 토착적인 미국에서 이미 존재했다고 말할 수는 없을 것입니다. 이것은 프랑스 영향에 대한 거부입니다.

로티나 해롤드 블룸도 토착적인 미국 전통에서 실용주의 같은 사상을 찾아내려고 노력하고 있습니다. 나는 토착적인 미국 전통에서 나 자신의 영미 작가에 대한 연구나 저작을 얻을 수 없을 것이라 생각합니다. 또한 페미니즘이나 여성학의 중대한 양상이 나타나는 것은 프랑스 이론가들의 감정과 도전이 없었다면 불가능했을 것이고 토착적인 미국 전통에서 그러한 것을 끌어낼 수 있었다고 생각하지 않습니다. 내 생각으로는 이것은 프랑스 영향에 대한 저항에서 나온 미국의 잘못된 국수주의적인 민족주의에서 나온 발상이 아닌가 합니다. 우리 미국민들은 요즘 혼자 살아갈 수 있으며 우리 자신만의 전통을 가지고 있다고 생각하기를 좋아합니다. 오늘날 현대비평에서 너무나 많은 것이 프랑스 이론이 없었다면 강력하게 이루어지지 못했을 것입니다. 여기에는 데리다 이외에 라캉 같은 다른 프랑스 이론가들도 포함될 수 있겠지요.

13. 신비평적 "자세히 읽기"와 해체(구성)론적 "수사학적 읽기"

정정호 이 문제와 관련지어 최근에 해체구성론적 책읽기는 신비평의 텍스트읽기인 "자세히 읽기 기술"(close reading technique)의 또 다른 양상에 불과하다고 주장하는 사람도 있지요.

밀러 이 문제도 이해할 수 있는 실수라고 생각합니다. 사실상 앞서 지적한 데리다나 드 만과 관련된 읽기는 유럽의 토착적인 교육사상에서 나온 것이라고 생각합니다. 어떤 의미에서건 신비평의 자세히 읽기와는 차이가 있습니다. 해체구성론적 읽기는 동기와 수행의 면에서 신비평의 읽기와는 아주 다르지요. 해체구성론적 읽기는 신비평이 절대적으로 중요시하는 작품의 유기적 통일성을 가정하지 않습니다. 신비평적 읽기는 은유와 아이러니와 같은 비유법에 약간 관심을 가지기는 하지만 전반적으로 수사학적인 비유법에는 중요성을 크게 부여하지 않습니다. 예를 들어 드 만과 데리다와 나는 "용어 오용"(catechresis)을 중요하고도 유용한 비유법으로 간주하고 있습니다. 아이러니에 있어서도 드 만의 아이러니 이론은 신비평의 아이러니 이론과 그 가설이 아주 다릅니다. 신비평적 자세히 읽기에서는 알레고리가 별다른 중요성을 띠지 않지만 드 만의 경우에는 아주 중요한 비평용어가 됩니다. 이 밖에 다른 수사적 비유법인 환유와 대유도 아주 복잡하고 정교한 해체구성론적 읽기의 다른 이름인 "수사학적 읽기"(rhetorical reading)에서는 적용되고 있습니다. 신비평적 자세히 읽기는 이러한 작업을 본격적으로 하지 않습니다.

14. 문화 연구 또는 "문화학"의 가설과 문제점

정정호 화제를 또 바꾸어보겠습니다. 최근의 선생님의 저작활동이라든가 서울대학교에서 하신 강연이나 한국영어영문학회 국제 학술대회에서 행한 기조 강연에서도 볼 수 있듯이, 최근, 선생님은 "문화 연구" 쪽으로도 많은 관심을 가지고 계신 것 같습니다. 앞으로 세계는 무역전쟁이나 경제전쟁에서 문화전쟁의 시대로 돌입한다는 말도 있고 한국에서도 최근 문화론, 문화 연구, 문화비평에 관한 관심이 부쩍 고조되어 일부에서는 활발한 활동도 이루어지고 있습니다. 또한 영국의 학자 앤소니 이스트호프 같은 사람은 (고급) "문학의 죽음"을 선언하고 (대중) "문화 연구"의 시대가 도래했다고 선언하고 있는 상황에서, 인문 과학 분야에서의 문화 연구에 대한 선생님의 견해를 지나치게 전문적인 수준이 아닌 원론적인 수준에서 말씀해주셨으면 좋겠습니다.

밀러 말씀하신 대로 최근에 여러 종류의 문화 연구가 급속도로 이루어지고 있습니다. 발터 벤야민은 「기계 복제 시대의 예술작품」이라는 제목의 유명한 논문의 결미에서 나치주의가 정치를 미학화한다면 공산주의는 예술을 정치화할 것이라는 취지의 말을 한 바 있습니다. 국가를 하나의 예술로 보는 것은 결국 예술은 국가에 직접적으로 봉사해야 한다는 뜻입니다. 또한 예술을 정치화하는 것도 예술이 국가 이데올로기의 계산된 도구가 될 수 있음을 의미합니다. 따라서 이 모두는 결국 예술이 국가나 사회에 밀접하게 관련되어 있어서 특정한 언어 · 국가 · 역사 · 계급 · 성별구조 · 이념 형성이나 생산 · 분배 및 소비의 기술적인 수단에 대한 이해 없이는 이해될 수 없다는 것을 가정하는 것입니다. 정치를 예술화하는 것은 국가를 마치 예술작품과 같은 것으로 보아 국민들을 어떤 정책에 의해 조종되고 형성되는 예술작품의 재료들로 간주하는 것이고, 예술을 정치화하는 것은 예술의 정치적 가치와 힘을 인정하는 것입니다.

따라서 예술을 정치화하는 작업은 천재나 영속한 가치의 개념을 탈신비화하는 것입니다.

　이러한 종래의 가치들은 역사 · 언어 · 계급 · 생산–분배–소비관계 등의 맥락으로 대치되었습니다. 이런 맥락에서 볼 때 문화비평은 예술을 정치화하는 계획의 하나입니다. 지방 문화의 존재를 위협하는 세계화도 문화비평이 생겨나게 만든 이유 중의 하나입니다. 지금은 어떤 문화의 지방적이고 국지적인 특성이 사라지고 있습니다. 청바지, T셔츠, 영화, TV, 비디오, 팩스, 대중음악, 간이 식당, 편의점 등의 국제적인 문화는 세계 곳곳의 지방 문화를 위협하고 있습니다. 따라서 문화 연구는 이러한 국제화와 세계화 문화의 대조류 속에서 주변부화되고 약화된 자국 또는 지방 문화를 보호하기 위해 자결권이라는 활력을 부여하는 작업을 문화 연구의 주요 목표의 하나로 만들고 있습니다. 대학도 점점 민족이나 지역의 속성을 벗어나 다국적 산업을 위해 일하고 있고 인문 과학의 경우도 국가 경계나 제약을 벗어나 집단 연구나 교육을 위한 공동 노력에 참여하고 있습니다. 더욱이 컴퓨터, 복사기, 팩스 등과 같은 기술 발전은 인문학의 연구와 교육의 상황을 변화시키고 있습니다. "디지털" 복제 시대에 언어에서 역사, 정치, 사회로 인문학의 연구 방향을 재조정하는 문화 연구는 하나의 비평적 유행이 아니라 커다란 이데올로기적 동기에서 나온 것이라고 볼 수 있습니다.

정정호　그렇다면 "문화 연구" 또는 "문화학"은 좀 더 구체적으로 어떤 가설을 가지게 되는지요?

밀러　먼저 문화 연구는 이론이나 실천, 정치나 제도적 방향에 있어 서로 아주 다른 제도적 형태를 가지고 있다는 것을 지적하고 싶습니다. 예를 들어 여성학, 종족학, 미국학, 신역사주의 등은 모두 전략이나 접근방식이 다릅니다. 영국의 버밍험 대학 문화 연구는 강력한 제도적 · 교육적 프로그램과 정치적인 계획을 가지고 있습니다. 그러나 미국이나 호주의 문화 연구는 아주 다양하고 이질적이며 아직은 확고하게 제도적으로 확립되어 있지 못합니다. 그러나 몇 가지 공통적인 가설들이 가능합니다. 예를 생략하고 요점만 말씀드리면 다음과 같습니다.

　첫째 문화 연구는 예술작품, 대중문화, 문학이나 철학의 역사적 맥락과 정치적 배경—작품이 생산되고 소비되는 물적, 사회적, 계급적, 경제적, 기술적, 성별적 환경—에 대한 이해가 선행되어야 한다고 주장합니다. 둘째로 문화 연구는 종합 학문적

(학제적) 접근이고 다매체적인 경향을 가지기 때문에 전통적인 학문적 경계를 넘거나 부숴버립니다. 문화 연구는 영화, 소설, 시, TV 연속극, 광고, 회화, 대중 음악, 사진, 의상과 식생활의 연구들을 병행시키죠. 문화 연구자들은 인류학, 민족학 등의 다양한 접근방식을 채택합니다. 셋째로 문화 연구는 인문학의 중심으로 여겨지던 합의된 "정전"(正典)의 가설을 무너뜨립니다. 소수민족학과 여성학은 지금까지 무시되어 왔던 작품들을 교과과정에 포함시켜야 한다고 주장하고, 대중문화도 고급 문화만큼 또는 더 중요하게 취급되어야 한다고 주장합니다. 넷째로 문화 연구는 예술작품, 대중문화, 문학 또는 철학을 특수한 언어, 전통, 역사를 가진 종족이나 지방적 특성—흑인이나 북미 인디언, 동성 연애자 등—속에서도 어떤 가치나 이해가 가능하다고 생각합니다. 문화 연구는 또한 문화적 산물의 맥락을 수동적이고 고정된 것으로 보지 않고 맥락은 항상 변화하고 역동적이고 이질적인 장이라고 믿고 있습니다. 따라서 주변부 또는 소수민족 문화들이 지배적인 주류 문화에서 분리되어 차별받거나 무시되어서는 안 된다는 것입니다.

다섯째로 문화 연구는 이분법을 설정하여 엘리트 대 대중, 중심부 대 주변부, 이론 대 실천, 문화의 반영으로서의 문화적 산물 대 문화 생산자로서의 문화에서와 같이 대립시키는 경향이 있습니다. 여섯째로 문화 연구는 이전에 있었던 해체구성론 또는 포스트구조주의와 같은 이론의 도움이 없었으면 수립될 수 없었음에도 불구하고 이들 이론과 불편한 관계를 가집니다. 문화 연구는 한편에서는 철저히 이론적이면서 동시에 자주 이론화에 대한 의구심을 가지고 있습니다. 자신들의 반이론적이고 실천적인 면을 강조하며 "순수이론"의 제도화를 비판합니다. 일곱 번째로 이러한 이론과의 불편한 관계는 신비평이나 해체구성론적 "읽기"와는 다른 "독법"을 만들어냅니다. 문화 연구는 읽기 방식에서 주로 주제적이 되고 바꾸어 말하기를 하고 진단적이 됩니다. 그러나 단순히 주제적으로 읽게 되면 그 표면적이며 이론적이자 정치적인 주장이 무엇이든 간에 논구의 대상이 되고, 이데올로기 속에 함몰될 수가 있습니다. 따라서 제가 보기에 중요한 것은 언어의 영역에서 기호의 물적인 차원을 다루는 적극적인 읽기인데, 이것만이 실제적·제도적·사회적 세계의 변화를 가져오게 하는 것입니다.

마지막으로 문화 연구는 명백하게 정치적입니다. 그들은 단순히 이론적인 것보다는 수행적인 것을 강조하며, 그들의 목표는 현재의 학과들과 방법들을 재조정하여 새로운 질서를 수립하여 대학을 변혁시키는 것입니다. 대학을 재구성함으로써 현재의 지배문화를 흔들고 지금까지 주변부에서 불이익을 당하던 사람들에게 권력을 부여하자는 것입니다. 그러나 정치적으로 저항적인 문화학이 지배문화에 의해 전환될 위험성도 지적하고 싶습니다. 대학이나 한 사회에서 문화 연구 자체를 하나의 방법론으로 현재의 판 속에 끼워넣게 되면 자유주의적 다원주의 속에 다시 포위되어 또 다른 소수의 목소리로 전락될 위험이 있습니다.

15. "문학의 죽음" 문제와 밀러 교수의 최근 작업들

정정호 선생님께서는 지금까지 최근 저서 『삽화』(1992)를 중심으로 "문화 연구"에 관해 요약해주셨습니다. 이와 관련하여 영국에서 최근에 문화학의 제도권 진입이 논의되고 일부 실행에 옮겨지고 있는 것 같습니다. 이런 시점에서 앤소니 이스트호프 같은 사람들은 고도 전자 다매체 시대에 문자/순수 "문학의 죽음"이라는 표현까지 써가며 영문학과에서 과거의 전통적이고도 정전적인 문학의 경계를 무너뜨리고 새로운 대중문화 영역들이 영문학 연구권 내로 들어와 확산되어야 한다고까지 주장하고 있습니다. 선생님께서는 어떻게 생각하십니까? 이와 관련하여 선생님의 최근 관심사와 연구 경향도 말씀해주시지요.

밀러 글쎄요. 이번 한국 영어영문학회 강연에서도 잠깐 언급했습니다만 독자들의 신념, 사상이나 이념을 형성해주는 문자문학의 사회적 기능이 약화되는 것은 사실인 것 같습니다. 많은 사람들이 TV와 영화를 보고 대중음악을 듣는 데 더 많은 시간을 소비하고 있습니다. 이러한 현상은 피할 수 없는 사실입니다. 미국인의 경우 하루 평균 5시간 정도 TV 시청을 하고 있다고 들었습니다. 그럴 경우 시청자들은 제인 오스틴 또는 다른 어떤 것도 읽을 수 없을 것입니다. 따라서 현재 사회에서 이러한 새로운 매체들이 중요해지고 대학에서 관심을 가지고 연구하는 것은 당연하지요. 대부분의 경우 나 자신은 못하더라도 다른 사람들이 그것들을 연구하는 것을 내버려 둘 준비는 되어 있습니다. 왜냐하면 나의 직업은 문학작품을 읽는 것이고 계속 그렇게 할 것입니다.

　최근 내가 새롭게 관심을 가지는 것은 본격적인 문화 연구의 영역이라고 할 수 없습니다. 나의 최근 저작인 『삽화』의 경우도 소설에서의 삽화의 문제로 오래전에 기획된 것이고 삽화라는 기호의 의미 전달 문제에 관심을 가진 결과입니다. 다시 말해 시각 영상에 관한 문제이지요. 이렇게 보면 최근의 경향 변화와 전혀 무관한 것도 아니기는 합니다만. 요즈음 나의 계속적인 관심은 읽기의 윤리적인 차원입니다. 물론 이전과는 조금 다른 형태이기는 합니다만, 나의 진정한 관심의 하나는 "화용론적 수행"(speech act performative)과 문학의 기능에 관한 문제입니다. 그래서 나는 지금 미국 소설가에 관한 책은 『화용론과 헨리 제임스』를 쓰고 있습니다. 지형학(형태학), 질투 등에 관해서도 관심을 가지고 있습니다.

이 밖에 나는 "타자성"(otherness)에 관해 연구하고 있습니다. 나는 이 타자성을 에드워드 사이드가 문화 연구에서 정의내리는 타자성의 개념이 아닌 사람들과 소설 사이의 관계를 규명하는 양식으로 사용하고 있습니다. 따라서 나는 "문화 연구"를 하는 것은 아니고 아직도 헨리 제임스나 마르셀 프루스트와 같은 정전에 들어 있는 작가들에 관해 읽고 쓰고 있습니다. 물론 나의 앞으로의 연구가 방금 선생님의 말씀대로 문학에서 벗어나 조금씩 확장되고 있습니다만 대중문화에까지 미치지는 않을 것입니다.

나가며: 몇 가지 질문들

정정호 알겠습니다. 이제 마지막으로 몇 가지 짤막한 질문들을 드리겠습니다. 우선 선생님께서는 현재 누가 가장 중요한 이론가라고 생각하십니까?

밀러 자크 데리다입니다. 제게는 데리다가 라캉, 바흐친보다도 훨씬 재미있고 중요하다고 생각합니다.

정정호 미셸 푸코는 어떤지요?

밀러 저에게 푸코는 별로 중요하지 않아 보입니다. 현재 수많은 이론가들이 군웅할거 상태에 있으므로 우리는 그중에서 선택할 수밖에 없습니다. 나는 데리다를 택합니다.

정정호 프랑스 이론가인 츠베탕 토도로프는 한때 러시아의 이론가 미하일 바흐친을 "20세기에 가장 중요한 문학이론가"라고 주장한 적이 있지 않습니까?

밀러 예, 저도 바흐친을 아주 재미있고 중요한 이론가라고 생각합니다. 저의 경우 라캉보다는 바흐친을 더 좋아합니다. 그런데 바흐친의 경우 내가 러시아어를 할 수 없어서 문제입니다. 최근의 바흐친의 많은 영어 번역본에 의심이 가는 부분이 많고, 본격적인 바흐친 학자가 되려면 러시아어를 알아야만 하니까요.

정정호 한국 대학에서는 아직 비교문학과가 없습니다. 선생님은 예일대에서나 현재 캘리포니아 대학교의 어바인 분교에서 영문학 및 비교문학과의 석좌 교수로 계시지요. 현재와 같은 국제화, 세계화 시대에는 각 국민문학 간의 "비교"나 "번역"의 문제가 점점 더 중요해지리라고 여겨집니다.

밀러 맞습니다. 내가 가르치고 있는 대학에서도 영문학보다 비교문학이 더 강합니다. 문학 연구는 이제 비교문학의 방향으로 가고 있는 듯합니다. 우리는 한 나라와 한 언어 이상을 이해할 필요가 있습니다. 외국어는 문학이론이나 작품 원전을 연구할 때도 필요할 뿐 아니라 문학 연구 자체가 본질적으로 비교적이어야 하기 때문입니다. 가장 전통적인 영문학 연구에서도 비교는 아주 중요합니다. 예를 들어 르네상스 문학을 연구하는 데 불어불문학, 이탈리아어 문학, 그리고 라틴어 문학까지 모르면 연구할 수 없습니다.

정정호 다음은 해묵은 뜨거운 논쟁에 관한 것입니다. 요즈음 한국의 대학에서는 기술 전문 교육의 강조로 인해 인문학이 상대적으로 많이 위축되고 있습니다. 선생님은 학부에서 물리학을 전공하시고 문학으로 전공을 바꾸신 분이라서 이 문제를 묻고 싶습니다. C. P. 스노우 경이 오래전에 이미 제기한 "두 개의 문화"의 관계는 어떠해야 한다고 보십니까? 이러한 고도의 과학기술 시대에 문학이나 인문학의 기능을 무엇이라고 보시는지요?

밀러 글쎄요. 쉽게 대답할 수 없는 문제입니다. 나는 단지 낡은 방식으로 말할 수밖에 없겠습니다. 우리에게는 인문학을 단지 기술 과학의 한 부속물이라는 측면에서 정의내리려는 경향에 저항해야 합니다. 또는 단지 의사소통 기술로만 가르쳐서도 안 된다고 봅니다. 우리 자신이 누구인가를 이해하고 결정하며 나아가 우리가 이 세상에서 어떻게 행동해야 하는가를 결정하기 위해서 우리는 대학에서 인문학의 훈련이 주는 도움이 필요합니다. 예를 들어 위대한 문학작품이나 철학적 사색들은 모두 자기이해와 선택에 중요한 모델을 주며 우리 삶에 절대적으로 필요한 것입니다. 기술

교육만 필요한 것이 아닙니다. 따라서 제 아무리 목적을 달성하는 것이 복잡하고 어렵다 해도 대학에서 이러한 과업을 포기한다면 이것은 학생들에게 앞으로의 삶을 준비하고 살아가게 해야 하는 우리의 책임을 회피하는 것입니다. 나는 어떤 인간 사회에서도 인문학은 대학에서 필요한 것이며 그것은 쉽게 사라지지 않을 것이라고 생각합니다.

정정호 저도 그렇게 믿고 있습니다. 장시간 동안 대단히 감사합니다.

밀러 한국 독자들에게 이렇게 말할 기회를 주어 감사합니다.

부록2 문학 연구, 문화 연구, 인문학의 미래
— 호주 이론가, 존 프로우[1]와의 대담

일시: 2006년 6월 22일 오전 10시~오후2시

장소: 동국대학교 문화관

정정호 2006년 6월 서울 동국대학교에서 개최된 한국영어영문학회 국제 학술대회에서 선생님께서 재미있는 논문인 「장르, 문학 연구 그리고 문화 연구」를 발표하셨습니다. 그 전에 이미 선생님께서는 2005년에 『장르』라는 책을 상재하셨습니다. 그런데 제 생각으로는 "장르"의 개념은 매우 전통적이고 관습적인 문학비평용어입니다. 그런데

---

[1] 호주 머독 대학교에서 1975년부터 1988년까지 비교문학 교수를 역임하였고 그후 브리즈번시 소재 퀸즈랜드 대학교에서 1999년까지 영어영문학과 다넬 석좌 교수로 있었다. 그후 2004년까지 영국 스코트랜드의 에딘버러 대학교에서 수사학과 영문학 석좌 교수로 지내다가 현재는 호주 남부 멜버른 대학교 영문학과와 문화연구학과 교수로 재직중이다.

　　주요 저서로는 『마르크스주의와 문학사』(1986), 『호주문화연구: 선집』(미건 모리스와 공편) (1993), 『문화연구와 문화적 가치』(1995), 『시간과 상품문화: 문화이론과 탈근대성에 관한 엣세이』(1997), 『취향 설명하기: 호주 일상생활 문화』(토니 베넷과 공저) (1999), 『장르』(2006) 등 다수가 있다. 프로우 교수는 2006년 6월 22일부터 23일에 동국대학교에서 개최된 한국영어영문학회 국제 학술대회에 기조 발제자로 초청받아 강연하였고 서울 시내 몇 대학에서 특강도 하였다.

어떻게 요즘 같은 탈장르가 운위되는 탈근대이론 시대에 장르 개념이 문학 연구와 문화 연구에서 다시 중요해지는 이유가 무엇입니까?

프로우 장르의 개념은 포스트구조주의 문학이론에서 특별히 중심적인 용어는 아니었습니다. 그 이유는 장르라는 개념이 규범적이고 제약적인 개념이기 때문입니다. 예를 들어 자크 데리다의 장르에 관한 논문인 「장르의 법칙」은 장르를 차이를 억압하는 법으로 간주하고 있습니다. 그러나 장르에 대한 나의 입장은 다릅니다. 나는 장르가 모든 의사소통에 중심이며 또한 장르는 우리들로 하여금 텍스트들과 의사소통적 맥락들을 함께 가져와 형식적 구조들을 그들의 사회적 힘으로 전환시킬 수 있게 만드는 특권을 가진 개념이라고 굳게 믿습니다. 미셀 푸코의 용어를 빌면 장르란 구조들의 생산성이라는 측면에서 고려되어야 합니다. 다시 말해 (장르와 같이) 구조들은 에너지나 창조성의 반대라고 생각하기보다 나는 구조들을 사물들이 가능하게 만드는 것으로 생각하고 싶습니다. (이것은 마치 푸코가 권력이 억압이 아니라 생산적인 힘이라고 주장하는 것과 같습니다). 따라서 제가 의도하는 장르란 바뀌지 않고 제한하는 일련의 규범들의 집합이 아니고 오히려 텍스트성 자체가 생성되는 조건들의 집합입니다 (그리고 그러한 조건들이 없으면 텍스트성은 만들어질 수 없지요). 장르는 또한 엄청난 폭을 가진 개념으로 단지 문학 텍스트들에만 관련되는 것이 아니라 구어(口語), 영화와 텔레비전, 그리고 사실상 어떤 의사소통의 구성된 형식도 모두 관련되고 있습니다.

정정호 선생님은 지금까지 아주 재미있고 역동적인 교수 경력을 가지신 것 같습니다. 이에 관해 질문을 해보겠습니다. 선생님의 경력을 보면 1975년에서 1988년까지 13년 동안 호주의 머독 대학교에서 "비교문학"(Comparative literature)을 가르쳤습니다. 그리고 나서 선생님은 호주 중동부의 브리즈번 시에 소재한 100년이 넘은 명문대학 퀸즈랜드 대학교 영어영문학과로 옮기셨습니다. 선생님께서는 비교문학을 포기하고 영문학을 선택했다고 말할 수 있을까요? 오늘날과 같은 전 지구적 세계화 시대에 비교문학을 포함한 비교 연구(Comparative studies) 또는 비교학이 점점 더 중요해진다고 볼 수 있습니다. 많은 사람들이 다시 "세계문학"(World literature)에 관해 논의하기 시작하였습니다. 선생님께서는 21세기의 전 지구적 맥락에서 비교문학의 효용성과 중요성에 대해 어떻게 생각하십니까?

프로우 선생님이 지적한 대로 나는 비교문학으로 학문적 훈련을 받았고 내가 후에 영문학과를 옮길 때까지 비교문학을 가르쳤습니다. 그러나 비교문학과 영문학의 차이는 그렇게 큰 것은 아닙니다. 왜냐하면 호주에서(영어권의 다른 많은 지역에서와 같이) 영문학과는 아주 폭이 넓어서 영문학의 정전(正典) 이외에도 영어로 번역된 외국 텍스트들, 문화 연구(Cultural Studies), 그리고 흔히 영화와 전자 텍스트들도 가르치는 경향이 있습니다. 나는 비교학적으로 가르치는 것은 매우 중요하다고 굳게 믿습니다만 통념적인 비교문학 전통과는 어느 정도 거리를 유지하고 있습니다. 왜냐하면 비교문학은 국민문화들 사이의 관계와 국가적 전통들에 특권을 부여하는 경향이 있기 때문입니다. 내 사유방식으로는 국민문화 간의 관계를 중시하는 것은 오늘날 세계의 문학(과 다른 매체들)의 진정한 국제주의와 지역문화들 사이의 지속적인 상호관계의 중요성을 폄하하는 것처럼 보입니다.

정정호 영문학과 정교수로서 선생님은 퀸즈랜드 대학교에서 10년간 가르쳤습니다. 그리고 나서 멜버른 대학교의 문학 연구 및 영문학과로 자리를 옮기셨습니다. 왜 옮기셨는지 물어도 될까요? 호주 중동부의 퀸즈랜드 대학교와 호주 남부의 멜버른 대학교 사이의 학문적인 전통은 어떤 차이가 있습니까?

프로우 학문적 전통의 차이가 거의 없습니다! 호주는 문화적인 면에서 매우 동질적입니다. 그리고 퀸즈랜드 대학교와 멜버른 대학교는 차이보다는 유사한 점이 더 많습니다.

정정호 선생님은 멜버른대학교로 가시기 전에 4년 동안 영국 스코틀랜드에 있는 에든버러 대학교에서 수사학과 영문학 석좌 교수로 가르쳤습니다. 데이비드 흄과 애덤 스미스 같은 18세기 계몽주의 지식인들 이래로 스코틀랜드에서는 아직 "수사학"이 중요한가요. 우리 시대의 문학 연구 및 문화 연구에서 수사학의 기능이 무엇인지 설명해 주시겠습니까?

프로우 수사학 자체를 하나의 과목으로 가르치지는 않습니다 (그리고 그렇게 안 가르친 것은 아주 오래되었습니다). 내가 그 직위를 가지고 임명되었을 때 나는 그 일을 내 자신의 목적에 맞추었습니다. 나에게는 수사학이란 무엇보다도 담론상황의 사회적 관계들(말하는 사람과 듣는 사람 사이의 관계들과 담론이나 글쓰기가 그 상황에 의해 구조화되는 특수한 방식들)과 관계가 있습니다. 문화 연구와 문학 연구(Literary Studies)에서의 내 작업의 대부분은 사실상 그러한 일련의 관계들과 관련을 맺고 있습니다. 그리고 나는 수사학이 텍스트들이 이 세상에서 어떻게 작동하는가를 사유하는 방법으로 매우 중요하다고 생각합니다.

정정호 10여 년 전에 저는 선생님께서 퀸즈랜드 대학교 영문학과 교수 취임식 때 발표하신 글 「지식의 사회적 생산과 영문학의 학문방법론」을 읽었습니다. 그 취임 강연에서 선생님은 변화의 4개의 계기를 "영문학", "페미니스트 비평", "문화 연구" 그리고 "이론"을 들었습니다. "이론"(theory)에 관하여 사람들은 이미 "이론의 종말"을 말하고 있습니다. 그러나 저는 아직도 이론이 인문학에서 중요한 비판적, 학제적 그리고 전 지구적 담론이 될 수 있다고 믿습니다. 선생님께서는 미래의 영문학 연구, 문학 연구, 문화 연구에서 "이론"의 기능과 의미에 대해서 어떻게 생각하시는지요?

프로우 저는 "이론"이 사라지고 있다고 생각지 않습니다. 호주에서 이론은 보수적인 비평가들과 저널리스트들(대부분 실제로는 이론을 거의 읽지 않은 사람들입니다!)에 의해 아직도 공격을 받고 있습니다.

그러나 대학에 있는 학자들 사이에는 만일 우리가 문학 연구나 문화 연구에서 적합한 작업을 수행하기 위해서는 우리 시대의 이론에 대한 공부와 섭렵이 있어야만 한다는 것이 지금은 대체로 당연시되고 있습니다. 물론 이론의 반대가 이론이 아닌 어떤 것은 아닙니다. 오히려 이론의 반대는 이론 자체의 작동에 대해 우리가 알지 못하게 우리의 눈을 가리는 이론의 형태일 것입니다. 우리가 지적인 작업을 수행한다면 이론의 바깥에는 어떤 공간도 없습니다. 어떤 의미에서 이론은 이제 과거보다는 좀 더 겸손한 것이 되었습니다. 다시 말해 이론은 가르치고 글 쓰는 일상적 작업의 일부가 되어 그전보다는 거대한 해방적인 용어로써는 아니지만 아직도 문학 연구와 문화 연구에 굳게 뿌리내리고 있습니다.

정정호 자, 이제는 문화 연구 쪽으로 주제를 옮겨볼까요? 수년 전에 저는 영국의 버밍험 대학교의 현대문화연구소(Centre for Contemporary Cultural Studies; CCCS)가 2002년에 폐쇄되었다는 소식을 듣고 깜짝 놀랐습니다. 그 연구소는 오늘날 전 세계로 확산되고 있는 문화연구운동(?)의 중심지였습니다. 그 연구소가 왜 문을 닫았습니까? 그리고 그것이 영국 이외의 지역에서 수행되고 있는 문화 연구에 어떤 영향을 줄까요?

프로우 간단하게 말해 버밍험의 그 연구소는 특별히 훌륭한 기관은 아니었습니다. 그래서 그것이 빌미가 되어 대학당국에서 연구소를 폐쇄하였습니다. 물론 많은 사람들은 대학당국이 스튜어트 홀(Stuart Hall) 교수 시대의 현대문화연구소(CCCS)의 유산에 대해 좀 더 경의를 표했어야 한다고 느끼고 있습니다. 그러나 오늘날 영국은 모든 대학, 모든 학문방법들 속에서 연구의 질을 평가하여 우수한 업적을 내지 못하면 종종 학과도 폐쇄되기도 하는 것이 현실입니다. 저는 사실상 버밍험의 문화연구학과가 폐쇄된 것이 큰 영향을 끼치리라고 생각지 않습니다. 왜냐하면 그 학과는 전 지구적 차원에서 볼 때 지금은 특별히 중요한 의미를 가지지 못하기 때문이지요.

정정호 1996년과 1997년에 저는 방문 교수로 호주 브리즈번 시에 있는 그리피스 대학교에 1년간 머물렀습니다. 그곳에서는 당시 호주 국립문화연구소 소장이었던 토니 베넷 교수도 만났습니다. 당시 저는 영국에서 시작된 문화 연구가 호주에 와서 강력한 호주의 국가적 특성이 가미되어 발전된 것에 대해 특히 흥미를 가졌습니다. 선생님께서 영국 문화 연구와 미국 문화 연구와 비교하여 호주 문화 연구의 변별적 특징들을 설명해주시겠습니까?

프로우 어려운 질문입니다만 몇 가지는 말씀드릴 수 있을 것 같습니다. 첫째, 문화 연구의 호주적 전통은 좀 더 절충적인 경향이 있고 매우 다양한 이론적 전통들을 끌어들이는 경향이 있고 다른 나라 문화 연구보다 비정통적인 경향을 가지고 있습니다. 그것은 아마도 우리 호주인들은 우리가 우주의 중심에 있지 않다는 것을 알기 때문일 것입니다. 그래서 영국이나 프랑스나 미국 학자들과는 다르게 우리들은 중심부 이외의 다른 어디서든지 어떤 것을 이룰 수 있는지 알기 위해 매우 열심히 하고 있습니다. 그리고 매우 광범위하게 우리들의 영감을 끌어내려고 합니다. 둘째로 호주 문화 연구는 원주민들에 관한 매우 특별한 논쟁들에 관심을 가지고 있습니다. 이 논쟁들은 캐나다에서 문제와 유사한 면들이 있기는 하지만 우리는 우리 자신을 이해하기 위해 확고한 태도를 가집니다. 셋째로 노동당 정부의 집권기인 1980년대와 90년대 초기의 특수한 상황들이 정부의 활동과 밀접하게 관련되어 나타나는 효과들을 진지하게 받아들였던 문화정책운동(토니 베넷 교수를 중심으로)이 일어났습니다. 미국의 문화 연구와는 달리 호주의 문화 연구는 (종족이나 민족적인) 정체성 문제에는 별로 관심을 가지고 있지 않습니다. 부분적으로 그 이유는 호주에서 전개된 복합문화주의의 형태들을 여러 종족 그룹들 내에서 차이를 강조해왔습니다. 그리고 상당히 고착화된 인종적 그리고 종족적 집단 사이의 차이들보다는 종족 집단들 사이의 상호관계를 더 강조하고 있다고 하겠습니다.

정정호 오늘날 문화 연구는 전 세계적으로 빠르게 국제화되고 있습니다. 선생님께서는 홍콩, 일본, 한국과 같은 동아시아 지역의 문화 연구에 대해 어떻게 생각하시는지요?

프로우 동아시아 지역의 문화 연구는 호주에서는 빠르고도 인상적으로 성장하는 지역으로 보고 있습니다. 부분적으로 이것은 호주 내에서 동아시아 문화 연구를 발전시키는 데 있어 호주의 미건 모리스(Meaghan Morris) 교수의 역할이 크기 때문이고요, 또한 그녀는 우리 호주인들로 하여금 동아시아 문화 연구를 진지하게 받아들일 필요가 있다는 것을 인식하게 해주었기 때문이기도 합니다. 이런 맥락에서 저도 한국에 초대를 받아 이렇게 이야기하게 됨을 기쁘게 생각합니다!

정정호 오늘날 한국의 대학에서 몇몇 문화 연구과정들이 제도화되고 있습니다. 예를 들어 제가 가르치고 있는 중앙대학교에서는 2006년 초부터 대학원에 문화 연구 협동과정으로 석박사 과정을 개설하였습니다. 인문학의 위기가 운위되고 있는 때에 문화 연구의 가능성과 불가능성은 무엇일까요?

프로우 제 생각으로는 이 문제는 지역에 따라 답이 다르게 나올 것 같습니다. 호주에서는 문화 연구가 아주 잘 정착되었고 인문학 내에서도 합당한 정도로 안정적인 위치를 차지하고 있습니다. 미국에서는 문화 연구가 좀 더 논쟁거리가 되고 있습니다. 그 부분적인 이유는 문화 연구가 문화전쟁에서 우파들에 의해 주요한 적으로 간주되고 있기 때문이지요. 일부 아시아 지역에서는 제가 보기에 문화 연구가 좀 더 편안하게 정착될 것 같군요. 왜냐하면 "문화"라는 말의 권위 때문입니다. 이것은 문화라는 말은 그 개념의 전통적 용법에 의존하는 것 같습니다. 그러나 중요한 점은 아마도 문화 연구가 인문학의 "위기"에만 빠져 있는 것이 아니라 문화 연구는 그 위기와 밀접하게 관련되어 있고 그 자체가 만일 우리가 그 위기 상황을 하나의 지적인 문제로 이해한다면 그 위기를 가져오는 원인들의 하나이기 때문이지요. 문화 연구는 단지 또 다른 학문방법론이 아니라 위기를 만들어내는 추동력이 되어야만 합니다.

정정호　오늘날 많은 문화 연구 과목들이 문학 연구의 전통적인 프로그램 속으로 들어가고 있습니다. 그 문화 연구 과목들이 문학 연구의 친구가 될까요, 적이 될까요? 영어영문학과내에서 문학 연구와 문화 연구의 공생과 협력은 새로운 가능성인가요 아닌가요?

프로우　그것은 우리가 어디에 있는가에 달려 있습니다. 미국에 있다면 문학 연구와 문화 연구는 대체로 양립 불가능하지요. 특히 소위 일류대학에서는요, 내가 생각하기에 실제로는 문화 연구를 실천하면서도 끝까지 그것을 거부하고 있는 교수들이 있습니다. 내 자신의 느낌으로 이러한 적대의식은 잘못입니다. 왜냐하면 문학 연구는 텍스트들 자체만을 분석하는 것이 아니라 제도적 맥락 안에서 텍스트들의 사회적 생활을 분석하면서 문화 연구 방법론과 더불어 교육되어야만 합니다. 반대로 문화 연구는 그 범주들이 문학 연구의 범주들을 끌어안는 범위를 인식해야만 합니다.

정정호　지금은 영국에서 개방대학의 사회학 교수로 계시는 토니 베넷 교수와 공동편집한『문화 연구 방법을 위한 핸드북』을 런던의 세이지 출판사에서 곧 출간하는 것으로 저는 알고 있습니다. 그 책을 소개해주시겠습니까?

프로우　베넷 교수와 나는 문화 연구와 인류학으로부터 경제학, 지리학, 문학 연구, 문화통계학 그리고 문화운동에 이르는 문화 분석의 전 영역에 대한 지도 그리기를 하려고 시도하였습니다. 제 생각으로는 이 핸드북은 이런 작업을 하는 데 엄청난 성공을 거둘 것입니다. 그것은 베넷 교수와 내가 함께한 작업 때문이 아니고 우리가 학문방법론들에 관한 "문화적" 차원에 관한 열심히 사유하는 일군의 강력한 직업 팀을 가지고 있기 때문이지요.

정정호　2005년에 선생님은『현대언어 리뷰』지에「공공의 인문학」이란 글을 발표하셨지요. 요즘 같이 인문학이 퇴출되는 시기에 인문학이 어떻게 "공공적"(公共的)이 될 수 있는지 말씀해주십시오. 선생님께서 말씀하시는 공공의 인문학이 인문학의 위기를 위한 하나의 탈주의 선이 될 수 있을까요?

프로우 인문학은 결코 공공적이 아닙니다. 그래서 저는 이것을 인정하고 그에 따라 행동해야 할 필요가 있다고 주장합니다. 저는 단순히 특히 보수적인 국가기구에 의해 인문학에 가해지는 공격들을 받아들이기보다 인문학이 가진 관심들을 위해 싸우는 정치적으로 참여하는 인문학을 주장합니다. 우리가 수행하는 비평과 분석은 공영역(public sphere)에서 나오는 것입니다. 비평과 분석은 공적 수사학의 형식입니다. 다시 말해 우리의 언어가 아주 애매모호하게 왜 공격을 받는가 하는 문제입니다. 사람들은 옳든 그르든 간에 인문학이 다른 학문 영역과는 달리 총체적으로 사람들에게 발언해야 하는 특별함을 가진다고 느낍니다. 그리고 저도 그러한 발언 작업을 적극적으로 해야 한다고 생각합니다. 또한 이미 말씀드린 바와 같이 우리는 인문학의 "위기"를 극복하고 살아남아야 할 뿐 아니라 그 위기를 자극하며 그 위기를 우리의 적들로 간주해야 한다고 생각합니다. (이 적들은 저에게는 오늘날 지적 세계를 지배하고 있는 신보수주의 지식인들의 형성을 의미합니다.

정정호 지금까지 대단히 고맙습니다.

프로우 감사합니다.

참고문헌

국내 논문 및 단행본

강대건, 「*An Essay on Criticism*: Pope의 예술창조에 관한 사상」, 『이재 전제옥 선생 회갑기념논총』, 서울대 출판부, 1978.

_____, 정정호 편주, *English Major Critical Essays*, 민음사, 1983.

강상중, 『오리엔탈리즘을 넘어서』, 이경덕 · 임성모 역, 이산, 1997.

고부응, 『초민족 시대의 민족정체성—식민주의, 탈식민이론, 민족』, 문학과지성사, 2002.

김명렬, 「*Joseph Andrews: Pamela*와의 관계를 중심으로」, 『영어영문학』 제38권 1호, 1992, 113~129.

김명복, 『예술과 문학—고딕에서 로코코까지』, 현상과 인식, 1997.

김영희, 『비평의 객관성과 실천적 지평—F. R. 리비스와 레이먼드 윌리엄즈 연구』, 창작과비평사, 1993.

김용권 외 편역, 『현대문학 비평론』, 미하일 바흐친 외, 한신문화사, 1994.

_____, 『세계평론선』, 아리스토텔레스 외, 삼성출판사, 1978.

김우창, 『궁핍한 시대의 시인』, 민음사, 1977.

_____, 『심미적 이성의 탐구』, 민음사, 1992.

김일영, "Introduction", *Joseph Andrews*, Annotated with Critical Introduction by Kim, IL-Young, 신아사, 2002.

_____, 「로렌스 스턴」, 『18세기 영국소설 강의』, 근대영미소설학회 편, 신아사, 1999.

_____, 「필딩의 "새로운 글쓰기"와 이중적 재현—『조셉 앤드류즈』를 중심으로」, 『영어영문학』 제49권 3호, 2003. 627~649.

김재풍, 「헨리 필딩의 작품구성과 표현」, 『영어영문학』 제41권 2호, 1995, 337~358.

김진석,『초월에서 포월로』, 솔, 1994.

김춘희,「비교문학과 영문학」, 영남대학교 개최 한국학술단체 총연합회 제6회 통합학술대회 발표문, 2011. 12. 3.

김치규,「윌렴 버틀러 예이쓰」,『시론』, 탐구당, 1970.

나희경,「헨리 제임스 작품에 반영된 19세기 후반 미국과 영국의 사회개혁운동」,『미국학논집』제29집 1호, 1997.

박경일,「T. S. 엘리엇의 비개성주의와 포스트모던 이론들」,『T. S. 엘리엇 연구』제6호, 1998.

_____,「T. S. 엘리엇의 탈구조주의」,『T. S. 엘리엇 연구』2~3호, 1994~1995.

박지향,『영국적인, 너무나도 영국적인—문화로 읽는 영국인의 자화상』, 기파랑, 2006.

_____,『영국사—보수와 개혁의 드라마』, 까치, 2007.

_____,『일그러진 근대』, 푸른역사, 2003.

박찬부,『현대정신분석비평』, 민음사, 1996.

백낙청,『리얼리즘과 모더니즘—서구근대문학론집』, 창작과비평사, 1984.

_____,『민족문학과 세계문학 II』, 창작과비평사, 1985.

백 철 편,『비평의 이해』, 현음사, 1982.

봉준수,「전통과 자기추방: 엘리엇의 문화적 위상에 대한 서설」,『미국학연구』No. 16, 전남대, 1995. 4.

송낙헌,「오거스틴적 소설: Joseph Andrews 서론」, *Joseph Andrews*, 송낙헌 서론 · 주석, 서울대출판부, 1995.

송승철, 정정호,「현대 미국문학 비평이론 번역의 수용현황과 문제점—시론적 접근」,『현대비평과 이론』5호, 1993년 봄, 여름호.

송 욱,『문학평전』, 일조각, 1969.

_____,『시학평전』, 일조각, 1963.

안영수,「T. S. 엘리엇과 낭만주의」,『T. S. 엘리엇 연구』2~3호, 1994~1995.

안원권,『동양학 이렇게 한다』, 대원출판사, 1998.

양병현,「T. S. 엘리엇과 자크 데리다: 기호학적 해체와 정치 이데올로기」,『T. S. 엘리엇 연구』제6호, 1998.

_____,「T. S. 엘리엇의 사유체계는 중심적인가? 탈중심적인가?」,『T. S. 엘리엇 연구』2~3호, 1994~1995.

여석기,「영문학 연구의 의식 변화에 관한 고찰」,『대한민국 학술원 논문집』제42집(인문 · 사회), 2003.

여홍상,『영문학과 사회 비평—19세기 영시와 영문학 교육』, 문학과지성사, 2007.

우실하,『오리엔탈리즘의 해체와 우리문화 바로읽기』, 소나무, 1997.

유명숙,『역사로서의 영문학—영문학을 넘어서』, 창비, 2009.

유종호, 「영미현대비평이 한국비평에 끼친 영향」, 『영미비평연구』, 한국영어영문학회 편, 민
　　음사, 1979.

_____, 『문학이란 무엇인가』, 민음사, 1989.

윤삼하 역, 『예이츠』, 혜원출판사, 1987.

윤지관, 『근대 사회의 교양과 비평—매슈 아놀드 연구』, 창작과비평사, 1995.

윤혜준, 「근대 대도시의 원형으로 '긴 18세기' 런던의 문화적 재현」, 『현대비평과 이론』 제17
　　권 제1호, 2010. 봄·여름.

이경식, 『아리스토텔레스의 「시학」과 신고전주의—16~18세기 영국과 유럽의 극비평』, 서울
　　대 출판부, 1997.

이명섭 외, 『현대 문학 비평이론의 전망』, 성균관대 출판부, 1994

이문재, 「분열과 통합의 역설로 본 『황무지』」, 『T. S. 엘리엇 연구』 제17권 1호(2007. 봄·여
　　름), 81~106.

이상섭, 『르네상스와 신고전주의 비평: 1530~1800』, 민음사, 1985.

_____, 『영미비평사: 낭만주의에서 심미주의까지 1800~1900』, 민음사, 1996.

_____, 『복합성의 시학—뉴 크리티시즘 연구』, 민음사, 1987.

_____, 『문학이론의 역사적 전개』, 연세대 출판부, 1981.

_____, 『자세히 읽기로서의 비평』, 문학과지성사, 1988.

이윤섭, 『지식으로서의 문학—뉴크리티시즘의 연원』, 만남, 2000.

이정호 편, 『포스트모던 T. S. 엘리엇』, 서울대 출판부, 1996.

_____, 「J. A. 프루프록의 「사랑 노래」에 대한 포스트–구조주의적 접근」, 『T. S. 엘리엇 연구』
　　2~3호, 1994~1995.

_____, 『포스트모던 T. S. 엘리엇』, 서울대 출판부, 1996.

_____, 『황무지 새로 읽기』, 서울대 출판부, 2002.

이창배, 「자기부정의 비평가 T. S. 엘리엇: 엘리엇 비평 개관 소고」, 『T. S. 엘리엇 연구』 제17
　　권 1호, 2007 봄·여름, 7~27.

_____, 『현대영미시 해석—영국편』, 탑출판사, 1995.

_____, 『T. S. 엘리엇 전집(全集)』 I, II권, 민음사, 1988.

_____, 『W. B. 예이츠의 시 연구』, 동국대 출판부, 2002.

_____ 편, 『현대 영미 문예 비평선』, 을유문화사, 1981.

임　화, 「신문학사의 방법」, 『문학의 이론』, 학예사, 1940.

장경렬, 「비평의 객관성과 가치판단의 문제: Murray Krieger의 경우」, 『미국학』(서울대 미국학
　　연구소) 12집, 1989.

_____, 「상상력과 언어—코울리지의 경우」, 『현대비평과 이론』 제2호, 1991. 가을·겨울.

정재서, 『동양적인 것의 슬픔』, 살림, 1996.

정정호 편역, 『포스트모더니즘: 이합 핫산의 문학 및 문화 이론』, 종로서적, 1985.

_____, 「포스트모던한 담론의 다층적 울림」, 『문학사상』 1990년 4월호.

_____, 『탈근대인식론과 생태학적 상상력』, 한신문화사, 1997.

_____, 『탈근대와 영문학』, 태학사, 2004.

_____, 장경렬, 박거용 편, 『현대영미 비평의 이해』, 문학비평사, 1989.

_____, 「볼테르와 괴테가 본 영문학―영문학 정체성 탐구시론」, 『영미문화』 Vol.13 No.3, 한국영미문화학회, 2013.

_____, 「이광수와 영문학―신문예로서의 조선문학수립을 위한 춘원의 도정(道程)」, 『외국학 연구』(중앙대학교 외국학 연구소) 제22집, 2012.

_____, 『계몽과 근대의 대화―18세기 영문학 텍스트 읽기와 쓰기』, 중앙대 출판부, 2004.

_____, 『세계화 시대의 비판적 페다고지』, 생각의 나무, 2001.

정진농, 「오리엔탈리즘의 두얼굴: 세속적 오리엔탈리즘과 구도적 오리엔탈리즘」, 『동서비교 문학저널』 창간호, 1999.

조강석, 「흄의 視界 또는 時計」, 『교수신문』 574호, 2010년 10월 4일.

조동일, 『우리학문의 길』 지식산업사, 1993.

최경도, 「작가와 국적: 헨리 제임스의 사례」, 『미국학논집』 45권3호(2013): 99-116

최원식, 「한국문학의 안과 밖」, 『민족문화사 연구』 17, 민족문학사학회, 2000.

최종수 편역, 『현대 영미 문학 비평의 이해』, 한신문화사, 1987.

최주리, 「감상소설 The Sentimental Novel」, 『18세기 영국소설 강의』, 근대영미소설학회 편. 신아사, 1999.

최창호 역, 『엘리어트 문학론』 서문당, 1972.

한국영어영문학회 편, 『영미 비평 연구』, 민음사, 1979.

_____, 『영미 희곡, 수필, 평론』(영미어문학회 총서 제5권), 신구문화사, 1969.

황동규 편, 『엘리어트』(작가론 총서), 문학과지성사, 1978.

개러드, 존, 「루카치와 바흐친의 소설이론」(정정호 옮김), 『바흐친과 대화주의』, 김욱동 편, 나 남, 1990.

게린, 윌프레드 L. 외, 『문학비평입문』(제3판), 최재석 역, 한신문화사, 1994.

괴테, 요한 볼프강 폰, 『문학론』, 안삼환 옮김, 민음사, 2010.

들뢰즈, 가타리, 『소수 집단의 문학을 위하여―카프카론』, 조한경 역, 문학과지성사, 1992.

들뢰즈, 질, 『차이와 반복』, 김상환 역, 민음사, 2005.

_____, 『들뢰즈가 만든 철학사』, 박정태 편역, 이학사, 2008.

라이치, 빈센트, 『현대 미국 문학비평』, 김성곤 · 김용권 · 김욱동 · 윤호병 · 정정호 역, 한신 문화사, 1993.

라투르, 브뤼노, 『우리는 결코 근대인이었던 적이 없다』, 홍철기 역, 갈무리, 2009.

로지, 데이비드 편, 『20세기 문학비평』, 윤지관 외 역, 까치, 1984.

롤스, 존,『정의론』, 황경식 역. 이학사, 2005.

롱기누스,『롱기누스의 숭고미 이론』, 김맹복 역, 연세대 출판부, 2002.

무어 길버트, 바트,『탈식민주의! 저항에서 유희로』, 이경원 역, 한길사, 2001.

사이드, 에드워드,『권력과 지성인』, 전신욱 · 서봉섭 역, 창, 1996.

_____,『도전받는 오리엔탈리즘』, 성일권 역, 김영사, 2001.

_____,『문화와 제국주의』, 김성곤 · 정정호 역, 창, 1995.

_____,『오리엔탈리즘』, 박홍규 역, 교보문고, 1991.

샤오메이 천,『옥시덴탈리즘』, 정진배 · 김정아 역, 강, 2001.

셀던, 라만 외,『현대문학이론』(5판), 정정호, 윤지관, 정문영, 여건종 역, 경문사, 2014.

셸리, P. B.,『시의 옹호』, 윤종혁 역, 새문사, 1978.

시드니, 필립,『詩의 변명』, 전홍실 역, 한신문화사, 1990.

스피노자, 바루흐,『에티카』, 강영계 역, 서광사, 1990.

아놀드, 매슈,『삶의 비평—매슈 아놀드 문학비평선집』, 윤지관 역, 민지사, 1985.

에커만, 요한 페터,『괴테와의 대화』, 곽복록 역, 동서문화사, 2010.

엘리엇, T. S.,『문화란 무엇인가』, 김용권 역, 중앙일보사, 1974.

_____,『T. S. 엘리엇 전집—시와 시극』, 이창배 역, 동국대 출판부, 2001.

웰렉 르네,「문학 연구에 있어서 리얼리즘의 개념」(유재천 옮김),『리얼리즘과 문학』, 최유찬
외 역, 지문사, 1985.

_____ · 오스틴 워렌 공저,『문학의 이론』(신판), 김병철 역, 을유문화사, 1982.

존스, 수미에,「중층 텍스트(Overtext): 초기 근대문학의 포스트모더니즘 이론을 위하여」, 여
건종 역,『비평』제2호(2000년 상반기).

존슨, 레슬리,『문화비평사—매슈 아놀드부터 레이먼드 윌리엄즈까지』, 윤지관 역, 동아서
원, 1984.

프라이, 노스럽,『T. S. 엘리엇』, 강대건 역, 탐구당, 1979.

코메 앤터니 애피아(Kwame Anthony Appiah),『세계시민주의—이방인들의 세계를 위한 윤
리학』, 실천철학연구회 역, 바이북스, 2008.

핫산, 이합,『포스트모더니즘 개론: 현대문화와 문학이론』, 정정호 · 이소영 공편, 한신문화
사, 1991.

국외 논문 및 단행본

Abrams, M. H. "From Addison to Kant: Modern Aesthetics and the Exemplary Art", *A Studies
in Eighteenth-Century British Art and Aesthetics*. Berkeley: U of california P, 1985.

_____. *The Mirror and the Lamp: Romantic Theory and the Critical Tradition*. New

York: Oxford UP, 1953.

Adams, Hazard. Ed. *Critical Theory Since Plato*. New York: Harcourt, 1971.

Aden, John M. *The Critical Opinions of the John Dryden*. Nashville: Vanderbilt UP, 1963.

Ahmad, Aijaz. *In Theory: Classes, Nations, Literatures*. London: Verso, 1992.

Allen, Walter. *The Modern Novel in Britain and the United States*. New York: E. P. Dutton, 1964.

Alter, Robert. "Bernard Malamud: Jewishness as Metaphor" in Field.

Amirthanayagan, J. J. G. "Frost, Yeats and Eliot", 『영어영문학』 No. 66, Summer 1978.

Anderson, David R. et al. Eds. *Approaches to Teaching the Works of Samuel Johnson*. New York: MLA, 1993.

Arnold, Matthew. "The Bishop and the Philosopher", *Spinoza: Eighteenth and Nienteenth-century Discussions*. Ed. Wayne I. Boucher, Vol. III, 1855~1870, Bristol: Thoemmes Press, 1999.

_____. *Culture and Anarchy*. Ed. J. Dover Wilson. Cambridge: Cambridge UP, 1971.

_____. Ed. *The Six Chief Lives from Johnson's Lives of the Poets*. London: Macmillan, 1927.

_____. *Selected Criticism of Matthew Arnold*. Ed. Christopher Ricks. New York: New American Library, 1972.

Aschroft, Bill et al. *Edward Said: the Paradox of Identity*. London: Routledge, 1999.

Atkins, G. Douglas. *The Faith of John Dryden: Change and Continuity*. Lexington: UP of Kentucky, 1980.

Atkins, J. W. H. *English Literary Criticism: The Renascence*. London: Methuen, 1951.

_____. *English Literary Criticism: 17th and 18th Centuries*. London: Methuen, 1963.

Bakhtin, Mikhail. *The Dialogic Imagination: Four Essays*. Ed. Michael Holquist, Trans. Caryl Emerson and Michael Holquist. Austin: U of Texas P, 1981.

_____. *Problems of Dostoevsky's Poetics*. Ed. and trans. C. Emerson, Minneapolis: U of Minnesota P, 1984.(M. 바흐친, 『도스또예프스끼 창작론』, 김근식 역, 중앙대 출판부, 2003).

_____. *Speech Genres and Other Late Essays*. Trans. Vern W. McGee, Austin: U of Texas P, 1986.

Baldick, Chris. *Criticism and Literary Theory: 1890 to the Present*. London: Longman, 1996.

_____. *The Social Mission of English Criticism: 1848~1932*. Oxford: Clarendon Press, 1983.

Bate, Walter Jackson. *Samuel Johnson*. New York: Harcourt, Brace, Jovanovich, 1977.

_____. *The Achievement of Samuel Johnson*. Chicago: U of Chicago P, 1978.

Battersby, James L. *Rational Praise and Natural Lamentation: Johnson, Lycidas, and Principles of Criticism*. London: Associated Press, 1980.

Battestin, Martin. "Henry Fielding", *The Restoration and 18th-Century*(St. James Reference Guide to English Literature). Introduction by Pat Rogers, Chicago: St. James Press, 1985, 271~276.

Beach, J. W. *The Method of Henry James*. Philadelphia: Albert Saifer Publicher, 1954.

Beavis, Richard W. *English Drama: Restoration and Eighteenth Century*. 1660~1789, London: Longman, 1998.

Beer, John. "Coleridge, Wordsworth and Johnson", *Journal of English Language and literature* (Seoul, Korea) Vol. 33 No. 1, Spring 1987.

Bellow, Saul. *Herzog*. Harmondsworth: Penguin Books, 1964.

Benamou, Michel. et al., ads., *Performance in Postmodern Culture*, 1977.

Bennett, Andrew. *Romantic Poets and the Culture of Posterity*. Cambridge: Cambridge UP, 1999.

Bialostosky, Don H. "Dialogics as an Art of Discourse in Literary Criticism", *PMLA* Vol. 101 No. 5, October 1986.

Black, Scot. "Anachronism and the Uses of Form in *Joseph Andrews*", *Novel: A Forum on Fiction* Vol. 5 No. 2, Spring/Summer 2005, 147~164.

Blamires, Harry. *A History of Literary Criticism*. Houndmills: Macmillan, 1991.

Bloom, Harold. *A Map of Misreading*. New York: Oxford UP, 1975.

_____. *Agon: Towards a Theory of Revisionism*. New York: Oxford UP, 1982.

_____. *Genius: A Mosaic of One Hundred Exemplary Creative Minds*. New York: Warner Books, 2002.

_____. *How to Read and Why*. New York: A Touchstone Book, 2000.

_____. *Kabbalah and Criticism*. New York: Oxford UP, 1975.

_____. *Poetry and Repression*. New Haven: Yale UP, 1976.

_____. *Shakespeare: The Invention of the Human*. New York: Riverhead Books, 1998.

_____. *The Anatomy of Influence: Literature as a Way of Life*. New Haven: Yale UP, 2011.

_____. *The Anxiety of Influence*. London: Oxford UP, 1973.

_____. *The Western Canon: The Books and School of the Ages*. New York: Harcourt and Company, 1994.

_____. *Yeats*. New York: Oxford UP, 1970.

_____. Ed. *Stories and Poems for Extremely Intelligent Children of All Ages*. New York: A

Touchstone Book, 2001.

_____ et als. Ed. *Deconstruction and Criticism*. New York: Continuum, 1979.

Bond, Donald F. Ed. *Critical Essays From the Spectator by Joseph Addison*. Oxford: Oxford UP, 1970.

Boswell, James. *Boswell's Life of Johnson*. Ed. and Abridged Frank Brady, New York: New American Library, 1968.

_____. *Life of Johnson*(Unabridged). Ed. R. W. Chapman, Introduced by Pat Rogers, Oxford: Oxford UP, 1998.

Bové, Paul. Ed. *Edward Said and the Work of the Critc: Speaking Truth to Power*. Durham: Duke UP, 2000.

Brady, Frank. Ed. *The Life of Samuel Johnson*. By James Boswell. New York: A Signet Classic, 1967.

Bredvold, Louis I. *The Intellectual Millieu of John Dryden: Studies in Some Aspects of Seventeenth-Century Thought*. 1934, rpt. Ann, Arbor: U of Michigan P. 1956.

Bronson, Bertrand, Ed. *Samuel Johnson: Rasselas, Prose*. New York: Rinehart and Winston, 1958.

Brown, Laura. *English Dramatic Form 1660~1760: An Essay in Generic History*. New Heaven: Yale UP, 1981.

Brown, R. H. *A Poetics for Sociology: Toward a Logic of Discovery for the Human Sciences*. New York: Cambridge UP, 1977.

Brown, S. G. "Dr. Johnson and the Old Order", *Marxist Quarterly* 1. Oct.~Dec. 1937, 418~430. Reprinted in Greene, *Samuel Johnson: A Collection*.

Burke, Edmund. *A Philosophical Enquiry into the Origin of Our Ideas of the Sublime and Beautiful*. Ed. James T. Boulton, London: Routledge and Kegan Paul, 1958.

Bush, Douglas. *Matthew Arnold: A Survey of His Poetry and Prose*. New York: Collier Books, 1971.

Cain, Williams E. *The Crisis in Criticism*. Baltimore: The Johns Hopkins UP, 1984.

Canclini, Nestor Garcia. *Hybrid Cultures: Strategies for Entering and Leaving Modernity*. Trans. C. L. Chiappari et al., Minneapolis: U of Minnesota P, 1995.

Cargill, Oscar. *Toward a Pluralistic Criticism*. Carbondale: Southern Illinois UP, 1972.

Cassirer, Ernest. *The Philosophy of the Enlightenment*. Trans. Fritz. koellen and James Pettgroue, Boston: Beacon P, 1955.

Chase, Richard. *The American Novel and Its Tradition*. New York: Doubeday& Company, Inc., 1957.

Chung, Chung Ho. *Samuel Johnson and Twentieth-century Literary Criticism*. Seoul: Chung-Ang

UP, 1993.

Coburn, Kathleen. Ed. *Coleridge: A Collection of Critical Essays*. Englewood Cliffs: Prentice-Hall, 1967.

Coleridge, Samuel T. *Biographia Literaria Vols.* I & II, Eds. James Engell and W. Jackson Bate, Princeton: Princeton UP, 1983.(콜리지, 『문학평전』, 제임스 엥겔 · 월터 J. 베이트 편저, 김정근 역, 서울: 옴니북스, 2003)

Comphell, Jill. "Fielding's Style", Vol. 72 No. 2, Summer 2005, 407~428.

Conrad, Joseph. *Heart of Darkness*. New York: Norton, 1998.

Crane, Ronald S. "English Neoclassical Criticism: An Outline Sketch", *Critics and Criticism: Ancient and Modern*. Ed. R. S. Crane, Chicago: U of Chicago P, 1952.

_____. "On Writing the History of English Criticism, 1650~1800", *The Univ. of Toronto Quarterly* 22, July 1953, 376~391.

_____. Ed. *Critics and Criticism: Ancient and Modern*. Chicago: U of Chicago P, 1952.

Cuddon, J. A. *A Dictionary of Literary Terms and Literary Theory*(4th Edition). Oxford: Blackwell, 1998.

Damrosch, David et als. Eds., *The Princeton Sources in Comparatine Literature: From the European Enlightenment to the Global Present*. Princeton: Princeton UP, 2009.

Damrosch, Leopold, Jr. *The Uses of Johnson's Criticism*. Charlotteville: UP of Virginia, 1976.

Day, Gary and Bridget Keegan. Eds. *The Eighteenth-Century Literature Handbook*. New York: Continuum, 2009.

Dennis, John. *The Critical Works of John Dennis*. Ed. Edward Miles Hooker. Baltimore: Johns Hopkins UP, 1939.

Deleuze, Gilles and Claire Parnet. "On the Superiovity of Anglo-Amenican Literature", *Dialogues*. Trans. Hugh Tomlinson et al., N.Y.: Columbia UP, 1989.

_____ and Félix Guattari. *A Thousand Plateaus*. Trans. Brian Massumi, Minneapolis: U of Minnesota P, 1989.

_____. *Empiricism and Subjectivity: an Essay on Hume's Theory of Human Nature*. Trans. Constantin V. Boundas, New York: Columbia UP, 1991.

Dickie, Simon. "*Joseph Andrews* and the Great Laughter Debate", *Studies in Eighteenth-Century Culture* Vol 34, Ed. Catherine Ingrassia and Jeffrey S. Ravel, Baltimore: The Johns Hopkins UP, 2005. 271~332.

Dieckmann, Herbert. "Aesthetic Theory and Criticism in the Enlightenment: Some Examples of Modern Trends." *Introduction to Modernity: A Symposium on Eighteenth-Century's Thought*. Ed. Robert Mollenauer, Austen: U of Texas P, 1965. 215~230.

Dobrée Bondmy. "Dryden's Prose", *Dryden's Mind and Art*. Ed. Bruce King, Edinburgh: Oliver and Boyd, 1969.

Doherty, M. J. *The Mistress-Knowledge: Sir Philip Sidney's Defence of Poesie and Literary Architectonics in the English Renaissance*. Nashville: Vanderbilt UP, 1991.

Donovan, Robert A. *"Joseph Andrews", Henry Fielding: A Critical Anthology*. Ed. C. J. Rawson, London: Penguin, 1973.

Drabble, Margaret. Ed. *The Oxford Companion to English Literature*(5th Edition). Oxford: Oxford UP, 1985.

Dryden, John. *An Essay of Dramatic Poesy* in *English Critical Texts*. Eds. D. J. Enright, et al., London: Oxford UP, 1962.

Dupee, F. W. *Henry James*. New York: Doubleday & Co., 1956.

Easthope, Antony. *Literary into Cultural Studies*. London: Routledge, 1991.

Edel, Leon. *Henry James*. Pamphlets on American Writers, Vol. 4, Mineapolis: U. of Minnesota P, 1960.

Eliot, T. S. *After Strange Gods: A Primer of Modern Heresy*. London: Faber and Faber, 1933.

_____. *Collected Poems, 1909~1962*. New York: Harcourt Brace and World, 1963.

_____. *Essays by T. S. Eliot*. With Introduction and Notes by Kazumi Yano, Tokyo: Kenkyusha, 1935; rpt. 1957.

_____. *Knowledge and Experience in the Philosophy of F. H. Bradley*. London: Faber and Faber, 1964.

_____. *Notes Towards the Definition of Culture*. London: Faber and Faber, 1948.

_____. *On Poetry and Poets*. London: Faber and Faber, 1957.

_____. *Selected Essays*. London: Faber, 1972(1932).

_____. *The Complete Poems and Plays*. London: Faber, 1969.

_____. *The Sacred Wood*. London: Methuen, 1920.

_____. *The Use of Poetry and the Use of Criticism: Studies in the Relation of Criticism to Poetry in England*. London: Faber, 1964(1933).

_____. *To Criticize the Critic*. London: Faber and Faber, 1965.

Ellmann. Richard et al eds. *The Norton Anthology of Modern Poetry*. New York: Norton, 1973.

Engell, James. "Biographia Literaria" in Lucy Newlyn, 59~74.

_____. *Forming the Critical Mind: Dryden to Coleridge*. Cambridge: Harvard UP, 1989.

Faulkner, John E. "Edmund Burke's Early Conception of Poetry and Rhetoric." *Studies in Burke and His Time*. 12 (1970~71): 158~171.

Ferguson, Margaret W. "Sidney's A Defence of Poetry: A retrial", *Boundary I* Vol. 7 No. 2, Winter 1979, 61~95.

Field, Leslie A, et als eds. *Bernard Malamud and the Critics*. New York: New York UP, 1965.

Fielding, Henry. *Joseph Andrews with Shamela and Related Writings*. Ed. Homer Goldberg, New York: Norton, 1987.

Folger Collective on Early Woman Critics. Ed. *Women Critics 1660~1820: An Authology*. Bloomington: Indiana UP, 1995.

Forster, E. M. *Aspects of the Novel*. London: Pelican Book, 1962.

Foucault, Michel. *Language, Counter-Memory, and Practice*. Ed. Donald F. Bouchard, Ithaca: Cornell UP, 1977.

Friedman. Alan W. "Bernard Malamud: The Hero as Schnook", in Field.

Frow, John. *Cultural Studies and Cultural Value*. Oxford: Clarenden Press, 1995.

Frye, Northrop. "Towards Defining an Age of Sensibility", *Eighteenth Century English Literature*. Ed. James L. Clifford, Oxford: Oxford UP, 1959.

_____. *The Anatomy of Criticism*. Princeton: Princeton UP, 1957.

Gadamer, Hans-Georg. *Truth and Method*. Ed. Garrent Barden and John Cumming, New York: The Crossroad Publishing Company, 1982.

Gilbert, A. J. *Literary Language from Chaucer to Johnson*. London: Macmillan, 1979.

Goldberg, Homer. *The Art of Joseph Andrews*. Chicago: U of Chicago P, 1969.

Grange, Kathleen M. "Samuel Johnson's Account of Certain Psychoanalytic Concepts", *Samuel Johnson: A Collection*. Ed. Donald Greene.

Gravil, Richard et als. Eds. *Coleridge's Imagination*. Cambridge: Cambridge UP, 1985.

Greene, Donald. *Samuel Johnson*. New York: Twayne Publishers, Inc., 1970.

_____. *The Age of Exuberance*. New York: Random House, 1970.

Griswold, Charles L. Jr. *Adam Smith and the Virtues of Enlightenment*. Cambridge: Cambridge UP, 1999.

Habermas, Jürgen. "The Public Sphere: An Encyclopedia Article", *New German Critique* 3. Fall 1974.

Hagstrum, Jean H. *The Literary Criticism of Samuel Johnson*. Chicago: U of Chicago P, 1967.

Hall, Vernon Jr. *A Short History of Literary Criticism*. New York: New York UP, 1963.

Hamilton, Paul. *Coleridge's Poetics*. Oxford: Basil Blackwell, 1983.

_____. "The Philosopher", *The Cambridge Companion to Coleridge*. Ed. Lucy Newlyn, Cambridge: Cambridge UP, 2003.

Harland, Richard. *Literary Theory: From Plato to Barthes: An Introductory History*. Houndmills: Macmillan, 1999.

Harth, Philip. *Context of Dryden's Thought*. Chicago: U of Chicago P, 1976.

Hassan, Ihab. *Contemporary American Literature*. New York: Ungar, 1973.

_____. *Out of Egypt*. Carbondale: Southern Illinois UP, 1986.

_____. *Paracriticisms*. Urbana: U of Illinois P, 1975.

_____. *Radical Innocence*. Princeton: Princeton UP, 1961.

_____. *Selves ar Risk: Patterns of Quest in Contemporary American Letter*. Madison: U of Wisconsin P, 1990.

_____. *The Dismemberment of Orpheus*. New York: Oxford UP, 1971.(개정판은 1982년)

_____. *The Literature of Silence*. New York: Knopf, 1967.

_____. *The Postmodern Turn*. Columbus: Ohio State UP, 1987.

_____. *The Right Promethean Fire*. Urbana: U of Illinois P, 1980.

_____, with Sally Hassan. ed. *Innovation/Renovation: New Perspectives on the Humanities*. Madison: U of Wisconsin P, 1983.

_____. *Radical Innocence: Study in the Contemporary Novel*. Princeton: Princeton UP, 1961.

Hays, Peter L. "The Complex Pattern of Redemption in *The Assistant*" in Field.

Hazlitt, William. *Lectures on the English Comic Writers*. London: Oxford UP, 1951.

Henn, T. R. *Longinus and English Criticism*. Cambridge: Cambridge UP, 1934.

Hirsch, E. D. *The Aims of Interpretation*. Chicago: U of Chicago P, 1976.

Holdeman, David and Ben Levitas, Eds. *W. B. Yeats in Context*. Cambridge: Cambridge UP, 2010.

Homles, Charles. S. et al Eds. *The Major Critics: The Development of English Literary Criticism*. New York: Alfred A. Knopf, 1975

Hoyt, Charles A. "Bernard Malamud and the New Romanticism", *Contemporary American Novelists*. Ed. Harry T. Moore. London: Feffer & Simmons, 1964.

Hume, David. "Of the Standard of Taste" in Hazard Adams, ed. *Critical Theory Since Plato*. New York: Harcourt, 1971.

_____. *Essential Works of David Hume*. Ed. Ralph Cohen. New York: Scribners, 1965.

Hynes, Samuel. ed. *English Literary Criticism: Restoration and Eighteenth Century*. N. Y.: Appleton-Country Croft, 1963.

Irlam, Shaun. *Elations: The Poetics of Enthusiasm in Eighteenth-Century Britain*. Stanford: Stanford UP, 1999.

Iser, Wolfgang. *The Implied Reader*. Baltimore: The Johns Hopkins UP, 1974.

Jackson, J. R. de J. *Method and Imagination in Coleridge's Criticism*. Cambridge: Harvard UP, 1969.

James, Henry. *The Portrait of a Lady*. New York: The New American Library, 1963.

James, Wiiliam. *The Varieties of Religious Experience: A Study in Human Nature*. New Haven:

Yale UP, 2000.

Jensen, H. James. *A Glossary of John Dryden's Critical Terms*. Minneapolis: U of Minnesota P, 1969.

Johnson, Maurice. *Joseph Andrews, Tom Jones and Amelia*. Philadelphia: U of Pensylvania P, 1969.

Johnson, Samuel and James Boswell. *A Journey to the Western Islands of Scotland and The Journal of A Tour to the Hebrides*. Ed. R. W. Chapman, Oxford: Oxford UP, 1979.

_____. *A Dictionary of the English Language* 2 Vols. Folio, London: Krapton, 1755.

_____. *Life of Savage*. Ed. Clarence Tracy, Oxford: Clarendon Press, 1971.

_____. *Lives of the English Poets: A Selection*, London: Dent, 1975.

_____. *Rasselas, Poems and Selected Prose*. Ed. Bertrand H. Bronson, New York: Holt, Rirehart and Winston, 1958.

_____. *Samuel Johnson*. Ed. Donald Greene, Oxford: Oxford UP, 1984.

_____. *Samuel Johnson: Rasselas, Poems and Selected Prose*. Ed. Bertrand H. Bronson, New York: Holt, Rinehart and Winston, 1958.

_____. *Selected Poetry and Prose*. Ed. Frank Brady and W. K. Wimsatt, Berkeley: U of California P, 1977.

_____. *Sermons*. Ed. Jean Hagstrum and James Gray, New Havern: Yale UP, 1978.

_____. *The History of Rasselas, Prince of Abyssinia*. Ed. D. J. Enright, Harmondsworth: Penguin Books, 1976.

_____. *The Letters of Samuel Johnson* 3 Vols., Ed. R. W. Chapman, Oxford: Oxford UP, 1952.

_____. *The Lives of English Poets* 3 vols. Ed. G. B. Hill, Oxford: Clarendon Press, 1905.

_____. *The Yale Edition of the Works of Samuel Johnson*. Gen. Ed. Allen T. Hazen from 1958, 15 Vols. and more forthcoming, New Heaven: Yale UP, 1958 ~ .

Keast, W. R. "The Theoretical Foundations of Johnson's Criticism", *Critics and Criticism*. Ed. R. S. Crane, Chicago: U of Chicago P, 1952.

Keesy, Donald. *Context for Criticism*. Mountain View, CA: Mayfield Publishing Co., 1987.

Kennedy, Valevie. *Edward Said: A Critical Introduction*. Cambridge: Polity, 2000.

King, Bruce. *Dryden's Major Plays*. London: Oliver Boyd, 1966.

Kinsley, James and George Parfitt, Eds. *John Dryden: Selected Criticism*. Oxford: Clarendon Press, 1970.

Kinsley, James, et al. eds. *John Dryden: Selected Criticism*. Oxford: Oxford UP, 1870.

Klein, Marcus. "Bernard Malamud: The Sadness of Goodness: in Field.

Kostelanetz, Richard, Ed. *Aesthetics Contemporary*. Buffalo: Prometheus Books, 1978.

Krutch, Joseph W. *Samuel Johnson*. New York: Henry Holt Company, 1944.

Kuhn, Thomas S. *The Structure of Scientific Revolutions*(Second Edition). Chicago: U of Chicago P, 1970.

Leavis, F. R. "Matthew Arnold", *The Importance of Scrutiny*. Ed. Eric Bentley, New York: Grove Press, 1948.

_____. *English Literature in Our Time and the University*. Cambridge: Cambridge UP, 1969.

_____. *The Great Tradition*. London: Pelican Book, 1972.

_____. "Johnson as Critic", *Scrutiny* XII: 3, 1944, 187~204.

Lentricchia, Frank and Thomas McLaughlin. *Critical Terms for Literary Studiys*. Chicago: U of Chicago P, 1995.

Lewis, C. S. *English Literature in the Sixteenth Century*. Oxford: Clarendon Press, 1954.

Longinus. *On the Sublime*. in Hazard Adams Ed, *Critical Theory Since Plato*. (김명복 번역, 『숭고 미에 대하여』, 연세대 출판부, 1988)

Lovejoy, Arthor O. *The Great Chain of Being: A Study of History of an Idea*. N. Y: Harper and Row, 1960.

Ma, Sheng-mei. *The Deathly Embrace: Orientalism and Asian American Identity*. Minneapolis: U of Minnesota P, 2000.

Mahood, M. M. *Poetry and Humanism*. New York: Norton, 1970.

Malamud, Bernard. *A New Life*. New York: Farrar, Strauss and Co., 1961.

_____. *The Assistant*. Harmondworth: Penguin Books, 1957.

_____. *The Fixer*. Harmondsworth: Penguin Books, 1966.

_____. *The Natural*. New York: Harcourt, Brace & Co., 1952.

Malek, James S. *The Arts Compared: An Aspect of Eighteenth-Century British Aesthetics*. Detroit: Wayne State UP, 1974.

Mandel, Ruth B. "Bernard Malamud's *The Assistant* and *A New Life*: Ironic Affirmation", in Field.

Manley, Lawrence. *Convention 1500~1750*. Cambridge: Harvard UP, 1980.

Manlove, Colin. *Critical Thinking: A Guide to Interpreting Literary Text*. London: Macmillan, 1989.

Marsh, Robert. *Four Dialectical Theories of Poetry: An Aspect of English Neo-Classical Criticism*. Chicago: U of Chicago P, 1965.

Martin, Graham. "The Later Poetry of W. B. Yeats", *The Pelican Guide to English Literature* Vol. 7, *The Modern Age*, ed. Boris Ford, Hammondsworth: Penguin Books, 1972,

170~195.

McFarland, Thomas. *Romanticism and The Forms of Ruin: Wordsworth, Coleridge, and Modalities of Fragmentation*. Princeton: Princeton UP, 1981.

McGilchrist, Iain. *Against Criticism*. London: Faber and Faber, 1982.

Mckeon, Michael. *The Origins of the English Novel; 1660~1740*. Baltimore: The Johns Hopkins UP, 1987(2nd. ed. 2002).

Merleau-Ponty, Maurice. *Phenomenology of Perception*. Trans. Colin Smith, London: Routledge, 1962.

Mill, John Stuart. *What Is Poetry?* in *Critical Theory Since Plato*. Ed. Hazard Adams. New York: Harcourt, 1971.

Miller, J Hills. *The Linguistic Moment: From Wordsworth to Stevens*. Princeton: Princeton UP, 1985.

_____. *The Ethics of Reading*. New York: Columbia UP, 1987.

_____. *Theory Now and Then*. Durham: Duke UP, 1991.

Monk, S. H. *The Sublime: A Study of Critical Theories in Eighteenth-Century England*. Ann Arbor: U of Michigan P, 1962.

Newlyn, Lucy. *Reading, Writing, and Romanticism: The Anxiety of Reception*. Oxford: Oxford UP, 2000.

_____. *The Cambridge Companion to Coleridge*. Cambridge; Cambridge UP, 2002.

Nokes, David. *Joseph Andrews*. Harmondsworth: Penguin Books, 1987.

Norris, Louis W. *Polarity*. Chicago: Reguery, 1956.

Nussabaum, Felicity A. and Laura Brown. Eds. *The New 18th Century: Theory · Politics · English Literature*. New York: Methuen, 1987.

_____. Ed. *The Global Eighteenth Century*. Baltimore: The Johns Hopkins UP, 2003.

Oliver, Barbara C. "Edmund Burke's *Enquiry* and the Baroque Theory of the Passions." *Studies in Burke and His Time*. 7(1970): 259~268.

Pagliaro, Harold. *Henry Fielding: A Literary Life*. London: Macmillan, 1998.

Paul, H. G. *John Dennis: His Life and Criticism*. New York: Columbia UP, 1911.

Paulson, Ronald. Ed. *Fielding: A Collection of Critical Essays*. Englewood Cliffs: Prentice-Hall, 1962.

Pechter, Edward. *Dryden's Classical Theory of Literature*. Cambridge: Cambridge UP, 1975.

Pinch, Adela. *Strange Fits of Passion: Epistemologies of Emotion from Hume to Austen*. Palo Alto: Stanford UP, 1996.

Pinkey, Tony. "The Wasteland, Dialogism and Poetic Discourse", *The Wasteland*. ed. Tony Davies et al., Buckingham: Open UP, 1994.

Pope, Alexander. *The Poems of Alexander Pope*. Ed. John Butt, London: Methuen, 1963.

Postman, Neil. *Building a Bridge to the 18th Century: How the Past Can Improve Our Future*. New York: Alfred A. Knopf, 2000.

Powes, L. H. *Henry James*. New York: Holt Rinehart and Winston, Inc., 1970.

Preston, John. "Fielding and Smollett", *The New Pelican Guide to English Literature* Vol. 4 From Dryden to Johnson, Ed. Boris Ford, Harmondsworth: Penguin Books, 1982.

Price, Martin. *To the Palace of Wisdom: Studies in order and Energy from Dryden to Blake*. Garden City: Anchor Books, 1965.

Putt, S. G. *The Cycle of American Literature*. New York: The Free Press, 1967.

Rajchman, John and Cornel West. Ed. *Post-Analytic Philosophy*. New York: Columbia UP, 1985.

Rawson, C. J. *Henry Fielding*. London: Routledge, 1968.

Rawson, Claude. "Henry Fielding", *The Cambridge Companion to the Eighteenth-Century Novel*. Ed. John Richetti. Cambridge: Cambridge UP, 1996.

Read, Herbert. "Coleridge as Critic", *Coleridge: A Collection of Critical Essays*, Ed. Kathleen Coburn.

Richards, I. A. *Coleridge on Imagination*. London: Routledge, 1935.

_____. *Principles of Literary Criticism*. London: Routledge, 1967.

Richetti, John. Ed. *The Columbia History of the British Novel*. New York: Columbia UP, 1994.

Richman, Sidney. *Bernard Malamud*. New Haven: Twaynes, 1966.

Rogers, Winfield H. "Fielding's Early Aesthetics and Technique", *Fielding: A Collection of Critical Essays*. Ed. R. Paulson.

Roston, Murray. *Changing Perspectives in Literature and the Visual Arts 1650~1820*. Princeton: Princeton UP, 1990.

Ruf, Frederick J. *Entangled Voices*, Oxford: Oxford UP, 1997.

Said, Edward W. *Orientalism*. N. Y.: Vintage Books, 1978.

_____. *Culture and Imperialism*. New York: Alfred A. Knoph, 1993.

_____. *The World, The Text, and The Critic*. Cambridge: Harvard UP, 1983

_____. *Beginnings: Intention and Method*. Baltimore: The Johns Hopkins UP, 1975.

_____. *Culture and Imperialism*. New York: Alfred A. Knopf, 1993.

_____. "An Unresolved Paradox", *MLA Newsletter*. Summer 1999 (Vol. 31. No. 2).

_____. "Humanism", *MLA Newaletter*. Fall 1999 (Vol. 31. No. 3).

Scott, Nathan A. Jr. "Criticism and the Religious Prospects", *Essays and Studies*. 1977.

Secretan, Dominique. *Classicism*. London: Methuen, 1973.

Sidney, Philip. *Sir Philip Sidney's Defense of Poesy*. Ed. Lewis Saens. Lincoln: U of Nebraska P, 1970.

Sigworth, Oliver F. "Johnson's Lycidas: The End of Renaissance Criticism", *Eighteenth-Century Studies* 1, Dec. 1967, 159~168.

Simon, Irene. "Dryden's Prose Style", *Seventeenth-Century Prose: Modern Essays in Criticism*. Ed. Stanley E. Fish, N.Y.: Oxford UP, 1971.

Simpson, David. *Romanticism, Nationalism, and the Revolt Against Theory*. Chicago: U of Chicago P, 1993.

Smith, Adam. *Lectures on Rhetoric and Belle Lettres*. J. C. Bryce. Oxford: Clarendon Press, 1983.

_____. *The Theory of Moral Sentiments*(The Sixth Edition). 1759/1790.(『도덕감정론』, 박세일·민경국 공역, 비봉출판사, 1996.)

_____. *The Wealth of Nations*. Ed. Andrew Shinner, Harmmdsworth: Pelican Books, 1970.

Smith, David Nichol. *John Dryden*. Cambridge: Cambridge UP, 1950.

Smith, J. H., et al. eds. *The Great Critics*. N. Y.: W. W. Norton and Company, 1960.

Spingarn, Joel E. *Literary Criticism in the Renaissance*. New York: Harcourt, Brace and World, Inc., 1963.

Spinoza, Baruch. *Spinoza: Complete Works*. Trans. Samuel Shirley. Ed. Michael L. Morgan. Indianapolis: Hackett Publishing Co., 2002.

Spivak, Gayatri C. *Myself Must I Remake: The Life and Poetry of W. B. Yeats*. New York: Thomas Y. Crowell, 1974.

Sprinker, Michael. Ed. *Edward Said: A Critical Reader*. Oxford: Blackwell, 1992.

Starr, G. Gabrielle. *Lyric Generations: Poetry and the Novel in the Long Eighteenth Century*. Baltimore: Johns Hopkins UP, 2004.

Sterne, Laurence. *A Sentimental Journey through France and Italy*. Ed. Graham Petrie. Harmondsworth: Penguin Books, 1977.

Stock, A. G. *W. B. Yeats: His Poetry and Thought*. Cambridge: Cambridge UP, 1964.

Stock, R. D. Ed. *Samuel Johnson's Literary Criticism*. Lincoln: U of Nebraska P, 1974.

Stone, Donald D. *Communications with the Future: Matthew Arnold in Dialogue*. Ann Arbor: U of Michigan P, 1997.

Sutton, Walter. *Modern American Criticism*. Englewood Cliffs: Prentice-Hall, 1963.

Swan, Michael. *Henry James*. London: Arthur Barker Limited, 1967.

Swift, Jonathan. *The Writings of Jonathan Swift*. Eds. Robert A. Greenberg and William B. Piper, New York: W.W. Norton&Company, 1973.

Tanner, Tony. *City Worlds: American Fiction 1950~1970*. New York: Harper & Row, 1971.

Thomas, P. G. *Aspects of Literary Theory and Practice: 1550~1870*. London: Heath Cranton Ltd., 1931.

Thorslev, Peter. "German Romantic Idealism", *Cambridge Companion to British Romanticism*. Ed. Stuart Curran, Cambridge: Cambridge UP, 1993.

Tinker, C. B. *Essays in Retrospoct*. New Haven: Yale UP, 1948.

Todorov, Tzvetan. "Dialogic Criticism?", *Literature and Its Theorists: A Personal View of Twentieth-century Criticism*. London: Routledge, 1988.

Tracy, Clarence. "Johnson and Common Reader", *Dalhousie Review*. 57, Autumn 1977.

Trilling, Lionel. *Matthew Arnold*. New York: Harcourt Brace Jovanovich, 1977.

Trowbridge, Hoyt. *From Dryden to Jane Austen: Essays on English Critics and Writers, 1660~1818*. Albuquerque: U of New Mexico P, 1977.

Uphaus, Robert W. *The Impossible Observer: Reason and the Reader in 18th-century Prose*. Lexington, KY: U of Kentucky P, 1979.

Vines, Sherard. *The Course of English Classicism: From the Tudor to the Victorian Age*. N.Y.: Phaeton Press, 1969.

Wain, John Ed. *Johnson as Critic*. London: Routledge & Kegan Paul, 1973.

_____ Ed. *Johnson on Johnson*. London: J. M. Dent & Sons Ltd., 1983.

_____. *Samuel Johnson*. New York: The Viking Press, 1974.

Wallace, C. M. *The Design of Biographia Literaria*. London: George Allen & Unwin, 1983.

Ward, E. Charles. *The Life of John Dryden*. Chapel Hill: U of North Carolina P. 1961.

Wasserman, Earl R. "*The Natural*: Malamud's World Ceres" in Field.

Watson, George. *The Literary Critics*. Harmondsworth: Penguin Books, 1962.

Watt, Ian. *The Rise of the Novel: Studies in Defoe, Richardson and Fielding*. Berkeley: U of California P, 1957, 2nd ed, 2000.

Weinberg, Helen. *The New Novel in America: The Kafkan Mode in Contemporary Fiction*. Ithaca: Cornell UP, 1970.

Weisel, Thomas. *The Romantic Sublime: Studies in the and Psychology of Transcendence*. Baltimore and London: Johns Hopkins UP, 1976.

Wellek, René and Austin Warren. *Theory of Literature*. Harmondsworth: Penguin, 1963.(『문학의 이론』, 김병철 역. 을유문화사, 1982.)

Wellek, René. "Bakhin's View of Dostoevsky: 'Polyphony' and 'Carnivalesque'", *Russian Formalism: A Retrospective Glance*. Robert Jackson et al, eds., New Haven: Yale UP, 1985.

_____. *A History of Modern Criticism 1750~1950*, 8 Vols. New Haven: Yale UP, 1955~ 1992.

_____. *Concept of Criticism*. New Haven: Yale UP, 1963.

_____. *Discrimination: Further Concepts of Criticism*. New Haven, Yale UP, 1970.

_____. *History of Modern Criticism: 1750~1950*. New Haven: Yale UP, 1955.

_____. *The Attack on Literature and Other Essays*. Brighton: Harvester, 1982.

_____. *The Rise of English Literary History*. Chapel Hill: U of North Carolina P, 1941.

Willey, Basil, *Nineteenth-Century Studies: Coleridge to Arnold*. Harmondsworth: Penguin Books, 1973.

Williams, Ioan. Ed. *The Criticism of Henry Fielding*. London: Routledge, 1970.

Wilson, Rob, *American Sublime: The Gerealogy of a poefic Genre*. Modison: U of Wisconsin P, 1991.

Wimsatt, W. K. *Philosophic Words: A Study of Style and Meaning in the Rambler and Dictionary of Samuel Johnson*. New Haven: Yale UP, 1948.

_____. *The Prose Style of Samuel Johnson*. New Haven: Yale UP, 1941.

_____. and Cleanth Brooks. *Literary Criticism: A Short History*. London: Routledge, 1957.

Wood, Theodore. E. B. *The Word "Sublime" and Its Context: 1650~1750*. The Haque: Mouton, 1972.

Woodman, Thomas. *A Preface to Samuel Johnson*. London: Longman, 1993.

Woolf, Virginia. *The Common Reader*. First Series. Ed. Andrew McNeillie, New York: Harcourt Brace Jovanovich, 1925, 1984.

Wordsworth, William and Coleridge, S. T. *Lyrical Ballads*. Eds. R. L. Brett & A. R. Jones, London: Methuen, 1963.

_____. "Preface to Lyrical Ballads", *English Critical Texts*. Ed. D. J. Enright, London: Oxford UP, 1964.

Wright, Andrew. *Henry Fielding: Mask and Feast*. Berkeley and Los Angeles: U of California P, 1966.

Yeats, W. B. *Collected Poems of W. B. Yeats*. New York: Macmillan, 1956.

_____. *Essays and Introductions*. New York: Collier Book, 1961.

_____. *The Poetry of William Butler Yeats*. New York: Monarch Press, 1965.

Young, Edward. *Conjectures on Original Composition* in the *Great Critics: An Anthology of Literary Criticism*. Ed. James H. Smith. New York: Norton, 1967.

Zabel, M. D. ed. *The Portable Henry James*. New York: The Viking Press, 1958.

찾아보기

ㅊ